KB020378

나는이집
아이
II

나는 이 집 아이 2

초판 1쇄 발행 2018년 8월 16일
초판 6쇄 발행 2022년 1월 10일

지은이 시야
발행인 오영배
편집 편집부
디자인 디자인그룹 헌드레드
제작 조하늬

펴낸 곳 (주)삼양출판사 · 피오렛
주소 서울시 강북구 도봉로 173
대표 전화 02-980-2112 / **팩스** 02-983-0660
편집부 전화 02-987-9393 / **팩스** 02-980-2115
블로그 blog.naver.com/dan_gul
출판등록 1999년 3월 11일 제9-00046호

ISBN 979-11-283-9527-7 (04810) / 979-11-283-9525-3 (세트)

+ (주)삼양출판사 · 피오렛의 서면 허락 없이는 어떠한 형태나 수단으로도 이 책의 내용을 이용하지 못합니다.
+ 지은이와 협의하에 인지는 생략합니다. 잘못된 책은 구입한 곳에서 바꾸어 드립니다.
+ 이 도서의 국립중앙도서관 출판시도서목록(CIP)은 서지정보유통지원시스템홈페이지(http://seoji.nl.go.kr)와 국가자료공동목록시스템(http://www.nl.go.kr/kolisnet)에서 이용하실 수 있습니다. (CIP제어번호: 2018022913)

fiore ret 은 (주)삼양출판사의 로맨스 판타지 문학 브랜드입니다.

II
나는 이 집
아이
—
시야 장편소설
fioret

Contents

Chapter 1.

남자는 놀랍도록 호화스러운 옷차림을 하고 있었다. 물론 전령이 그 가문의 격을 나타내기는 한다. 그 때문에 다들 장식줄이 달린 깔끔한 정복을 입고 다니니까.

하지만 그래도 전령에게 입히는 옷이란 한계가 존재하지 않은가? 남자의 차림은 그보다 더 위였다. 단추에는 보석 장식이 달려 있고, 망토에는 금색 호피를 덧댔다. 벨트와 검 역시 금은보화로 화려하게 장식이 된 거였다.

만약 내가 이렇게 정식으로 차려입지 않았다면, 그는 그걸 굉장한 모욕으로 받아들였을 만한 차림을 하고 있었다.

"에스텔 카스티엘로입니다."

손을 내밀며 말하자 전령은 커다랗고 춤추는 듯한 동작으로 깊게 허리를 숙여 인사하며 내 반지에 키스했다.

"만나 뵙게 되어 영광입니다. 소인은 레이몬드 후작님의 이야기를 들고 온 미천한 전령입니다."

대사마저도 연극적.

날 놀리는 건지, 원래 그런 건지 알 수가 없어서 빤히 바라보니 전령은 잘 가다듬은 콧수염을 만지고 말했다.

"레이몬드 후작가와 카스티엘로 공작가 사이에는 약간의 문제가 항상 있어 왔습니다. 그러나 후작님께서는 공작 영애께서 겪으신 일에 먼저 깊은 유감을 표한다고 하셨습니다."

그가 그러며 작은 상자를 열어 보였다. 그 안에는 유색 보석이 줄줄이 연결된 팔찌가 들어 있었다.

"후작님의 마음은 감사합니다."

어차피 보석이야 넘쳐날 정도로 있지만, 그렇다고 거부하는 것도 이상한 일이라 난 시종에게 손짓해서 상자를 받게 했다.

"또한, 깜짝 놀랄 만큼 멋진 선물을 하나 더 준비하셨습니다."

전령은 말을 끊고 가볍게 헛기침을 했다.

"그러나 그 선물은 오직 후작가의 성에서만 공개가 가능합니다."

흐음.

미심쩍음이 한가득이지만, 그 대신 호기심이 담긴 미소를 싱긋 보내며 되물었다.

"그런가요?"

"네. 정말로, 꼭 마음에 드실 선물이라 장담할 수 있습니다."

"어떤 선물인지 궁금하군요."

"부디 가까운 시일 내에 레이몬드 후작가를 방문해 주시길 바랍니다. 놓치게 되면 후회하실 겁니다."

"지금 겁박이라도 하는 건가?"
에멜이 뒤에서 위협적인 목소리로 말했다. 전령은 에멜을 보더니 눈을 가늘게 뜨고 웃었다.
"그럴 리가 있겠습니까? 그저 그만큼 중요한 선물이라는 말이지요."
대체 무슨 꿍꿍이인 거지?
의아함을 숨기고, 나는 여전히 매끄러운 미소를 지으며 말했다.
"후작님은 참으로 장난스러운 분이시군요."
"신중하신 분이시죠."
난 가볍게 부채를 펴서 입가를 가리며 웃었다.
"선물로 초대하시기에 제가 사탕을 따라갈 나이인가 잠시 고민했답니다."
시종들이 작게 웃었고 전령의 얼굴이 굳었다. 농담과 무례의 경계선. 너무 순하게만 보여도 안 되겠지.
"저도 여러 가지 일이 있어서 바쁘니 일정을 확인하고 연락을 드리겠습니다."
"알겠습니다."
전령이 다시 인사해 보였다. 그가 한 발 물러섰다가 고개를 갸웃하고 말했다.
"잠시만 은밀히 한 말씀 드려도 되겠습니까?"
"물론이에요."
"그럼."
전령이 가까이 다가와 고개를 숙였다. 뭔가 힌트라도 주는 걸까 하고 난 귀를 쫑긋 세웠다.
"당신의 호위를, 너무 믿지 마십시오."
"—!"

고개를 휙 들어 전령을 보니 전령은 씩 웃어 보였다.

“그럼 이만, 미천한 소인은 물러가겠습니다.”

부츠 뒷굽을 맞추며—뒷굽에는 은으로 만든 박차가 달려있었다— 다시 우아하게 인사하고 전령은 응접실을 빠져나갔다.

난 응접실 소파에 털썩 주저앉았다.

“마실 거 아무거나. 차갑게.”

근처의 시종에게 명령하고서 구두를 벗었다. 이놈의 힐은 정말로 엿 같아!

“마지막에 뭐라고 한 겁니까?”

에멜의 물음에 내가 턱을 괴고 그를 바라보았다.

당신의 호위를 믿지 마라.

에멜을 말하는 걸까? 아니면 진? 엘런? 로이?

그것도 아니면 그냥 블러핑?

“아가씨?”

“에멜을 믿지 말라는 이야기.”

내 말에 에멜의 얼굴이 굳었다. 그가 이어 물었다.

“다른 말은 없었습니까?”

“응. 그렇게 긴 이야기를 할 수도 없었잖아.”

곧 켈슨이 들어왔다. 어떻게 된 건지 그는 이미 나와 전령이 나눈 이야기를 알고 있었다.

이거, 응접실 어딘가에 구멍이 있어서 엿보고 들을 수 있는 거 아냐?

“어떻게 생각하세요?”

켈슨의 물음에 난 어깨를 으쓱했다. 어떻게고 뭐고, 갑자기 웬 선물인가 싶다.

“전혀 모르겠어. 선물이라니? 게다가 보려면 후작가로 오라니?”

켈슨이 아까 그 상자를 가지고 왔다. 그는 팔찌를 살펴보고 나에게 건네주며 물었다.

"뭔가 팔찌와 관련이 있는 게 아닐까요?"

"그런가? 하지만 이런 보석 팔찌는 나도 많이 가지고 있고……."

나는 팔찌를 들어서 살폈다.

문스톤, 오팔, 토파즈, 음 이건 뭔지 모르겠다, 에메랄드, 루비. 거기에다가 금으로 줄을 이어 넣은, 사치스럽다면 사치스러운 물건이었다.

"어?"

내가 이상한 소리를 내자 켈슨이 재빠르게 물었다.

"왜요? 뭔가 기억나셨습니까?"

"아니, 이거 보석 색이 변한 것 같아서."

아까는 분홍색이었는데, 지금 보니 흰색이다.

내 말에 켈슨이 팔찌를 가져다 보더니 "아." 하고 고개를 끄덕였다.

"방조달석이라는 겁니다. 햇빛을 받으면 색이 변하는 거지요. 원래 푸른색이었죠?"

"아니, 분홍색."

원래 분홍색이었는데 빛을 받으니 흰색으로 변했다.

그 말에 켈슨이 눈을 깜박이더니 놀랍다는 듯이 말했다.

"분홍색이면 정말로 진귀한 물건인데요. 단순히 호의라고 하기에는 뭔가 찜찜하네요. 이 팔찌는 제가 가지고 있어도 될까요?"

"분해해서 살펴봐도 괜찮아."

내 말에 켈슨이 웃으며 고개를 끄덕였다.

"알겠습니다."

어차피 후작이 준 선물을 가지고 있을 생각도 없었다. 뭐가 있는지도 모르고.

"오지 않으면 후회한다……. 그렇게 대단한 선물이 뭘까……."
켈슨이 말을 받았다.
"선물은 호의에서 주는 건데, 결코 호의가 아닐 것 같군요."
"나도 그렇게 생각해요. 으으— 그냥 가 볼까? 후작가에?"
"말도 안 됩니다!"
에멜이 다시 목소리를 높였다. 난 에멜을 바라보며 말했다.
"그러면 어떻게 하면 좋겠어요?"
"그런 말 따위는 듣지 않은 걸로 생각하고 무시하면 됩니다."
에멜은 단호했다.
나는 눈을 깜박이고 에멜을 보았다가, 그의 극단적인 말을 무시하고 다시 켈슨을 보며 말했다.
"어쨌든 일단 생각을 좀 해 봐요. 오늘은 나도 너무 지쳤고요."
"알겠습니다."
켈슨은 이해한다는 얼굴로 고개를 끄덕였다. 난 한숨을 내쉬었다. 당장 이 빳빳한 옷과 장식을 던져 버리고 싶었다.
이거 참, 너무 야생의 말괄량이 생활에 길들여진 게 아닐까? 이러다 드레스를 입고 버티지 못하는 사람이 될까 두렵다.
'좀 더 이 차림으로 있어 볼까?'
입혀준 게 아깝기도 하고…….
'구두는 낮은 걸 신겠지만.'
그것만은 양보할 수 없다.
시종이 차가운 과일 주스를 가지고 돌아왔다. 얼음을 함께 갈아 넣은 시원하고 달콤새콤한 주스를 마시니 살 것 같은 기분이었다. 당분이 돌자 기분도 좋아지고, 머리도 돌아갔다.
"에멜."

난 에멜을 바라보았다. 그는 여전히 불만스러운 듯한 얼굴을 하고 있었다.

"여기 앉아 봐요."

내가 내 옆자리를 탁탁 두들기자 켈슨이 싱긋 웃으며 말했다.

"그럼 저는 이만 나가보겠습니다."

"네, 고마워요. 켈슨."

"별말씀을요. 아, 그리고 공작님께 이야기하는 것 잊지 마세요."

"알았어요."

하긴. 가문과 가문 사이에 일이니 어떤 일이 있었는지 내가 직접 보고(?)를 해야겠군.

난 다른 시종들도 물리고 다시 에멜에게 자리를 권했다. 그는 조심스럽게 내 옆자리에 앉았다.

평소와 달리 웃는 얼굴은 어디론가 사라져 버렸다.

"에멜."

"네."

"전령이 왜 그런 말을 했다고 생각해요?"

"—!"

에멜이 흠칫하더니 입술을 가볍게 깨물었다. 난 '어라' 하는 기분이 되어 물었다.

"그 이유를 알고 있군요?"

"네."

"뭔데요?"

"이야기하고 싶지 않습니다."

"……그런가요."

흠, 하고 다시 과일주스를 마셨다. 에멜은 어딘지 필사적인 어조로 말했다.
“하지만 결코 아가씨를 위험에 처하게 하거나 배신하지는 않습니다.”
그 말에 그를 돌아보며 눈을 동그랗게 떴다.
“그야 당연하죠?”
그걸 의심해 본 적은 한 번도 없었다.
내 말에 에멜은 눈을 크게 뜨더니 곧 허탈한 웃음을 터트렸다. 그가 고개를 저으며 말했다.
“정말이지. 아가씨는 사람을 너무 믿으신다니까요.”
평소의 에멜 같은 말투다. 난 입술을 내밀며 말했다.
“지금 내 믿음에 구원받은 거 아니었어요?”
“받았지요.”
에멜은 태연하게 고개를 끄덕이며 말을 이었다.
“믿어 주셔서 다행이네요.”
“그렇게 다행인 말투가 아닌데요?”
“진심입니다.”
에멜이 가슴에 손을 얹으며, 아까의 전령을 흉내 낸 듯한 연극적인 어조로 말해서 난 웃어 버렸다.
“에멜은 싫어해도, 난 갈지도 몰라요. 후작가에서 뭘 준비했는지 궁금하기도 하고요.”
“함정일지도 모릅니다.”
“후작가가 망하고 싶다면요.”
아빠를 떠올리며 말하자 에멜이 눈을 찡그리며 말했다.
“아가씨를 인질로 잡고 협박할지도 모르잖아요?”
“제 정령은 장식이 아닌데요.”
“그거랑 상관없이 걱정되는 건 걱정되는 거라고요.”

"에멜."
"네."
"에멜은 아빠보다 더 걱정이 많은 것 같아요."
내 말에 에멜은 입을 떡 벌렸다. 상당히 충격을 받은 모양새였다. 충격받은 그를 내버려 두고 난 주스를 마저 비웠다.
'그러고 보니.'
"에멜."
"네, 네."
그는 얼떨떨한 얼굴로 날 바라보았다. 키득거리며 가벼운 어투로 물었다.
"자유 시간 요즘 많이 필요하지 않아요?"
연애하려면, 시간이 많이 필요할 텐데? 아마 스테파니가 굳이 이야기한 것도 그런 거…….
아—!
그제야 난 깨달았다.
그래서 애니가 '쓸데없는 소리'라고 한 거였구나. 주인인 나에게 시녀인 그들의 스케줄을 신경 쓰게 하는 것.
그래, 그런 거였군.
하지만 이미 알게 된 이상 해 줄 수 있는 만큼은 신경을 써 주고 싶다. 이유 없는 불쾌감에 대한 반발적인 행동이기도 했다. 스스로를 다독이는 행위 비슷한 거였다.
"자유 시간이요?"
"네."
"이미 충분히 받고 있습니다."
"음, 주말에만 내 호위를 하잖아요?"

"그렇지요."

"평일로 옮긴다든가?"

주말에 스테파니가 쉴 때 같이 데이트를 한다든가…….

"그럴 필요 없습니다."

에멜이 의아해하면서도 단호하게 대답했다.

저런.

난 그렇게 생각하며 다시 주스를 마셨다. 그렇다면 두 번은 권하지 않을 테야.

마지막 한 모금까지 마시고 난 자리에서 일어났다. 에멜이 나뒹구는 내 힐을 주워 들고 물었다.

"새 신발을 가져다 드릴까요? 아니면 안아 드릴까요?"

난 키득거리며 팔을 벌렸다.

"그러면 모처럼이니까 안겨 갈까요?"

에멜은 허리를 숙여 날 가볍게 안아 들었다. 난 진지하게 물었다.

"어떻게 하면 에멜처럼 힘이 세질 수 있을까요?"

"마스터가 되면요."

에멜은 별거 아니라는 듯 간결하게 대답하고는 가볍게 걷기 시작했다.

"그러고 보니 그날 이후로 로이랑 어떻게 됐어요?"

"잘 풀렸지요."

"정말요?"

"제 생각에는요."

"에멜."

"네."

"신입들 너무 굴리지 말아요."

에멜이 재밌다는 얼굴로 날 내려다보았다.
"처음 왔을 때 적당히 밟아주지 않으면 안 된다고요?"
"왜요? 칭찬하면서 키워 나가야 하는 거 아닌가요?"
칭찬은 고래도 춤추게 한다든가, 그런 말도 있고.
"그놈들은 이미 충분히 능력과 재능이 있다는 소리를 귀에 못이 박이게 들었을 거거든요."
"그러니까 이번에는 기를 죽일 차례다?"
"그런 거죠. 아니면 선배 보기를 뭐처럼 아니까요."
"에멜도 그랬어요?"
그는 잠시 생각하다가 고개를 끄덕이며 말했다.
"아스터 경에게 엉덩이를 걷어차이기 전까지는 그랬던 것 같군요."
어라, 엉덩이를 걷어차이는 에멜이라. 어쩐지 궁금한 광경이다.
"그러고 보니—"
"네."
"로— 누군가가 에멜을 보고 싸가지 없다고 했어요."
에멜은 "아." 하고는 별거 아니라는 듯이 대꾸했다.
"사실이죠."
"그런데 내가 물어보니까 싸가지는 기본적인 예의래요. 그래서 에멜이 기본적인 예의를 갖추고 있다고 그랬는데……."
"로이가 그렇게 설명했어요?"
"아뇨, 누군가가요."
내가 진중하게 말하자 에멜은 킥킥거리며 고개를 끄덕였다.
"물론 익명의 제보자였겠죠."
그가 다시 날 내려다보았다가 고개를 들며 말했다.
"전 아가씨랑은 다르거든요."

"뭐가요?"
"아가씨는 세상 사람 모두에게 상냥하시지만, 전 제게 소중한 사람에게 상냥하기도 벅차서."
"나도 세상 사람 모두에게 상냥한 거 아닌데요?"
눈을 크게 뜨며 항의하자 에멜은 성의 없게 "네, 네." 대답을 하고는 멈춰 섰다.
"다 왔네요. 내려드릴게요."
에멜이 날 방문 앞에 조심스럽게 내려 주었다.
"바로 공작님께 가실 건가요?"
"네."
"알겠습니다. 그럼 기다리죠."
"신발만 신고 나올게요."
난 에멜에게서 힐을 받아 들며 말했다. 방 안으로 들어가 힐을 건네주고 단화를 받아서 신는데 애니가 물었다.
"후작가의 전령이 뭐라고 하던가요?"
"아주 멋진 선물이 있으니까 꼭 후작가로 받으러 오라고."
애니가 눈을 찌푸렸다.
"도저히 좋은 초대라고는 할 수가 없네요."
"나도 그렇게 생각해요. 그래서 일단 아빠에게 이야기하려고요."
"그게 좋겠지요."
애니는 고개를 끄덕였다. 단화를 신고 얼른 몸을 일으켰다. 발이 확실히 편하다.
지체하지 않고 난 바로 아빠의 집무실로 향했다.
여전히 집무실의 분위기는 무겁고 조용하고, 낮게 가라앉아 있었다. 도서관에 온 것처럼, 까치발을 들게 되는 그런 분위기.

그런데 먼저 온 손님이 있는 건지 안에서 두런두런 이야기하는 소리가 들려왔다.

"……는 바로는 그렇습니다."

"그러면 진짜란 말이군."

"그럴 가능성이 높습니다."

어라?

익숙한 목소리네?

목소리의 주인공은 앤이었다. 앤과 아빠가 이야기를 나누다니. 드문 일이라 난 고개를 갸웃했다.

"크흠—"

헛기침을 하자 이야기가 뚝 멈췄다. 난 안쪽으로 걸어 들어갔다.

"아, 아가씨 오셨어요?"

드물게 앤이 말을 더듬고는 스스로도 깨달았는지 얼굴이 붉어졌다.

"에스텔이라고 부르라 했잖아. 응, 이야기할 게 있어서……."

난 아빠를 힐끗 바라보았다.

"어서 오렴."

아무렇지도 않게 아빠가 대답했다. 난 의자를 끌어다가 털썩 앉으며 물었다.

"무슨 이야기하고 계셨어요? 앤을 괴롭히고 계신 거 아니죠?"

"아니에요!"

앤이 펄쩍 뛰었다.

"아니라면 다행이고."

난 고개를 끄덕였다.

"그럼 무슨 이야기를 했어요?"

내 물음에 앤이 힐끗 아빠의 눈치를 보며 우물쭈물했다. 나는 입술을 내밀며 말했다.
“앤은 내 마법사인데.”
“에스텔 님, 그게, 그러니까.”
앤은 다시 힐끔 아빠를 보더니 날 향해 말했다.
“어떤 문제에 대해서 마법적 조언을 구하셨어요. 그래서 대답해 드렸고요.”
“어떤 문제?”
“그건 비밀입니다.”
앤은 굳게 결심한 얼굴로 단호히 대답했다. 난 눈을 동그랗게 뜨고 깜박였다가 고개를 끄덕였다.
“알았어.”
“네?”
“알았다고. 캐묻거나 그럴 생각은 없어.”
난 웃으며 손을 저었다. 앤은 깊게 안도하는 표정을 짓고는 얼른 고개를 숙였다.
“감사합니다. 그러면 두 분 이야기 나누세요.”
앤이 나가는 뒷모습을 바라보고 휙 아빠에게로 몸을 돌렸다.
“왜냐면 아빠에게 캐물을 생각이거든요.”
붉은 눈동자에 즐겁다는 기색이 담겼다.
“어떻게?”
“글쎄요. 어떻게 할까요.”
책상에 턱을 괴고 빤히 아빠를 바라보다가 주장했다.
“저 이제 열여섯이에요. 다 컸다고요?”
“아직 한참 덜 큰 것 같은데.”
“키는 아직 아니지만 마음이 다 자랐어요.”

“그럴까?”
“그렇다니까요. 그러니까 얼른얼른 말해 주세요.”
“별 이야기 아니었는데.”
“그럼 더더욱 이야기해 주셔도 되겠네요.”
“드래곤이 깨어난다는 소문.”
생각지도 못한 이야기라 저절로 눈이 크게 떠졌다.
“드래곤이요? 그게 진짜예요?”
“그걸 확인하는 중이야.”
“진짜면 어떻게 되는데요?”
“글쎄.”
아빠는 손끝을 모으며 의자 등받이에 깊게 기댔다.
“어떻게 될까?”
“그럼 막 드래곤이 공격해 오고 그런 거예요? 만약 그러면—”
나는 주먹을 꽉 쥐었다.
“제가 지켜 드릴게요!”
내 말에 아빠의 눈이 커졌다. 정말로 생각지도 못한 이야기를 들었다는 얼굴이다.
“알파랑 엔드가 막아낼 수 있을 거예요. 그지?”
—그야 드래곤이 몇 년생이냐에 달렸지.
—불가능한 건 아니지만, 그대의 몸에 무리가 많이 갈 텐데.
둘은 번갈아 대답했지만, 난 중요한 부분만 전달했다.
“가능하대요. 그러니까 걱정하지 마세요.”
내가 가슴을 두들기며 장담하자 아빠는 소리 내어 웃었다. 드문 웃음소리였다.
낮고, 탄력 있는 목소리.

"그래. 마음은 고맙구나."

음, 그래. 왜 황후가 아직도 우리 아빠에게 푹 빠져 있는지 알 것 같아. 배 나온 황제만 보다가 아빠를 보면 확실히 눈이 돌아갈 만하지.

하지만 그건 그거고, 이건 이거다.

제온의 이야기를 떠올리며 난 다시금 황후를 조심하자고 마음속으로 다짐하고는 이어 말했다.

"그리고 후작가에서 전령이 왔었는데요."

"그래."

"후작가로 놀러오라고 하더라고요. 저를 위해 준비한 아주 특별한 선물이 있다고 하면서요."

"흠."

아빠는 작게 소리를 내고 눈을 가늘게 떴다.

"선물이라."

"그래서 일단은 보류해 뒀지만, 보러 오지 않으면 후회할 거라는 둥— 그러더라고요. 대체 뭔지 궁금하기도 하고……."

난 곰곰이 생각하다가 말했다.

"제가 후작가에 놀러간다고 하면 뭐가 특별히 바뀔까요?"

"네가 인질로 잡히는 걸 제외하면?"

난 웃으며 고개를 끄덕였다.

"제외하면요."

"네가 어떻게 하느냐에 달렸지."

"제가요?"

아빠는 깍지를 끼고 가볍게 손가락으로 툭툭 손등을 건드렸다. 심드렁한 표정으로 아빠가 말했다.

"후작가와 굳이 연을 맺을 필요도 없고, 귀찮아."

물론 그렇겠죠.

난 고개를 끄덕였다.

"하지만 네가 후작가와 이야기를 하는 건 말리지 않아. 어떤 거래를 해도 마찬가지지고."

난 입을 헤 벌렸다.

잠깐.

잠깐, 지금 그거 엄청난 이야기를 하신 것 같은데요?

이게 어떻게 보면 참 교묘한 이야기다. 카스티엘로에게 외교란 없다. 그게 켈슨이 매일 "아아악, 공작 전하!" 하고 소리치는 이유이기도 하고.

하지만 내가 대외 활동을 하면, 카스티엘로가 외교를 한다는 이야기도 된다.

그러나 한편으로는, 내가 그런 활동을 해 봐야 공작 영애의 사교 활동일 뿐, 이라는 꼬리표를 붙이는 것도 가능하다.

즉, 카스티엘로는 편한 대로 발을 넣었다 뺐다 할 수 있는 거다.

그러니 지금 나에게 달렸다고 하신 거다.

후작가와 연락을 하는 것도, 하지 않는 것도, 우호적인 만남을 가지는 것도, 가지지 않는 것도.

전부 내 손에 달린. 내게 맡겨진 문제라는 말.

갑자기 후작가에 가는 것이 단순한 사교 활동이 아니라 막중한 임무로 느껴졌다.

아니, 사교 활동 정도로도 끝낼 수 있다. 아닐 수도 있고.

"알겠어요."

난 고개를 끄덕였다.

"그렇다면 켈슨과 상의해서 결정해 봐도 되지요?"

"그래. 그리고—"

아빠가 고개를 기울이며 말했다.

"켈슨에게 말해. 너에게 '그림자'를 사용하는 걸 허가한다고."

그게 뭔지는 모르겠지만, 이름부터 뭔가 범상치 않다.

"알겠어요."

난 진지하게 고개를 끄덕였다. 그런 날 보고 아빠가 묘한 미소를 지으시며 말했다.

"그냥 저택 안에서 벗어나지 않고 얌전히 있어 주지는 않으려나?"

"보물방 안에서 조용히요?"

난 작게 웃고는 자리에서 일어나 얼른 아빠에게 다가갔다. 아빠의 의자는 넓어서, 난 옆을 비집고 들어가 앉을 수 있었다.

아빠가 옆으로 살짝 비켜 주셔서 앉기가 더 수월했다. 난 아빠 어깨에 기대며 말했다.

"저 이제 괜찮아요."

"알아."

난 아빠를 힐끗 올려다보았다. 아빠가 손을 뻗어 내 어깨를 감싸며 말했다.

"그래도, 인 거지."

따뜻한 체온이 기분 좋았다.

"아빠가 아니었으면, 이렇게 회복되지 못했을 거예요. 그리고 제가 제멋대로 구는 것도, 다 아빠 때문인걸요."

"내 잘못이다, 이건가?"

농담처럼 던지시는 말에 난 "그렇죠." 하고 대답하며 맞장구를 쳤다. 아빠는 잠시 생각에 잠기신 듯하다가 날 불렀다.

"에스텔."

"네."

대답했지만 그다음 말이 이어지지 않았다. 난 침묵했고, 아빠도 침묵했다.

"……이만 가 보렴."

아빠의 말에 난 의자에서 일어났다.

"하실 말씀 있으신 거 아니에요?"

내 물음에 아빠가 고개를 살짝 저었다.

"지금은 아니고."

"그럼 언제 하실 수 있는 거예요?"

입을 비죽거리며 말하자 아빠는 고개를 흔들었다.

"조만간."

"기억하고 있을 거예요?"

"그래."

아빠의 말에 방긋 웃고 허리를 숙여 가볍게 아빠의 뺨에 뽀뽀했다. 아빠가 내 뺨을 가볍게 쓸어주고 말했다.

"조심해서 들어가라."

"저택 안이잖아요?"

웃으며 대꾸하자 아빠도 미소 지었다. 난 인사하고 집무실을 나왔다. 그러면 바로 켈슨에게 가 볼까?

'하지만 일단 이 옷은 갈아입고.'

더 이상은 못 참겠다.

*　　*　　*

"그림자를요?"

켈슨이 진짜로 놀란 얼굴을 하며 되물어서 고개를 깊게 끄덕여 주었다.

"그렇다니까요."
"그렇군요. 알겠습니다. 음, 그러면 다음에 소개하도록 하죠."
"다음에요?"
"지금 그쪽 리더가 외부 활동 중이거든요."
"대체 '그림자'가 뭐예요?"
"카스티엘로 가문의 정보 수집 기관입니다."
오, 하고 난 감탄했다. 그러니까 책에 나오는 그런 건가?
"더러운 일을 도맡아서 하고, 암살도 하고 막 그러는 건가요?"
켈슨의 미간이 좁혀졌다.
"대체 무슨 책을 보고 계시는 겁니까? 그런 게 아닙니다."
"에이."
난 실망했다는 어조로 중얼거렸다가 피식 웃었다.
"알겠어요. 독자적인 정보 수집은 중요하죠. 하지만 단순한 정보 수집보다 모래에서 사금을 건져내는 게 더 중요하지요."
"물론입니다. 그걸 훈련시키는 게 가장 어렵죠. 하지만 일단은 양이 되어야 사금도 나오니까요."
"상당히 큰 조직인가 보죠?"
"네."
켈슨은 두말하지 않고 확답했다. 어머, 진짜로 큰 조직인가 보네.
"그거랑 후작가에 대해서도 저에게 일임하신다고 말씀하셨어요."
"정말입니까?"
"제가 그런 거짓말을 할까요."
켈슨이 잠시 고민하다가 고개를 저었다.
"아무리 아가씨가 말괄량이라도, 정직함은 알아줄 만하지요."
"고마운 평가군요."

"카스티엘로에서는 드문 재능이니 기뻐하셔도 됩니다."
켈슨은 그렇게 말하고는 서랍장을 열어서 서류철을 꺼내기 시작했다. 얇고 두꺼운 서류철들이 차곡차곡 책상 위에 쌓여갔다.
"이 정도가 후작가와 공작가 사이에서 최근 벌어진 일을 정리한 리스트입니다. 이전의 주요 사건들도 몇 개 넣었습니다."
"음, 어— 이거 읽으라는 거죠?"
"아니면 읽어드릴까요?"
"아뇨. 읽겠습니다."
내가 한숨을 내쉬며 말하자 켈슨이 이어 말했다.
"아가씨 방으로 가져가지 마시고 여기서 읽어 주세요. 이쪽에 놓을 테니 편하실 때마다 들어와서 읽어 주시면 됩니다."
"어쩐지 기분 좋아 보이는데요."
"서류로 만든 보람이 있어서요."
"보람이요?"
"공작님께서는 대충 보고 '보고해.'라고 하시니까 말이죠."
"아하……."
그런데도 굴하지 않고 꾸준히 서류를 남기며 정보를 공유해 온 켈슨에게 박수를 보내야 할 것 같다.
"켈슨 혼자 이런 일을 다 하는 거예요?"
"설마요. 행정관들이 수두룩합니다. 단지— 공작님에게 익숙하지 않아서 그렇지요."
"그렇군요."
아빠와 일하려면 배짱이 필요한 것 같다. 살기 어린, 죽일 기세로 노려보는 시선에도 '왜? 뭐요, 배 째세요! 일하세요, 공작님!' 같은 말을 해야 하니 말이다.

'다들 담력이 장난 아니구나.'
새삼 켈슨이 대단하다고 생각하며 난 서류를 펼쳤다.
'이거 한참 걸리겠네.'

결국 오늘 다 못 봤다.
그나저나 후작가와 쌓아온 역사가 어마어마……하지만 팔은 안으로 굽는다고 해야 하나?
'레이몬드 후작가에서 자꾸 알짱거리니까 그렇지.'
아니, 상대가 슬슬 간 보는 잽을 날리는데 카운터펀치를 날려 버리는 우리 카스티엘로가 호쾌한 것일지도.
그렇게 생각하며 서류를 닫았다. 나머지는 내일 읽어야겠다. 아직 일하는 켈슨에게 "가 볼게요." 하고 인사하고 난 켈슨의 집무실에서 나왔다.
앞으로는 여기도 종종 들르게 되겠구나.
뭔가, 음. 제대로 어른 취급을 받는 것 같은 느낌이야.
다들 날 아가씨라고 부르면서, 소중하게 대해 주고, 어린아이를 대하듯 하지만— 막상 내가 그 안으로 들어가자 스스럼없이 받아주었다.
"아가씨께서 그런 업무를요?"
그런 식으로 말하는 사람은 아무도 없었다.
무엇보다도 아빠가 날 믿어 주는 것.
그것이 가장 크겠지. 공작님이 괜찮다고 하시면야, 하는 그런 느낌. 아빠의 신뢰에 기대어서 시작하는 거니 열심히 해서 나도 내 신뢰를 쌓아야겠다.
'그나저나 후작가 넷이랑 상당히 쌓아왔구나.'
특히 경계를 맞대고 있는 레이몬드와 자몬 후작가와는 악연이 상당했다.

역대 카스티엘로 공작 손에 목이 날아간 후작의 이름을 정리해 보자, 라고 해도 다섯 손가락으로 셀 만큼 나오니…….

'엄청난 거지.'

게다가 그러면서도 그들은 카스티엘로 공작에게 아주 잘해봐야 약간의 상처를 입힌 게 전부니 더 열 받을 만하다.

'진짜로 무슨 꿍꿍이지?'

호기심이 고양이를 죽인다는데, 정말로 궁금해지기만 할 뿐이었다.

그렇게 자신만만하게 날 초대하는 거니까 뭔가 있는 거겠지. 그런데 그 뭔가가 뭘지 짐작도 가지 않는 게 문제다.

"이제 나오시나요?"

화들짝 놀라 뒤를 돌아보니 에멜이 서 있었다.

"에멜?! 아직도 있었어요?"

"아직도 있었어요, 라뇨. 호위니까 끝까지 있어야지요."

"하지만…… 전 여기 집무실 안에 있었고……."

"그래도요."

"진짜 에멜, 과보호예요."

난 그렇게 말하며 쓰고 있던 관을 벗었다. 휴, 이게 그렇게 무겁지 않은 것 같았는데 계속 쓰고 있으니 꽤 무겁네.

대체 왕관은 어떻게 쓰고 버티는 걸까? 목 디스크 오지 않을까.

"제가 정말로 과보호하는 걸까요?"

에멜이 물어 와서 멈추고 돌아섰다. 그의 얼굴은 진지했다. 등불에 캐러멜 색 눈동자가 마치 호박처럼 빛난다.

나 역시 진지하게 고민하고 대답했다.

"네, 그런 것 같아요."

"그러면 하지 말까요?"

어—?

으—으으음—

난 팔짱을 끼고 끙끙거리다가 슬쩍 그를 보고 말했다.

"사실 안 해 주면 좀 서운할 것도 같은데, 하지만 좀 더 자유롭게 해도 괜찮아요."

나 스스로도 좀 모순된 말인 걸 알고는 있지만—

에멜이 웃으며 고개를 끄덕였다.

"알겠습니다."

그가 팔을 뻗어 이제 걷자고 신호를 보냈다. 나와 그는 같이 걷기 시작했다.

"오늘 즐거워 보이시더군요."

"아— 마을에서요? 그야 즐거웠으니까요. 온통 신기한 것투성이더라고요."

아무래도 식탁에 올라오기 전 음식의 모습을 모르는 건 문제가 있는 게 아닐까, 하고 있는데 에멜이 이어 말했다.

"제온 도련님과도 좋아 보이고요."

"정말로 암행에 익숙한 것 같던걸요. 자기 영지에서는 자주 그렇게 한대요."

나도 그래야 할까 봐.

답이 들려오지 않아 돌아보니 에멜은 또 묘한 얼굴을 하고 있었다.

"왜요?"

"아닙니다."

에멜은 고개를 저었다. 나는 대체 뭐람? 하고 갸웃했다가 다시 정면을 보며 말했다.

"종종 그렇게 나가도 좋을 것 같아요."

"그건—"
"사양하겠다고요?"
내 질문에 에멜이 곰곰이 생각하다가 말했다.
"아뇨. 대신 나가실 때는 말씀해 주세요. 아가씨는 말씀하지 않고 몰래 나가실 것 같단 말이죠."
"안 그래요."
"네. 이상하죠? 분명히 아가씨는 모범생인데—"
어째서 큰 사고를 칠 것 같은 미심쩍은 구석이 항상 있는 걸까요.
에멜은 그렇게 중얼거리고 내 방문을 열어 주었다.
"전 선량하고 모범적인 카스티엘로라고요?"
"그렇게 안 어울리는 수식어는 처음 듣는군요."
그는 그렇게 말하며 싱긋 웃었다. 나도 웃었다. 내가 생각해도 말이 우스웠으니까.
'아—'
그리고 난 한 가지를 깨달았다.
이렇게 에멜과 보내는 시간이 너무 좋았다. 이 4년 동안 에멜은 내 가장 가까운 곳에 있었고, 말 그대로 내가 손가락만 까닥해도, 내가 소리를 내기 전에도 달려와 주었다.
무슨 일이세요, 아가씨? 하고 되물으면서.
그의 최우선 순위는 항상, 언제나 나였다.
'그리고 나여야만 해.'
이어지는 생각에 난 깜짝 놀라 우뚝 멈춰 섰다.
"아가씨?"
에멜이 의아해하며 한 걸음 나보다 앞서더니 내 쪽으로 돌아섰다. 그가 내 얼굴을 보고 눈을 찌푸렸다.

"괜찮으세요?"
"어…… 응……."
"괜찮아 보이시지 않는데."
"아냐. 괜찮아."
나는 그의 눈을 마주 보았다. 드넓은 평야를 가득 채운 익어가는 황금색 밀빛, 그 아름다운 호박색을 꼭 닮은 눈동자.
이제 나에게만 웃어 주는 게 아니고, 지금 나와 시간을 보내는 것처럼 스테파니와도 보내겠지. 심지어 이제 나보다 더 가까워질 거고. 나보다 더—
그녀가 먼저가 되겠지.
'어린애같이! 질투하지 마, 에스텔!'
에멜은 내 것이 아닌걸.
난 말없이 다시 걷기 시작했다. 내 방까지 얼마 남지 않은 거리였다. 에멜은 곤란한 얼굴을 했지만 뭐라 하지는 않았다.
"갑자기 생각난 게 있어서. 그럼 잘 자요, 에멜."
재빠르게 말하자 에멜은 빤히 날 보다가 인사했다.
"그럼 편안한 밤 되세요."
"네, 에멜도요."
난 그와 일별하고 안으로 들어왔다. 애니와 제인이 옷 갈아입는 걸 도와주었다. 스테파니에게는 차를 가져오라고 시켰다. 어쩐지 그녀에게 퉁명스럽게 굴 것 같아서 말이다. 드레스와 코르셋을 벗어던지고 편한 옷으로 갈아입으니 살 것 같다.
'아, 그러고 보니.'
애니와 제인, 스테파니의 선물을 사 왔는데.
나 너무 속 좁은 사람인 것 같아. 에멜과 스테파니 사이를 질투하다니.

어쩌면 너무 피곤해서 신경이 날카로워진 걸지도 몰라.

'일단 지금은 너무 졸리니까 먼저 자자. 내일이면 또 달라질 수도 있잖아?'

난 애니에게 인사를 하고 침대 위에 쓰러지듯이 누웠다. 베개에 머리가 닿자마자 나는 스르륵 잠이 들었다.

* * *

얼마 지나지 않아 리들 역시 도착했다. 황자 전하를 맞이하는 일로 저택은 소란스러워졌다. 덕분에 나는 에멜과 스테파니에 대한 생각을 떨치고 새 일에 집중할 수 있었다. 리들은 나와 제온이 마을에 다녀온 이야기를 듣고는 아쉬워했다.

"나도 같이 갔으면 좋았을걸."

"다음에 기회 되면 같이 가요."

"약속한 거야?"

사풋 눈웃음을 지으며 말하는 리들을 보니 어쩐지 나보다 교태롭다는 생각이 들었다.

'그 말을 죽어도 입 밖으로 내지는 않겠지만.'

그리고 어떻게 세공사를 압박한 건지, 예정했던 시간보다 일찍 팔찌가 도착했다.

은이 아니라 백금으로 만든 튼튼한 팔찌였다. 게다가…….

"엄청 잘 만들어졌네요."

난 감탄하며 참을 바라보았다. 검은색의 표범은 날개를 펴고 있었다. 눈은 아주 작은 루비를 박아서 만들었는데 어떻게 보면 귀엽고, 어떻게 보면 생동감이 넘쳤다.

노란색 토파즈로 만든 별과 흑표범이 나란히 달린 걸 보자 흐뭇해졌다. 켈슨에게 말해서 돈을 지불하는데 조금도 아깝지 않은 퀄리티였다.

그걸 소중하게 벨벳 상자에 넣어 두고 얼른 카를이 돌아오기를 기다렸다.

난 등을 쭉 펴고 시위를 당겼다. 멀리 과녁이 빠르게 지나갔다.

탕—!

경쾌한 소리와 함께 활이 날아간다. 명중을 확인할 사이도 없이 연속해서 활을 쐈다. 화살통이 다 비워지고 나서야 말을 멈춰 세웠다.

"굉장하잖아?"

제온이 눈을 휘둥그레 떴다. 리들 역시 감탄한 얼굴이었다.

"기사(騎射)로 이렇게 명중률이 높은 사람은 처음 봤어."

"그죠? 대단하죠?"

난 고개를 치켜 올렸다. 리들이 내 말에 웃으며 고개를 끄덕였다.

"맞아. 대단해."

"겸손함이 없다는 점도 대단하고."

제온이 덧붙인 말에 난 흥 하고 말했다.

"이렇게 쏘고 '별거 아닌 솜씨지요.' 하는 편이 더 오만하다고요?"

제온이 눈을 껌벅였다.

"그런가?"

"그렇죠. 이게 별거 아니면, 다른 사람들은 뭐란 말이에요?"

"그냥 겸양의 표현이기는 하지만, 에스텔의 말도 틀린 건 아니네. 하여간 굉장한데. 속사에다가 저 명중률이라니."

"다음에 사냥 대회에 나갈 거예요."

"진짜?"

리들이 놀라 물었다. 나는 고개를 끄덕이며 시위를 가볍게 퉁겼다.
"네. 음— 안 되려나요?"
"글쎄. 여자가 참여한 적은 없어서……."
리들이 고개를 갸웃했다.
"그럼 제가 최초가 되겠네요."
어깨를 으쓱하며 말하자 제온이 고개를 끄덕였다.
"뭐, 카스티엘로니까."
"그렇지. 카스티엘로니까."
리들 역시 동조하며 고개를 끄덕였고 난 눈을 가늘게 떴다.
"뭐예요?"
"그냥."
제온이 히죽 웃었다. 뭐라고 하려는데 멀리서 시종이 달려오는 게 보였다. 난 말을 가볍게 몰아 시종에게로 다가갔다.
"카를 도련님께서 오십니다."
"정말?"
내가 놀라 되묻자 시종이 웃으며 대답했다.
"네."
"알았어. 고마워."
얼른 말을 몰아 마구간으로 돌아가 말구종에게 고삐를 던지듯 맡기고, 말을 가볍게 토닥여 주었다.
"다음에 보자."
제온과 리들이 허둥지둥 이어 말에서 내렸다.
"카를 도착했대?"
"이제 온대요. 여기서 저택까지 꽤 머니까, 얼른 가야 해요."
난 그렇게 말하고 걸음을 빠르게 했다. 마지막에는 거의 달리듯이 빠른 걸음이 되었다.
"오라버니!"
마차에서 막 내리던 카를이 날 돌아보았다.
"토끼."
싱긋 웃으며 카를이 팔을 벌렸고 난 그에게 달려들었다. 덥석 안기고 나자 카를이 가볍게 웃었다.
"진짜 하나도 안 변했네. 언제 크지?"
"뭐예요? 두 달 만인데 자랄 리가 없잖아요."
"난 좀 자랐는데."
"오라버니는 그만 자라도 된다고 생각합니다."
이미 키가 180이면서 언제까지 자랄 생각이에요? 그 나이에 자라는 건 사기라고요?
카를이 피식 웃으며 내 머리꽁지를 가볍게 잡아당겼다. 포니테일로 묶은지라 잡아당기기 좋은 건 알지만, 이건 아니죠.
"오라버니!"
"승마하고 온 거야?"
"보시는 대로요."
난 그의 손에서 머리카락을 빼내며 말했다.
"어땠어요? 잘 돌아보고 오셨어요? 뭐 신기한 일 없었나요?"
"딱히 별일 없었는데."
카를이 그렇게 말하며 내 등을 토닥이는데 뒤에서 제온이 목소리를 높였다.
"와, 맞이해주는 여동생 없는 사람은 서러워서 살겠나. 에스텔밖에 안 보인다 이거지, 지금?"
"그러네. 우리가 있는 걸 아는데도 모르는 척하는 건지, 아니면 인지를 못 하는 건지."
"왜 온 거야?"
카를이 두 사람을 바라보며 묻자 제온은 입을 쩍 벌렸다.
"와, 진짜. 너 성인식이잖아?! 축하해 주러 온 거거든? 귀한 손님이거든?"
"아."
카를은 짧게 말하고 날 그의 품에서 떼어 내며 말했다.
"그럼 들어갈까?"
"네."
난 얼른 카를의 손을 잡았다. 분명히 카를도 아빠도 키가 큰데, 어째서 나는—
'으음…… 어머니 키가 어땠더라?'
어렸을 때는 엄청 크다고 생각했는데, 내 키를 보니 아닐 수도 있다는 생각도 들고…….
어릴 때랑 지금은 또 다르니까.
난 힐끗 뒤를 돌아보고 제온과 리들에게 들어오라고 손짓했다. 리들은 한숨을 내쉬었고, 제온은 씩씩거리며 우리를 따라 안으로 들어왔다.
"어서 와라."
드물게 아빠가 마중 나와 있었다.
"다녀왔습니다."
카를은 가볍게 인사했다. 제온과 리들이 연이어 "공작 전하를 뵙습니다." 하고 고개를 숙였다.
제온이야 그러는 게 당연하지만, 어째서 리들까지?
리들이 가볍게 헛기침을 하고 말했다.
"그러면 저희는 먼저 물러가겠습니다. 편하게 이야기 나누세요."

둘은 얼른 복도를 빠져나갔다. 카를이 중얼거렸다.
"도망치는 건 빠르군."
"도망인가요?"
내가 갸웃하며 묻자 카를은 "그렇지." 하고 아빠에게 말했다.
"문제가 아예 없었던 건 아니지만, 잘 끝났습니다."
"자세한 이야기는 나중에 하기로 하지."
"네."
"그럼 들어가 쉬어라."
"알겠습니다."
카를이 고개를 가볍게 숙여 보였다. 난 손을 놓아주며 말했다.
"고생했어요."
"별로."
가볍게 말하고 카를은 내 머리를 살짝 장난스럽게 한 번 더 잡아당기고는 가 버렸다.
정말이지.
난 투덜거리며 내 머리카락을 어깨 앞으로 당겨서 양손으로 쓰다듬었다.
"잠깐 걸을까?"
아빠의 말에 난 얼른 돌아서며 고개를 끄덕였다. 우리 둘은 나란히 복도를 걷기 시작했다.
"그래서— 후작가와의 일은?"
"으음, 지금 조사 중이에요. 후작가로 들어간 물건이 뭐가 있는지 말이에요. 하지만 전부 쓸데없는 것뿐이라……."
고개를 흔들자 아빠가 되물었다.
"그럼 갈 예정인가?"

"아직 정하지는 못했지만, 거의 가는 걸로 마음이 기울었어요. 에멜은 펄쩍 뛰고 반대하겠지만요."

내가 웃으며 말하니 아빠는 고개만 가볍게 끄덕였다.

"에스텔."

"네."

"선물은 물건뿐일까?"

그 질문에 내 발이 딱 달라붙은 것처럼 멈췄다. 당연히 물건이라고 생각했다.

팔찌를 받았기도 했고.

하지만 물건이 아니라면? 좀 더 포괄적인 의미의 무언가라면…….

"좀 더 생각해 볼게요."

"그래."

"고마워요, 아빠."

아빠는 그저 내 어깨만 한 번 가볍게 두들기고 그대로 멀어져 갔다.

'으음, 물건이 아니라 다른 것.'

머릿속이 복잡해졌다.

'하지만 오늘은 그게 최우선 문제가 아니지.'

카를이 돌아왔다!

저택이 단숨에 생기를 띤 것이 느껴졌다. 일단 생일 당사자가 돌아왔으니 말이다.

빠듯하게 당일 날 올지도 모른다고 생각했는데, 생일 하루 전날에 도착한 것이 그나마 여유 있는 도착이었다.

난 얼른 내 방으로 올라갔다. 씻고 옷 갈아입어야지. 그리고 매일 들여다보는 선물을 한 번 더 들여다보는 것도 잊지 않았다.

음, 내가 봐도 잘 빠졌다니까.

카를에게 선물할 생각을 하면 벌써부터 웃음이 나왔다.

'얼른 내일이 됐으면 좋겠다.'

벨벳 상자를 닫고 조심스럽게 책상 서랍에 집어넣으며 난 빨리 시간이 가기를 빌었다.

5월 말.

초여름이라고 해야 할 계절은 완벽했다. 알파와 엔드는 날씨가 아주 좋을 거라고 호언장담했고, 그래서 변덕스러운 카스티엘로 영지의 초여름 날씨에도 불구하고 내가 밀어붙여서 야외에서 파티를 하게 되었다.

걱정하던 사람들도 아침에 일어나 날씨를 보고 모두가 기뻐했다. 하늘은 높고 터키석처럼 선명한 파란빛을 띠고 있었고, 나뭇잎은 전부 비취처럼 반짝였다.

너무 덥지도 않고, 춥지도 않은 적당한 온도에 바람이 살랑살랑 부는 것까지.

야외 파티를 하기에 완벽한 날이었다.

"이런 날씨의 정원 파티는 드물지. 엘로워즈에 주문해도 못 살걸."

제온이 그렇게 말하며 하늘을 바라보았다. 엘로워즈는 요즘 수도에서 가장 큰 영향력을 발휘하는 상회라고 한다.

호호, 당연히 주문해도 못 사죠. 정령사 특제입니다.

그렇게 생각하며 나는 차려진 핑거 푸드를 입에 넣었다. 아, 이 마들렌 진짜 맛있다.

손님이라고는 딱 단둘뿐인 성인식이지만, 그래도 음식은 다채롭게 준비되었다. 어차피 우리는 다 못 먹을 테고, 나중에 하인과 하녀들에게 고스란히 내려갈 음식이 될 거다.

그렇게 생각하니 아깝지 않았다.

사실은 좀 더 초대를 해야 하나 했는데, 카를이 질색하는 게 빤히 보여서 그만뒀다.

괜히 손님 초대했다가 카를이 손님에게 차갑게 대하는 걸 보는 것도 좀 그렇지…… 응…….

그런 의미에서 여기까지 와 준 두 사람에게 정말 감사하다.

'카를은 축하하러 가지도 않았는데 말이지. 나도 칩거 중이라서 못 갔고……. 선물을 보내기는 했지만.'

그런데 이렇게 미루고 미룬 카를의 성인식에 참석해 주다니.

정말 좋은 친구였다.

'오라버니는 두 사람에게 좀 상냥하게 대해줘야 해.'

그런 생각을 하는데 카를이 천막 아래로 들어오며 말했다.

"나쁘지 않네."

"진짜 열심히 준비했거든요?"

내가 눈에 힘을 주며 말하자 카를이 픽 웃었다.

"그래, 그래."

성인식이라고 해도, 온 가족이 손님과 함께 식사를 하는 것일 뿐이다. 악사들은 날씨에 어울리는 경쾌한 곡을 연주하고 있었다.

가운데 테이블에는 선물이 올라가 있었다. 역시나 아빠가 성인식 선물 세 개를 다 주문해서 올려두고 있었다.

시계, 검, 망토.

시계는 케이스 안에 들어 있어서 보이지 않지만 안 봐도 최고급품이겠고, 검은 단순하게 떨어지는 스타일이었다. 망토는 검은빛을 띠고 있는데, 살짝 만져봤더니 촉감이 비단처럼 황홀하면서도 도톰하고 가벼웠다. 뺨을 부비고 싶은 충동을 참으며 나는 망토를 내려놓았다.

'대체 무슨 털인 걸까.'

그 옆에 내가 준비한 선물이 있었고, 제온과 리들도 각자 준비한 선물을 올려뒀다.

제온이 준비한 건 단검이었다. 나쁘지 않은 선택인걸? 아빠가 준비한 건 장검이고…… 단검은 또 쓰임새가 다르니까.

리들에게 뭘 준비했냐고 물어보니까 고글이라고 대답했다.

고글? 그런 것도 있어?

'의외로 신기한 물건들이 많구나.'

어쩐지 궁금해져서 나는 힐끔힐끔 리들의 선물 꾸러미를 바라보았다.

잠시 후 아빠도 나오시고, 본격적으로 파티가 시작되었다. 모두가 착석하고 나서, 시종에게 신호를 보내 음식을 가지고 오게 했다. 날씨 좋은 날 야외에서 식사하는 것만으로도 음식이 배는 더 맛있게 느껴졌다.

처음에는 긴장하고 있던 리들과 제온도 슬슬 긴장이 풀리면서 식탁 위의 대화는 편해졌다.

리들이 아빠에게 물었다.

"수도에 한번 올라오실 생각은 없으신가요? 안 오신 지 오래되셨잖아요?"

음, 그렇지. 거의 4년간 칩거였지. 그런데 그거 끝낸다고 하시지 않았나?

"여름이 되면 올라갈 계획입니다."

리들에게 존대하는 아빠의 어투는 정중하지 않았지만, 그렇다고 무례한 것도 아니었다.

리들이 눈을 크게 떴다.

"정말로요? 블랙월로 올라오시는 건가요?"

"네."

고개를 까닥하며 아빠가 대답했다. 리들이 싱글 웃으며 말했다.

"수도에서 뵐 날을 고대하고 있겠습니다."
카를이 포도주 잔을 들며 말했다.
"기대할 일이 뭐가 있어? 귀찮기만 하고……."
"무슨 소리야, 너도 슬슬 약혼자를 찾을 때지."
리들의 말에 난 깜짝 놀라 물었다.
"약혼자요? 벌써요?"
"벌써는 아니지."
제온이 고개를 저으며 말했다. 아니, 나에게는 벌써처럼 느껴지는데. 그도 그럴 게 카를은 이제 스무 살.
'어라? 많은가?'
여기는 확실히 다들 일찍일찍 결혼을 하니까……. 리리아가 이러다가 자기 노처녀 되겠다고 편지를 보내기도 했지. 허?
"너도 이제 성인이고."
제온의 말에 난 약간의 충격을 받았다. 그렇구나. 나 열여섯이니까, 벌써 결혼을 생각할 수 있는 성인이구나.
"약혼자는 무슨……."
카를은 더러운 소리를 들은 양 눈을 찡그렸다. 리들이 생글생글 웃으며 말했다.
"왜? 혹시 모르잖아? 마음에 드는 여자아이가 있을지."
"없어."
카를의 대답은 단호했다. 리들이 어깨를 으쓱했다가 날 돌아보았다.
"에스텔은?"
"네?"
"마음에 두고 있는 사람 없어?"
마음에 두고 있는 사람?

제온이 아, 하고 이어 말했다.

"카를이나, 공작님은 빼고."

"그렇게 어리지 않거든요?"

난 눈을 찡그렸다가 힐끗 제온을 바라보고 말했다.

"으음— 제온?"

"뭐?"

"어?"

"나?"

제온이 스스로를 가리키며 말해서 난 수줍은 척 눈을 살짝 내리깔았다. 그는 어버버하며 당황하기 시작했다.

"꼬맹, 아니 에스텔, 어— 음."

"농담이에요."

곧, 난 새침한 얼굴로 휙 고개를 들고 말하며 스테이크를 입 안으로 집어넣었다. 으음, 소스 완벽하다.

제온은 멍하니 날 보다가 얼굴이 머리카락만큼 빨갛게 변했다.

"아, 진짜!"

그가 큰 소리로 투덜거리며 얼굴을 문질렀다.

"그런 걸로 벌써 남자를 놀리고, 꼬맹이 네 앞날이 훤하다. 훤해."

"뭐가 훤해?"

카를이 코웃음을 치고 내 어깨를 당겨 가볍게 머리에 키스해 주었다.

난 헤헤 웃고 고기를 포크로 찍어 카를에게 내밀었다. 카를은 망설임 없이 허리를 숙여 고기를 받아먹었고, 제온은 다시 앓는 소리를 냈다.

"야, 너희들 그러다가 이상한 소문 난다."

"이상한 소문이요?"

내가 의아해서 묻자 제온은 좀 아차 싶은 얼굴이었다. 카를이 자신의 접시에서 내가 좋아하는 버터 올린 구운 감자를 내 접시로 옮겨 주며 말했다.

"카스티엘로에 대한 소문은 끝도 없어. 내가 포도주 대신 처녀 피를 마신다는 소문도 있던데."

"뭐라구요?!"

나는 눈을 크게 뜨며 되물었다. 뭐 그딴 소문이 다 있어?

"아니, 그런 말을 하는 사람 머릿속이 어떻게 된 거 아니에요?"

"카스티엘로니까. 뭐, 어린아이를 잡아먹는다는 소문도 있고."

"어쩜, 진짜, 정말."

전신이 다 떨렸다. 와, 그딴 소리를 지껄인단 말야?

우리 아빠랑 오빠를 보고? 내 가족에게? 그딴 말을 한다고?

카를이 피식 웃고 말했다.

"난 신경 안 써. 내 앞에서 할 수 없는 말을 다른 데서 하는 것까지 신경 쓸 필요는 없지. 그리고—"

카를이 고개를 갸웃하고는 이어 말했다.

"이러면 안 되는 건지 모르겠지만, 소문 때문에 날파리들이 안 붙어서 좋아."

'나쁜 소문보다 인간이 더 귀찮다'는 말이다.

난 한숨을 내쉬며 아빠를 힐끗 바라보았다.

아빠, 오라버니 좀 보세요. 그런 소문 때문에 오히려 좋대요. 그러나 아빠는 태연해 보였다. 어쩐지 이해하고 있는 것도 같고…….

'뭔가…… 나만 모르는 세계야.'

반쪽짜리인 나는 절대로 알 수 없는 세계.

난 우울함을 버터구이 감자와 함께 꿀떡 삼켜 버렸다. 뭐, 이렇게 태어난 건 어쩔 수 없는 거니까!

식사가 끝나고 디저트가 나올 때쯤 선물 개봉 시간이 되었다.
맨 먼저 제온에게서 받은 단검이 개봉되고, 그다음은 리들이 선물한 고글이 나왔다. 햇빛 아래서도 선명하게 볼 수 있게 해 주는 물건이라고 한다.
그다음은 내 선물이었다. 상자를 열어 보고 카를은 피식 웃었다.
"팔찌?"
"예쁘죠?"
"나에게 참 팔찌를 하라고?"
어.
갑자기 말문이 막혔다. 그러고 보니 카를은 액세서리를 전혀 안 하지…….
"그, 그러면 다른 걸로 교환해 드릴까요?"
갑자기 당황스러워져서 말이 꼬였다. 교환하는 게 뭐야, 교환하는 게.
"아냐. 딱 좋아."
카를은 싱긋 웃고 능숙하게 팔찌를 손목에 찼다. 확실히 참 팔찌는 좀 귀여운 느낌이기는 하다……. 그렇다고 안 어울리느냐면—
'카를은 뭐든 잘 어울리니까 잘 모르겠어.'
눈을 가늘게 뜨며 팔찌를 살펴보는데 카를이 손을 들어 내 머리를 가볍게 누르고 말했다.
"됐어. 고마워."
"아니에요. 마음에 들지 않으시면 다른 걸로—"
"마음에 들어."
"정말요?"
"정말."
카를이 고개를 끄덕여서 난 가볍게 안도의 한숨을 내쉬었다. 카를이 마음에 들지 않는데 마음에 든다고 할 사람은 아니니까.
마지막으로 아빠의 선물이 남아 있었다. 카를은 가볍게 검을 들어 보았다. 정령석이 웅웅 낮게 울었다. 내가 선물한 금색 정령석이었다. 어떻게 빼내어서 재가공한 걸까?
다른 정령석들과는 완전히 다른, 부드럽고 나지막한 곡조.
깊은 바닷속 고래의 울음 같은 다정한 울림. 카를이 검을 빼자 스르렁 하고 서늘한 소리가 났다. 검날에는 푸르스름한 물결 문양이 춤추고 있었다.
"좋은 검이네요."
카를은 다시 탁 검을 집어넣었다. 그리고 시계.
동그란 회중시계를 열자 안에 복잡하게 돌아가는 시곗바늘이 보였다. 뒤로 지나가는 문페이즈도 예술적으로 만들어져 있었다.
"예쁘다……."
나도 모르게 중얼거리자 아빠가 말했다.
"에스텔도 하나 해 줄까?"
"아니에요. 제 성인식 때 받았잖아요."
"하나 더 하면 되지."
"사양합니다."
너무 비싸잖아요, 하고 웃자 왜인지 아빠는 한숨을 내쉬었다.
망토는 뭐, 잘 모르는 나조차 만져보기만 해도 알 수 있을 정도로 훌륭한 망토였으니까.
"고맙습니다. 아버지."
카를은 망토를 접으며 공손히 인사했고, 아빠는 고개만 가볍게 끄덕했다.
식사를 끝내고, 디저트까지 먹고 나자 제온이 불편한 얼굴이 되어 말했다.
"너무 많이 먹었어."
"그러게."
리들 역시 고개를 끄덕였다. 난 히죽 웃었다. 호스티스에게 많이 먹어서 배부르단 말만큼 뿌듯한 말도 없을 거다.
우리 요리사가 아주 잘해 줬다는 말이니까.
"그럼 정원 산책이라도 할까요?"
내가 묻자 리들이 힐끗 악사들을 보더니 다시 날 보며 말했다.
"춤은 어때?"
아—
"좋아요."
그거 괜찮지.
난 자리에서 일어나 악사들에게 가서 춤곡을 주문했다. 그런데 먹고 나서 바로 춤추면 더부룩하지 않을까?
그렇게 생각하며 돌아섰는데, 왜인지 아빠가 눈앞에 와 있다.
"아빠?"
"춤출까?"
"네? 어? 좋죠?"
당황하면서도 아빠가 내민 손을 잡으니 눈치 좋은 악사가 재빠르게 왈츠 연주를 시작했다.
봄날, 야외에서 추는 왈츠는 날씨와 합쳐져서, 잔디밭에서 턴하기가 어렵다는 기분이 들지 않게 해 줬다.
어쩐지 뿌듯해져서 난 고개를 들고 말했다.
"이제 제대로 출 수 있네요. 아빠가 허리 안 숙이셔도 되고요."
"그러네."

아빠는 그렇게 말하고 가볍게 날 리드했다. 이야, 언제 춰도 이 리드 하시는 솜씨는 끝내주신단 말입니다. 감탄하며 아빠의 리드에 기대어 훌륭하게 춤을 끝냈다.

아빠 다음은 당연하게도 카를이었다. 잠깐, 이거 남자들은 한 번씩만 추는데 나만 네 번 추는 거잖아?

싫지는 않지만.

다음은 제안자였던 리들, 그리고 마지막으로 제온이었다. 연달아 네 곡을 추고 나니, 약간 땀까지 났다. 바닥이 매끄럽지 않아서 춤추기가 더 힘든 탓도 있었다.

그리고 제온은 남자들끼리의 시간을 가지겠다고 말했고, 난 기꺼이 자리를 비켜 주었다. 아빠도 나와 함께 빠져나왔다.

"무슨 이야기를 해? 너네 둘이서 해."

"어허, 잠깐 앉아 봐."

"맞아, 맞아."

카를만이 빠져나오지 못하고 제온과 리들에게 붙잡혀서 자리에 남아 버렸다.

뭐, 아무래도 친구들끼리 할 이야기가 있겠지.

난 그렇게 생각하며 카를에게 손을 흔들어 주었다.

내 방으로 들어와서 가장 먼저 한 것은 장신구를 벗는 일이었다. 아무래도 땀에 닿으면 금이나 백금이 아닌 이상은 변색되기도 쉬우니 말이다. 제인이 즐거웠냐고 물으며 장신구를 깨끗하게 닦아서 함에 도로 넣었다.

"응, 재미있었어."

"그나저나 카를 도련님에게 친구가 생기다니, 생각지도 못한 일이에요."

애니가 옆에서 내 머리핀을 빼 주며 말했다. 거울에 비친 애니의 웃는 낮을 바라보며 나 역시 고개를 끄덕였다.
"맞아. 그 두 사람이 정말로 특이한 것 같아요."
특히 제온.
아아, 그러고 보니 리들에게도 물어볼 걸 그랬다. 어떻게 카를과 친구가 되었냐고.
나중에 슬쩍 물어봐야지.
제온에게 들은 대답이 상상 외로 흥미로웠기 때문에, 난 리들에게도 꼭 물어봐야겠다고 마음먹었다.
"아가씨, 푸른 사슴 방에서 가져온 장신구 여기다가 놓을게요."
"응, 내가 가져다 놓을게."
난 애니가 머리를 가볍게 묶어 주기 무섭게, 장신구 상자를 들고 푸른 사슴 방으로 향했다.
들어가서, 장신구를 제자리에 넣어두고 문득 이 어마어마한 보석 창고 앞에 서서 생각했다.
'역대 공작 부인들은 어떤 사람이었을까? 카를의 어머니는?'
그러고 보니 어딘가에 초상화라도 남아 있을 만한데, 신기할 만큼 그림 한 점 없다.
'카를이 어렸을 때 돌아가셨다고 했었지……. 살아 계셨다면 어땠을까? 날 딸로…….'
그때 번개처럼 어떤 생각이 내 머릿속을 스쳤다.
'잠깐. 설마?'
푸른 사슴 방에서 튕겨지듯이 나와서 집무실로 향했다. 문을 벌컥 열고 난 켈슨에게 물었다.
"켈슨, 혹시 전에 그 후작가에서 선물했던 팔찌, 다시 볼 수 있어요?"
"네? 그 팔찌라면 지금 아가씨의 마법사에게 가 있습니다. 어떤 마법적 효력이 있는지—"

"알았어요!"

켈슨의 말을 중간에 끊고 집무실을 나서서 앤의 방까지 올라갔다. 에잇, 왜 이렇게 꼭대기에 사는 거야?

노크를 하고 거의 곧장 문을 열자 앤이 놀란 얼굴로 자리에서 일어났다.

"에스텔 님?"

"앤, 팔찌 가지고 있어?"

"네?"

"그, 후작가에서 온 팔찌."

"네, 있어요."

"보여줘 봐."

앤은 허둥지둥 투명한 용액에 담가두고 있던 팔찌를 집게로 꺼내서 책상 위에 내려놨다.

난 뚫어져라 팔찌를 바라보았다.

문스톤, 오팔, 토파즈, 이름 모르는 보석, 에메랄드, 루비.

"앤, 이 색이 변하는 보석 이름이 뭐라고 했었는지 알아?"

"방조달석이요?"

"맞아. 그런 이름이었지. 고마워!"

그대로 방을 나가려고 하자 앤이 뒤에서 날 불렀다.

"에스텔 님, 팔찌 안 가지고 가세요?"

"응, 괜찮아. 그냥 배치를 보려는 것뿐이었어."

다음은 도서관이었다. 도서관에서 난 방조달석에 대한 책을 찾기 시작했지만, 그런 책은 따로 없었다. 할 수 없이 광물에 대한 책을 찾아서 페이지를 빠르게 넘겼다.

'방조달석, 방조달석……. 아, 여기 있다!'

소달라이트(sodalite).

방조달석(方曺達石).

's로 시작하네……?'

갑자기 김이 팍 빠지는 느낌이었다. 내가 원한 건 이게 아니었는데…….

'푸른색 보석……. 어? 내 거는 푸른색이 아닌데……?'

난 좀 더 페이지를 넘겨 보았다.

'분홍색 방조달석은 따로 부른다. 해크마나이트(hackmanite).'

난 한참 동안 그 페이지를 바라보고 있었다. 마지막 피스가 딱 맞아 들어갔다.

문스톤(moonstone).

오팔(opal).

토파즈(topaz).

분홍 방조달석(hackmanite).

에메랄드(emerald).

루비(ruby).

각각 앞 글자 스펠링만 따면?

어머니(mother).

"……."

난 입을 살짝 벌렸다가 의자에 털썩 주저앉아서 양손으로 얼굴을 문질렀다.

어쩐지, 스톤의 가격도, 색 배치도 엉망이라고 생각했어.

나름대로 세련된 방식이라고 해야 할까?

'그럼 뭐야, 내 친모를 데리고 있다는 거야?'

갑자기 전신에 소름이 돋는 기분이었다. 그게 선물이라고? 그래서 나랑 만나게 해 주겠다고? 아니면 그걸로 이런저런 협박을 할 수 있다고 생각하는 걸까?

어머니의 목숨을 살리고 싶으면 내 말을 따라라. 막 이런 거?

'어떻게 하지?'

그냥 가지 말까? 이게 확실하다면 굳이 만나러 갈 필요가 있나? 그런데 내가 만나러 가지 않으면 어떻게 되는 걸까? 그 사람을 후작가에서 어떻게 이용할까.

어느 날 갑자기 사교계에서 '에스텔의 어머니입니다.' 하고 극적 상봉이라도 시키려는 걸까?

'아, 생각만 해도 소름 돋았어.'

천천히 두꺼운 광물 책을 덮고 한참 도서관 천장을 바라보다가 몸을 일으켰다.

이러고 있어 봐야 아무런 해결책도 나오지 않는다.

'일단 켈슨을 만나 보자.'

다시 집무실로 돌아가니 켈슨이 날 보고 물었다.

"아가씨, 아까 팔찌는 왜……? 아가씨? 괜찮으세요?"

"괜찮아요. 음, 잠깐 이야기 좀 할 수 있을까요?"

내가 아무 데나 가리키며 말하자 켈슨이 고개를 끄덕이고 자리에서 일어났다. 옆의 부하에게 "이거 내가 다시 돌아올 때까지 처리해 놔." 하고 명령하며 말이다.

"그럼 이쪽으로 가죠."

켈슨이 안내하는 대로 방으로 들어가자 그가 문을 닫고 물었다.

"뭔가 찾으셨습니까?"

"찾았어요. 메시지가 그 팔찌에 있었어요."

"뭐라고 말입니까?"

"각각 보석 앞 글자를 따서. 어머니라고요. 제 친모를 데리고 있는 거 아닐까요. 아뇨, 맞는 것 같아요. 그렇지 않으면 설명이 안 되거든요."

내가 내뱉듯이 빠르게 말하자 켈슨이 날 살피듯 바라보며 물었다.

"그래서 어떻게 하길 원하십니까?"

그 질문에 숨이 턱 막히는 것 같았다. 어, 내가 그 질문을 하려고 했는데, 켈슨이 나에게 그 질문을 하네요?

아아, 그렇지. 내가 책임자지. 이 일은 전적으로 아빠가 나에게 맡긴 일이니까.

"이대로 후작가를 무시할 수도 있지만, 그러다가 이상한 곳에서 터질까 봐 걱정이 돼요."

"그렇군요."

"그렇다고 만나러 가면, 이상한 요구를 할 것 같고. 그리고—"

개인적으로 만나고 싶지가 않다. 벌써 그 사건으로부터 사 년이나 지났는데도 말이다. 입술을 가볍게 깨물고 사적인 감정은 떨치려고 노력하며 말했다.

"만나지 않고 처리할 수 있으면 가장 좋겠지만, 그럴 수는 없을 것 같거든요."

"암살자라도 보낼까요?"

켈슨의 말에 흠칫하고 그의 얼굴을 바라보자 그가 어깨를 으쓱해 보였다. 저도 모르게 피식 웃음이 흘러나왔다.

"켈슨도 카스티엘로 사람 맞네요."

극단적이면서도 간단한 방식.

내 말에 켈슨이 씩 웃었다.

"그런가요? 너무 공작님 방식에 익숙해졌나 봅니다."

켈슨의 말에 난 턱을 괴고 생각에 잠겼다. 켈슨이 걱정스러운 얼굴로 조심스럽게 말했다.
"물론 아가씨 모친분의 문제인데, 암살이라는 건—"
"아니에요."
난 손을 저었다.
"그래서 망설이는 게 아니에요. 그게 아니라, 그렇게 해서 후작가가 얻을 게 뭘까 생각해 보고 있었어요. 적어도 선물을 닫은 채로 불 속에 던지고 싶지는 않아서요."
"뱀이 든 건 열지 말고 던져야죠."
켈슨이 어깨를 으쓱했고 난 웃었다.
"개인적인 호기심도 좀 있고요. 일단 생각을 좀 해 볼게요. 켈슨은 정말로 후작가에서 제 친모를 데려간 건지 조사해 주겠어요? 혹시라도 오해였다면 그것도 골치 아픈 일이니까요."
"알겠습니다."
켈슨이 고개를 끄덕였다. 난 깊게 숨을 들이켜고 고개를 치켜들며 말했다.
"자세한 사항은 확인되고 나서 결정하겠어요."

* * *

제온과 리들이 떠나고 나자, 그나마 초대 손님 덕분에 유지했던 명랑함이 썰물 빠지듯이 사라져 버렸다.
그렇다고 내가 왜 우울한가, 에 대한 것은 또 아무데나 말할 수 있는 사항은 아닌지라 꾸역꾸역 어두워지지 않으려고 눌러 삼키며 방 안에 머물러 있었다.
"공녀님. 공녀님. 공녀님."

하델이 가볍게 손마디로 내 책상을 두들기고 나서야 나는 정신이 들었다.

"아, 어. 죄송해요."

"어디에 넋을 빼고 계십니까?"

하델은 이제 주 1회 가정 교사였다.

—가르칠 만한 건 다 가르쳤습니다. 이제 졸업하실 때죠.

하델은 그렇게 말했지만, 그래도 난 억지로 그를 붙잡았다.

—여전히 선생님은 필요하단 말이에요.

카스티엘로가 아닌, 외부 시각이 나에게 절실했다. 여기 사람들은 내가 칼로 사람을 찔러도 "이야, 우리 공녀님 이제 사람도 찌르시고 장하십니다." 하고 웃어줄 것 같단 말이지. 그리고 좀 더 효율적으로 사람을 찌르고 뒤처리하는 방법을 알려줄 것 같다. 아니, 뒤처리는 직접 하려나?

하여간 제3자가 필요하다는 말이다.

결국, 주 1회 방문하는 것으로 결론이 나서 그는 꾸준히 주 1회 저택을 방문하고 있었다.

평소에는 마을에 있는 연구실에서 연구를 하고 있다는데, 무슨 연구인지는 잘 모르겠다.

단지, 카스티엘로 공작가가 최대 스폰서라는 건 안다.

'그런 조건으로 아카데미 교수를 초빙했던 건가.'

연구는 돈이 많이 드니까, 납득이 갈 만한 교환이었다. 게다가 하델이면 연구에서도 큰 성과를 보일 것 같고.

잘은 모르지만, 아카데미에서는 평민이라는 이유로 정식 교수도, 연구실도 받을 수 없었다고 한다.

'아니, 평민이 그 차별을 받으면서도 거기까지 갔다는 건 오히려 진짜 대단하다는 반증 아닌가? 밀어 줘야지……?'

“카스티엘로 공녀님.”

하델의 목소리가 한 번 더 높아져서야 난 고개를 흔들며 말했다.

“죄송해요. 집중이 잘 안 되네요.”

“그럼 오늘은 여기까지 수업하죠.”

하델이 탁 내 책상에 펼쳐져 있던 책을 닫았다. 난 당황해 책을 다시 펴며 말했다.

“아니에요, 괜찮아요. 이제부터 집중할게요.”

하델이 다시 내 책을 닫고 책 표지를 손끝으로 누르며 말했다.

“그보다 제 수업에 집중하지 못하게 하는 요소가 뭔지 말씀해 보시죠.”

“그게―”

난 뭐라고 말해야 할까, 하다가 한숨을 내쉬었다. 하델이 힐끗 뒤에 호위로 서 있는 엘런을 보았다가 목소리를 낮춰서 말했다.

“절 믿는다고 하시지 않았습니까?”

난 픽 웃었다.

“그랬죠.”

정령과 계약했다고 솔직하게 말할 정도로.

“그게― 어머니를 다시 보게 될지도 몰라요.”

하델의 눈썹이 슥 올라갔다.

“공녀님을 상자에 가두고, 비까지 오는데 방치한 그분 말입니까?”

그렇게 말하니 상당히 드라마틱하네, 하면서 난 고개를 끄덕였다.

“넵. 바로 그분이요.”

하델은 잠시 생각하다가 되물었다.

“어느 후작가에서 주선해 준다고 한 겁니까?”

너무 정확하게 상대를 집어내서 난 오히려 당황해 더듬었다.

"어— 레이몬드요."

"그렇군요."

하델은 고개를 끄덕이고 자신의 은테 안경을 벗어서 깨끗이 닦으며 물었다.

"그래서, 만나고 싶으십니까?"

"으음—"

난 눈을 찡그렸다. 망설이고 있자 하델이 느릿하게 이어 말했다.

"잘은 모르지만, 어렸을 때 부모님에게 인정받지 못한 경우는, 성인이 되어서도 인정받고 싶은 욕구가 강한 케이스도 자주 보이니까요. 게다가 공녀님은 어렸을 때 헤어지셨으니, 어머니가 그리웠다고 해도 이해합니다. 게다가—"

하델이 안경을 도로 끼고 새까만 눈으로 날 바라보았다.

"상자 이야기를 하면서, 어머니에 대한 분노도 보이지 않았으니까요. 어머니가 그리우십니까?"

그립다. 그립다? 그리움.

어머니가 미우냐, 라고 하면.

원망스럽지 않은 건 아니다. 그렇다고 절절 끓는 증오를 가지고, 지옥처럼 그녀를 삼키려고 벼르는 거냐면 그것도 아니다.

만약 어머니와 계속 살았다면 그럴 수도 있었겠지만, 난 아빠와 오빠를 만났고, 사랑받았고, 사랑받고 있으니까.

난 고개를 저었다.

"아니요. 그립지 않아요. 그리고 만나고 싶지도 않아요. 그냥 서로 얼굴 보지 않고, 타인처럼. 다시는 제 시야 안에서 보이지 않는 삶을 살았으면 좋겠어요."

하델이 고개를 끄덕였다.

"그렇군요. 그런데 다시 만나게 되시는 겁니까?"

"네, 음, 아뇨. 사실 정하지 않았어요."

"그렇군요. 만나러 오라고 하던가요? 레이몬드에서?"

"네."

하델은 손을 뻗어 내 머리카락을 살며시 넘겨주었다. 이런 식의 접촉은 처음이라 난 눈을 크게 뜨고 그를 보았다.

하델이 싱긋 웃고 말했다.

"공녀님은 나무랄 곳이 없는 레이디가 되어 가고 계시지요. 뭐, 아직까지 계단 난간을 타고 내려오신다는 걸 빼면 말입니다."

그건 어떻게 알았지?!

하델 앞에서는 한 번도 탄 적이 없는데?

짐짓 아닌 척, 당황함을 숨기려 눈을 깜박이며 그를 보자 하델이 느릿하게 말했다.

"후작가가 그걸로 공녀님을 위협해서 뭘 얻어내려고 할까요? 목적이 있기에, 수단이 있는 것입니다. 수단을 사용하지 못하게 하려면, 수단을 사용해도 목적을 이루지 못하게 하면 되지요."

"목적과 수단……."

"공녀님의 어머님은, 공녀님을 압박할 수 있다는 점에서 상당히 다양한 목적을 위해서 사용될 수 있는 수단처럼 보입니다. 하지만 반대로, 공녀님을 압박할 수 없다면, 소용없지요."

난 멍하니 하델을 보다가 나도 모르게 무릎을 탁 내리쳤다.

"선생님!"

"네."

"고마워요!"

"별말씀을."

하델이 다시 내 책을 펴며 말했다.
"그러면 이제 수업을 해도 될까요?"
"네, 네!"
한결 밝아진 마음으로 난 책으로 시선을 내렸다. 그러다 문득, 생각난 질문을 던졌다.
"그러고 보니 드래곤이 나타난다는 소문 들으셨어요?"
"들었습니다."
"진짜일까요?"
"글쎄요. 생각보다도 꽤 구체적으로 퍼지고 있어서. 하지만 아예 거짓말이라는 법은 없지요."
"그래요?"
"200년 전쯤부터 드래곤들은 사라졌습니다. 잘은 모르지만, 그들의 나라, 서쪽 바람 너머로 갔다는 문구들이 전해 내려오죠."
"서쪽 바람 너머……."
어쩐지 낭만적인 문구였다. 그러니까 완전히 비현실적인…….
"그런데 드래곤은 길게 잠을 잡니다. 그들의 매우 긴 수명 가운데 절반은 잠이라는 이야기도 있으니까요. 그러니, 때를 놓치고 자고 있던 드래곤이 있을 수도 있죠."
"잠꾸러기란 말이군요."
어쩐지 귀엽게 느껴져서 웃으며 말하자 하델이 고개를 끄덕였다.
"만약에 정말로 드래곤이 나타난다면, 상당한 혼란에 빠질 겁니다."
"마법으로 어떻게 안 될까요?"
"마법은 드래곤의 것입니다."
"그래요?"
"네, 드래곤이 인간에게 마법의 일부를 가르쳤지요. 첫 번째 마법사였던 아닌타는 드래곤과 친구였다고 하더군요. 그러니, 인간은 모르는 마법의 다른 부분들, 깊은 신비를 드래곤이 가지고 있다고도 합니다."

"그럼 마법으로 이기는 건 어려운 걸까요—?"

"글쎄요. 제자가 스승보다 나을 수도 있으니까요."

하델의 말에 난 고개를 끄덕였다. 길고 짧은 건 대봐야 안다는 거겠지.

난 즐거운 마음으로 다시 수업에 들어갔다. 그리고 수업이 끝나자마자 바로 켈슨을 찾아갔다.

집무실 문은 활짝 열려 있었고, 여러 사람이 바쁘게 오가다가 날 보고 정중하게 인사해 왔다. 대충 마주 인사를 하고 켈슨을 찾았다.

그 역시 서류를 들고 있다가 날 발견하고 "아가씨." 하고 불렀다.

"할 이야기가 있어서 왔어요."

"저도 할 이야기가 있습니다."

켈슨이 그렇게 말하고 서류를 옆구리에 낀 채로, 날 집무실 안쪽 방으로 안내했다.

방 안에는 훤칠한 키의 남자가 서 있었다. 전신을 검은색 옷으로 감싸고 있었는데, 머리카락은 단정하게 다듬어진 갈색이었고, 얼굴은 웃음기가 있는 호감형이었다.

"정식으로 인사드리는 것은 처음이군요, 공녀님."

남자는 웃으며 허리를 깊이 숙였다. 치맛자락을 잡고 인사해야 하나 손을 내밀어 악수를 건네야 하나 망설이며 켈슨을 보니 그가 소개했다.

"그림자의 리더인 아서입니다."

"안녕하세요, 아서 경."

손을 내밀며 말하자 그가 가볍게 손등에 키스하고 "그냥 아서로 충분합니다." 하며 허리를 폈다.

눈썹 위에 비스듬히 흉터가 있는 게 보였다. 보통 흉터가 생기면 인상이 험상궂어지는데, 아서는 전혀 그렇지 않아서 신기했다.

켈슨이 나에게 돌아서며 말했다.

"그림자의 조사 결과, 후작가에서 아가씨의 모친분을— 레이디 아렐을 데리고 갔다는 것이 사실로 판명되었습니다."

레이디 아렐.

입술 사이로 쓴웃음이 치밀어 올랐다. 레이디라고 불릴 만한 사람은 절대로 아닌데. 하지만, 아름답기는 했다. 황금색 머리카락, 푸른 눈동자, 그 독거미 같은 성격과 다른 상냥한 얼굴.

그래서 그런 별명이 있는 거겠지.

"그래요. 그래서 말인데, 켈슨. 내가 제의하고 싶은 것이 있어요."

"네."

"우리가 먼저 선수를 치죠."

"선수를요?"

내가 가슴에 손을 얹으며 느릿하게 말했다.

"제 어머니가 죽었다고 공표한 후, 장례를 치르겠어요."

켈슨이 그 말에 눈을 껌벅이다가 짝 하고 손뼉을 쳤다.

"과연! 그렇군요! 괜찮습니다! 좋은 방법이네요. 그러니까, 후작가에서 데리고 있는 여자가 아가씨의 어머니가 아니라고 부인한다는 거죠. 좋아요."

켈슨이 양손을 비볐다. 내가 아서를 돌아보며 말했다.

"그런 식으로 그쪽 거리의 소문도 조정해 줄 수 있지요?"

"물론입니다."

아서가 가슴에 손을 대며 말했다. 켈슨이 히죽거리며 말했다.

"이왕 하는 거 좀 더 감동적인 스토리로 하죠. 잘만 포장해서 신파적인 극으로 만들면—"

"켈슨."

"네. 좋은 아이디어라도 있으십니까?"

"신나 보이네요."

"커흠, 아뇨. 그럴 리가요."

"그래도 제 어머니예요."

켈슨의 얼굴이 굳었다. 그가 고개를 숙이며 말했다.

"어, 아니. 그, 죄송합니다."

난 킥킥 웃었다.

"아니, 농담이에요. 이런 농담을 할 수 있을 정도라는 걸 알려주려고요."

켈슨이 묘한 얼굴이 되어서 난 어깨를 으쓱하며 변명처럼 말했다.

"사실, 낳아주기는 했지만— 애니가 제 어머니였으면, 하고 생각했어요. 그 여자는 어머니가 아니라, 친모. 그렇게밖에 부를 수 없는 상대고."

켈슨의 얼굴에 미안함이 어렸다.

"다시 한 번 사과드립니다. 아가씨가 어떤 분인지 가끔 잊어버립니다."

"제가 어떤 사람인데요?"

"상냥하신 분이죠."

그가 웃으며 하는 말에 나 역시 가볍게 웃었다.

"그렇게 상냥하지 않은데요?"

"아가씨를 상냥하지 않다고 하면 대체 누구를 상냥하다고 하는 거죠?"

켈슨은 그렇게 말하고 아서를 돌아보며 말했다.

"아가씨에게도 패를 드리게."
"네. 아가씨, 여기 있습니다."
패?
의아해하며 돌아보니 아서가 나에게 작은 은판을 하나 건네주었다. 진짜 은인지는 모르겠지만, 하여간. 엄지손가락만 한 길이의 길쭉한 직사각형인 얇은 판이었다. 거기에는 뭔가가 빽빽하게 새겨져 있었다. 이리저리 살피는데 아서가 설명했다.
"저희가 필요하시면, 밖에서 보이는 곳에 걸어 주세요. 그러면 어디든 찾아갑니다."
"그렇군요. 알겠어요. 고마워요. 음, 한밤중에 창문을 열어두고 있어야 할까요?"
"잠가 두고 계셔도 됩니다."
아서의 말에 난 "그렇군요." 하고 고개를 끄덕였다. 켈슨이 힐끗 내 눈치를 살피더니 물었다.
"그래서 아가씨의 친모에 대해서는 어떻게 진행할까요?"
"죽었다고 소문을 내고, 작게 장례도 치르겠어요. 상복도 입고요. 딸을 걱정해서 아픈 것도 말하지 않다가, 늦게 소식을 전했지만 만나지 못한. 이 정도면 될까요?"
신파적인 이야기는.
켈슨이 내 말에 헤벌쭉 웃으며 고개를 끄덕였다.
"알겠습니다. 제가 완벽하게 준비하겠습니다. 걱정하지 마세요! 아, 그리고 이런 이야기는 아는 사람이 적을수록 좋으니……."
"소수만 알고 진행하죠. 하지만 애니에게는 알리겠어요."
"네, 애니 양이라면 믿을 만하지요."
애니 양, 이라니.

어쩐지 어울리지 않아서 킥킥 웃으며 고개를 끄덕였다.
'아, 애니 양, 하니까 떠올랐는데.'
"그러고 보니 켈슨."
"네."
"혹시 하녀들이 결혼하려면, 주인이 허락해 주거나 주선해 줘야 하나요?"
"아가씨의 시녀들은 허락이 필요하지요. 주선이라, 가끔 관대한 주인들이 그러기는 합니다. 애니 양을 주선하시려고요?"
"네?! 아니에요. 아, 그러고 보니 해야 하는 건가요?"
내 말에 켈슨이 어두운 부분이 있는, 희미한 미소를 지으며 고개를 저었다.
"제 생각에는 안 해도 될 것 같습니다. 그럴 생각이시라면 애니 양에게 직접 물어보세요."
음……? 내가 모르는 뭔가가 있는 건가……?
애니에게 살짝 말이라도 꺼내 볼까. 애니도 혼기가 많이 지났고……
날 돌보느라 연애할 시간도 없었는데…….
에멜과 스테파니를 생각할 때가 아니었나.
두 사람을 생각하니 다시 기분이 살짝 가라앉았다. 하지만 난 재빠르게 그 생각을 밀어버리고 말했다.
"알겠어요."
고개를 끄덕이자 켈슨이 물었다.
"더 하실 말씀은?"
"없어요."
간결하게 전하고 난 아서 쪽으로 돌아섰다.
"물어보고 싶은 건 잔뜩 있지만, 지금은 때가 아닌 것 같네요. 만나서 반가웠어요, 아서."

"저도 만나서 영광이었습니다."

아서는 인사를 했다. 그 뒤로 둘이 나눌 이야기가 있어 보여 난 먼저 방을 빠져나왔다.

흠, 그렇구나.

그러면 스테파니랑 에멜이 결혼하는 데도 내 허락이 필요하다는 거네?

묘한 기분.

두 사람이 행복하지 않기를 바라는 건 아니다. 하지만 내 것을 빼앗기는 기분이었다. 에멜은 내 것이 아니라는 사실을 아는데도, 고약한 심보가 고개를 드는 거다.

끙끙거리면서 집무실을 나서니 나에게 엘런이 말을 걸었다.

"이야기는 잘 끝나셨나요? 표정이 안 좋아 보이시네요."

"이야기는 잘 끝났어요. 그런데—"

우물우물하다가 난 슬쩍 엘런을 떠보았다.

"에멜에게 연인이 있다는 소문이 있던데요?"

"에멜 아스트라다에게요?"

엘런이 눈을 크게 떴다가 명랑하게 웃었다.

"그럴 리가요."

전면으로 부정하는 걸 보니 기분이 묘해졌다. 모르는 걸까, 모르는 척하는 걸까? 하지만 엘런이 태연하게 거짓말을 할 사람은 아니니까 모른다고 봐야겠지.

그렇다면 비밀 연애인가?

"어디서 그런 이야기는 들으셨어요?"

"그냥, 하녀들 사이에서……."

"아하—"

납득했다는 듯 엘런이 고개를 끄덕이고 말했다.

"그래 봬도 에멜은 인기가 좋으니까요. 이런저런 엉뚱한 소문도 도는 거겠죠."

"인기 좋아? 난 로이가 더 좋을 것 같은데."

"로이가요?"

엘런의 미간이 대번에 좁혀졌다.

"뭐 로이에 대한 소문도 들으셨어요? 뭐라고 하는데요?"

엘런의 추궁에 난 찔끔해서 고개를 저었다.

"아니, 그게 아니라. 로이 잘생겼잖아……? 성격도 밝고 명랑하고."

"아가씨. 그런 성격은요, 밝고 명랑한 게 아니라 꼬였다고 하는 겁니다. 더해서 음울하고 음침하고요."

엘런이 힘주어 말했다.

"음울? 음침?"

"그 자식 마음속이 얼마나 꼬였는데요. 사생아라는 게 뭐 유세라도 되는 건지 휘둘러 대면서—"

"나도 사생아인데."

"그러니까요!"

엘런은 소리쳤다가, 아차 싶었는지 얼굴이 새빨개졌다.

"아니, 그게. 그럴 의도는 아니었습니다. 아가씨."

난 킥킥 웃으며 손을 저었다.

"아냐, 나는 사생아답지 않게 열등감 없고 꼬이지 않았다는 거지? 하지만 그건 아빠랑 오라버니가 날 많이 사랑해 주니까 그런 거야. 별로 차별받지도 않았고."

이런 질문과 이야기는 차라리 정면으로 말해서 해결하는 게 서로를 위해서 나왔다.
"그렇지요."
엘런이 조심조심 내 눈치를 보며 대답했다. 난 피식 웃고 말했다.
"하여간 그렇구나. 알았어."
하긴, 생각해 보면 로이가 그날 에멜의 방에 찾아와서도 그런 이야기를 했었지. 자신이 꼬였다는 이야기였던가?
그런 식의 말하는 방법은 반대로 보면 로이를 파악하기 쉬웠다. 어디서 그가 자기방어적이 되는지 알 수가 있으니까.
하지만 내가 이해할 수 없는 점은, 자신이 자신의 약점을 잘 알고 있으면서도 사방팔방 떠들고 다닌다는 점이었다. 노골적으로 말이다.
게다가 고칠 생각도 없고.
그래서,
"음, 자기가 꼬여서 잘못하는 걸 알고 있다면, 고치는 게 어떨까?"
라고 로이에게 직접 말해 보았다.
그러자 기사(騎射) 훈련을 하는 내 옆에서 봐주고 있던 로이가 정말로 미묘한 표정을 지으며 말했다.
"그게 그렇게 쉬운 거라면 이미 세상에는 모든 범죄가 사라지고 없겠지요."
"하지만 로이는 알잖아? 자기가 콤플렉스가 있는 걸."
"알죠."
"하지만 솔직히 말해서 그거, 가지고 있을 필요 없지 않아?"
"네?"
로이가 고개를 갸웃했다. 난 숨을 잠깐 멈추며 활시위를 당겼다가 놓았다.
핑―!

언제 들어도 싸늘하며 동시에 경쾌한 소리가 나고, 멀리 과녁에 명중한 게 보였다. 로이가 과녁을 보고 말했다.

"아가씨 활 솜씨로는 누구와 겨뤄도 지지 않겠는데요."

"그런가? 아, 그게. 하여간 로이는 늑대잖아."

"그렇죠."

"늑대가 된 이상, 늑대가 되기 전 일은 아무래도 좋은 거 아냐? 내가 에스텔 카스티엘로가 된 뒤로, 분홍눈이었을 때 일은 아무래도 좋아진 것처럼."

로이의 새파란 눈이 날 빤히 보았다. 난 어쩐지 입술이 말라 가볍게 혀로 입술을 축이고 말했다.

"누군가가 '사생아야' 하고 비꼰다면, '그래서 '늑대'에게 시비 거는 건가?' 하고 말해 주면 되지."

내 말에 로이는 입속으로 내가 한 말을 더듬어 보다가 큰 소리로 웃었다.

"그거 오글거려요."

"그런가?"

얼굴이 화끈거린다. 하지만, 그래도, 맞잖아?

지금 나에게 시비 건다면, 그건 카스티엘로에게 시비를 거는 거다. 과거에는 내가 길거리의 아이였을지라도 지금은 아니다.

"하지만 꼭 기억해 두죠. 꼭 그렇게 말하겠어요."

로이는 그렇게 대답하고는 다시 웃었다. 그리고 어쩐지 다정하고 부드러운 목소리로 말했다.

"아가씨는 정말로 애늙은이라니까요."

"이제 그거 안 좋은 말이라는 거 알거든?"

"안 좋은 말 아니에요. 제 나름의 존경이라고요?"

그는 그렇게 말하고 자신의 활을 당겼다가 놓았다. 난 손차양을 하고 과녁을 보았다.

명중.

“명중이네.”

“명중이군요.”

우리 둘은 마주 보고 씩 웃었다.

*　*　*

내가 친모를 찾았다는 소문과 장례를 치렀다는 소문은 어마어마한 속도로 사교계를 강타했다. 소문이 어찌나 빠른지, 내가 이야기를 하기도 전에 사방에서 조문 편지가 도착하고 있었다.

어쩐지 이야기는 드라마틱함이 더해져서, 날 공작가에 넘긴 어머니는 날 위해 수도원에서 기도하며, 다른 이들을 위해 봉사하며 지내다가 전염병에 걸려 죽은 것으로 더욱더 각색되어 있었다.

켈슨에게 물어보니 그는 씩 웃으며 “사람들이 괜히 오페라를 좋아하는 것이 아니죠.” 하고 대꾸했다.

‘드라마틱이란 말이지.’

고개를 들어 전신 거울을 바라보았다. 거울 속의 나는 새까만 상복을 입고 있었다.

뭐, 한 주 정도는 입고 애도하는 척할 생각이다. 아, 아니.

‘진짜로 애도할 때지.’

정말로, 이걸로 내 어머니는 죽은 거다. 상복을 입고, 애도하고, 그러고 나면 정말로 끝.

내 마음속에서도 정리가 되겠지.

그렇게 결정하니 뭔가가 홀가분해졌다.
"진주 목걸이 하시겠어요?"
뒤에서 애니가 물어 와서 난 고개를 저었다.
"아냐. 그냥 옷만으로 충분해요."
애니가 살짝 주변을 살폈다. 드레스룸이 아니라 내 침실이어서, 방 안에는 나와 애니뿐이었다.
"아가씨, 괜찮으신가요?"
걱정이 가득한 말에 나도 모르게 배시시 웃고 말았다.
"괜찮아요. 상복까지는 좀 거창한가 싶지만. 확실하게 해 둬야 나도 마음 정리가 될 것 같아서요."
그날, 아빠에게 2만 골드를 받고 다시는 나타나지 않을 거라고 생각했는데.
'아아, 생각해 보니 그래서.'
그래서 아빠가 나에 대한 모든 권리를 팔라고 그랬던 걸지도 모른다. 이런 사태를 예상하고.
뭐, 그녀가 나에 대한 뭔가를 주장한 게 아니긴 하지만.
난 슬쩍 애니를 보고 말했다.
"그리고, 애니는 좀 이상하게 생각할지도 모르지만—"
애니가 말씀하세요, 하듯 고개를 기울였다.
"나 처음부터, 애니가, 음, 엄마였으면 좋겠다고…… 그리고, 지금도 애니를 그렇게 생각하고 있으니까—"
으아, 민망하다.
"아가씨……."
애니의 말꼬리가 흐려졌다. 그녀의 눈가가 촉촉해지기 시작했다. 그녀가 날 꼭 끌어안고 뺨을 비비며 말했다.

"아가씨도 저에게 딸이나 마찬가지예요. 처음 아가씨가 공작가에 왔던 그날부터 말이에요."

애니는 언제나처럼, 화장도 하지 않았고, 향수도 뿌리지 않아서 그녀에게 안기는 것에는 조금의 불안도 없었다. 여전히 좋은 냄새가 났다.

애니가 눈가를 손끝으로 찍어내며 말했다.

"말씀해 주셔서 고마워요, 아가씨."

"아니에요. 좀 더 일찍 말했으면 좋았을걸요."

말하지 않아도 알 수 있겠지만, 말했을 때 더욱 형태를 갖춰서 뚜렷해지는 것들이 세상에 얼마나 많은가?

"사랑해요."

사랑한다는 말을 들을 때와는 전혀 다른, 이렇게 '사랑해요'라고 말할 때 전혀 다른 행복감이 솟구쳐 오르는 건 왜일까?

내 말에 애니가 활짝 웃으며 대답했다.

"저도 사랑해요. 제 소중한 토끼 아가씨."

나와 애니는 다시 꼬옥 끌어안았다. 애니가 내 등을 토닥거려 주었다. 문득, 전에 켈슨이 했던 이야기가 생각나서 고개를 들었다.

"그러고 보니 애니."

"네."

"음, 애니는 연인이라든가……?"

"어머?"

애니의 동그란 얼굴에 재미있다는 표정이 담겼다.

"없어요. 제게는 아가씨뿐인걸요."

"하지만―"

"아가씨가 공작가에 오시기 전에― 저에게는 남편과 아이가 있었답니다."

"—!"

처음 듣는 이야기라 난 깜짝 놀랐다. 애니가 싱긋 웃고 그런 나를 가볍게 토닥이며 이어 말했다.

"하지만 사고로 한순간에 둘 다 잃고 말았어요. 그리고 시간이 흘러서, 공작 전하께서 아가씨를 돌봐 달라고 말씀하셨을 때— 아가씨가 제 딸이 되었지요."

"애니……."

전혀 몰랐다.

내 얼굴을 보고 애니가 이마에 입 맞춰 주며 말했다.

"그러니까 너무 신경 쓰지 마세요. 전 지금 무척 행복하답니다."

"응……."

난 애니의 품으로 파고들었다.

"엄마."

내가 작게 부르자 애니가 부드럽게 내 등을 쓸어 주었다. 잠시 후 그녀가 작게 속삭였다.

"오늘 아가씨께서 절 너무 울리시네요."

난 고개를 들고 헤헤 웃었다. 내 눈가도 좀 촉촉했다.

우리 둘 다, 다시 얼굴을 정돈하고 나서 침실을 나왔다. 제인과 스테파니가 어두운 얼굴로 서 있었다. 둘은 내 얼굴에서 눈물 흔적을 보더니 재빠르게 시선을 돌렸다.

'아니, 그래서 운 거 아닌데.'

하지만 이 정도로 오해해두는 편이 좋겠지.

두 사람은 정말로 내 친모가 죽은 걸로 알고 있으니까……. 음, 좀 미안하기는 하지만…… 그래도 이게 나을 거라고 생각한다.

두 사람뿐 아니라, 저택 내의 고용인들 모두가 조심스러워하는 기색이었다. 오늘의 호위인 진 또한 그랬다.
덕분에 나도 몰입(?)하기 편했고.
산책이라도 할까, 하고 나섰다가 우연히 아스터 경과 마주쳤다.
"아스터 경."
"아가씨."
아스터는 가볍게 마주 인사를 해 왔다. 문득 전에 봤던 신입 훈련이 떠올라 난 물었다.
"잠깐 이야기할 수 있을까요?"
아스터는 회중시계를 열어 보더니 고개를 끄덕였다.
"네, 가능합니다."
"미안해요. 바쁜데 괜히."
"아닙니다. 아직 훈련까지 여유가 있습니다. 걸을까요?"
아스터가 팔을 내밀어 난 그의 팔 위에 내 손을 올렸다. 내가 낮게 말했다.
"훈련 때문에 말인데요."
그 말에 아스터가 고개를 들더니 진에게 뭔가 수신호를 보냈다. 그러자 진이 열 걸음쯤 떨어져 따라오기 시작했다. 신기해라.
"그거 어떻게 하는 거예요? 저도 배웠다가 써먹어야겠어요."
호위를 적당히 떨어트리는 데에.
아스터가 가볍게 웃고 말했다.
"전장에서 쓰는 몇 가지 수신호입니다. 나중에 호위 기사에게 알려 달라고 하시면 기꺼이 알려 줄 겁니다. 그래서, 훈련 문제라고요?"
"아, 심각한 건 아니고요. 전에 에멜이 신입들을 굴리는 걸 봤거든요……."
"저런."

아스터가 한쪽 눈썹을 쓱 올리고 말하더니 가볍게 웃었다.
"조금 된 일이죠?"
"네? 네."
어떻게 아셨어요? 하는 얼굴로 아스터를 보니 그가 희미하게 웃으며 말했다.
"에멜의 상태가 이상했던 때가 있어서 말입니다. 자, 그래서 그걸 보시고요?"
"너무 심한 게 아닌가 했는데, 에멜은 또 그게 적정선이라고 하더라고요. 그런데 그렇게 처음부터 심하게 대하면 기사단을 나가 버리지 않을까요? 심하게 다치거나?"
아스터가 진지하게 내 이야기에 귀를 기울여 줘서 어쩐지 쑥스러운 기분마저 들었다.
"물론 저는 전문가가 아니니까 잘 모르지만……."
"아가씨의 말이 틀린 건 아닙니다. 에멜의 말도 틀린 것도 아니지요. 사람마다 다른 훈육법을 쓰는 게 옳겠죠."
"그렇겠죠."
"그 부분은 좀 더 신경 쓰도록 하겠습니다."
"아니에요. 그, 이미 잘하고 계신데 제가 주제넘었던 것 같아요. 죄송해요."
"신경 써서 해 주신 말씀인데, 그렇게 생각하지 않습니다. 그리고—"
아스터가 갸웃하더니 말했다.
"그런 훈육이라면 아가씨가 묘하게 잘하시는 것 같던데요."
"네?"
그게 무슨 말이야?
깜짝 놀라 되물으니 아스터가 희미하게 웃고 말했다.

"로이 말입니다. 뭔가 달라졌더군요. 벽을 하나 넘은 것처럼 말입니다. 어쩐지 가뿐해 보이고. 그런데 아가씨 덕이라고 하던데요?"
"네? 아니에요. 어? 왜지?"
당황해서 어쩔 줄 모르고 있자 아스터는 가볍게 웃었다.
"뭔지 몰라도 그 녀석에게 좋은 영향을 끼치셨습니다. 늑대 중에서 곧 두 번째 마스터가 나올지도 모르겠네요."
"그, 전 잘 모르지만 도움이 되었다니 기쁘네요. 마스터라면 더더욱 기쁘고요."
"네. 앞으로도 종종 훈계해 주세요."
아스터는 그렇게 말하고 "더 말씀하실 것은?" 하고 물었고 난 고개를 저었다.
"붙잡아서 죄송해요."
"아닙니다."
아스터는 정중하게 인사하고 빠른 걸음으로 자리를 떴다.
어, 뭐지. 왜지? 로이가? 왜?
고개를 갸웃거리고 있는데 멀리서 시종이 빠른 걸음으로 다가왔다. 언제 왔는지 진이 내 옆에 딱 붙어 서 있었다.
"아가씨, 켈슨 총관님께서 뵙자고 하십니다."
"켈슨이? 지금?"
"네."
"알겠어. 집무실에 있어?"
"네."
고개를 끄덕이고 물러가라고 한 뒤에 나는 바로 집무실로 향했다. 진이 문을 열어 주었고, 곧장 안으로 들어서니 켈슨이 이미 날 기다리고 있었다.

"켈슨? 무슨 일이에요?"
켈슨이 안으로 날 안내하고, 문을 닫자마자 돌아서서 말했다.
"후작가에서 바로 반응이 왔습니다."
"어떻게요?"
"초대를 앞당기고 싶다고요."
"흐음—"
그 말에 입술을 살짝 어루만지며 되물었다.
"초대를 앞당긴다, 왜일까요?"
"글쎄요? 사실 네 어머니는 살아 있었다?"
"저런."
잠시 생각하다가 난 조용히 대답했다.
"아직 상중이라 가지 못한다고 전하세요. 상이 끝나면 가겠어요."
켈슨이 갸웃했다.
"후작가에 가시려고요? 굳이 그러실 필요가 있을까요?"
"제가 가서 직접 부인해 줘야 할 것 같아서요. 더불어 후작가에서 가짜 어머니를 내세워 파렴치한 짓을 했다, 라는 소문도 준비해 두는 게 좋겠군요. 그리고."
나는 가볍게 숨을 들이마시고 말했다.
"친모를 이용해서 나에게 무얼 시키고 싶었는지가 궁금해서 말이에요."
"아가씨는 호기심이 많으시죠."
"그중에서 하나도 제대로 대답 받은 게 없다니까요? 그러니까 하나라도 제대로 대답을 얻고 싶어요."
켈슨이 픽 웃더니 고개를 끄덕였다.
"알겠습니다. 일단 그쪽에서 어떻게 나오는지는 봐야겠지만요. 그러면 언제 출발하실 겁니까?"

"일주일 후에 출발하죠. 어차피 레이몬드 영지는 그렇게 멀지 않다고 들었어요."

"네, 사흘이면 충분한 거리죠. 도로가 워낙 잘되어 있어서."

켈슨이 어깨를 으쓱했다.

"하지만 레이몬드 영지에서 저택까지 가려면 시간이 좀 걸릴 겁니다."

"다 합치면요?"

"열흘 정도 걸리겠죠."

"길군요."

"길지요."

"알겠어요. 그렇다면 준비도 미리 하는 게 좋겠네요. 어쨌든 아까 말한 대로 일주일 후에 출발하는 걸로 알고 있으면 되겠어요. 참, 그리고."

"네."

"그 백작령은 어떻게 됐어요?"

켈슨이 "아." 하고 고개를 끄덕이고 밝은 얼굴이 되어 말했다.

"정말로 오염이 사라졌습니다. 백작령은 오염만 빼면 평지가 많고 좋은 땅이니까, 앞으로 삼사 년간 이주민을 받고, 개발에 힘쓰면 금방 훌륭하게 변모할 겁니다."

"전 잘 모르겠지만, 제 정령들 말에 의하면 토지도 매우 비옥할 거라고 하더군요. 정령의 힘이 충만해서요."

켈슨의 눈이 반짝였다.

"그렇다면 더욱더 완벽합니다. 뭐랄까. 다른 의미로 안심이네요."

"안심이요?"

"아가씨의 정령이 얼마나 대단한지 알았으니 말입니다. 후작가에 보내는 것도 안심입니다."

“저도 정령과 계약하지 않았다면, 아마 이렇게 용기 있게 나서지 못했을 거예요.”

내 말에 켈슨이 싱긋 웃고 말했다.

“그럼, 여행 준비를 하라고 해 두겠습니다.”

*　*　*

마차 바퀴 구르는 소리가 멈췄다. 밖에서 부지런히 움직이는 소리가 나자 앤이 불안한 얼굴로 낮게 속삭였다.

“정말로 괜찮으세요, 아가씨?”

“여기까지 와서 무슨 말을 하는 거야? 앤은 내 마법사라고?”

내 말에 앤이 희미하게 웃었다. 그녀는 완벽하게 시종의 옷차림을 하고 있었다.

제인이나 스테파니를 데려올 수도 있었지만, 나는 앤을 선택했다. 일단 적진으로 가는 거니, 무력이 없는 사람을 데리고 가는 건 좀 그렇다. 그래서 앤을 선택했고, 이런 선택에 반발이 없었던 건 아니지만, 그렇다고 내 선택을 이길 만한 다른 대안은 없었다.

호위로는 엘런과 로이가 따라오게 되었다.

후작가로 간다고 하자 에멜은 망연자실한 얼굴이 되어서 가지 말라고 몇 번이나 날 말리다가 결국 나와 싸웠고, 나는 에멜과 화해하지 못하고 여기로 오게 되었다.

에멜과 그렇게 싸운 건 처음이었다.

‘에멜이 화내는 거 처음 봤어.’

아니, 처음 본 건 아니지만 나에게 그렇게 화를 낸 것은 처음이었다.

‘후작가와 에멜 사이에 무슨 일이 있는 것 같은데 말야.’

게다가 예전이라면 에멜의 말을 순순히 들었겠지만, 요즘 에멜에게는 그럴 생각이 들지 않는다.

'어차피 스테파니랑 사귀면서.'

어쩐지 그런 생각이 들어서 좀 더 그에게 불퉁하게 굴게 된다는 말이지.

"에멜 경과 싸운 것 때문에 그러세요?"

앤의 말에 난 고개를 들었다.

"응?"

"내내 에스텔 님의 표정이 좋지 않은 이유 말이에요."

"그랬나?"

"그랬어요. 하지만 에멜 경은 항상 에스텔 님에게 져주니까 이번 싸움도 괜찮을 거예요."

"응—"

내 대답이 애매모호하자 앤의 눈에 의아함이 서렸다. 하지만 내가 내 기묘한 독점욕에 대해서 이야기하기 전에 달칵 마차 문이 열렸다.

열린 마차 문 밖으로 쏟아지는 비가 보였다. 요 이틀 사이에 내 기분처럼 우울하게도 비가 계속해서 내렸다. 비 올 때의 마차 여행은 생각보다도 훨씬 더 힘들었다.

그래서 적지라도 일단은 도착한 게 기뻤다.

엘런이 발판을 내려 주었고, 로이가 우산을 받쳐 들고 있었다.

앤이 먼저 내려서, 내가 내리는 걸 도와주었다.

"엄청 퍼붓네요."

내 말에 로이가 고개를 끄덕이고 고개를 들었다.

우산 아래로 저택의 모습이 눈에 들어왔다. 단순하면서도 쭉 뻗은 카스티엘로 저택과 달리, 섬세하고 아기자기한 느낌이 가득한 현관이었다. 색 타일을 가득 써서 바닥에 화려한 문양을 새긴 것도 그렇고 말이다.

"어서 오십시오, 카스티엘로 공작 영애."

현관에서 집사로 보이는 남자가 깊게 허리를 숙여 인사했다.

'집사도 한껏 꾸몄네.'

우리 집 집사인 네반은 '금욕, 단정'이라는 느낌인데, 여기는 집사의 옷도 화려하다. 금줄 장식을 달았고, 흰색 정장에는 금색 자수가 화려하게 들어가 있었다.

집사라기보다는, 장식용 인형 같은 옷차림.

"비가 오는데 와 주셔서 감사합니다. 어서 안으로 드시지요."

"고마워요."

인사하고 난 다른 시종의 안내를 따라 안쪽으로 들어갔다. 응접실은 공작 저택보다 작았지만, 그보다 더 화려했다.

사방에 금박을 덮어놔서, 샹들리에 불빛에 반짝이고 있었다. 응접실 가죽 소파에 앉으니 시녀가 다과를 내왔다.

앤이 그녀에게서 트레이를 받아 들어 직접 내 앞에 내려놓았다.

앤의 머리카락 색을 보고 시녀는 흠칫했다. 그녀의 얼굴에 불쾌감이 숨김없이 지나갔다. 앤은 속눈썹 하나 까닥하지 않고 차를 따랐다. 그녀는 내가 선물해 준 머리띠를 하고 있었다.

예전에는 몰랐던 사실인데, 일리알들은 다 앤과 똑같은 머리색이라고 했다. 채도 높은, 눈에 확 들어오는 빨강. 일부러 마법사들이 그렇게 만들어서 사람들이 피해 가게 한다나?

그래서 원래 붉은 머리인 사람들이 피해본다고, 제인처럼 투덜거리는 사람도 있었다. 둘이 완전히 다른 빨강인데도 말이다.

하지만 나에게는 그저 예쁜 색이었다. 진녹색 머리띠가 아주 잘 어울리는.

'역시 어울릴 줄 알았다니까.'

"고마워."

차를 따라준 앤에게 인사하고 찻잔을 들었다. 장미 무늬에 금박이 화려하게 들어간 것들이었다.

카스티엘로에서는 단순하고 딱 떨어지는 디자인을 주로 쓰기 때문에, 꽤 신선한 느낌이었다. 그리고 역시 심플한 쪽이 내 취향임을 다시 한 번 확인했고 말이다.

그때, 응접실의 문이 열리며 화려한 드레스를 입은 중년 부인이 들어왔다. 난 자리에서 일어났다.

"만나 뵙게 되어 기쁩니다. 레이몬드 후작 부인."

드레스 자락을 가볍게 잡고 인사하니 후작 부인 역시 미소를 지어 보였다.

"저도 이리 뵙게 되어 기쁩니다. 카스티엘로 공작 영애."

이제 마흔쯤 되었을까?

후작 부인은 역시나, 화려한 옷차림을 하고 있었다. 어린 나보다도 치마가 더 부풀어 있다. 머리에는 다이아몬드와 진주가 장식된 깃털 장식을 달고 있었고, 갈색 머리카락에 금분을 잔뜩 뿌려 놨다.

'손님맞이가 아니라, 밤 무도회를 나온 것 같은 차림이네.'

그에 비해 나는, 여행 중인 옷차림에 바로 응접실로 안내받아서 옷을 갈아입지도 못했기 때문에 수수한 차림이었다.

'이런 걸로 기선 제압을 하려고 한 건가?'

어쩐지 웃음이 새어 나왔다. 푸른 사슴 방에서 보석을 질리게 가지고 논 나에게 저 정도 사치는 사치도 아니다.

진짜 사치를 맛본다면, 정말로 다이아몬드가 질릴 정도로 진득하게 맛볼 수 있을 테니까.

그냥, 그게 싫은 것뿐이지.

"앉으세요."

후작 부인이 자리를 권해서, 난 다시 자리에 앉았다. 그녀가 앤을 보더니 부채를 펴서 코를 가리며 "세상에." 하고 눈을 찡그렸다.

"일리알을 데리고 다니시는 건가요?"

"앤은 제 마법사이자 친구예요. 어디든 함께 가지요."

후작 부인은 코웃음을 쳤지만, 난 무시했다.

내가 싱긋 웃으며 말했다.

"그래서, 깜짝 놀랄 만한 선물이 있다고 들었는데요?"

"영애께서는 성격도 급하시군요. 오자마자 선물부터 찾으시다뇨."

"제가 기대를 많이 해서요."

"천천히, 천천히 하도록 하지요."

후작 부인이 그렇게 말하며 생글생글 웃었다. 천천히 뭘 하자는 건지 모르겠네.

그녀가 차를 마시며 말했다.

"아무래도 나이 많은 저보다는 젊은 사람끼리 이야기하는 게 더 편하시겠죠."

순간 나는 찻잔을 붙잡은 채로 살짝 굳어버렸다. 저 대사는 어디서 많이 들어본 대사다. 마치 뚜쟁이가 선 자리를 앞에 두고 할 법한 그런 대사.

지금 이거 내가 상상하는 그 상황인가?

"제 아들이 공작 영애와 나이가 비슷하답니다. 분명히 좋은 이야기 상대가 될 거예요. 레트. 들어오너라."

아, 진짜다.

응접실 안으로 남자가 들어왔다. 나와 나이가 비슷하기는 무슨. 이십대 후반쯤 되어 보이는 남자였다. 그는 짙은 갈색 머리카락에 좀 순해 보이는 인상을 가지고 있었다.

"어머님. 카스티엘로 공작 영애."

그가 가볍게 인사해 왔지만, 난 자리에서 일어나지 않고 고개만 까닥해 보였다.

후작 부인이 자리에서 일어나며 말했다.

"그럼 두 사람이 이야기하도록 해요. 난 빠지는 게 젊은 사람들끼리는 편하겠죠."

그러고는 휭하니 응접실을 나가 버리는 게 아닌가.

'진짜로? 맞선이라고? 미친 거 아냐? 정신이 나갔나?'

여러 가지 생각을 하고 있는데 남자가 헛기침을 했다.

"레트 레이몬드라고 합니다."

"에스텔 카스티엘로예요."

그가 힐끗 문 쪽을 보더니 목소리를 낮춰 말했다.

"어머님 때문에 곤란하시죠."

그는 지쳐 보이는 미소를 짓고는 말을 이었다.

"잠깐만 있다가 나가시면 됩니다. 아가씨를 붙잡고 나쁜 짓을 할 생각도 없고, 결혼하자고 억지를 부릴 생각도 없거든요. 단지 제 어머니의 감시에서 좀 벗어나 보자는 것이죠."

진짜일까? 아니면 내 호감을 사 보려는 거짓일까?

"하긴, 이렇게 말해도 의심하시겠지만요."

그가 내 마음을 읽은 듯 덧붙이고, 시종에게 차를 따르게 했다. 난 미소를 머금고 말했다.

"우리가 지금 하는 모든 이야기가 시종과 저 벽 뒤 어딘가에 계실 어머니에게 들어가는 건 아니고요?"

레트는 당황한 듯 눈을 깜박였고 난 내 찻잔을 내려놓으며 말했다.

"할 이야기가 없다면, 전 이만 퇴석해도 될까요? 방금 마차에서 내려서요."

좀 더 날 붙잡으려나 했는데, 그는 망설임 없이 대답했다.

"아, 물론 그러시겠죠. 방으로 안내해 드리겠습니다."

레트가 자리에서 일어나며 말했다. 직접 안내하겠다는 말에 그것도 거절할까 했지만, 그래도 일단은 손님이니 적정선을 지키는 게 좋겠지.

후작가의 복도에는 초상화가 쭉 걸려 있었고, 종종 두상을 조각해 놓은 대리석상도 서 있었다.

아마 역대 후작들인 듯했는데, 보통 귀족가가 다 이런 건지, 아니면 레이몬드 후작가가 심한 건지, 그것도 아니면 카스티엘로 공작가가 지나치게 간결한 것인지 모르겠다.

물론 그렇다고 공작가 저택이 수수하냐면 그건 아닌데, 화려함의 방향성이 완전히 다른 느낌이었다.

"레이몬드 후작들이 다 나르시시스트는 아닙니다."

내 시선을 느꼈는지 레트가 변명조로 말하며 어깨를 으쓱했다. 난 피식 웃으며 "그런가요?" 하고 되물었고 그는 고개를 끄덕였다.

"그냥, 지나치게 후작가를 사랑하는 것뿐이죠."

"그렇군요."

손님방은 상당히 안쪽에 있어서, 우리는 꽤 오래 걸었다.

방 앞까지 날 데려다주고 그가 물었다.

"공작 영애, 머무르시는 동안 찾아 봬도 될까요?"

"이유를 물으면요?"

"어머니보다는 저를 상대하시는 게 낫지 않을까 해서요."

레트의 말에 난 눈을 가늘게 뜨고 그를 살펴보았다. 그가 자신은 결백하다는 듯이 눈을 크게 뜨며 가슴에 손을 얹어 보였다.
“정말로요.”
아.
아아. 그렇구나. 묘하게 에멜을 닮았다. 난 고개를 끄덕였다.
“좋습니다.”
그는 씩 웃고 “편히 쉬십시오.” 하고 정중하게 인사한 다음 물러갔다.
난 후작가에서 시중을 들라고 보낸 시녀들은 다 물렸다.
방에 남게 된 것은 이제 네 명.
나, 앤, 엘런과 로이였다. 마부들이나 하인들은 따로 묵고 있으리라.
앤이 물었다.
“시녀들을 다 물리면 치장하시기 불편하실 텐데요.”
“딱히 화려하게 치장할 필요도 없고, 괜찮아. 괜히 일거수일투족 감시받는 느낌이 더 싫어.”
“그건 그렇지요. 우와, 그런데—”
로이가 킥킥거리며 웃기 시작했다.
“어떠세요? 맞선 상대가 마음에 드셨습니까? 아가씨?”
엘런이 눈을 찡그리며 말했다.
“정말로 마음에 안 드는 수작입니다. 무슨 생각인 건지—”
난 소파에 앉아서 부츠를 던지듯 벗어 버리며 말했다.
“그래? 난 괜찮았는데?”
“아가씨?”
“아가씨?!”
“에스텔 님??”
셋이 동시에 소리쳐서 난 셋을 바라보고, 웃음을 터트렸다. 아, 꼭 조이던 신발을 벗으니까 살 것 같아.

안에 신었던 두꺼운 양말도 벗으며 내가 말했다.

"아니, 어딘가— 에멜을 닮지 않았어?"

"에멜 님이요?"

앤이 고개를 갸웃했다. 내가 양말을 벗는 걸 보고 엘런이 로이의 어깨를 잡아 돌려세우며 말했다.

"전 모르겠던데요."

그녀의 목소리가 미묘하게 딱딱해져서 난 얼른 맨발을 소파 위로 올려서 치마 아래로 숨겼다.

발에 압박이 없어지니 확연히 편해졌다.

"그런가? 하긴, 또 그렇게 생각하니까 안 닮은 것도 같고."

"정말로 마음에 드신 거 아니죠?"

돌아선 채로 로이가 말했다. 그리고 덧붙였다.

"그런데 언제까지 돌아서 있어야 하는 거죠."

난 "잠깐만." 하고 짐을 살폈다. 짐은 이미 시녀들이 풀어놔서, 찾는 데에 약간의 시간이 걸렸다.

슬리퍼를 찾아 신으며 난 이어 말했다.

"정말로 마음에 들기는. 저게 다 연기일지도 모르는데. 하지만 흥미롭긴 해. 카스티엘로와는 절대로 혼약하지 않을 것처럼 보였는데."

내가 슬리퍼를 신은 걸 보고 엘런은 로이의 어깨를 놔주었다. 로이가 돌아서며 말했다.

"뭐, 아가씨는 섞였으니까요."

"반쪽짜리니까 용납된다는 말인가요?"

"대대로 카스티엘로의 후손은 한 명이거든요."

엘런이 설명을 덧붙였다. 난 그 말에 눈을 동그랗게 떴다.

“정말? 그럼 형제가 없는 거야?”
“네. 그러니, 결혼을 하려면 무조건 상대가 카스티엘로 공작가로 들어와야 하죠. 후작가에서 그걸 용납할 리도 없고요.”
“하지만 난 둘이잖아?”
“아가씨는 섞였잖아요.”
로이가 날 가리키며 말했다. 난 눈을 깜박였다가 “그런 원리야?” 하고는 고개를 갸웃했다.
“뭐든 섞였다고 하면 용납되는 기분인데.”
검은 머리카락에 빨간 눈은 딱 한 명씩밖에 태어나지 않는다는 의미인가?
“카스티엘로 공작가에서도 드문 이레귤러이신걸요. 자신을 가지세요.”
로이의 말에 난 픽 웃고 팔걸이에 팔꿈치를 올리고 비스듬히 턱을 괬다.
“일단 카스티엘로 후계가 한 명이라고 치면, 후작가가 데릴사위로 갈 일은 없을 것 같네……. 빼긴 기분이 들 테니까. 하지만 아이를 통해서 두 가문의 통합, 같은 꿈은 꾸지 않았을까?”
“아, 더해서 카스티엘로의 마족 핏줄 혐오가 그들의 슬로건 중 하나입니다.”
재빠르게 로이가 덧붙였고 엘런이 “로이!” 하고 눈을 찌푸렸지만 난 손을 흔들어서 그녀를 막았다.
“이런 건 말해주는 게 좋아. 그렇다면 일단 데릴사위 이전에 그냥 결혼하기 싫다, 인 거네. 그런데 나는—”
“섞였으니까요.”
“거참.”

난 입맛을 다셨다.

그보다 카스티엘로에 형제가 없다는 말이 더 신경 쓰였다. 자녀가 항상 한 명이라는 것은 쓸쓸하지 않을까?

그건 좀 쓸쓸한 일일지도 모르겠다.

난 카를이 있어서 다행이야.

“하여간 앞으로 무슨 수작을 할지 더 지켜보자고요.”

내 말에 셋은 고개를 끄덕였다. 앤이 힘주어 말했다.

“반드시, 반드시 저희 중에서 한 명은 꼭 옆에 데리고 있으셔야 해요. 아셨죠?”

“응. 알았어.”

“상대가 아가씨의 평판을 더럽히려고 할 수도 있으니까요.”

앤의 말에 난 다시 깊게 고개를 끄덕였다.

* * *

레트는 꽤 좋은 대화 상대였다. 게다가 그가 진짜로 레이몬드 후작가를 좋아한다는 건 꽤 흥미롭고 재미있는 점이었다. 나도 카스티엘로 공작가를 사랑하지만, 그건 내가 아빠를, 그리고 오라버니를 사랑하는 거다. 거기서 일하는 식솔들과 내 소중한 사람들이 좋은 거고. 하지만 레트가 사랑하는 후작가는 나와는 좀 달랐다. 그가 사랑하는 것은 아주 긴 후작가의 역사와 그 모든 것이었다.

그는 저택에 있는 모든 미술품을 꿰뚫고 있었고, 정원의 소소한 곳까지 알고 있었다. 조상 대대로 물려받은 대지와 건물들, 그 안에 층층이 화석처럼 쌓인 그 모든 수집품들.

나도 내가 카스티엘로라는 걸 자랑스럽게 생각하지만, 그것과는 또 다른 느낌이었다. 레이몬드 후작가가 그동안 쌓아온 전통과 격식과 그 모든 걸 뿌듯하게 생각하고 있는 것 같았다.

뭐, 그런 것치고는 부모님을 좀 부끄러워하는 것 같았지만.

아침에 또 비가 내렸었기 때문에, 정원이 전부 빗물을 머금어 찬란하게 빛나고 있었다. 그런데도 나무 그네는 정원사들이 부지런히 닦았는지 뽀송했다.

난 그네에 앉아서 발끝으로 땅을 지그시 밀어 그네를 흔들며 농담처럼 말했다.

"그래서, 구혼 활동은 어떻게 되어 가고 계신 것 같으세요? 레이몬드 후작 영식?"

내 말에 레트가 얼굴을 붉히고 잠시 헛기침을 하다가 내 옆에 앉았다.

"글쎄요. 그럭저럭 돼 가고 있지 않나요?"

"그런가요?"

레트의 얼굴이 진지해졌다.

"카스티엘로 공작 영애."

"네."

"정말 진지하게 생각해 보지 않으시겠습니까?"

"뭘 말인가요?"

"후작가와 공작가의 오랜 분쟁을 종식시키기 위한 노력을 말입니다."

그가 눈썹을 모으며 호소하듯이 말했다.

"오랫동안 저희 두 가문은 반목해 왔지요. 하지만 반목이 아니라 힘을 합친다면, 놀라운 가능성이 있습니다. 에스텔—"

그가 내 이름을 부르며 내게 손을 뻗는데 칼날이 우리 사이로 밀고 들어왔다. 흠칫하고 바라보니 로이가 생글생글 웃으며 칼날을 레트에게 밀어붙였다.

"이게 무슨 짓이냐!"

레트는 소리치면서도 자리에서 일어나 날을 피했다.

"아뇨, 제 아가씨에게 날파리가 붙는 것 같아서요."

"감히 기사 따위가 후작가의 후계자인 나에게 검을 들이대? 만약에 에스텔의 앞이 아니었다면—"

난 자리에서 일어나 둘 사이에 섰다.

"둘 다 그만해요."

로이는 "에이." 하면서도 검을 집어넣었다. 내가 그에게 눈을 찡그려 보이자 로이는 슬쩍 눈을 굴렸다.

"제 호위의 무례를 용서하세요."

내가 가볍게 인사하자 레트는 고개를 저었다.

"아닙니다."

난 그네에서 일어섰다.

"그리고 한 가지 확실하게 말씀드릴 것이 있습니다."

"뭔가요?"

"후작가와 공작가 사이에 반목 같은 건 없습니다."

그 말에 레트의 눈이 찡그려졌다.

"무슨 말씀이신지 모르겠군요. 보이는 걸 못 본 척하시겠다는 건가요? 아니면—"

"항상 후작가가 저희 공작가에 대해서 반목해 왔지요."

그의 말을 끊으며 내가 한 걸음 앞으로 나서서 말했다. 내 말에 그의 얼굴이 멍해졌다. 그를 정면으로 바라보며 이어 말했다.

"만약 후작가가 공작가에 반목하지 않는다면, 공작가는 예전에도 그랬고, 지금도 그렇듯이 후작가에 신경 쓰지 않을 겁니다."

내 말에 레트는 빤히 날 보다가 기가 막힌 어조로 말했다.

"당신도 결국은 카스티엘로로군요, 기가 막힐 정도로 오만하기 짝이 없는—"

난 싱긋 웃으며 치맛자락을 양손으로 붙잡고 무릎을 굽혀 감사를 표했다.

"그렇게 칭찬해 주시니, 감사합니다."

그는 하, 허, 하고 몇 번이나 한숨을 내쉬었다. 그러더니 이제 그의 갈색 눈이 분노를 담고 날 바라보았다.

"조금이나마 당신에게는 인간적인 면모가 있을 거라고 생각했던 제 잘못이로군요. 하긴, 멀쩡한 어머니를 두고 장례를 치르는 사람이니 말입니다."

그는 마지막 말을 찌르듯이 했지만, 난 눈을 깜박이며 깃털처럼 흘려보냈다.

"무슨 말씀이신지 모르겠네요. 제 어머니는 돌아가셨습니다. 상복을 벗은 지 얼마 되지도 않았는데."

난 길게 떨리는 숨을 내쉬었다.

"그런 말씀을 하시다뇨."

눈을 내리깔자 레트는 아무 말도 하지 않았다. 한참을 침묵하던 그는 휙 몸을 돌려서 가 버렸다.

"음, 완전히 가 버렸네요."

로이의 말에 한숨을 내쉬며 그를 돌아보았다.

"왜 검은 꺼내고 그래? 위험하게."

"하지만 그 자식이 아가씨를 끌어안으려고 했어요."

"손만 잡으려는 걸 수도 있지."

"그게 그거죠."

"로이."

"하여간 레이몬드 후작가 사람이 아가씨의 머리카락 한 올 건드리게 둘 수 없다 이거죠."

"에멜도 그렇고, 상당히 사이가 안 좋은가 봐?"

내가 슬쩍 떠보는 말에 로이는 눈을 한 번 굴리더니 태연하게 대답했다.

"술집에서 만나면 꼭 싸움이 터지는 사이입니다."

"술집에서 만날 일은 있어?"

"가끔요. 훈련 때는."

"그렇군요."

고개를 끄덕이고 난 물었다.

"그럼 누가 이겨?"

로이는 이를 드러내며 씩 웃었고, 그게 대답 대신이라 나는 큰 소리로 웃었다.

"아가씨를 만지려고 해요? 그런 파렴치한—"

이야기를 들은 엘런은 상당히 흥분하며 씩씩거렸다. 로이가 어깨를 으쓱하며 덧붙였다.

"완전히 청혼이라니까, 청혼."

"레이몬드 따위가 말이죠."

어, 음. 그래도 나름대로 후작가라고요? 우리 바로 아래 단계예요?

"그런데 에스텔 님은 기분이 좋아 보이시는데요."

앤이 지적했다. 난 내 양 뺨을 문지르며 "그래?" 하고 되물었고 그녀는 고개를 끄덕였다.

"그래도 청혼 받아서 좋으셨다던가?"

앤의 조심스러운 말에 내가 킥킥거리며 고개를 저었다.

"아니, 그게 아니라. 레트가 나보고 안 그런 줄 알았는데 너도 어쩔 수 없는 카스티엘로구나? 그러더라고."

앤은 뒷말을 기다렸다가 내가 말하지 않자 "그래서요?" 하고 되물었고 난 다시 히죽거리며 말했다.

"카스티엘로 사람이 아닌 다른 사람이 너 진짜 카스티엘로답다! 하고 말해 준 건 처음이야."

"아아, 그래서 감사 인사를 하신 거군요?"

로이가 탁 무릎을 치며 말해 난 고개를 끄덕였다.

"그런 겁니다."

"아가씨가 칭찬 감사하다고 했을 때, 그 자식의 얼굴을 초상화로 남겨 뒀어야 하는데요. '레트 레이몬드의 얼빠진 얼굴' 하고요."

"로이."

난 웃으며 고개를 흔들었다. 엘런 역시 웃더니 곧 표정을 고치며 말했다.

"그러면 이제 어떻게 나오려나요?"

"글쎄. 나흘간 공들였던 구애가 끝났으니, 이제 본론으로 들어가겠지?"

로이의 말에 엘런의 얼굴이 더욱 진중해졌다.

"경계를 더 높여야겠군요."

"먹는 것도 조심하는 편이 좋겠는데."

"그거라면 이미 제가 조사하고 있어요. 들어오는 모든 식음료는 마법으로 체크합니다."

앤의 말에 로이와 엘런 모두 놀란 얼굴을 했다.

"그게 가능해?"

"네, 가능해요."

"과연 내 마법사다."
내가 칭찬하자 앤은 수줍은 미소를 지었다. 처음에는 어색했던 로이와 엘런도 이제 앤과 편하게 대화하고 있었다.
아무래도 적진에서 한 팀이라는 건 더없는 전우애를 불어넣어 주니까 말이다. 앤 역시도 좀 더 터놓고 이야기하는 것 같고.
"그럼 거기에 대해서는 앤 님에게 일임하는 게 좋겠네요."
엘런의 말에 앤이 손사래를 쳤다.
"님이라뇨, 가당찮아요. 그냥 앤이면 족해요."
"하지만 아가씨의 마법사잖아요?"
"엘런 님도 아가씨의 기사님이잖아요."
그 말에 엘런이 가볍게 웃고는 고개를 끄덕였다.
"알겠어요. 그럼 편하게 부르죠. 대신 그쪽도 편하게 하는 걸로."
"네, 저도 그럴게요."
난 속으로 가슴을 쓸어내렸다. 저택에서 항상 방 안에만 박혀 있는 앤이다.
일부러 전속 마법사 겸 시종이라며 데리고 나왔지만, 혹시 외부의 시선에 더 상처받는 게 아닐까 걱정도 됐었다.
'하지만 역시. 엘런과 로이는 된 사람이니까.'
거리낌 없이 앤과 가까워져서 다행이다.

그날 이후로, 마주치는 하인들이 눈에 띄게 불손해진 게 느껴졌다. 어차피 후작 저택은 레트와 실컷 둘러봤으니, 손님용 객실 안에서 거의 나가지 않았다.
후작이 날 만나겠다고 하기 전까지는 말이다.
'드디어 거물이 납셨군.'

드레스는 가장 화려한 걸로 골랐다. 그러고 나서 머리를 하려는데 앤이 빗을 들고 곤란한 얼굴로 말했다.

"저는 머리는 묶는 것밖에 못 하는데요……. 어쩌죠?"

"어쩔 수 없지. 그냥 묶는 걸로 충분해."

—내가 해 줄까?

'어? 알파가?'

—그래.

'이상하게 해 두는 거 아냐……?'

—예전 시녀들이 했던 대로 하면 되는 거 아닌가?

'그건 그렇지만요.'

어쩔까 하다가 난 고개를 끄덕이고 앤에게 낮게 속닥였다.

"앤, 알파가 머리 묶어준대. 침실 문 닫아줘."

앤은 눈을 동그랗게 떴다가 고개를 끄덕이고 얼른 가서 침실 문을 닫았다. 그러자 알파가 그림자 속에서 슥 모습을 드러냈다. 커다란 늑대의 모습은 침실을 가득 채울 정도였다.

"그래서, 늑대 모습으로 머리 빗겨 줄 거예요?"

알파는 콧방귀를 뀌었다. 덩치가 크니 콧방귀도 컸는데, 뜨겁지 않고 차갑고 서늘한, 기분 좋은 바람이 목덜미를 간지럽혔다.

"이렇게 하면 되지."

머리카락이 저절로 허공에 둥실 떠올랐다. 눈을 동그랗게 뜨고 거울을 바라보고 있으니, 시녀 여럿이 달라붙은 것처럼 머리가 각각 땋아져서 고정되었다. 한쪽에 놓인 실핀 주머니에서 실핀이 둥실둥실 떠올라 머리에 고정되었다. 정말로 눈 깜짝할 사이에 알파는 머리 정돈을 끝냈다.

"어때?"

"엄청 훌륭해요!"

정말로 저택의 시녀들이 해 준 것 같은 솜씨였다. 앤도 고개를 끄덕였다. 그녀가 얼른 머리 장신구를 가져와서 조심스럽게 올린 머리에 꽂아 넣었다.

"고마워요, 알파."

내 말에 알파가 희미하게 웃고는 다시 그림자 속으로 녹아들듯 사라졌다.

—별말을, 내 소중한 계약자.

—머리 정도는 나도 할 수 있어.

—넌 다 태우겠지.

엔드와 알파의 조용한 이야기에 난 가볍게 웃었다. 둘의 대화는 수면 아래로 가라앉듯이 서서히 사라졌다.

이리저리 거울에 머리를 돌려보고 난 자리에서 벌떡 일어났다.

"좋아, 그럼 가 볼까?"

"전투에라도 나가시는 어투네요."

"사실 그거지 뭐."

어깨를 으쓱하고 난 침실 밖으로 나왔다.

로이와 엘런 역시 깨끗하게 싹 다린 기사단 복장을 입고 있었다. 경갑옷을 걸쳤는데, 갑옷까지 검은색이었다. 거기에 은색으로 울부짖는 늑대의 옆모습이 새겨져 있었다. 엘런과 로이는 서로 갑옷을 조여 주며 뭔가 낮게 이야기를 하고 있었다. 내가 나오자 엘런이 돌아보고 활짝 웃었다.

"아가씨, 머리 너무 예쁜데요? 앤 님의 솜씨가 좋은가 봐요."

"네, 앤이 솜씨가 좋아요."

내 말에 앤은 어쩔 줄 몰라 했다. 로이가 읍 하고 숨을 삼키며 말했다.

"너무 조이지 마."
"안 조이고 있어. 너 살찐 거 아냐?"
"아니거든? 무슨 말씀을?"
로이가 투덜거렸다. 엘런은 피식 웃고 손을 놨다.
"다 됐어."
"나도 막 조일 걸 그랬네."
로이의 말에 엘런이 자신의 어깨 보호대와 가슴받이를 만져보고는 "충분히 조여졌어." 하고 대답했다.
"그야 내가 잘했으니까."
로이는 그렇게 말하고 깊게 숨을 들이켰다.
"그럼 가실까요? 아가씨."
"가 보도록 하지요."
고개를 끄덕이자 로이가 문을 열었다. 복도로 나가니 안내하는 시종이 기다리고 있었다. 그가 인사하고 안내를 시작했다. 집무실로 가는 건지 어디로 가는 건지, 위층으로 올라가 방을 몇 개 지나서 가장 큰 문 앞에 도착했다.
"호위분들은 여기까지입니다."
"말도 안 됩니다. 아가씨를 혼자 들여보낼 수는 없습니다."
엘런이 가로막는 병사를 노려보며 말했다.
"후작 각하의 명예를 의심하시는 겁니까?"
"저는 그분의 명예에는 관심 없습니다. 아가씨의 안전에만 관심이 있지요."
"저희가 같이 가지 않으면, 아가씨도 들어가시지 않을 겁니다."
난 한숨을 내쉬고 말했다.
"그럼 제 시녀는 같이 들어가도 되겠지요?"

앤을 가리키며 하는 말에 문 앞의 병사는 짧게 고개를 끄덕였다.
"아가씨."
"안 됩니다."
엘런과 로이가 내 쪽으로 돌아서며 동시에 말했다. 난 웃으며 손을 흔들었다.
"괜찮아요. 날 믿어 봐요. 밖에서 기다리고 있어요."
둘은 불만 가득한 얼굴을 지었다. 앤이 작게 말했다.
"일이 있으면 제가 신호할게요."
그녀의 말에 둘은 다시 길게 한숨을 내쉬고 생각하는 듯하다가 고개를 끄덕였다.
"알겠어요."
"그럼 앤을 믿지요."
잉? 내가 없는 사이에 셋 사이에 또 뭐가 오간 걸까?
훈훈한 광경이긴 했다.
앤이 신뢰를 받는 걸 보니 내가 다 뿌듯했다. 난 병사에게 눈짓했고 병사는 문을 열어주었다.
집무실로 들어가자, 대리석 조각상이 가장 먼저 눈에 들어왔다. 나뭇가지를 들고 춤추는 여성을 우아하게 묘사한 조각상이었다.
"어서 오시게, 카스티엘로 공녀."
조각상에서 눈을 떼고 난 후작을 바라보았다. 후작은 오십 대쯤 되어 보였다. 짙은 갈색 머리는 이제 희끗희끗해지기 시작했다. 쭉 찢어진 눈매는 깡마른 몸매와 더해져서 그가 성마른 사람이라는 걸 보여줬다. 순해 보이는 자신의 아들과 조금도 닮지 않은 얼굴이다.
"안녕하세요, 레이몬드 후작님."
난 가볍게 인사했다. 후작은 날 살피듯이 빤히 바라보았다. 그러더니 신기하다는 듯 말했다.

"정말로, 구역질 나지 않는 카스티엘로로군."

우와.

첫 방부터 세게 나오시는데?

난 성큼성큼 소파로 걸어가서 권하지도 않았는데 털썩 상석에 깊게 기대앉으며 다리를 꼬았다.

"자, 그럼 이제 좀 더 카스티엘로다운가요?"

팔걸이를 가볍게 쓸어 올리고는 비딱하게 기대며 묻자 후작의 눈이 가늘어졌다.

"들은 대로, 버르장머리 없기 짝이 없군."

"감사합니다."

웃으며 대꾸하자 후작은 설렁줄을 잡아당겼다. 그러자 안쪽 방에서 여자가 걸어 나왔다. 그녀는 불안한 표정으로 후작을 바라보다가 날 바라보고 반색하며 다가왔다.

"에스텔!"

"누구신지요?"

여전히 소파에 기대어 앉은 채로 난 갸웃하며 물었다. 그녀는 당황하더니 다시 후작을 보고 날 돌아보았다.

"나 네 엄마야! 엄마! 응?"

"제 어머니는 돌아가셨습니다. 후작님, 전 지금 이게 뭐하는 건지 모르겠는데요."

후작을 보며 말하자 그녀가 나에게 가까이 다가왔다.

"나 기억 안 나니? 분홍눈아. 응?"

분홍눈.

그렇게 불리자 그때의 기억들이 파도처럼 밀려왔다. 그래, 그 목소리로 날 그렇게 불렀지.

지금처럼 간지럽게 부른 적은 없지만.

아, 정말로 친모구나. 이 몇 년 사이에 살이 더 찌고, 인상도 험해져서 못 알아봤다. 내 기억에는 천사같이 예뻤던 것 같은데, 내가 그녀를 미화했던 걸까? 아니면 나이가 들면서 성격이 얼굴에 나온 걸까?

이런 생각이 들 정도로, 난 놀랍도록 냉정했다. 스스로도 이상할 지경이었다. 깜짝 놀라거나 흠칫하기라도 할 줄 알았는데, 마음속은 아주 잔잔했다.

내 마음속의 엄마는 애니니까.

“정말로 무슨 말씀이신지 모르겠습니다. 이 장난을 더 하실 건가요? 아니면 뭐 다른 사람이 또 준비되어 있나요? 네 자매야 라든가, 사실 네 아버지가 나다, 같은?”

빈정거리는 어투로 말하자 친모의 얼굴이 새파랗게 변했다. 그녀가 내 팔을 잡아 흔들었다.

“정말로 모르겠어? 나야! 네 엄마라고! 꺅—!”

갑자기 그녀가 비틀거리며 뒤로 물러섰다. 앤이 차갑게 말했다.

“감히 아가씨의 몸에 손을 대다니. 이 무슨 무례한 짓입니까?”

앤이 뭔가 마법을 쓴 모양이다. 그녀가 내 팔을 어루만지며 물었다.

“괜찮으신가요? 에스텔 님?”

“응. 괜찮아.”

난 팔을 쓸어내리며 자리에서 일어나 바닥에 엎드려 흐느끼는 여자를 무시하고 말했다.

“그래서, 이게 그 훌륭한 선물입니까?”

그녀가 내 쪽으로 기어와 발을 잡으려 했으나 앤이 손가락을 튕기자 파직 하며 그녀의 손끝에 전기가 일어났다.

그녀는 손을 붙잡고 비명을 지르며 소리쳤다.

"이 사람들이 날 죽일 거야! 너 정말로 이 엄마를 죽일 셈이야?! 널 살려준 게 누군데! 진즉에 널 팔아넘길 수도 있었어! 네 아버지를 찾아가지도 않고, 창녀촌에서 구르게 할 수도 있었다고!!"

악의가 가득한 목소리가 쩌렁쩌렁 집무실 안을 울렸다.

그래, 돈이 되지 않으면 그랬겠지. 당신은 그런 사람이니까. 아빠가 양육비를 줄 만한 부자가 아니었다면, 그렇게 했을 거야.

그녀는 소리 지르다 아차 싶었는지, 다시 표정을 바꾸고 목소리를 간드러지게 내기 시작했다.

"부, 분홍눈아. 내가 널 얼마나 귀여워했는데, 응? 소중하게 대했잖니? 일할 때도 너 험한 일 당할까 봐 상자 속에 소중하게 보관하고—"

그녀가 일그러진 얼굴로 웃어 보이며 상냥하게 말했다.

난 천천히 그녀의 상냥함을 떠올려 보았다.

굶기는 예사였고, 얻어맞는 일은 부지기수였다. 사람이 위를 정통으로 걷어차이면 내출혈이 일어나서 피도 토합니다. 참으로 다시 생각해도 놀라운 일이었다.

물론 온 몸에 피멍이 들어서 앉거나 눕거나 하는 게 괴로울 정도로 맞은 적도 있었다.

그런데 소중하게? 귀엽게?

'참, 사람이라는 게 놀랍도록 뻔뻔할 수가 있구나.'

난 지금도 천둥과 좁은 곳은 좀 그렇다.

"무, 물론 내가 약간 잘못한 것도 있겠지. 하지만 엄마도 힘들었어. 이제 너도 이해하지? 다 컸잖니? 게다가 그렇게 좋은 옷을 입고—"

부모라는 이유로 저지른 모든 짓을 용서받을 수 있을 거라고 생각하는 것 자체가 신선하다. 아니, 보통 그렇게 생각하는 걸까? 그러니까 그걸 물고 늘어질 수 있나?

난 한숨을 내쉬었다.

"슬슬 들어주기도 지치는데요? 후작님, 다른 배우는 없나요?"

친모가 그 말에 자리에서 벌떡 일어났다. 그녀의 탁해진 푸른 눈이 분노로 이글거렸다.

"네 엄마가 그립지 않니? 그래도 우리는 핏줄인데, 못 끊어. 못 끊지. 카스티엘로 공작가에서는 나에게 맞는 대우를 해 줘야 해. 내가 죽었다니, 그 무슨 헛소리야?"

그렇구나.

바라는 게 그거였나.

나도 모르게 웃음이 터져 나왔다. 난 배를 붙잡고 웃었다. 맙소사, 그래. 카스티엘로 공작 부인이 되고 싶으시다 이거죠?

와.

난 실컷 웃고 눈가를 닦아내며 말했다.

"후작님, 전 이제 슬슬 이 희극이 질리는데요. 충분히 즐겼으니, 더 하실 말씀이 없으시면 돌아가도 될까요?"

후작이 말했다.

"이대로 네가 방을 떠나면 이 여자가 죽을 텐데?"

난 갸웃하고 물었다.

"그런데요?"

그 말에 친모는 반광란 상태에 빠져서 소리치며 '내가 쟤 엄마 맞다!'라고 주장했다. 이대로 두면 카페트 위에서 뒹굴 정도였다. 아니, 이미 뒹굴고 있는 것 같지만.

앤이 눈을 찡그리며 조심스럽게 나와 그녀 사이를 가로막으며 말했다.

"에스텔 님, 더 못 볼 꼴 보기 전에 나가죠."
"그게 좋겠네."
난 고개를 끄덕였다.
"자기 어머니도 잡아먹는 독한 것. 카스티엘로답구나."
후작이 들으라는 듯 목소리를 높여 난 멈추고 그를 향해 돌아섰다.
"후작님, 아니, 레이몬드 후작. 더 이상 예의를 차릴 필요도 못 느끼겠네. 내 어머니는 수도원에서 날 위해 기도하시다가 돌아가셨어. 더 이상 어머니를 모독하는 일은 용서하지 않아. 또한."
난 한 발 앞으로 디디며 이를 드러냈다.
"나와, 내 가족을 모욕하는 일 역시."
후작의 표정이 빳빳해졌다. 그가 낮게 말했다.
"역시 말로 해서는 안 되겠군."
그가 뒤로 물러나며 다시 줄을 잡아당기자 뒤쪽 방에서 창과 검을 든 사람들이 우르르 쏟아져 나와 앤에게 무기를 내밀었다.
"공녀님, 순순히 이쪽으로 와 주시면 다치실 일은 없을 겁니다."
기사인 듯한 남자가 검 끝을 내리며 말했다. 기가 차서 난 후작을 돌아보았다.
"이게 바로 후작가의 예의인가요? 힘없는 여자에게 검을 들이대고 협박하는 게?"
"사람이 아닌 것을 봐줄 필요는 없지."
"그렇군요."
그렇다면 나도 봐줄 필요가 없지. 그런데 어떻게 할까?
'알파. 엔드.'
—원한다면 전부 죽일 수 있다.
—잿더미로 만들까? 아니면 고통에 울부짖게 만들까?

'그러게. 하지만 정령을 이용해서 죽이면 내가 정령사라는 게 들통나니까, 일단 잡혀갔다가 탈출하는 게 좋을까?'

"에스텔 님, 뒤로 물러나세요."

그때 앤이 날 자신의 뒤로 밀어 넣었다.

"공녀 외에는 필요 없다. 죽여라."

후작이 뒤에서 명령하자 병사 한 명이 창으로 앤을 찔렀다.

그러나 뭔가에 막혀 창은 튕겨져 나갔다. 앤이 손을 들어 부드럽게 문양을 따라 그리듯 훑고는 말했다.

"에세트."

그러자 펑—! 하는 소리와 함께 충격파가 그들을 덮쳤고, 병사들과 기사들이 소리를 지르며 우르르 넘어졌다.

앤이 낮게 말했다.

"밖에 신호를 보냈는데, 두 사람이 들어오지 않는 걸 보면 무슨 일이 생긴 것 같습니다."

'알파.'

내 부름에 알파가 잠시 후 대답했다.

—두 사람 모두 병사들에게 제압당해 있다. 상당히 심하게 당한 것 같은데?

뿌드득 이가 저절로 갈렸다.

—아, 오.

그때 엔드가 이상한 소리를 냈다 그가 킬킬 웃고는 말했다.

—굳이 우리가 나설 필요가 없는 것 같군.

—이런, 그러게.

'어? 왜?'

눈을 찌푸리며 뭐라고 하려는 순간 폭발하듯 문이 열렸다. 아니, 실제로 폭발했나 보다. 문짝이 사방으로 다 날리는 걸 보니까.

놀란 사람들이 모두 문 쪽을 바라보았고, 난 나도 모르게 웃으며 소리쳤다.

"카를 오라버니!"

"내 여동생이 늦는 것 같아서, 데리러 왔소. 에스텔."

카를이 슬쩍 자신의 망토를 들어 보이며 날 불렀다. 난 한달음에 달려가서 그에게 폭 안겼다.

"오라버니. 오라버니."

그가 망토와 함께 날 감싸고 웃었다.

"그래, 그래."

"엘런이랑 로이는요?"

"밖에 있어. 그럼 이만 실례."

"앤."

내가 앤에게 손을 뻗자 그녀는 마법을 거두지 않고 조심스럽게 내 가까이로 섰다. 카를이 빤히 앤을 보다가 말했다.

"이거 쓸모는 있는 건가?"

난 그 말에 눈을 찌푸리며 "앤은 훌륭한 마법사에요." 하고 말했고 카를이 그녀에게 개에게 하듯 손을 흔들어서 저리 가라고 하는 시늉을 하며 말했다.

"너 기척이 안 느껴져서 불편해. 눈에 보이는 곳에, 내 공격이 안 닿는 곳에 서 있어."

내가 그 말에 입을 떡 벌리며 이 무례를 뭐라고 해야 하나 하는데 경쾌한 목소리가 들렸다.

"아가씨, 도대체 여기서 저 사람들이랑 뭘 하고 있었던 거예요?"

익숙한 목소리에 난 카를의 품에서 고개를 돌렸다.

"에멜!"

에멜이 차가운 미소를 짓고 있었다.

"설마 저 남자들 전부와 춤출 예정이라도 있으셨던 건 아니겠죠."

"칼과 창으로 에스코트할 예정이었던 것 같네."

"저런. 부끄러워라."

에멜이 그렇게 말하고 휘파람을 불었다.

"에멜!!"

무시무시한 고함이었다. 쩌렁하고 벽과 유리가 울리며 복도가 조용해졌다. 나도 놀라 돌아보니 후작이 무시무시한 얼굴을 하고 있었다.

'이런 식으로 소리를 지르는 사람 같지는 않았는데.'

그가 처음으로 지르는 소리였다. 에멜이 어깨를 으쓱하고 말했다.

"격조했습니다, 후작 각하."

"이 배신자 자식!"

그 말에 깜짝 놀랐는데 에멜은 태연했다.

"그런가요."

그가 어깨를 으쓱하고 카를에게 말했다.

"돌아가죠. 마부가 기다리겠어요."

"에멜, 로이랑 엘런이—"

"알아요. 잘 챙겨 갈게요."

에멜이 눈을 찡긋해서 난 안도해 깊게 숨을 내쉬었다. 카를이 '챙긴다'라고 하면 불안하지만, 에멜이 '챙긴다'라고 하면 정말로 잘 챙겨줄 것 같은 안도감이 돈다.

카를이 내 어깨를 감싸고 걷기 시작했다. 복도가 엉망이었다.

조각상도, 그림도.

시종들의 눈에는 공포와 분노가 가득했다. 그리고 불안.

카를은 당연히 그런 걸 거들떠보지도 않고, 일직선으로 걸어서 현관까지 왔다. 현관 앞에는 카스티엘로 가문의 문장이 새겨진 마차가 대기하고 있었다.

"타."

카를이 날 먼저 태우고 나서, 마차에 올라탔다.

"앤은요?"

"다른 사람들과 탈 거다."

카를은 그렇게 말하고 마차 문을 닫았다. 그러자마자 마차가 빠르게 출발했다. 카를이 다리를 꼬고 마차 벽에 기댔다.

"어떻게 알았어요?"

"뭐가?"

"어떻게 이렇게 타이밍에 딱 맞췄냐고요."

"우연히."

"에이?"

"반은."

카를의 정정에 난 씩 웃으며 물었다.

"그럼 나머지 반은요?"

"맞춰 봐."

"그림자?"

"그래. 네가 그 개자식의 청혼을 거절했다고 하던데."

"그것까지 다 보고 있었던 거예요?"

세상에나?

"그래. 그래서 금방 터지겠구나 했지. 게다가 왜 이렇게 오래 여기에 머물렀는지도 모르겠고. 짜증 나. 너."

"걱정 끼쳐서 미안해요."

걱정하고 있는 게 짜증 났다는 말이지요.

이제 나에게는 카를 번역기가 장착되어 있어서 괜찮단 말씀.

내 말에 카를은 한숨을 내쉬었다. 그리고 그 붉은 눈동자를 들어 날 바라보았다.

"어땠어?"

난 희미하게 웃으며 얼른 자리를 카를의 옆자리로 옮겼다. 그에게 딱 달라붙은 채로 난 속삭였다.

"괜찮았어요."

카를은 내 친모를 만난 게, 본 게 괜찮냐고 물어본 거다. 괜찮았어? 가 아니라 어땠어? 라는 게 지극히 카를답지 않은가.

괜찮다는 내 말에 그가 고개를 끄덕였다.

"그래."

"그리고 데리러 와줘서 고마워요. 어떻게 해야 하나 고민하고 있었거든요."

"뭘 어떻게 해?"

"정령사라는 걸 들키지 않으려면, 일단 잡혀갔다가 탈출해야 하나? 그런데 그사이에 다른 사람들을 해치면 어쩌지? 그런 생각이요."

카를이 내 머리를 가볍게 툭 치고 말했다.

"네가 살 생각이 최우선이야. 나머지들은 그 다음이지. 그리고."

카를이 내 손을 잡으며 말했다.

"그 나머지를 지킬 힘이 너에게 없는 것도 아니지."

그가 내 손을 잡고 이리저리 돌리다가 한숨처럼 "왜 아직도 작지?" 하고 내뱉고 말했다.

"에스텔 카스티엘로."

"네."

"할 수 있을 때는, 주저하지 말고 죽여."

움찔하고 카를을 보자 그가 천천히 이어 말했다.

"죽이지 못하다가, 소중한 걸 잃고 나서 후회하는 거 아냐."

말하고 그는 좀 재미있다는 얼굴을 했다.

"이런 충고를 하게 될 줄이야."

그가 그렇게 말하고 내 뺨을 잡아 당겼다.

"네가 네 몸을 최우선으로 하고 도망치는 사람이라면, 이런 말을 하지 않아도 될 텐데. 알았어?"

"네, 알았어요."

난 고개를 끄덕였다.

해야 할 때는, 주저함 없이. 망설이지 말고.

"그럼 됐어."

카를이 고개를 끄덕였다. 난 웃으며 눈을 감았다. 그리고 노래하듯이 말했다.

"그럼 이제 우리 집으로 돌아가는 거네요."

"그래."

카를의 대답은 고요했고, 부드러웠다. 나는 안도감을 느끼며 눈을 감았다.

우리 집. 나의 집.

돌아가는 길은 어쩐지 더 더뎠다. 저택이 보일 만큼 가까워지자 더 재촉하고 싶은 마음이 되었지만, 말이 불쌍하니 참았다.

익숙한 집의 모습에 저절로 안도가 되었다.

그래.

나는 이 집 아이인 것이다.

*　*　*

내가 후작가에서 무슨 일을 겪었는지 들은 가신들은 '후작의 머리가 돈 것 아닙니까?' 하는 얼굴을 했다.

아빠는 의자에 비스듬히 기대어 툭툭 팔걸이만 두들겼다. 켈슨이 기가 차서 말했다.

"아니, 그래서 대체— 저희와 전쟁이라도 하자고요?"

"그럴 생각은 아니었겠지. 날 자기 아들과 결혼시킬 생각이었던 것 같던데. 내 친모를 이용해서."

"아아. 그렇겠죠."

켈슨이 고개를 끄덕였다.

"아가씨가 결혼하시려면 부모의 동의가 필요하니까요. 공작 전하께서 허락하실 일은 없으니, 그쪽을 이용해 보겠다는 거였겠죠."

그는 말하면서도 기가 차서 고개를 저었다. 아스터가 물었다.

"그래서 아가씨는 어떻게 하길 원하십니까?"

난 어깨를 으쓱했다.

"하지만 다행히도 아무 일이 없었고— 그쪽과 전쟁을 하고 싶지는 않아요. 물론 이건 제 생각이고……."

"뭐, 실질적으로 모욕에 대한 배상을 요구하려고 해도—"

켈슨이 슬쩍 아빠의 눈치를 보며 말했다.

"공자님께서 음, 상당한 모욕을 이미 그쪽에 주신 터라."

"그래서."

아빠가 내 쪽으로 몸을 돌렸다.

"넌 그냥 넘어갔으면 좋겠다고?"

"가능하면요."

난 작게 말했다.

"물론 그것 때문에 후작가가 저희를 우습게 본다거나 그런다면 또 모르겠지만……."

싸움을 일으키고 싶지는 않았다. 그럼 아빠나 오빠가 전장에 나가야 하는데, 둘이 강하다는 건 알지만 그래도 싫은 건 싫은 거다.

"그쪽 일은 너에게 일임했으니까."

아빠의 말에 난 켈슨과 아스터에게 시선을 돌렸다.

"전 그냥 넘어갔으면 좋겠어요. 두 분의 생각은 어떠세요?"

아스터는 잠시 생각에 잠겼다가 고개를 끄덕였다. 켈슨 역시 한숨을 내쉬며 "그렇게 하는 게 좋겠지요." 하고 대답했다.

이야기를 끝내고 내가 일어날 생각을 하지 않자, 눈치 좋은 두 사람이 얼른 먼저 일어났다.

"그럼 먼저 가 보겠습니다."

"두 분 이야기 나누세요."

아스터와 켈슨이 인사를 하고 나가자 난 얼른 자리에서 일어나 아빠의 앞으로 다가갔다.

"죄송해요."

"뭐가?"

"걱정 끼쳐 드려서요."

내 말에 아빠는 가볍게 한숨을 내쉬었다가 말했다.

"너에게 맡긴 일이니까."

"알아요. 하지만—"

난 뭐라고 말을 해야 하나 고심하다가 말했다.

"그러기 위해서 아빠가 치르신 대가가 적지 않다는 걸 모르는 게 아니에요."

아이에게 위험한 곳으로 가도 된다고, 전권을 맡기기 위해서 부모가 치르는 감정적 희생은 아마 굉장한 거겠지.
난 고개를 떨궜다. 목소리가 저절로 줄어들었다.
"그래서, 최대한 잘하려고 했는데…… 결국 걱정을 끼쳐드려서 죄송해요."
고개를 푹 숙이고 있지만, 아빠의 시선은 느낄 수 있었다. 아빠가 손을 뻗어 내 어깨를 부드럽게 감쌌다.
"에스텔."
"네."
고개를 들자 아빠는 미소를 짓고 있었다.
"네가 무사하면 그걸로 괜찮아. 넌 정말이지."
아빠가 살짝 눈을 찡그렸다.
"너무 생각이 많아. 그런 생각은 하지 않아도 되는 건데."
아빠가 자리에서 일어나 날 살짝 안아주고 이마에 키스해 주고는 말했다.
"그런 생각은 하지 마라. 나에게 미안할 거 없어. 넌 잘했고, 잘하지 못했다 해도 상관없이 내 소중한 딸이니까."
저절로 웃음이 흘러나오는 말에 난 배시시 웃으며 "네." 하고 짧게 대답했다.
아빠는 내 어깨에 손을 얹은 채로 책상 위에 널린 얇은 서류를 바라보았다.
"이제 수도로 올라가 봐야겠구나."
손으로 서류를 훑으며 아빠가 낮게 말했다.
"골치 아픈 일이 생길 것 같아서 말이다."
골치 아픈 일이 뭐냐고 묻기도 전에 아빠는 "나가 보렴." 하고 날 내보내서 집무실을 나오게 되었다.

'흠, 귀찮은 일이라니 뭘까?'

걱정이 되기는 했지만, 알려 주시지 않을 모양이니…….

난 앤의 방으로 걸음을 옮기다가 앤과 마주쳤다.

"앤?"

"에스텔 님."

"어디 가는 거야?"

"로이 님과 엘런 님에게 연고를 좀 나눠드리려고요."

"아, 같이 가자. 안 그래도 두 사람 만나러 가려고 했어."

"네. 저야 좋지요."

앤이 수줍게 웃으며 말했다. 난 먼저 부엌에 들러서 위문품을 챙긴 다음, 기사단실로 향했다.

언제나처럼 기사단실은 한가했다. 낮에는 아무래도 다들 훈련을 나가는 거겠지?

명패를 확인하며 로이와 엘런의 방을 찾았다.

"일단 엘런의 방부터 들러 볼까?"

"그래요."

난 곧 엘런의 명패를 찾아 방문을 두들겼다. 하지만 안에서는 아무런 응답도 돌아오지 않았다.

"아픈 사람이 어딜 간 거람?"

중얼거리며 갸웃하자 앤이 머뭇거리며 말했다.

"그- 로이 님의 방에 가신 게 아닐까요?"

"아, 그런가?"

납득할 만한 이야기라 난 고개를 끄덕이고 말했다.

"하지만 부상자가 누워 있지 않고…… 그러고 보니 난 상태를 못 들었는데, 둘 다 많이 심해?"

"아뇨— 엘런 님은 그래도 괜찮으신데, 로이 님이 조금. 그래도 그렇게 심하지는 않으세요."

"다행이다."

난 가슴을 쓸어내렸다.

"얼마나 다친 거야?"

"팔이랑 갈비뼈가 부러지신 것뿐이에요."

"……어?"

잠깐.

그렇게 심하지는 않다면서?

"엄청 심하잖아!"

나도 모르게 목소리가 높아졌다. 앤이 눈을 껌벅이고는 말했다.

"하지만 회복 가능한 상처인걸요."

"아니, 아무리 그래도……."

난 고개를 흔들었다.

"그래도 심각한 거잖아. 이 주 이상 안 나을 상처면 심한 거라고."

"심한 건가요?"

"심한 거야."

힘주어 말하고 난 앤을 바라보며 덧붙였다.

"그러니까 앤도 다치면 꼭꼭 이야기해서 치료받아. 알았지?"

"네."

앤이 고개를 끄덕였다.

"조금이라도야?"

"네, 알겠어요."

그녀가 키득키득 웃었다. 난 불신의 눈으로 그녀를 바라보다가 걸음을 멈췄다.

앤이 똑똑 로이의 방문을 노크했다. 하지만 안에서는 대답이 들리지 않았다.

"없는 건가?"

"설마요."

이번에는 내가 문을 두들겼다.

"로이? 안에 있어?"

잠시 후 "잠시만요!" 하는 로이의 목소리가 들려왔다.

"안에 있었네."

어깨를 으쓱하자 앤이 갸웃했다.

"안 좋은 타이밍에 온 걸까요? 씻고 있다든가?"

"기사단은 공용 샤워실이 있다고 알고 있는걸."

"그렇다면, 뭘—"

그때 문이 열렸다. 로이가 나와 앤을 바라보고 헛기침을 했다.

"어, 안녕하세요, 아가씨. 앤 님."

"안녕, 로이. 아직 자고 있었던 거야? 머리 다 흐트러졌어."

"아뇨, 그건 아니고……."

로이가 말을 흐렸다. 그가 방문을 열어서 안으로 들어서는데, 역시나 엘런이 여기에…….

아.

어.

음.

그 순간 번개처럼 뭔가가 내 머릿속을 때렸다. 왜냐면 엘런의 얼굴은 붉었고, 그녀의 머리도 흐트러져 있었으니까.

“저기, 음. 미안. 내가 시간을 잘못 맞춘 것 같네. 정말로 미안. 이거 위문품인데 두고 갈게. 그리고—”

앤을 바라보자 그녀 역시 허둥지둥 연고를 로이에게 건네며 말했다.

“이거 약이에요. 부러진 상처에 좋으니까 꼭 바르세요.”

“그럼 이만 가 볼게.”

“잠깐만요.”

다급하게 돌아서는 우리를 엘런이 붙잡았다. 그녀가 붉어진 얼굴로 말했다.

“뭘 생각하시는지 모르겠지만, 오해예요. 좀 더 느긋하게 있다가 가셔도 돼요. 네? 연고 사용법도 알려 주시고…….”

엘런의 말에 나는 슬쩍 로이의 얼굴을 보았다. 로이는 엘런의 말에 눈썹을 치켜 올렸다가, 곧 어깨를 늘어트렸다.

“편하게 앉으세요, 아가씨.”

로이가 자리를 권했다. 엘런이 “좀 덥죠?” 하면서 얼른 창문을 열었다. 앤이 지적했다.

“로이 님, 셔츠 단추 잘못 잠그셨어요.”

와— 로이가 얼굴 빨개지는 거 처음 봤다. 그는 당황하며 자신의 단추를 보고는 “그, 그러네요.” 하고 다시 고쳐 잠갔다.

난 내가 가져온 바구니에 시선을 고정하며 말했다.

“먹을 것 좀 가져왔는데. 주방장이 로이랑 엘런 위문 간다니까 챙겨줬어. 엘런이 좋아하는 무화과 파이도 가져왔어요.”

“어머? 정말요? 그러면 차라도 내와야겠네요.”

엘런이 그렇게 말하고 방을 둘러보더니 말했다.

“제 방에서 가져오겠습니다.”

그러고는 휙 하고 방을 나섰다. 엘런이 방을 나가자 로이가 날 바라보았다.
“아가씨…….”
한탄과 슬픔이 섞인 목소리였다.
“미안!”
난 고개를 푹 숙였다.
“설마, 음, 그러고 있을 거라고는 생각도 못 했다고?”
“분위기 한창 좋았는데 말입니다.”
“죄송합니다. 나중에 벌충하겠습니다.”
“어떻게요?”
“엘런에게 로이의 칭찬을 한 번 해 준다든가?”
“좋습니다.”
로이가 크게 고개를 끄덕였다. 그의 얼굴을 보고 난 한숨을 내쉬었다.
“얼굴, 엉망이야.”
“엘런도 마찬가지예요. 안 보여서 그렇지 창대로 얻어맞아서 몸에 멍도 들었고요.”
“미안.”
난 다시 사과했다. 로이가 “뭐가요?” 하고 물었다.
“같이 들어갔어야 했어. 나 혼자 들어갔으면 안 됐는데.”
내가 두 사람을 지켜줬어야 하는데…….
로이가 왼손을 뻗어 딱콩 하고 내 이마를 튕겼다.
“아얏!”
나도 모르게 이마를 붙잡고 뒤로 물러나자 그가 씩 웃었다.
“그건 저희가 해야 할 말이죠.”
“아프잖아.”
“아프라고 때린 거니까요. 게다가 결과적으로 나쁘지 않아요. 만약에 같이 들어갔거나, 같이 들어가지 않았다면 어떻게 되었을까요?"
난 이마를 문지르며 퉁명하게 말했다.
"그래도 싸웠겠지."
"네, 그러면 아가씨가 더 위험했겠죠."
"나도 내 몸 정도는 지킬 수단이 있다고?"
내 말에 앤이 고개를 끄덕였다. 로이 역시 고개를 끄덕였다.
"물론 그런 수단이 한두 가지쯤은 있으시겠지만, 그걸 쓰실 때는 체스 말을 다 소모하고 나서입니다."
"난 로이나 엘런을 체스 말이라고 생각하지 않아. 엄청 소중하게 생각한단 말야."
"저도 그래요. 그러니까, 아가씨가 다치시는 일은 없게 하고 싶군요. 그게 제 임무기도 하고요. 그러니 엉뚱하게 우리를 위해서 자기를 희생하겠다, 하는 생각은 하지 말아주세요."
"안 했어……."
"그런 얼굴이셨는데요. 그래서 한 대 때린 겁니다."
"아가씨를 때렸어?!"
엘런이 잔을 쟁반에 받쳐 들고 들어오다가 깜짝 놀란 목소리로 물었다. 나도 모르게 우는소리가 나왔다.
"이마 맞았어요. 엄청 아프게 때렸어요."
"로이!"
"잠깐, 그렇게 안 아프게 했거든요? 와— 아가씨, 정말."
로이는 투덜거렸고 엘런은 새쭉하게 그를 흘긴 후에 테이블에 잔을 내려놓았다.
"잔이 똑같은 게 없어서……."
"괜찮아요."

난 고개를 저었다. 엘런이 나에게 꽃무늬 잔을 주며 말했다.
"그래도 아가씨가 가장 예쁜 걸로 하세요."
난 킥킥 웃으며 고개를 끄덕였다. 앤이 로이에게 말했다.
"오른팔은 삼각건으로 고정하세요. 부러졌는데, 그렇게 다니면 더 안 좋아요."
"어쩌다가 부러진 거야?"
"이런 건 나선형 골절이라고 하지요."
로이의 말에 난 눈을 찡그렸다. 한마디로 팔을 등 뒤로 심하게 꺾거나 해서 나타나는 골절이라는 말이다.
"진짜 아프겠다. 괜찮아? 앞으로는 지장 없는 거야?"
"네, 괜찮을 거예요."
로이가 그렇게 말하며 왼손으로 포크를 들고 이리저리 돌리다가 말했다.
"실례지만 그냥 맨손으로 먹어도?"
"물론이지."
난 기꺼이 파이를 그쪽으로 밀어주었다. 안 쓰는 손으로 생활하는 건 힘들겠지.
엘런도 살짝 몸을 숙이거나 하는 게 불편해 보였다. 앤은 엘런에게도 타박상에 좋다는 연고를 나눠주었다.
바구니를 반쯤 비우고, 우리는 자리에서 일어났다. 문병 와서 너무 오랜 시간 있는 것도 그렇지.
푹 쉬라고 인사한 후 기사단실을 나오는데 에멜과 마주쳤다. 그가 후작가로 데리러 온 후에, 마치 우리 사이에 싸움은 없었던 것처럼 되었다.
그는 생각지도 못한 곳에서 날 발견한 얼굴로 갸웃하며 빠르게 걸어왔다.

“아가씨?”
“에멜!”
활짝 웃으며 종종걸음으로 그에게 달려가자 그 역시 웃으며 물었다.
“두 분 모두 어쩐 일이십니까?”
“로이랑 엘런 문병 왔어요.”
“아, 그렇군요.”
에멜이 고개를 끄덕였다. 문득 나는 후작가에서 그가 후작과 나눴던 대화가 떠올랐다.
하지만, 여기서, 지금, 묻는 건 좀 그렇지.
게다가 개인적인 일인 것 같으니 더욱더.
배신자.
눈앞의 에멜은 아무리 봐도 그렇게 보이지 않는다. 그렇다면 원래 그는 레이몬드 후작가 소속이었다는 걸까. 아니면 영지민? 그가 일하기 시작한 건 십 대였는데, 그때 이미 후작가의 종기사였다거나?
내 시선에 에멜이 고개를 갸웃했다.
“아가씨?”
“에멜은 다친 곳 없어요?”
얼른 말을 돌리자 에멜은 고개를 끄덕였다.
“긁힌 곳 하나 없습니다. 그럼 저택까지 데려다드리지요. 오늘은 호위가 없으신가요?”
“응. 오늘은 프리야.”
“그렇군요.”
꼭 붙이라고 한 소리 할 줄 알았는데, 에멜은 그렇지 않았다.
“에멜.”
“네.”

"이런 좋은 날 왜 기사단실에 있어?"
"그럼 훈련을 나갈까요?"
"그게 아니라—"
난 머뭇머뭇 말했다. 아니, 머뭇거리는 척할 뿐이지 지금껏 계속 묻고 싶었던 걸지도 모른다.
"여자 친구라든가……?"
에멜이 눈을 동그랗게 떴다가 명랑하게 웃었다.
"없습니다."
"어? 진짜? 정말? 왜?"
난 펄쩍 뛰었다. 그가 거짓말을 하는 건가? 하는 생각도 스쳤지만 에멜이 나에게 거짓말을 하고 있지 않다는 것은 쉽게 알 수 있었다.
정말로 에멜은 연인이 없다는 거다. 그럼 스테파니의 애인은 누구야? 로이? 아니, 오늘 일로 봐서는 아닐 테고. 진? 진이란 말야?
에멜은 오히려 내 반문에 당황한 듯 했다.
"왜, 냐고 물으셔도…… 일단 그럴 시간도 없고……."
에멜이 날 내려다보고 씩 웃었다.
"아가씨가 제 최우선 사항이라는 걸 이해해 주는 여자가 없더군요."
"그건 당연하지—?"
연인과 일 중에서 일을 항상 최우선으로 둔다고 하면야…….
"그럼, 어쩔 수 없죠."
에멜이 고개를 흔들고 그렇게 말하며 날 현관까지 안내해 주었다. 난 웃음이 흘러나오는 걸 꾹 참으며 짐짓 울상인 얼굴로 물었다.
"그러다가 에멜이 노총각이 되면 어떡해? 난 책임 못 지는데—"
에멜이 큰 소리로 웃었다. 그가 큭큭거리며 말했다.
"책임지실 마음은 있으시고요?"

"으음— 어쩔까—"
고민하는 척 고개를 갸우뚱거리는데 그가 한 걸음, 계단 아래로 내려서며 인사했다. 그래도 에멜의 시선은 나보다 약간 위였다.
"책임져 주시지 않아도 됩니다. 그럼 좋은 저녁 되시길."
"에멜도."
그동안의 기분 나쁜 게 싹 날아간, 그의 말대로 정말로 좋은 저녁이었다. 난 그에게 힘차게 손을 흔들어 주었다.
에멜은 웃고는 나에게 들어가라고 손짓했다.
나는 발랄한 걸음으로 저택으로 들어섰다.
"스테파니는 그럼 진이랑 사귀는 걸까?"
"그렇지 않을까요?"
그런 것과는 가장 거리가 먼 사람 같았는데, 역시 얌전한 고양이가 부뚜막에 먼저인 걸까.
"진과 스테파니라…… 뭔가 선물이라도 해 주는 게 좋을까?"
"절대 하지 않는 게 좋은 것 같아요."
앤이 힘주어 말해서 난 힐끗 그녀를 보며 "그래?" 하고 되물었다.
하지만 스테파니는 이미 나에게 사귄다고 이야기했잖아?
"네. 그냥 알고만 계시는 게 가장 좋은 것 같아요."
"앤이 그렇게 말한다면."
고개를 끄덕이고 난 앤을 다시 다락방까지 데려다주었다. 앤은 "제가 아가씨를 데려다드려야 하는 거 아니에요?" 하면서도 거절하지 않았다.
음, 앤의 이런 면이 좋다니까.
그녀를 데려다주고 도로 내려오며 나는 생각에 잠겼다. 엘런과 로이, 진과 스테파니.
그리고 에멜…….

'시간이 없다니.'

확실히 다들 청춘 남녀들이니 연애도 하고, 결혼도 하고, 미래도 생각하고…….

'하지만 조금만 더 내가 에멜을 독점해도 되지 않을까? 대신 봉급을 좀 더 올린다든가.'

나중에 아빠에게 살짝 이야기해 봐야겠다.

Chapter 2.

슬슬 수도로 올라가는 준비를 해야 하지 않나, 하고 생각할 무렵, 붉은 옷을 입은 전령이 전속력으로 저택에 들어왔다. 붉은 옷은 '긴급'을 뜻한다. 전령이 저택에 도착하자마자 사람들이 술렁이기 시작했다.

깊은 바다 속에서 가장 높은 파도가 일어나는 것처럼, 모두가 조용한 가운데 뚜렷하게 파문은 퍼져 나갔다.

제인이 어두운 얼굴로 말했다.

"폐하께서 왜 긴급 전령을 보내셨을까요? 국경에서 전쟁이라도 난 걸까요?"

"쉿, 그런 소리 하는 거 아니야."

스테파니가 날카롭게 말했다. 그녀 역시 초조함이 가득한 얼굴을 하고 있었다. 애니만이 평온한 표정이었다. 그런 그녀를 보니 나도 마음이 진정되었다.

어떤 소식이든지, 우리는 이겨낼 수 있을 거다.

힘을 모아서 말이다.

전령은 소식을 전하고 가지 않았다. 집무실에서 회의가 오래도록 이어졌다.

혹시나 소식이 들려오지 않을까, 하고 꾸벅꾸벅 졸면서도 침대에 들지 않고 있는데 문을 두들기는 소리가 났다.

"아가씨? 아직 일어나 계시나요?"

제인이 소곤소곤 부르는 소리에 귀가 번쩍 뜨였다.

"어? 응!"

난 벌떡 소파에서 일어나 침실 문을 열었다. 나가니 에멜이 서 있었다.

불을 약하게 켜 두고 있어서, 어둠 속에 짙은 그림자가 드리워진 얼굴을 하고 있던 그는 날 보고 희미하게 웃었다.

"아직 잠옷으로 갈아입지 않으셨네요. 늦은 시간입니다."

"이렇게 올까 봐요."

"공작 전하께서 부르십니다."

에멜의 말에 난 고개를 끄덕이고 바로 그를 따라나섰다. 애니가 얼른 숄을 하나 들고 따라 나와 내 어깨에 걸쳐 주었다.

"저녁은 쌀쌀해요."

"고마워요."

숄 앞부분을 붙잡고 난 에멜의 뒤를 따라 복도를 종종걸음으로 걸어나갔다.

새벽 두 시에 가까운 시간이라 복도는 어두웠다.

"대체 무슨 일이에요?"

내가 묻자 에멜이 돌아보지도 않고 대답했다.
"도착하면 알게 되실 겁니다."
"에멜, 지금 나 겁주고 있는 거 알아요?"
내 말에 에멜이 그제야 돌아보더니 부드럽게 말했다.
"아가씨는 괜찮으실 겁니다."
뭐야, 그러면.
다른 사람들은 괜찮지 않을 거라는 이야기야?
불안감을 삼키며 난 아빠의 집무실 안으로 들어갔다. 집무실의 커다란 탁자 주변에는 켈슨과 아스터, 그리고 낯을 익혔던 사람들이 몇 명 서 있었다.
"공녀님."
"어서 오십시오."
"늦은 시간에 불러 죄송합니다."
그들은 각자 나에게 인사를 건넸고 난 마주 인사를 한 뒤 아빠를 보았다.
"무슨 일이에요?"
켈슨이 가볍게 웃었다.
"바로 본론으로 들어가는 점이 카스티엘로답지요."
그의 말에 다른 사람들도 작게 웃었다. 아빠의 옆에 서 있던 카를이 대신 대답했다.
"드래곤이 나타났어."
"드래곤이요?"
내 목소리는 높지도, 떨리지도 않았다. 이렇게 평이한 목소리를 낼 수 있다는 게 놀라웠다.
드래곤.

"그게 우리 영지에 나타났나요? 공격을 하고 있어요?"

카를이 고개를 저었다. 그는 대답 대신 아빠를 바라보았다. 내가 아빠에게로 시선을 내렸다.

이 회의석상에서 앉아 있는 사람은 카스티엘로 공작뿐이었다.

"우리에게 드래곤 토벌령이 내려졌다. 늑대기사단을 끌고 출발하라고."

뭐?

순간 이해가 되지 않았다. 드래곤 토벌령이라니. 도무지 실감이 나지 않는 이야기였다.

난 관자놀이를 가볍게 누르며 기본적인 질문을 던졌다.

"대체 어디에서 그 일이 벌어졌는데요?"

"이스트리아 산맥."

"저희랑은 정반대 방향이잖아요?"

"그래."

"그런데 왜 우리가 가야 하죠? 그쪽이면— 황족령 아닌가요? 그 잘난 황실 기사단을 보내라고 해요."

"폐하의 명령이다."

난 기가 차서 입을 벌렸다가 꾹 다물었다. 숄을 움켜쥐고 이를 악물고 말했다.

"그럼 제가 갈게요."

"에스텔."

"제가 가서 없애면 되는 거잖아요?"

"에스텔 카스티엘로."

"하늘을 날면서 불을 뿜는 상대를 어떻게 상대해요? 차라리 제가 더 가능성이 있겠어요!"

"활을 쏴서?"
"그렇게 해서라도요!"
내가 소리치자 집무실이 고요해졌다.
아니면 내 정령이 있잖아? 내 정령으로 싸우면 되지?
뭘 위해서 힘을 가지고 있는 거야? 내 소중한 사람들을 지키기 위해서 잖아?
아빠는 날 무시하고 이어 말했다.
"늑대기사단을 다 데려가지는 않을 거고. 삼 분의 일은 남겨둘 예정이다."
"그 정도가 적절하겠죠."
아스터가 고개를 끄덕였다. 켈슨이 힐끗 아스터를 보았다가 아빠에게 물었다.
"남기는 기사는 어떻게 결정하실 예정인가요?"
"꼭 데려가야 하는 사람과, 꼭 남겨야 하는 사람을 제외하면— 제비를 뽑죠."
아스터의 말에 켈슨은 피식 웃고 고개를 끄덕였다.
"알겠습니다."
난 기가 차서 다시 말했다.
"제가 간다니까요?"
"에스텔."
아빠가 날 조용히 불렀다.
"너 역시도 대가를 치러야지."
대가? 무슨—
떠올리는 순간 숨이 꾹 막혔다. 아빠가 날 위험한 곳으로 가도 된다고, 허락해 줬던 건 날 믿었기 때문이다. 그러니까 괴롭지만 보내줬다.

이제 반대로 아빠가 나에게 그걸 요구하는 것이다.

난 어깨를 늘어트렸다. 긴 한숨을 내쉬고 나는 터덜터덜 걸어서 테이블 가까이 다가섰다. 카를이 자신의 옆자리를 내주었다. 테이블 위에는 지도가 펼쳐져 있었다.

"드래곤이 산맥에 나타난 게 목격된 건가요?"

"그래."

"인명 피해는요?"

"아직까지는."

"하지만 언제 일어날지 모른다는 거군요. 아니면, 그냥 그 드래곤도 깨어나서 서쪽으로 가 버릴 수도 있고요."

"어쩌면."

"그런데 왜 토벌령이 먼저 떨어진 거죠?"

갸웃하며 묻자 카를이 대신 대답했다.

"두려우니까."

"아."

간단하지만 확실한 대답이다. 강하고 알 수 없는 적이 어떻게 나올지 모르니 선수를 친다는 거다.

"늑대기사단을 데리고 간다고 해도— 병사는요? 얼마나 데려가실 건데요?"

"긴 여정이니 많이는 못 데려가."

"보급은요?"

"지나는 영지들에게 적극 협조하라고 폐하께서 이미 공문을 내리셨다."

아스터가 테이블에 놓인 막대기를 들어 죽 길게 선을 그었다. 호의적인 귀족들의 영역을 지나가는 길이었다.

"이렇게 갈 겁니다."

"차라리 근처에 있는 사람들에게 힘을 모으라고 하는 게 더 빠르겠어요."

"이미 그렇게 하고 있을 겁니다."

아스터가 부드러운 목소리로 말했다.

"켈슨도 같이 가나요? 아니면—"

"전 남습니다. 따라가 봐야 짐만 되죠."

켈슨이 씩 웃으며 말했다. 그나마 다행이라 난 가슴을 쓸어내렸다.

"알겠어요. 그럼 아스터 경은……."

"저는 당연히 함께 갑니다. 대신 로이에게 임시 대행을 맡길 생각입니다."

"로이에게요?"

"팔이 부러져서야, 따라오지 못하니까요."

"아."

하긴, 오른팔이 부러졌으니…….

"그리고 죄송하지만 아가씨의 호위는 다 데려가야 할 것 같군요."

그 말에 나도 모르게 에멜을 보자 그가 싱긋 웃어 보였다. 난 고개를 끄덕였다.

"알겠어요. 괜찮아요."

아빠가 자리에서 일어났다.

"어차피 지금 바로 출발은 못 해."

"뭐, 이제 겨울이니까요. 겨울에 출병하는 멍청이가 되고 싶지는 않습니다."

켈슨의 말에 난 안도해서 가슴을 쓸어내렸다. 그럼 당장 아빠가 전쟁에 뛰어들지는 않아도 된다는 거잖아?

“그럼 날이 풀리면 최대한 빠르게 준비해서 출발하는 걸로 하지. 켈슨.”

“병사는 이쪽으로 모을까요? 아니면?”

“소드로 모으는 게 낫겠지.”

“알겠습니다.”

“저희도 문제없습니다.”

아스터가 대답했다. 행정관들 역시 한 명씩 문제없다고 대답했다. 아빠가 자신의 인장 반지를 빼서 카를에게 건네주었다.

“그럼 그때까지는.”

“그때까지는요.”

카를이 그렇게 말하고 반지를 쥐었다. 아빠가 날 보더니 살며시 미소 짓고 말했다.

“그럼 물러나게.”

사람들은 우리만 남겨두고 깊게 인사를 하고 자리를 떠났다. 난 후다닥 아빠에게 달려가서 팔을 잡고 마구 흔들었다.

“왜 명령을 거절 못 해요? 안 가면 안 돼요? 제가 가지 말라고 하면요? 가지 않으시면 안 돼요?”

“울보 토끼.”

옆에서 카를이 놀리듯 중얼거렸다. 난 나도 모르게 소리쳤다.

“그래! 나 울보다!”

벌써부터 눈물이 뚝뚝 흐르기 시작했다. 아빠가 한숨 섞인 웃음을 내쉬고 날 끌어안았다.

“괜찮아. 에스텔.”

“하, 하지만— 사, 상대는 드래곤이고—”

난 서영의 기억 속, 영화에서 봤던 드래곤을 떠올렸다. 그 얼마나 압도적이던가?
고열의 불꽃을 뿜어내고, 인간의 창칼은 하늘을 나는 용에게는 닿지도 않고, 소용도 없다.
화상은 또 얼마나 고통스러운가?
아빠가 화상을 입으면, 늑대기사단들이 막 불타고 그러면 어떻게 하지?
품에 안겨서 엉엉 우는데, 알파가 슬그머니 내 그림자에서 나왔다. 이번에는 그렇게 크지 않은 크기였다.
그냥…… 아주 덩치 큰 늑대 정도? 아마 일어서면 카를의 어깨에 앞발이 닿을 정도인…….
"정말로 우리의 도움이 없어도 되는가?"
"딸아이 목숨을 파는 부모는 없지."
아빠의 말에 알파는 낮게 웃었다.
"그런가."
하지만 난 머뭇머뭇 고개를 들어서 아빠를 보았다.
"그럼, 알파가 따라가서 도와주면 안 돼? 그러면 좀 더 편할 것 같은데……."
"여기도 불안해."
아빠의 말에 난 눈을 깜박였다.
"그러니 전력을 너무 줄일 수는 없어. 알겠니?"
"……네."
난 고개를 끄덕였다.
아빠가 손수건을 꺼내 내 얼굴을 닦아 주었다. 난 아빠의 손수건을 붙잡아 코까지 훙 하고 푼 다음 말했다.
"그럼 하나는 물어볼게요."

"그래."
"황제 폐하가 어떻게 카스티엘로에게 명령을 따르게 할 수 있는 거죠?"
아빠는 한 박자 쉬었다가 대답했다.
"카스티엘로 가문이 서약을 했으니까."
"서약이요?"
"그래. 서약석에 대고, 서약을 했지. 그러니 어쩔 수 없어."
"……그렇군요."
서약석.
난 그 단어를 깊이 새겼다. 어떻게든 자세한 이야기를 찾아내고 말 거다. 그리고 두 번 다시 우리 가문에 명령하지 못하게 해 주겠어.
깊게 결심하고 난 한 걸음 물러섰다.
"오늘은 같이 자요?"
되묻는 듯 조르는 내 말에 아빠는 픽 웃고 고개를 끄덕였다. 난 힐끗 카를을 보았고 그는 눈을 찡그렸다.
"나도?"
"셋이서."
"셋이서 손이라도 잡고 침대에서 나란히 자자고?"
"안 돼요?"
빤히 카를을 보자 그는 더더욱 눈을 찡그렸다가 내 이마를 툭 쳤다.
"진짜, 그 표정— 어휴. 그래."
"헤헤."
난 얼른 웃으며 카를의 팔에 매달렸다.
아빠의 침대는 엄청 넓어서, 솔직히 셋이 누워도 넉넉했다. 혼자 자면 옆으로 네 번 굴러도 떨어지지 않겠다 싶은 크기였다. 난 가운데 누워서 천장을 보며 한없이 이야기를 재잘거리다가 잠이 들었다.
"드디어 자네요."
낮은 카를의 목소리가 들려왔다.
뭐? 아냐. 나 안 자……. 안 자는데…….
"이…… 정말 올까요?"
"……능성이 높지…… 다가……."
목소리가 띄엄띄엄 들려왔다.
"……히 돌아오실 거죠?"
"……텔의 영향이 크기는 크……."
"……애는 울보라니까요."
아냐, 지금 내 욕 하고 있어.
내 욕…….
하지만 눈을 뜰 수도 없고, 정신을 차릴 수도 없다.
"정말로 황제가…… 할 거라…… 각하세요?"
"……지에 몰리면…… 비도 그렇고."
"그 여우가."
아빠와 카를의 목소리는 점점 더 낮아졌다. 아니면, 내가…… 잠…… 드는…….

* * *

시간은 빠르게 흘러서 내 생일이 지나기가 무섭게 출병 날짜가 잡혔다.
전쟁과 다름없는, 아니, 어쩌면 전쟁보다도 더 끔찍한 상황이었기 때문에 준비하는 저택의 분위기는 어두웠다.

기사단과 눈물로 이별하는 연인들도 있었다. 스테파니도 눈가가 붉은 것이 진과 작별 인사를 한 게 아닐까?

뭐, 눈이 붕어눈이 된 내가 할 말은 아니지만.

그래도 아빠가 떠날 때는 울지 않으려고 노력했는데, 떠나는 걸 보자마자 울음이 터져 버렸다. 눈물을 줄줄 흘리면서 난 일행들이 멀어지는 모습을 바라보았다.

카를이 내 어깨를 감싸주어, 그나마 숨 쉴 수 있었다. 만약 내가 혼자였다면 어떻게 이겨냈을까?

로이 역시 잔뜩 어두운 얼굴이었다. 떠난 엘런의 말에 의하면 부상 때문에 제외됐다는 걸 듣자마자,

"왼팔로도 검 쓸 수 있는데요?"

라고 했다가 아스터 경에게 친절하게 얻어맞았다고 한다. 왼팔로는 검을 못 든다고 친히 가르쳐 주셨다나.

남게 된 기사단원들은 신입들이 많아서 로이는 "늑대기사단 뽑기는 진짜 정확하다니까요." 하고 투덜거렸다.

그러며 그는 왼팔로도 검 쓰는 법을 훈련하겠다고 나에게 작게 속삭였다.

양손 검사라…….

나쁘지 않지.

나는 그에게 힘내라고 응원해 주었다. 켈슨의 말에 의하면 이스트리아 산맥까지 도착하는 데만 해도 한 달은 걸릴 거라고 했다. 전서구는 꾸준히 날아왔고, 저택의 분위기도 시간이 갈수록 점차 안정되었다.

앤은 뭔가 흥미로운 걸 연구하는 것 같았다. 그녀는 부지런히 우리 저택을 돌아다니며 측량을 하기도 하고, 재질을 고무망치로 두들겨 보기도 했다.

"뭘 하는 거야?"

"저택에 마법을 걸어보려고요."

"저택에? 마법을? 그게 가능해?"

"해 보려고요. 그런데 사실 잘 모르겠어요. 가장 중요한 부분이 해결되지 않아서……. 일단 강도나 여러 부분을 실험해 보는 중이에요."

"그렇구나. 잘되면 좋겠다. 그러면 여름에는 시원하고 겨울에는 따듯한 저택이 될 수도 있는 거잖아?"

내 말에 앤이 눈을 동그랗게 떴다.

"전 화살이나 공성기에 당하지 않는 걸 생각했는데요."

"……어…… 그쪽이 먼저가 맞겠네."

내가 멋쩍어져서 중얼거리자 앤이 웃으며 말했다.

"온도 조절도 생각해 볼게요."

"아냐. 괜히 시간 쓰지 마. 앤의 말이 맞아. 안전이 최우선이지. 하지만……."

"하지만?"

"여기까지 적이 들어온다면 그건 상당히 위험한 상황 아닐까."

"그건 그렇네요."

카스티엘로 저택을 최후의 보루로 삼아야 할 만큼, 적이 코앞으로 쳐들어온다면 그건 정말 최악의 상황일 거다.

난 어깨를 으쓱했다.

"하긴, 그런 상황을 대비하는 게 가장 중요한 거겠지."

최악에 최악의 순간이 대비되어 있다면, 그 순간에 그만큼 안도되는 일은 없을 거다.

"네."

앤이 고개를 끄덕였다. 이제 앤이 이렇게 저택 안을 편하게 돌아다닐

만큼, 그녀에 대한 분위기도 많이 누그러졌다.

'그래도 내 마법사인데.'

뭔가 '내 마법사다!' 할 수 있는 표식을 주는 게 좋지 않을까?

마치 아빠가 카를에게 인장 반지를 준 것처럼, 상징적인 물건 말이다. 카를은 그 반지를 끼지 않고 목에 걸고 있었다. 그리고 뭔가 업무에 매우 시달리고 있는 것처럼 보였는데, 종종 휑하니 사라져서 켈슨이 그를 찾아다니는 걸 볼 수 있었다.

불쌍한 켈슨. 아빠가 일할 때보다 더 퀭한 얼굴이었다.

난 켈슨 대신 오빠를 찾아냈다.

"또 땡땡이예요?"

"휴식 중인데."

카를이 그렇게 말하며 지붕 끝에서 일어나 내 쪽으로 다가와 날 잡아주었다. 내가 아래층 창문에서 이 지붕 위로 올라올 수 있었던 건 순전히 알파의 도움입니다.

"켈슨이 사색이 돼서 찾고 있던데요."

내가 놀리듯 말하자 카를은 지붕 위에 앉으며 "그렇겠지." 하고 대답했다. 난 그의 옆에 앉았다. 오늘은 나도 바지 차림이라 편하게 앉을 수 있었다.

"힘들면 내가 좀 나눠서 해 줄까요? 나도 행정은 조금 볼 줄 알아요. 교육받았으니까."

"나중에."

카를이 그렇게 말하며 멀리 바라보았다.

"오라버니."

"음?"

"오라버니는 알고 있었어요? 카스티엘로의 서약에 대해서?"

카를의 붉은 눈이 이쪽을 돌아보았다.
"그래."
"그럼 오라버니도 명령에 따라야 하는 거예요?"
"카스티엘로의 성이 있으면."
"그럼 나도요?"
"아마?"
"왜 아마예요?"
"넌—"
"섞였으니까요?"
"그래."
카를이 싱긋 웃었다. 그가 내 뒤통수를 가볍게 눌러주고 말했다.
"쓸데없는 생각 하지 마."
"무슨 생각을 한다고 그래요?"
"그냥 쓸데없는 생각 하는 것 같아서."
"안 해요."
"그럼 됐고. 내가 카스티엘로답게 되는 법을 하나 알려 줄까?"
난 이미 카스티엘로인데요, 라는 답이 있지만 결국 나는 호기심에 지고 말았다.
"뭔데요?"
"이기적이 되는 거야."
카를이 웃으며 내 뺨을 살며시 어루만졌다.
"탐욕적으로 자기만 생각하는 거야. 이타성 같은 건 가져다 버리고, 내가 원하는 게 뭔지만 알고, 따르고, 탐닉하는 거지."
그가 손을 떼고 되물었다.
"알았어?"

"알았어요."
"좋아."
카를은 고개를 끄덕이고 자리에서 일어났다.
"다 큰 어른이 우는 것도 보기 그러니 내려갈까."
난 픽 웃으며 고개를 끄덕였다.
그래, 켈슨이 우는 걸 보는 건 좀 그렇지.
그때 전서구 한 마리가 멀리서 날아오는 게 보였다. 퍼덕거리며 지붕 저쪽에 있는, 탑— 전서구 둥지로 들어갔다.
"좋은 소식이면 좋겠네요."
난 그렇게 중얼거렸다.
그러나 내 바람과는 다르게 들어온 소식은 달갑지 않은 것이었다.

켈슨이 집무실에 서서 말했다.
"좋은 소식이 있고, 나쁜 소식이 있습니다."
카를이 날 보아서, 대신 대답했다.
"나쁜 소식 먼저 들을게요."
"드래곤이 공격을 시작해서 인명 피해가 났습니다."
짧은 파장이 집무실을 지나갔다. 난 길게 떨리는 숨을 내쉬고 이어 물었다.
"그럼 좋은 소식은요?"
"드래곤 토벌대는 보급을 충분히 잘 받았다고 하더군요. 전진 속도도 빨라서 이틀 후면 이스트리아 산맥에 도착한다고 합니다."
"그게 좋은 소식인 건가요."
아빠가 곧 불 뿜는 드래곤 앞에 도착한다는 게.
"보급이 엉망인 것보다는 낫지요."

켈슨의 말에 난 한숨을 삼키며 고개를 끄덕였다. 그랬다. 보급은 중요한 거니까. 하지만 정말로 드래곤과 싸우게 되는 건가. 눈앞이 깜깜해지는 기분이었다.

“인명 피해는 어떻게? 얼마나?”

“이스트리아 산맥으로 들어갔던 사람들이 죽었다더군요.”

“거기를 왜 들어가?”

“일부 모험가들과 안내해 주는 약초꾼들이……. 드래곤의 보물에 대한 소문이 도나 봅니다.”

“핫.”

카를은 짧게 웃었다.

“그래. 목숨보다 재물에 대한 유혹이 더 크다는 거군.”

“죽으면 다 소용없는데 말이죠.”

“뭐, 정면으로 맞서는 게 아니라 조용히 도둑질하려는 게 아니었을까요?”

켈슨이 온건한 의견을 내놓았지만 난 어깨를 으쓱했다.

“그래도요.”

“그렇죠. 겁이 없네요.”

하지만 이야기를 들으니 약간 마음이 놓였다. 그러니까 자기 집을 털려고 했던 도둑들을 태워 버렸다는 거잖아?

아, 하지만 그럼 우리도 그런 도둑이라고 오해하면 어떻게 하지?

아냐. 그런 일은 없을 거야.

그랬으면.

여러 가지 생각이 머릿속을 교차했다. 난 마음속으로 조용히 엔드를 불렀다.

‘엔드.’

—뭐지?
'아빠 옆에 붙어 있어 줄 수 있어요?'
—상대가 원하지 않는데?
'내가 원해요. 그래도, 공격을 막아 주거나…… 위기의 순간에 구해 주거나…….'
—내가 드래곤의 공격을 막으면 그 타격은 고스란히 계약자, 네 몫이야.
'상관없어요. 그래도 폭풍을 여러 번 부르는 것보단 낫겠죠.'
엔드가 피식 웃었다. 알파가 조용히 제안했다.
—그렇다면 일단 지켜보는 걸로 하지.
—그럼 그렇게 하지. 어차피 카스티엘로라 너무 가까이는 못 있어.
'어? 왜요?'
—눈치가 기가 막히거든.
엔드는 그렇게 말하고 삭 사라졌다. 아마 아빠의 근처로 간 거겠지? 조금이나마 안심이 되었다.
아, 늑대기사단 사람들도 부탁할 걸 그랬나. 에멜이랑…….
내가 아는 사람들만 지켜 달라고 하는 것은 치사한 걸지도 모르지만…….
"그럼 이틀 후면 산맥으로 올라가는 건가?"
"네, 전서구가 오는 시간을 생각하면요. 어쩌면 반나절 정도 차이가 날지도 모릅니다."
"그래. 알았어."
카를이 고개를 끄덕였다. 켈슨의 입매가 긴장한 듯이 팽팽하게 당겨져 있었다.
그래, 그 역시도 힘들겠지. 난 나도 모르게 말했다.

"켈슨, 내가 도울 일이 있다면 도울게요."
"정말요?"
켈슨이 반색했다.
어라?
"아가씨께서 도와주신다면야 든든하죠. 공녀님의 영리함이야 이미 알고 있으니까요. 그렇다면 꼭 부탁드리겠습니다."
아니, 그렇게 기뻐할 줄은 몰랐는데. 정말로 힘들구나.
"알았어요. 그럼 아무거나 시켜 줘요."
"아가씨에게 아무 일이나 시킬 수는 없지요."
켈슨이 그렇게 말하고 씩 웃었다. 어쩐지 제 무덤을 판 기분이다.

* * *

'카를이 왜 도망쳤는지 알겠군.'
난 서류를 넘기며 생각했다. 일단 일의 양이 어마어마했다.
공작령의 크기도 넓은 데다가, 공작령뿐 아니라 가지고 있는 다른 자투리 영지들도 어쨌든 관리는 해 줘야 했다.
게다가 새로 시작한 백작령 개간 사업 역시 보통 일이 아니었고 말이다. 그러니, 핵심은 지금 전쟁 중이지만 행정은 여전히 빠르게 돌아가고 있다는 말이다. 난 깊게 숨을 들이마시고 서류들을 결재하기 시작했다.
내가 결재해도 될 만한 역량이 되는 것, 이건 반려할 것, 요건 카를에게 맡겨야 할 것, 그리고 아무래도 아빠의 결재가 필요한 것.
내가 착착 서류들을 처리해 가는 모습을 보는 행정관들의 얼굴이 밝아졌다. 켈슨의 얼굴도 밝아졌다. 중간에 내가 티타임이라도 가지며 쉬자고 제안하자 모두가 기뻐했다.

켈슨이 싱글벙글 웃으며 말했다.
“아무래도 분위기가 다르네요.”
“그런가요?”
켈슨이 가볍게 헛기침을 하고 낮게 말했다.
“아무래도 공녀님이— 카스티엘로가— 버티고 있는 건 다르죠.”
“아, 그런 거군요.”
납득해 고개를 끄덕였다.
“심리적으로도 의지가 되니까요. 절대적인 최종권자가 제자리에 있다는 게 밑의 사람들의 마음을 얼마나 편하게 해 주는데요.”
그렇게 말하고 켈슨이 내가 반려한 서류를 슬쩍 열어 보았다.
“왜 반려하신 겁니까?”
“증거 서류가 부족해요. 그 아래 거는 작년이랑 수치 차이가 너무 나서, 그리고 그 밑에 있는 건— 여름인 농번기에 부역을 부여할 말한 필요를 못 느껴서. 강우기 때문에 다리나 둑을 고치는 일이라면 모르겠지만, 성벽 보수는 자기가 돈을 들여서 사람을 써야죠. 내가 납득하지 못하는 일이라면, 오라버니도 못하겠지요.”
켈슨이 멍하니 날 바라보더니 잔을 내려놓고 내 손을 꽉 잡았다.
“아가씨.”
“어? 어?”
“아가씨는 성군이 되실 겁니다.”
그의 말에 난 크게 웃음을 터트렸다.
“켈슨, 반역죄로 잡혀 갑니다?”
“아니, 그렇죠. 말을 잘못했습니다. 음, 꼭 계속 일해 주셨으면 좋겠네요.”
“할 수 있으면 할게.”

킥킥거리며 말하자 켈슨은 "약속한 겁니다?" 하고 몇 번 말하다가 내 손을 놓았다.

그렇게 차라리 일에 치이게 되자 걱정이나 잡념이 사라졌다.

일이 끝나고 나면 말을 타고, 화살을 지칠 때까지 당기고, 침실로 돌아와서는 쓰러지듯이 잠들었다.

엔드에게 무사하냐, 다들 잘 있냐고 물어보기도 무서웠다.

그렇게 아무 소식 없이 일주일이 지났다.

전서구를 보낼 수 없는 상황일 테니, 이해했다.

'하지만…….'

무소식이 희소식이다.

그렇게 생각하면서도 걱정이 되는 건 막을 수가 없었다.

밤에 잠이 오지 않아서 점점 더 몸을 혹사시키는 일이 많아졌다. 켈슨이 내 펜을 빼앗고는 "들어가서 주무세요." 하고 명령할 정도로 말이다.

터덜터덜 복도를 돌아가는데 그림자가 졌다.

"이제 들어가시는 거예요?"

"어? 로이? 이 시간에 뭐하는 거야?"

"순찰 도는 거지요."

로이가 싱긋 웃으며 말했다. 내가 그의 팔을 바라보자 로이가 이리저리 움직이며 답했다.

"다 나았어요. 앤 님의 연고가 좋은가 봐요."

"다행이다."

"좀 더 빨리 나았으면 좋을 뻔했죠."

로이가 그렇게 중얼거려서 난 그를 보다가 희미하게 웃었다.

"로이도 잠이 안 와?"

그가 어깨를 으쓱하며 대답했다.

"안 옵니다."
"그래. 눈 밑에 그늘이 져 있어."
"그런가요. 제가 이런 모습이면 안 되는데요."
로이가 그렇게 말하며 눈 밑을 꾹꾹 눌렀다.
"안 돼?"
"그렇죠. 지금은 제가 기사단장 대행인데요. 대장은 언제든지 괜찮다는 뻔뻔한 얼굴로 있는 게 가장 중요한 업무라고요. 그러면 밑의 사람들도 안심하는 거죠."
"그렇구나. 그래, 그러네."
난 한숨을 내쉬었다.
"난 못 미더운 대장이야."
"뭐, 카를 도련님이 계시니까 괜찮지 않습니까?"
"하긴."
내가 피식 웃으며 고개를 끄덕였다.
모두가 걱정하는 상황에서도 카를은 평소와 조금도 다른 점이 없었다. 그래서 그걸 보면 나도 안심하게 된다.
'으음, 그걸 생각하면 나도 가서 푹 자고 빤질빤질한 얼굴이 되어야 하는데.'
반성하고 난 로이에게 말했다.
"그럼 난 가서 얼른 잘게."
"네, 푹 주무세요. 모처럼 늦잠도 좀 주무시고요."
로이의 말에 난 씩 웃었다.
"그래, 로이도."
"그래야겠네요."
"로이."

"네."
"연인이 전장에 나간 건 어떤 기분이야?"
"엘런이요?"
"응, 연인…… 아닌가?"
"음…… 맞죠?"
"뭐야, 그 미묘한 대답은?"
"아뇨, 전 그렇게 생각하지만— 엘런도 그렇게 생각할지 확신이 없네요. 하여간…… 저희는 둘 다 기사죠. 그러니까 어느 한쪽이 싸움에서 사망할 수 있다는 것도 은연중에 알고 있어요."
로이는 짧게 숨을 들이마시고 말했다.
"알고 있는데도, 힘드네요."
"그렇겠지."
"뭐, 가족을 보낸 아가씨만 하겠냐고 생각하지만요."
"사랑하는 사람이라는 점은 똑같잖아. 별다를 거 없지."
난 그렇게 말하고 내 방 앞에서 멈춰 섰다.
"바래다줘서 고마워."
"별말씀을요."
난 안으로 들어갔다. 제인과 스테파니는 자러 갔는지 보이지 않고, 애니만 희미한 불빛 아래서 가위질을 하고 있었다.
"애니? 안 자요?"
"아가씨가 오셔야 자지요."
"먼저 자라고 했잖아요."
"다른 아이들은 자라고 보냈어요. 자, 얼른 주무세요."
난 고개를 끄덕이고, 작게 말했다.
"내일은 일찍 깨우지 말아줘요. 푹 자게요."

내 말에 애니의 얼굴이 밝아졌다.

"알겠어요. 그렇게 하도록 할게요. 하여간 요즘 아가씨는 너무 일하신다니까요. 잘 생각하셨어요."

애니는 내가 잠옷으로 갈아입는 걸 도와주었다. 가볍게 씻고서 난 침대 위에 몸을 던졌다. 그리고 토끼 인형을 끌어당겼다. 매끄럽고 서늘한 비단과 푹 감싸드는 거위털 이불은 언제나처럼 날 잠으로 떨어트리듯이 끌어당겼다.

잠을 자다가 나는 뭔가 강렬한 상실감과 함께 눈을 떴다.

눈가가 축축했다. 난 숨을 헐떡이며 작게 불렀다.

"알파, 알파."

"나도 안다."

알파가 나와서 침대 한쪽이 눌리는 게 느껴졌다. 난 손을 뻗어 알파의 목을 감싸 안았다. 부드러운 털과 따뜻한 온기를 느끼며 난 내가 떨고 있다는 걸 깨달았다. 난 그 털 깊숙히 손가락을 밀어 넣으며 이마를 기댔다.

말이 제대로 나오지 않았다.

"엔드가—"

"그래, 끊어졌어. 어떻게 된 건지 모르겠군."

"그럼, 우리 아빠는? 느, 늑대기사단이랑? 엔드는 어, 어떻게 된 거야? 죽은 거야?"

"죽은 것은 아닌 것 같다. 우리는 소멸되는 존재도 아니고."

알파가 뺨을 나에게 비비며 위로하듯이 낮게 말했다. 난 깊게 숨을 들이켰다.

"아, 알파가 가서 봐주면 안 돼?"

"안 돼. 난 이제 네 곁을 떠나지 않을 거다."

"알파. 부탁할게."

"부탁이라도 안 돼. 계약자인 네가 내 최우선이니까."

알파의 목소리는 단호했다. 난 다시 그의 목덜미에 얼굴을 묻었다.

대체 무슨 일이 일어난 건지 알 수가 없었다. 어떻게 해서든지 난 엔드와 다시 연결되려고 안간힘을 썼다.

하지만 아주 멀리 있는 사람에게 소리치는 것 같은, 그런 느낌이었다. 내 말이 조금도 닿지 않는 게 느껴졌다.

알파가 고개로 내 어깨를 밀어서 침대에 누우라고 시늉했다.

"도로 자라. 인간은 수면이 중요하지?"

"잠이 안 와. 게다가 무슨 일이 생긴 거면 알려야……."

"지금 할 수 있는 건 아무것도 없어. 자라. 자게 될 거야."

그는 그렇게 말하고 내게 바싹 붙어서 엎드렸다. 그리고 낮게 노래를 흥얼거리기 시작했다.

정령의 노래.

비가 오고, 바람이 불고, 햇빛이 반짝이는 듯한 소리의 화음.

난 알파의 털을 붙잡고 흐느끼다가 다시 잠이 들었다.

다음 날 나는 비명 소리에 벌떡 일어났다.

"뭐야? 뭐?"

"느, 늑대가ㅡ!"

스테파니가 소리 질렀다. 난 멍하니 그녀를 보다가 내 옆을 바라보았다. 알파가 나와 있었다. 그가 콧방귀를 뀌고 귀를 쫑긋거렸다.

"어? 알파?"

"아, 아, 아시는 느느늑대세요?"

스테파니의 말에 난 고개를 끄덕였다.

"어, 응. 내 늑대야."
"아가씨의 늑대라고요?!"
"괜찮아. 물지 않아."
난 스테파니를 진정시키고 알파에게 물었다.
'왜 돌아가지 않았어?'
—당분간은 이렇게 있을 거야.
알파의 말에 난 엔드를 찾았지만, 여전히 연결은 되지 않고 있었다.
정말로 문제가 생긴 거다.
그러니 알파가 실체화를 해서 옆에 있는 거겠지. 난 침대에서 내려오며 말했다. 알파가 누워있는 걸 보니, 쭉 뻗으면 나보다 키가 클 거라고 확신할 수 있었다.
"괜찮아. 순하니까."
알파는 날 따라서 침대에서 내려왔다. 그가 내 다리를 감아 돌았다. 마치 고양이가 하는 듯한 동작이었지만, 그가 너무 컸기 때문에 난 휘청거렸다. 나도 모르게 웃음이 나왔다.
스테파니가 불안한 눈으로 알파를 보았다가 날 보았다.
"정말로 괜찮아요?"
"응. 스테파니도 만져 볼래?"
스테파니는 기겁하며 고개를 저었다.
"저는 괜찮아요."
"응, 절대로 스테파니를 해치지 않을 거야. 내가 약속할게."
"네."
스테파니는 고개를 끄덕였다. 그녀가 내 얼굴을 보고 작게 물었다.
"찬물을 준비할까요? 눈이 너무 부으셨어요."
"응, 그리고 아침은 이따가 먹을게. 바로 옷 준비해 줘. 지금 오라버니를 만나러 가야겠어."

이 소식을 전해야 했다.

"알겠습니다."

스테파니는 가볍게 무릎을 굽히고 빠르게 나갔다.

옷을 갈아입자마자 나는 빠른 걸음으로 카를의 방으로 향했다. 어제 깨우지 말아 달라고 부탁해서, 이미 해가 높게 떠 있었다.

내 옆에 알파가 바싹 따라왔고, 시종들은 모두 놀라서 움찔거렸고, 사람에 따라서는 "어머?" 하고 좋아하거나 혹은 "히익?" 하면서 피하기도 했다.

미안해라.

하지만 알파는 절대로 내 옆을 떠나지 않겠다, 라고 말했고 그래서 어쩔 수 없었다.

계약자라고 해서 상하 관계인 건 아니니까…….

카를의 방으로 가자 아직 카를은 방에 있었다.

"에스텔? 그리고—"

카를이 알파를 보고 눈을 살짝 찡그렸다가 문을 닫으라고 시종에게 손짓했다.

시종이 방 밖으로 나가며 문을 닫았다.

"무슨 일이야?"

"어제 엔드랑 연락이 끊어졌어요."

카를은 속눈썹 하나 까딱하지 않고 되물었다.

"엔드? 그게 누군데."

거기서부터 내가 이야기를 안 했었나?

"나와 계약한 또 다른 정령 이름이요."

"그런데?"

"내가 아빠에게 정령을 붙였거든요? 그런데—"

"그거 하지 말라고 분명히 말씀하신 것 같은데."

카를이 눈썹을 치켜 올리며 말해, 난 기가 찼다.

"지금 그게 중요한 게 아니거든요?"

"좋아. 네 범법 행위는 넘어가고— 그래서?"

"범법 행……."

게다가 그래서라니—

답답해져서 난 발을 굴렀다.

"연락이 안 된다고요! 무슨 일이 생긴 게 틀림없어요!"

내가 초조해서 달려왔던 것에 비해서 카를이 너무 태연하자, 난 이제 화가 나기 시작했다.

왜 이 긴급성을 몰라주는 거야? 저절로 목소리가 높아져서 소리치자 카를이 갸웃하더니 물었다.

"아버님이 정령을 베셨다든가?"

난 입을 떡 벌렸다. 그러자 알파가 입을 열었다.

"그걸 생각해 보지 않은 건 아니지만, 만약 그렇게 물질적으로 타격을 입었다면 정령계로 돌아갔을 거다."

그럴 가능성도 생각해 본 거야?

난 생각도 하지 못했다.

"하지만 정령계로 넘어갔으면 연락이 끊어지지는 않았겠지."

알파의 말에 난 거 봐요, 하는 얼굴로 다시 카를을 돌아보았다.

카를이 의자에 비딱하게 기댔다. 아, 저러니까 정말 아빠랑 똑같다. 정말로 부전자전이구나.

"일단 소식을 기다리지."

카를의 태평한 말에 난 뭔가 한 소리를 하려다가 다시 입을 다물었다.

뭔가 할 수 있는 일이 없었다. 정말로 소식을 기다리는 것밖에 없었다.
"오라버니……."
나도 모르게 목소리가 떨렸다. 이렇게 허둥지둥 서둘렀던 것, 불안과 초조와 충격이 물러가자 이제 어쩔 수 없는 걱정과 두려움이 고개를 들었다.
"어, 어떻게 하죠? 아빠에게 무슨 일 있으면 어떻게 해요?"
"괜찮으실 거야."
카를의 목소리에는 흔들림이 없었다. 울음이 올라오는 것을 누르며 고개를 들었다. 일렁이는 시야에 카를이 들어왔다.
"정말?"
떨리는 목소리로 되묻자 카를이 다시 뚜렷하게 대답했다.
"정말."
난 고개를 끄덕였다.
"그렇다면, 괜찮겠지요."
난 다시 길게 숨을 내쉬었다. 아까보다 더 편하게 숨을 쉴 수 있었다.
"그래서 나와 있는 건가?"
카를의 물음에 내가 무슨 말인가, 갸웃하는데 알파가 "그래." 하고 대답했다.
"눈에 보이는 호위가 있는 것과 없는 것은 또 다르니까."
"그렇지."
카를은 납득한 듯 고개를 끄덕였다. 그가 날 보고 물었다.
"아침 먹었어?"
"아뇨. 아직."
"그럼 시키지."
카를이 설렁줄을 잡아당겼다. 그러자 급격히 허기가 몰려왔다. 카를이 "이리 와." 하고 손을 내밀어서 꾸물꾸물 카를 쪽으로 다가갔다. 당당하게 털썩 그의 다리 위에 앉자 카를이 말했다.

"조금은 사람 같은 무게가 되었네."

"무겁다고 하는 거예요. 보통. 저는 성인식을 치룬 사람이라고요. 성인이에요."

"그런가?"

카를이 내 옆구리를 잡아 들며 몇 번 가늠해 보기에 난 찰싹 그의 손등을 때렸다.

"숙녀의 몸무게는 재는 게 아니에요."

"숙녀라니."

그가 한숨을 내쉬는데 시종이 들어왔다. 그는 내가 카를의 무릎 위에 앉아 있는 걸 보고 눈을 동그랗게 떴다가 입술을 꾹 깨물었다.

음, 웃긴가?

하긴 좀 우습기도 할 것 같고…….

"부르셨습니까?"

"식사. 빨리 되는 걸로."

"알겠습니다."

시종은 고개를 숙이고 뒷걸음쳐서 방을 빠져나갔다.

난 한숨을 내쉬고 카를에게 등을 기대며 말했다.

"오라버니."

"왜?"

난 입술을 깨물었다. 무섭다. 두렵다. 걱정된다. 그런 말들을 꺼내 봐야 무슨 소용이 있을까?

게다가 내 감정을 토해 내면 괜히 카를도 더 힘들어지지 않을까.

"아니에요."

작게 말하며 고개를 흔들자 카를이 턱을 내 정수리에 올렸다.

"괜찮을 거야."

"네……."

작게 고개를 끄덕이며 난 숨을 깊게 삼켰다. 꿀떡 하고 목구멍 너머로 묵직한 것이 넘어갔다.

하지만 5일 후, 붉은 옷을 입은 전령이 달려와 전한 것은 괜찮지 않은 소식이었다.

* * *

"실종이란 말이지."

카를의 말에 전령을 고개를 숙였다.

"그렇습니다. 드래곤도, 늑대기사단도 보이지 않는다고……."

"흔적은?"

"그게, 거대하게 유리화된 구덩이가 남아 있었습니다. 학자들 말에 따르면 고열 때문에 유리화가 된 거라고 하더군요. 아마도 불을 뿜어내서 그런 게 아닌지……."

"그래. 그게 전부인가?"

카를이 되묻자 전령은 "그렇습니다." 하고 대답했다. 침묵이 방 안에 깔렸다.

"알겠다. 그러면 드래곤은 사라진 것이지?"

"네? 네."

"토벌령은 끝난 거고?"

"그, 그렇습니다."

전령이 고개를 들었다. 그는 당혹스러운 얼굴로 말을 이었다.

“폐하께서는 이 사태에 대해 깊은 조의를 표하시며, 다음 공작으로 카를 님을—”
카를이 손을 들어 말을 막고 흑좌에서 일어났다.
“그러시기에는 너무 이르다고 내 대신 전해드리게.”
“네?”
“아직 내가 차기 공작 직위에 오르기에는 이르다고. 그랬다가 아버님이 돌아오시면 진짜 이상해질 테니까.”
“하지만…….”
“돌아가신 증거도 없는데, 그럴 수는 없지. 그렇게 전해라.”
전령은 허리를 숙였다.
“알겠습니다.”
카를이 물러가라는 뜻으로 손을 저었다. 전령이 뒷걸음질로 알현실을 빠져나갔다.
난 멍하니 전령이 나가는 걸 바라보았다.
어? 그러니까, 공식적으로 카스티엘로 공작이 죽었다고 결론을 내린 거야?
아빠가 죽었다고?
어?
어라?
어딘가 현실감이 없어졌다. 다리 아래로 감각이 사라지면서, 내가 서 있는 건지 아니면 공중에 떠 있는 건지—
“에스텔.”
난 시선을 대리석 바닥으로 내렸다. 바닥 무늬가 빙글빙글 돌아가는 것 같았다.
“에스텔.”

카를이 좀 더 크게 날 불러서야 난 퍼뜩 고개를 들었다. 그가 날 향해 말했다.

"이리 와."

하지만 꼼짝도 할 수 없었다. 왜냐면 무릎에 힘이 없어서, 한 걸음 옮기는 순간 푹 하고 앞으로 다리가 꺾일 것 같았다.

알현실에는 나와 카를만 있는 것도 아닌데 그런 모습을 보이고 싶지는 않고.

카를이 가볍게 혀를 차더니 자리에서 일어나 내 쪽으로 다가왔다. 그리고 날 번쩍 안아 들었다.

"카를?!"

놀라서 그의 어깨를 붙잡자 카를이 돌아보며 말했다.

"십 분 후에 집무실로 모여."

"네."

"알겠습니다."

간결한 대답들이 들려왔다. 사람들이 나가자 카를은 다시 흑좌에 털썩 앉았다.

"괜찮아."

카를이 내 눈을 들여다보며 낮게 말했다. 순간 눈물이 왈칵 쏟아졌다.

"모, 모르겠어요, 어, 어떻게— 으흑, 윽—"

어엉, 울음을 터트리자 카를이 내 등을 토닥였다. 한참 울다가 울음소리가 줄어들자 그가 입을 열었다.

"정말로 괜찮아. 드래곤에게 죽을 사람도 아니고. 아마 뭔가 다른 문제가 생긴 거겠지."

"다, 다른 문제요?"

카를의 품에 얼굴을 묻은 채로 묻자 그는 "으음……. 잘 모르겠지만 다른 문제." 하고 대답했다.
"시, 신뢰성 떨어져요."
"그런가."
카를은 그렇게 중얼거리며 내 등을 토닥였다. 많이 익숙해진 솜씨다.
"시간이 좀 걸리실 뿐이지 돌아오실 거야."
"마, 막 엄청, 오래 걸리면—"
다시 눈물이 나오기 시작했다. 나 할머니 돼서 오거나? 내가 죽은 다음에 오시면?
"그럴 수도 있지."
카를이 내 고개를 들게 하고 희미하게 웃었다.
"울보."
"아, 아니에요."
이럴 때 우는 건 당연한 거란 말이에요.
"정말로 괜찮을 거야. 그러니까 울지 마. 아니면 좀 쉴래?"
카를의 말에 난 고개를 저었다.
"이제 안 울어요. 그리고 일할래요."
난 얼른 대답했다. 일하지 않고 내 방에서 또 시간을 보내면서 우울해져 있는 건 싫었다.
그래, 카를이 괜찮다면 괜찮은 거야. 아빠가 살아 있으면 그걸로 된 거지. 돌아오실 때까지 열심히 하자.
어째 으앙— 하고 울고 났더니만 마음이 쉽게 정리되었다.
난 힐끗 카를을 올려다보았다. 크림슨 다이아몬드 같은 눈동자는 흔들림도 없고, 흐려지지도 않았다.
"오라버니는."
난 더듬더듬 물었다.

"오라버니는 괜찮으세요?"
"난 괜찮아."
"저 열심히 할게요."
난 얼른 카를의 옷자락을 잡았다. 그가 살짝 눈썹을 치켜 올렸다.
"그러니까 오라버니도 힘들면 저에게 꼭꼭 말씀해 주세요."
내 말에 카를이 피식 웃었다.
"그래."
"정말로요."
"그래."
대답하고 카를은 한 박자 쉬었다가 이어 말했다.
"이미 충분히 도와주고 있어."
"그런가요?"
"응, 특히 펑펑 우는 게."
그 말에 난 얼굴이 빨개졌다.
"그게 무슨 도움이에요?!"
"아니, 정말로."
낮게 웃은 카를이 내 얼굴을 자신의 손으로 가볍게 훔치다가 "으." 하고 얼굴을 찡그리고 말했다.
"자, 손수건. 콧물 나왔다."
"—!!"
그 말에 정말로 얼굴이 타오르는 것 같았다. 난 카를에게 손수건을 빼앗듯이 받아 들고 전투적으로 코를 팽 하고 풀었다.
아니, 울다 보면 콧물도 나오고 그러는 거지!
대충 얼굴을 닦아 내고 곧 물었다.
"그런데 카를. 그러면 우리가 아빠를 찾아야 하지 않을까요? 무슨 문제가 생기셨으면 도움이 필요하실 텐데…….”
카를이 고개를 저었다.
“아니, 늑대기사단의 삼 분의 이와 마스터 셋이 함께 있어. 우리가 더 줄 수 있는 도움은—”
카를이 갸웃했다.
“마법사뿐일까?”
그 말에 난 콧잔등을 찡그렸다. 절대 싫었다. 절대로 마탑과는 얽히고 싶지 않다.
게다가 그 녀석들에게 고개를 숙여서 도움을 요청한다고 해도, 아마 반대로 아빠를 사지로 밀어 넣을 가능성이 더 크다.
“그건 안 돼요.”
“그래.”
카를이 고개를 끄덕였다.
“게다가 네 정령도 함께 있는 거 아닌가?”
“아. 그러네요. 어쩌면요.”
엔드 역시 아빠에게 붙였는데 실종된 거니까, 정령도 아빠와 함께 있는 거다.
정말로 이쪽에서 도움을 줄 수 있는 건 없었다. 그래도 알파에게 이야기는 다시 해 봐야지.
문득 그때 계약하지 않았던 다른 정령들이 생각났다.
‘다시 가 볼까?’
정령석 동굴로.
고민하는데 카를이 날 안은 채로 의자에서 일어나, 날 내려놓았다. 항상 생각하지만 좀 비정상적으로 힘이 좋단 말이지.
“이제 가 봐.”

"회의에 저도—"
"그 얼굴로?"
카를의 말에 난 양손으로 얼굴을 매만지며 물었다.
"심해요?"
"어."
단호한 대답에 그를 노려보았다가 고개를 끄덕였다.
"알겠어요. 그럼, 전 오늘은 먼저 퇴석할게요."
카를이 고개를 끄덕이고 내 머리를 가볍게 두들겨 주었다.
알현실을 나오니, 앤이 기다리고 있었다.
"앤?"
"켈슨 씨가 가 보라고 하셔서요. 괜찮으세요, 에스텔 님?"
그녀의 다정한 어투에 어쩐지 다시 눈물이 나올 것 같았지만 꾹 참고 고개를 끄덕였다.
"괜찮아."
"무슨 이야기가 오간 거예요?"
난 주변을 둘러보았다. 어차피 이제 십 분도 채 지나지 않아 저택에 소식이 다 퍼지겠지만.
"어디 앉아서 이야기할까? 그리고 단 게 먹고 싶어."
내가 한숨을 내쉬며 말하자 앤이 고개를 끄덕였다.

선룸에서 케이크를 한 입, 입 안에 넣는데 문득 켈슨이 앤을 보냈다는 게 떠올랐다.
'배려받고 있네.'
분명히 이야기를 듣고 충격받을 나를 배려해 준 거겠지. 일부러 앤을 보내서 말이다.

'고맙지만, 뭐라고 할까…….'

"앤."

"네."

"나 좀 못 미더운가?"

"네?"

앤이 눈을 동그랗게 떴다. 난 내가 느낀 바를 간략하게 그녀에게 전했다. 앤은 "아." 하고 고개를 끄덕이며 말했다.

"그건 못 미더운 게 아니지요."

"아니야?"

"네."

앤이 살며시 웃으며 홍차를 따랐다.

"제가 전에 했던 이야기를 신경 쓰고 계시는 건가요?"

"……조금은?"

"하지만 요즘 많이 달라지셨어요."

"그래?"

"네, 행정 일을 하시면서— 아가씨에 대한 신뢰나 안정감도 확실히 높아졌고. 그만큼 아가씨가 훌륭하시기도 하시고요."

"그렇다면 다행이지만."

무겁고 찐득한 초코케이크가 입 안에서 사르르 녹아들며 기분이 훨씬 더 나아졌다.

의자에 기대며 선룸 천장을 올려다보았다. 비스듬히 기우는 햇빛이 유리창에 반사되어 빛나고 있었다.

저무는 붉은 태양빛도 아빠나 카를의 눈동자만큼 예쁘지는 않다.

'아.'

난 문득 다시 카를을 떠올렸다. 혼자서도 굳건할 것 같지만, 다들 그렇게 생각하지만.

'그래도 나만은 그러면 안 되지.'

에스텔 카스티엘로.

아빠가 종종 날 그렇게 부를 때 대답하면 그냥 미소 지으시던 일이 생각났다.

카스티엘로.

그래, 난 카스티엘로지.

아빠가 없는 공작가를 카를이 받치고 있는 거라면, 카를은 내가 받쳐 보이겠어!

어쩐지 그런 사명감이 확 밀고 들어왔다.

"나 이제 정말로 열심히 할 거야."

내가 중얼거리자 앤이 "이미 열심히 하고 계시잖아요?" 하고 말했다. 난 고개를 저었다.

"아냐, 지금과는 완전히 다르게 더 열심히."

카를이 힘들면 날 찾을 수 있도록. 가신들이 카를 대신에 나를 자연스럽게 찾을 수 있게. 카스티엘로 공녀님, 하고 당연히 나에게 결재를 받을 수 있도록.

"힘낼 거야."

앤은 내 두서없는 말을 진지하게 듣더니 고개를 끄덕였다.

"네, 에스텔 님은 하실 수 있을 거예요."

"고마워, 앤. 참, 그리고—"

"네."

"그 드래곤에 대해서 조사해 줄 수 있을까? 마법사의 탑에 의뢰를 맡길 수는 없잖아. 그래서 부탁하고 싶은데."

앤이 싱긋 웃었다.

“전 에스텔 님의 마법사이니 뭐든 명령하시면 됩니다. 부탁은 필요 없어요.”

케이크를 먹고, 기운을 차린 난 빠르게 내 방으로 걸어 올라갔다. 알파가 바로 내 옆에 따라붙었다. 타닥타닥하고 대리석 바닥을 밟는 커다란 늑대의 발톱 소리가 어쩐지 안정감을 주었다.

내 방으로 들어가자, 애니가 자리에서 벌떡 일어났다. 제인과 스테파니도 불안한 얼굴이었다.

셋 다, 내가 가져올 전령의 소식을 기다리고 있었던 거겠지. 하지만 내가 먼저 듣고 진정해서 다행이었다.

애니는 몰라도 제인과 스테파니 앞에서 불안한 모습을 보이거나 우는 모습을 보인다면 최악의 웃전일 테니까.

오래 기다리게 해서 미안한 마음이 들었지만 나에게도 시간이 필요했다. 난 최대한 침착한 얼굴로 입을 열었다.

“아빠와 늑대기사단, 전원 실종이래.”

애니는 창백해졌고, 스테파니는 그 자리에서 쓰러질 듯 휘청했다. 제인이 얼른 그녀를 붙잡았다.

“스테파니!”

스테파니가 쓰러지는 모습을 보고 난 애니를 돌아보며 말했다.

“애니, 내 옷에 달린 장식 다 떼어 줘요.”

“장식이요?”

“레이스랑, 프릴이나, 리본— 어리게 보이는 장식 전부.”

황당할 수도 있는 말이었지만, 애니는 그저 가볍게 무릎을 굽히며 말했다.

“알겠습니다.”

난 내 방으로 들어가서 침대에서 토끼를 꺼냈다. 내가 처음 공작가에 왔을 때부터 지금까지 계속 함께 있었던 인형이었다.

난 안쪽 드레스 룸으로 들어가 무거운 상자를 열었다. 작아서 안 입는 옷을 넣어 두는 곳이었다.

난 토끼 인형을 꽉 끌어안았다. 그리고 이마에 키스해 주고 인형을 상자에 넣었다. 무거운 상자 뚜껑을 닫으며 난 어디선가 들었던 말을 떠올렸다.

'내가 어렸을 때는 말하는 것이 어린아이 같고, 생각하는 것이 어린아이 같다가—'

장성하니 그것들을 버렸노라.

이제 어른이 되어야지.

난 상자 뚜껑을 가볍게 두들기고 밖으로 나왔다.

거실로 나오니 애니가 물었다.

"지금 입으신 옷도 갈아입으시겠어요?"

"응, 하지만 장식 없는 옷이 있던가요?"

내가 가지고 있는 옷은 전부 귀여움을 강조해서 리본이나 프릴이 달려 있는 옷들뿐이었다.

"네, 아직 장식을 달지 않은 옷이 있어요."

"그럼 일단 씻고 나서 갈아입을게요."

"알겠습니다."

난 연분홍색 드레스를 벗고 가볍게 얼굴을 씻었다. 거울을 보니 이제 울었던 사람처럼 보이지 않았다.

'좋아.'

애니가 새 옷을 가지고 왔다.

"이 옷이에요."

장식이 없이 딱 떨어지는 푸른색 드레스였다. 금색 단추가 달려 있기는 하지만 우아함을 강조하는 정도지, 리본이나 러플 같은 종류는 아니었다.

"좋아요."

고개를 끄덕이자 애니와 제인이 옷을 갈아입는 걸 도와주었다. 스테파니에게는 들어가서 쉬라고 말해 뒀지만, 그녀는 곧 장신구를 가지고 돌아왔다.

"일하는 게 더 나을 것 같아서요."

그녀의 말에 난 동감해 고개를 끄덕였다. 아무것도 하지 않고 있으면 안 좋은 생각만 드니까.

남색에 가까운 짙푸른 드레스를 입고, 머리 역시 다시 단순하게 땋아 올렸다. 그리고 유색 보석이 아닌 자잘한 다이아몬드 장식이 달린 백금 머리빗을 꽂았다.

천천히 거울 속의 날 바라보았다.

어쩐지 낯선 얼굴을 하고 있다.

'하지만 이제 익숙해질 거야.'

자리에서 일어나 복도로 향하는 문을 벌컥 열었는데, 로이가 놀란 얼굴로 서 있었다.

"로이?"

"아가씨? 어디를……."

이야기하던 그가 내 행색을 알아채고 말끝을 흐렸다. 그가 날 뚫어져라 바라보았다.

난 어색해져 어깨를 으쓱하며 말했다.

"이상해요?"

"아뇨. 그게 아니라—"

로이는 한참 나를 심각한 얼굴로 바라보았다.
"로이?"
다시 그를 부르자 고개를 흔들었다.
"아닙니다. 어디 가시는 길이신가요?"
"집무실이요. 결정된 사안을 저도 들어야죠."
"……알겠습니다."
"로이는 나에게 무슨 볼일이 있었던 거 아니에요?"
"아뇨. 아무것도 아닙니다."
로이가 희미하게 웃으며 말했다. 난 갸웃했다가 걷기 시작했다. 로이가 내 뒤에 섰다.
"로이."
"네."
"엘런은 괜찮을 거예요."
"그럴까요?"
그의 대답에 난 걸음을 딱 멈추고 돌아섰다. 로이는 드물게도 초조해 보이는 미소를 나에게 지어 보였다. 나는 내 얼굴이 오라버니만큼 자신만만하기를 바랐다.
"아빠와 함께 있으니까 괜찮을 거예요."
내 말에 로이의 미소가 좀 더 선명해졌다.
"그렇군요. 아가씨께서 그렇게 말씀하시니, 믿어 볼까요."
조금 무거운 말이었다. 하지만 카를이 나에게 해 주었듯이 나도 로이에게 고개를 끄덕이며 말했다.
"믿어요."
"알겠습니다."
로이가 깊게 고개를 끄덕였다. 난 그에게 싱긋 웃어 주고 다시 걸음을 빨리했다.

집무실 앞에 서 있던 병사가 날 보고 허리를 숙이며 문을 열어주었다. 안으로 들어서자 순간 시선이 나에게 집중되었다.

"아무래도 저도 이야기를 들어야 할 것 같아서요."

난 카를을 보고 물었다.

"저도 참석해도 되지요?"

"그래."

카를이 고개를 끄덕이고 자신의 옆자리를 두들겼다. 내가 그의 옆에 서자 카를이 작게 속삭였다.

"울보 토끼가 갑자기 암사슴이 되기를 바란 건 아니었는데."

"토끼 아니에요."

힘주어 말하자 카를이 희미하게 웃으며 시선을 돌렸다.

"그래."

그가 긍정해 주는 건 처음이라 난 묘한 기분이었다. 어쩐지 어색해서 헛기침하고 시선을 테이블로 돌렸다.

켈슨이 큼 하고 목을 가다듬고 말했다.

"그래서 이야기를 계속하자면— 따로 조사단을 파견할 필요가 있느냐 하는 문제를 논의 중이었습니다만—"

그가 힐끗 카를을 바라보았다. 카를이 고개를 저었다.

"필요 없어. 여기서 더 전력을 깎는 건 바보나 하는 일이지."

로이가 느긋한, 하지만 그 아래 뚜렷하게 서늘함이 느껴지는 목소리로 말했다.

"전 열흘을 잡지요."

"열흘?"

카를이 픽 웃었다.

"난 그 절반도 안 걸릴 거라고 생각하는데."

"하지만, 그쪽도 준비가 필요하고……."

켈슨이 중얼거리자 카를이 "이미 하고 있었을걸." 하고 말하고 지도를 바라보았다.

무슨 이야기인가, 하고 나도 지도를 보았다. 그러다 깨달았다.

"후작가에서 올까요?"

"와."

카를이 손을 뻗어 레이몬드 후작가와 공작가의 경계선을 훑었다.

"자, 그러면 어디로 올까?"

"단기간에 오려면, 역시 공공대로를 이용하는 거죠."

켈슨이 으쓱하며 가장 넓고 큰 도로를 가리켰다.

전에 하델이 이야기했듯이, 공작가는 도로가 무척이나 잘 닦여 있었다. 특히 카스티엘로 공작령의 중심인 베르쥬로 통하는 거대한 대로는 모두 4개가 존재했다.

그리고 그 대로로 통하는 다른 도로가 레이몬드 공작가와의 경계를 지나고 있고.

"전력으로 달리면, 상당히 빠르게 오겠지. 자— 그러면."

카를이 웃었다. 마치, 이 상황을 즐기는 것처럼 말이다.

"혼자 올까? 아니면 다른 후작가와 손을 잡을까? 자몬 후작가와 함께 온다는 데 내가 천 골드를 걸겠어."

"돈은 아끼십시오."

켈슨이 낮은 신음과 함께 말했다.

난 고개를 돌려 로이를 보았다.

"늑대기사단은 삼 분의 일이 남았죠?"

"그렇습니다."

"후작가에 마스터가 있나요?"

"네."

난 짧게 숨을 들이마셨다가 고개를 끄덕였다.

"그렇군요. 그렇다면 기다리는 건 바보짓이네요."

우리에게는 마스터가 없다.

아, 아니다. 카를이 있구나. 하지만 그렇다고 카를이 선두에 나설 수는 없지 않나?

'하지만 그렇지 않고서는 마스터를 막을 수도 없는 거 아닌가.'

고민하는데 카를의 손가락이 쭉 도로를 훑어 내려오다가 대로에 있는 첫 번째 관문인 올타 관문을 눌렀다.

"여기서 막아야지."

"그러면 자몬 후작가는요?"

켈슨이 낮게 물었다.

"내가 맡을게요."

내가 조용히 말했다. 카를이 고개를 저었다.

"안 돼."

"뭐가 안 돼요."

"사람도 죽여 본 적 없는 사람에게 전쟁을 맡기지는 않아."

"누구나 처음은 있는 거라고요."

"그래. 하지만 지금은 아냐."

"아뇨, 지금이에요."

내가 손을 뻗어 알파의 목덜미를 어루만지며 단호하게 말했다.

카를은 고개를 기울였다가 낮게 말했다.

"자몬 후작가가 바로 움직이지는 않을 거야. 레이몬드가 어떻게 움직이는지를 보고 따라서 움직이겠지. 결코 손해 보는 짓은 하지 않는 놈들이니까."

"그렇겠죠. 늙어 빠진 여우 같은 분이니까요."

켈슨이 가볍게 평가했다.

독사와 늙은 여우인가.

"그럼 그때 가서 보고 정해도 되겠지. 일단 기사단을 전원 데려갈 수는 없으니까, 그 문제부터 정하고—"

커다란 문제가 정리되자 그 다음은 자잘한 문제들이 줄줄 고구마 줄기처럼 이어져 나왔다.

선결 과제가 생기면, 그 과제를 해결하기 위한 자잘한 과제들이 생기고, 그것들을 하나씩 해결하면 결국 큰 문제도 해결되기 마련.

'커다란 팬케이크도 한 입씩, 인가.'

군사 쪽 문제는 문외한이나 다름없어서 흘려듣지 않게 집중하는 것만으로도 꽤 힘들었다. 게다가 보급이나 비축, 얼마나 싸움이 길어질까 하는 문제들까지 다양한 이야기가 논의되면서 회의는 거의 새벽까지 이어졌다.

'졸려.'

하품을 참기 위해 볼 안쪽을 깨물며 난 이야기에 귀를 기울였다.

간신히 모든 논의가 '대충' 정리되었을 때는 새벽 2시쯤이었다. 야식으로 먹은 접시와 컵들이 고스란히 트롤리에 남아 있었다. 치울 만한 정신이 있는 사람이 아무도 없었던 거다.

피곤하지만 아무도 나에게 '먼저 가서 주무세요, 공녀님.'이라고 해 주지 않는 게 고마웠다.

그렇게 누군가가 말했다면 '네가 여기 있거나 없거나 차이 없으니까.'라고 하는 거나 마찬가지였을 테니까.

먼저 신하들을 내보내고 카를이 집무실 의자에 앉으며 머리를 쓸어

올렸다.

“너도 가서 쉬어.”

카를의 말에 난 살그머니 카를 앞에 다가가서 섰다.

“왜?”

그가 갸웃하며 날 올려다보아서 난 양손을 뻗어 그의 머리를 마구 쓰다듬었다.

“수고했어요, 고생하셨어요, 얼른 오늘은 푹 쉬어요! 참 잘했어요!”

완전히 헝클어진 머리로, 카를은 날 멍하니 올려다보았다가 웃음을 터트렸다.

“아하하.”

아, 소리 내서 웃는 거 진짜 드문데.

난 살그머니 손을 내렸다. 카를이 큭큭거리며 말했다.

“넌 진짜.”

카를이 내 팔을 잡아 당겨 날 끌어안았다.

“에스텔.”

“넵.”

기운차게 대답하자 카를은 눈을 감았다.

“고마워.”

“저도 고마워요.”

나도 카를을 꽉 끌어안았다. 그리고 이어 말했다.

“그리고 엄청 사랑해요.”

카를이 다시 웃었다.

“그래.”

“‘나도’는 없는 거예요?”

“나도.”

"좋아요."

내가 만족해하며 고개를 끄덕이니 카를이 내 등을 가볍게 토닥이고 놓아주었다.

"그럼 가서 쉬어."

"네. 오라버니도요."

"그래."

잔뜩 즐거워 보이는 얼굴로 카를이 대답했다.

아, 역시. 칭찬받는 거 좋지.

난 속으로 고개를 끄덕였다.

사실 어른이나, 어린이나, 누구나.

'너 잘하고 있어!'라든가, '괜찮아, 힘내고 있어.' 같은 칭찬과 응원이 필요하지 않은가?

'카를에게 그런 걸 해 줄 만한 사람은 아빠밖에 없지만, 지금은 아빠가 없으니까.'

내가 대신 해 본 건데, 그가 좋아하니 나도 기분이 즐거워졌다.

집무실을 나오니 알파가 고개를 치켜들며 말했다.

—난 해 주지 않는 건가?

"어?"

놀라 돌아보았다가, 난 킥킥거리고 웃으며 알파의 머리와 목을 마구 만져 주었다.

"알파, 착해, 착해. 예뻐. 고마워, 계속 지켜줘서."

커다란 개를 만지는 감각이 기분 좋다. 알파의 커다란 꼬리가 탁탁 좌우로 빠르게 움직였다.

난 알파의 콧잔등에 쪽 하고 뽀뽀까지 해 주고 몸을 일으켰다.

'알파.'

—음?

'엔드가 연락이 되지는 않지만, 소멸되지 않은 건 맞지?'

—그래. 소멸되었다면 알았을 거다.

'그럼 다른 정령에게 부탁할 수는 없을까? 한번 찾아달라고?'

—이미 여러모로 찾아보고 있는 중이야.

"정말?"

저도 모르게 획 돌아보며 묻자 알파는 고개를 끄덕였다.

—그건 우리에게도 큰 문제니까.

"그렇구나……."

어쩐지 어깨에서 힘이 빠졌다. 정말로 내가 아빠를 위해 할 수 있는 건 아무것도 없었다.

'아냐. 아냐.'

아무것도 할 수 없지 않아. 아빠가 돌아오실 때까지 공작가를 무사히 지켜 보이겠어.

'후작가 놈들에게 당하지 않을 거야.'

굳게 결심하며 난 주먹을 꽉 쥐었다.

시간은 금방 지나갔다.

애니와 제인, 스테파니도 일에 열중한 덕분에 내 옷들은 이제 절반쯤 바뀌어 있었다. 장신구들도 푸른 사슴 방에서 다른 걸 꺼내서, 지금까지와는 완전히 다른 분위기였다. 시녀들은 전쟁의 불길한 소식이 아니라 다른 것에 집중하는 게 반가운 눈치였다.

물론 하녀 중에서 이런 때에 드레스를, 하는 시선이 없는 건 아니지만 그건 내 알 바가 아니지.

셋은 나쁜 생각을 잊으려는 듯이 일에 집중했고 내 스타일은 다른 어떤 때보다 빠르게 변했다.

소녀스러움에서 여성스러움으로 넘어갔다고 해야 할까?

"정말로 이제 훌륭한 아가씨가 되셨네요."

희미하게 웃으며 말하는 스테파니의 눈가는 붉어서, 어쩐지 마음이 아팠다.

생각해 보면, 저택 안에서 기사단과 연관되지 않은 사람이 드물 정도로 늑대기사단은 카스티엘로 공작가의 자랑이기도 하다. 그게 삼 분의 이나 한 번에 사라졌다는 건 어마어마한 타격이었다. 그럼에도 저택의 분위기가 무너지지 않고 있는 건 카를 덕분이다.

'후계자라는 존재는 그만큼 대단한 거지.'

아니면, 카를이 특별한 걸지도 모르고.

모두가, 아니 모든 것이 지극히 자연스럽게 카를을 중심으로 돌고 있다. 뭐, 당연하다면 당연한 거지만—

'그래도 조금이나마 내가 짐을 덜어줄 수 있으면 좋겠다.'

그건 같은 카스티엘로밖에 할 수 없는 일이니까.

"참, 내가 부탁한 옷은?"

"기사 복장이요?"

스테파니의 말에 내가 고개를 끄덕였다. 혹시 전투에 나가게 될지도 모르니까 미리미리 대비를 해 둬야지.

전쟁에도 드레스 차림으로 나갈 수는 없잖아?

내가 진짜로 검을 휘두를 수 있느냐 없느냐는 둘째 치고, 겉모습이라도 그렇게 보이느냐 보이지 않느냐는 중요하다.

운동 경기에서 감독이 뛰지 않아도 스포츠웨어를 입고 있는 것과 같은 거죠.

'게다가 올 블랙이잖아. 평소에는 입을 일이 없지만.'

확실히 소속감도 얻을 수 있고. 나쁘지 않아.

"여기요."
제인이 얼른 옷을 가지고 나왔다.
'그래, 바로 이 검정—'
잉?
"……흰색이네?"
"네, 검정색은 안 어울리실 것 같아서요."
"그리고 다들 검은색이잖아요. 그러니까 흰색이 눈에 띄고 좋지 않을까요?"
"……화살에 맞을 텐데?"
내 중얼거림에 두 사람은 아차 하는 얼굴을 했다.
"그, 그렇군요. 눈에 띄면 좋지 않은 거였네요."
"하지만 아가씨가 앞에 서실 일은 없을 테니까……."
두 사람의 말에 난 허허 하고 허탈하게 웃었다.
음.
흰색 기사복은 최대한 장식을 배제하고 만들어져 있었다. 그렇다고 해도 흰색이라는 것부터가 이미 화려하다고 해야겠지. 먼지 한 톨이라도 묻으면 먼지가 '나 여기 있어요.' 하고 외치는 색이니까.
'하지만 뭐, 별 상관없나.'
어차피 위에 사슬 갑옷을 걸칠 거고, 그 위에 다시 검은색 튜닉을 걸칠 테니까.
"나 갑옷 위에 입는 튜닉은?"
그것마저 흰색으로 만든 건 아니라고 말해 줘.
두 사람은 얼른 튜닉을 가져왔다. 허허, 이것도 흰색이었습니다.
갑옷 위에 입는 튜닉 구조는 간단하다. 긴 직사각형 가운데에 구멍이 뚫려 있어서, 거기로 머리를 넣는다. 그리고 앞뒤로 늘어진 수건 모양의 튜닉 위로 허리띠를 둘러 마무리.

'하지만 신경 써서 만들었네.'

가장자리는 금사로 수를 놓고, 가운데에는 날개 달린 흑표범이 수놓아져 있었다. 이렇게 큰 수를 놓으려면 얼마나 시간이 걸리는 걸까.

"고마워. 잘 입을게."

"괜찮으세요?"

스테파니가 조심스럽게 물어와서 난 고개를 끄덕였다.

"응, 마음에 들어."

웃으며 말하자 제인과 스테파니는 안도하는 얼굴을 했다.

그래, 흰색도 나쁘지 않아.

사슬 갑옷도 금방 만들 곳이 없어서 고민했는데, 푸른 사슴 방에 여성용 갑옷이 있었다. 사슬 갑옷이라 사이즈가 유동적이라서 그걸 입기로 했고…….

애니는 갑옷을 손질하며 한숨을 내쉬었지만, 그래도 나는 뜻을 굽히지 않았다.

"머리도 자를까……?"

너무 긴 머리는 치렁치렁하니까…….

거울을 보며 중얼거리니 제인이 비명처럼 소리 질렀다.

"안 돼요!"

스테파니도 정신을 차린 듯 같이 소리쳤다.

"맞아요! 자른다니! 아깝게! 무슨 말씀을 하시는 거예요!"

"하지만 길면 거추장스럽고……."

확실히 지금은 머리카락이 많이 길어서 엉덩이에 닿을 정도까지 길어졌다.

"예쁜 머리카락은 돈이 되니까 자르지 마세요."

언제 들어왔는지 애니가 단호하게 말했다. 난 의아해져서 물었다.
"돈이 돼?"
"가발로 파는 거죠."
"아—!"
그러고 보니 그런 게 있었지. 예전에 읽었던 책에도 있었던 내용이지 아마? 머리카락을 팔아서 남편 시곗줄을 사는…….
"그렇군. 긴 머리카락은 여차하면 돈이 되는 구나."
가지고 다니는 비상금이라는 말인가?
난 납득해 고개를 끄덕였다. 그런 거라면 자르기 아깝다. 아니, 그런 상황이 오기 전까지는 절대로 자르면 안 되지.
"그럼 계속 기를래."
"네, 그러셔야죠."
애니가 싱긋 웃으며 대답했다. 어째 스테파니와 제인이 고개를 끄덕이며 감탄하는 것 같지만.
그때 문을 두들기는 소리가 났다.
"아가씨."
"어라? 로이?"
난 자리에서 벌떡 일어났다. 요즘 로이 역시 눈코 뜰 새 없이 바빴다. 늑대기사단의 단장 역을 맡고 있으니까.
그러니 특별한 일이 없으면 찾아오지 않을 텐데?
문을 여니 로이가 문간에 서서 들어오지도 않고 간결하게 말했다.
"레이몬드 후작가에서 전령이 왔습니다."
"지금?"
"네."
로이가 칼날을 드러내듯 웃으며 말했다.

"아가씨와 혼담 건을 들고 왔더군요."

난 눈을 깜박였다. 저도 모르게 실소가 나왔다.

"나랑?"

"네."

"그래서? 지금 이야기 중이야?"

"아뇨, 아마 쫓겨나는 중일 겁니다."

"저런."

"저런이죠. 그래서, 곧 출정하게 될 것 같아서 미리 말하러 온 겁니다."

로이의 말에 난 "아." 하고 고개를 끄덕였다.

"바로 집무실로 갈게."

"네. 전 이만 다시 돌아가 봐야 해서."

"응, 일부러 전하러 와 줘서 고마워."

인사하자 로이가 날 빤히 바라보았다.

"왜?"

"이상하죠."

"뭐가?"

"아가씨가 말하는 걸 들어보면 예전과 다른 것 같지 않아요."

"그게 뭐야."

"그런데, 눈으로 보면…… 어? 하고 놀라게 된다고 해야 할까요?"

"놀란다고?"

"어제까지 작은 꽃봉오리인 줄 알았는데, 오늘 보니 만개한 모란 같은 느낌?"

난 웃음이 터졌다.

"그게 뭐야. 로이, 그런 말은 엘런에게 하는 거야."

"전 아가씨도 좋아하니까 상관없죠. 하여간 정말로, 하루하루가 다르다고 해야 할까. 돌아온 녀석들이 보면 다들 놀랄 거예요."
"칭찬이지?"
"물론이죠."
"그럼 고마워."
생글 웃으며 인사를 하고, 난 바로 집무실로 향했다. 안은 소란스러웠다. 내가 들어서자마자 켈슨이 손을 흔들었다.
"아가씨."
"켈슨. 로이에게 이야기는 들었어요. 출정한다면서요?"
"아? 아아. 로이 경이 이야기해 줬군요. 네. 이미 정해진 내용이니까요. 전령이 후작가에 닿기 전에 우리가 먼저 올타 관문에 도착할 겁니다."
켈슨이 자신만만하게 말했다. 난 고개를 끄덕였다.
"자몬 후작은요? 다른 움직임이 있나요?"
켈슨이 고개를 살짝 저었다.
"아직까지는 들어온 소식이 없네요."
"그래요. 다른 후작가는요?"
"그쪽도 조용합니다. 국경 지대도 그렇고요—"
그때 집무실 문이 벌컥 열렸다. 모두가 놀라 돌아보니 시종이 화급히 고개를 숙이며 말했다.
"그게, 제온 도련님이 오셨습니다."
"제온이?"
"네."
제온이? 지금?
도대체 무슨 일이지?
난 깜짝 놀라 들고 있던 서류를 그대로 책상 위에 내려놓고 빠른 걸음으로 집무실을 나서다가 물었다.

"아, 지금 어디에 있어?"

"응접실에 계십니다."

"그래."

계단을 두 개씩 달려 내려가서 응접실에 들어서니 제온이 카를과 함께 서 있었다.

"제온? 어쩐 일이에요?"

내 말에 카를이 고개를 흔들며 말했다.

"나도 막 그걸 물은 참인데."

제온이 불퉁한 목소리로 말했다.

"우리 친구잖아."

카를이 고개를 갸웃했다. 그 얼굴에 제온이 "아, 진짜!" 하고 목소리를 높였다가 한숨을 내쉬며 말했다.

"내가 뭐 도와줄 건 없나 하고 왔어. 옆에서 같이 참전하려고."

"……뭐?"

카를이 눈을 크게 떴다. 제온이 그런 그를 바라보며 투덜거렸다.

"친구 좋은 게 뭐야? 어려울 때 돕는 거지. 뭐, 엔카스트 백작가의 힘은 쓸 수 없지만— 아버님이 완고하셔서 말이지. 그래도 나 한 사람 정도 팔을 보탤 수 있으니까."

제온이 씩 웃었다.

"그래서 접경지대에 후작가의 기사들이 모인다는 소문을 듣자마자 달려온 거야. 고맙다는 말을 들을 거라고는 생각 안 했지만, 왜 왔냐는 너무하지 않냐."

카를이 천천히 팔짱을 끼더니 말했다.

"그러니까, 지금 날 도와주러 온 거라고?"

"그래."
제온이 내뱉듯 말하고 적갈색 머리카락을 벅벅 긁었다.
"지금 그게 엄청 쓸데없는 일이었다는 걸 알게 됐지만. 됐다."
그러자 카를이 가볍게 소리 내 웃었다. 제온은 눈을 동그랗게 떴다.
"야? 너?"
네, 웃어요. 카를도 그렇게 웃기도 한답니다.
"좋아."
카를이 고개를 끄덕였다.
"제온 엔카스트."
"왜?"
"고맙다."
제온이 눈이 휘둥그레졌다. 그가 입을 떡 벌렸다.
"어? 어어?"
"이런 게 친구라면, 나쁘지 않지."
카를이 고개를 끄덕이자 제온은 멍하니 그를 보다가 웃음 섞인 한숨을 내쉬었다.
"아, 진짜. 우정 한번 얻어내기 진짜 힘드네."
"하지만 그만한 가치가 있을 거라고 말해 두지."
"자기 입으로?"
"스스로 말하지도 못하는 가치라면 무슨 소용이야?"
"하긴. 그런가? 하여간 꼬맹아—"
날 돌아본 제온의 눈이 다시 휙 커졌다.
"어?"
그가 작게 얼빠진 소리를 냈다. 카를이 팔을 뻗어 나와 제온 사이를 가로막으며 말했다.

"내 여동생에게 눈독 들이지 마라."
"안 들여!"
소리치고 제온이 고개를 반대로 휙 돌렸다. 어쩐지 그의 얼굴이 붉어져 있었다.
난 키득키득 웃고 말했다.
"무슨 일인가 걱정돼서 달려왔는데, 그럴 필요 없는 것 같네요."
제온이 힐끗힐끗 곁눈질하더니 물었다.
"꼬맹이……지?"
"네."
웃으며 대답하니, 제온이 다시 날 관찰하듯 바라보았다.
"갑자기 뭔가 변한 것 같아서."
그러며 너무 뚫어져라 보아 약간 부끄러운 마음이 들 정도였다.
"옷을 다르게 입어서 그런 게 아닐까요?"
"그게 아니라……."
제온은 머리를 다시 북북 긁었다. 카를이 그에게 말했다.
"정말로 따라올 거야?"
"안 그러면 내가 이렇게 달려왔겠냐?"
"그래. 그럼 가자."
"지금?"
"출정 준비는 거의 끝났어. 너만 소개시켜 주면 돼. 갑옷은?"
"가져왔어."
카를이 고개를 끄덕였다. 그가 인장 반지가 걸린 목걸이를 벗어서 나에게 내밀었다.
"에스텔."
"저에게요?"

내가 놀라 되묻자 카를이 픽 웃었다.
"그럼 누구 주는데?"
"오라버니가 계속 가지고 계시면……."
"난 출정을 나가고, 저택에 남아 있는 건 너야."
카를의 말에 난 꿀꺽 침을 삼키고 양손을 벌렸다. 그가 피식 웃고는 반지를 내 손에 떨궜다. 떨어질라 얼른 인장 반지를 꽉 쥐었다.
"힘내. 카스티엘로 공작 대행."
"네에?"
카를은 씩 웃더니 제온을 끌고 가 버렸다. 가면서 제온은 힐끗 나를 돌아보고 손을 흔들었다.
난 어안이 벙벙해져서 마주 손을 흔들었다.
그리고 응접실에 홀로 남아 손을 펴 보았다. 무거운 강철빛 인장 반지가 손 안에 있었다.
"후—"
난 길게 숨을 내쉬고 반지를 목에 걸었다. 목이 무겁게 느껴졌다.
"좋아. 힘내자."
양 뺨을 가볍게 두들기고 얼른 다시 집무실로 향했다. 켈슨이 무슨 일이었냐고 물어와서 난 제온이 합류하러 왔다고 대답했다.
"그리고 진짜로 오라버니가 제온을 친구로 인정한 것 같아요."
켈슨이 허— 하고 감탄하고 고개를 끄덕였다.
"좋네요. 도련님 주변에는 좋은 사람들이 많군요."
"네, 정말로요. 제온이 와 줄 거라고는 생각도 못 했어요. 그리고, 이거 받았어요."
내가 반지를 들어 보이며 말하자 켈슨이 눈을 깜박이다가 웃었다.
"그렇게 되었군요."

"목에 담이 생길 것 같아요."
"그렇죠. 매우 무겁죠."
"네."
고개를 끄덕이고 난 다시금 서류로 시선을 돌렸다. 이미 계획된 사항이지만, 그래도 실전과는 약간 차이가 있는 법.
'하지만 거의 문제없이 진행되고 있네. 정말로 금방 출정하겠어.'
심장 안쪽이 꽉 조여 왔다.
—카를에게도 무슨 일이 생기면.
그 생각이 끝까지 떠오르기도 전에 난 얼른 멀리 치워 버렸다. 상상하고 싶지도 않았다.
'알파.'
—안 돼.
'아직 말도 꺼내지 않았는데…….'
—안 봐도 뻔하지. 난 네 곁에 있을 거야.
난 가볍게 한숨을 내쉬고 알파를 돌아보았다. 이제 그림자처럼 날 따라다니는 알파는 저택 식구들에게도 익숙해져 있었다. 바닥에 납작 엎드려 있는 알파의 짙푸른 눈동자가 단호하게 'No.'를 외치고 있었다.
'어쩔 수 없지만…….'
난 불안감을 떨치기 위해 노력했다.
보통이라면 출병식이라도 있겠지만, 초를 다투는 사안인지라 격식은 다 빼고서 출정 준비가 끝나자마자 카를은 출발했다.
로이도 함께였다.
난 내게 정령이 있다는 걸 내세워서 최대한 많은 병력을 가지고 떠나라고 밀어붙였다. 물론 내가 정령사라는 걸 모르는 행정관들은 불안해했지만.

단장 대행인 로이에게는 이야기해 두는 게 당연했다. 그는 내가 정령사라는 걸 알게 되었고 '아하' 하고 고개를 끄덕였다.

"어쩐지 뭔가 믿는 구석이 있는 것처럼 보였다니까요."

라고 말하며 말이다.

"갔다 올게."

"꼭이요?"

내 말에 카를은 희미하게 웃으며 투구 창을 내렸다. 난 다시 대답을 재촉했다.

"오라버니?"

"그래, 꼭."

"좋아요."

고개를 끄덕이고 난 물러났다. 제온이 씩 웃으며 말했다.

"멱살이라도 잡고 끌고 올 테니까 걱정하지 마."

"제온도 조심해요."

"그래."

제온이 고개를 끄덕였다. 카를이 신호를 보내자 일사불란하게 말들이 달리기 시작했다. 순식간에 기사단이 멀어졌다. 병사들은 이미 조금씩 조금씩 올타 관문으로 보내뒀기 때문에, 기사단만 도착하면 끝이다.

완전히 보이지 않을 때까지 난 하염없이 현관에 서 있다가 다시 안으로 들어섰다.

"공녀님."

"공녀님."

시종들이 깊게 허리를 숙였다. 나는 허리를 펴고 얼굴에 미소를 지었다.

이제부터는 내가 저택의 주인이다.

집무실은 조용했다. 마치 폭풍 전야 같은 느낌이었다. 더 이상 할 일도 없기에, 난 행정관들에게 모두 휴식을 취하라고 명령했다. 자몬 후작가나, 어떤 다른 움직임이 보인다면 그때를 위해서 지금은 체력을 비축해 두는 게 좋다.

켈슨까지도 억지로 집무실에서 내보내고 난 길게 숨을 내쉬며 창가에 섰다.

'아, 이런.'

비가 오네. 하필 이런 날에. 천둥까지는 치지 않으면 좋겠다.

똑똑.

"들어와."

노크에 돌아보며 말하니 시종이 문을 열었다.

"무슨 일이지?"

"하델 크로이츠 경께서 오셨습니다."

"선생님이?"

난 눈을 동그랗게 뜨고 얼른 집무실을 나섰다. 응접실로 가니 하델이 툭툭 어깨에서 물기를 털어내고 있었다.

"비가 엄청 오는군요."

"선생님, 어쩐 일이세요?"

"내일 수업이 있지 않습니까?"

그가 왜 묻냐는 듯이 대꾸하고는 비에 젖은 안경을 벗어서 닦기 시작했다. 난 그 말에 멍하니 하델을 바라보다가 웃기 시작했다.

"뭐가 즐거우십니까?"

하델이 안경을 도로 쓰며 물었다. 난 웃음을 간신히 삼킨 후 고개를 젓고 말했다.

"아무것도 아니에요. 선생님. 죄송하지만 수업은 하지 못할 것 같습니다. 바쁜 업무가 겹쳐서요."

"그렇군요."

"일부러 발걸음해 주셨는데, 죄송합니다. 오실 거라고 생각도 하지 못했어요. 미리 연락을 드렸어야 했는데."

안경을 쓴 하델이 날 보고는 눈을 깜박였다가 웃었다.

"오기를 잘했군요."

"네?"

"안 그랬다면 성장하는 제자를 보는 즐거움을 놓칠 뻔했으니까요."

"어쩐지 요즘 달라졌다는 이야기를 많이 듣네요."

내가 내 옷차림을 힐끔 내려다보았다.

"역시 옷차림이 큰 걸까요."

"아뇨, 표정 자체가 완전히 다르십니다. 다른 사람이라고 착각할 정도로요."

"네?"

놀라 얼굴을 매만지니 그가 "아, 지금은 예전 같네요." 하고 덧붙이듯 말했다.

"성장은 항상 계단형이지요."

중얼거린 하델이 나에게 말했다.

"일단 공녀님, 공작 대행을 맡게 되신 걸 축하드립니다."

그 말에 난 깜짝 놀라 되물었다.

"어떻게 아셨어요?"

결정된 지 아직 반나절도 지나지 않은 사항인데?

하델이 툭툭 자신의 가슴께를 가리켰다.

"아."

난 그제야 내가 인장 반지를 목에 걸고 있다는 걸 깨달았다.

"그렇죠."
자신의 어리석음에 한숨을 내쉬고 고개를 끄덕였다.
"사실 축하할 일인지는 모르겠어요."
"아닙니까?"
"이런 상황이니까요."
"이런 상황인데도 대행이 되셨지요."
"……."
난 입을 벌렸다.
하델이 날 똑바로 보며 이어 말했다.
"이런 상황인데도 대행이 되셨고, 거기에 아무도 이의를 제기하고 있지 않습니다."
그가 빙긋 웃었다.
"축하드려도 되겠습니까?"
말문이 막혀 왔다.
간신히 숨을 길게 내쉬고 난 하델을 보며 웃었다.
"그러네요. 갑자기 어깨가 더 무거워진 것 같지만요."
"그러신가요?"
"네."
"그렇다면 다행이군요."
"네?"
하델이 부드럽게 말했다.
"원래 상위 명령자란 그런 법이니까 말입니다."
난 떨리는 웃음을 내뱉었다.
정말이지. 말로 선생님을 이길 재간은 없다.
하델이 물기 젖은 머리카락을 쓸어 넘기고 말했다.

"그러면 전 이제 제 방으로 가 보겠습니다. 역시, 말을 타고 달리는 건 맞지 않군요."

"말을 타고 오셨어요?"

"그럼 걸어왔을까요?"

하델의 말에 난 멍하니 그를 보았다가 고개를 휙휙 저었다.

"아, 안 돼요. 죄송하지만 마차를 준비시킬 테니까 돌아가시는 게 좋을 것 같습니다."

"공녀님."

"네."

"제가 어리석어 보이십니까?"

"네?! 아뇨?! 절대 아닌데요?!"

상상하지도 못한 물음에 난 손을 저으며 말했다.

"그러면 제가 말을 타고 달려 온 게, 위험한 걸 몰라서 그랬다고 생각하십니까?"

"어……."

말이 막혀서 하델을 바라보니 그가 가볍게 인사하고 말했다.

"그럼 전 이만 제 방으로 가 보겠습니다."

하델이 응접실을 나가자, 힘이 빠져 난 털썩 소파에 주저앉았다.

'아, 뭐야.'

멍하니 천장을 보다가 갑자기 웃음이 흘러나와서 난 킥킥거리며 웃기 시작했다.

'그렇구나. 걱정해서 와 주신 거구나.'

난 가슴에 손을 얹었다.

인장 반지의 무게가 느껴졌다. 이게 무겁다고 생각했지만, 하델의 말이 맞다.

원래 위에 서는 사람은 책임도 큰 법이고, 당연히 어깨도 무거운 거지 내가 이상한 게 아니다.

게다가.

'신뢰받고 있구나.'

이제 만으로 열일곱.

여자아이인 데다가 제대로 된 싸움도 치러 보지 않은 나인데도, 그런 내가 대행을 맡는 것에 대해서 아무도 이의를 제기하지 않았다.

누구도 거기에 대해서 이상하다고 생각하지 않는다.

'절대적 지지.'

이 상황에서 그것보다 더 귀중한 게 있을까?

'좋아.'

난 인장 반지를 살그머니 쥐어 보았다. 이상하게 아까보다 무겁게 느껴지지 않았다.

'아, 그런가.'

배려받고 있다는 것.

'내가 못 미더워서 그런가, 했을 때 앤이 아니라고 했었지. 그때는 그냥 그런가 했었는데…….'

사랑받고 있다는 뜻인가.

내가 카를에게 도움이 되려고 하는 것처럼, 다른 사람들도 그런 걸지도 모른다.

'어쩐지 부끄러워졌다.'

혼자 생각하고, 혼자 부끄럽고. 난 다시 길게 숨을 내쉬어 마음을 진정시켰다.

"좋아, 힘내자."

스스로에게 들려주듯 목소리를 높여 말하고 난 응접실 문을 열었다.

*　　*　　*

하루하루가 느리고도 빠르게 지나갔다. 공작가의 핵심이라고 할 수 있는 늑대기사단이 외부로 빠져나가 있다— 라는 사실은 잡것들에게도 공작령에 치대볼까? 하는 마음을 줬나 보다.

'게다가 영지민들도 아무래도 불안해하고…….'

올타 관문에서 레이몬드 후작가와의 공방은 그렇게 쉽게 결착이 나고 있지 않았다.

'하긴 그렇게 쉽게 결착이 나는 것도 이상하지만…….'

매일매일 소식이 날아올 때마다 피가 식는 기분으로 종이를 펴 보았다. 전사자나 부상자의 소식이 있을 때는 손끝부터 감각이 사라지는 기분이었다.

'다행히도 잘 막아내고 있는 것 같지만…….'

공방이 길어지면, 영지민들 역시 피해를 입게 되게 되니까…….

각 영지를 관장하는 행정관들에게는 치안 관련해서 더욱 경계를 높이라고 이야기를 해 뒀다.

'그리고.'

이런 틈을 타서, 자신의 잇속을 챙기는 무리는 어디에나 있구나.

'나중에 한 번에 없애 버려야지.'

"뭐가 그렇게 즐거우세요?"

"어?"

고개를 드니 이제 가까워진 가신 중 한 명이 조심스럽게 물었다.

"아뇨, 그냥— 웃고 계시기에."

"나 웃고 있었어?"

"네? 네."

그가 고개를 끄덕였다.

"그래서 뭔가 좋은 소식이 있는 건가 하고……."

"아니, 이 틈을 타서 슬그머니 자기 뱃속으로 검은 이득을 착복하는 놈들에게 사형을 내릴 생각을 하고 있었는데……."

"……그, 그, 그러셨군요."

그는 약간 창백해져서 말을 더듬더니 얼른 서류를 내려놓고 자신의 자리로 돌아가 버렸다.

'왜인지 겁을 준 것 같은데.'

그럴 생각이 아니었건만. 난 한숨을 내쉬고 가볍게 관자놀이를 문질렀다. 힐끗 고개를 들어 바라본 창밖에서는 비가 계속 쏟아지고 있었다. 그리고 간혹 번쩍이는 천둥과 번개가 내 신경을 계속 갉아먹고 있었다.

'그렇다고 천둥 번개가 친다고 일을 다 미뤄 둘 수도 없잖아.'

어깨가 움찔하는 것 정도로 공포를 억누르는 것도 힘들다.

'이제 안 무서워질 때도 된 것 같은데……'

그나마 오늘은 부슬비라서 다행이었다.

—내가 비가 오지 않게 해 줄까?

알파가 물었지만 난 고개를 저었다. 어쨌든 자연의 섭리인데, 그걸 내가 싫다고 해서 멈추는 건 안 될 말이지.

그런 짓을 했다가 또 어떤 일이 생길지 알 수 없고.

난 한숨을 내쉬었다.

켈슨이 내 책상 앞으로 다가오더니 허리를 숙이고 물었다.

"아가씨, 요즘 너무 무리하시는 거 아닙니까?"

"괜찮아요. 그냥, 단순한 수면 부족이에요."

"알겠습니다. 사실 쉬게 해 드릴 수도 없지만요. 아서가 도착해 있습니다."

아서라면 '그림자'의 수장이다. 비밀리에 이곳저곳을 감시하고 있는 그가 직접 왔다면…….

"이야기를 듣죠."

난 자리에서 일어나 집무실 안쪽으로 향했다.

"안녕하십니까, 공녀님."

아서가 나에게 정중하게 인사를 했다.

"잘 지냈어요?"

마주 인사를 하니 아서가 싱긋 웃었다.

"그럭저럭이요."

그가 바로 얇은 종이를 나에게 내밀었다.

"움직임이 있습니다."

아아, 하고 탄식이 입에서 흘러나왔다.

"역시, 군요."

종이를 펴 보며 미간을 찡그렸다.

"상당히 은밀하게 조금씩조금씩 모으고 있었군요. 셋씩, 넷씩 짝을 지어서 흩어지게 하다니……."

기분 나쁜 방식이라고 해야 하나, 역시 늙은 여우라고 해야 하나.

"이쪽이 눈치채게 하고 싶지 않으니까요."

"하지만 눈치챘잖아요?"

"어디에나 그림자는 지는 법이니까요."

아서가 싱긋 웃으며 말했다.

'든든하다.'

그림자의 수장인 아서는, 전과는 다르게 평범한 옷차림이었다. 어디에 섞여 있어도, 절대로 눈치채지 못할 것 같은 그런 평범함이 지나친 옷차림.

“집결지는 린폴드 쪽이네요. 강을 건널 생각인 걸까요?”

켈슨을 바라보며 묻자 그가 고개를 끄덕였다.

“아마도 그렇겠죠. 거기는 강만 건너면 바로 대로가 있으니까요.”

“하지만 강이 꽤 넓지 않나요? 건너는 일도 쉽진 않을 텐데요. 다리가 있기는 하지만…….”

많은 군사가 건너기에 적합한 큰 다리가 아니다. 그 다리로 군사들을 다 건너게 하려면 하루 종일 걸릴 테지.

“다른 다리를 짓거나, 아니면 배를 만들어야 하잖아요?”

“지금은 갈수기라, 위치에 따라서는 건널 수 있는 곳도 있습니다.”

난 놀라 고개를 들었다.

“그래요?”

“네.”

“세상에.”

나는 한숨을 푹푹 내쉬며 한탄했다.

“이 위쪽은 이렇게 비가 오고 있는데 말이죠.”

이쪽은 천둥 번개 때문에 수면 부족으로 돌기 직전인데, 저 아래쪽은 갈수기라 강이 마를 지경이라니.

아서가 미소 지으며 대답했다.

“카스티엘로 영지는 넓으니까요. 남부 쪽은 요즘 계속 비가 오지 않고 있습니다.”

“다행스럽게도 남부는 농경지가 적지만요.”

켈슨이 덧붙인 말에 난 고개를 끄덕였다. 카스티엘로 영지의 남부는 유리 공예로 유명하다. 투명하고 균일한 유리를 만들어 내는 장인들이 사는 도시였다.

"이럴 때일수록 좋은 철과 유리가 만들어진다는군요."
"그래요?"
"네."
켈슨이 고개를 끄덕였다. 그런가? 하긴 뭔가 환경적 이점이 있으니까 거기에 그런 도시가 만들어진 거겠지.
그럼 일단 원래의 안건으로 돌아가자면—
"그러면 도하할 때 강이 없는 것과 마찬가지라는 거네요."
"그렇습니다."
아서의 대답에 난 '흐음…….' 하고 눈을 가늘게 떴다.
"그럼 강을 건너기 전에 맞이해야겠군요."
켈슨이 서류에서 고개를 들고 날 바라보았다. 난 깊게 숨을 들이마시고 말했다.
"제가 가겠어요."
그 뒤를 이어 당연히 '안 됩니다.', '무슨 말씀을 하시는 겁니까?', '공녀님이 저택을 비우시다니요?' 같은 이야기가 흘러나왔다.
난 한숨을 내쉬고 말했다.
"하지만 저라면 도강할 때 상대를 쓸어버릴 수 있어요."
알파가 내 말에 힐끗 고개를 들어 날 바라보았다.
"안 그래?"
내가 갸웃하며 묻자 알파가 고개를 끄덕였다.
—가능하지.
켈슨이 알파를 바라보다가 "그렇군요……." 하고 눈을 크게 떴다.
"강물로 쓸어버리면…… 하지만 지금 갈수기라 물이 없는 상태인데도 가능한 겁니까?"
"가능해."

알파가 입을 열어 대답했다. 켈슨이 움찔했다. 알파가 피식 웃고 내 다리를 한 바퀴 돌았다. 나도 모르게 손을 뻗어 그의 귀 뒤를 어루만졌다.

"계약자가 원한다면 홍수도 나게 해 주지."

아서가 어깨를 으쓱하고 말했다.

"아무래도 올타 관문에서 공방이 길어지고 있으니까요. 확실하게 이쪽의 전력을 보여 주는 것도 나쁘지 않죠. 괜히 어설픈 것들까지 이 틈을 타면 곤란하고요."

"그건 그렇지요."

켈슨은 그렇게 대답하고 날 빤히 보았다. 나도 웃으며 그를 마주 보았다. 켈슨이 한숨을 내쉬고 말했다.

"공작님이 돌아오시면 절 죽이실지도 몰라요."

"그때 확실하게 말려 드릴게요."

"꼭 부탁드립니다."

켈슨이 거듭 당부했다.

생각보다 반대는 없는걸? 하고 갸웃했다가 떠올렸다.

'반대할 사람이 없구나.'

에멜이 있었다면 뭐라고 했을까?

'제정신이십니까?' 하고 눈 찡그리고 소리쳤을 것 같아. 아빠랑 오빠는 둘이 똑같이 빤—히 바라보며 무언의 압박을 줬겠지.

하하.

아…….

'생각하니 보고 싶다.'

찰싹—!

난 양 뺨을 손바닥으로 때렸다. 지금은 아냐, 지금은 안 돼. 네거티브

금지! 그리움 금지!

“공녀님?”

“아가씨?”

아서와 켈슨 두 사람이 놀라 동시에 자리에서 일어났다. 난 손을 저었다.

“아뇨, 괜찮아요. 출정이라니 좀 긴장돼서 기합을 넣어 보려고요.”

켈슨이 눈을 가늘게 떴다.

“출정이라고 해도 절대로 전방에 서시면 안 됩니다. 아시겠습니까? 절대로 말입니다!”

—라고 켈슨이 몇 번이나 주의를 줬는데.

‘미안해요, 켈슨.’

난 강 건너 펄럭이는 깃발을 바라보았다.

왜인지 지금, 정면에 서 있습니다.

Chapter 3.

덥다.

위쪽은 시원해서 몰랐어.

남쪽은 진짜 덥다. 더워, 더워, 더워, 덥구나.

"그렇게 더우십니까?"

옆에서 조심스럽게 렌이 물었다. 난 아차 싶어서 그를 돌아보았다.

"제가 지금 입으로 말했나요?"

렌은 슬그머니 시선을 피했다. 아, 입으로 말했구나…….

렌은 몇 남지 않은 늑대기사단 단원 중 한 명이었다. 병사들은 그쪽에서 차출하는 걸로 하기로 했고, 어차피 병사로 싸우는 게 목적은 아니니까.

솔직히 말하면 단신으로 내려가도 된다고 했지만, 그 말을 내뱉는 순간 행정관들이 다 나를 두 토막 낼 것 같은 표정을 지었기 때문에 결국 내 의견은 묵살되었다.

"남쪽이 덥기는 하지요."

그림자면서 느긋하게 따라온 아서가 싱긋 웃었다. 그가 물었다.

"말을 타는 건 괜찮으십니까?"

"아, 응. 괜찮아요."

말 타는 건 좋아하니까 그나마 다행이었다.

"하지만 이런 더운 날씨에 말이 불쌍하네요."

사람 하나를 싣고 걷는 내 말의 목덜미를 난 가볍게 쓸어주었다.

앤이 엄청 따라오겠다고 했는데…… 나중에 가서는 울면서까지 졸랐지만 끝내 거절했다.

저택에도 내 소중한 사람들이 있으니까, 혹시나 무슨 일이 생기면 마법사인 앤이 지켜 줬으면 해서 말이다.

'그래도 화는 나 있겠지…….'

내가 떠나는데 나와 보지도 않았다. 앤과 싸운 것은 처음이라 초조한 마음도 있고, 불안하기도 하지만…….

'조금 기쁘다고 하면 이상한가?'

앤이 내 시녀가 아닌 걸 증명해 주는 것 같아서, 기쁘다. 나중에 화해할 때는 고생 좀 하겠지만.

"지금까지 고생하셨습니다. 오늘 저녁쯤에는 도착할 겁니다."

아서의 말에 렌이 다행이라는 얼굴로 말했다.

"금방 도착했군요. 더운데도 말이 쉽게 지치지 않아서 다행이에요."

'그건 알파가 뒤에서 힘을 써주고 있기 때문이죠.'

잘은 모르지만 자연 회복력 같은 걸 증폭시킨 모양이었다. 그래서 오래 달려도 말은 지치지 않았고, 덕분에 일주일이 걸릴 거리를 나흘로 단축했다.

'그래도 엉덩이와 허벅지와 고관절이 아픈 것은 아픈 것.'

이제 이 말안장에서 내려서 제대로 된 침대에서 쉬고 싶다, 는 게 아마 모두의 바람일 것이다. 우리가 유목 민족도 아니고, 안장 위에 이렇게 오래 있는 건 질색이었다.

"그럼 마지막이니까 좀 더 달려서 해가 지기 전에 도착하는 걸로 해볼까요?"

고삐를 쥐며 말하자 일행은 서로 마주 보더니 한목소리로 동의했다.

"좋습니다."

"달리지요."

"하루라도 빨리 안장이 아니라 의자에 엉덩이를 붙이고 싶네요."

"좋아요, 그럼."

이랴! 하고 나는 말의 옆구리를 가볍게 걷어찼다. 순식간에 말은 가속해서 달리기 시작했다. 그래서 나와 일행은 정말로 해가 떨어지기 전에 린폴드에 도착했다.

* * *

린폴드는 남쪽에 있는 작은 도시다. 남쪽이 대체적으로 유리 세공을 통해서 먹고 살고 있다면, 린폴드는 그 원료를 채취하는 일을 하고 있는 마을이다.

동시에 강에서 어업도 하고 있는 모양이지만, 이렇게 갈수기에는 어업을 중단하고 강모래를 퍼서 파는 일을 한다.

'지금은 그 일도 할 수 없겠지만.'

성벽에서 내려다보는 강 너머는 꽤나 장관이었다.

"상당히 모였네. 저 정도면 사병을 다 털었다고 봐도 되는 건가."
"아마 상당히 압박을 넣을 생각일 겁니다."
아서가 옆에서 말했다. 난 고개를 끄덕였다.
"오라버니에게 이쪽을 신경 쓰이게 할 생각이겠지."
"네. 저렇게까지 모이고도 건너지 않고 있는 걸 보니, 아직 자기 군사를 잃을 생각이 없나 봅니다."
"하지만 이래서는 해결되지 않아……."
카를이 올타 관문에서 승리하면 자몬 후작가 역시 물러날 것이다. 얻을 게 없을 테니까. 하지만 그때까지 기다리고 있을 수는 없다.
"자몬 후작이 직접 지휘하고 있는 건가?"
"아뇨, 장남인 로스가 지휘하고 있다고 들었습니다."
"그래?"
흠.
"그러면 후작보다는 덜 늙었겠지?"
"……그야, 그렇겠죠?"
렌이 의아한 얼굴로 대답했다.
"살살 꼬시면 나오지 않을까."
"……꼬신다고요?"
"으음. 일단 내가 도착했다는 걸 알리는 거죠."
"……공녀님이 여기 있는 걸 알린다고요?"
"……렌은 대체 왜 내가 여기까지 내려왔다고 생각하는 거예요?"
시선을 돌려 정면으로 그를 바라보며 묻자 렌은 당황한 듯 고개를 떨궜다.
아, 그래도 키가 크니까 표정이 다 보이는구나.
"아뇨, 그게 린폴드의 사기 진작을 위해서 오셨다고 생각을……."

“그것도 그거지만.”

난 다시 강 너머로 시선을 던졌다. 무수하게 펄럭이는 후작가의 깃발이 강 너머에 가득 펼쳐져 있었다.

“일단 저걸 치워야죠.”

린폴드의 집정관인 제임스는 이제 마흔 중반쯤 된 남자였다.

“흑표범기를 올리신다고요?”

“그래요.”

난 가볍게 고개를 끄덕였다.

“카스티엘로의 친정. 그걸 알리는 거죠.”

“하, 하지만 그러면—”

“상대도 당황하겠죠. 하지만 금방 온 사람이 나라는 걸 알게 될 테고, 그러면.”

상대는 젊으니까, ‘어린 계집애 정도라면 잡을 수 있다.’ 하는 생각에 빠질지도 모른다.

공을 세우겠다고 움직일지도 몰라.

아서의 말에 따르면 상당히 자신의 무예에 자신이 있는 상대 같으니까.

저렇게 대군을 데리고, 강 건너편에서 기다리는 것도 지루했겠지.

“건너올 가능성이 있을지도 모르죠.”

“하, 하지만 저 대군을 막을 방법이 있습니까?”

“강을 건널 때, 물로 쓸어버릴 거예요.”

내 말에 제임스는 황망한 얼굴로 말했다.

“혹시나 해서 드리는 말씀이지만, 현재 갈수기라 둑에 있는 물로는 절대로 그런 일을 할 수가 없습니다.”

"알아요. 하지만 할 수 있어요."

"어, 어떻게—"

스읍 하고 숨을 들이마시고 나는 등을 깊게 의자에 기대며 다리를 꼬았다. 그리고 최대한 아빠의 표정과 흡사하기를 바라며 팔걸이에 비딱하게 몸을 기대고 말했다.

"지금 내 명령에 토를 다는 건가? 제임스 로아트 집정관?"

제임스의 얼굴이 굳었다. 나이 많은 아저씨에게 이렇게 하려니 뭔가 죄송스럽지만.

"아니면, 집정관직을 내려놓고 쉬고 싶은가?"

"아, 아닙니다."

결국 제임스는 고개를 떨궜다. 난 의자에서 일어나며 최대한 싸늘하게 말했다.

"좋아, 그럼 결정됐군."

린폴드의 집무실은 작아서 몇 걸음 걷지 않아도 나올 수 있었다. 복도를 얼마 걷지 않아서 배정받은 방이 나왔다.

방 안으로 들어오자마자 난 얼굴을 풀었다.

"으아아. 죄송해요, 아저씨."

정리 해고로 위협해서 죄송합니다. 하지만 일단 정령을 쓴다는 건 최대한 숨기고 있는 터라…….

어차피 일을 터트리고 나면 의심을 할 수 있겠지만, 마법이라고 생각할 가능성이 더 높은 거고.

'가능한 아는 사람은 적게 유지하는 게 상책인지라.'

똑똑.

노크에 난 화들짝 놀라 최대한 표정 관리를 하며 말했다.

"들어와요."

문이 열리고 들어온 사람은 아서였다.
"아— 아서였군요."
긴장이 풀려 난 털썩 소파에 주저앉았다.
"혹시 집정관이 화내지 않았어요?"
"설마요."
아서가 사람 좋은 웃음을 지으며 말했다.
"다들 역시 카스티엘로 공녀님이다, 하고 생각했는걸요."
"그랬어요?"
"네, 정말로 공작 전하와 비슷하시던데요."
"통해서 다행이네요."
푸욱 한숨을 내쉬며 말하자 그가 내 쪽으로 걸어와서 섰다.
"정말로 하실 수 있겠습니까?"
"해야죠."
할 수 있느냐 없느냐의 문제가 아니라 해야 하는 문제다.
"굳이 공녀님의 손을 더럽히실 필요는 없습니다. 카를 도련님이 승리하시면, 후작가는 물러날 테고요."
"알아요. 하지만 오라버니가 그런 압박을 받으면서 싸우길 바라지 않아요."
"도련님은 압박으로 생각하지 않으실 텐데요."
아서의 말에 난 가볍게 웃었다.
"네, 그럴지도 몰라요. 하지만 다른 사람은 다 그렇게 생각해도 난 그러면 안 돼요."
같은 카스티엘로니까.
눈을 감으며 느릿하게 말했다.
"너무 기대면 안 되죠."

"뭐, 그런 거군요."

산뜻한 대답에 난 눈을 떴다. 아서는 뭐랄까.

'어리광을 부릴 여지가 없는 어른이구나.'

에멜이나 로이라면— 아니, 날 아는 사람이라면 '아가씨가 기대는 편을 좋아할걸요.' 하고 말해 줬겠지. 하지만 그렇게 대답해 주지 않은 게 좋다. 제대로 윗사람으로 취급해 주는 느낌?

아서가 날 제대로 윗사람으로 생각하는지는 모르겠지만.

"뭐, 그런 거예요."

가볍게 말하고 난 자리에서 일어났다.

"어떻게 생각해요? 올까요?"

"반반이라고 생각합니다."

"흠, 그러면 쉬운 계집애라는 느낌을 더 줘 볼까요."

"어떻게 말입니까?"

"나가서 도발해 보죠."

내 말에 하얗게 질린 건 렌이었다. 아니, 렌과 몇 명 안 되는 늑대기사단이 모두 날 붙잡고 말렸다.

"말도 안 됩니다!"

"왜 그런 짓을 하신다는 겁니까?"

"대장은 원래 뒤에 있는 거라고요?"

난 고개를 끄덕였다.

"물론 그렇죠. 그렇기는 한데—"

난 힐끗 집정관을 바라보았다.

"깃발은 올렸죠?"

"네, 올렸습니다."

"상대방 움직임은 어떤가요?"

"상당히 소란스러워진 것 같습니다만…… 아직까지는 큰 움직임이 없습니다."

"사태를 파악하는 중이겠네요."

난 아무래도 화살받이용으로 만들어 준 것 같은 흰색 기사복을 떠올렸다.

'지금이 그걸 입을 때인 것 같은데.'

그래서 강변에 나와 서 있는 것입니다.

'어차피 건너편에서 활을 쏴도 닿을 거리도 아니고.'

흰 기사복을 입고 왔다 갔다 하는 금발의 어린 여자라니.

'나라도 만만하게 볼 것 같다.'

난 망원경을 손에 들고 건너편을 보았다. 그래, 그래, 소란스럽구나. 그럼, 그럼. 내가 진짜로 에스텔 카스티엘로일지 궁금할 거야, 그지? 눈앞의 강만 건너면 바로 잡을 수 있는데 어슬렁어슬렁 기어 나왔으니까 말야.

렌이 떨리는 음성으로 말했다.

"정말로― 왜 에멜 경이 아가씨를 애지중지하는지 알았습니다."

"어?"

놀라 망원경을 내리고 렌을 돌아보니 그가 눈을 찌푸리며 말했다.

"확실히 가둬 두면 이런 일은 없을 테니까요."

"아빠도 똑같은 이야기를 하셨었죠. 하지만 정말로 가둬 둘 수는 없잖아요?"

"이렇게 나와 계시게 했다는 걸 알면 켈슨 총무관님이 제 목을 성벽에 거실 겁니다."

렌의 말에 난 진지하게 대답했다.

"걱정 마요, 그런 일은 없을 테니까."
"그런가요?"
"이 일이 알려지면 켈슨이 먼저 오라버니 손에 사라질 테니 말이죠."
"……."
"농담이에요……."
진담으로 받아들이고 창백해지지 말아주세요.
"아, 네. 네."
난 망원경을 렌에게 건네주고 어깨에 메고 있던 활을 풀어 들었다. 시위를 걸고, 팽팽하게 당겨서, 화살을 먹이고—
핑—!
날카로운 소리와 함께 화살이 손을 떠났다. 건너편에서 한바탕 소란이 일어났다.
"어때요? 맞았어요?"
렌이 망원경을 들여다보고는 감탄사와 함께 말했다.
"네, 명중입니다. 어떻게 이 거리에서……."
"활이 좋거든요."
난 씩 웃으며 가볍게 활 가운데 박혀 있는 정령석을 건드렸다. 아주 기분 좋은 목소리로 울고 있었다. 어때? 잘했지? 하는 의기양양한 목소리.
그래, 그래. 잘했어.
깃발 한가운데 명중이야.
"어?"
렌이 미묘한 목소리를 냈다.
"왜요?"
"그게, 움직이는데요?"

"움직인다고 하면 어떻게 알아요? 좀 더 구체적으로—"

렌이 망원경을 떨어트리고는 내 팔을 붙잡고 뛰기 시작했다.

"렌? 렌 경—?"

뒤쪽에서 귀를 찢는 듯한 함성 소리가 들려왔다. 돌아보니 마치 누 떼가 물로 뛰어드는 것처럼, 말을 탄 기수들이 둑이 무너지듯 달려 강을 건너고 있었다.

"이런, 효과가 너무 좋았네요."

"그런 말을 하실 땝니까!"

"하지만 이렇게 다리로 달려서야 우리가 성 안에 들어가기 전에 머리채를 잡힐걸요."

순간 렌이 이를 가는 소리가 들린 것 같았다.

"그럼 대체 뭘—"

"알파!"

소리치자 뒤쪽에서 알파가 가볍게 뛰어나와 우리와 나란히 달리기 시작했다. 렌이 눈을 휘둥그레 떴다.

네, 지금은 말만 합니다. 그러니까 둘이 타도 충분하다고요.

"렌, 올라타요."

"달리면서 달리는 늑대에 올라타라니, 어려운 걸 요구하시는군요."

"못 하면 잠깐 멈추고—"

렌이 내 허리를 붙잡더니 그대로 날 안은 채로 훌쩍 알파의 등 위에 올라탔다.

아니, 아무리 생각해도 물리적으로 불가능하지 않아? 순간적으로 알파보다 빠르게 달렸다는 말이잖아?

중간쯤 달리다가 난 알파에게 말했다.

"알파, 멈춰."

"공녀님?"

알파는 휙 하고 몸을 턴하며 멈춰 섰다. 어찌나 빠른 속도로 달리고 있었던지 멈춰서기 위해서 발톱을 박아 먼지가 죽 일어났다. 이제 선두의 기사단은 강을 다 건너서 이미 평지에 발을 딛고 있었다.

"지금이야."

낮게 몸을 숙여 알파에게 속삭이자 강대한 해일 같은 것이 내 몸을 훑고, 아니 뚫고 지나가기 시작했다.

"흣—"

나도 모르게 어깨를 움츠리며 숨을 삼켰다.

"아가씨! 지금 출발하지 않으면 붙잡힐 겁니다."

렌이 소리쳤다. 알아, 아는데—

대답하기 위해서 입을 열기가 어려웠다.

계약하는 것은 몸에 통로를 만드는 거다. 그렇게 이야기를 했었지. 그러니까 내가 정령의 힘을 쓴다는 건 내 몸을 통로로 해서 힘이 쏟아져 나온다는 거다.

'생각보다 더 힘든데?'

난 그렇게 생각하며 고개를 들었다.

쿠르릉.

어디선가 커다란 천둥소리 같은 것이 들려왔다. 강의 수위가 점점 더 올라간다. 천천히 강의 수위가 높아지는 것도 아니다. 저쪽에서부터 흰 포말과 함께 강물이 벽처럼 밀려오고 있었다. 내가 눈으로 보면서도 믿어지지 않는 광경이었다. 가까워질수록 소리는 점점 더 커졌고, 말들은 당황하며 고개를 휘저었다.

가장 선두에 있는 자들이 막 둑을 건너는 시점이었다. 보통이라면 앞만 보고 달릴 자들도 이상함을 느끼며 뒤를 돌아보았다. 말을 타고 건너던 기사들이 이상한 점을 느끼며 고개를 돌렸을 때는 거대한 강의 파도가 이미 그들의 눈앞까지 와 있는 상태였다.

"아악!"

"도망쳐!"

"신이시여—!"

비명을 지를 수 있는 시간은 아주 잠깐이었다. 새하얀 포말을 내뿜으며 거친 소 떼처럼 강물은 모든 걸 삼켰다.

물은 의지를 가지고 있는 것처럼, 양 강둑에 서 있는 사람들까지 빨아들이듯이 쓸어서 어마어마한 속도로 내려가 버렸다.

쓸려 내려간 강둑은 멀끔했다. 갈수기라 바닥을 드문드문 드러내고 있었던 강은 이제 물이 잔잔히 흘러가고 있었다.

'아…… 다리 부서졌겠다.'

어딘지 현실감이 없는 광경이라 멍하니 그런 생각을 하는데 등 뒤에서 렌이 신음을 흘렸다.

"맙소사……."

알파가 힐끗 고개를 돌려, 날 바라보며 물었다.

—괜찮은가?

그제야 난 가슴께를 쥐며 숨을 내뱉었다. 마치 전력 질주를 한 것처럼 숨이 턱까지 차 있었다. 이마를 타고 땀이 뚝뚝 떨어졌다.

'응, 괜찮아.'

일어난 일에 비하면, 내게 걸린 부하는 아무것도 아니었다. 탈력감이 들었지만, 이제 말은 할 수 있다.

"알파, 돌아가자."

내 말에 알파는 다시 돌아서서 성벽을 향해 걷기 시작했다.

"대체…… 어떻게 하신 겁니까?"

뒤에서 렌이 속삭여서 난 그를 돌아보고 손가락을 입술에 가져다 댔다.

"비밀."

그가 날 보더니 조심스럽게 물었다.

"몸은 괜찮으십니까?"

"안 좋아 보여요?"

렌이 살짝 고개를 끄덕여서 난 고개를 저었다.

"괜찮아요."

린폴드 성은 조용했다. 내가 성 안으로 들어섰는데도, 바늘이 떨어지는 소리가 들릴 것 같은 침묵이었다.

'이런 건 생각 못 했는데…….'

―손이라도 흔들어 주지?

알파의 말에 '손이라.' 하고 난 주먹을 쥐고는 힘차게 들어 올렸다.

조용하다.

'이, 이게 아닌가?'

당황해서 얼굴이 붉어지려는 순간 거대한 함성이 터져 나왔다.

"우와아아―!!!"

"카스티엘로! 카스티엘로!"

난 눈을 휘둥그레 떴다. 소리가 어찌나 큰지, 난 사람의 목소리로 땅이 진동하는 것 같은 느낌은 처음 겪어 봤다.

깃발을 흔들고 목이 터져라, 다들 광신도들처럼 소리를 질렀다.

'이건 또 상상 이상…….'

렌이 알파에서 먼저 내려서, 내가 내리는 걸 도와줬다. 안에서 제임스 집정관이 허둥지둥 달려 나왔다. 그의 얼굴도 홍분으로 시뻘게져 있었다.

"갑자기 놈들이 도하를 시작했을 때는 정말로 눈앞이 깜깜했습니다만—!"

"아직 저들이 항복 선언을 하거나 물러난 건 아니에요."

내가 낮게 말하자 집정관이 고개를 끄덕였다.

"그야 그렇습니다만, 다시 건널 생각을 할 멍청이는 없을 겁니다."

"그렇다면 다행이고요."

빠른 걸음으로 집무실로 들어가니 아서가 깊게 허리를 숙여 왔다.

"승리, 축하드립니다."

"아직 항복 선언을 받은 것도 아닌데요."

내가 손을 저으며 말하자 아서가 싱긋 웃고 말했다.

"아무래도 자몬 후작가의 장남도 같이 휩쓸려 가 버린 것 같거든요."

"정말이요?"

"네. 대장은 화려한 옷을 입고 있으니, 금방 알아볼 수 있지요. 확실한 건 수하가 돌아와야 알겠지만, 휩쓸려 간 게 확실해 보입니다."

"……그래요."

"기뻐 보이지 않으시는군요."

"그렇죠. 기뻐해야 할 일이죠."

그렇구나.

그럼 죽었겠지.

아니, 내가 강물로 휩쓴 사람들은 다 죽었을 거다. 그 많은 사람들이 한 번에.

어딘지 오한이 드는 기분이었다.

—내일 오후쯤 되면 강물은 다시 다 빠질 거다. 조심하는 게 좋아.

알파의 말에 난 그 사실을 집정관에게 알렸다.

"경계를 늦추지 말라고 하세요. 지금처럼 흥분한 상태를 틈타서 기습

해 올지도 모르니까요."

"알겠습니다."

집정관은 깊이 고개를 숙이고 얼른 밖으로 나갔다. 그가 나가고 나는 소파에 쓰러지듯 앉았다.

"괜찮으십니까?"

아서가 놀라 물어 나는 팔걸이에 기댄 채로, 팔만 들어 손을 저었다.

"괜찮아요. 그냥, 내일 근육통이 있을 것 같네요."

"고생하셨습니다."

"아니에요."

난 씁쓸한 미소를 삼키며 말했다.

"다들 엄청나게 흥분했더군요."

"그럴 만하죠."

아서의 말에 나는 "제가 일으킨 위업에 대한 두려움을 지우려는 것 같은 함성이었어요." 하고 말했다. 아서는 잠시 침묵하더니 조용히 답했다.

"아가씨는 카스티엘로시죠."

난 고개를 들었다.

"아가씨는 카스티엘로가 두렵지 않으시죠. 하지만 사람들이 카스티엘로를 얼마나 두려워하는지는 알아두셔야 합니다."

아서의 말에 난 눈을 깜박였다가 미소 지었다.

"그 두려움이 호와 불호 사이에 줄타기를 한다는 거군요. 그리고 호로 변했으니 다행인 일이기는 하죠."

아서가 즐겁다는 얼굴로 턱을 문질렀다.

"대화가 되는 카스티엘로는 신선하네요."

"그거 고평가에요?"

"네."

"그럼 됐어요."

난 쉬겠다는 뜻으로 다시 고개를 팔걸이로 내렸고 아서는 기척도 없이 사라졌다.

그날 저녁은 고요했다.

건너편 진영에는 조기(弔旗)가 올라가 한없이 강바람에 나부꼈다. 강물을 따라 희미한 울음소리가 성벽까지 들려왔다.

난 일찍 잠자리에 들었다. 몸을 웅크리고 알파를 꽉 끌어안고서, 끙끙거리며 말이다. 몸살이 온 것 같은 근육통이 있었지만, 잠들고 일어나니 깨끗하게 사라져 있었다.

이틀 후에 딱히 어떤 선언도 없이 자몬 후작가의 병사들은 천천히 퇴각했다.

뒤를 추격해야 한다는 급진적인 의견도 있었지만, 난 모두 기각을 했다. 굳이 그렇게까지 할 필요가 없지.

대신 집정관에게 연회를 열라고 말했고, 린폴드는 밤새도록 축제 분위기였다. 나 역시도 연회 분위기를 돋우기 위해 여기저기 술을 따라 주고 웃으며 돌아다녔다. 내가 술을 따라주면, 그 사람은 그걸 가문의 영광으로 삼으려는 얼굴을 해보였다. 심지어 너무 긴장해서 손을 부들부들 떨다가 술을 쏟는 사람도 있었다.

'그리고 성벽에 자기 목이 걸린 듯한 얼굴을 했지.'

생각하며 나는 적당한 시간에 살그머니 자리를 빠져나왔다. 약간 술을 마셨는데도 벌써 상당한 취기가 돌았다.

연회장의 열기를 피해 나와 나는 숨을 깊게 들이마셨다.

'우울해지면 안 되는 거겠지.'

성탑 꼭대기로 올라가서, 지키는 병사에게 잠시 내려가서 쉬라고 말했다. 병사는 눈을 반짝이며 나에게 경례를 붙이고는 얼른 탑을 내려갔다.

'보름달…….'

내려다본 강물은 이제 다 말라 있었다. 아직 진창이기는 하지만, 저것도 곧 말라붙을 거다.

솔직히 말하면 잔뜩 긴장하고 있었다. 강바닥이 마르면 시체들이 잔뜩 있겠지 하고. 하지만 워낙 수압이 세서인지 강바닥에는 아무것도 없었다. 아마 강 하류에서나 발견될 거라고 알파가 알려 주었다.

안심이 되면서도, 동시에 끔찍하기도 했다.

내가 죽인 사람들의 가족은 시체도 찾지 못하겠구나. 자몬 후작은 아들을 찾지 못하겠구나.

'으, 이런 생각을 하면 안 되는 거겠지. 왜 상대방에게 감정 이입하고 그러는 거야?'

만약에 반대의 입장이었다면, 상대방은 우리 쪽을 유린했겠지. 그렇게 생각하면 아무렇지도 않아야 하는데. 오히려 저 아래 사람들처럼 꼴좋다, 하며 웃어야 할지도 모른다.

'웃으면서, 카를이나 아빠에게 잔뜩 죽였다고 자랑해야 하는 건가?'

눈가가 화끈해졌다. 난 웅크리고 주저앉았다.

'한심해, 최악이야. 뭐가 잘할 수 있습니다야? 하나도 각오가 되어 있지 않았잖아?'

눈물이 계속 쏟아졌다.

"윽, 흑—"

누가 안아 줬으면 좋겠다. 괜찮다, 하고 머리를 쓰다듬어 줬으면 좋겠다.

보고 싶어.

무릎을 꽉 끌어안고 그 안에 이마를 누르며 난 계속 울었다.

"이런 장난은 그만 쳤으면 좋겠는데…… 여긴 또 어디야? 린폴드?"

느닷없이 들린 목소리에 난 화들짝 놀라 고개를 들었다.

"어……?"

믿을 수 없는 사람이 눈앞에 서 있었다. 에멜이 피곤한 얼굴을 하고 날 내려다보았다.

"또야. 내가 이런 건 좀 작작하라고 말했는데, 들어 처먹지를 않지. 도마뱀 대가리 자식이—"

"에멜……?"

에멜이 내 앞에 쭈그리고 앉았다. 그가 턱을 괴고 날 빤히 바라보았다. 달빛에 캐러멜 색 눈이 호박처럼 예쁘게 반짝였다.

"상당히 비슷하지만—"

왈칵 눈물이 솟구쳐서 흘러넘쳤다. 난 더듬더듬 손을 뻗어 그의 옷자락을 잡았다. 갑자기 왜 에멜이 여기에 있는 건지, 어떻게 된 건지, 그런 건 아무래도 좋았다.

"에, 에멜? 에멜— 사, 살아, 살아 있, 윽—"

에멜이 흠칫하고 날 내려다보았다.

"아가씨? 어? 정말? 어라?"

난 그의 품에 몸을 던지다시피 하고는 울음을 터트렸다.

"에, 에멜— 으흐흑, 어흑—"

에멜의 손이 조심스럽게 내 등에 얹어졌다. 그가 등을 토닥이며 말했다.

"네, 살아 있어요. 저도 살아 있고, 공작님도 살아 계시고, 늑대기사단도 다 멀쩡해요."

"나, 진짜, 거, 흐윽, 걱정—"

말이 잘 이어지지 않았다.

"저도 걱정했어요. 그런데 린폴드라니……."

에멜은 내 어깨를 잡고 살그머니 밀어내더니 물었다.

"자몬 후작가에서 공격해 왔습니까?"

난 고개를 끄덕였다. 에멜이 자신의 소매로 내 얼굴을 닦아 주며 말했다.

"그래서요?"

"내가 다 죽였어요."

에멜의 손이 흠칫했다. 난 고개를 푹 숙이고 횡설수설 그에게 고해하듯이 말했다.

"그래서, 나 이상한 것 같아서. 기뻐야 하는데— 잘 모르겠어. 괴로워. 괴로우면 안 되는 건데. 이상해."

"이상하지 않습니다."

"……."

올려다보니 그가 괴로운 듯한 얼굴로, 미소 짓고 있었다.

"정말로요. 조금도 이상하지 않습니다."

에멜이 소중한 것을 다루듯 조심스럽게 내 뺨을 쓸었다.

"그래요……?"

"네."

에멜이 가볍게 내 등을 토닥였다. 어쩐지 진정이 되는 기분이라 난 길게 숨을 내쉬었다. 그제야 정신이 들었다.

"그러고 보니 어떻게 된 거예요? 갑자기 실종되었다고 해서, 저는 정말로—!"

"그게 이야기하자면 좀 긴—."

순간 눈앞에서 에멜이 사라졌다.

어?

“에멜?”

난 깜짝 놀라 자리에서 일어났다. 주변을 둘러보며 목소리를 높였다.

“에멜? 에멜!”

하지만 돌아오는 것은 아래서 들리는 웃고 노래하고 고함치는 소리뿐이었다.

“뭐야…….”

난 다시 그 자리에 털썩 주저앉았다.

뭐야? 뭐였지? 지금 나 리얼한 환상을 본 건가? 어?

‘내가 미쳐 가나?’

—아니.

“알파!”

그림자에서 알파가 고개를 내밀고는 말했다.

—분명히 있었어.

“그지? 그럼 뭐지? 왜 사라진 거지?”

—하여간 살아 있는 건 확실하니, 돌아오겠지.

알파의 말은 태평하고 느긋했다. 그 어조에 진정이 되는 것 같았다. 난 “그런가…….” 하고 한숨을 내쉬었다. 알파가 완전히 몸을 드러내고는 내 뺨을 가볍게 핥았다.

“잘될 거다.”

난 간지러움에 킥킥 웃으며 알파를 밀어내고 고개를 끄덕였다.

“응.”

알파의 목을 끌어안으며 난 안도의 한숨을 내쉬었다. 순식간에 기분이 다시 좋아졌다.

아아, 결국은. 이러니저러니 해도 남의 아픔은 내 기쁨에 밀려서 금방 사라져 버리는 것이다.
“다들 살아있대.”
“그래.”
“다행이다.”
“그래.”
한숨을 내쉬고 눈을 감았다. 어쩐지 졸음이 쏟아진다.
‘여기서…… 자면…….’
안 되는데.
그 생각을 마지막으로 난 잠이 들었다.

* * *

눈을 뜨니 침대였다.
놀라 물어보니 렌이 날 침대까지 옮겨 주었다고 한다.
‘미안해라.’
탑은 사다리라서 안고 내려오기 힘들었을 텐데…… 거기서 그렇게 잠들어 버리다니. 하지만 남쪽은 따뜻하니까, 바람도 선선하고, 밖에서 잠들기 좋은 날씨라고 할까.
난 히죽 웃었다.
‘게다가 정말로 다들 살아 있었어. 어제 에멜을 만났어. 어떻게 된 건지는 모르겠지만.’
꿈이 아니었다.
가볍게 씻고 옷을 갈아입자마자 난 렌을 찾아갔다.
똑똑.
문을 두드리자 곧바로 문이 열렸다.

"아가씨?"
"좋은 아침이에요."
"네, 좋은 아침입니다."
렌은 그렇게 말하며 어째 시선을 피했다. 뭐지? 어젯밤에 내가 뭐 잘못했나?
"어제 절 침대까지 데려다줬다고 들어서요. 폐 끼쳐서 미안해요."
"아뇨, 아뇨. 아닙니다."
렌이 퍼뜩 고개를 들었다.
"전혀 그렇지 않았습니다."
그의 격렬한 부정에 난 가볍게 웃었다.
"그렇다면 다행이고요."
그러자 렌이 또다시 내 시선을 슬그머니 피해서 아래를 내려다보았다.
'뭐지?'
의아해하면서도 난 사과와 함께 용건을 전했다.
"오늘 낮에 출발하고 싶다고 말하려고요."
"벌써 말입니까?"
"저택을 오래 비워 두고 싶지 않아요. 들어온 이야기에 따르면 정말로 완전히 철수한 것 같고요."
"알겠습니다. 그럼 그렇게 전해 두겠습니다."
"네, 고마워요."
"아닙니다."
이야기를 끝내고 나오면서 나는 '으음' 하고 턱을 문질렀다.
'역시 뭔가 실수를 했나?'
아서에게도 낮에 출발할 거라고 전하며 은근슬쩍 질문을 던져 보았다.

"아서, 혹시 내가 어제 렌 경에게 뭔가 실수했어요?"

"실수요?"

"네, 어쩐지 저랑 눈을 마주치지 않아서 말이에요."

"아아—"

아서가 뭔가 깨달은 듯이 고개를 끄덕였다.

역시! 무슨 일 있었구나!

"제가 뭔가 잘못 말했나요? 아니면 렌 경에게 폐를 끼쳤다거나?"

"아뇨, 그런 건 아닐 겁니다."

아서가 피식 웃었다.

"어젯밤에 아가씨가 보이지 않아서, 렌 경이 찾으러 갔거든요."

"그, 그랬군요. 그런데요?"

"성 탑에서 울다 잠든 아가씨를 발견한 거죠."

"저런……."

모두가 기뻐하는 날에 울다가 칠칠맞게 외부에서 잠든 상급자를 발견하다니…….

"역시 못 미더워졌을까요?"

한숨을 내쉬며 말하자 아서가 묘한 얼굴로 말했다.

"그게 아니라 머리에 싹이라도 튼 게 아닐까요?"

"네?"

싹이 터? 머리에?

알아듣지 못하자 아서가 덧붙였다.

"봄이라는 거죠."

"이제 여름이라고 생각됩니다만?"

"그건 그렇죠. 카스티엘로 공작령의 여름은 기대되네요."

"?"

왜 대화가 날씨 이야기가 되어 버린 거지?

아서가 싱긋 웃었다.

"하여간 렌 경에게 민폐를 끼친 건 아니니 걱정하지 않으셔도 됩니다. 그보다 낮에 출발하시겠다고요?"

"네. 후작가도 완전히 철수한 것 같고 말이죠."

"네, 다시 올 기미는 보이지 않습니다."

"혹시 올타 관문 쪽에서 들어온 소식은 있나요?"

"아직 없습니다."

"그렇군요."

그래, 무소식이 희소식이지. 한숨을 내쉬고 난 고개를 끄덕였다.

"빨리 저택으로 돌아가죠."

저택으로 돌아가는 길은 린폴드로 내려올 때보다 좀 더 여유로웠다. 그렇다고 해도 서두르는 건 변함없었지만, 마음의 여유가 생겼다고 해야 하나?

그런데 베르쥬를 지나 공작가로 다가갈수록 느낌이 달랐다.

"뭔가 분위기가 어수선하지 않아요?"

"그렇군요."

아서 역시 달라진 걸 느낀 것 같았다.

"올타 관문에서 소식이라도 들어온 걸까요?"

그의 말에 나도 모르게 초조함이 몰려왔다. 분명히 승전보겠지. 그럴 거야. 아니, 그래야만 해.

"좀 더 서두를까요."

그렇게 말하며 난 말의 옆구리를 걷어찼다. 마지막까지 혹사시켜서 미안, 하지만 내 마음이 급해서.

저택 입구로 들어서는데 벌써부터 분위기가 심상찮았다.

보통이라면 입구에 서 있어야 할 병사들이 보이지 않았다.

'대체 어떻게 된 거지?'

평소라면 이쯤 들어왔을 때 고삐를 늦추겠지만, 이번에는 더더욱 속도를 더했다.

현관 입구에 사람들이 모여 있는 게 보였다. 전령? 전령이 온 건가?

"무슨 일 있는 거야?"

단숨에 현관 앞까지 달려가 말에서 뛰어내리며 묻자 앞에 서 있던 사람들이 휙 나를 돌아보았다.

"아가씨!"

"입구에 병사도 보이지 않고, 무슨 일 있는 거지?"

"에스텔."

현관 안쪽에서 들려온 목소리에 전신에 소름이 돋았다. 난 삐걱거리며 상대를 돌아보았다.

"다녀왔니?"

아빠가 서 계셨다.

말이 나오지 않았다.

어, 그러니까. 나도 이제 다 컸으니까, 울면서 달려들지 않고, 당연히 아빠가 돌아올 걸 알았다는 듯이 태연하고 침착하게.

"다, 다녀왔습니다."

목소리가 떨려 나왔다. 난 눈을 빠르게 깜박였다. 그렇지 않으면 당장 울 것 같았다.

울면서 아빠에게 매달릴 것 같았다.

"무사히, 무사히—"

돌아오셔서 다행이에요. 하는 말이 잘 나오지 않았다. 목 안쪽이 꽉 막힌 것 같아.

"에스텔?"

아빠가 갸우뚱하며 다시 날 불렀다. 난 무릎을 살짝 굽히며 인사했다.

"어서 오세요."

간신히 내뱉은 말은 딱딱하기 그지없었다.

"에스텔."

한 번 더 부르는 목소리에 힐끗 바라보니 아빠가 팔을 벌리며 말했다.

"이리 와."

그 순간, 참으려고 했던 게 와르르, 단숨에 무너졌다. 난 땅을 박차고 뛰어나가 아빠에게 힘껏 안겼다.

"보, 보고, 싶-"

"그래."

만족스러운 목소리로 아빠가 날 안아 들며 토닥였다. 어린아이처럼 가뿐히 들려서, 아빠의 어깨에 얼굴을 묻고, 매달려 나는 엉엉 울었다.

어린아이 같다든가 하는 건 아무래도 상관없었다.

"뭐야? 완전 꼬맹이라고 생각했는데 아니잖아?"

느닷없이 들려온, 처음 듣는 목소리에 얼떨떨해져서 고개를 들었다. 거기에는 처음 보는 남자가 서 있었다. 머리카락은 검은색, 눈동자는 황금색.

그가 날 보고 히죽 웃는데 날카로운 송곳니가 보였다.

"완전 코찔찔이라고 생각했더니, 완연히 암컷 태가 나네?"

암컷?

이런 폭언은 처음이라 멍하니 그를 바라보는데 아빠가 날카롭게 말했다.

"입 좀 다물어."

"칭찬이었는데."

그가 싱긋 웃었다. 난 아빠에게 더 찰싹 달라붙으며 물었다.

"누구예요?"

"드래곤."

아빠의 대답은 간결했다. 난 휙 남자를 돌아보았고 그는 다시 웃어 보였다.

드래곤.

흠.

그게 지금 중요한 문제가 아니라.

"아빠, 오라버니가—"

"알아."

"그, 그럼 가 보지 않아도 되는 거예요? 지금 레이몬드 후작가랑 올타관문에서 싸우고 있는데—"

"괜찮을 거다."

아니, 부자지간에 냉정하게도 똑같은 말을!

"그, 그래도 소식을 알리거나 해야 하는 게 아닐까요? 오라버니도 걱정하고 있을 테고……."

아빠가 한 팔로 날 옮겨 안고 손수건을 꺼내 나에게 건네주며 말했다.

"돌아왔다는 이야기는 해야지."

난 눈물을 닦으며 물었다.

"정말로 도와주러 가지 않으실 거예요?"

"내 도움은 필요 없을 테니까."

"잠깐, 이 인간이 지금 내가 드래곤이라는데 무시한 거야?"

남자가 큰 소리로 툴툴거리며 말했다. 난 그의 말을 무시하며 이어 물었다.

"다치신 곳은 없으세요? 괜찮으신 거예요? 대체 어떻게 되신 거예요? 다른 늑대기사단원들은요? 에멜이랑 진이랑 엘런이랑—"

"다들 무사해."

"다행이다……."

저절로 안도가 되며 힘이 풀렸다. 아빠가 그런 날 바라보다가 물었다.

"린폴드에 다녀오는 길이라면서."

난 고개를 끄덕였다.

"그게—"

어디서부터 이야기를 해야 할까?

"에멜에게 이야기 들으셨어요?"

내 말에 아빠의 눈이 가늘어졌다.

"무슨 이야기?"

"어, 린폴드에서 저랑 만났다는 이야기요."

"아, 아아. 들었지."

아빠가 고개를 끄덕였다. 난 한숨을 내쉬며 말했다.

"이야기하자면 길어요."

"시간은 많아."

아빠의 대답에 난 키득거리며 웃고 가볍게 뺨에 키스해 드렸다.

"그럼 얼른 옷 갈아입고 올게요. 네?"

아빠는 고개를 끄덕이고 내 이마에 마주 입 맞춰 주고 날 내려놓았다. 난 힐끗 드래곤이라는 작자를 보았다가 바로 내 방으로 향했다.

'드래곤이라.'

설마 진짜 드래곤인 건 아니겠지.

이름이 드래곤이라거나. 그런 게 아닐까? 이상한 이름이기는 하지만 세상에 부모는 다양하니까.

'설마 진짜……?'

에이, 설마.

내 방으로 들어가니 스테파니와 제인이 비명 같은 소리를 지르며 달려와 날 끌어안았다.

나도 어쩐지 눈물이 또 나왔지만 꾹 참고 두 사람을 달래주었다. 두 사람은 나에 대한 걱정과 승전에 대한 칭찬을 속사처럼 늘어놓고, 아빠가 돌아왔다는 이야기도 몇 번이나 반복했다. 한참 후에 두 사람이 진정되자 난 고개를 들었다. 어느 사이엔가 애니가 와서 그림처럼 서 있었다.

"어서 오세요, 아가씨."

애니가 희미하게 웃으며 말했다. 그녀를 보고 나도 활짝 웃었다.

"다녀왔습니다."

제인이 내 코르셋을 조이며 눈을 동그랗게 떴다.

"정말로 선두에 서신 거예요?"

"응, 만들어 준 옷을 덕분에 잘 써먹었어."

그야말로 '내가 대장입니다.' 하고 외치는 옷이라 다행이었지.

"그런 위험한 짓을 다들 두고 보고만 있었단 말인가요?"

스테파니가 내 장신구를 고르다가 눈을 찡그리며 말했다. 난 피식 웃으며 고개를 저었다.

"가만있지 않으면 어쩔 건데? 내 명령인걸."

"그거야, 그렇지만요."

스테파니는 그래도 불만스러운 얼굴이었다. 음, 내가 집정관을 해고하겠다고 협박했다는 이야기는 하지 말아야지.

오랜만에 코르셋을 입으니 답답했다. 그렇게 조이고, 연한 핑크색 옷—장식 없는—을 걸치고 머리는 가볍게 반묶음만 했다.

“그러고 보니 앤은……?”
“자기 방 안에서 나오지 않고 있어요.”
“계속?”
“네.”
제인이 고개를 끄덕여서 난 한숨을 삼켰다.
“알았어.”
대답하고 난 아빠에게 가기 전에 먼저 앤에게 들르기로 했다.

똑똑.
“앤? 안에 있어? 나 지금 돌아왔어.”
문 밖에서 조근조근 이야기를 하지만 안에서는 아무런 소리도 들리지 않았다.
아직도 화나 있구나.
“저기, 나 진짜 무사하고, 아무 일도 없었어. 앤이 저택에 있어 줘서 안심할 수도 있었고—”
난 문을 손끝으로 두들기며 말했다.
“앤이랑 얼굴 보고 이야기하고 싶은데— 응? 앤, 문 좀 열어 봐.”
하지만 문 건너편은 여전히 조용.
“이따가 간식 가지고 올게, 그때 다시 이야기하자.”
난 그렇게 말하고 문 앞을 떴다.
‘그래도 앤이 금방 용서해 줄 거라고 생각했는데.’
너무 안일하게 생각했나 봐.
‘이대로 앤이랑 계속 화해하지 못한 채로 남으면 어떻게 하지?’
그럴 거라고는 상상도 못 했는데. 잘 다녀오면 그래도 다시 원래대로 돌아갈 거라고, 내가 편한 대로 멋대로 생각하고 있었다.

'안 돼. 절대로 그럴 수는 없어.'

어떻게든 앤과 화해를 할 테다.

주먹을 불끈 쥐고 결심한 나는 아빠의 방으로 향했다. 저택의 분위기는 잔뜩 들떠 있어서 방문을 열어 주는 시종도 평소의 진중한 얼굴과 달리 싱글벙글 웃는 낯이었다.

들어가니 아빠 역시 옷을 갈아입으신 후였다. 그리고 소파에는 아까 그 드래곤이라는 남자가 방만한 자세로 앉아 있다가 날 보고 히죽 웃었다.

"다시 만났네? 아, 그러고 보니."

드래곤이 뭔가 품에서 슥 꺼냈다.

"이거 주인이 너지?"

"엔드?!"

난 화들짝 놀라 손을 뻗었다. 목이 잡혀 품에서 끌려 나온 엔드는 순식간에 모습을 바꿔 부풀렸다.

거대한, 불타는 사자 같은 형상이 되어 엔드가 이를 드러냈다.

"이 드래곤 자식이, 감히—"

난 숨을 삼켰다.

알파가 파도를 일으켰을 때와 같은, 힘이 빠져나가는 충격이 내 몸을 휩쓸었다.

"엔드, 그만해."

알파가 가볍게 그를 밀치자 엔드가 시퍼런 눈을 그에게 돌렸다.

"하지만 이 새끼가 이차원에서—"

"알아. 하지만 계약자의 허락도 없이 무슨 짓이야?"

그 말에 엔드는 힐끗 날 보았다가 쳇 하고 다시 몸을 작은 드래곤 모양으로 만들어서 내 어깨에 내려앉았다.

"혹시 드래곤과 싸울 일 있으면 이야기해."

어느 사이엔가 아빠가 나와 드래곤 사이에 서 있어서 난 아빠의 팔을 잡고 빼꼼히 그를 바라보며 물었다.

"정말로 드래곤이에요?"

"그래. 그나저나, 정령왕 둘과 계약하다니. 게다가 마족의 피도 흐르고 있고? 재미있네."

'정령왕?'

눈을 동그랗게 뜨자 드래곤은 히죽히죽 웃었다. 난 아빠를 올려다보며 물었다.

"이게 대체 어떻게 된 거예요? 진짜 드래곤이면, 싸우지 않은 거예요?"

"싸웠지."

드래곤의 말에 난 화들짝 놀랐다.

"내 비늘에 상처가 나서 멈췄지만."

그가 히죽거리며 하는 말에 아빠는 한숨을 내쉬고 말했다.

"그리고 느닷없이 우리를 전부 데리고 이공간으로 넘어가서, 연락이 끊어진 거다."

"나야말로 자고 일어났더니 풍경은 바뀌어 있고, 연락되는 동료들은 하나도 없고. 그래서 냉정하게 이야기를 하자 싶었지."

"머릿속을 읽고 이상한 환상을 보여 주는 게?"

아빠의 차가운 말에 드래곤은 어깨를 으쓱했다.

"인간은 거짓말을 잘하니까."

그럼 정말로 눈앞의 이 사람이 드래곤이란 말야? 하늘을 날고 불을 뿜고?

"그럼 왜 여기까지 따라온 거예요?"

저도 모르게 질문이 날카로워졌다. 저택에 있는 사람들에게 해를 끼칠지도 모른다는 생각을 하자 신경이 곤두섰다.

"서쪽으로 떠날 때까지 잠깐이야. 게다가 특별히 바로 집 앞까지 데려다준 거라고. 게다가—"

그가 변태스러운 미소를 지으며 말했다.

"여기에 마법사가 있다며?"

쭉 등을 타고 소름이 돋아서 난 한 발 앞으로 나가며 강하게 말했다.

"만약에 앤에게 무슨 짓을 하면 가만있지 않을 거야!"

"가만있지 않으면?"

그의 금색 눈이 가늘어졌다. 나는 이미 몸에 붙은 카스티엘로 오만을 드러내며 미소 지었다. 뚜렷한, 호전스러운 미소.

"궁금하면, 가만있지 않아 보든가."

나도 눈을 가늘게 뜨며 맞대응을 했다.

"이 꼬마 계집애가—"

"나이밖에 먹은 게 없는 도마뱀이—"

그때 아빠가 내 머리를 가볍게 흐트러트리며 말했다.

"별일 없을 거다. 그러기로 서약했으니까."

그러자 드래곤이 몸에 힘을 뺐다.

"쳇, 말하면 시시하잖아."

"서약이요?"

"그래. 연관된 사람들을 해치지 않겠다고."

"그랬군요……."

하긴, 아빠가 아무런 제재도 없이 드래곤을 저택까지 데려오지는 않았겠지.

'서약.'

어디선가 들어본 말인데.

'아—!'

황실에 서약을 했다고 그랬었지. 그래서 거스를 수가 없다고. 같은 건가? 일종의 마법인 거야?

'그렇다면…….'

난 눈앞의 드래곤을 바라보았다.

'드래곤이라면, 알지 않을까? 모든 마법이 그들에게서 나왔다고 했으니까.'

"뭐야? 한눈에 반한 거야? 물론 내 인간일 때 모습이 멋있기는 하지. 와하하하하."

그가 고개를 젖히며 크게 웃었다.

어쩐지 깬다……. 드래곤은 좀 더 현명하고 묵직한, 그런 이미지라고 생각했는데…….

"언제까지 있을 거예요?"

"일주일 정도. 마력의 흐름이 바뀔 때 나도 타고 가 버릴 거야."

"서쪽 나라는 어디에요?"

드래곤은 날 빤히 보다가 희미하게 웃고 말했다.

"안 가르쳐 줘."

놀리듯 말하는 게 아니라, 소중한 거니까 말하지 않는다는 느낌이었다. 왜인지 납득되어서 고개를 끄덕이는데 아빠가 날 불렀다.

"에스텔."

"네."

"여기서 이야기하기는 그러니 잠깐 걸을까?"

"그럴까요?"

그러자 아빠가 내 쪽으로 성큼 걸어오시더니 가볍게 한 팔로 날 받쳐 들어 올렸다.

"아빠?!"
놀라서 목소리가 튀어나왔다. 쓰러질 것 같아 아빠의 어깨를 붙잡으니 아빠가 말했다.
"걷자며."
아뇨, 제가 말한 건 제 다리로 걷는 거였는데요. 게다가 이제 이렇게 안길 나이는 아니다. 성인식도 예전에 지났고, 공작 대행도 했고, 전장에서 선두로 나가서 서기까지 했다. 하지만 싫은 건 아니라 나는 얌전히 아빠에게 안겨 있었다. 어린애처럼 굴 수 있는 건 아빠에게뿐이니까. 자식이라는 특권이니까.
테라스를 나와서 한여름의 정원으로 들어서자 햇빛이 쨍하니 얼굴을 찔러왔다. 눈을 몇 번 깜박여 시야를 정돈했다.
여름 장미가 정원에 끝없이 만개해 있었다. 연분홍빛 장미가 짙은 녹음에 어우러져 선명하게 보였다.
"말해 봐."
"네?"
아빠의 말에 난 고개를 갸웃했고 아빠가 날 힐끗 바라보며 말했다.
"하고 싶은 말 있었던 거 아닌가? 아까 제대로 이야기하지 못했잖아."
아, 그렇지. 그놈의 방해꾼 때문에. 드래곤이라고 해도 인간의 모습이니 잘 실감이 나지 않았다.
"저, 아빠 엄청 걱정했어요."
"그래."
"그리고 카를 오라버니도 엄청엄청 걱정되는데, 둘 다 괜찮다고만 하고, 걱정해서 맨날 발 동동 구르는 나만 바보 같고—"
어쩐지 불만만 흘러나왔다. 이제 막 도착한 아빠에게, 이런 이야기를 하려는 게 아니었는데. 게다가 심지어 말투도 어린아이 같아지고 있어.

하지만 멈출 수가 없었다.

장미 그늘 아래 가만히 서서 아빠는 내 이야기에 귀를 기울였다. 쏟아지는 듯한 장미향이 느껴졌다.

"그래서, 진짜 나도 카스티엘로니까 엄청 열심히 했는데, 별로 나아진 것 같지도 않고."

아빠가 날 살그머니 땅에 내려놓았다. 난 양손으로 얼굴을 가리고 빠르게 말했다.

"정말, 두 사람 다 너무해요. 다 해 줄 것처럼 굴면서, 정작 중요할 때는 이야기도 들어주지 않고. 내 걱정은 하나도 쓸모없었죠? 걱정한 나만 바보 같고."

"에스텔."

아빠가 살며시 내 손목을 잡고 끌어내렸다. 한쪽 무릎을 꿇고 날 올려다보며 아빠가 희미하게 웃었다.

"쓸모없다고 생각하지 않아."

내가 대답하지 않고 입술을 꾹 다물고 있으니 아빠가 "정말이야." 하고 낮게 속삭였다.

"고맙고 미안하게 생각하고 있어."

살며시 양 뺨을 감싸오는 손은 굳은살로 거칠었지만, 기분 좋았다.

"말로 표현하지 않아도 알아주기를 바라는 건 바보 같은 일이지."

아빠는 그렇게 중얼거리고는 날 빤히 바라보았다. 장미보다 더 붉은 눈동자가 투명하게 빛났다.

"에스텔이 걱정해 주는 것, 안타까워하는 것들이 전부 사랑스럽다고 하면 거짓말로 들릴까?"

"아뇨."

양 뺨을 붙잡혀 고개를 저을 수가 없어 난 대신 작게 대답했다. 아빠는 나에게 대답을 하지 않으실망정 거짓말은 하지 않으시니까.

아빠는 말을 고르듯이 천천히 이어 말했다.

"우습게 생각하는 것도 아냐. 무시하고 있는 것도 아니고. 단지 나나 카를은 서로를, 스스로를 너무 잘 아는 것뿐이지."

"저만 소외되어 있는 것 같아요."

"에스텔은 상냥한 아이니까."

아빠가 싱긋 웃으며 손을 떼고 자리에서 일어났다.

"내가 카를에게 주지 못하는 것, 카를이 나에게 주지 못하는 부분을 에스텔이 채워 주지."

"그런가요?"

"그래."

고개를 끄덕이고 아빠가 잠시 침묵하다가 말했다.

"힘들어도 그대로 있어 달라고 부탁하면, 어려운 일이겠지만. 부탁하고 싶은데."

"혼자 걱정하고, 혼자 발 동동 구르고요?"

곤란한 얼굴로 고개를 갸웃하는 아빠를 보자 웃음이 나왔다. 난 아빠에게 폭 안기며 말했다.

"그만둔다고 해서 그만둬질 리가 없잖아요."

이제 걱정하지 않을 거야! 라고 한다고 해서 걱정이 안 될 리가 없었다.

아빠가 내 등을 쓸어내려 주며 말했다.

"그리고 부족한 아버지인데, 훌륭하게 자라줘서 너무 고맙고."

"전혀, 조금도 부족하지 않거든요!"

난 깜짝 놀라 고개를 들고 말했다. 아빠가 내 말에 싱긋 웃었다.

"그렇게 말해 주니 고맙구나."

"아니, 정말이에요."

난 힘주어 말했다. 부족한 아버지라뇨? 카스티엘로 공작님이 무슨 자신 없는 말씀을?

'아—'

어쩐지 웃음이 치밀어 올라 나는 다시 아빠의 품에 얼굴을 묻었다. 그렇구나.

다른 곳에서는 항상 자신만만하시고 거침없으시면서, 내 문제에 있어서는 그렇게 생각하지 못하시는구나.

"아빠."

"응?"

"사랑해요."

"나도."

느닷없는 말이었지만, 대답은 바로 돌아왔다. 깊게 숨을 들이마시고 난 고개를 다시 들었다.

"그래서 정말로 오라버니를 보러 가지 않으실 거라는 거죠?"

"그래."

대답하고 아빠는 설명을 덧붙였다.

"오히려 가면 한 소리 들을걸."

"그럴까요?"

"그래."

음, 그럴지도 모르겠다. "대체 왜 여기까지 오신 거예요?" 같은 말을 내뱉는 카를이 너무 생생하게 떠오른다.

"드래곤은 어쩌다가 데리고 오시게 된 거예요?"

내가 묻자 아빠는 드물게 한숨을 내쉬었다.

"어쩌다 보니까."

더해서 정말로 드물게도 안일한 대답.

"어쩌다가요?"

"그래. 해를 끼치지는 않을 거고, 잠시 머물다 갈 거니 괜찮아."

"황실에서는 알아요?"

"모르지. 알게 되면 그것도 골치 아파질 테니, 함구다."

하긴, 공작가가 드래곤을 데리고 돌아왔다니. 문구만 들으면 마치 드래곤을 길들인 것 같잖아?

공작가가 드래곤의 힘을 손에 넣었다고 생각하면 난리가 나겠지. 알리지 않는 편이 현명하겠다.

"켈슨이 그러는데, 일을 아주 잘 처리했다고 하더구나."

"정말요?"

눈을 동그랗게 뜨며 되묻자 아빠는 고개를 끄덕였다.

"그래. 그리고―"

"그리고요?"

"좀 무서웠다고."

"네에? 뭐가요? 왜요?"

"처리하는 방식이나 속도가 날 너무 닮아서?"

"그게 뭐예요."

그제야 웃음이 피식하고 흘러나왔다. 난 또 뭐라고.

엄청난 칭찬을 받은 것 같아서 자꾸 웃음이 피식피식 흘러나왔다.

"잠깐 못 본 것 같은데, 너무 자랐구나."

"두 달은 못 보셨잖아요?"

"그렇지."

놓친 시간이 아쉽네, 하고 아빠가 가볍게 내 머리카락을 어깨 너머로 넘겨주었다.

"그리고?"
"네?"
"다른 일은?"
"음, 앤이랑 싸웠어요."
"앤이랑?"
"네. 린폴드로 같이 가겠다고 하는 걸 억지로 떼어 놨거든요."
난 가볍게 땅을 걷어찼다.
"돌아오면 그래도 화가 풀려 있을 줄 알았는데, 여전히 화가 나 있어요. 어떻게 화해해야 할지 모르겠네요."
"선물을 한다든가……?"
아빠의 제시안에 난 피식 웃었다. 그렇군. 아빠는 누군가와 화해해 본 적이 없구나.
화해할 필요도 느끼지 못하셨을 테고.
'도움이 안 되는 조언이지만…… 화해의 선물이라면 기본이기도 하고.'
"그래 볼까요?"
난 장미를 바라보았다.
'꽃다발이라도 선물해 볼까?'

* * *

정원사에게 말했더니, 들고 가기 무거울 정도로 커다란 꽃바구니를 만들어 주었다. 장미가 가득 담긴 바구니는 보기도 좋고, 향기도 좋았다.
'조금이라도 마음이 풀리면 좋겠는데…….'

그렇게 생각하며 바구니를 들고 앤의 방문 앞에 도착해 방문을 두드리려는데 문이 열렸다.

엄청난 속도로.

바깥으로 열리는 문이었으므로, 난 정면으로 얼굴을 문짝에 얻어맞는다는, 초유의 경험을 했다.

"당장 나가! 이 빌어먹을— 에스텔 님?!"

앤이 비명처럼 소리 질렀다. 난 안면이 전체적으로 다 아팠지만, 간신히 대답했다.

"안녕, 앤."

"맙소사, 괜찮으세요? 이게 다 당신 때문이잖아!"

"내가 뭘? 아, 쟤 코피 난다."

"에스텔 님!"

앤이 날 끌고 안으로 들어갔다. 난 손으로 코를 막았다. 비릿한 냄새와 함께 숨이 막혀 왔다.

"입으로 숨 쉬세요. 어, 잠시만요."

앤이 당황해서 이것저것 뒤지는데 내가 손을 저었다.

"아냐, 앤 괜찮아. 알파가 고쳐줄 거야."

"아, 그, 그렇군요."

앤이 창백한 얼굴로 돌아섰다. 슬그머니 내 그림자에서 고개를 내민 알파가 내 코끝에 입 맞춰 주자 통증이 사라졌다. 피도 멎은 걸 알 수 있었다. 얼얼하던 이마 및 기타 안면도 이제 괜찮았다.

"인간의 육체란 연약하군."

드래곤이 중얼거리자 알파가 고개를 끄덕였다.

"나도 동감이야. 그러니 더 소중하지만. 다른 곳은?"

"괜찮아요."

난 알파에게 고마움의 표시로 마주 입맞춤을 해 주었다. 어느 사이엔가 엔드가 나타나 내 어깨에 앉더니 내 몸을 감고 말했다.

"빌어 처먹을 드래곤 같으니. 남의 계약자에게 해 끼치지 말고 꺼져."

"아공간에서의 일로 아직도 삐쳐 있는 거야? 정령왕은 속이 좁군."

드래곤이 어깨를 으쓱하며 말하자 엔드의 입에서 불똥이 튀었다. 비유가 아니라 실제적으로.

"남들이 서쪽으로 갈 때 끼지도 못한 덜떨어진 새끼가—"

엔드의 말에 드래곤의 얼굴이 단숨에 차갑게 변했다.

"뭐? 다시 한 번 말해 보시지?"

"하, 말 못 할 줄 알고? 얼른 변신해서 덤벼. 그래야 제대로 상대할 수 있으니까. 서쪽으로 갈 때 아무도 찾아주지 않은 덜떨어진—"

난 손을 뻗어 엔드의 주둥이를 잡았다. 입이 꽉 다물린 엔드는 날개를 퍼덕였다.

"엔드, 그만해요."

난 고개를 저었다.

"우리 집은 소중하다고요? 부수고 싶지도 않고요. 괜한 싸움을 하고 싶지도 않아요."

내 말에 엔드는 흥 하고 콧방귀를 뀌었고 난 살며시 그의 입을 놓아주며 말했다.

"그렇게 잡아서 미안해요."

"내 계약자는 관대하기도 하지."

"그렇지. 인간치고는 드물게도 말이야. 내가 그쪽에 있을 때 봤던 기억으로는 분명히 이런 여자아이였는데—"

드래곤이 자신의 허리쯤을 손대중하며 말했다.

"다른 사람의 기억을 봤어요?"

내가 묻자 드래곤이 씩 웃으며 고개를 끄덕였다.

"진심을 읽기엔 그게 편하니까. 하지만 역시 이미지라는 건 왜곡되기 쉽군. 실제로 보고는 좀 놀랐어."

다들 날 어린아이라고 생각하고 있었다는 뜻이군.

내가 한숨을 내쉬고 장미 바구니를 끌어다가 무릎에 올려놓으며 말했다.

"이거, 앤에게 주려고 가져온 건데……."

그제야 앤은 자신과 내가 싸우고 있었다는 걸 깨달은 얼굴이었다. 난 얼른 다시 사과했다.

"놓고 가서 미안해. 하지만, 앤을 믿고 있어서 그랬어."

앤이 가볍게 입술을 깨물었다.

"정말이요?"

그녀가 되물었다.

"당연하지."

"제가 약해서, 방해되니까 두고 가신 게 아니고요? 에스텔 님에게는 정령이 있으니까, 이제 제가 필요 없는 게 아닌가요."

"그렇지 않아!"

난 손을 뻗어서 앤의 손을 덥석 잡았다. 앤이 마법사건 아니건, 나에게는 자매처럼 소중한 존재다.

하지만, 앤에게 필요한 말은 그게 아니겠지.

"앤은 내 마법사야. 앤만이 내 마법사라고. 난 앤의 능력을 믿고 있고, 네 능력이 필요해. 언제든지 등을 맡길 수 있고 신뢰할 수 있는 상대가 앤이야. 날 위해서, 일해 줬으면 좋겠어."

그 말에 앤이 고개를 들어 날 바라보았다.

"정말이세요?"

"정말이야. 그렇지 않으면 앤에게 내 소중한 사람들을 맡길 리가 없잖아?"

그제야 앤의 얼굴이 풀렸다. 그녀가 내 손을 마주 꽉 잡았다가 놓으며 고개를 돌렸다.

"그 제안 받아들이겠어요."

드래곤을 향해 그녀가 뚜렷하게 말하자 드래곤이 히죽 웃었다.

"좋지."

"잠깐, 둘이 무슨 거래 한 거야? 뭐야? 뭔데? 앤에게 이상한 짓 하기만 해 봐!"

내가 버럭 소리를 지르며 몸을 일으키자, 앤이 내 팔을 잡으며 고개를 저었다.

"아니에요. 제가 결정한 사안이에요. 걱정하지 않으셔도 괜찮아요."

"하지만—"

"정말로요. 절 믿어 주시는 거죠?"

아, 그렇게 나오면 아무 말도 할 수가 없잖아.

"알았어."

한숨과 함께 난 도로 자리에 털썩 앉았다. 드래곤은 재미있는 일이 생겼다는 듯이 싱글싱글 웃었다.

으, 불길해. 불길해.

내 걱정과 상관없이 앤은 더없이 고민을 털어낸 상쾌한 얼굴이었다. 장미를 책상 위에 올려두고, 앤은 드래곤과 할 이야기가 있다며 정중하게 나를 쫓아냈다.

어깨를 늘어트리며 쫓겨나서 난 기사단실로 향했다.

기사단실은 모처럼 사람이 가득 북적여 소란스러웠다. 올타 관문 이야기도 나오는 걸로 봐서, 당장 달려가고 싶어 하는 기사들도 있는 것 같았다.

"아가씨!"

엘런이 연무장 근처를 힐끔거리는 날 눈 좋게 발견하고 소리쳤다.

"엘런!"

나도 그녀의 이름을 부르며 후다닥 달려갔다. 다른 기사들이 얼른 정중하게 인사해 와서 난 괜찮다고 말했다.

"엘런, 무사해서 다행이에요."

"한 것도 없는걸요. 그보다—"

엘런 날 위아래로 훑어보았다.

"아가씨, 정말 많이 변하셨네요."

"그래요?"

"네. 정말로요. 음, 갑자기 어른이 되어 버리셨는걸요."

"다들 그렇게 이야기하더라고요."

그냥, 드레스랑 스타일을 좀 바꾼 것뿐인데…….

그렇게 말하니 엘런이 고개를 저었다.

"아니에요. 겉치장만 변한 게 아니라, 분위기가 완전히 변하셨어요. 정말, 잠깐 보지 않은 것뿐인데 어느새……."

엘런이 중얼거렸다.

"진이랑 에멜은?"

내 물음에 엘런이 싱긋 웃었다.

"두 사람 다 무사해요. 보러 가시겠어요?"

"네, 갈래요!"

당연하죠? 하고 난 고개를 끄덕였다. 안으로 들어가려 하니 엘런이 멈춰 섰다.

"잠시만요. 제가 가서 이야기할게요."

"내가 가도 괜찮은데—"
"안 돼요."
단호하게 말하고 엘런은 "기다리세요." 하고는 총총 기사단실로 떠났다. 멀뚱히 서서 기다리는데 익숙한 사람이 말을 걸어왔다.
"공녀님."
"어? 렌 경."
웃으며 인사하자 렌이 다시 고개를 푹 숙였다.
"저, 렌 경."
"네."
"제가 혹시 경에게 뭔가 잘못한 게 있나요?"
"네?"
렌이 놀라 고개를 들었다. 난 갸웃하며 물었다.
"아뇨, 뭔가 저랑 눈 마주치는 걸 싫어하시는 것 같기에……."
앗, 말하고 나니 생각난 건데, 분홍색 눈이라서 그런가?
익숙하지 않으면 좀 징그러워 보일 수도 있고.
"혹시 제 눈 때문인가요?"
내 말에 렌이 고개를 저었다.
"아뇨! 절대로 아닙니다! 공녀님의 눈은 정말로 아름답다고 생각합니다."
어—
어쩐지 얼굴이 붉어졌다. 우와, 그렇게 큰 소리로 말해 주실 필요는 없었는데요.
렌도 자신이 소리치듯 말한 걸 깨달았는지 얼굴이 붉어졌다. 난 어색하게 말했다.
"그, 어, 음. 고마워요."

"아뇨. 죄송합니다. 저기, 그러니까— 눈동자가 정말로 예쁘다고, 보석 같다고 할까. 이상하다고 생각하지 않습니다."

렌은 몇 번이나 같은 말을 반복했다. 이쯤 되니 어쩐지 웃음이 나와 난 살며시 웃으며 말했다.

"저도 렌의 눈동자가 예쁘다고 생각해요."

"네? 네?"

렌이 뜻하지 않은 말을 들었다는 듯 되물었다. 그의 눈이 동그랗게 되었다가, 순식간에 얼굴이 새빨갛게 변해 버렸다. 잘 익은 사과 같은 색이었다.

"어, 음. 가, 감사합니다."

어쩐지 내가 더 당황스러웠다. 괜히 말했나? 하긴 남자에게 이런 칭찬은 좀 아닌가?

게다가 동료들이 다 있는 데서?

"재미있는 이야기를 하시는 모양이네요."

높고 밝고 명랑한 목소리에 난 휙 옆을 돌아보았다.

"에멜!"

에멜이 생글생글 웃으며 내 쪽으로 걸어왔다.

"오랜만이에요, 아가씨. 아니 오랜만이 아니던가요?"

난 웃으며 에멜에게 덥석 안겼다. 에멜이 움찔하더니 한숨을 내쉬었다.

"다시 만나서 반가워요. 그때, 꿈 아니었죠? 진짜 에멜이었죠?"

"네. 진짜 저였어요."

에멜이 낮게 말하고 어깨를 붙잡아 날 살짝 밀어냈다. 어라? 하며 밀려나자 그는 곤란한 듯한 얼굴을 하고 있었다.

"에멜?"

내가 의아해서 그를 부르자 에멜은 살짝 웃어 보이고 렌을 돌아보았다.

"그만 가 보는 게 좋겠네."

렌은 굳은 얼굴로 "실례했습니다." 하고 대답했다. 난 렌에게 손을 흔들어 주었다.

"잘 가요, 렌. 칭찬 고마워요."

"아뇨, 아닙니다."

렌은 고개를 휙휙 젓고는 얼른 가 버렸다.

"언제 그렇게 가까워지신 겁니까?"

에멜의 물음에 난 갸웃했다.

"렌 경이랑요? 그렇게 가까운 사이는 아닌데요."

"그런가요?"

"그래요."

내 말에 에멜은 좀 미심쩍다는 얼굴을 했지만 곧 표정을 지우고 웃어 보였다.

"무사하셔서 다행입니다."

"저도 강하다고요?"

작게 소곤거리자 에멜이 희미하게 웃었다.

"압니다. 하지만 그래도 걱정되는 건 어쩔 수가 없지요. 아가씨에게 그런 일은 시키고 싶지 않았는데요."

그런 일.

사람을 죽이는 걸 말하는 거겠지? 난 입술을 내밀며 말했다.

"그런 일, 이라고 하지 말아요. 다들 소중한 걸 지키기 위해서 하는 일이잖아요?"

내 말에 에멜은 그저 미소만 지었다. 그의 손가락이 아주 조심스럽게 내 눈가를 스쳤다. 내가 울고 있는 걸 달래듯이 말이다.

"아가씨가 우는 건 싫거든요."

"이제 안 울어요."

"그렇다면 다행이고요."

에멜의 말에 나는 다시 에멜을 와락 끌어안았다.

"에멜도 무사해서 진짜진짜 다행이에요. 걱정 엄청 했어요."

에멜은 낮게 신음을 흘리고 내 등을 토닥인 후에 말했다.

"아가씨, 이러기에 아가씨는 이미 너무 자라셨다고요."

"그게 무슨—"

말이냐고, 묻기 전에 에멜이 날 떼어놓고 싱긋 웃었다. 그의 표정이 낯설게 느껴져서 난 눈을 동글게 떴다.

"정말로 못 보던 사이에 완전히 변하셨네요."

"그 말 너무 많이 들어서 이제 지겨워요."

"익숙해지셔야 할걸요."

그때 "아!" 하고 엘런의 목소리가 들려왔다.

"뭐야? 언제 나와 있었어? 찾았잖아."

"좀 전에."

에멜이 손을 떼며 씩 웃어 보였다. 엘런은 진과 함께 가볍게 걸어왔다. 난 진을 바라보고 미소 지었다.

"무사해서 다행이에요. 오랜만이에요, 진."

"아가씨께서도 강녕하셔서 다행입니다. 많이 어른스러워지셨군요."

"또 그 이야기네요."

내가 킥킥거리며 말하자 엘런이 "정말이라니까요?" 하고 고개를 끄덕였다. 그녀가 에멜을 쿡 찌르며 말했다.

"그렇지 않아?"

"그래."
에멜이 긍정했다.
'그렇게 변했나?'
변하기를 바라기는 했지만, 그래도 한 번에 바뀔 거라고는 생각 못 했는데, 요즘 계속 저런 말을 듣는 것 같다.
'역시 옷차림 때문일까?'
확실히 외적인 게 크기는 크겠지, 하고 있는데 진이 말했다.
"돌아오면 로이에게 한 소리 들을 거라고 생각했는데 말입니다."
난 고개를 들어 진을 보았다. 그리고 나 역시도 쓰게 웃으며 말했다.
"로이에게 한 소리 하게 생겼네요."
"그렇죠. 할 수만 있다면 당장이라도 출정하고 싶지만……."
엘런이 입술을 깨물었다. 에멜이 고개를 저었다.
"단장님도 공작님도 그러실 생각이 없으신 듯하니까."
"안 그래도 그것 때문에 아빠랑 다퉜어요."
나도 한숨을 내쉬었다. 엘런의 보라색 눈동자가 반짝했다. 그녀가 내 팔을 붙잡으며 물었다.
"카를 도련님에게 가실 생각이신가요? 그렇다면 꼭 저도—"
"엘런 피즈."
에멜이 날 붙잡은 엘런의 손목을 잡았다. 그가 가볍게 내 팔에서 엘런을 떼어 내며 말했다.
"그건 아가씨께서 정하실 일은 아니야. 네가 조를 일도 아니고."
에멜의 표정도, 말투도 둘 다 싸늘해서 엘런은 움찔했다. 엘런이 에멜에게서 떨치듯 자신의 팔을 빼내고 말했다.
"죄송합니다."
"아냐, 나도 오라버니가 걱정되니까요. 문제는 아빠가 조금도 오라버니를 걱정하지 않으신다는 거지만요."

"그야 카를 도련님은 마스터고……."

중얼거리다가 엘런은 고개를 저었다.

"로이도 바보는 아니니까요."

"그리고 부쩍 실력이 좋아졌으니까."

진이 위로하듯 엘런에게 말했다. 그녀가 입꼬리를 올리며 고개를 저었다.

"그게 걱정이야."

"그런가……."

진이 납득하며 고개를 끄덕여 난 의아해졌다.

"실력이 올랐는데, 왜 그게 걱정이에요?"

"그럴 때일수록 방심하게 되니까요. 무모해질지도 모르고요."

엘런의 설명에 나는 '아' 하고 고개를 끄덕였다. 뭐, 정령을 등에 업고 선두에 당당히 선 나로서는 이해가 되는 이야기다.

"너무 걱정하지 않아도 괜찮을 거예요."

내 위로에 엘런은 "그렇겠죠." 하고 희미하게 웃었다. 그녀가 날 보고 말했다.

"아가씨, 눈에 졸음이 한가득이에요."

"어, 그래요?"

"그러고 보니 린폴드에서 이제 막 도착하셨죠? 피곤하실 텐데— 저희까지 보러 와 주셔서 감사합니다."

엘런의 말에 난 펄쩍 뛰며 고개를 저었다.

"아녜요. 찾아오는 게 당연하죠."

에멜이 웃으며 말했다.

"제가 바래다 드리겠습니다."

"어, 아니. 진이 데려다줄 거야."

난 진을 당기며 말했다. 에멜의 눈썹이 슥 올라갔다가 그가 한 발 물러나며 말했다.

"좋으실 대로."

"응, 나중에 봐요."

손을 흔들고 나는 걷기 시작했다. 진이 내 뒤를 따라왔다. 내가 씩 웃으며 작게 말했다.

"아직 스테파니랑 얼굴 못 봤죠?"

내 말에 진이 눈을 크게 떴다. 그의 얼굴이 붉어졌다.

"어떻게……?"

"다 아는 수가 있지요."

스테파니가 이야기했다는 말은 하지 않았다. 고지식한 진의 성격상 그러면 화낼 것 같았으니까.

내 방에 도착해서 난 진을 당겼다.

"들어와서 차라도 한잔하고 가요."

진이 곤란한 얼굴을 해서 난 가볍게 혀를 내밀었다.

"같이 차 마시는 거 싫어요?"

"그건 아닙니다만."

"그럼 마시죠."

진과 함께 안으로 들어가자 스테파니가 자리에서 벌떡 일어났다. 그녀는 뭔가 한 걸음 앞으로 나오다가 멈춰 섰다. 내가 그녀에게 말했다.

"진이랑 차 한잔하기로 했어. 나 옷 갈아입고 나올 테니까, 잠깐 부탁할게."

"네, 아가씨."

제인이 대신 인사하고 스테파니의 옆구리를 쿡 찌르고는 얼른 찻잔을 가지러 갔다. 애니는 옷 갈아입는 걸 도와주겠다고 날 따라 들어왔다.

편한 옷으로 갈아입자 본격적으로 졸음이 몰려왔다.

"졸려……."

내가 웅얼거리자 애니가 내 얼굴을 가볍게 쓸어 주며 말했다.

"그냥 주무시겠어요? 피곤해 보이세요. 그렇게 피곤하지 않으시면 뭐라도 먹고 주무시는 게 낫겠지만……."

"음, 그냥 좀 잘래요. 진에게는 미안하다고 전해 주겠어요?"

애니가 "알겠습니다." 대답하고는 얼른 다시 내 옷을 벗기고 잠옷으로 갈아입혀 주었다. 눈이 당장이라도 감길 것 같았다. 잠옷으로 갈아입자마자 난 침대에 몸을 던졌다. 그리고 애니가 문을 닫고 나가기도 전에 잠이 들었다.

* * *

저절로 눈이 떠졌다.

'어, 아직 밤인가……?'

난 눈을 비비고 침대에서 몸을 일으켰다. 길게 하품을 하고 창가로 나가 커튼을 열어 보니, 역시나 밤이었다.

'너무 일찍 자서 일찍 깼나 보다. 곧 해 뜨는 건가?'

정원을 내려다보다가 문득 걷고 싶다는 생각이 들었다. 누구를 깨우기도 그래서, 대충 잠옷 위에 숄을 걸치고 살그머니 하인 통로를 통해서 밖으로 나왔다.

깊게 차가운 공기를 들이마시니 정신이 맑아지는 기분이었다.

"하, 좋다."

새벽 공기는 장미 향기에 푹 젖어 있어서, 그 가운데 서 있는 것만으로도 장미향이 온몸에 밸 것 같았다.

맨발로 나와서 정원으로 들어갈 수는 없어, 그저 정원 근처의 회랑을 걷고 있었는데 그것만으로도 향기가 이 정도였다.

"……공녀님……?"

느닷없는 목소리에 놀라 돌아보니 렌이 눈을 휘둥그레 뜨고 서 있었다. 손에 물병을 들고 있는 걸 보니 씻을 물이라도 가져가는 걸까?

"렌 경."

난 숄을 살짝 여미며 웃어 보였다. 렌이 허둥지둥 내 쪽으로 다가오다가 멈춰 섰다. 내 차림을 보고 당황한 얼굴이었다. 난 내 잠옷을 내려다보았다. 뭐, 그래도 평소에 입는 드레스보다 파인 편은 아닌데?

아, 맨발인 게 문제가 될까. 무릎 아래에서 잘린 잠옷은 내 맨발과 종아리를 고스란히 드러내고 있었다.

그래, 아무래도 사람에게 보일 차림은 아니다.

렌이 고개를 옆으로 돌리며 물었다.

"이 시간에 어쩐 일이십니까?"

"잠이 깨 버려서요. 일찍 잤더니, 너무 일찍 일어나 버렸네요. 렌 경은 무슨 일이세요?"

"물통이 비어서……."

"아, 부지런하시네요."

"그런 건 아닙니다."

렌은 그렇게 말하며 날 힐끔 돌아보았다. 어둠 속이라 표정이 잘 보이지 않았다. 회랑의 불은 당연히 다 꺼진 상태여서, 빛이라고는 비스듬히 비치는 달빛뿐이었다.

"지금 몇 시쯤이에요?"

"새벽 4시쯤 되었습니다."

"그런데 물통 때문에 나온 거예요?"
놀라 되묻자 렌이 면구스러운 듯 망설이다가 말했다.
"막내에 가까워서요."
아아, 그렇구나. 귀찮은 것은 막내를 시킨다는 거구나.
"고생이 많아요."
그렇게 말하며 난 갸웃하고 물었다.
"혹시 괴롭힘을 당하거나 그런 거라면—"
"괜찮습니다."
렌의 대답은 빠르고 단호해서, 난 안심하며 고개를 끄덕였다. 괴롭힘이 일어나지 않는 건 좋은 거죠.
우리 둘은 아무런 말도 없이 잠시 서 있었다. 음—
"가 봐도 괜찮아요. 괜히 잡아서 미안해요."
내가 웃으며 말하자 렌이 고개를 저었다.
"아닙니다."
그리고 그는 가지 않고 그 자리에 멈춰서 있었다.
"렌 경?"
난 그쪽으로 한 걸음 다가갔다. 무슨 일이 있는 건가?
"괜찮아요? 뭐 할 말 있으면 해도 괜찮아요."
들어줄게요.
역시, 이 새벽에 심부름이라니, 뭔가 괴롭힘은 아니지만— 전에 에멜이 신입들 굴리는 것도 그렇고…….
덜컥 걱정이 되었다.
"아가씨."
렌이 손을 뻗어 내 팔을 덥석 붙잡았다.
"렌 경?"

좀 놀랐다. 그가 내 팔을 잡아 당겨서 난 한 걸음 더 그에게 끌려가듯 다가갔다. 달빛에 비친 그의 얼굴은 괴로운 것 같기도 했고, 답답한 것 같기도 했다.

"감히, 제가 이런 말을 해도 될지 모르겠습니다만—"

"그럼 안 하는 게 좋겠지."

렌이 흠칫하며 내 팔을 꽉 붙잡아서 통증에 난 눈을 살짝 찌푸렸다. 그리고 소리가 들려온 렌의 등 뒤를 바라보았다.

아.

에멜이 저렇게 싸늘한 표정을 내 앞에서 하고 있는 건 처음 봤다.

"에멜."

어쩐지 반가운 기분이었다. 한 발 앞으로 나가는데, 렌이 잡은 팔을 놓아주지 않았다.

"렌?"

"그 팔을 놓고 삼 초 안에 꺼져."

에멜이 경고하듯, 낮게, 내가 한 번도 들어본 적 없는 어조로 말했다. 렌이 이를 악물고 에멜을 돌아보았다.

"렌, 잠깐, 아파요."

팔을 당기며 말하자 그가 흠칫 놀라며 뜨거운 것에 닿은 듯 내 팔을 놓았다.

"죄송, 실례했습니다. 아가씨."

인사하고 렌은 도망치듯 그 자리를 빠른 걸음으로 떠났다. 그 뒷모습을 지켜보는데 에멜이 내 어깨를 붙잡아 돌리며 말했다.

"이 시간에, 그 차림으로 뭘 하고 계시는 겁니까?"

"어, 음. 산책이요?"

갸웃하며 말하자 에멜은 혀를 찼다. 에멜이 혀를 찼어!

"맨발을 다 내놓고 말씀이시죠."

"음, 역시 이건 좀 그렇죠. 설마 사람을 만날 거라고는 생각을 못 해서……."

이 새벽에 이 회랑에 사람이 올 거라고 누가 생각했겠어요.

에멜의 눈이 가늘어졌다.

"아가씨, 아가씨는 더 이상 어린아이가 아닙니다."

"당연하죠?"

"당연하다고 하시면서, 그게 어떤 의미인지 모르시는 것 같군요."

에멜이 바싹 다가와서 섰다. 난 눈을 동그랗게 뜨고 그를 올려다보았다.

살며시, 하지만 강하게 에멜의 손이 내 손목을 붙잡았다. 손목이 붙잡힌 것뿐인데도 어쩐지 전신을 옴짝달싹할 수가 없었다.

에멜이 내 쪽으로 몸을 숙였다. 헉 하고 가볍게 난 숨을 삼켰다. 날 붙잡지 않은, 반대쪽 손가락이 천천히 내 뺨을 훑었다.

아니, 훑지 않았다. 미세한 간격을 띄우고, 절대로 내 피부에 닿지 않으면서 그의 손이 내 뺨과 목덜미를 쓸고 내려가는데도, 열기가 느껴졌다.

"어, 어떤 의미인데요?"

간신히 벗어나고자 입을 열었더니 에멜이 희미하게 웃었다.

"어떤 의미인 것 같습니까?"

그가 오히려 되물었다.

심장이 쿵쿵 소리를 내며 높이 뛰었다. 난 그에게서 손목을 빼내려고 했지만 조금도 움직일 수 없었다.

"남자들이 아가씨를 지금까지와는 전혀 다른 눈으로 본다는 의미지요."

그의 낮은 목소리가 등줄기를 타고 달려 내려가는 기분이었다. 살갗에 소름이 돋았다.

춥지도 않은데 말이다.

에멜의 눈동자는 예쁜 캐러멜 색. 허니 버터 같은 금색이 보고 있으면 달콤한 냄새가 날 것 같은, 그런 눈동자라고 생각했다.

하지만 지금은 완전히 달랐다.

캐러멜은 끈적하고, 달콤하고, 빠지면 달아날 수 없지.

식초보다 꿀에 빠져 죽는 파리가 더 많다던가?

어쩐지 그런 느낌이었다. 에멜에게서 눈을 돌리고 싶지만, 눈을 돌릴 수가 없었다.

맹수와 눈을 마주 보고 있는 것처럼, 눈을 돌리면 당장에 날 물어 버릴지도 모른다는 느낌이 들었다.

"에, 에멜……."

왜인지 애원하듯 목소리가 나왔다. 뭘 애원하는지는 나도 모르겠지만.

내 뺨과 목을 쓸고 지나간 손이 내 허리에 닿았다. 따듯하고 부드러운 손이지만, 어—

코르셋이 없는 맨살에 그대로 손이 닿자 어쩐지 열이 확 올라오는 기분이었다.

"살결은 매끄럽고, 좋은 향기가 나죠. 풀어헤친 머리카락은 황금빛이고—"

늘어놓는 말은 분명히 칭송인데 야하게 들려와 참을 수가 없었다.

왜죠?

그냥 외모를 칭찬하는 건데?

"그리고 그 바닥이 비칠 듯한 투명한 눈동자를 보고 있으면."

에멜의 숨결이 느껴질 정도로 거리가 가까워졌다. 나도 모르게 입술이 벌어졌다. 에멜이 날 놓아주며 한 걸음 물러났다.

"한없이 흉포한 기분이 됩니다."

갑자기 모든 것에서 밀쳐진 기분이라 난 멍하니 에멜을 바라보았다. 갑자기 추워진 기분이었다.

좀 더.

좀 더 에멜이 만져 줬으면 좋겠다.

이어서 떠오른 문장에 난 확 얼굴이 붉어지는 걸 느꼈다.

"어, 음, 그러니까, 음. 조심할게요."

시선을 바닥으로 떨구고 허둥지둥 양 뺨을 누르며 말하자 에멜에게서 대답이 돌아오지 않았다.

슬쩍 올려다보니 에멜은 놀란 얼굴이었다. 나도 모르게 "에멜?" 하고 그를 부르니 그가 나에게서 주춤 물러났다. 그가 "하." 하고 짧게 웃고 제 머리카락을 넘긴 후에 말했다.

"경고는 아가씨만을 위한 건 아닌 것 같습니다."

"에멜?"

다시 그를 부르니 그는 얼굴을 쓸어내리고 평소처럼 씩 웃었다.

"하여간 이제 이런 차림으로 돌아다니지 마세요."

"알았어요."

작게 대답은 했지만, 아까 에멜의 얼굴과 말투는 잊을 수가 없었다. 아니 오히려 더 뚜렷해지는 것 같았다. 그래서 나는 그에게로 한 걸음 내디뎠다. 그러자 에멜은 한 걸음 물러섰다.

"에멜?"

내가 작게 그를 부르고 손을 뻗었다.

좀 더 와요, 평소처럼 안아주고, 만져줘요.

그런 표정으로 그를 올려다보며 팔을 벌리니 에멜은 짧게 한숨과 신음을 삼켰다.

"에멜."

내가 한 번 더 그를 부르자 에멜은 길게 숨을 내쉬고는 제 망토를 벗더니 훌쩍 내게 두르고 날 안아 올렸다.

"들어가 보시는 게 좋을 것 같네요."

"응."

에멜의 말에 난 고개를 끄덕였다. 그리고 팔을 뻗어 그를 꽉 끌어안았다. 에멜의 체온은 따뜻하고 기분 좋은 냄새가 났다. 내 심장이 아주 크게 쿵쿵 뛰는 소리가 났다. 나는 그를 안은 팔에 힘을 주었다.

만족스러운 기분이 들었다.

에멜은 아무 말도 없이 내 방 앞에 날 내려주었고, 난 후다닥 안으로 들어와 침대에 몸을 던졌다.

'뭐야? 방금 뭐였어?'

전력 질주라도 한 것처럼 심장이 뛰었다.

베개에 얼굴을 콱 묻고 나는 뛰는 심장을 진정시키려고 노력했다.

에멜.

에멜 아스트라다.

에멜은 항상 내 에멜이었다. 당연히 내 곁에 있었고, 항상 내 편이었고, 그리고, 그리고.

'남자였지.'

새삼 깨달아 뺨이 달아올랐다.

'미쳤어. 미쳤어, 에스텔 카스티엘로. 그만 좀 뛰어라, 심장아.'

키스하는 줄 알았다.

그대로 에멜이 나에게 입 맞출 거라고 생각했고, 그 생각을 했는데도 도망치고 싶은 마음이 들지 않았다.

'에멜은 별 뜻이 아니었을 거야.'

한밤중에 남자랑 단둘이 만나면 안 됩니다, 하고 경고를 해 준 거잖아. 경고치고는 너무 가깝지 않나 싶기는 하지만, 그야 그에게 난 여동생 같은 느낌일 테고. 나도 에멜을…….

오빠처럼?

아니, 그건 아냐. 카를이 아무리 멋있다고 해도 이런 느낌은 아니잖아.

결국 타인은 타인이니까…….

눈이 말똥말똥해졌다. 침대 속에서 발버둥치고 있는 만큼, 잠이 올 것 같지가 않았다.

난 결국 이불을 박차고 다시 침대에 앉았다. 아직도 얼굴이 화끈거렸다.

에멜의 목소리가 안에서 계속 맴도는 것 같았다.

에멜 목소리가 그렇게 좋았었나.

눈동자도 정말 예뻤지.

'아니, 그만 좀 생각해라.'

생각할수록 더욱 얼굴이 붉어지고 참을 수 없이 목이 꽉 막히는 기분이었다.

어? 잠깐.

나 에멜을 좋아하나?

스스로 생각해 놓고도 숨이 턱 막혀 왔다.

그래, 그랬던 거야. 이 독점욕도, 스테파니를 향했던 시기나 질투도 전부 거기서 비롯된 거라면 이해가 된다.

'나 에멜을 좋아하는구나.'

심장이 마구 뛰어서 난 가슴께를 움켜쥐었다.

'꺄아아—!'

이불을 걷어차며 난 다시 머리를 베개에 묻었다.

'어떻게 하지? 내일부터 에멜 얼굴을 어떻게 본담?'

고민하다가 날이 밝았다. 잠을 더 자야 할 것 같은데, 잠이 오지 않았다.

여러 가지 가능성들이 머릿속을 지나갔다.

'그냥 가깝고 친절하고 잘생긴 남자라서?'

그러면 로이랑 진에게는?

설레나?

난 팔짱을 끼고 진지하게 고민해 보았다. 만약에 로이와 진이 아까 에멜처럼 나에게 바싹 접근한다면…….

'음, 두근거릴 것 같은데.'

둘 다 잘생긴 남자고.

아, 그러고 보니 다들 남자라고 생각해 본 적이 없구나. 그냥 너무 가까운 존재여서…….

하지만 객관적인 눈으로 보니, 확실히 셋 다 잘생겼고.

'한번 부탁해 볼까?'

진에게 벽쿵이라든가를 부탁하면…….

'진은 고지식하니까 안 해 줄 것 같아. 이런 건 로이에게 부탁해야 하는데…….'

로이는 이 자리에 없다. 카를을 따라서 가 버렸으니까.

실타래처럼 생각이 꼬리를 물고 이어져서, 난 내 계약자를 불렀다.

'알파.'

—다녀올까?

밑도 끝도 없는 말이지만, 무슨 뜻인지 알 수 있었다.

카를에게 다녀올까?

하는 물음이다. 난 피식 웃으며 무릎을 모아 안았다.

'응, 부탁할게요.'

—계약자의 부탁이라면.

알파의 기척이 사라졌다. 카를에게 간 거겠지. 사람이 말을 타고 가는 것보다는 알파 쪽이 더 빠를 테니까. 그리고 지금은 엔드가 있고…….

난 가볍게 미소를 지었다.

'생각해 보면 레이몬드 후작가가 그냥 패배 선언을 할 만도 한데.'

자몬 후작가는 패배했고, 아빠도 돌아왔다. 레이몬드 후작가 혼자서 버티기에는 너무 힘드니까.

그냥 패배 선언을 하고, 종전하는 게 낫지 않나? 켈슨이 배상금을 금화 한 장까지 닥닥 긁어내기는 하겠지만, 그 정도야 뭐, 당연히 각오했겠지.

난 침대에서 내려왔다.

어차피 더 뭉개고 있어 봐야 잠도 오지 않으니 건설적으로 하루를 시작하는 것도 나쁘지 않겠지.

'게다가 엄청 배고파…….'

어제 저녁도 못 먹고 잠자리에 들었다. 점심도 노상에서 가볍게 때운 게 전부였고.

'제대로 된 밥, 먹고 싶다.'

조금 이르지만 아침 식사를 부탁할까?

에멜을 좋아한다는 걸 조금 전에 깨달았지만, 그래도 배가 고픈 건 배가 고픈 거다.

둘은 다른 거 아니겠어요?

낭만적인 생각을 하면서도 식욕이 당길 수 있는 거죠.

그렇게 생각하며 살그머니 설렁줄을 잡아당겼다. 금방 문이 열리고 제인이 싱긋 웃으며 들어왔다.

"아가씨. 일찍 일어나셨네요?"

익숙한 얼굴, 익숙한 말.

저택으로 돌아온 게 확 실감 나서 나도 웃으며 말했다.

"응, 배고파서."

"어머, 정말 그러시겠어요. 얼른 아침을 준비하라고 할게요."

제인이 고개를 끄덕였다. 이어 애니가 들어오며 물었다.

"먼저 씻으시겠어요?"

"응, 뜨거운 물! 목욕할래!"

"그것도 준비하겠습니다."

애니가 고개를 끄덕였다.

모처럼의 목욕은 즐거웠다. 배가 고파서 오래 즐기지는 못했지만 말이다. 머리부터 발끝까지 전부 깨끗하게 씻고, 단장하고, 푸짐한 아침 식사로 위를 채웠다.

버터와 시럽이 가장자리로 뚝뚝 흘러내리는 황금색 팬케이크와 뽀득뽀득 알알이 육즙이 터지는 소시지, 아삭아삭한 샐러드, 갓 짜낸 고소하고 차가운 우유.

모든 것이 너무 맛있어서 난 더 이상 먹을 수 없을 때까지 음식을 먹었다. 목욕할 때 애니가 나보고 살이 빠진 것 같다며 걱정을 했지만, 내가 먹는 걸 보니 걱정이 풀린 모양이다.

그렇습니다. 제가 좀 많이 먹었지요.

식사를 끝내고 모처럼의 여유—를 즐긴다는 핑계로 혼자서 생각을 좀 정리하려 도서관으로 향하는데 알파가 말을 걸었다.

—이미 이쪽으로 오고 있던데.

'어? 정말? 다들?'

—그래, 내일쯤이면 저택에 닿을 것 같은데.

'진짜? 다행이다. 하지만 미리미리 전령을 보내주면 좋을 것 같은데. 카를은 어째서 그렇게 하지 않는 걸까.'

—전령도 오고 있다. 점심때쯤 도착할 것 같더군.

'그렇구나. 다들…… 무사해?'

—다들이라면?

'음, 카를이랑 제온이랑 로이랑?'

—셋 다 살아 있지.

알파의 가벼운 말에 난 안도하며 가슴을 쓸어내렸다. 셋 다 무사하다니 다행이다.

난 도서관으로 가서 책을 펼쳤다. 하지만 글자가 눈에 잘 들어오지 않았다.

에멜과 있었던 일만 머릿속에서 다시 맴돌고 맴돌았다.

'으, 앤에게 이야기라도 해 볼까.'

상담할 만한 다른 사람이 떠오르지 않아 앤을 찾아갔더니, 앤은 뭔가 중요한 연구를 하는 중이라며 죄송하다고 말했다.

"중요한 일이신가요?"

앤의 말에 난 고개를 저었다. 앤의 뒤쪽에서 드래곤이 히죽거리며 손을 흔들었다. 저절로 눈이 가늘게 떠졌다.

내가 앤에게 속삭였다.

"저 드래곤이 앤에게 이상한 짓 하면 바로 이야기해. 아니 그냥 신호만 보내도 돼."

내 말에 앤이 후후 하고 웃고는 고개를 저었다.
“아니에요. 제가 도움을 받고 있어요.”
“진짜?”
“네.”
“그렇다면 다행이지만.”
안도의 숨을 내쉬자 앤이 진지하게 내 손을 잡으며 물었다.
“아니면 따로 시간을 낼까요? 잠깐이라면 괜찮아요.”
“아냐, 중요한 이야기는 아냐.”
난 고개를 저었다.
“나중에 이야기해도 되니까. 연구 열심히 해.”
“네.”
앤이 웃으며 씩씩하게 대답해서 나도 웃으며 손을 놓아주었다.
엘런……에게 이야기하기도 그렇고. 제인이나 스테파니도 좀 그렇지. 아무래도 둘 다 내 시녀다 보니…….
진짜로 이야기할 사람이 없네.
리리아에게 이야기해 볼까? 하지만 편지로 적기에는 너무 민망하단 말이지.
‘이럴 수가. 나 의외로 사람이 없잖아?’
생각해 보면, 친구를 사귈 만한 일이 없었지.
‘이번에 수도에 가면 본격적으로 친구 사귀기에 돌입해야겠어.’
사교계 쪽에서 많이 뒤처진 것 같기도 하고—
‘살롱과 티파티와 파티를 전전하며! 여자 친구들을 잔뜩 만드는 거야!’
사실은 아카데미를 가고 싶었지만, 그쪽은 이미 물 건너간 거니까 어쩔 수 없지.
한숨을 삼키고 난 다시 책으로 시선을 돌렸다.

'아.'

책을 위아래 거꾸로 펼쳤다.

'민망한데.'

"공부하시는 것 같지는 않군요."

갑작스럽게 들려온 목소리에, 놀라 난 아래를 내려다보았다. 사다리 꼭대기에 앉아 책을 펴놓고 있던 중이어서 금방 상대를 찾을 수 있었다.

하델이 사다리를 붙잡고 날 올려다보고 있었다.

"선생님!"

난 얼른 사다리를 타고 내려왔다.

"돌아오셨으면 인사 정도는 해 주셨으면 했는데요."

"아직까지 계실 줄은 몰랐어요."

"……."

"죄송합니다."

하델의 표정에 난 얼른 허리를 숙여 사과했다.

죄송해요! 그런데 진짜 아직까지 계셔 줄 거라고는? 누가 말 좀 해 줬으면 좋았을걸!

부끄럽다.

으으 하고 신음을 삼키는데 머리 위에서 하델이 한숨을 내쉬었다.

"어쩔 수 없지요. 정신이 없으셨을 테니, 한 번 봐드릴까요?"

"감사합니다."

하델이 내 손에서 책을 빼가서 표지를 훑어보았다.

"가스트라트의 천체 이론에 대한 표하일의 반박과 그에 대한 최신 천체 연구 동향."

'그런 책이었나?'

"재미있으십니까?"

"어, 네, 조금, 천체에 관심이 생겨서……."
더듬더듬 변명을 하니 하델이 나에게 책 표지를 보여 주었다.

[올란드 뿌리 요리법]

"……."
이마에 식은땀이 흘렀다.
"거짓말을 하는 제자는 싫군요."
하델의 말에 난 한숨을 푹 내쉬며 그의 손에서 책을 빼앗아서 옆의 북카트에 던지듯 놓았다.
"딱히 거짓말을 하려던 건 아니었어요. 그냥, 머릿속이 복잡해서 아무 책이나 꺼내 들었거든요."
"머리를 식히고 싶으시면 저 안쪽으로 들어가서 고르시는 게 나을 겁니다."
"추천 감사합니다."
다시 한숨을 내쉬며 말하다 문득 궁금해져서 물었다.
"그런데 선생님은 계속 여기 계셔도 괜찮으신 거예요? 연구는 잘되고 계시나요?"
"연구 결과를 내놓으라고 독촉하시는 겁니까?"
"네? 아뇨, 아니에요! 그게 아니라, 그 실험 같은 거 하면 자리를 비울 수가 없잖아요. 그런데 괜찮으신가 하고……."
내 말에 하델이 피식 웃고 내 머리를 쓰다듬으려 하다가 손을 내렸다.
"실험을 하지는 않으니 괜찮습니다."
"그럼 뭘 연구하고 계신 거예요?"
"제곱을 해서 -1이 되는 수는 없는 걸까요?"

"네……?"

"거듭제곱을 하면 0이나 양수가 됩니다. 음수를 제곱해도 양수가 나오지요. 그럼 답이 두 개가 됩니다. 하지만 잘못된 것 같지는 않더군요. 그렇다면 뭔가 다른 수가 있는 거겠지요."

수학……. 연구하는 게 수학이었구나…….

"죄송해요. 모르겠어요."

솔직하게 이야기하자 하델이 피식 웃었다.

"알아들으실 거라고는 생각하지 않았습니다."

윽.

찔리지만, 뭐랄까. 하델은 저렇게 말해도 별로 깔본다거나 하는 기분이 들지 않는다.

"하여간 뭔가 찾으신다는 거죠?"

"찾는다기보다는, 존재를 증명하는 거지요."

"그렇군요."

난 이해하는 척하며 고개를 끄덕였다. 수학은 정말로 취약이다.

"그래서, 공녀님의 고민은 뭡니까?"

하델의 물음에 난 고개를 들어 그를 보았다가 다시 땅을 내려다보았다.

으으, 하델에게 설명하기가 좀 그런 문제인데…….

하지만 로이도 없고, 진에게 말하기는 좀 그렇고, 이 문제를 주변에 상담해 볼 사람이…….

난 다시 힐끗 하델을 보았다. 그리고 진지하게 말했다.

"선생님."

"네."

"절 한번 유혹해 주지 않으시겠어요?"

"……."

하델은 대답하지 않고 빤히 날 바라보았다. 새까만 눈동자가 날 꿰뚫어 보는 것 같아서 귀가 확 달아올랐다.

"그게, 아, 제가 잠깐 미쳤었나 봐요. 죄송합니다. 지금 말은 잊어 주세요."

손을 내저으며 연신 죄송합니다, 를 연발하는데 하델이 내 손목을 붙잡았다.

"알겠습니다."

"네??"

"여기는 적합한 장소가 아니군요."

"네???"

하델은 잠시 갸웃했다가 내 손목을 붙잡고 도서관 안쪽으로 이동했다. 난 홀린 듯이 그 뒤를 졸졸 따라서 이동했다.

아무도 없는 도서관 안쪽의 공기는 서늘하고 조용했다. 우리 둘의 발소리만이 높은 천장의 공간을 울리고 있었다.

하델이 책장 사이의 가장 안쪽 벽으로 날 밀어 넣었다.

그리고 천천히 안경을 벗어서 책장에 올려두었다. 내 시선이 그의 손을 따라서 안경을 올려두는 것을 보았다가 다시 그의 얼굴로 돌아갔다.

안경을 벗은 하델은 좀 낯설었다. 하델이 가볍게 자신의 머리를 흐트러트려서 앞머리를 내리니까—

어, 음. 우와?

하델이 한 걸음 다가와서 난 뒤로 물러서다가 벽에 등이 닿았다.

아, 맞다. 가둬져 있지.

그가 팔로 벽을 짚었다. 으아아!

벽쿵!

얼굴이 새빨갛게 달아올랐다. 난 고개를 발끝으로 떨궜다.
“공녀님.”
하델이 속삭였다. 난 대답도 할 수가 없었다. 발만 바라보고 있는데 그가 이어 말했다.
“그렇게 계속 숙이고 계시면, 유혹할 수가 없지요.”
“아, 아, 안 하셔도 될 것 같습니다.”
말꼬리가 떨려 나왔다. 내 목소리 같지도 않았다.
‘아아아아, 민망해!!’
창피하다! 부끄러워!
“에스텔?”
그가 다시 속삭여서 난 양손으로 내 얼굴을 가리며 소리쳤다.
“잘못했어요! 죄송합니다!”
목까지 화끈거렸다. 진짜 내가 미쳤지, 미쳤어.
웃는 소리가 나서 난 손가락을 살짝 벌려 하델을 보았다.
가볍게 웃은 하델은 안경을 집어 들고 뒤로 세 걸음 물러났다. 거리가 생기자 그제야 숨을 제대로 쉴 수 있었다.
하델은 머리를 쓸어 넘기고 다시 안경을 썼다.
“비교가 되셨습니까?”
“네? 네.”
대답하고 나서 난 다시 얼굴이 확 달아오르는 걸 느끼며 물었다.
“어, 어떻게—”
어떻게 내가 비교하려고 그러던 걸 아셨지?
“공녀님의 엉뚱한 발언에는 익숙해져 있습니다.”
하델이 그렇게 말하고 고개를 기울이며 팔짱을 꼈다.
“그래서 비교하게 만든 상대는 어떤 분입니까?”

그 질문에 난 침을 꼴깍 삼켰다.
“비밀이에요.”
내 말에 하델은 별말 없이 고개를 끄덕였다. 그리고 말했다.
“덧붙여서, 이런 식의 부탁은 하지 않으시는 게 좋다고 생각합니다.”
“저도 지금 진심으로 반성하고 있습니다.”
아직도 얼굴이 화끈거렸다.
“세상에서 가장 바보 같은 짓이었어요…….”
“그 정도까지는 아닙니다.”
하델의 정정에 난 한숨을 내쉬며 말했다.
“그럼 한 세 번째라고 해 둘까요?”
내 말에 그가 피식 웃고 책장에 기대섰다.
“공녀님이 겪으셨던 일 덕분에, 공녀님은 온실에서 자란 것과 마찬가지시죠.”
딱히 반발할 말도 아니어서 난 고개를 끄덕였다.
“조금 더 남자에게 익숙해지시는 편이 좋으시겠죠. 하지만 그러기 위한 파트너는 제가 아니었으면 좋겠습니다. 이해하시겠습니까?”
“네. 이해했습니다.”
난 고개를 깊게 끄덕였다.
“제 목숨은 소중하니까요.”
하델이 작게 중얼거리며 책장에서 몸을 떼고 말했다.
“그리고 여자 친구를 좀 더 사귀시는 것도 좋겠죠.”
“지금 통감하고 있어요.”
중얼거리자 그가 날 지그시 바라보다가 시선을 돌리며 말했다.
“아가씨는 좀 더 자신이 남자에게 어떻게 보이는지를 아는 게 좋겠습니다.”

"비슷한 이야기를 얼마 전에 들은 것 같네요."

에멜도 똑같은 이야기를 했었지.

아—

난 다른 점을 깨달았다. 에멜이 가까이 왔을 때는…….

'좀 더.'

좀 더? 해 주길 바랐다. 그리고 하델에게도 확실히 심장이 뛰기는 했지만, 그 이상을 바라진 않았고.

'나 진짜 미쳤나 봐.'

화끈거리는 눈가를 손바닥으로 누르며 내가 이어 말했다.

"이런 부탁 드려서 죄송해요."

"아닙니다. 다른 사람에게 부탁하는 것보다는 낫지요."

하델의 말에 난 피식 웃었다.

그때 도서관 문이 열리는 소리가 나고 높은 목소리가 들려왔다.

"아가씨? 아가씨!"

제인이었다. '아' 하고 걸음을 떼니 하델이 나가기 편하게 옆으로 비켜 주었다.

'고마워요.'

입모양으로 말하고 난 목소리를 높였다.

"나 안에 있어!"

그리고 빠른 걸음으로 도서관 입구 쪽으로 달리듯 나갔다.

* * *

우물가에서 물을 뒤집어쓴 엘런이 수건으로 대충 얼굴을 닦다가 물었다.

“그러고 보니 에멜은? 웬일로 연습을 빠진 거야?”
펌프를 누르던 진이 어깨를 으쓱하고 말했다.
“오늘 뭔가 안 좋아 보이던데?”
“……역시……?”
“아무래도.”
“어쩔 수가 없지.”
엘런이 중얼거렸다. 지금 카를 도련님이 누구와 싸우고 있는지는 모두가 다 알고 있으니까.
“출정 명령이 당장이라도 내려지면 좋겠지만.”
에멜을 생각하면 그러지 않는 편이 좋다는 생각도 든다.
공작 전하께서 그런 걸 배려하시는 분은 아니지만.
“내가 이야기해 볼까.”
엘런의 말에 진이 고개를 저었다.
“이야기해서 되는 문제는 아니니까.”
“그건 그렇지만.”
엘런은 그렇게 생각하며 수건을 어깨에 걸치고 기사단실로 향했다. 에멜의 방 앞에서 헛기침을 하고 문을 두들기자 방문은 뜻밖에 쉽게 열렸다.
문을 연 에멜은 엘런을 보고 묘한 얼굴을 했다.
“잠깐 들어가도?”
엘런의 물음에 그는 고개를 끄덕이며 문을 열었다. 그녀가 안으로 들어서자 에멜은 문을 닫았다.
어젯밤 아가씨와 있었던 일을 생각했을 때, 아가씨가 엘런에게 이야기를 전하고 엘런이 자신에게 경고하러 온 것일 가능성이 컸다. 안 그래도 자신이 쓰레기 같다고 느껴지고 있는데, 최후의 일격을 먹으면 완전히 나가떨어질 것 같아 에멜은 복부에 힘을 줬다.

“무슨 일이야?”

그의 물음에 엘런이 그를 향해 빙글 돌아섰다.

“괜찮아?”

의외의 물음이었지만, 에멜은 저도 모르게 힘 빠진 목소리가 나왔다.

“안 괜찮아.”

“역시?”

“그래. 아니, 역시인가? 모르겠어.”

에멜이 벽에 기대며 양손으로 얼굴을 쓸었다.

에스텔이 처음, 자신을 지목했을 때부터 그냥 당연하게 그녀가 자신의 삶의 중심이었다.

나무가 햇빛을 찾아 휘어지듯, 꽃이 태양을 찾아 피어나듯.

너무 당연하게.

계속 아가씨의 곁에 있을 거라고 생각했다. 소중한 존재라고 생각해왔는데.

완전히 달라진 모습에 처음에는 놀랐다. 고작 두 달 사이에 저렇게 달라질 수 있는 건가?

하지만 그래도 여전히 그녀는 자신의 아가씨고, 에스텔이다. 그러니까 괜찮다고 생각하면서도 계속 혼란스러웠다. 그 와중에 렌이 아가씨에게 마음이 있는 게 보이는 순간, 자신이 왜 혼란스러운지 깨달았다.

어제까지만 해도 그냥 귀엽기만 한 아가씨라고 생각했다. 어디서부터 시작된 감정인지는 모르겠다. 어디서부터 시작해야 할지도 모르겠다.

하지만 이게 옳지 않다는 건 안다.

어제 스스로가 스스로 내뱉은 말에 놀랐다. 그렇게 아가씨를 대해서는 안 되는 건데. 에스텔을 놀라게 할 생각은 없었다.

하지만 그 뒤로 태연하게 팔을 뻗으며 안아달라고 조르는 모습은 정말.

'병신 새끼.'

스스로에게 내뱉듯 말하는데 엘런이 한숨을 내쉬고 말했다.

"너무 그렇게 죄책감 가질 필요는 없지 않아?"

"그렇게 생각해?"

탁한 목소리가 흘러나와서 엘런은 고개를 끄덕였다.

"그래. 아무리 그래도 혈연이라는 건 끊을 수 없는 거라고."

"혈연?"

에멜이 의아해져서 고개를 드니 엘런이 갸웃하며 물었다.

"가족 걱정하는 거 아냐?"

에멜은 멍하니 그녀를 바라보다가 마구 웃기 시작했다.

"제길, 엘런 피즈. 지금 날 두 배는 더 쓰레기처럼 느끼게 만들어 줬어."

"어? 뭐야? 그거 때문 아냐?"

에멜과 레이몬드 후작가 사이는 공공연한 비밀이었다. 그래서 조심스럽게 말을 꺼냈는데 상대가 웃기 시작하니 그녀는 당혹스러웠다.

"그럼 대체 무슨 일인데?"

당황한 엘런이 말하자 에멜은 한 손으로 얼굴을 가리고 계속 웃으며 손을 저었다.

"아냐. 그래. 그 문제도 있지. 고마워."

내가 정말 병신이라고 다시 깨닫게 해 줘서.

엘런의 눈썹이 슥 올라갔다. 뭔지는 몰라도 지금 자신의 의도와는 전혀 다른 상황이 되어 간다는 건 알겠다.

"에멜 아스트라다. 대체 무슨 일이야?"

에멜은 웃음을 멈추고 하— 하고 길게 숨을 내쉬었다. 그가 미소 지으며 말했다.

"아무것도 아냐. 고마워, 걱정해 줘서."

"아무 것도 아닌게 아닌 것 같은데."

"아냐, 엘런. 네가 현명한 사람이라고 생각했어."

"무슨 말이야?"

'예전에 네가 경고했을 때 말야.'

에멜은 그 말을 입 안으로 삼켰다. 사실은 그녀에게 말하고 싶다는 생각이 들었다. 그러고서 실컷 매도당하면 기분이 나아질 것(?) 같았다.

하지만 지금 이 와중에 그런 말이나 하고 있을 때가 아니다. 그게 아니더라도 문제는 산더미 같으니까.

쾅쾅.

그때 거칠게 문을 두들기는 소리가 났다.

"엘런, 안에 있나?"

"진?"

엘런이 놀라 문을 열자 진이 어두운 표정으로 서 있었다.

"전령이 도착했어."

그 말과 진의 어두운 표정에 엘런의 얼굴이 창백해졌다. 그녀가 쏜살같이 밖으로 뛰어나갔다.

에멜 역시 빠르게 겉옷을 걸치며 물었다.

"안 좋은 소식이야?"

"글쎄."

에멜이 눈을 찡그리며 진을 보았다가 깨달아 피식 웃었다.

"그렇군."

레이몬드 후작이 대패한 거겠지.

'아버지의 목이라도 성벽에 걸렸나?'

에멜이 그렇게 생각하며 천천히 엘런의 뒤를 따라 걸어 나갔다.

*　　*　　*

제인이 가져온 소식은 전령이 도착했다는 이야기였다.

'그러고 보니 점심때쯤 도착할 거라 했었지.'

예정보다 빨리 왔으니, 상당히 달려온 모양이다.

허둥지둥 알현실로 내려가니 이미 아빠는 나와서 흑좌에 앉아 있었다. 내가 들어가니 시선이 몰려 난 치마를 잡고 가볍게 무릎을 굽혀 인사했다. 아빠가 가까이 오라고 손짓했다.

얼른 단 위로 올라가 아빠 옆에 서자 전령이 밝은 음성으로 말했다.

"승리했습니다. 올타 관문을 무사히 지킨 것은 물론이고, 후작의 목까지 베었습니다."

밝은 웅성거림이 알현실 가득 퍼졌다.

알파의 말을 들어서 알고는 있었지만, 직접적으로 땅땅 들으니 더욱 안심이 되었다.

낮게 한숨을 내쉬는데 아빠가 내 손을 툭툭 건드렸다. 내려다보니 아빠가 전령에게 가볍게 턱짓을 했다.

아.

물어보고 싶은 건 물어봐, 하는 말이다.

"오라버니는? 무사하신가? 부상자는?"

"도련님은 강녕하십니다. 그리고 이쪽에 부상자 명단이 있습니다. 사망자는 이쪽에."

전령이 두루마리 두 개를 꺼냈다.

역시, 죽은 사람도, 부상자도 생겼구나.

마음속 한쪽이 무거워졌다. 죽은 관문의 사람들을 생각하니 저절로 한숨이 나오는 걸 눌러 삼켰다.

시종이 얼른 두루마리를 대신 받아서 아빠에게 건네주었다.

아빠는 두루마리를 펼쳐서 살펴보고 나에게 건네주었다.

두루마리의 명단을 읽던 나는 눈을 동그랗게 떴다.

부상자 명단에 로이의 이름이 적혀 있었다.

'어?'

"부상자 명단은 게시하고, 사망자 유족에게는 따로 사람을 보내도록."

아빠의 말에 그제야 정신이 들어 난 화급히 두루마리를 말며 고개를 끄덕였다.

"네, 알겠습니다."

두루마리를 들고 나는 허둥지둥 알현실을 나왔다. 힐끗 돌아보니 전령이 전투의 하이라이트를 이야기하는 중인 듯했다. 하지만 팔 안쪽이 무거웠다. 난 후다닥 행정실로 달려갔다. 아직 인쇄 기계가 없으므로 이 내용은 전부 필사를 해야 했다. 그를 위한 필사관이 따로 있었다.

곧 부상자 명단이 크게 적힌 종이 수십 장이 시종들의 손에 들려 사라졌다. 성과 마을에 붙게 될 것이다.

그리고 사망자 유족에게는 따로 위로금을 책정하고…….

'알파, 다들 무사하다고 했잖아?'

저도 모르게 날카롭게 말이 나왔다.

—난 살아 있다고 했지.

'뭐?'

—난 살아 있다고만 했다.

초조해져서 입술을 깨물며 다시 물었다.

‘부상 심해? 로이 말고 다른 부상자는 없는 거야?’

—명단을 봤으니 알겠지만 너와 가까운 사람 중에는 없어. 그리고 부상이 심한지는 잘 모르겠군. 인간의 튼튼함은 천차만별이지 않은가?

정령의 무심함에 난 나도 모르게 탕! 하고 오른발을 굴렀다. 행정관들이 놀라 날 바라보았다.

“아뇨, 아무것도 아니에요. 죄송합니다.”

손을 저으며 말하고 난 깊게 숨을 들이마셨다.

—어디를 다쳤는데?

‘얼굴.’

발끝으로 피가 싹 쓸려 내려가는 기분이었다.

‘얼굴 어디?’

—눈?

‘심각하잖아!’

난 소리 질렀다. 그리고 허둥지둥 행정실을 나오며 말했다.

“잠깐 실례하겠습니다.”

내 방으로 계단을 두 개씩 뛰어 올라가며 알파에게 말했다.

—알파는 고칠 수 있지?

‘그래.’

긍정의 말에 방문을 활짝 열고 난 소리쳤다.

“승마복! 얼른!”

“네, 네!”

급박한 어조에 제인과 스테파니의 움직임이 빨라졌다. 둘은 빠르게 내 옷을 갈아입혀 주며 물었다.

“무슨 일이세요?”

“오라버니를 마중 나갈 거야.”

"무슨 일이 있으신 건가요?"

제인의 목소리에 걱정이 어려서 난 고개를 저었다.

"아냐, 이겼대. 후작의 목도 벴고."

"어머나!"

제인이 활짝 웃으며 손뼉을 쳤다. 스테파니의 얼굴도 밝아졌다.

음, 적장의 목을 벴다는 말에 기뻐하는 아리따운 아가씨들이라.

죽음과 삶의 극명한 대비를 보여 주는 것 같아서 왜인지 웃음이 나왔다.

승마복으로 갈아입고, 부츠를 신고, 난 머리를 하나로 올려 묶었다. 복잡하게 묶을 시간은 없었다.

"고마워."

"그런데 왜 가시는 거예요?"

"부상자가 있어서."

"누군가요? 심각한가요?"

스테파니가 걱정스럽게 물었다. 아무래도 남의 일 같지 않겠지.

"로이가."

"어머."

제인도 스테파니도 아는 사람이라 얼굴이 어두워졌다.

"괜찮을 거야."

난 그렇게 말하고 방을 나와 계단 난간을 훽 타고 내려왔다. 아래층에서 올라오던 애니가 그걸 보고 눈을 찡그렸다.

"아가씨, 그런 짓은―"

"미안해요, 급해서!"

난 애니에게 손을 흔들고 현관으로 달려 나갔다.

말을 탈 수도 있지만, 말보다는 알파가 더 빠르지.

—난 날아갈 수도 있는데.

엔드의 말에 난 웃으며 고개를 저었다.

"그건 나중에."

알파가 가볍게 전신을 털듯이 흔들며 나타나 내가 타기 쉽게 몸을 낮춰 주었다.

난 알파의 등에 올라타 털을 꽉 붙잡고 몸을 숙였다.

"최대한 빨리 부탁할게."

알파는 가볍게 고개를 끄덕이고는 달리기 시작했다.

순식간에 가속도가 붙었다. 말이 달리는 듯한 흔들림은 속도가 올라갈수록 사라졌다. 마치 구름 위를 뛰는 듯한 움직임이었다. 순식간에 경계인 개울가에 도착했다. 가벼운 도약으로 개울을 뛰어넘고 알파는 계속 달렸다.

고개를 살짝 들자 강풍에 눈을 뜰 수가 없을 정도였다.

'이래서 고글이 필요하구나.'

다음에 나도 하나 맞춰야지. 카를이 가지고 있는 거 멋있어 보이던데.

"얼마나 걸릴까?"

소리치듯 묻자 알파가 바위를 밟고 가볍게 도약하며 말했다.

"곧."

알파가 이어 말했다.

"그런데 괜찮은가?"

"뭐가요?"

"가서 그 로이라는 사람을 고칠 예정인 거지?"

"그렇죠."

"그 사람만 고칠 건가? 다른 부상자들은?"

순간 말문이 막혔다. 당연히 로이 한 명만 몰래 고쳐줄 예정이었다.

몰래.

어떻게? 모두가 지금 수레에 실려 오고 있을 텐데. 다른 부상자는 다 밀치고 로이에게 달려가서 붙어 있을 거야?

카스티엘로 공녀가?

일방적으로 한 사람만 편애하는 모습을 공개적으로 보일 건가?

카스티엘로 공작가를 위해서 목숨을 건 사람들 앞에서?

난 상체를 세웠다. 알파는 신호를 알아들은 말처럼, 그 자리에서 멈춰 섰다.

이제 숲이 끝나고 관도가 보였다.

“난…….”

난 알파의 털을 꽉 쥐고 고개를 떨궜다.

그럴 수 없다.

그러면 안 된다.

“계속 이러고 있으면 마주칠 거야.”

알파가 친절하게 알려 주어 난 고개를 저으며 낮게 말했다.

“숲 속으로 도로 들어가 줘요.”

알파는 별말 없이 다시 숲 안으로 들어갔다. 적어도, 겉으로라도 상급자는 공정해야 한다.

애정을 드러내면 안 된다.

입 안쪽을 깨물며 난 알파의 등에 엎드렸다.

엔드가 그런 내 등에 올라앉으며 말했다.

“그렇게 괴로우면 그냥 고쳐 주지 그래? 총애야말로 권력자의 특권이잖아?”

그 말에 난 낮게 웃었다.

“하지만 동시에 아랫사람들의 분열과 대립을 만드는 일이죠.”

바람 때문에 흐르는 눈물을 닦고 난 몸을 세우며 말했다.
"일깨워 줘서 고마워요, 알파."
"그럴 의도는 아니었어. 단지, 우리와 계약한 걸 모두가 알아도 되나 하는 의문이었지."
난 가볍게 웃었다.
"그래도요."
난 한숨을 내쉬었다. 그때 말발굽 소리가 들려왔다.
"아, 좀 더 숨어야—"
그때 뭔가 둥그런 막이 씌워졌다. 알파가 말했다.
"우리가 보이지 않게 했어."
"고마워요."
난 빠르게 지나가는 일행을 지켜보았다. 선두에 카를이 서 있었다.
멀쩡한 모습을 보자 안도의 한숨이 흘러나왔다. 그 옆에서 제온이 지친 얼굴로 카를에게 계속 뭐라고 하고 있었다.
제온도 무사하고…….
그리고 그 뒤로 부상자를 실은 수레가 따라오고 있었다. 꽤 빠른 속도였다.
언덕 위쪽에 서 있어서, 수레 안을 볼 수 있었다.
나는 금방 로이를 발견했다. 얼굴과 여기저기에 붕대를 감고 있었지만, 수레에 기대어 앉아 있었다. 그 상태로 옆에 누운 부상병에게 뭔가 이야기를 건네고 있는 게 그렇게 심각해 보이지 않았다.
'다행이다.'
안도하며 가슴을 쓸어내리는데 카를이 멈춰 섰다. 선두가 멈춰 서자 제온이 몸을 돌리며 뭐라고 했다. 그러나 카를은 그를 무시하고 내 쪽을 바라보았다.

'어, 지금 나 보이는 건가요?'

이쪽을 빤히 바라봐서 알파에게 묻자 알파는 당혹감이 섞인 어조로 대답했다.

—그럴 리가 없는데.

그죠? 그런데? 왜?

나도 모르게 카를에게 손을 흔들자 그는 피식 웃더니만 다시 말을 움직였다. 제온에게 뭐라고 대꾸하는 것 같은데 들리는 거리는 아니었다.

'뭐야? 지금 본 거야? 아닌 거야?'

고민하다가 난 다시 몸을 숙이며 알파에게 속삭였다.

"그럼 다시 얼른 돌아가죠."

—그래.

알파는 순식간에 날 집으로 데려다주었다. 허탈감이 몸을 감쌌다.

알파에게서 내려 한숨을 내쉬고 난 현관에 털썩 주저앉았다.

"아가씨."

언제 왔는지 엘런이 창백한 얼굴로 다가왔다. 아, 부상자 명단 붙은 거 봤구나.

"로이는 괜찮아 보이던데요."

"네?"

"지금, 달려가서 보고 왔거든요. 조금 있으면 도착할 것 같네요."

"가서 보고 오셨다고요?!"

엘런이 입을 떡 벌려서 난 어색하게 웃으며 고개를 끄덕였다.

"바보 같은 짓을 했어요."

"네?"

난 엘런에게 가까이 오라고 손짓했다. 그녀는 친한 동무처럼 내 옆에 바싹 붙어 현관에 나란히 앉았다.

“로이가 부상당했다고 해서, 당장 살펴보러 뛰어갔었어요. 아무래도 그냥 있을 수가 없어서.”

엘런이 내 말에 고개를 기울이며 엄격한 어조로 말했다.

“그러시면 안 됩니다.”

“아, 엘런에게 혼난다.”

“혼내는 게 아니라요.”

엘런이 손을 뻗어 내 어깨를 감쌌다. 그녀가 주변을 한 번 둘러보고 웃으며 말했다.

“사실 이렇게 하는 것도 안 되는 거겠지만요. 하지만 어릴 때부터 아가씨를 봐 왔으니, 이 정도는 주변에서 봐주겠죠.”

“봐 줄 거에요.”

난 그렇게 말하며 엘런의 어깨에 몸을 기댔다. 그녀가 작게 말했다.

“하지만 그래도 아가씨께서 편애하는 모습을 보이시면 안 됩니다.”

“알아요. 그래서 도중에 도로 돌아온 거예요. 그래도 확인했을 때는 괜찮아 보였어요.”

엘런이 안도의 숨을 내쉬고 미소 지었다.

“다행이네요.”

“응, 그런데…….”

갑자기 얼굴에 붕대를 감고 있는 거에 생각이 미쳤다. 한쪽 시력을 잃으면 검을 휘두를 때도 어려운 거 아닌가?

‘설마 시력을 잃은 건 아니겠지?’

“그런데 어떻게 다녀오신 거예요?”

상념을 깨고 엘런이 질문을 던져서 난 히죽 웃었다.

“알파를 타고.”

“늑대를요?”

고개를 끄덕이자 엘런은 잠시 생각하더니 말했다.
"대체 그 커다란 늑대는 어디서 나신 거예요?"
"우연히 만났어요."
사실대로 이야기할 수가 없어서 으쓱하며 대충 지어내자 엘런이 눈을 가늘게 떴다가 고개를 저었다.
"뭐, 덩치가 위협적이라 좋은 호위는 되겠더군요. 갑작스럽게 사라졌다, 나타났다 하는 것만 빼면요."
아하하 어색한 웃음을 흘리는데 멀리서 왁자지껄한 소리가 들려왔다. 난 퉁기듯 자리에서 일어났다.
"왔어. 준비는 다 됐나?"
"부상자들을 위한 병동도 마련되었고, 치료사도 불렀습니다. 최대한 빨리 이동시킬 계획입니다."
"켈슨, 언제 온 거예요?"
정말로 대답이 돌아와 깜짝 놀라 돌아보니 켈슨이 싱긋 웃어 보였다.
"가서 부상병을 데리고 와라."
켈슨이 명령하자 시종들이 들것을 들고 뛰어나갔다. 난 머뭇거리는 엘런의 등을 밀었다.
"엘런도 같이 가요. 그리고 로이 상태를 알려 주세요. 네?"
"알겠습니다."
엘런은 인사를 하고 빠르게 들것을 든 시종들과 함께 사라졌다. 난 발꿈치를 들어 멀리 바라보았다. 그래도 저택 입구에서부터 현관까지의 거리는 꽤 되니까, 아마 좀 더 기다려야겠지.
"사실은 좀 더 화려하게 개선해야 하는데 말이죠."
켈슨이 중얼거렸다. 난 피식 웃었다.
"오라버니는 질색하실걸요."

"그래서 못 하는 거라고요."
그가 작게 투덜거렸다. 곧 경쾌하게 걸어오는 몇 명이 보였다.
어라? 나머지 기사단원들은 어딜 갔담?
갸웃하는데 뒤에서 누군가가 내 어깨를 감쌌다. 돌아보지 않아도 누군지 알아서 내 어깨를 감싼 손을 잡으며 몸을 기댔다.
"아빠 말씀대로 걱정할 필요가 없었네요."
내 말에 아빠는 가볍게 내 어깨를 토닥였다. 카를은 현관 앞에 도착해 가볍게 말에서 뛰어 내렸다.
"다녀왔습니다."
제온은 아빠를 보고 놀란 듯 눈을 크게 떴다가 얼른 말에서 내렸다.
"안녕하십니까, 공작 전하."
"어서 와라. 환영하오, 백작 영식."
"두 분 다 어서 오십시오. 승리를 축하드립니다. 후작의 목을 베셨다면서요?"
켈슨이 싱글벙글 웃으며 밝은 목소리로 말했다. 카를이 고개를 끄덕였다. 제온이 한숨을 내쉬며 말했다.
"후작의 목만 베었다뿐이겠어?"
"그럼요?"
내가 의아해져서 묻자 제온이 눈을 찌푸렸다. 자기는 그 행위를 별로 좋아하지 않았다는 듯이 말이다.
"후계자도 같이 죽여 버렸어."
"네?"
놀라 되물으니 제온이 손가락을 빙글빙글 돌리며 "그, 누구더라?" 하고 갸웃했다가 말했다.
"아아, 그래. 레트 레이몬드. 후작가의 장남이었을걸."

이제 그쪽도 골치 아프겠네, 하고 제온은 어깨를 으쓱했다.

레트 레이몬드.

묘한 기분이 가슴속에 소용돌이쳤다. 난 그를 알았다. 그야 청혼도 받았고. 그는 레이몬드 후작가를 자랑스럽게 생각하는 인물이었고, 난 그의 농담에 웃기도 했다.

괜찮은 사람이라고 생각했었다.

난 카를을 바라보았다. 그는 약간 망설이는 것처럼 머뭇거리다가, 살짝 팔을 벌렸다.

난 바닥을 박차고 현관에서 뛰어내려 그를 꽉 끌어안았다.

"무사하셔서 다행이에요."

떨리는 목소리에, 진심을 담아 힘주어 말했다.

그래, 아는 사람이 죽었다.

좋은 사람이었을 수도 있지.

하지만 그보다 카를이 무사히 돌아온 게 더 기쁘다. 다치지 않은 게 행복하다. 나는 사람들이 이야기하는 것처럼 상냥하고 다정한 사람은 분명히 아니다.

카를은 웃고 내 등을 토닥였다.

"당연하지."

그의 말에 나도 웃었다. 카를을 놓아주고 난 제온에게 돌아섰다.

"제온도 무사해서 다행이에요."

"뭐, 내가 별로 할 일도 없었어."

제온은 씩 웃으며 대답했다. 카를이 그의 등을 가볍게 치며 말했다.

"고생했어."

제온은 눈을 휘둥그레 떴고 나 역시 입을 벌렸다가 웃었다.

"역시, 고생했네요."

켈슨이 물었다.
"그런데 기사단은 어떻게 하신 겁니까?"
"입구에서 부상자 데려갈 때 해산시켰지."
카를의 말에 켈슨이 "아아아." 하고 무너질 듯 말했다.
"적어도 축하 연회를 해야 할 것 아닙니까? 논공행상은요? 거기서 그렇게 치하의 말씀도 없이 사람들을 물리면 어떻게 합니까!"
카를이 눈을 찌푸렸다. 그의 얼굴에 '귀찮아.' 라고 써 있는 게 뚜렷하게 보였다. 켈슨이 말했다.
"전혀 귀찮은 일이 아닙니다. 수고한 기사들에게 상을 베푸는 건 당연한 거죠. 그들의 공을 치하하지 않고서야 앞으로 어떻게 그들에게 목숨을 걸고 싸우라고 할 수 있겠습니까!"
켈슨은 숨도 쉬지 않고 다다다다 빠르게 말했다. 카를이 자신의 건틀릿을 벗으며 말했다.
"그럼 열어."
"도련님!"
"뭐?"
열면 되잖아? 하는 얼굴로 카를이 그를 비딱하게 바라보았다.
"열 준비 한 거 아니었나?"
카를이 되물어서 켈슨이 "그야, 준비를 했지만……." 하고 꿍얼거렸고 카를은 "그럼 됐네." 하고 고개를 끄덕였다.
음, 그야…… 됐죠. 되기는 한 건데.
나는 가볍게 켈슨의 등을 두들겨 주었다. 그는 '크흑, 아가씨.' 하고 눈가를 문질렀다.
"논공행상은 저녁에 하고, 일단 두 사람 다 피곤할 테니 쉬지. 저녁 연회를 준비할 테니까."

아빠의 말에 켈슨은 얼른 자세를 바로 했다.
"알겠습니다."
카를은 작게 숨을 내쉬고 고개를 끄덕였다. 아무리 카를이라도 피곤하기는 피곤했겠지. 현관으로 들어오던 카를이 문득 생각났다는 듯이, 아빠를 보고 말했다.
"그러고 보니, 늦으셨네요."
"일이 복잡해져서."
"덕분에 황실에서 공작 작위를 받으라고 해서 귀찮았다고요."
드물게도 투정하는 듯한 말이었다. 보통이라면 시건방진 말이라고 들겠지만.
아빠 역시 피식 웃고 대답했다.
"미안하구나."
난 히죽히죽 웃으며 카를의 팔에 매달렸다. 카를은 "왜?" 하면서도 내 머리를 쓰다듬었다. 그러다가 난 카를에게서 몸을 떼며 진지하게 말했다.
"오라버니, 정말로 씻으셔야겠네요."
"……미안."
드물게 한 박자 늦게 카를이 대답했다.
"농담이에요."
난 킥킥 웃으며 카를의 어깨를 잡아 끌어내리고 까치발을 해서 그의 뺨에 키스했다.
"정말로, 무사히 돌아오셔서 기뻐요."
카를은 싱긋, 소년처럼 웃었다.
"나도."

*　*　*

카를을 올려 보내고, 켈슨과 저녁 연회에 대해서 간단하게 이야기를 나눴다. 인장 반지는 아빠에게 돌려 드렸지만, 어쩐지 행정실에서는 여전히 나를 일원으로 생각해 주는 듯했다. 하지만 배상금이나 유족에 대한 예의 등 전쟁의 뒤처리는 아무래도 아빠와 논의하게 되겠지.

연회나 주연은 카스티엘로 저택의 안주인 역할을 하는 내가 맡아야 할 마땅한 일 중 하나였다.

몇 가지를 의논하고서, 난 바로 로이에게로 향했다.

시종에게 물어보니 부상자는 별채에 모여 있다고 했다.

별채라고 해도 저택보다 격이 떨어지는 것은 아닌, 공작 부인이 종종 티타임용으로 사용하던 건물이었다. 안으로 들어가니 조용한 가운데 작은 신음이 들려왔다.

입구에 선 경비병에게 물어보니, 한곳에 몰아둔 것이 아니라 각 방을 병실로 배당하고 있는 듯했다.

로이의 병실을 물어서 난 2층으로 향했다. 마침 문을 열고 진이 나오는 게 보였다.

"지—"

나는 손을 들어 그를 부르려다가 그가 피에 흠뻑 젖은 시트를 들고 있는 걸 보고 말이 막혔다. 진은 나를 발견하고 얼굴이 굳었다.

허둥지둥 난 그에게로 달려갔다.

"어떻게 된 거예요? 여기 로이 병실이죠?"

내가 방문으로 손을 뻗자 진이 문을 눌러서 내가 열지 못하게 만들었다.

"진?"

“들어가지 마십시오.”
“진.”
병동에서 소리치고 싶지 않아, 목소리를 낮췄다. 진이 고개를 저었다.
“아가씨께 보일 만한 모습도 아니고, 보실 만한 모습도 아닙니다.”
“하지만 안에 있는 거 로이잖아요. 그렇죠?”
진은 대답하지 않았다. 그는 꿈쩍도 하지 않을 요량인 모양이다.
“열어요. 난 로이를 봐야겠어요. 상황이 심각하다면 더더욱이요.”
“아가씨께서 계시면 로이가 편하게 쉬지 못합니다.”
그 말에 이를 악물었다가 난 양손으로 확 진을 밀쳤다. 물론 힘으로 그가 나에게 밀려날 리는 없지만 내가 그런 행동을 할 줄은 몰랐는지 적잖이 당황한 눈치였다.
“당장 비켜!”
이제 봐줄 필요도 없어서 난 명령하며 목소리를 높였다.
“알파!”
알파가 으르렁거리며 이를 드러내어 진을 위협했다. 설마 내가 자신을 위협할 거라고는 생각 못 했는지 진은 충격받은 얼굴을 하더니, 입술을 깨물었다가 손을 놓았다.
난 바로 문을 열고 안으로 들어갔다. 피비린내가 훅 끼쳐왔다. 침대가에 서 있던 에멜이 날 발견했다. 지금은 그를 신경 쓸 때가 아니라 난 바로 침대로 달려갔다.
로이의 모습을 보고 난 그대로 붙박인 듯이 멈춰 섰다. 침대가에서 로이의 팔을 붙잡고 있던 엘런이 젖은 눈을 들었다.
로이의 부상은 문외한인 내가 보기에도 심각했다. 얼굴의 반을 감싼 붕대와 가슴을 칭칭 감은 붕대에서 붉은색 선혈이 계속해서 흘러나왔다. 로이가 고통에 간헐적으로 발작하듯 몸을 웅크렸다.

"로, 로이."

아까까지만 해도 멀쩡했는데? 어라? 왜?

내 작은 목소리에 로이는 헐떡이며 감은 눈을 떴다. 그는 고통으로 일그러진 얼굴로 미소를 지으려 애썼다.

"오랜만, 이네요. 아가씨."

"뭐야? 갑자기 왜—?"

"상처가 곪아서 터진 겁니다."

에멜이 옆에서 대신 대답했다. 엘런이 그런 에멜을 쏘아보았다. 로이가 헐떡이며 말했다.

"의학적, 충고, 고맙네."

"엘런, 나가 줘."

나는 로이를 뚫어져라 바라보며 말했다. 엘런은 당황해 날 바라보았다.

"아가씨?"

"미안하지만 당장. 로이를 살리고 싶으면."

엘런은 로이의 손을 꽉 잡았다가 놓았다. 내가 날 지나치는 그녀를 향해 말했다.

"아무도 들어오지 못하게 해."

내 명령은 스스럼없었고, 엘런 역시 말없이 고개를 숙이고 방문을 닫았다.

"알파."

"그래."

"고칠 수 있지?"

내 물음에 알파가 로이 쪽으로 다가가 그를 들여다보았다. 로이가 파란 눈을 껌벅이고 웃었다.

"어, 설마 늑대에게, 제 치료……."

로이가 다시 발작하듯 움찔거렸다. 알파가 고개를 들고 말했다.

"고칠 수는 있지만, 그러지 않았으면 좋겠는데."

"뭐? 어째서?!"

내가 비명처럼 소리 지르자 알파가 말했다.

"치유는 내 주요 능력이 아냐. 그러니까, 많은 힘을 쓰게 될 거고 그건 네 몸에 고스란히 부담으로 작용할 거다. 게다가 이 환자는—"

알파가 힐끗 로이를 보고 이어 말했다.

"뇌에 이미 썩은 게 닿았어. 얼마 못 버틸 테지. 지금까지는 정신력으로 버틴 게 아닐까? 혼수상태에 빠지지 않은 게 이상할 정도야. 이런 인간을 소생시키려면 보통 힘이 필요한 게 아니야."

"어, 지금 늑대가, 말—"

로이의 말은 차츰 느려졌다. 절망적인 진단에도 그는 딱히 분노하거나 고함을 지르지 않았다.

"하지만 할 수 있는 거잖아? 할래."

"아가씨."

에멜이 뒤에서 날 불렀다. 난 휙 그를 돌아보며 이를 드러냈다.

"설마 날 생각해서 반대한다는 건 아니겠지?"

"로이보다 아가씨가 저에게 더 소중합니다."

"푸하하—"

로이가 웃음을 터트렸다. 피가 울컥하고 솟구쳐서 난 "로이!" 하고 비명을 질렀다. 로이가 헐떡이며 말했다.

"에멜, 말이— 옳……은데요."

이 사람들이 진짜!!

"알파!"

난 소리쳤다. 알파는 한숨을 내쉬고는 내 그림자 속으로 사라졌고, 난 손을 로이의 상처에 올렸다. 손등 위의 푸른 문장이 빛나기 시작했다.

'헉—!'

힘이 빠져나가기 시작하자 난 숨을 삼켰다. 전에 강물로 사람들을 쓸었을 때와는 비교도 안 될 만큼 엄청난 양이었다.

'뭐야, 이거?'

—그러니까 전공이 아니라고 했잖아.

엔드가 투덜거렸다.

—차라리 태우거나, 물로 쓸어버리거나, 자연재해를 일으키는 게 더 편해. 그게 전문이니까. 하지만 이런 건.

엔드는 말을 끊고 한숨을 내쉬었다.

—더 많은 힘이 필요해, 더 많은 부하가 네 몸에 걸리고. 게다가 이 녀석의 생명력을 끌어서 쓸 수도 없잖아. 그랬다간 죽어 버릴걸.

엔드는 슬퍼했다.

—그러니까 네가 다 감당해야 하는데. 계약자가 괴로운 건 싫다고.

'괴롭지 않아.'

내 말에 엔드는 '흥' 하고는 더 이상 말이 없었다. 알파 역시 아무런 이야기가 없어서 어쩐지 미안한 생각이 들었다.

하지만 그런 생각도 잠시였다. 마치 전신이 삐걱거리는 것 같았다. 파이프에 강제로 엄청난 수압의 물을 밀어 넣는 것처럼, 고통이 밀어닥쳤다. 보통이라면 파이프가 파열할 테지만 하여간 그것만은 피하도록 나는 필사적으로 노력했다.

"아가씨!"

에멜이 소리를 질렀다.

'아, 나 코피 난다.'

약한 점막부터 먼저 한계를 호소하기 시작했다.

괜찮아.

그렇게 말해 주고 싶었지만, 그 말을 하는 순간 핏물이 올라올 것 같아 말을 삼켰다.

음, 목구멍 안쪽도 약하구나.

알파가 뚝 하고 힘을 끊어내며 말했다.

—이제 충분해.

"헉—"

난 숨을 토하며 침대에 엎드렸다. 로이가 벌떡 상체를 일으키고 날 조심스럽게 불렀다.

"아가씨?"

난 괜찮다는 의미로 손만 흔들어 주었다. 에멜이 내 목덜미를 잡아 상체를 강제로 일으켜 세우고는 손수건을 코에다가 가져다 대며 말했다.

"안 괜찮습니다!"

그의 고함에 난 미소 지으며 괜찮다고 말하려다가 기침했다. 피 맛이 입 안 가득 느껴졌다.

이번에는 로이가 소리쳤다.

"아가씨!!"

난 손수건으로 입가를 닦아 냈다. 피가 붉게 묻어 나왔다. 몇 번 더 왈칵 피가 올라와서 난 손수건으로 입가를 가렸다.

숨쉬기가 힘들었다.

로이의 얼굴이 창백해졌다. 그가 자기 얼굴에 감긴 붕대를 짜증난다는 손길로 벗겨냈다.

'아, 파란 눈. 살아났네.'

"여기 누우세요."

로이가 자신의 침대에서 내려가며 말해 나도 모르게 웃음을 터트렸다. 에멜이 당장이라도 치료사를 부르러 뛰어나갈 것 같아 난 그의 옷자락을 붙잡았다.

"난 괜찮아."

"아가씨!"

"진짜로. 그냥 약한 핏줄이 좀 터진 거뿐이야. 내상을 입거나 하진 않았어."

진짜, 진짜, 정말로.

그의 얼굴을 보며 똑바로 말하자 에멜은 손으로 자신의 얼굴을 덮듯이 가렸다. 난 로이에게 물었다.

"어때? 괜찮아?"

"네. 하지만 어떻게 된 겁니까?"

로이의 물음에 난 알파를 가리키며 말했다.

"전에 내가 정령이랑 계약했다고 했었잖아."

"그랬죠."

이제 피가 멎은 것 같아서 난 손수건을 떼고 헤헤 웃어보였다.

"정령사에게 치료받은 소감은 어때?"

멀쩡한 걸 보여주려 태연하게 농담처럼 말하니 로이는 멍한 얼굴을 했다가 천천히 내 앞에 한쪽 무릎을 꿇었다. 꿇었다가 그는 "아, 참." 하고 일어나서 벽에 걸린 자신의 검을 빼 들었다.

어?

뭐 하려고?

놀라 로이를 보는데 로이가 검을 내 앞에 탁 하고 꽂으며 다시 한쪽 무릎을 꿇었다.

그가 고개를 숙이며 말했다.

"나 로이 딜런은 내 평생의 개인적인 충성을 그대 에스텔 카스티엘로에게 바칠 것을 맹세합니다."

어? 어? 우아?

당황해서 어쩔 줄 모르고 있으니 로이가 히죽 웃으며 고개를 들었다.

"안 받아주실 건가요?"

어떻게 하지? 하고 고개를 들어 건너편의 에멜을 보았다가 난 얼른 다시 시선을 내렸다.

'어라……?'

웃고 있거나, 어떻게 하라고 알려 줄 것 같았는데. 그게 아니라 에멜은 로이를 차가운 눈으로 보고 있었다.

화, 분노, 질투……?

"아, 설마 진짜로요? 안 받으시려고요?"

로이가 놀리듯, 하지만 진지한 얼굴로 물어서 난 망설이다가 고개를 끄덕였다.

"받겠습니다."

뭔지 몰라도, 아주 중요한 것이라 거절하면 안 될 것 같았다.

대답하자 그의 얼굴에서 웃음기가 싹 사라졌다.

"그럼 이제부터 제 명예와 목숨, 삶의 모든 것은 에스텔 님의 것입니다."

그가 그렇게 말하며 검을 나에게 건네주었다. 검을 받아 드니 로이가 무릎을 꿇고 내 발등에 입 맞췄다. 완벽한 굴종의 표시에 난 소름이 돋았다.

'지금 나 엄청난 일을 받아들인 거 아닌가.'

놀라 반응도 못하고 굳어 있는데 로이가 자리에서 벌떡 일어나며 말했다.

"자, 그러면 전 이제 에스텔 님의 개인 기사로군요. 일단 엘런이랑 진이 밖에서 걱정하고 있을 테니까 부를까요."

난 고개를 끄덕였다. 에멜이 손을 뻗어 내 눈을 가리며 말했다.

"실핏줄이 다 터졌습니다."

"아……."

그거 외에는 할 말이 없었다. 에멜의 손은 거칠고 따뜻했다. 그의 손에 얼굴을 부비며 좀 더 어리광을 부리고 싶었지만 꾹 눌러 참았다.

"로이!"

방문이 열리자 엘런이 소리를 질렀고, 로이가 웃는 소리가 났다. 나도 모르게 같이 입가에 웃음이 지나갔다.

"아가씨!"

하지만 곧 엘런은 소리를 지르며 나에게 다가왔다. 에멜은 여전히 내 눈을 누르고 있는 손을 움직이지 않았고, 난 아무것도 볼 수 없어서 그냥 손을 흔들며 말했다.

"난 괜찮아요."

"코피가 나고, 토혈하고, 눈에 핏줄이 다 터진 게 괜찮은 거군요."

에멜의 목소리는 차가워서 난 어깨를 움츠렸다.

아니, 그런데 왜 내가 혼나고 있는 거지? 아니면 그냥 로이가 죽게 내버려 뒀어야 한다는 말인가?

"얼음주머니를 가져오겠습니다."

진이 빠르게 말하고 다시 밖으로 나가는 소리가 들렸다. 엘런이 내 손에서 손수건을 빼앗아서 내 입가를 닦았다. 엘런인 걸 알 수 있는 건 손끝이 떨리고 있기 때문이다.

"엘런, 난 괜찮아요."

"네."

엘런은 숨 막히는 듯한 목소리를 냈다. 난 손을 더듬거려 에멜의 손 위에 내 손을 얹었다. 그가 움찔하는 게 느껴졌다. 조심스럽게 깍지를 끼듯 하며 난 그의 손을 잡고 떼어 냈다.

엘런과 눈이 마주치자 그녀의 눈가에 글썽이던 눈물이 팍 터져 버렸다.

"아, 아가씨, 눈, 어떻게—"

"어— 그렇게 심해요?"

당황하며 난 눈을 문질렀고 에멜이 얼른 내 손을 잡았다.

"안 됩니다."

"아, 네."

하지만 난 아프지도 않았고, 시야가 흐려지지도 않았다.

—튼튼하기는 튼튼하네.

—카스티엘로니까.

마치 내 마음속을 읽은 듯이, 엔드와 알파가 번갈아 말했다. 나도 모르게 피식 웃음이 나왔다.

그래, 내가 좀 튼튼하지.

카스티엘로라서 다행이다. 반쪽짜리지만.

코피도 금방 멎었고, 목 안쪽도 따끔거리기는 하지만 괜찮았다.

진이 곧 얼음주머니를 가지고 왔다가 내 눈을 보고 얼굴을 찡그렸다. 난 다시 괜찮다는 말을 반복했다.

로이가 자신의 붕대를 전부 풀어냈다. 그가 남아 있는 자신의 흉터를 살펴보았다.

"얼굴에 흉터 남겠네요."

내 말에 로이가 히죽 웃으며 말했다.

"눈알이 멀쩡한 걸로 충분하지요. 게다가 흉터가 있으면 사연이 있는 것 같아서 더 멋져 보이지 않나요."

로이의 말에 엘런은 고개를 흔들었고 난 가볍게 웃었다.

진도, 엘런도 어떻게 로이가 순식간에 나은 건지에 대한 질문을 던지지 않았다.

진이 가져온 얼음주머니로 눈가를 진정시키고, 어느 정도 가라앉은 것 같아 자리에서 일어났다.

"앤에게 가서 약 처방 받을게요. 그럼 되는 거죠?"

에멜이 말했다.

"따라가죠."

못 믿겠다는 어투다. 난 뚱해져서 그를 보았다가 고개를 끄덕였다. 그리고 로이에게 말했다.

"그래도 이삼 일은 쉬어요."

"네."

로이는 나에게 경례를 해 보였고 난 가볍게 웃었다.

걸어서 나오는데 전신이 다 욱신거렸다. 아이고, 나야말로 이삼 일 어디에 누워 있어야겠다.

"괜찮으십니까?"

계단을 삐걱삐걱 내려가는 나를 보고 에멜이 불안한 말투로 물어왔다.

"아뇨. 온몸이 다 근육통이네요."

내 말에 에멜이 한두 걸음 먼저 앞서서 계단을 내려가더니 날 가뿐히 안아 들었다. 난 반항하지 않았다. 솔직히 말하면 고마웠다. 에멜에게 안겨서 난 그를 슬쩍 올려다보았다.

아직도 화가 나 있는 것 같다.

'뭐야.'

별채를 나와 정원을 가로지르는데 하늘이 주홍빛으로 물들어 있었다. 해가 지고 있는 것이다. 높게 솟은 사이프러스 나무들이 긴 그림자를 드리웠다. 관목 숲 사이에는 벌써 어둠이 찾아 깃들고 있었다. 달콤한 향기가 나는 다듬어진 향나무길 사이를 에멜은 빠르게 걸었다.

노을과 나뭇가지 그늘이 그의 얼굴에 걸려서, 에멜의 표정은 더더욱 딱딱해 보였다.

"에멜, 화났어요?"

"네."

난 한숨을 내쉬며 그를 안았다.

"화내지 말아요, 에멜이 화를 내면 다른 사람이 화를 내는 것보다 더 괴롭단 말이에요."

에멜은 대답하지 않았다. 난 어리광부리듯 그의 어깨에 이마를 문질렀다.

아, 좋아하는 사람과 가까이 있는 건 좋구나. 심장이 지나치게 뛰는 것만 빼면.

하지만 에멜도 나와 같은 눈으로 날 봐주면 좋겠다. 그냥 아가씨가 아니라, 에스텔 카스티엘로로 날 봐주면 좋겠다.

에멜에게서 대답이 돌아오지 않아서 난 칭얼거렸다.

"그럼 내가 로이가 죽게 내버려 두기를 바란 거예요?"

에멜이 고통스러운 듯 눈을 찌푸리며 말했다.

"아뇨, 그게 아닙니다."

"그럼 뭐예요?"

에멜의 입가에 비뚜름한 미소가 걸렸다. 냉소적이고 자조적인 그런 웃음.

"로이에게 화가 났습니다. 그리고 네, 아가씨에게도 화가 났고요."

"……왜요?"

내 질문을 무시하며 에멜이 말을 이었다.

"그리고 무엇보다도 저 자신에게 화가 난 겁니다."

뭐라고 말을 해야 할지 몰라, 난 입만 벙긋거리다가 도로 닫았다. 하지만 어쩐지 에멜은, 쓸데없는 걸로 자신에게 화내고 있을 것 같단 말이지.

난 손을 뻗어 에멜의 목깃을 붙잡았다. 그러니까, 안긴 채로 멱살 잡기?

에멜의 시선이 나에게로 떨어졌다. 어쩐지 키스하기 좋은 각도라는 생각이 머릿속을 빠르게 스쳤다.

훠이, 훠이, 저리 가.

난 그 생각을 밀어내며 에멜을 똑바로 보고 말했다.

"화내지 말아요."

에멜의 눈동자가 짙어졌다.

"아가씨나, 로이에게 화낼 일은 아니죠."

거기에 담긴 빈정거림이 그 자신을 향한 거란 걸 알아서 난 그의 목깃을 확 잡아당기며 말했다.

"그게 아니라, 에멜에게요."

얼결에 그가 고개를 숙여 에멜과 나와의 거리가 줄어들었다. 그는 얼떨떨한 얼굴을 하고 있었다.

"분명히 또 엉뚱한 걸로 자신에게 화내고 있는 거잖아요."

"엉……."

그는 뭐라고 하려다가 입을 다물었다. 그가 차갑게 웃었다. 이번의 그 차가움은 날 향한 거라 난 움찔했다.

"아가씨에게 전 어떤 사람인 걸까요?"

“에멜은…….”

난 말끝을 흐렸다. 얼마 전까지라면 내 가족 같은 존재라고, 스스럼없이 흘러나왔을 거다. 하지만 그 새벽 이후로는 내가 좋아하는 사람이 되었다. 그리고 그걸 이야기할 수 있을 만큼 대범한 사람은 못 된다.

에멜의 아가씨, 라는 자리만으로 아직은 달콤하니까. 하지만 곧 그 이상을 원하게 될 거라는 걸 알았다.

아니, 이미 그 이상을 원한다.

그래서 난 말끝을 흐렸다.

“당신은 날 모릅니다.”

에멜은 그렇게 말하며 고개를 들었다.

아가씨.

당신.

그 두 단어의 간격이라니.

정신이 번쩍 들 정도로, 확 밀쳐진 느낌이었다.

“에—”

뭔가 말을 해야겠다는 생각에 입을 열었지만, 에멜이 내 말을 끊었다.

“알면, 경멸하겠죠.”

그럴 리가 없어요!

그런 외침을 나는 삼켰다. 그건 지금 상황에서 가장 최악인, 안일한 소리다.

대신 나는 더듬더듬 손을 뻗어 에멜의 목에 양팔을 감고 그를 꽉 끌어안았다.

에멜이 숨을 삼켰다.

어떤 사람이든, 에멜은 내게 소중한 존재였다. 그게 조금이라도 전해지기를 바랐다.

잠시 후 에멜은 소리 내어 웃었다.

차갑고 서늘하게.

부서진 얼음조각들이 서로 부딪쳐 내는 소리처럼.

그것은 날카로웠고, 상처를 입든, 입히든, 찌르는 듯한 소리였다.

예상치 못한 반응에 난 당황했다.

그가 날 안은 팔에 힘을 줘, 그의 손가락이 내 몸을 파고들었다. 웃음을 뚝 멈추고 에멜은 다시 걷기 시작했다. 그가 날 저택 현관에 내려놓으며 말했다.

"아가씨는 제 경고를 조금도 들어먹지 않으시는군요."

흠칫해서 난 에멜을 바라보았지만, 그는 싱긋 웃어 보였다.

전혀 웃지 않는 눈으로.

"에멜……."

내 마음이 조금도 통하지 않았구나, 하는 생각에 난 초조해졌다.

그를 빤히 바라보자 에멜의 얼굴이 살짝 일그러졌다.

"그럼에도 불구하고 아가씨는."

"저는요?"

되묻자 에멜이 허탈하게 웃고 말했다.

"제 첫 별, 에스텔 같은 분이지요."

뭐라고 답해야 해야 하는데 에멜이 깊게 인사했다.

"그럼 들어가십시오."

그는 그렇게 말하고 몸을 돌려 가 버렸다. 난 에멜의 뒷모습을 바라보았다. 어쩌면 지금이 쫓아가야 하는 때인 걸까?

하지만 따라가서 뭐라고 한단 말인가?

'난 정말로 얼마나 에멜을 알고 있지?'

난 에멜과 오래 같이 있었고, 그러니까 그를 잘 안다고 생각했다. 하지만 정말로 나는 에멜을 잘 알고 있나?

'하지만 내 눈에 보이는 에멜이 좋은걸.'

그런데 자꾸 뭔가 밀쳐지고 있어.

'설마 내가 에멜을 좋아하는 걸 눈치챘나?'

거기에 생각이 닿자, 발이 딱 붙어버렸다. 그래서 에멜이 저렇게 날 밀어내는 걸지도 모른다. '아가씨'인 나를 거절하기가 어려워서 돌려서 말하는 걸지도 몰라.

망설이는 사이 에멜의 모습은 사라졌다. 난 한숨을 삼키고 저택 안으로 걸음을 옮겼다.

저택 안은 분주했다.

화려한 장식이 그사이 여기저기 걸려 있었고, 움직이는 시종들의 표정은 밝았다.

'맞아. 저녁 연회.'

깨달아서 난 한숨을 내쉬었다.

이런 몸 상태로 잘할 수 있으려나. 일단 앤을 찾아가서 약을 처방받고…….

난 끙끙거리며 앤이 있는 다락방까지 온 힘을 다해 올라갔다. 그래, 근육통은 차라리 움직이는 게 약이지.

이름을 부르며 문을 두들기자 앤이 얼른 문을 열었다. 그녀는 피곤해 보였지만, 어딘지 반짝반짝 빛나고 있었다.

"에스텔 님, 어서— 에스텔 님?!"

그녀가 밝게 내 이름을 불렀다가, 다시 내 이름을 크게 불렀다.

난 어색하게 웃으며 물었다.

"아직도 눈 심해?"

"뭐 하신 거예요? 눈을 뜨고 연못에라도 들어가신 건가요?"
"아니, 그건 아닌데……."
앤이 내 손을 잡아 안으로 끌고 들어갔다. 그녀의 다락방에서는 달콤하고 좋은 냄새가 폴폴 나고 있었다. 플라스크에서 각종 약물이 끓어 오르는 게 보였다.
"드래곤이랑 뭘 하는지는 모르겠지만…… 잘되어 가?"
내 물음에 앤이 고개를 끄덕였다.
"네."
"아주 잘 되어 가고 있지."
드래곤이 어슬렁 모습을 드러냈다. 그가 내 얼굴을 보더니 이를 드러내며 웃었다.
"누구 살렸어?"
"살린 건 아니고 치료한 거뿐이에요."
눈을 찡그리며 난 변명했다. 앤은 어리둥절한 얼굴이 되었다.
"살려요?"
"정령의 힘을 잔뜩 가져다가 쓴 거잖아? 저러다가 정령사 여럿이 나자빠져서 죽었지."
드래곤은 그렇게 말하며 소파에 털썩 몸을 던지듯 누워, 긴 다리를 쭉 뻗었다.
"인간은 탐욕스러워."
드래곤이 그렇게 덧붙였다. 난 그런 그를 흘겼고, 앤이 딱딱하게 나에게 물었다.
"저게 대체 무슨 소리예요? 설명해 주세요."
그녀가 내 눈을 찜질하기 위해 약초물로 뜨거운 습포를 만드는 동안 난 상황을 설명했다.

"에스텔 님."

앤은 뭐라고 말해야 할지 모르겠다는 얼굴로 날 돌아보고 내 눈에 습포를 올려주었다. 씁쓸한 약초 향기가 마음을 달래 주었다.

"내가 잘못했다고 생각해?"

"네."

그 말에 울컥하는 기분이 들어서 난 습포를 손으로 누르며 말했다.

"그럼 로이가 죽게 내버려 뒀어야 해?"

"왜 물어보지 않으셨어요?"

"뭘?"

"로이 님을 고치기 위해서 에스텔 님이 치러야 하는 대가가 얼마나 되는지요."

"그건……."

"만약에, 에스텔 님이 영원히 시력을 잃는 거였다면요? 아니면 에스텔 님이 로이 님처럼 부상을 당하거나?"

순간, 할 말이 없어졌다.

"어째서 묻지 않으셨나요?"

앤이 다시 물었다. 난 망설이다가 작게 말했다.

"그렇지 않을 거라고 생각했어."

"왜요?"

"……그냥……? 음, 알파가 적극적으로 말리지도 않았고."

말하니, 이건 알파 탓 같다. 아니, 알파 탓이 아닌데.

"만약 그렇게 됐다면, 로이 님이 어떤 기분이셨을지, 저와 에스텔 님을 사랑하는 사람들이 어떤 기분일지 생각해 보셨나요?"

다치지 않을 거라고 생각했어.

난 대답을 생각하고, 내 오만함에 기가 질려 버렸다.

"미안해."
대신 나는 사과했다.
"저에게 사과하실 일은 아니죠."
"화났어?"
"네."
"미안."
"로이 님을 소중하게 생각하시는 에스텔 님의 마음, 잘 알았습니다. 하지만 에스텔 님을 소중하게 여기는 제 마음도 생각해 주세요."
"네."
공손히 나는 깊게 고개를 끄덕이며 대답했다.
아아, 그래서 에멜이 화났던 거였을까?
"에멜도 화난 것 같아."
내가 작게 말하자 앤이 "그렇겠죠." 하고 대답하며 내 눈에서 습포를 떼고 말했다.
"눈 떠 보세요."
눈을 뜨니 따끔거려서 난 얼른 다시 눈을 감았다.
"따끔거려도 계속 깜박이세요."
"으응."
난 눈을 빠르게 깜박였다. 눈물이 줄줄 흘러나왔다. 앤은 스포이트로 약물을 담아오더니 내 눈을 벌리고 두세 방울을 떨어트렸다.
따끔하면서도 시원한 감각이 퍼져 나갔다.
"다시 깜박이시고요. 반대쪽도 넣을게요."
마저 안약을 넣고 앤은 도로 스포이트를 가져다 뒀다.
"눈에 손대지 마세요."
"응."

난 얌전히 고개를 끄덕였다. 드래곤이 재미있다는 얼굴로 날 바라보고 말했다.

"그래도 중상자를 살렸는데, 그 정도로 끝났네? 다른 곳은 아픈 곳도 없어 보이고."

"튼튼하거든요. 카스티엘로라."

내 말에 드래곤은 "아아." 하고 고개를 끄덕였다.

"맞아. 마족의 피가 흐르지. 내구도가 높아서 다행이야. 아니었으면 지금쯤 안구가 안압 때문에 튀어나왔을지도 모르니까."

그 말에 저도 모르게 얼굴이 일그러졌다.

으윽, 생각만 해도 징그러워.

앤이 그 말에 "아셨죠?" 하고 뾰족한 목소리로 나에게 말해서 난 얌전히 고개를 끄덕였다.

나도 눈알이 튀어나와서 빠지는 건 싫다.

만약에 로이를 고칠 경우 내 눈알이 튀어나온다고 했다면, 난 로이를 고쳤을까?

'아니, 안 고쳤을 거야. 못 고쳤을 거야.'

스스로 생각해도 이기적이지만, 그래도 못 했을 것 같다. 아니, 다시 그 상황이 되면 할까?

모르겠다.

끙끙거리며 고민하는데 앤이 말했다.

"가서 에멜 님에게 사과하시지 그러세요?"

"응?"

"화나셨다면서요."

"응……."

대답하는데 내 대답이 이상했는지 앤이 날 돌아보았다.

"에스텔 님?"

"응?"

"에멜 님과 무슨 일 있으셨나요?"

"그게."

난 입을 벌렸다가 다물었다. 그리고 힐끗 드래곤을 보았다. 드래곤은 흥미진진한 얼굴로 몸을 일으키며 말했다.

"난 없는 걸로 해 줘. 어차피 곧 떠난다고?"

"여기저기 이야기하고 다니지 않는다면요?"

내 말에 드래곤은 코웃음을 쳤다.

"여기서 나는 없는 드래곤 취급이야. 인간 따위 상대하기도 귀찮고."

나와 앤은 실컷 상대하고 있으면서?

내 마음을 읽은 양, 드래곤이 웃으며 말했다.

"너랑 앤은 좀 다르지. 카스티엘로도 일리알도."

나도 모르게 앤을 바라보니 그녀는 평소와 다름없는 얼굴을 하고 있었다. 내 시선에 앤이 피식 웃고 말했다.

"이제 일리알이라는 말에 상처입거나 하지 않아요. 일일이 반응하는 것도 귀찮고요. 괜찮아요."

"응."

그렇다면 다행이고.

"그래서, 무슨 일이 있으셨던 건데요?"

앤이 다시 물어서 난 한숨을 푹 내쉬고 말했다.

"그게, 나, 음, 에멜을 좋아하나 봐."

"그러시겠죠?"

앤이 뭘 새삼스럽게, 하는 얼굴로 대답했고 난 손을 저었다.

"아니, 아니, 그게 아니라. 좀 더 만져 줬으면 좋겠다는 방향으로?"

앤이 내 말에 눈을 동그랗게 떴다. 그녀의 녹색 눈이 깜박이는 것도 잊고 날 뚫어지게 바라보았다.

"앤……?"

조심스럽게 그녀를 부르자 앤이 빠르게 말했다.

"만져요? 그것도 좀 더요? 그럼 언제 에멜 님이 아가씨를 만졌나요?"

어? 어어? 그쪽?

"아니, 직접적으로 만진 건 아닌데, 그러니까 만져 줬으면 좋겠다고?"

당황해서 말이 버벅거리며 흘러나왔다. 앤이 이어서 말했다.

"그냥 가까운 사람이라서 그런 거 아닐까요?"

차가울 만큼 냉정한 말이었다. 하지만 나도 그렇게 생각했던 터라 고개를 저었다.

"아냐. 다른 사람에게도 시험해 봤는데, 좀 달랐어."

"다른 사람에게 시험을 해요?!"

앤의 목소리가 빽 하고 높아졌다.

"아니, 괜찮았어. 반성했어. 그분에게 다시는 다른 사람에게 시험해 보지 않겠다고 이미 약속했어."

허둥거리며 말하자 앤의 눈이 가늘어졌다.

"크로이츠 경이군요."

"어떻게 알았어?!"

"아가씨의 바보짓을 그렇게 받아주실 분은 로이 님, 아니면 크로이츠 경뿐이죠."

정곡이다.

앤이 내 옆에 앉았다. 그녀의 머리카락은 이제 길어서 어깨쯤까지 오고 있었다. 그녀가 더는 머리를 짧게 자르지 않는 게, 난 기뻤다.

"그래서, 에멜 님을 연모하고 계신다고요?"

"어어—?"

연모.

그 직접적인 단어에 얼굴이 확 달아올랐다. 내가 버벅거리며 대답을 하지 못하자 앤이 되물었다.

"아니에요?"

"마, 맞아."

간신히 내가 생각해도 쥐꼬리같이 작은 대답이 돌아왔다.

"그럼 연인이 되고 싶으신 건가요?"

두 번째 질문에 난 연이어 숨을 삼켰다. 연인? 에멜과?

"아직 고백도 못 했는걸!"

나도 모르게 소리치고서 내가 투덜거렸다.

"나는 연애 초보라 섬세하다고."

"그렇군요. 하지만 그런 생각은 안 해 보셨어요?"

배려가 없네, 앤…….

하지만 나 역시 착실히 대답했다.

"응. 아직 그런 걸 생각할 단계까지는 아니라고 해야 하나? 사실 에멜의 생각도 잘 모르겠고. 오늘 화나게 해 버린 것 같아서……."

고백해봐야 차이면 꽝이잖아.

"그리고 에멜 님은 아가씨의 호위 기사잖아요. 연인이라도 괜찮은 걸까요?"

"아직 자라나는 새싹에게 그런 현실적인 문제를 차례로 들이밀지 말아 주겠어? 안 그래도 에멜이 눈치채고 밀어내고 있는 게 아닌가 하고 걱정하는 중인데."

내가 투덜거리니 앤이 피식 웃고 고개를 끄덕였다.

"그나저나 그 나이에 봄인가요? 늦다면 늦은 일이네요."

"늦은 거야?"

"글쎄요. 저도 잘은 모르지만, 아가씨보다 어린 나이에 결혼하시는 분도 적지는 않으니까요."

"그렇구나……."

"그런 문제는 스테파니나 제인, 혹은 애니 님이 잘 알려 주시지 않을까요?"

"그러게. 다음에 슬쩍 물어볼까. 하지만 에멜을 좋아한다든가 하는 이야기는 앤에게밖에 말 못 해."

덧붙인 말에 앤의 눈이 기쁨으로 반짝였다. 그녀가 바싹 다가와 앉으며 말했다.

"그렇게 말하면 제가 좋아하는지 알고 계신 거죠?"

"어머? 좋았어?"

"좋았어요."

앤이 그렇게 말했고 우리 둘은 함께 쿡쿡거리고 웃었다. 웃음을 멈추고서 내가 조심스럽게 물었다.

"그런데 드래곤이랑 뭘 하고 있는 거야?"

"마법을 배우고 있어요."

"마법을?"

"네, 원래 마법은 드래곤의 것이라는 걸 알고 계시죠?"

"응."

고개를 끄덕이자 옆에서 드래곤이 손을 흔들었다.

"잠깐만, 본인이 눈앞에 없는 것처럼 말하지 말아 줄래?"

앤이 무시하고 말을 이었다.

"인간이 마법을 배우기는 했지만, 완전한 것은 아니었죠. 첫 번째 마법사인 아닌타 이후로 드래곤과의 교류가 끊어지기도 했고요."

"그랬구나."
"그래서 부족한 부분을 배우고 있는 거예요."
"그래? 하델 말로는 스승보다 제자가 나을 수 있다고 했는데, 처음부터 완전히 마법을 배운 게 아니라면 부족하겠네."
"네, 부족해요. 물론 마탑에서는 그 사실을 쉬쉬하고 있지만요."
"그럴 만하지."
자기들이 가진 마법이 불완전하다는 걸 왜 알리겠는가? 이미 드래곤도 없는 마당에.
난 힐끗 드래곤을 보았다가 앤에게 물었다.
"저 자식이 공짜로 가르쳐 줄 것 같지는 않고. 대가는?"
내 물음에 앤이 드래곤을 돌아보았고 드래곤이 실실 웃으며 말했다.
"일리알의 체질을 연구해 보고 싶어서. 샘플을 좀 얻고 있지. 그리고 인간 나름대로 발전시켜 온 마법에 대해서도 반대로 배우고 있고."
"앤을 괴롭히면—"
"안 괴롭혀."
"그런 거 아니에요."
둘이 동시에 대답해서 난 고개를 끄덕였다. 그럼 다행이지.
드래곤이 자리에서 일어나서 날 내려다보았다.
"너 역시 좀 이상하구나."
"이상해요?"
드래곤이 히죽 웃었다. 그의 동공이 고양이처럼 가늘어졌다. 어쩐지 나는 그의 본래 모습이 상상되었다.
새까만 비늘을 철갑처럼 덮고 있으면서도, 가볍고 우아하게 활공하겠지.
"내가 예언 하나 해 줄까."

대답하지 않고 빤히 그를 바라보자 드래곤이 손가락으로 톡 내 이마를 짚으며 말했다.

"언젠가 너는 사랑하는 사람 때문에 죽게 될 거다."

"—!!"

앤이 확 우리 사이를 밀치고 들어오며 내 앞을 가로막았다.

"취소하세요."

앤이 이를 악물고 말했다. 드래곤은 어깨를 으쓱했다.

"취소 못 해. 드래곤은 거짓을 말하지 않아. 예언은 성취된다."

"엑?"

그런 거야?

난 당황해서 내 이마를 문질렀다. 앤이 비명처럼 다시 소리 질렀다.

"정식으로 예언한 것도 아니잖아요! 취소해요!!"

"싫어."

드래곤의 말에 앤은 손을 뻗었다. 다음 순간 뭔가 펑! 하고 터지는 듯한 요란한 소리가 났다. 드래곤은 기가 차서 말했다.

"날 공격했어?"

"취소해요!"

난 놀라 자리에서 일어나 앤의 팔을 붙잡았다.

"앤, 그만해. 난 괜찮아."

"안 괜찮아요! 그런 예언이라니!"

"당장 죽는다는 예언도 아니잖아. 내가 한 팔십쯤 됐을 때, 증손녀랑 숨바꼭질을 하다가 숨이 차서 털썩할 수도 있는 거지."

내 말에 앤의 얼굴이 일그러졌다.

"에스텔 님은 너무 물러요."

"게다가, 내 소중한 사람을 위해서라면 죽어도 괜찮아."

그 순간 앤의 초록 눈에 불꽃이 번쩍했다. 그녀가 내 뺨을 찰싹 때렸다.

어?

"에스텔 님의 그런 점이 가장 싫어요."

앤은 그렇게 소리치고는 후다닥 뛰어서 자신의 방을 나가 버렸다.

"……앤에게 맞았어……."

아프지는 않았다. 약간 따끔한 정도로, 앤도 그렇게 세게 때리지는 않았고. 그보다는 놀람이 더 컸다.

뺨을 맞다니.

진짜 놀랐다.

드래곤이 푸하하 하고 웃었다. 내가 그를 노려보니 그가 손을 뻗어 내 뺨을 만져 주었다.

시원해지며 통증이 사라졌다.

"어? 고친 거예요? 치료 마법인가요?"

"그래."

"치료 마법이 있는지는 몰랐어요."

"인간에게는 전수되지 않은 마법이니까."

"그렇군요."

"날 원망하거나 저주하지는 않아?"

드래곤이 싱글싱글 웃으며 물어왔다. 난 한숨을 내쉬고 말했다.

"잘은 모르지만, 진심이에요. 적어도 내가 미워하는 사람 때문에 죽는 것보다는 낫죠."

드래곤은 내 말에 가볍게 웃었다.

"조금도 마음에 안 들어. 너 아닌타를 닮았군."

"첫 번째 마법사랑요?"

"그래. 그 바보 멍청이랑. 인간의 선의를 믿으면 어떻게 몰락하는가를 보여준 좋은 샘플이었지. 이야~"

"그렇게 인간의 선의를 믿지는 않는데요. 저 자신도 상당히 이기적인 편이라고 생각하고요."

"흠?"

"사랑하는 사람이 죽어서 내 마음이 아픈 것보다는, 내가 대신 죽는 게 마음 편하다고 생각하니 지독하게 이기적이죠."

드래곤은 내 대답에 웃음을 지웠다. 그의 황금빛 눈동자가 어쩐지 생각에 잠긴 듯 보였다.

"그래, 그렇군."

"네. 남겨진 사람의 마음 따위 생각하지 않고, 내 마음대로 행동하는 거니까, 제멋대로에, 이기적이죠."

한숨을 내쉬며 정리하듯 난 다시 말했다.

그래, 이기적이지.

나 자신만을 챙기는 선의.

"아스라우드데롤."

"—?"

느닷없이 무슨 말이야? 하고 돌아보니 드래곤이 말했다.

"내 이름이다."

"아스라우드데롤."

난 쉽게 그걸 내뱉을 수 있었다. 기묘한 단어였다. 말할 때 불꽃을 쉿쉿 내뿜은 듯한 기분이 들었다.

"기억해 둬. 남 앞에서는 부르지 말고."

난 순순히 고개를 끄덕였다.

"드래곤의 이름은 특별한가 보죠? 진명이라든가?"

내 물음에 아스라우드데롤—너무 길다. 아스라고 하자.
아스는 고개를 끄덕였다.
“그래. 그러니까 함부로 알려 주지 않아.”
“그럼 왜 알려 주신 거예요?”
“마음에 들어서.”
방금까지 마음에 안 든다고 했으면서.
“자기가 이기적이라는 걸 아는 게 마음에 들어. 생각해 보면 살아 있는 건 다 이기적이기 마련이지. 그래, 그게 개체마다 좀 다른 방향으로 발현되는 것뿐이고.”
뭔가 납득한 듯이 그는 고개를 끄덕였다.
“그럼 그 예언을 취소해 주실 생각은……?”
모처럼 내가 마음에 들었으니까?
“없는데. 게다가 상관없다며?”
딱 잘라 거절하는 말에 난 한숨을 내쉬었다. 역시 그렇군요. 그래도 죽는다는 예언은 좀 그렇단 말입니다. 살아 있는 이상, 언제 죽을지 모르는 건 당연하지만. 그리고 살아 있는 이상 당연히 죽겠지만.
그렇다고 해서 ‘넌 죽는다.’ 이런 이야기를 듣는 게 달가운 건 아니다.
‘달가운 게 이상한 일이지.’
“뭐, 내일 죽는다. 이런 예언이 아닌 걸로 감사해 둘까요.”
아스는 피식 웃었다. 문득 나는 궁금한 점을 물었다.
“그런데, 하늘을 나는 건 어떤 기분이에요?”
“기분 좋아.”
“역시 그렇군요.”
“그래. 하지만 희한한 걸 묻는군.”
“그런가요?”

"그래. 또 다른 질문은?"

"서쪽으로 가면 다시는 안 오는 거죠?"

"그렇지."

"그거 다행이네요."

"나도 그렇게 생각해."

아스는 대답하고는 다시, 평소처럼 히죽 웃었다.

"그런데 마법사를 따라가지는 않는 건가?"

"아."

"잊어버린 거야?"

"그건 아닌데요."

냉큼 대답하고 나가려다가 문득 생각나서 돌아보며 말했다.

"그 예언 아무에게도 말하지 말아요. 괜히 다들 걱정하니까. 게다가 토벌될지도 모른다고요."

아빠나 카를이 알면, 그렇게 되지 않을까.

아스는 그냥 하하 웃을 뿐이었다. 난 입가를 비죽이고 다락방을 나섰다.

'자, 그러면 앤은 어디로 갔을까?'

답은 간단해서, 나는 좀 더 위로 올라갔다. 그러니까, 전망탑으로.

저택 외곽에 붙어 있는 터릿(turret) 위로 올라가니 앤이 서 있었다. 앤은 높은 곳을 참 좋아하는구나.

나도 좋아하지만.

앤은 날 바라보지도 않고 숲에 시선을 고정하고 서 있었다.

"앤."

불러 봐도 꿈짝도 하지 않는다.

"미안해."

사과하니 휙, 마치 쏘아진 화살처럼 앤이 몸을 돌렸다.

"뭐가요?"

초록색 눈에 불이 붙은 것 같은 안광.

"이기적인 사람이라서."

아까, 아스에게 했던 이야기를 그녀에게도 하니 앤의 얼굴이 일그러졌다.

"자각이 있는 만큼, 질이 더 나빠요."

"아하하, 그러네."

"웃지 마세요."

"응."

앤이 양손으로 얼굴을 가리고 속삭이듯 말했다.

"저 때문에 에스텔 님이 죽는 거면 어떻게 하죠?"

"앤."

나는 살그머니 앤의 어깨를 끌어안았다. 그녀는 날 밀치지 않았다.

"내가 비밀 하나 알려 줄까?"

"……뭔가요?"

"난 죽으면 다시 태어날 거야."

앤이 고개를 들었다. 어이없다는 얼굴이다.

"무슨 말씀을 하시나 했더니."

"정말로? 진짜로, 다시 태어날 거야. 그러니까, 다시 만날 수 있어."

서영일 때의 기억이 있다. 이제는 희미한 그림자만 남아서 서영이라는 이름마저 잊어버릴 때가 있지만 말이다.

그러면, 난 분명히 죽었다가 지금의 에스텔이 된 거고, 내가 죽으면 또 그다음이 있겠지.

죽음이 무서운 건, 모든 게 끝이니까. 그다음이 없으니까.

하지만 끝이 아니다.
나는 알고 있다.
'그런가. 내가 좀 이상한 건 이런 것 때문일지도 몰라.'
이제야 깨달아서 신기해하는데 앤의 얼굴이 와락 일그러졌다.
"다음은 소용없다고요! 바보 같은 소리 하지 마세요! 기억이 없으면 무슨 소용이에요? 다시 만나도 모르잖아요!"
앤이 퍽퍽 내 어깨와 등을 때리기 시작했다.
"그것도 정답이네."
웃으며 말하자 앤은 마지막으로 정말로, 세게, 아프게 날 때렸다. 그리고 "하." 하고 한숨을 내쉬고 말했다.
"이런 분이었죠. 그러니까 일리알인 저에게도 말을 거셨던 거지만."
거기까지 말하고 앤이 눈을 가늘게 뜨더니 작고 단호하게 말했다.
"빨리 에멜 경에게 고백해 버리세요."
"엑?"
"그리고 결혼해서 아이도 한 두셋 낳으시라고요."
"에엑?"
"그러면 아가씨도 좀 더 땅에 발을 붙인 느낌이 나겠죠."
"애, 앤."
당황해서 말이 나오지 않았다.
"생각해 보니 아가씨는 또래보다 확실하게 잡아 줄 수 있는 연상이 맞을 것 같네요."
얼굴이 달아올라서 난 양손으로 뺨을 감쌌다. 앤이 그런 내 얼굴을 보고 속 시원하다는 표정을 하더니 명랑하게 웃었다. 그 웃음에 놀림받았다는 걸 깨달아 난 입을 내밀었다.
"너무해."

"너무한 건 아가씨고요."

그녀의 말에 반박하지 못하고 난 뺨을 부풀렸다. 앤이 손가락을 들어 내 뺨을 쿡 찔렀다.

"분한데요."

앤이 중얼거려서 난 "뭐가?" 하고 물었고, 그녀는 그저 웃기만 했다.

그때 멀리서 종소리가 들려왔다. 난 깜짝 놀라 펄쩍 뛰었다.

"저녁 연회!"

"빨리 가 보세요."

앤이 손을 흔들며 하는 말에 나는 고개를 끄덕이고 얼른 전망탑 아래로 뚫린 계단으로 내려갔다. 완전히 내려가기 전에 고개를 들어 앤을 보고 말했다.

"고마워."

내 말에 앤은 "저도요." 하고 대답했다. 난 씩 웃고 얼른 전망탑을 내려갔다.

Chapter 4.

'좋아. 연회도 잘 진행되고 있고.'

코르셋 덕분에 쓰러지지 않을 수 있었다. 코르셋이 없었으면 허리가 휘었을지도……. 근육통은 시간이 지날수록 더 심해져서 난 의자에 앉고 일어설 때마다 각오를 해야 했다.

'슬쩍 빠질까?'

어차피 나 하나가 빠져도 모르겠지. 슬쩍 연회장을 바라보니 다들 먹고 마시느라 정신없었다. 오늘 술 창고가 상당히 빌 것 같다. 제온도 딱히 어색하지 않게, 카를의 옆자리에 앉아서 마시며 기사들과 큰 소리로 떠들고 있었다.

'좋아.'

슬쩍 빠져나가자.

난 자리에서 살며시 일어나서 연회장을 나왔다.
'목욕하고 자야지. 근육통에는 뜨거운 물이 최고야.'
그때 누가 내 어깨를 잡아서 흠칫했다.
"미안."
돌아보니 카를이었다. 아니, 언제 나온 거람?
"오라버니? 무슨 일이세요?"
"이거. 도로 가져가."
카를이 손을 내밀어서 의아해하며 받아 드니 금색 정령석이었다.
내가 카를에게 선물했던.
"이거 내가 오라버니에게 준 거잖아요? 한번 준 건데 왜 돌려주는 거예요?"
"이젠 필요 없어."
"네? 하지만—"
"네가 더 필요할 것 같고."
난 금색 정령석을 바라보았다. 달빛과 별빛을 모아둔 것처럼 빛나며 몰아치듯 흔들린다.
"그렇지만 오러를 쓰시려면 필요하잖아요?"
"없어도 쓸 수 있어."
어쩐지 시무룩해져서 정령석을 꽉 쥐니 카를이 가볍게 내 머리를 쓰다듬으며 말했다.
"어쩐지 정령석은 널 닮았던데."
"네?"
"시끄러워."
"네에?"
난 카를을 빤히 보다가 물었다.

"오라버니, 취했어요?"
카를은 잠시 생각하듯 날 바라보다가 말했다.
"아니."
"취한 것 같은데요."
"아닌데."
"제 정령석이 시끄럽다고요?"
"그래. 웅웅 울리는 소리가 다른 정력석보다 더 심해."
카를이 고개를 끄덕이고 이어서 중얼거렸다.
"사람을 죽이는 건 싫지 않아."
중2 카를!
이제 나이가 몇인데 아직도!
내가 눈을 동그랗게 뜨자 카를이 웃고 말했다.
"말했잖아. 사람을 싫어한다고."
"그랬죠."
싫어하는 걸 죽이는 건, 그다지 저항감이 없는 일이겠지.
카를의 손이 내 뺨을 어루만지고 내 목덜미로 내려왔다.
"약하고, 어리고. 부서지기 쉽고."
"전 튼튼해요."
내 말에 카를이 히죽 웃었다.
"하지만 이젠 괜찮아."
"뭐가요?"
"싫지는 않지만, 즐겁지도 않더군. 넌 무모한 짓을 했다고 들었고."
카를이 손을 뻗어 내 코를 꽉 쥐었다가 놓았다.
"오라버니!"
빽 소리치자 하하 그가 웃었다. 역시, 취했어. 취했다고.

"하여간 이젠 괜찮아."
카를은 그렇게 말하고 다시 연회장 안으로 들어가 버렸다.
대체 뭐람?
난 손을 벌려 정령석을 내려다보았다. 온화하고 부드러운 노래.
'좋기만 한데.'
투덜거리고 나는 내 방으로 삐걱삐걱 발을 옮겼다.

다음 날, 아침 식사를 하다가 '아, 맞다. 그러고 보니 로이가 나에게 개인적으로 충성 맹세를 했는데요.' 하고 말하자 식탁 위에 정적이 감돌았다.
잠시 후 쏜살같이 달려온 켈슨이 나에게 잔소리를 퍼부었다.
왜 그 이야기를 지금에서야 하십니까, 그럼 뭡니까, 로이 경은 충성 맹세를 하고서 저대로 방치? 방치입니까? 이 사실이 바깥에 알려지면 사람들이 뭐라고 생각하겠습니까? 아니 그보다 로이 경이 어떻게 생각하겠습니까!
난 입을 헤 벌리고 그 이야기를 듣다가 되묻는 수밖에 없었다.
"그게 그렇게 대단한 건가요?"
잘은 모르지만, 늑대기사단도 아빠에게 충성을 맹세하고 그런 거 아닌가?
내 질문에 켈슨의 얼굴이 굳었다.
"로이 딜런은 아가씨에게 개인 서약을 했지요."
"네."
"이제 그는 아가씨의 것입니다."
"……."
저도 모르게 입을 벌리자 켈슨이 보충 설명을 했다.

“그의 생사도, 명예도, 삶도, 모든 것이 전부 말입니다. 개인 서약은 흔하지 않은 일이며, 주인에게도 명예로운 일입니다.”

“그랬군요…….”

이렇게 무거운 건지 몰랐다. 난 자리에서 벌떡 일어나며 말했다.

“그러면 어떻게 하면 될까요? 제 기사라고 해도, 솔직히 말하면 잘 모르겠어요. 그래도 저 역시 최선을 다하고 싶어요.”

무지했다고 해서 용서가 되는 일이 있고, 안 되는 일이 있다. 이건 아마 후자이리라.

켈슨이 내 반응에 고개를 끄덕이며 말했다.

“그렇군요. 대부분 자신의 기사에게 뭔가를 하사합니다. 검이나 무구가 보통이지요.”

“그리고 그걸 호사스럽게 하겠죠.”

“사실은 맹세 의식부터 호사스럽게 합니다만, 이미 맹세는 받으신 거지요?”

“네.”

“그렇다면 어쩔 수 없군요.”

로이에게 선물이라.

‘그야 보물은 썩어날 만큼 있지.’

하지만 그게 ‘내 것’이라는 느낌은 들지 않는다. 내탕금이나 용돈도 받고 있기는 하지만 그것도 좀 다르고.

‘어쩐다.’

고민하는데 켈슨이 물었다.

“그런데 좀 갑작스럽기는 하군요. 로이 경의 맹세는.”

그러며 그가 빤히 날 바라봐서 난 어색하게 시선을 돌리며 말했다.

“말하면 어쩐지 혼날 것 같은데요.”

"그렇다면, 말해 보세요."

생글 웃으며 켈슨이 말해서 난 사실대로 솔직하게 말했다. 이야기가 끝나자 그는 잠시 날 바라보다가 시선을 아래로 내리고 한숨을 내쉬었다.

"뭐, 납득이 가는군요."

"안 혼내요?"

"이미 여러 가지로 교훈을 얻으신 듯이 보여서요."

"감사합니다."

"아닙니다."

"그런데 뭐가 납득이 간다는 거예요?"

"로이 경의 맹세요. 저라도 했을 것 같은데요?"

"네?"

놀라 묻자 켈슨이 웃으며 서류를 넘겼다.

"부하를 위해 목숨을 거는 상사는 드물죠. 특히 호위를 위해서는요."

그렇게 대단한 게 아니었는데, 하고 멋쩍어져서 난 도로 자리에 앉으며 말했다.

"일단 로이와도 이야기해 볼게요. 그런데 그러면 더는 늑대기사단실에서도 지낼 수 없는 건가요?"

"아아, 네. 늑대기사단 소속이 아니게 되니까요. 물론 양해를 구할 수는 있지만요."

"그럼 저택에 따로 방을 줄 수 있는 건가요?"

"네."

켈슨이 고개를 끄덕였다. 난 몇 가지 궁금한 점을 더 물었고 켈슨은 내 질문에 모두 대답해 주었다.

과연, 총관직.

난 로이와 이야기를 하기 위해 집무실을 나섰다. 병실에 들어가니 로이가 지루하다는 얼굴로 누워 있다가 자리에서 벌떡 일어났다.

"아가씨."

"로이, 몸은 괜찮아?"

"완전히 괜찮습니다."

로이가 손을 저으며 말했다. 난 침대가로 다가가 사과했다.

"미안."

"네? 뭐가요?"

"로이의 맹세가 그렇게 대단한 건지 몰랐어. 게다가 하루 동안 그냥 놔뒀잖아. 잔뜩 혼났어."

로이가 킥킥 웃으며 말했다.

"괜찮습니다. 딱히 뭔가 바란 것도 아니었으니까요."

"그래? 하지만 켈슨은 굉장히 호화스럽게 행사를 한다고."

"그렇죠. 하지만 그러기는 싫은데요."

"로이, 오라버니를 닮아가."

"그렇다면 영광이죠."

로이가 씩 웃었다.

"그러면 아무런 행사도 하고 싶지 않은 거야?"

"네. 할 수 있다면요. 물론 주군께서 원한다면 달라지지만."

주군.

그렇구나.

난 고개를 저었다.

"아냐, 나도 그런 건 어려워."

"귀찮은 거겠죠."

"둘 다야."

웃고 나는 진지하게 그를 바라보았다.

"맹세를 하면, 로이가 나의 것이라고 들었어."

"그렇습니다."

"그럼 내 것도 전부 로이 거야."

그의 푸른 눈이 커졌다.

"주군은 정말."

로이는 희미하게 웃었다. 나도 그에게 씩 웃어 주었다.

간략한 예식과 거취에 대해서 우리는 가벼운 이야기를 나눴다.

"기사단실에 머무르라면 머물겠지만. 그래도 모처럼이니 저택에서 묵을까요."

로이의 말에 난 고개를 끄덕였다. 나와 가장 가까운 방을 내주면 되겠지.

"그런데 그럼 엘런과 떨어지게 되잖아? 괜찮아?"

"전쟁 통에도 떨어져 있는걸요. 괜찮아요."

음, 엘런을 호위로 꼭꼭 붙잡아 놔야겠다.

"로이, 뭔가 가지고 싶은 거 있어?"

"글쎄요. 돈?"

"어?"

예상치 못한 말에 내가 눈을 크게 뜨자 로이가 웃으며 말했다.

"이제 늑대기사단 지급품은 쓰지 못하니까요."

"그, 그렇군. 그건 내가 어떻게 해 볼게."

"기대하겠습니다."

로이는 조금의 사양도 없이 말했다. 하긴, 내게 모든 걸 맡긴다는 말은 반대로 말하면 내가 모든 걸 책임져야 한다는 말이기도 하다. 훌륭한 상사는 역시 지급품부터인가. 그래서 검이나 무구를 하사한다고 그랬구나.

로이에게 편한 대로 방을 옮기라고 이야기하고 난 아스에게로 향했다.

"드래곤과 잠깐 이야기 좀 하려고."

앤의 다락방을 찾아가 말하니 그녀는 흔쾌히 고개를 끄덕였다.

"무슨 일인데?"

아스가 물어 와서 난 대답했다.

"비늘을 받고 싶은데요."

"비늘?"

생각지도 못한 얘기를 들었다는 듯이 아스가 자리에서 일어났다. 책상에는 양피지와 책 여러 권이 놓여 있었다.

뭐야, 제대로 일하기는 하는구나.

성실한 드래곤이라니 우습기도 하고, 신기하기도 하고. 앤에게 도움이 되는 것 같아서 무엇보다 안도했다.

"검이나 방패나 갑옷을 만들고 싶어서요."

드래곤 비늘이 튼튼하니까, 그런 걸로 만들면 엄청 희귀하지 않을까?

내 말에 아스가 허? 하는 얼굴을 하더니 물었다.

"내 비늘로? 왜? 그보다 가공할 수나 있는 건가?"

"아, 가공은 생각 못 했는걸요."

그러고 보니 평범한 대장간에서 다룰 수 있는 걸까?

"그보다 왜 하필 내 비늘이야?"

어라? 일반적이지 않은 건가?

"드래곤 비늘은 튼튼하잖아요. 그러니까 뭔가 특별한 선물이 될 거라고 생각했죠."

"그야 튼튼하기는 하지만."

"보통 만들지 않나요?"
"너라면 네 가죽으로 뭔가 만들겠냐?"
읏, 하고 난 숨을 삼켰다. 그래, 확실히 그건 기괴하지.
"그렇군요. 전설의 무구 같은 게 될 거라고 생각했는데요."
내 말에 아스가 낄낄 웃으며 도로 자리에 앉았다.
"안 하지, 보통."
"그런가요."
헛다리를 짚었구나, 하고 허탈감이 마음속을 감쌌다. 드래곤 비늘로 만든 갑옷! 당연히 있을 줄 알았지.
'만들어 주면 굉장할 텐데, 아쉽다.'
"그런 엉뚱한 생각은 어떻게 한 거야?"
"그냥요."
한숨을 내쉬며 난 의자를 끌고 와서 아스의 앞에 털썩 앉았다. 그가 흥미진진한 얼굴로 말했다.
"만들어 줄까?"
"네?"
"내 비늘로 만든 갑옷."
"튼튼한가요?"
"하겠지, 그야."
"가공은요?"
"내가 마법으로 하면 되고."
"대가는요?"
공짜로 얻을 수 있는 물건은 아무것도 없다. 그렇다고 아스가 돈에 움직일 것 같지도 않고.
어차피 곧 서쪽으로 갈 모양이니 짐을 늘리지도 않을 거고.

"널 맛보게 해 줘."
"무슨 헛소리를 하는 거예요!"
"좋아요."
앤과 나의 대답이 동시에 튀어 나왔다. 앤이 내 머리채라도 붙잡을 얼굴로 소리쳤다.
"에스텔 님!"
"어? 진짜?"
아스 역시 놀란 얼굴이었다. 난 고개를 끄덕였다.
"그럼 그걸로 된 거죠?"
"그래."
묘한 얼굴로 말하고 아스가 씩 웃었다.
"그래서? 언제 맛보게 해 줄 건데? 오늘 밤? 아니면 지금?"
"지금 할까요."
난 그러며 자리에서 일어나 소매를 걷었다. 앤이 창백해져서 내 팔을 붙잡았다.
"무슨 소리를 하시는 거예요, 에스텔 님. 제대로 생각하세요. 에멜 경을 좋아하시잖아요?"
"그렇지—?"
그런데 그거랑 이거랑은 별개의 문제고.
난 앤에게 물었다.
"혹시 칼 있어?"
"네? 칼이요?"
난, 앗 하고 아스를 돌아보며 말했다.
"맛보기니까 피만이에요? 살점은 잘라 주지 않을 테니까?"
"뭐……?"

"맛보고 싶다면서요."
"그렇지?"
"그러니까 피로 만족하라고요. 일리알이나 카스티엘로에 흥미 있는 거잖아요."
예전에 레프턴에게 당한 걸 생각하면 피 좀 담아 주는 거야 별거 아니지. 내 말에 앤은 스르륵 내 팔을 잡은 손을 놓더니만 마구 웃기 시작했다.
"앤?"
"자기 꾀에 자기가 넘어갔네요."
싱글싱글 웃으며 앤이 아스를 돌아보았다. 아스는 불만족스러운 얼굴로 답지 않게 뺨을 부풀렸다가 숨을 내뱉으며 말했다.
"저 인간 계집이 멍청하다는 건 알겠어."
지금 호칭의 급이 완전히 내려가지 않았어?
"뭐라고요?"
내가 눈썹을 치켜 올리며 돌아서자 아스가 이쪽으로 오라고 손짓했다.
의아해하며 다가서자 그가 내 팔을 잡아당기더니 그대로 깨물었다. 으악!
갑작스러운 날카로운 통증에 나도 모르게 흠칫했다.
"뱀파이어 같아……."
내 팔에 이를 박아 넣은 아스를 보며 중얼거리자 그가 "그게 뭐야?" 라고 말하며 팔을 놓아주었다.
'그렇군. 여기는 뱀파이어라는 개념이 없구나.'
내 팔에 동그랗게 구멍 두 개가 뚫리고, 거기에서 피가 흘러나오고 있었다. 앤이 허둥지둥 내 팔을 자신의 손수건으로 눌렀다.

"뭐, 별다른 맛은 아니네."
입술을 핥고 아스는 그렇게 말했다. 그가 히죽 웃었다.
"보통 인간보다 좀 더 따끔한 맛인가?"
내가 그에게 다시 다짐했다.
"무구요."
"그래, 누구에게 만들어 줄 건데?"
"로이요."
"알았어."
그가 고개를 끄덕였다.
그리고 그날 밤, 난 팔이 퉁퉁 부어서 끙끙 앓았다. 애니는 독사에 물린 게 아니냐며 어쩔 줄 몰라 했다.
"뱀이라면 뱀인가……?"
드래곤도 도마뱀 같은 거고, 도마뱀은 뱀과 아주 먼 친척지간 같은 거니까?
내 중얼거린 말에 애니는 대체 뭘 하고 다니신 거냐며 치료사를 불렀다. 치료사는 나에게 어떻게 생긴 뱀에게 물렸냐고 물었다. 차마 검은 머리에 잘생긴 도마뱀이라고 할 수는 없어서, 기억이 나지 않는다고 대답했다. 치료사는 그렇게 강한 독은 아니라며 약을 처방해 주었다.
다음 날 완전히 멀쩡해진 게 약 덕분인지, 아니면 체질 덕분인지, 아니면 그냥 나은 건지는 모르겠지만 말이다.

* * *

로이는 바로 내 옆방으로 옮겼다. 늑대기사단의 옷도 전부 반납했다.
'그러고 보니 이제 로이에게 월급도 내가 줘야 해. 여기는 봉록을 어떻

게 주지?'

켈슨에게 상담하니 이곳은 월급이 아닌 연봉으로 지급을 한다고 했다. 난 이런저런 준비금까지 생각해서 로이에게 첫해 연봉을 지급했고 그는 심각한 얼굴로 말했다.

"주군."

"네."

"저 아가씨를 주군으로 섬기기로 한 거 정말 잘한 것 같아요."

"그렇게 생각해 주니 다행이네요."

나 역시 진지한 얼굴로 대답했다. 로이 때문에 바빠서 에멜과 마주칠 일이 거의 없었다. 그가 호위일 때는 보겠지, 하고 마음을 다졌는데 에멜은 다른 일이 바빠서 당분간 호위를 서지 못한다고 엘런을 통해 알려왔다.

아쉽기도 하고 안도가 되기도 했다. 그리고 그리웠다. 하지만 그럴 생각을 할 틈도 없이 그 사이에 아스에게 부탁한 무구가 생각보다도 더 빠르게 완성되었다. 그는 검은색 가죽으로 된 갑옷 일체를 내주었다. 단순하게 생긴 구조였다.

'비늘이라서 딱딱한 쇳덩이 같은 거라고 생각했는데, 가죽이구나.'

하긴 뱀 가죽도 가죽이지.

하지만 일반 가죽과는 느낌이 좀 달랐다. 금속성 가죽?

이런 게 말이 되는지는 모르겠지만 말이다.

그것과 함께 방패까지 세트였다.

"검은요?"

"그건 알아서 만들어. 가죽으로 검을 만드는 건 이상하잖아."

"그건 그러네요. 고마워요."

꾸벅 인사를 하자 아스는 "의외로 재미있었어." 하고 어깨를 으쓱했다.

“그런데 어디 비늘을 뗀 거예요?”

“꼬리.”

“그렇군요. 아프지는 않았죠?”

아스는 고개를 끄덕였고 난 가슴을 쓸어내렸다.

거기다가 내가 용돈 때문에 고민한다는 게 아빠에게 알려졌는지 아빠는 나에게 지금 개발 중인 백작령을 가져가는 게 어떠냐고 제안했다.

“백작령을요?”

내가 놀라 되묻자 아빠가 고개를 끄덕였다.

“어차피 네가 정화해서 만든 땅이니까.”

“그런…….”

“게다가 일이 너무 많아져서.”

“귀찮으시군요.”

아빠는 어깨만 으쓱했다. 그 말에 난 고개를 끄덕였다. 나중에 돌려드리면 되겠지.

“알겠어요.”

대답하자마자 옆에서 듣고 있던 켈슨이 만세를 불러서, 갑자기 피가 식는 기분이었다.

‘일의 양이 만만찮겠구나.’

그런 예감이 들었다.

그리고 이런 예감은 꼭 들어맞더라.

켈슨이 나에게 가져다준 서류 뭉치 덕분에 책상 위가 보이지 않을 정도였다.

로이는 “이야, 제가 기사가 되자마자 주군이 백작님이 되셨네요.” 하고 농담처럼 말했지만, 이건 농담거리가 아니다.

'진짜 큰일인데.'

난 그렇게 생각하면서도 에멜에 대해서도 잊지 않았다. 제온을 만난 건 서류를 들고 정원을 가로지를 때였다.

"에스텔. 백작이 됐다면서?"

"제온! 그러네요. 제온보다 먼저 백작이 되어 버렸어요."

"이게."

제온이 웃으며 내 머리를 흐트러트리려다가 손을 내리고 헛기침을 했다.

"이제 꼬맹이가 아니니까."

그의 말에 난 제온에게 물었다.

"제온."

"응."

"나 예뻐요?"

"응."

제온의 대답은 금방 나왔다. 대답하고 제온은 스스로 당황한 것처럼 한 손으로 제 얼굴을 눌렀다가 신음처럼 말했다.

"그래, 그렇지. 어. 예뻐."

그가 붉어진 얼굴로 슬쩍 나를 보고 물었다.

"그런데 왜?"

"제가 고백하면 어떨 것 같나요?"

그의 청록색 눈이 가볍게 깜박여졌다.

"고백하려고? 누구에게?"

"그건, 모르겠어요. 아직."

솔직히 말해서 앤이 얼른 고백해 버려요, 라고 했지만. 그럴 용기를 낼 수 있을지 모르겠다.

그 뒤로 에멜이랑 마주친 적도 없고…….

"글쎄."

제온이 고개를 갸웃했다.

"별로예요?"

"다들 좋아할 거라고 생각해."

엇?

그 말에 놀라 제온을 빤히 보자 그가 미소 지으며 말했다.

"이렇게 미인인 데다가, 백작이고, 카스티엘로 공작 영애인 네가 고백하는걸."

"그건, 좀 다른 것 같은데요."

"응, 그래서 글쎄라고 한 거야."

"그렇군요. 확실히 충고가 되었습니다."

제온이 "그래, 그래." 하고 고개를 끄덕였다. 그런 그의 얼굴이 밝지 않아 보여 난 되물었다.

"제온은 무슨 일 있나요?"

"응?"

"어쩐지 분위기가 안 좋아서요."

"아. 리들 때문에."

"황자님이요?"

"그래."

"왜요?"

"리들과 카를 사이에 끼어 버렸어."

제온이 씁쓸하게 웃으며 말했다. 끼었다고?

"리들과 카를이 싸웠나요?"

"비슷하지."

"진짜요?"

"정말로 싸웠냐고 하면 미묘하기는 한데……. 카를에게 리들은 더 이상 친구가 아니게 되어 버린 것 같아."

"아."

난 서류를 꼭 끌어안으며 한숨을 내쉬었다.

"그건 제온이 너무 훌륭한 친구라서 그래요."

카를은 선을 그은 것이다. 자신이 위험할 때 달려온 친구와 그렇지 않은 자.

내 말에 제온이 고개를 흔들었다.

"그렇게 훌륭한 건 아닌데. 게다가 리들은 황자니까 자신의 입장이라는 것도 있잖아? 황가 사람이 함부로 움직일 수는 없는 거니까."

"그거야 그렇지만, 그래도 제온은 와 줬잖아요."

"너 어떻게 네 오라비랑 말하는 게 똑같냐. 카를도 그러더라고. 그래서 어쩐지 리들이—"

뭔가 말하려던 제온이 고개를 저었다.

"아냐, 됐다."

"제온."

"응?"

"제온은 좋은 사람이에요."

"반했어?"

"그건 아니지만."

정색하자 제온이 히죽 웃었다. 그가 내 뺨을 가볍게 잡아당기고 말했다.

"귀염성이 없어요. 이럴 때는 빈말이라도 제온 오빠가 최고예요, 하는 거야."

"으엑?"
"어쭈?"
제온은 몇 번 더 내 뺨을 잡아당기다가 놓아주었다. 뺨이 얼얼하다. 어쩜, 이런 짓은 내가 성인이 된 이후로 카를에게도 당한 적이 없거늘! 하지만 난 이제 어른이니 태연하게 대응하기로 했다.
"제온."
"응?"
"카를 오라버니랑 같이 싸웠을 때요, 괜찮았나요?"
내 질문에 제온이 멈칫했다. 그가 잠시 고개를 들었다가 한숨과 함께 말했다.
"솔직히 말하자면 무섭더라."
"그런 점이 제온의 좋은 점 같아요."
"무서워하는 게?"
"아뇨, 그걸 저 같은 어린 여자아이에게 솔직하게 말한다는 점이요."
정면으로 그걸 받아들이고 인정하지 않으면, 그렇게 못하지. 자기가 무서워했다거나, 떨었다는 걸 인정한다는 것 자체가 굉장한 거고.
"그런가? 뭐, 무서운 건 무서운 거니까. 그런데 같은 편이라고 생각하니까 괜찮더라고. 게다가."
제온이 표정이 묘해졌다.
"게다가요?"
"날 챙기는 걸 알게 되니까 좀 빡도 치고?"
"빡쳐요?"
"아, 열 받았다고."
"아."
난 고개를 끄덕였다. 제온이 히죽 웃으며 말했다.

"게다가 웃으면서 살육을 즐기면 진짜로 친구고 뭐고 싫을 거라고 생각했는데 그것도 아니더라고."
"그랬군요."
"응. 전투가 끝나고 가만히 서서 들고 있는 검만 바라보고 있는데, 싫다는 느낌은 안 들었어."
"검만 바라본다고요?"
"응, 슬쩍 물어보니까 거기 붙은 정령석이 널 닮아서 시끄럽다는데."
"전 안 시끄러운데요."
반박하니 제온이 웃은 후 어깨를 으쓱했다.
"그 뒤로는 대장만 집요하게 노려서 오히려 곤란했지만."
"그랬어요?"
"우리 대장이 단기필마로 적의 후진에 있는 대장의 목을 따러 직진으로 달려가면 주변에 있는 사람의 기분은 어떨지 서술하시오."
"그건—"
"엿 같지."
"그러네요."
난 고개를 끄덕였다. 제온이 싱긋 웃고 말했다.
"뭐, 나도 슬슬 집에서 얘기도 나오고 하니까, 다음 주쯤에는 올라갈 예정이야."
"얼마 안 남았잖아요?"
"여기에 언제까지고 있을 수는 없잖아. 수도에서 보면 되지."
제온이 어깨를 으쓱하며 하는 말에 난 고개를 끄덕였다.
'그러고 보니.'
드래곤 토벌을 성공한 건 아닌데, 황실은 이 사태를 어떻게 생각하고 있을까?

오라버니에게 공작 위까지 승계하라고 했었는데…….
"일 급한 거 아냐?"
제온의 말에 난 '아차' 하고 제온에게 인사를 하고는 얼른 다시 걷기 시작했다.
'그런데 그걸 생각할 여유가 머릿속에 없어. 켈슨에게 부탁했던 로이의 검은 곧 완성된다고 했고, 그러면 무구 일체를 로이에게 내리고…… 내가 솔라드 백작이 되었으니 솔라드 백작 문장도 만들어야 한다고 했고, 그리고 백작령에 이주민을 받는 일도 차례로 진행해야 하고, 또 에멜도 한번 봐야 하는데.'
머릿속이 펑 하고 터질 것 같아.
이래서 비서가 필요하다고 하는 걸까?
'하델을 고용하면 좋겠다. 하지만 하델은 자기 연구를 하기에 바쁠 테고. 그래도 말이라도 꺼내 볼까? 아냐, 연구를 방해할 수는 없지.'
그런 생각을 하고 있는데 거기에 생각지도 못한 복병이 튀어나왔다.
저녁에 지친 몸으로 방으로 돌아가니 진이 날 따로 청했다.
"진? 무슨 일이에요?"
"아가씨."
진의 얼굴은 진지했다.
"네."
나도 덩달아 진지해졌다. 진이 따로 나에게 독대까지 청할 일이라면, 중요한 일이겠지.
"에멜과 이야기해 보셨습니까?"
"에멜이랑요? 무슨 이야기요?"
되묻자마자 얼굴이 달아오르는 것 같았다. 어? 에멜이 나에 대해서 뭔가 진에게 이야기한 건가?

"꽤 오랫동안 못 봤어요."

변명처럼 말하니 진이 조용히 말했다.

"에멜이 공작가를 떠나는 건 알고 계십니까?"

순간 진이 무슨 말을 하는지 이해가 가지 않았다. 아니, 이해가 가지 않는 게 아니라 받아들여지지가 않았다.

"네?"

"에멜이 공작가를 떠난다는 걸 알고 계십니까?"

진은 천천히 같은 말을 반복했다. 난 얼빠진 질문을 던졌다.

"에멜이 왜요?"

"역시 모르고 계셨군요."

그의 말에 난 혼란스러움에 고개를 저으며 말했다.

"에멜이, 갑자기 왜요? 떠난다뇨? 어디로 출정이라도 가는 건가요?"

진은 잠시 침묵하다가 말했다.

"제가 말해도 되는 이야기인가 고민했습니다. 에멜이 따로 아가씨께 이야기한다고 했었기에."

"무슨 일인데요? 에멜은 나에게 아무런 이야기도 없었는데요?"

"……."

"진 세이건."

그의 이름을 압박하듯 부르자 진의 얼굴에 그늘이 졌다.

"그럼 공작 전하께서도 아무 말씀 없으셨고요?"

진의 말에 난 뒤통수를 한 대 맞은 것 같은 기분이었다.

"아빠도 아셔요?"

"늑대기사단의 일이니까요."

"그런데, 음. 그러니까 비밀 임무 같은 건가요?"

진의 눈이 날 똑바로 보았다.

"여기서부터는 제 일이 아닌 것 같습니다. 아가씨와 에멜의 일이지요."

"진."

하지만 진은 입을 딱 다물어 버렸다. 미치고 팔짝 뛸 지경이 되어 나는 이마를 짚었다. 안 그래도 요즘 혹사당하고 있는데, 여기에 또 무슨 일이 더해진 건가 싶다.

"알았어요. 고마워요, 진."

깊게 숨을 들이마시고 일단 나는 진에게 감사를 전했다.

잘은 모르지만, 진이 나에게 이 이야기를 한 것은 순전히 호의에서일 터였다.

비밀 임무를 맡았거나 한 거라면…….

'정말?'

그런 일인 걸까?

그런 일이라면 진이 나에게 '에멜이 공작가를 떠나는 걸 아시냐'고 물었을까?

난 내 방으로 들어가 침실에서 서성거렸다. 애니가 내 얼굴을 보고 말했다.

"아가씨, 안색이 너무 안 좋으세요. 요즘 너무 일하시는 거 아닌가요? 얼른 주무세요."

"응, 고마워요. 잠깐 생각할 게 좀 있어서……."

"그래도요. 몸이 먼저죠."

"얼른 잘게요."

싱긋 웃으며 말하니 애니가 내 방의 등을 끄며 말했다.

"주무세요."

단호하게 말하고 그녀는 방을 나갔다.

'이런.'
깜깜한 방 안에서 나는 침대에 누웠다가 잠이 오지 않아 다시 일어났다. 피곤한데도 잠은 오지 않고, 눈이 말똥말똥했다. 이 상태로는 도저히 잠이 오지 않겠다.
'에멜이랑 이야기하러 갈까?'
하지만 이런 한밤중에 에멜을 만나러 가는 건…….
나도 머쓱하고, 에멜도 화낼지 모른다. 혹시 그가 자고 있거나 할 수도 있고.
'역시 잠을 자고 내일 이야기를 하는 게 낫지.'
침대에 누워서 눈을 감고 있다가 난 다시 일어났다.
'진짜 잠이 안 오네.'
피곤해서 머리는 멍하고, 눈은 뻑뻑한데도 잠이 오지 않았다.
'안 되겠다.'
산책이라도 해야지.
잠옷 차림 그대로는 좀 그렇고—
전에 있었던 일을 상기하며 나는 긴 드레스를 걸쳤다. 코르셋을 입지 않는, 가슴 아래에서 탁 퍼지는 스타일의 드레스였다. 유행하는 스타일은 아니지만, 그래도 잠옷을 입는 것보다는 낫겠지. 거기에 슬리퍼를 신고 난 하녀 통로로 조심스럽게 나왔다.
'이 버릇도 고쳐야 하는데.'
하지만 편한 걸 어떻게 해?
늦여름 밤은 아무것도 걸치지 않아도 괜찮았다.
'좋다.'
난 내 옷을 내려다보았다. 이런 스타일의 드레스도 좋아하는데…….
푸른 사슴 방에서 발견했을 때 스테파니가 한 말에 의하면 50년 전쯤

유행했던 것 같다.

그러니까 증조할머니 스타일?

하지만 코르셋이 없으니까 편하고…….

그런 생각을 하며 깊게 숨을 들이마시고 정원을 산책했다. 하늘을 보니 달무리가 져 있었다.

'내일 비 오려나.'

천둥 번개는 치지 않게 해 주세요.

작은 소원을 빌고 난 멈춰 섰다.

'뭘까.'

왜 나는 기사단실 앞에 와 있는 걸까. 여기로 오려는 생각이 아니었는데…….

한숨을 내쉬고 난 몇 번 망설이며 왔다 갔다 하다가 돌아섰다.

'역시 이런 시간에 찾아가는 건 그래.'

예전에는 아무렇지도 않게 했던 일이, '남녀 문제'라는 것이 끼어들자 전혀 다른 일이 되었다.

"하―"

길게 한숨을 내쉬고 돌아가려는데 낮은 소리가 들려왔다.

'어?'

난 몸을 휙 돌렸다.

정령이 우는 소리.

낮고 깊고, 슬프고, 포악하고, 울부짖고, 그러면서 그 모든 것이 침잠하는.

"에멜?"

에멜의 정령석이 우는 소리였다. 난 홀린 듯이 그 소리를 따라 연무장으로 발을 디뎠다. 연무장 안쪽, 보이지 않게 되어 있는, 마스터 전용의 연습장.

에멜이 거기서 검을 휘두르고 있었다.

금색 오러가 뚜렷하게 황금색 궤적을 그렸다. 에멜이 날 발견하고 검을 내렸다.

"아가씨."

그는 놀란 것 같지도 않았고, 기쁜 것 같지도 않았다.

"한밤중에 검 연습이에요?"

"마지막으로 휘둘러보는 거죠."

에멜이 싱긋 웃으며 대답했다. 평소와 조금도 다름없는 미소였다.

'정령석은 저렇게 우는데?'

난 그의 손에 들린 검에 한 번 시선을 주었다가 다시 에멜을 보았다. 마음에 걸리는 단어가 있다.

"마지막이라뇨?"

"내일이면 공작가를 떠나니까요."

꽁꽁 언 호수 위에 서 본 적이 있는가?

얼음 호수가 단단하다고 생각하고는 신나게 놀고 있는데, 쩍— 하는 작은 소리를 들었을 때, 그런 느낌.

발밑이 단단한 줄 알았는데, 반석처럼 거기에 존재하는지 알았는데, 그게 아닐 때.

그 감각.

"떠나요?"

"네, 아직 말씀 안 드렸나요?"

"안 했어요."

"아, 내일 아침에 하려고 했나 봐요. 내일 공작가를 떠나게 됐습니다."

날카로운 소리를 내면서 얼음이 부서지는, 그런 감각에 난 몸을 움츠렀다.

왜요, 무슨 일인데요? 꼭 가야 해요? 그런 물음들은 모두 사라지고 난 매달리듯 말했다.

"가지 마요."

에멜이 눈을 동그랗게 떴다가 웃었다.

"늦게 말씀드려서 죄송해요, 아가씨."

"나 때문에 화나서 그래요? 무슨 일인데요? 갑자기 왜 떠나는 거예요?"

그제서야 물음들이 잇달아 쏟아져 나왔다.

"이유는 말씀드릴 수가 없네요."

"왜요? 나에게도 말 못 해요?"

"제가 아가씨에게는 말해야 한다는 그 오만함은 어디서 오시나요?"

칼로 찌르는 듯한 일격이라 난 숨을 삼키며 한 걸음 물러섰다. 떨리는 눈으로 에멜을 바라보는데 그의 정령석이 낮게 울었다.

슬프게.

에멜은 흠칫하며 검 손잡이를 쥐었고, 난 거기에 힘입어 한 발 다시 앞으로 디디며 말했다.

"그야, 에멜과 나는 가깝잖아요? 그죠? 그러니까—"

"이유를 알면 아가씨께서 절 경멸하실 겁니다."

"그럴 리가 없어요."

"아뇨."

에멜은 고개를 저었다. 그는 칼을 그대로 바닥에 꽂고 물러났다.

"그럼 이만 물러가겠습니다."

"에멜!"

난 화급하게 그를 불렀다.

"네."

에멜이 갸웃하며 말하라는 듯 대답했고 난 온 힘을 다해서, 용기를 그러모아 말했다.

"가지 말아요. 좋아해요."

눈가가 화끈거렸다.

"조, 좋아해요. 에멜."

에멜을 제대로 볼 수도 없었다. 심장이 뛰는 소리가 귀에서 크게 울렸다.

대답이 돌아오지 않아서, 난 크게 숨을 들이마시고 고개를 들었다.

"에, 에멜……?"

에멜이 날 빤히 보고 있었다. 그의 얼굴은 얼음장처럼 차가워서, 도대체 그가 무슨 생각을 하는지 알 수 없었지만.

마주 잡은 내 손끝이 떨리는 걸 스스로 알 수 있었다.

에멜의 입꼬리가 올라갔다. 그가 나와 눈을 마주치자 웃어 보이며 말했다.

"저도 좋아해요, 아가씨."

그건 긍정적인 대답이었다. 그러니까, '와, 그럼 우리 서로 좋아하는 거예요?' 하고 두근거려야 하는 대답인데, 그게 아니었다.

내가 쥐어짠 '좋아해요'와 그의 '좋아해요' 사이에는 엄청난 간극이 있었다.

아닌데.

내가 좋아한다는 건 그게 아닌데.

지금 정면으로 퉁겨낸 거지?

에멜이 슬쩍 하늘을 보고 말했다.

"비가 올 것 같네요. 그리고 이런 한밤중에는 돌아다니지 않으시는 게 좋습니다."
"에멜."
"네."
"나에게 화났어요—?"
나도 모르게 흘러나온 말에 에멜이 웃음을 지우고 말했다.
"아뇨."
"그럼, 왜—"
"뭐가 왜인가요?"
"그럼 왜 나가는 거예요? 내가 에멜을 좋아해서 그래요? 그래서 있을 수 없게 된 거에요? 그러면, 그런 거면—"
목소리에 떨림이 섞이기 시작했다.
"아가씨."
에멜이 조용히 날 불렀다. 나는 일렁이는 시야를 깜박여서 맑게 하고 그를 보았다.
"제 아가씨께서는 언제까지나 행복하시길 바랍니다."
"……무슨 말인지 모르겠어요. 나는 에멜이 곁에 있어주면 좋겠어요, 곁에 있으면 행복할 거라고요."
"이만 들어가세요. 여름이라도 몸 차가워지실 겁니다."
그의 목소리는 언제나처럼 부드러웠지만, 바래다주려는 몸짓은 없었다. 대신 그가 나에게서 먼저 몸을 돌렸다.
난 그 뒷모습을 보며 연무장에 멍하니 서 있었다.
'뭐야, 지금 이거 꿈인가?'
현실감이 들지 않았다.
그러니까, 에멜은 이제 떠난다고 하고, 이유는 말해 주지 않는다고 하고, 뭐야?

난 허둥지둥 달려가 에멜을 붙잡았다.
"정말로, 가는 거예요?"
에멜이 날 돌아보고 고개를 끄덕였다.
"어디로 가는데요? 그럼, 그래도 연락은 계속 할 거죠?"
"글쎄요."
"에멜 아스트라다!"
"네."
"나, 나랑 오래 같이 계속 있었잖아요. 그리고, 우리 많이 친하잖아요? 그랬죠? 그러니까 말해 주면 안 돼요? 이렇게 가는 건 너무하잖아요?"
난 필사적으로 에멜에게 매달렸다.
에멜이 내 어깨를 붙잡았다. 그가 입술을 깨물었다.
붙잡힌 어깨가 뜨거웠다. 에멜은 그대로 한참을 서 있었다.
나도, 그도, 한 마디도 말하지 않았다. 헐떡이며, 난 그의 처분을 기다렸다.
뭔가 말해 봐요.
"만약—"
에멜은 뭔가 말하려 입을 열었다가 다물었다.
"만약, 뭐요?"
난 낮게 속삭이듯 물었다.
"아가씨가 에스텔 카스티엘로가 아니라면."
내뱉고 그가 "하" 하고 짧고 차갑게 웃었다.
"지금 이건 잊어주세요. 아가씨가 카스티엘로든 아니든 제 별인 건 변함없으니까요."
내가 에스텔 카스티엘로가 아니라면?
무슨 말이냐고 되묻고 싶은데 허리를 숙여 에멜이 내 이마에 키스했다.

이마가 뜨거웠다.

"에멜."

내가 그에게 매달리려는 걸, 그가 단호하게 어깨를 밀어 떼어 내며 미소 지었다.

"내가 소중하다고 했잖아! 내 곁에 있어준다고 했잖아!"

내가 소리치자 그가 고통스러운 얼굴을 했다.

"그랬습니다. 그리고 지금도 그렇습니다. 그렇기 때문에."

"그럼 있어줘! 에멜이 좋든 싫든, 곁에 있어 달란 말야!"

새까만 이기심이 울컥울컥 솟구쳤다.

에멜은 내 거잖아.

"그럴 수는 없어요."

다정하고 상냥한, 그리고 한 번도 에멜에게서 본 적 없는 것이 섞인 미소.

"뭐야, 가장 소중한데 곁에 있어주지는 않을 거면, 그 말이 무슨 소용이야."

"사랑스러운 내 아가씨, 부디 지금 모습 그대로 사랑스러우시길."

그리고 그는 뜨거운 것을 만진 것처럼 휙 내게서 손을 떼고는 빠르게, 정말로 가 버렸다.

난 그 뒤에 소리 질렀다.

"지금 가면 정말로 용서 안 할 거야!"

내뱉고도 내 스스로가 싫어지는 말이었다.

"정말로 미워할 거야. 계속 미워할 테니까—"

흐느낌이 내 목소리에 섞였다. 에멜은 멈춰 섰지만 돌아서지 않았다. 나는 희망을 가지고 그의 등을 바라보았다.

"그것도 나쁘진 않죠."

그는 그렇게 말하고 연무장을 떠났다. 날 거기에 혼자 그렇게 내버려 두고.

그대로 한참을 거기에 서 있었다.

얼음 호수 속에 빠진 것 같아.

갑작스러웠기에, 더 알 수가 없었다. 내가 뭔가 잘못한 건가?

무슨 일이 있는 걸까?

왜 이렇게 된 거지?

'아.'

나 차였구나.

깨닫자 어쩐지 웃음이 흘러나왔다. 입술 사이로 작게 웃음을 터트린다고 생각했는데 흘러나온 것은 흐느낌이라 스스로 놀라 입을 다물었다. 양손으로 얼굴을 감싸고 나는 어깨를 들썩이며 숨을 몰아쉬었다.

울지 마.

울지 마. 에스텔.

여기서는 아니야.

필사적으로 나는 연무장을 벗어났다. 내 방으로 돌아와 침대에 몸을 던지고서 베개에 얼굴을 묻고, 그제야 흐느껴 울기 시작했다.

* * *

다음 날 엘런이 허둥지둥 나에게 달려와서 '에멜이 떠났어요.'라고 전했을 때, 난 놀랍게도 침착하게 '응.' 하고 대답할 수 있었다.

히스테릭하게 대꾸하지도 않고, 발작도 일으키지 않았다.

내 얼굴을 보고 엘런이 조용히 말했다.

"알고 계셨군요."
"어젯밤에 알았어요."
난 그렇게만 대답했다. 그리고 자리에서 일어나 말했다.
"그러고 보니 엘런, 내가 뭐 보여 줄까요?"
난 화제를 돌렸다.
"네?"
"로이에게 줄 선물이요. 준비했거든요. 엘런에게 가장 먼저 보여 줄게요."
"네, 보여 주세요."
난 얼른 엘런을 끌고 침실로 들어가서 나무 상자를 열어 보였다. 엘런이 눈을 동그랗게 떴다.
"가죽 갑옷인가요?"
"드래곤 가죽으로 만든 거예요."
내 말에 엘런이 숨을 삼켰다. 그녀가 조심스럽게 물었다.
"만져 봐도 괜찮은가요?"
"당연하죠!"
난 웃으며 고개를 끄덕였다. 엘런이 갑옷을 만지며 말했다.
"일반 가죽과는 감촉이 좀 다르네요. 광택도 그렇고요. 이건 어떻게 만드신 거예요?"
"드래곤에게 부탁했지요."
"네에?"
"다른 방법은 없잖아요?"
"그야 그렇지만……."
중얼거리고 엘런이 후후 하고 낮게 웃었다.
"로이는 좋겠네요."

"그랬으면 좋겠어요. 검도 만드는 중이고. 어젯밤 생각해 봤는데, 문장은 별로 할까 봐요."

"그거 좋겠네요."

엘런이 고개를 끄덕였다.

"문장 도안을 만들 사람을 불러야겠어요. 팔각인 별로 할 예정이에요."

난 빠르게 말했다.

그녀는 잠시 날 바라보았다. 난 그런 기색을 모르는 척하며 명랑하게 이야기를 계속했다. 엘런은 더 이상 다른 말을 꺼내지 않고 "그게 좋겠네요."라는 말만 반복했다.

진을 추궁하고 싶다거나, 아스터에게 찾아가서 물어보고 싶다거나, 아빠에게 왜 나에게 알려 주지 않았냐고 따진다거나.

그런 생각들을 꾸역꾸역 눌렀다. 그런 것과는 관계없는 일이었다.

떠나기로 결정한 건 에멜이고, 막지 못한 건 나다.

모두가 내 눈치를 보는 게 느껴졌다.

난 에멜의 '이응'자도 꺼내지 않았고, 다른 사람 역시 마찬가지였다.

하루 종일 일에 몰두했다.

다행스럽게도, 일은 많았고 정말로 하루가 금방 훌쩍 지나갔다.

"아가씨."

켈슨이 날 불러 고개를 들었다. 그가 걱정스러운 얼굴로 말했다.

"이제 들어가서 쉬세요."

"아니, 이것만 마무리하고요."

"안 됩니다. 가서 쉬세요."

켈슨이 내 손에서 서류를 빼앗았다. 어어, 하며 서류를 빼앗긴 내 손이 허공을 떠돌다가 다시 책상 위로 떨어졌다.

"하지만……."

자리에서 일어나지 못하고 머뭇머뭇하고 있는데 누군가가 뒤에서 의자를 쑥 뺐다.

'엇?!'

그대로 엉덩방아 찧으려는 걸 받쳐 안으며 로이가 씩 웃었다.

"안 주무시나요, 주군?"

"로이."

"로이 경."

켈슨은 다행이라는 얼굴로 말했다.

"아가씨를 좀 부탁하지."

"네."

로이는 경쾌하게 대답하고 날 제대로 서게 만들었다.

어쩔 수 없이 로이에게 끌려서 집무실을 나왔는데 그가 경쾌하게 말했다.

"에멜에게 차이셨다면서요?"

난 멍하니 로이의 뒷모습을 보다가 말했다.

"로이."

"네."

"로이는 목숨이 여러 개야?"

내 질문에 로이는 눈이 휘둥그레져서 날 돌아보았다.

"어, 음. 아뇨. 한 개입니다만? 그리고 매우 소중합니다."

내 얼굴에서 뭘 읽었는지, 로이가 공손하게 손을 모으며 대답했다.

그게 어쩐지 햄스터가 앞발을 모은 모습 같아 우스워서 피식 웃었다. 그리고 고개를 숙이고 낮은 목소리로 물었다.

"에멜이 그랬어? 내가 고백했는데 찼다고? 그렇게 이야기했어?"

뒤로 갈수록 목소리가 점점 더 뾰족하고 고양되어 가는 걸 스스로도 알 수 있었다.

농담처럼 이야기했어?

아니면 비웃었어?

그것도 아니면 어처구니없어했어?

로이에게 자랑처럼 늘어놨어?

목구멍까지 올라온 수많은 질문으로 내 비참함을 다 표현할 수는 없었다.

"아뇨. 에멜은 말하지 않았지만, 느낌상이요."

그 말에 난 고개를 들어 그를 바라보았다. 로이의 푸른 눈이 생긋 웃었다.

"로이는 알고 있었어?"

에멜이 떠날 거라는 걸?

그 말은 덧붙이지 않아도 전해지는 말이었다. 로이는 고개를 끄덕였다.

"네."

"왜 떠나는지도 알아?"

"조금요."

"왜? 왜 떠난 거야?"

"제가 말할 수 있는 부분은 아니에요."

"로이는 내 거잖아?"

"그건 그렇죠."

"그럼 내가 말해 달라는 건 다 말해 줘야 하는 거 아냐?"

그가 한 박자 쉬었다가 물었다.

"정말로 말하기를 원하십니까?"

로이의 말에 난 입술을 깨물었다.
아냐.
로이가 내게 충성을 맹세했다고 해서, 로이가 원하지 않는 걸 명령으로 억지로 파고들고 싶은 건 아니다.
"왜 말 못 하는 거야? 그렇게 심각한 문제야?"
"아가씨께서 알게 되시는 건 시간문제라고 생각해요."
로이가 어깨를 으쓱하고 말했다.
"하지만, 에멜은 마지막까지 숨기고 싶어 했으니까. 조금만 기다려 주시면 안 될까요?"
"대체 무슨 문제길래 그러는데?"
"그러게 말이죠."
로이는 그렇게 말하며 씩 웃었다.
"그 자식은 제가 부러워서 미칠걸요. 그러면서도 저와 같은 선택은 절대로 못 하죠."
로이가 내 등을 가볍게 밀어서 걷게 하며 말을 이었다.
"에멜이? 로이를?"
"네. 그리고 전 에멜이 떠난 게 그 자식 인생에서 가장 객기 서린 바보 같은 선택 중 하나라고 생각하지만."
로이의 얼굴에 묘한 미소가 서렸다.
"이해하지 못할 것도 아니죠. 저도 고민했던 문제라."
"뭐야, 대체."
난 발을 쾅쾅 구르며 걸음을 빨리했다.
그리고 말했다.
"난 이제 에멜 싫어."
"그러신가요."

"싫어."
"그렇군요."
"와도 다시는 만나지 않을 거야."
"저런."
"그리고 로이 딜런."
"네."
"내 앞에서 에멜 이야기 하지 마."
"명령하시는 대로."
"그리고 로이."
"네."
"엘런이랑 결혼 안 해?"
"……."
침묵하는 로이를 돌아보며 씩 웃으니 그가 어깨를 늘어트렸다.
"한 방 맞았군요."
"딱히 때리려는 건 아니었는데."
"정말요?"
"조금은?"
솔직하게 대답하자 로이가 "역시?" 하고 웃으며 다시 걷기 시작했다.
"글쎄요. 엘런도, 저도 딱히 결혼을 하고 싶은 생각은 없어서."
"그래?"
"네."
왜냐고 묻고 싶었지만, 너무 자세한 것까지 캐묻는 건 실례겠지.
방 입구에 도착했는데 드물게도, 앤이 입구에서 기다리고 서 있었다.
"앤? 무슨 일이야?"
"에스텔 님, 잠깐 얘기할 수 있을까요?"

"물론이지."

앤은 항상 환영이야.

"여기서 말고요."

앤이 로이가 문을 열어 주기 전에 빠르게 말했다. 난 흔쾌히 고개를 끄덕였다.

"그럼 어디로 갈까?"

"정원으로 나갈까요?"

"알았어. 그럼 로이는—"

내가 로이를 돌아보자 그가 앤을 보았고, 앤은 "둘이서요."라고 단호하게 말했다.

"그럼 전 이만 퇴근하죠."

그의 말에 난 피식 웃고 고개를 끄덕였다.

앤과 나는 어둠 속에서 미끄러지듯 정원 안으로 들어갔다.

불빛이 없는 밤은 얼마나 어두운가?

정원 가장 안쪽, 우거진 덤불이 있는 곳에 놓인 긴 그네 의자가 우리를 맞아 주었다.

앤이 날 거기에 앉히고 내 앞에 다리를 탁 벌리고 서서 물었다.

"어떻게 되신 거예요?"

"뭐가?"

"에멜과 에스텔 님이요."

순간 가슴이 턱 하고 막히는 것 같았다. 난 무릎을 움켜쥐었다.

지금까지는,

지금까지 내가 만난 사람들은,

내가 에멜을 좋아한다는 걸 모르는 사람들.

하지만 앤은 아니다.

"차였어."
난 내뱉듯이 말했다.
"네?"
앤이 되물어서 난 이를 악물고 말했다.
"차였다고! 앤이 고백하라고 했잖아! 그래서 고백했어! 가지 말라고 매달렸다고! 좋아한다고! 가지 말아 달라고 그랬는데!"
소리 지르고 난 양손으로 얼굴을 감쌌다. 앤에게 화낼 일이 아닌데, 화가 났다.
앤이 손을 뻗어 날 끌어안으며 말했다.
"에멜 아스트라다는 멍청이네요."
그 말에 웃었다가, 울음이 새어 나왔다. 난 앤의 앞치마를 부여잡고 울었다.
비참했다.
매달렸는데, 에멜이 정말로 가 버릴 거라고는 생각도 못 했다.
좋아한다고 고백했는데, 차일 거라고도 생각 못 했다.
그래도 에멜이 날 좋아한다고 생각했는데.
그럼 나에게 왜 그런 짓을 한 거야?
서럽고, 괴롭고, 세상에서 가장 불행한 인간이 된 것 같은 기분에 나는 엉엉 울었다.
앤이 내 등을 토닥여 주었다.
뭐랄까, 혼자 우는 것과 누군가가 달래 주는 것은 전혀 달랐다. 어느 쪽이 더 낫다고 할 수는 없지만 이것도 필요한 것임은 틀림없었다.
에멜 나쁜 놈, 개자식, 싸가지 없는 자식.
그동안 배워온 욕이 총동원되어 내 입에서 흘러나왔다.
아빠도 미워, 로이도 미워, 아스터 경도 나빴어—

내 안에 있었는지도 몰랐던 감정들이 꾸역꾸역 흘러나왔다.
울고 나니 시원해져서 나는 앤의 앞치마를 만지작거렸다.
"앞치마라서 다행이야……."
중얼거린 말에 앤이 웃으며 "다행이네요." 하고 대답하고 내 뺨을 쓰다듬었다.
"에스텔 님."
"응?"
"에멜은 후회할 거예요."
앤의 목소리는 확신에 차 있었다. 만약 후회하지 않으면 내가 후회하게 만들어 준다, 그런 형형한 녹색 눈동자였다.
난 피식 웃으며 말했다.
"카를이나 아빠에게 말하면 아마—"
에멜을 두 번 다시는 볼 수 없을 거다. 음, 그렇겠지.
"하지만 그런 걸 바라는 건 아냐. 그리고 잘은 모르지만 다시 만나게 될 것 같아."
"그래요?"
"응, 왜인지 로이가 그런 느낌의 말을 했거든."
"로이 님은 뭔가 아는 건가요?"
"그런 것 같아. 나에게 말은 해 주지 않지만."
"그렇군요."
앤의 눈이 가늘어졌다. 난 잠시 그녀를 올려다보았다.
내가 처음 만났던, 십삼이었던 앤.
그리고 지금 나에게 당당하게 이야기하는 앤.
'어쩐지 기분 좋아.'
앤이 나에게 고압적으로 나오는 것조차도 기분 좋았다.

'아빠나 오빠도 나에게 이런 기분인 걸까?'
"앤."
"네."
"진짜 좋아해."
"저도 좋아해요."
앤이 웃으며 내 이마에 달라붙은 앞머리를 쓸어 넘겨 주었다.
"그리고 이제 남자는 됐어."
한숨을 내쉬며 하는 말에 앤은 그냥 웃기만 했다.
아니, 진짜인데.
일이 바쁘기도 하고…….
'그러고 보니 앤은 내 마법사잖아?'
로이만 챙길 게 아니라, 앤에게도 뭔가 선물을 해 줘야겠다.
그리고 에멜은.
에멜은.
그냥 상자에 넣어서, 뚜껑을 닫아서 저 물 밑에 가라앉히자.
그럼, 금방 괜찮아질 거야.

다음 날, 제온이 떠나겠다고 말을 꺼냈다. 놀랍게도! 정말 놀랍게도! 카를이 "좀 더 있다 가지 그래?" 하고 그를 붙잡았다.
"우와, 나 지금 좀 흔들렸어."
제온은 가슴께를 부여잡으며 그렇게 말하고는 고개를 저었다.
"아냐, 더 이상 불효할 수는 없지. 부모님께도 무사한 거 보여 드려야 하고. 수도에서 보자."
제온의 말에 카를은 고개를 끄덕였다.
"나중에 봐요."

내가 옆에 서서 말하자 제온은 "그래." 하고 씩 웃었다. 그리고 덧붙였다.

"그리고 역시 꼬맹이는 꼬맹이야."

그러며 내 머리를 마구 흐트러트려 놓고는 떠났다.

'뭐죠.'

얼떨떨한 기분이 되어 있는데 카를이 "그런가." 하고 중얼거리더니 날 돌아보고 말했다.

"토끼."

"아—!"

또!

"울보 토끼."

"울보 아니에요. 토끼 아니에요."

최대한 진지한 얼굴을 하며 말했지만 카를은 픽 웃고 내 흐트러진 머리를 또 흐트러트렸다.

"넌 할머니가 돼도 울보 토끼야."

"뭔가요, 그게."

그때까지도 토끼에서 발전을 못 한다는 말인가요?

"너무해요."

투덜거리니 카를이 "뭐가?" 하고는 잠시 내 눈을 들여다보다가 물었다.

"없애 버릴까?"

"네?"

그의 손끝이 내 눈가를 가볍게 스쳤다.

아.

울어서 흔적이 남았구나.

그러니까, 뭘 없앤다고 하는 것인가는 자명했다.
"그렇게 없애 버리면 제 주변에 남은 사람이 없을 거예요."
"내가 있잖아."
"오라버니만 있으면 안 되죠."
"아버님도 계시고."
"둘만 있어도 안 되죠."
"안 돼?"
"네."
고개를 깊게 끄덕이고 웃으며 말했다.
"오라버니에게도 제온이 있잖아요."
카를은 잠시 생각했다. 아니, 아니 제온이 없어도 된다고 할 건 아니죠?
목숨 걸고 달려와 준 친구라고요?
"하긴."
카를이 그렇게 대답해서 난 안도의 한숨을 내쉬며 가슴을 쓸어내렸다.
그리고 문득, 친구 이야기를 하니 리들이 생각나 물었다.
"그러고 보니 리들과는 싸웠다면서요?"
"싸워?"
카를이 눈을 깜박였다가 냉소적으로 말했다.
"싸울 일이 있기는 했나? 그 단어를 선택한 건 보나마나 제온이겠지."
"그럼 안 싸운 거예요?"
"싸울 가치도 없어."
카를이 잘라내듯 말했다.
아.

뭔가 제온이 곤란한 이유도 알 것 같다. 정말로 카를은 리들을 자신의 선 안에서 완전히 제거해 버린 거다. 그래도 어설프게나마 선 가장자리에 제온과 리들이 함께 있었는데 말이다.

정말로, 카를에게 리들은 이제 상관없는 사람이 된 거다. 예전처럼 제온과 같이 집에 놀러오거나 하지 못하겠지.

'하지만 리들도 나쁜 사람은 아닌데.'

오히려 제온이 희귀하다면 희귀한 쪽이지.

친구를 위해서 목숨을 거는 사람은 드무니까.

그리고 제온의 말마따나 리들은 황자잖아? 황자인 리들이 달려와서 후작과 적대하며 공작의 편을 든다는 건 상상도 할 수 없는 일이다.

'이게 논리적으로 맞는 이야기이기는 하지만. 당사자인 카를에게는 다르겠지.'

난 한숨을 삼켰다.

이건 내가 왈가왈부할 수 있는 문제가 아니다. 카를의 인간관계에 대한 문제니까.

그때 저쪽에서 시종이 빠른 걸음으로 다가왔다.

"아가씨, 주문했던 상품이 도착했습니다."

"아, 알았어. 응접실에 있나?"

"네."

"금방 가지."

"뭘 산 거야?"

카를의 물음에 난 양손을 입가에 모은 후 까치발을 하고 소곤거렸다.

"로이 검이요."

"그렇군."

카를이 고개를 끄덕이고 말했다.

"너무 열심히 일하지 마."
"켈슨이 들으면 울걸요."
"울든 말든."
"너무하시네요."
"네 건강이 우선이야."
"저 튼튼해요!"
카스티엘로제인 걸요!
가슴을 탁 치며 하는 말에 카를이 피식 웃었다.
"그래."
"오라버니도 같이 가서 보실래요?"
"귀찮아."
카를은 그렇게 말하며 너나 가서 보라는 듯이 이마를 쿡 밀었다.
난 칫 하고 가볍게 투덜거리고는 얼른 몸을 돌려서 달리듯 걷기 시작했다. 주문한 대로 제대로 검이 나왔을지 궁금했다.
응접실에 들어서니 기다리고 있던 상인이 공손하게 인사했다.
"공녀님을 뵙게 되어 영광입니다."
"검을 가지고 왔나?"
"네."
"보여 줘."
내 말에 상인은 뿌듯한 미소를 지으며 조심스럽게 상자 뚜껑을 열어 보였다.
검을 보자마자, 왜 그가 그런 미소를 지었는지 알 수 있었다.
백은색의 검이 찬란하게 빛나고 있었다. 검 손잡이는 별 모양으로 세공이 들어가 있었고, 검신은 물결무늬가 소용돌이치며 반짝였다.
"이쪽이 검집입니다."

검집은 검정색이었는데, 검정색에 내 문장인 별이 새겨져 있었다.
"훌륭해."
나도 모르게 칭찬이 나왔다.
아니, 돈을 주고 산다고 해도 이런 좋은 물건에는 칭찬을 해 줘야지.
"대장장이에게 특별히 감사 인사를 전해 주게."
"영광입니다."
상인이 활짝 웃었다.
말뿐인 감사가 아니라 상인에게 특별히 대금을 더 지급하고, 난 검을 들어 보았다.
이제 스스로도 검을 들 수 있지요.
처음에 검을 들려고 했을 때 에멜이 말렸던 게 생각, 안 나. 안 나.
나지 않아.
화가 나는 건 내 인생의 대부분에 에멜과의 추억이 있다는 거다. 뭘 생각해도 거기에는 에멜이 있었고 그 점이 날 짜증나게 만들었다.
고개를 휙휙 저어 생각을 날리고 난 검을 검집에 넣었다가 빼 보았다.
검을 다루지 않는, 문외한인 내가 보아도 좋은 검이었다.
—정령석은 안 박아 주나?
엔드의 말에 난 보석이 들어갈 홈을 바라보았다.
'나도 해 주고 싶지만, 내가 가지고 있는 정령석은 선물받은 거라…… 오라버니에게 돌려받은 걸 넣어 줄까?'
그런데 그러면 왠지 카를이 로이를 괴롭힐 것 같단 말야.
—내가 만들어 줄까?
'어? 진짜?'
—당연하지.
'나야 좋지.'

—좋아, 그럼.

난 엔드가 알려 주는 대로 검을 들고 아무도 찾아오지 않는 방으로 향했다.

엔드가 날개를 펄럭이며 모습을 드러냈다.

"더 작아졌네?"

"이게 더 편한 것 같아서."

그 전까지는 고양이만 한 크기였다면, 지금은 손바닥만 한 크기였다.

"귀여워."

손바닥만 하니까 드래곤도 귀엽네.

엔드가 씩 웃어 보였다.

"일단 이거."

그가 힘을 가하자 뭔가가 가볍게 날아와 난 그걸 받아 들었다. 어디서 많이 본 돌이었다. 카스티엘로 본저 하천에 굴러다니는.

"정령석 찌꺼기?"

"그거라도 있는 게 편하니까. 검에다가 올려놔."

"응."

난 돌을 살그머니 손잡이 홈 위에 올렸다. 홈에 들어맞지 않는, 울퉁불퉁하게 생긴 큰 돌이었지만, 뭐 괜찮겠지.

"그러고 나서 이제 힘을 가하는 거지."

엔드가 그렇게 말하고 내 손등 위에 포르르 날아와 앉았다. 그러고는 그 작은 입에서 화염을 내뿜기 시작했다. 그 작은 몸에서 나온다고는 믿기지 않는 불꽃의 크기였다. 꼭 화염방사기 같았다.

깜짝 놀랐지만, 불은 뜨겁지 않았다.

화염은 정령석 찌꺼기에만 정확하게 영향을 미치고 있었다. 검은 멀쩡했다. 점점 돌이 달아올라서 가장자리는 오렌지색으로, 본체는 하얗게 보일 만큼 달아올랐다.
그러며 크기가 점점 압축되고 줄어들기 시작했다.
점점 모양이 녹아내리는가 싶더니, 홈으로 녹은 정력석이 흘러들어가 그 자리를 메우고는 동그랗게 모양이 만들어졌다.
엔드는 그제야 뿜어내던 화염을 멈췄다.
"됐어."
"다 된 거야?"
"그래. 어때? 힘이 많이 빠져나간 거 같은가?"
"아니, 그렇게 많지는 않아."
내가 고개를 젓자 엔드는 "좋아." 하고 고개를 끄덕였다.
난 완성된 정령석을 바라보았다. 이제 타오르는 듯한 빛은 식었지만, 그래도 안에서 화염이 소용돌이치는 건 볼 수 있었다.
"만져 봐도 돼. 안 뜨거워."
엔드의 말에 난 속마음을 들켜 히죽 웃고는 조심스럽게 정령석 표면을 어루만져 보았다.
뜨겁지는 않지만, 따뜻하고 매끄러웠다.
"예쁘다……."
용광로에서 녹는 철이나 흘러내리는 용암을 보는 것 같은 그런 아름다움이었다.
"그럼 이런 식으로 정령석을 만들 수 있는 거야? 나 떼부자가 되겠는걸. 게다가—"
최상급 정령석, 그 이상의 정령석이다. 내가 다른 정령들에게 받았던 것과 같은 정령석.
"하지만 정령석은 나라에서 관리하고 있다며? 출처가 불분명한 건 아무래도 좋지 않겠지."

언제 왔는지 알파가 내 어깨에 턱을 올리며 말했다.
"하긴, 그렇네요."
난 고개를 끄덕였다. 엔드가 눈을 껌벅이고 물었다.
"왜 나한테는 반말이고 저놈한테는 존대야?"
아.
"엔드가 귀여워서 나도 모르게."
중얼거리자 엔드가 꼬리를 흔들었다. 의외로 싫어하지 않는 것 같네?
"귀엽다니. 어쩔 수 없지."
그는 그렇게 말하며 내 손목 위에 앉았다.
'귀여워!'
"누가 이렇게 정령의 힘을 소용돌이치듯이 쓰나 했더니만—"
갑자기 들려온 목소리에 난 휙 뒤를 돌아보았다. 아스가 서 있었다.
"정령석 제작이라. 너 진짜 그러고도 안 죽는구나?"
"왜 죽어요? 그보다 어떻게 들어온 거죠?"
"마법으로."
아스가 그렇게 말하고 내 옆에 앉았다. 난 슬그머니 옆으로 물러났다. 그가 내 무릎 위에 놓인 검을 바라보았다가 날 바라보았다.
"정령왕들을 부리면서, 피 토하지도 않고 멀쩡하고."
"그야 무리한 일은 시키지 않으니까."
알파가 그렇게 말하며 나와 아스 사이에 끼어들어 앉았다.
아스, 늑대 알파, 나.
소파에 이렇게 앉게 되어 아스는 눈을 깜박였다가 말했다.
"그렇군. 하급 정령들보다 더 자제가 되는 거로군."
"그보다 정령왕이라뇨?"
그러고 보니 예전에도 그런 말을 했었다. 그때는 그냥 지나갔는데 두 번째 들으니 묻어 뒀던 궁금증까지 확 올라왔다.
내 질문에 아스는 눈을 동그랗게 떴다가 물었다.
"뭐야? 계약한 게 정령왕이라는 것도 몰랐어?"
"그러니까, 높은 정령이라는 거죠?"
아스가 엔드와 알파를 바라보았다. 알파가 한숨을 내쉬고 말했다.
"마지막 정령사야. 아무 정령과 계약하게 할 수는 없잖아."
"마지막이라고?"
"그래. 네가 잠자는 사이에 많은 게 바뀌었다. 정령사는 끝났어. 오랜만에 태어난 하나뿐인 정령사야."
"카스티엘로가 섞인 데다가, 정령사. 신이 프리미엄을 너무 붙인 것 같은데."
아스의 말에 엔드가 불꽃을 내뿜으며 콧방귀를 뀌었다.
"그렇지 않으면 진작에 죽었을걸."
"그렇단 말이지."
아스는 선선히 고개를 끄덕이며 "과보호하는 이유를 알겠네." 하고 내가 말하기도 전에 재빠르게 설명을 시작했다.
"정령도 여러 계급이 있어. 그들의 자아나, 지혜에 따라 다룰 수 있는 힘도 달라지고. 정령왕은 그 모든 정령의 왕이지."
난 입을 벌렸다.
"그러니까, 어, 엄청 높은 거네요."
"인간이 정령왕과 계약한 건 내가 알기로는 첫 라샤드뿐이야."
아스의 말에 난 침을 삼켰다. 그렇구나, 대단한 거였구나. 하긴 진짜로 대단하기는 하지?
강에 홍수가 막 나게 하고, 거의 죽은 사람을 살리기도 하고, 정령석도 만들고.

'게다가 오염된 땅도 정화하고 있고……. 솔라드 백작령으로 이주하는 문제도 잘 해결되고 있고, 오히려 토지가 비옥해서 농사를 지으면 엄청 잘되니까.'

거의 만능 아냐?

어째서 정령사가 사라지는 것 때문에 정령사의 힘을 얻기 위해서 마법사가 그들을 고문하는 것을 묵인해 줬는지 알 것 같았다.

'무서운 일이야.'

저절로 몸이 부르르 떨렸다.

"힘이 있는 것보다 자기 힘을 어디에, 어떻게 써야 하는지를 정확하게 알면, 그걸로 괜찮은 거겠지."

아스는 그렇게 말하고 날 빤히 보았다.

"사심 가득하게 쓰고 있어서 거기에 대해서 뭐라고 말할 수가 없네요."

내가 중얼거리듯 답하자 그가 피식 웃었다. 그리고 말했다.

"좋은 바람이나 불게 해 줘."

"네?"

되물었지만, 대답은 알파에게서 나왔다.

"모레쯤 불 거다."

"그렇군. 딱 좋네."

아스가 그렇게 중얼거렸다. 뭐야, 알파에게 말한 거였구나.

잠깐.

"그럼 모레 가는 거예요?"

"그래."

"……물어보고 싶은 게 잔뜩 있었는데요."

"물어봐."

"서약에 대해서라든가."
"절대로 어길 수 없는 맹세를 그렇게 불러."
대답은 쉽게 흘러나왔다. 그 말에 퍼뜩 고개를 들고 물었다.
"그럼 카스티엘로가 황실에 대해서 한 서약에 대해서도 아세요?"
"그래."
"뭐죠?"
"안 가르쳐 줘."
이 사람이?! 아니, 이 드래곤이?!
"서약의 내용은 함부로 발설하는 게 아니야."
그 말에 난 입술을 깨물었다가 가장 중요한, 궁금했던 걸 물었다.
"그러면, 서약을 깨려면 어떻게 해야 하는지 알려 주세요."
"매개물을 부수면 돼."
"매개물이요?"
"서약의 잔, 서약의 검, 서약의 돌— 뭐든지 맹세하기 위한 매개물이 존재하니까. 그걸 부수면 돼."
"어떻게 부수는데요?"
"힘으로."
"네?"
황망해져서 아스를 바라보자 아스가 피식 웃으며 말했다.
"순전한 힘. 논리도, 계략도, 이유도, 감정도, 함정도, 유혹도— 그 모든 것도 순수한 힘 앞에서는 무용지물이지."
"그……건 그렇지요."
압도적인 힘 앞에서는 그 어떤 계책을 부려도, 용병술을 써도, 소용없지. 일단 계책이라는 것 자체가 약자가 강자를 이기기 위해서 만들어진 거니까.

"그거 말고는 다른 방법은 없는 거예요?"
"아니면 서약한 두 사람이 그 서약을 깨겠다고 말하거나."
합의하에 계약 파기라는 거군.
하지만 무슨 서약인지는 몰라도, 황실이 카스티엘로의 목줄을 잡고 있는 것 같고, 그러면 파기해 줄 것 같지는 않다.
"그래요."
그럼 힘으로 부수는 수밖에 없는 건가?
그 매개체는 어떻게 찾아내지?
"그 매개체를 찾을 수 있는 방법이 있나요?"
"글쎄? 탐색 마법? 보통은 양측 다 알고 있으니까. 딱히 찾거나 할 필요가 없지."
"그것도 그렇네요."
난 어깨를 늘어트렸다.
'찾아내서 부숴 버릴 수는 없을 걸까…… 내 힘으로 가능할까……?'
일단 그래도 서약이 뭔지에 대해서 알게 되어 속이 시원했다.
"부순다거나 할 생각은 아니지? 당사자는 절대로 못 부수게 되어있다?"
아스가 히죽 웃으며 말했다.
"어? 그런 거예요?"
깜짝 놀라 되물으니 그가 고개를 끄덕였다.
"그래. 당연하잖아?"
"으음, 그야 그렇지만—"
어떻게 안 될까. 아, 마법적으로 못 부숴! 이런 건가?
그래도—
끙끙거리고 있는데 아스가 손짓했다.

"?"

귓속말로 뭔가 중요한 정보를! 하며 나는 그쪽으로 몸을 숙였다.

아스가 내 어깨를 잡아당기더니 목덜미를 깨물었다.

"—?!!!"

순간 아픈 것도 몰랐다. 너무 놀라니 전신이 빳빳하게 경직돼서 움직여지지가 않았다. 한참 그러고 있어서야 통증이 느껴졌고, 알파가 우리 둘 사이에 끼어들어 아스를 튕겨냈다.

"……."

난 입을 헤 벌리고 소파에 앉아서 아스를 바라보았고, 아스는 입가의 피를 엄지로 슥 닦으며 하하 웃었다.

"너 멍청한 우리 누나를 닮았어."

"네? 어? 뭐야? 지금—?!"

피 빨린 거야?

목덜미를 어루만지니 타액과 함께 끈적한 피가 느껴졌다. 갑자기 온몸의 피가 쭉 빠져나가는 기분이었다. 상황은 알겠는데, 너무 당황하고 놀라서 그냥 멍했다. 피를 빨린 거 맞지?

'뭐야? 뭐지? 어라?'

내가 반응하기도 전에 내 정령들이 먼저 움직였다. 알파가 이를 드러내고 아스에게 달려들었다. 아스가 알파를 휙 피하자 이번에는 엔드가 화염을 뿜어냈다.

"이크."

아스가 손을 내젓자 뭔가에 화염이 가로막혔다. 그리고 갑자기 물줄기 같은 게 아스를 후려치고.

난 소파에 멍하니 앉아서, 셋이 싸우는 모습을 바라보았다.

아스가 외쳤다.

"멈추게 해. 해칠 생각이었으면, 무는 순간 동맥을 뜯었지."

허?

멈춰? 뭘?

"에스텔 카스티엘로!"

그가 다시 소리쳤다. 그제야 나는 목소리를 낼 수 있었다.

"알파, 엔드. 그만해."

작게 말하자 둘은 아스와 거리를 두며 물러섰다.

아스가 "쳇" 하고 혀를 찼다. 그가 내 쪽으로 걸어오는 걸 알파가 막아섰다.

"해칠 생각 없다니까."

아스가 말하며 양손을 들었다.

"대체, 왜 문 거예요?"

"고쳐줄게."

아스가 그렇게 말하며 손을 내밀었고 난 그 손바닥을 노려보다가 고개를 끄덕였다. 알파는 불만스러운 듯 으르렁 소리를 냈다.

아스가 내 목덜미에 손을 대자 차갑고 뜨거운 기운이 퍼지면서 상처가 낫는 걸 느낄 수 있었다.

"잠깐, 이거 쓸게."

그러더니 그가 검을 집어 들고는 자신의 손가락을 깊게 베었다.

"미안."

그가 내 입 안에 쓱 손가락을 집어넣었다.

"?!"

비릿한 피 맛이 확 느껴졌다. 아스가 손가락을 빼며 말했다.

"괜찮아?"

"아, 안 괜찮아! 뭐하는 짓이야!"

난 소리를 지르며 자리에서 벌떡 일어났다.

어?

머리가 빙글 돌았다. 목이 타는 것처럼 뜨거워.

뭐야? 무슨 짓을—

한 거야, 라는 말은 나오지 못하고 난 그대로 암흑 속으로 떨어졌다.

바람이 부는 녹색 초원.

길고 아름다운 머리카락을 나부끼며 누군가가 서 있다.

다가서니 돌아서는 여인은 상냥하고 아름다운 금색 눈을 하고 있었다.

"아스."

부르는 소리는 달콤하고, 나직해서 난 매달리며 눈을 감았다.

"아스는 어리광쟁이네."

웃으며 머리를 쓰다듬어 주는 손이 좋아.

"아닌타—!"

갑자기 외치는 소리에 고개를 드니 그녀가 환한 얼굴로 다른 곳을 바라보고 있었다.

철썩—!

갑자기 뺨을 얻어맞아 얼떨떨한 기분이 되어 난 물러섰다.

"매달리지 마. 더러워!"

아.

엄마다.

푸른색 눈동자가 분노로 가득차서 날 내려다보고 있었다.

'큰일 났다.'

엄마가 다시 내 뺨을 후려쳤다. 난 바닥에 쓰러져 몸을 웅크렸다.

"귀찮게 굴지 말라고 했지!"

발로 걷어차이는 둔중한 통증에 나는 비명을 삼키며 몸을 더 웅크렸다. 순간 발끝이 명치를 파고들었다. 걷어차여서 몸이 붕 뜨는 감각.

"켁, 컥—"

바닥에 쓰러져서 난 구역질을 해댔다. 빈속에서 쓴물이 올라왔다.

딱—!

나무솔이 머리에 와서 부딪쳤다. 통증에 눈앞이 번쩍했다. 아, 이건 찢어졌겠다.

피가 관자놀이를 타고 흘러내렸다.

"더러우니까 얼른 치워!"

허둥지둥 떨어진 나무솔을 주워들어 카펫을 문지르기 시작했다.

그때 누군가가 날 안아 들었다. 부드럽고 다정한 손길이었다.

"기억이 좀 섞였네. 그지?"

멍하니 날 안은 상대를 바라보다가 중얼거렸다.

"아스?"

드래곤.

어라? 잠깐, 그러면 지금 이게 어떻게 된 거지? 나는 엄마랑 지금 같이 있고, 지금 더러운 걸 치워야 하는데— 하지만 아스가 있으면?

혼란에 빠져 그를 보니 그는 드물게도 곤란한 듯 웃는 얼굴을 하고 있었다.

"하늘을 나는 게 어떤 건지 궁금하다며. 이런 꿈을 꾸게 될 줄은 몰랐네. 미안."

아스의 말에 난 고개를 끄덕이고 내 손을 보았다. 작은 손. 어린아이의 몸이다. 아스가 "어째서 과보호하는지 알겠어." 하고 말했다. 어쩐지 두 번째 듣는 말 같은데?

"이거 꿈이야?"
내 질문에 아스가 히죽 웃었다.
"머릿속에서 일어나는 일은 다 꿈인가?"
그리고 우리는 하늘을 날기 시작했다. 어느 사이엔가 난 드래곤 위에 앉아 있었다.
새까만 비늘을 가진 드래곤은 내 상상만큼 멋지게 하늘을 날고 있었다. 멀리 지평선이 둥글게 휘어진 게 보였다.
"와—"
나도 모르게 탄성이 터져 나왔다.
노을이 지고, 해가 저물고, 어두운 밤하늘을 지나 다시 동이 틀 때까지 우리는 끝없이 날았다.

내가 깰 때까지.

* * *

스르륵 잠에서 깨어 본 적이 있는가?
난 그렇게 잠에서 깨어났다.
몸은 가뿐했고, 머리도 뚜렷하게 맑았다.
침대가에는 애니가 엎드려서 자고 있었다.
'간호해 줬구나.'
살그머니 침대에서 일어나, 동이 트기 시작한 베란다로 나갔다. 아직도 꿈을 꾸는 것처럼 둥실둥실한 감각이었다.
"안녕."
"안녕."

베란다 난간에 서 있던 아스가 싱긋 인사했다.
“꿈을 꿨어.”
“꿈이던가?”
“꿈이 아닌가?”
“글쎄.”
“갑자기 깨우는 건 싫어.”
“하하, 그건 미안하네.”
아스가 손을 내밀어서 난 그 손을 잡았다. 몸이 무중력 상태에 들어선 것처럼 가볍게 붕— 뜨고, 아스는 드래곤으로 변했다.
난 그의 긴 목 위에, 사뿐히 날아서 가볍게 안착했다. 그의 비늘에는 다리를 걸 곳도, 붙잡을 곳도 꿈과 똑같이 존재했다.
그가 가볍게 날아올랐다.
“우와—”
똑같은 감탄이 터져 나왔다. 하지만 이번에는 우리 영지가 내려다보인다는 점이 다르다. 저택이 점점 멀어져서 성냥갑처럼 작아지고, 멀리 보이는 영지민들의 도시가 사랑스러웠다. 바람에 머리카락이 마구 날렸지만, 어째서인지 시야에 방해가 되지는 않았다.
아스가 구름 속으로 들어갔다가, 다시 아래로 내려왔다.
“아—!”
탄성이 터져 나왔다.
햇빛이 쨍쨍한데, 비가 내리고 있었다.
허공에서 바라보는 빗방울들은 전부 태양을 받아 하나씩 매끄러운 수정처럼 빛나며 떨어지고 있었다.
뺨에 가볍게 그 물방울이 부딪치며 깨어져 나갔다.
차갑고 상쾌한 느낌.

난 웃음을 터트렸다.
아스는 빗속을 한 바퀴 돌고 다시 저택으로 내려가기 시작했다.
"아스."
"뭐지?"
드래곤인 아스의 목소리는 더 낮고, 더 갈라지고, 불을 머금은 듯한 온기를 가지고 있었다.
"왜 아스가 아빠를 따라왔는지 알 것 같아. 그리고 아빠가 왜 아스를 데려왔는지도."
"왜?"
"카스티엘로니까."
드래곤이 없는 세상에 혼자 남은 드래곤.
그리고 마족이 없는 세계의 카스티엘로.
그리고 그중에서도 유일하게 반쪽짜리인 나.
"그렇군."
아스는 남의 이야기 하듯이 고개를 끄덕였다. 저택에서는 벌써부터 우왕좌왕 소동이 일어난 게 보였다. 아스는 그 거대한 덩치로, 무게가 없는 것처럼 사뿐하게 정원에 내려앉았다.
"아가씨!"
비명 같은 소리를 지르며 애니가 달려왔다. 아스가 목을 숙여서 내가 내리기 편하게 도와줬다.
그의 목에서 미끄러져 내려오자, 애니는 드래곤을 보고도 무서워하지 않고 달려와 날 꽉 끌어안았다.
신발도 신지 않은 그녀의 모습에 난 속삭였다.
"미안해요."
"어쩜, 아가씨는, 제 속을 이렇게 썩이세요?"

일어나 보니 내가 침대에 없어서 놀랐겠지. 그런데 드래곤을 타고 돌아오다니.

그녀가 얼마나 걱정했을지 생각하니 저절로 고개가 숙여졌다. 진심으로 반성하는데 아스가 물었다.

“나와 같이 가지 않을 텐가?”

애니가 날 꽉 끌어안았다. 난 그런 애니의 팔을 토닥이고는, 그녀의 품을 빠져나와 아스를 바라보았다. 연기를 품은 듯한 금색 눈이 빤히 날 보고 있었다.

“난 여기가 좋아.”

아빠가 좋고, 오빠가 좋고, 앤이, 애니가, 로이가, 제인이, 스테파니가—

끝없이 목록을 댈 수 있었다.

“혼자지만, 혼자는 아닌걸.”

문득 나는 꿈속에서 보았던 장면을 떠올렸다. ‘아스’ 하고 불러주던 다정한 목소리. 그게 그의 누이겠지.

그리고 그 누이가 불렀던 ‘아닌타.’

최초의 마법사.

궁금한 점은 많았지만, 굳이 묻지는 않았다. 적어도 지금은 아니었다. 그가 떠나는 시점에서는 말이다.

“그런가.”

아스는 그렇게 말하고는 날갯짓을 했다.

두 번 권유하지 않은 게, 아스답다.

강한 바람에 난 고개를 돌렸다. 바람이 멈춰서 고개를 들었을 때는 아스의 모습이 보이지 않았다.

‘정말로 가 버렸네. 본인에게는 잘된 거겠지.’

"에스텔 님!"

뒤에서 앤이 소리 질러 난 "앤—" 하고 웃으며 돌아보았다가 깜짝 놀랐다.

"앤?!"

앤이 달려와 내 손을 꽉 잡았다. 회녹색 눈에 눈물이 글썽거렸다. 그리고, 그리고 새빨간 색이었던 앤의 머리카락이 아스와 같은 흑색이 되어 있었다.

"머리색이 변했어?"

"네, 변했어요. 어떻게 되신 거예요. 갑자기 쓰러진 채로 발견돼서, 이틀간 눈을 안 뜨시더니. 이제는 드래곤을 타고 돌아오세요?"

그녀는 자신의 머리색이 달라진 게 별거 아니라는 듯 말했다. 나는 거기에 대해서 뭔가 말하려다가 '이틀'이라는 단어에 깜짝 놀랐다.

"이틀? 나 이틀이나 잤어?"

"네!"

"그럴 수가……."

잠깐 상쾌하게 자고 일어난 것 같았는데, 아니었구나.

"에스텔."

그리고 모든 소음을 싹 지우는 목소리. 앤이 내 손을 놓으며 뒤로 물러났다.

"아빠."

멋쩍게 아빠를 바라보니 아빠가 말했다.

"잠깐 이야기 좀 할까."

난 깨갱해서 고개를 숙였다.

우리는 정원에 앉아 있었다.

장미 정원이 아니라 아빠의 집무실에서 내려다보면 있는, 티을 자로 생긴 건물과 건물 사이에 존재하는 수국 정원. 서향인 데다가 높은 건물 바로 아래라 해가 거의 들지 않는 곳이라서 수국을 키우기에 좋은 환경이었다.

수국이라고 해도 여기 수국은 향기가 달콤한 데다가 색도 빨강, 파랑, 보라, 노랑, 핑크, 알록달록 여러 가지다. 게다가 키도 상당히 커서 종종 나보다 키가 큰 수국도 있었다.

수국의 옅고 달콤한 향기를 깊게 들이마시며 난 힐끗 아빠를 보았다.

'화나셨나?'

침묵이 무거웠다.

"즐거웠니?"

아빠의 물음에 난 핫 하고 고개를 들었다. 아빠의 시선은 따갑거나 화가 나 있지 않았다. 순수한 질문 같았다.

즐거웠냐고? 어? 음.

"네, 즐거웠어요. 그러니까, 드래곤 등을 타고 날아서 신나기도 하고, 집이 엄청 작게 보여서 신기하기도 하고—"

이야기하다가 아빠의 시선에 점점 더 목소리가 줄어들었다.

아차 싶었다. 이거 설마 그건가?

비꼬는 듯한 즐거웠니?

그런데 내가 지금 눈치 없게 줄줄 즐거웠다고 이야기한 건가?

"그리고?"

아빠가 되물었다. 살그머니 다시 눈치를 보니 별 뜻 없이 그냥 궁금해 하시는 것 같았다.

하긴, 아빠가 그러실 리가 없지.

"그리고 햇빛이 비치는데, 비가 왔어요. 물방울이 보석처럼 반짝반짝

해서, 너무 예뻤어요."

어쩐지 말이 잘 나오지 않는다. 아, 나이가 몇인데 아빠 앞에서는 아기처럼 이야기하는 거야?

"그래."

아빠는 짧게 대답했다. 어쩐지 죄책감이 마구마구 밀려왔다.

"죄송해요."

"뭐가?"

"말도 없이 사라지고, 드래곤을 타고 나가고 그래서요."

"아는구나."

역시 화나셨구나.

그런데 나라도 화날 것 같아.

"죄송합니다."

난 다시 한 번 사과했다. 아빠의 손이 가볍게 내 머리 위에 올라왔다. 움찔하자 가볍게 머리를 토닥이는 손이 느껴졌다.

"에스텔 카스티엘로."

"네."

"화났니?"

"네?"

"에멜에 대해서 말하지 않아서."

"아."

난 눈을 내리깔았다.

"조금요, 하지만 화낼 일은 아니니까요."

로이도 얘기해 주지 않았다. 에멜이 그렇게 필사적으로 숨기고 싶어하는 일이라면 캐묻고 싶지도 않다.

아빠가 그걸 나에게 은근슬쩍 이야기해 주는 것도 좀 그렇고.

"그러니까 괜찮아요."

눈을 살그머니 올려 아빠를 보았다. 아빠는 희미하게 미소 지었고, 난 웃으며 찰싹 아빠의 어깨에 기댔다.

이제 화 풀리신 걸까?

"왜 쓰러진 거고?"

아빠가 이어 물어서, 난 솔직하게 대답했다. 아스가 날 물었고, 자기 피를 먹였다고.

그 말에 아빠의 미간이 살짝 찡그려졌다.

"피를 마셨다고."

"네, 그 뒤로 딱히 몸에 이상도 없고, 드래곤도 절 해치려고 그런 것 같지는 않아요. 이름도 알려 줬고요."

"이름을?"

이 부분에서는 놀란 듯 아빠가 날 돌아보았다가 묘한 표정을 지었다.

"에스텔."

"네."

"성실하고 착한 남자가 좋은 거란다."

그 말에 난 눈을 동그랗게 떴다가 웃었다.

"네, 그런 남자가 좋지요."

아빠는 '내가 이런 말을 하다니' 하는 얼굴로 잠시 침묵하셨다가 내 어깨를 감쌌다.

"네가 정령사라는 건 아마 의혹으로 사람들 사이에 퍼졌을 거다."

"그럴까요?"

"그래. 그러니까, 앞으로는 더 조심하렴."

"네."

"에스텔."

"네."

"넌 고작 열일곱이야. 너무 그렇게 열심히 하지 않아도 괜찮아."

아빠가 내 팔을 쓰다듬으며 말했다. 물론, 그렇지만.

열심히 하지 않으면, 카를이나 아빠에게 닿을 것 같지 않아서…… 발돋움해도, 해도, 두 사람은 항상 먼저 훌쩍 앞서 나가는 것 같다. 그리고 다른 사람들이 '역시 아가씨'라고 말해 주는 게 좋았다. 조금은 가신들이 자랑할 만한 카스티엘로 공작 영애다울까, 하는 그런 마음.

"솔직히 말하면 백작령도, 다른 권한도 회수하고, 그냥 드레스나 고르면서 느긋하게 지내라고 하고 싶지만."

"그건 싫어요."

"이러니까."

"그리고 아빠."

난 진지하게 말했다.

"카스티엘로로 태어난 이상 평온한 삶은 없다고 봐요."

아빠의 붉은 눈이 크게 뜨여지더니 다시 깊게 가라앉았다.

"그래, 그렇지."

"하지만 전 행복해요."

그렇게 말하며 아빠에게 이미 달라붙어 있지만 다시 꾹 몸을 붙이자 아빠는 작게 웃고 내 등을 쓸어내렸다.

"둘이서 무슨 이야기를 하나 했더니—"

무뚝뚝한 목소리에 난 씩 웃으며 자리에서 일어났다.

"오라버니."

카를이 다가오더니 못마땅한 얼굴로 내 이마를 따콩 쥐어박았다.

"아야!"

"아프라고 때린 거야."

"진짜로 아프거든요?"
"드래곤 타고 다니니 좋았냐?"
"네, 좋았어요. 엄청!"
통증에 반항하듯 눈을 흡뜨며 말하자 카를의 붉은 눈이 가늘어졌다. 한 소리 더 하려나 했지만 카를은 더 이상 아무 말도 하지 않았다.
"그렇겠지."
짧게, 그렇게 말했을 뿐이었다.
나도 모르게 카를의 옷자락을 붙잡자 그가 날 내려다보았다.
"왜?"
"드래곤이 같이 가자고 했어요."
"들었어."
"오라버니는요?"
"뭐가?"
"가자고 하면 갈 거예요?"
카를이 놀란 듯 눈을 떴다가 피식 웃음과 함께 내 이마를 다시 툭 밀며 말했다.
"널 두고 어딜 가? 걱정돼서 못 가지."
"치, 그런 거 말고요."
"안 가."
카를은 그렇게 말하고 내 뺨을 쿡 찔렀다.
"울보 토끼."
"안 울었거든요?"
"그렁그렁했는데."
"아니에요!"
힘줘서 말했지만 카를은 그저 웃기만 할 뿐이었다. 그런 그를 바라보다가 난 아빠를 돌아보며 말했다.
"저 안 울었죠?"
"안 울었지."
"거봐요."
"아버님은 못 보시는 각도였잖아."
내가 카를의 옷자락을 잡을 때는 아빠에게 등을 돌리고 서 있었으니까 그거야 그렇지만, 그래도 정말 안 울었단 말이에요?
투덜거리다가 내가 다시 말했다.
"저기, 모처럼이니까 셋이서 차 마실까요?"
카를과 아빠가 서로 마주 보았다가 다시 날 보았다.
"좋아."
"그러지."
우리는 모처럼 느긋하게 셋이서 차를 마셨다.
그 뒤로 일주일은 정말로 정신없이 지나가서, 말하자면 휘―익 하는 사이에 일주일이 지나가 버렸다.
드래곤을 목격한 영지민들은 난리가 났고, 소문을 들은 황실과 근처의 귀족들이 각종 서신을 보냈다. 그리고 거기에 대해서 우리는 일일이 답신을 보냈다.
뭐, 그 내용은 드래곤이 떠나서 안전하다는 이야기였으니 상대는 더욱더 궁금해 미칠 지경이겠지만.
물론 로이에게 내가 물건을 하사하는 하사식(?)도 작지만 확실하게 치러졌다.
엘런, 진, 아스터 세 사람을 증인으로 해서 나는 로이에게 그동안 내가 직접 만들지는 않았지만 그래도 만드는 데 큰 힘을 쓴 검과 갑옷, 그리고 내 문장이 그려진 튜닉을 하사했다.

로이는 갑옷과 검을 받고 한동안 아무 말도 하지 못했다.
'나도 모르게 로이 울어? 하고 물어볼 뻔했다니까.'
그 엄숙한 자리에서 말이지.
그리고 앤에게도 로브를 선물했다. 내 문장인 별이 끝단과 소매에 수놓아져 있는 마법사 로브였다.
후드 끝에는 반짝이는 별도 달려 있었다. 실제로 후드를 쓰는 일은 없고 장식용이라고 해서 달아 놨다.
내 문장은 금색별이고, 바탕색은 남색이라서 앤의 흑발과 잘 어울렸다.
다들 앤의 머리색이 변한 것에 당황했지만, '마법사니까.' 하며 넘어가는 듯했다. 적어도 공작가 안에서는 그녀가 일리알이라는 인식보다는 마법사라는 인식이 앞서고 있었기에 가능한 일이었다.
앤에게 물어보니 드래곤의 마법을 연구하는 와중에 머리색이 변했다고 했다.
'원래 흑발이라고 했지.'
그러니까 일리알로 했던 실험이 풀렸다는 걸까?
그건 좋은 일이지.
검은 머리에 초록색 눈을 한 앤은 아름다워서, 난 한숨만 흘리고는 했다.
흑발을 칭찬하면 앤은 얼굴을 붉히고 '아가씨 금발이 훨씬 더 아름다워요.' 하고 칭찬을 되돌려 주었다.
"앤이 결혼하면 난 아마 엉엉 울 거야."
내 말에 앤은 크게 웃었다.
아니, 진심인데.
그리고 수도로 올라가는 일 역시 결정되었다.

원래부터 칩거를 깨고 본격적으로 수도에서 활동을 하자고 했었던 것이, 드래곤의 출몰 때문에 미뤄졌던 거니까.

그 일을 해결하고 나자 다시 본래 계획으로 돌아온 거다.

알파와 엔드는 본격적으로 솔라드 백작령을 정화하겠다고 말했다.

—힘은 쓸 수 있게 열어 뒀으니까.

—필요하면 우리 이름을 부르라고.

'알았어.'

어차피 물리적인 거리는 문제가 아니라서 둘은 그렇게 이야기하고는 내 곁에서 떠났다. 대신 로이가 딱 달라붙어 있었지만 그마저도 아스터가 '수도로 가기 전까지 특훈을 시키고 싶다.' 하고 나에게 말해 와서 멀어졌다.

로이는 내가 허락한 게 기쁜 듯도 하고 원망스러운 듯도 했다.

'괜찮은 건가.'

로이 대신 엘런과 진이 내 호위로 있었는데, 특훈을 한다는 말에 둘 다 로이에 대해서는 묘한 동정심이 생긴 듯했다. 그걸 보니 특훈이 결코 쉽지는 않은 모양이다.

'로이 힘내.'

난 속으로 로이에게 응원을 보냈다. 뭐, 검도 사 주고 무구도 만들어 주고, 월급도 높게 책봉해 줬으니까!

힘내라!

그렇게 해서 비로소 한 달여가 지난 후에야 우리는 수도로 가는 마차에 몸을 실을 수 있었다.

Chapter 5.

수도로 올라온 후 첫 반년이 가장 바빴다.

사 년 만에 칩거를 깨자마자, 드래곤을 토벌하고 돌아온 카스티엘로 공작가다.

수도에 도착하는 순간 사교계에 얼마나 큰 파장이 일었는지 말하자면 입이 아플 지경이었다. 제국은 넓지만, 귀족의 수는 한 줌이고 그들 사이에 일어나는 커다란 일이라고 해봐야 도박과 치정일 정도로 평화로운 시기 역시 길었다.

그런데 그런 일 따위는 단숨에 날려버리는 소식을 만들어내는 존재들이 수도로 올라온 거다.

아빠, 카를, 나.

누구도 소문에 휩싸이지 않을 사람이 없었다. 특히 사교계에서 암묵적으로 건드리지 말자는 인식이 된 두 사람과 달리, 나는 리리아와 알렉산드라라는 통로가 있었기 때문에 나에게 달라붙는 사람들이 엄청났다.

거기에 질리는 것만 제외하면 오랜만에 친구들을 만나는 건 좋았다.

'역시 인간은 사회적인 동물이라니까.'

리리아와 알렉산드라를 오랜만에 면대면으로 만나서 소식도 듣고 이야기를 나누는 것, 새로운 사람을 만나는 것 자체는 매우 즐거운 일이었다.

아이리스 황녀와도 만나고 싶었지만, 어째서인지 몸이 아파 요양 중이라고 해서 만날 수가 없었다.

'그리고 황후마마는.'

나를 꼭 죽은 딸이 살아 돌아온 것처럼 대했다.

황후의 살롱에 초대받아, 황후의 바로 옆자리에 앉아 그녀에게 손이 꼭 잡힌 채, 그녀의 챙김을 받고 손을 꼭 잡혀서 이야기를 듣고 있자면 단순한 친밀감을 넘어서 소름 돋는 집착마저 느껴질 정도였다.

'우리 아빠가 괜찮기는 하지만…… 이 정도로?'

하지만 덕분에 사교계에서 자리 잡는 건 너무나도 쉬웠다.

물론 내가 카스티엘로 공녀이니 감히 나에게 왈가왈부할 만한 사람은 없었지만.

사교계에 진입하게 되니 내 말투도, 행동도 평범한 귀족 영애처럼 다듬어져갔다. 칩거를 하는 동안 영애의 소양 따위에 눈도 두지 않았기 때문에 내 행동에 스스로 더 신경 썼다.

책잡히기 싫으니 말이다.

그리고 다시 반년이 지나서 일 년.

만 열여덟 살이 되었지만, 그렇게 실감이 나지는 않았다.

리리아는 약혼자가 드디어 생겨서 결혼 걱정이 없다며 나에게 안도의 속내를 털어놓았고 말이다.

나도 사교계에 발을 디딘 지가 일 년쯤 되었으니 슬슬 살롱을 열 만한 시기였다. 그냥 흘러가듯이 "열어볼까 해요."라고 했던 말은 거의 기정사실화가 되어 버렸다.

다들 내 살롱이 언제 열릴지, 누가 초대될지 촉각을 곤두세우는 게 눈에 띄게 보여서 골치가 아플 정도였다.

"결혼한다고?"

난 깜짝 놀라 진을 바라보았다. 진의 뺨이 붉어졌다.

"네, 허락을 받고 싶습니다."

"진이 결혼하는 데 내 허락이 필요하던가?"

수도로 올라온 이후로는 진이나 엘런에게도 모두 말을 놓게 되었다. 켈슨 역시 그게 관례에 맞다고 강력하게 주장해서, 그에게까지 어색하지만 반말을 쓰고 있었다.

"스테파니와 결혼을 하려고 하기 때문에……."

진답지 않게 말끝이 흐려진다.

"아. 그렇구나."

스테파니는 내 시녀니까. 내 허락이 필요한 거구나.

"그야, 당연히 허락하지. 허락할 뿐 아니라 정말 축하해."

난 웃으며 말했다. 내가 디자인 도면을 밀어 놓고 책상에서 몸을 일으켰다.

"행복해져, 진."

내가 웃으며 하는 말에 진은 희미하게 웃으며 고개를 숙였다.

"아가씨도 행복해지실 겁니다."

"그럴까."

내가 중얼거린 말에 진이 고개를 들었다. 그의 눈은 나와 처음 만났을 때와 변함없었다. 어린아이였던 나를 대할 때와, 성인인 나를 대할 때의 태도에 차이가 있지 않았다.

"네. 반드시."

"그렇게 말해 주니 고맙네."

후후 웃으며 난 가볍게 팔걸이를 손끝으로 두들겼다. 잘 다듬어진 손톱 끝이 팔걸이에 툭툭 부딪치는 소리가 나쁘지 않았다.

"그래서? 내가 뭐 도와줄 것 있을까?"

"아뇨, 없습니다. 허락을 해 주신 것만으로 감사합니다."

진은 단호하게 대답했다.

이런.

'그 마음을 모르는 건 아니지만.'

그걸 진에게 토로할 수는 없기에 나는 로이에게 투덜거렸다.

"그렇다고 정말로 아무것도 안 해 주는 건 그렇잖아? 어떻게 생각해?"

"뭐, 스테파니는 주군의 시녀잖아요? 결혼할 때 하사품은 내려도 되죠."

"아, 그런 거야?"

"네. 진에게는 할 수 없지만. 스테파니 양은 아가씨의 전속 시녀(lady maid)니까요."

"그렇군."

"보통이라면 작위를 가진 귀족이 와서 아가씨 시녀를 했겠지만—"

"카스티엘로는 폐쇄주의니까. 나도 그걸로 충분하고. 그렇구나. 그러면 스테파니에게 뭔가 선물해 줘야겠다."

"그나저나 진이 먼저 결혼할 줄이야. 얌전한 고양이가 먼저 새끼 친다더니."

난 빙긋 웃었다. 로이가 요즘 능숙하다고 말하는 '우아한 미소'였다.

"로이도 하면 되잖아?"
"쉽게 말씀하시네요."
"아냐? 엘런이 싫대?"
"네."
"어? 진짜?"
깜짝 놀라 아가씨 가면이 깨져버렸다. 황급히 그를 돌아보자 로이의 밝은 푸른색 눈이 장난기로 반짝거리는 게 보였다.
"로이 딜런."
"농담은 아니에요. 진짜라고요. 엘런은 기사로서 커리어를 더 쌓고 싶어 하고."
"결혼하면 기사를 그만둬야 하는 건가?"
"아무래도 유부녀 기사란 존재하지 않으니까요."
"그렇구나."
엘런도 힘들겠네.
"하지만 우리는 그런 거 신경 안 쓸 텐데. 늑대기사단도 그렇고."
"그럴지도 모르지만, 그렇다고 외부의 시선에서 완전히 자유롭지는 못하죠."
"그런 사람은 없어."
어떻게 사람이 다른 사람의 시선에서 완전히 자유로울 수가 있겠어?
사회적 동물인 이상.
"그런가요."
로이는 다시 웃었다.
"사생아인 게 신경 쓰여서 그래? 작위 줄까?"
"우와, 주군 막말하시네요."
"하지만 로이 그거 신경 쓰니까."

"이제는 신경 안 쓰는데요."
"진짜?"
"네. 아니, 조금은? 그런데 진짜로 요즘은 별생각 없어요. 어차피 전 주군 건데요, 뭐."
"아니, 진짜로. 로이에게 작위를 내릴 수 있는 권한이 있으니까. 솔라드 백작령은 아직 발전 단계이기는 하지만. 성과는 상당히 좋고."
"괜찮습니다."
"그래? 필요하면 말해."
"좋네요."
"뭐가?"
"작위 필요하면 말해, 라고 시원하게 말하는 주군이 있어서요."
난 피식 웃었다. 로이가 덧붙였다.
"하지만 그런 주군이 과로사해 버리면 소용없죠."
"아, 그건 그렇지."
"쉬엄쉬엄 일하세요."
"알았어."
"대답만 그렇게 하지 마시고."
로이의 추궁에 가벼운 웃음으로 대답을 대체했다.
"주군."
"응."
하지만 말이 돌아오지 않아 난 그를 돌아보았다. 로이가 평소의 웃음을 지우고 진지하게 날 바라보고 있었다.
"전 주군이 이만할 때부터 봤죠."
로이가 키를 가늠하듯 허리쯤에 손바닥을 가로로 흔들었다.
"그랬지."

"그때부터 주군은 남달랐어요."
"그랬나?"
"네. 에멜은 주군을 애지중지, 세상에서 가장 섬세한 비눗방울을 다루는 것처럼 굴었지만, 전 주군의 맷집이 상당하다고 생각했거든요."
"내 앞에서 에멜 이야기를 꺼내는 건 너뿐이야."
싱긋 로이가 웃었다.
"주군이 관대하시니까."
난 입술을 내밀었다가 이야기를 계속하라는 뜻에서 고개를 끄덕였다.
"하지만 요즘은 상당히 위태해 보여요."
"그 정도야?"
"네."
로이가 이렇게 말할 정도면 역시 좀 무리해서 일하고 있나. 그가 평소같이 싱긋 웃으며 말했다.
"그리고 아무리 노력해 봐야, 주군 역시 사생아라고요?"
"우와— 막말."
"본인이 먼저 하셨으면서."
"가끔 로이는 아무렇지도 않게 푹푹 찌르지. 그러고 보니 처음 만났을 때도 창녀의 아이 어쩌고 했었지."
"아뇨, 그렇게 심하게는 말 안 했는데요, 아무리 저라도."
저에 대한 평가가 너무하시네요, 하고 로이가 투덜거렸다. 분명히 그랬던 것 같은데?
"아니었나?"
"아니었습니다."
로이가 힘주어 말해서 '그랬던가.' 하고 난 고개를 끄덕였다.
"그럼 살롱만 한 번 열고 휴가 갈까."

"좋지요."

그가 고개를 끄덕였다.

"로이."

"네."

"고마워."

"별말씀을."

"그런데 로이."

"네."

"에멜이랑 연락해?"

"아뇨."

로이의 대답은 빠르고 간결했다.

"그래."

난 한숨처럼 대답하고 다시 걷기 시작했다. 그 후로 에멜의 소식은 들려오지 않아서, 날 더 불안하게 만들었다.

아무리 그래도 마스터니까 어디 가서 다치거나 죽거나 하지는 않았겠지. 무소식이 희소식이겠지.

하지만 그래도 걱정이 된다.

'아아, 생각하지 말자고 다짐해 놓고서는.'

분명히 그렇게 헤어졌기 때문이야. 좀 더 제대로, 이야기를 듣고 작별했다면 이렇게 마음속에 꽉 틀어박히지는 않았을 텐데.

마지막에 싫어할 거라고 말했던 게 마음에 걸렸다. 이별을 그런 식으로 하는 게 아니었다.

하지만.

그렇게 만든 에멜이 나빠.

난 잘못한 게 없어, 에멜 정말 싫어.

그렇게 소곤소곤거리는 어른스럽지 못한 떼쟁이 같은 내 자신이 있다. 이건 어디에 가서 말도 하지 못하겠다. 나도 내 안에 이런 마음이 있을 거라고는 생각도 못 했으니까.

옳지 않은 걸 스스로 아는데도 바꿀 수가 없어.

'도대체 왜 이러는 걸까? 이유가 뭐람?'

난 한숨을 깊게 삼켰다.

*　　*　　*

리리아가 차가운 밀크티에 얹어진 크림을 바라보다가 말했다.

"이거 괜찮은데? 예뻐. 게다가 비싸겠지."

"응, 그리고 맛있어."

난 그렇게 대답하고 음료 리스트에 'O' 표시를 했다.

"악기는? 가져다 둘 거지?"

"그래야지. 피아노 정도는 있는 게 좋겠지. 음악가를 발굴할지는 모르겠지만."

리리아가 흐흐 웃으며 말했다.

"요즘 잘나가는 피아니스트 소개해 줄까? 뭔가 까칠한 매력이 있어."

리리아의 말에 알렉산드라—샤샤가 뺨을 살짝 붉히며 말했다.

"맥길런 말이지? 그 사람 연주 좋아해."

"그 성격에 어떻게 그렇게 예쁜 연주가 나오는지 몰라."

리리아의 말에 난 "흠." 하고 잠시 고민에 잠겼다가 말했다.

"그런 성격이면 와 줄지 안 와 줄지도 모르는 거잖아?"

"어머? 에스텔 카스티엘로 살롱의 초대인데? 그걸 거절하려고?"

"예술가란 그런 거 아닌가?"

"그래 봐야 후원자가 없으면 무슨 소용이야?"
리리아가 냉소적으로 말하며 밀크티를 마시고는 어머 하고 웃었다.
"이거 진짜 맛있다."
"샤샤 쪽은 어때?"
"응, 아이스티도 좋아. 이거 배합이 궁금할 정도인데."
"비밀이야."
내가 손가락을 입에 가져가며 웃자, 샤샤가 "그럴 것 같았어." 하며 마주 미소 지었다.
그때 재정 상태 때문에 강제로 결혼을 할지도 모른다며 울던 그녀는 결국 우리 중에서 가장 먼저 결혼한 사람이 되었다. 작은 남작 가문과 결혼한 샤샤는 결혼 전보다 더 안정되고 행복해 보였다.
리리아 역시 올해로 스물.
그녀 역시 약혼자가 있었다. 부모님이 얼른 결혼하라고 닦달한다고 하면서도 "그래도 조금만 더 약혼의 편리함을 즐겨볼래." 하며 그녀는 결혼을 살짝 미루고 있었다.
대화의 대부분도 사교계에서 여자들이 열중할 만한 이야기였다.
누구누구가 사귄다더라, 그 기사와 그 귀부인이 불륜 관계라더라, 곧 있으면 누가 약혼 발표를 한다더라.
혹은,
그녀의 새로운 드레스 봤어? 은방울 디자인실에서 나온 거래. 마담 리너스의 드레스는 대담하지, 나도 하나 사고 싶어.
살롱의 새 장식은 봤어? 누구네 살롱에서 글쎄 누가 카드놀이를 하다가 도박 빚을 10만 골드나 졌다는 거야.
어머나.
하는 이야기들.

나처럼 영지를 운영하는 영애는 당연하지만 존재하지 않았다. 하지만 그렇다고 그런 이야기가 싫은 건 아닌지라, 리리아나 샤샤와 있을 때는 평범한 레이디가 된 것 같은 기분을 만끽했다.

리리아와 샤샤를 배웅하고 난 기분이 좋아져서 통통 가벼운 걸음으로 앤에게 향했다.

요즘 앤은 화제의 인물이었다. 이유는 물론 드래곤.

전설 속에나 존재했던 드래곤이 공작가 저택에 머물다가 떠났다는 말이 퍼지자마자 가장 먼저 거품 물고 발작한 쪽은 당연히 마법사였다.

왜 그걸 말 안 했냐!

드래곤이 명령해서.

드래곤이 무슨 이야기를 하지는 않았냐!

잘 모르겠다.

너희 저택에 마법사 있잖아!

그렇기는 하지만 내 딸의 마법사라 잘 모름.

그 마법사와 이야기를 하고 싶다!

거절한다.

이런 서신이 오가고 나서 마탑은 침묵했다. 정말로 단단히 약이 올라서, 조금만 건드려도 터질 것 같은 느낌이었지만.

뭐, 그렇다고 딱히 마법사에 대해서 관대한 마음이나 두려운 마음이 드는 건 아니고.

다시 생각해도 마법사가 좋아질 일은 없었다.

앤은 내 마법사니까 상관없지만.

앤에게도 따로 서신이 상당히 들어왔는데, 앤은 대부분 무시하고 있는 것 같았다.

"앤?"

살며시 문을 열며 묻자, "들어오세요." 하고 앤이 대답했다. 그녀의 검은 머리는 이제 하나로 묶을 정도로 자라 있었다.

내가 준 로브를 항상 입고 있는데, 얼마 전 내가 선물해 준 벨트를 그 위에 매고 있었다. 벨트의 버클 부분이 별 모양으로 되어 있는 화려한 물건이었다.

그렇게 날씬함을 강조하고 있는 앤에게는 아직도 묘한 중성적인 매력이 남아 있어서 그게 그녀를 더더욱 돋보이게 해 주었다.

"무슨 일이세요?"

"이번에 살롱 열잖아. 그때 말이야, 내 옷에 혹시 마법 걸어 줄 수 있어?"

"어떤 마법을요?"

"보석이 더 반짝거리는?"

"가능해요."

"그래. 이번에 입을 옷은 코르셋 없는 옷이라서. 임팩트를 팍 줘서 유행시키고 싶거든."

"아하, 새로 만드신다고 했죠?"

"응."

하이웨이스트 라인의 드레스를 다시 유행시킨다! 이게 지금 내 목표였다. 실패할지도 모르지만, 그래도 해 봐야지.

'코르셋이 지긋지긋해.'

하이웨이스트라고 해도 여기에 현대적인 해석이 조금씩 가미되어 있는 거지만…….

'디자이너를 잘 만났지.'

내가 몇 개 아이디어를 말하자 마담 루이는 금방 나보다 더 훌륭한 스케치를 그려 냈다.

예전에는 같은 엠파이어 라인이라도, 가슴골이 보이지 않는 디자인이었다. 내가 디자인한 것은 당연히 가슴을 시원하게 푹 파는 디자인이었다. 거기에다가 가슴 아래 허리띠 장식은 화려하게, 그리고 팔에는 짧은 레이스 장갑을 낀다.

'손등에 키스하니까.'

장갑을 끼는 게 편했다.

"그리고 살롱 여는 것만 끝내면 휴가 가기로 했어."

"어머? 진짜 잘 결정하셨어요."

앤이 활짝 웃으며 말했다.

"아가씨는 너무 무리하신다니까요."

"음, 무사히 잘 끝나면 좋겠는데."

"무사히, 잘 끝날 거예요."

앤이 생글생글 웃으며 말했다.

"그래."

난 고개를 끄덕였다.

아이리스 황녀에게 편지를 받은 것은 이틀 후의 일이었다. 그녀에게서 편지가 올 거라고는 상상도 못 한 일이라 나는 얼떨떨하게 편지를 바라보았다.

내가 사교계에 들어서도 일 년간, 아이리스는 그야말로 없는 존재처럼 조용했었다. 그런데 놀랍게도, 편지의 내용은 초대장이었다. 황녀궁을 개방한다는 소식과 함께 말이다.

딱 날 지목하는 초대장이고 모두에게 돌리는 것 같은 초대장은 아니었다. 심지어 나 혼자만을 초대하는 거라고 덧붙여져 있다. 로이가 눈을 찌푸리며 말했다.

"뭘까요. 멋대로 오지 말랬다가, 불렀다가."
"아팠다고 했잖아. 이제 나은 거겠지."
"그야 단순히 그런 거면 좋겠지만."
로이는 여전히 찜찜하다는 얼굴이었고, 나 역시도 마찬가지였지만 그렇다고 황녀의 초대를 대놓고 거절하는 것도 이상하다.
거절할 명분도 없고.
그래서 오늘 황녀궁에 찾아오게 된 거였다.
황녀궁은 새로 단장을 한 모양이었다. 모든 것이 새 것이었다. 고풍스러운 궁 내부와는 이질감이 있기는 했지만 최신 유행을 따른 인테리어였다.
'이거 돈 엄청 들었겠는데.'
아이리스의 이응 자도 꺼내지 않던 황후가 웬일일까? 아니면 황제가 드디어 딸에게 관심이 생긴 건가?
여러 궁금증이 들었고 다행히 기다림은 길지 않았다. 응접실에 들어와 앉기도 전에 문이 열리고 아이리스가 들어왔다.
"에스텔!"
들어오는 그녀를 보고 난 깜짝 놀랐다. 예전의 아이리스가 아니었다.
표정도 밝아지고, 몸짓에도 자신감이 넘쳤다. 무엇보다…….
"눈이 보이시는 건가요?"
"그래요! 의사 선생님이 고쳐 주셨답니다."
환하게 웃으며 아이리스가 내 손을 붙잡았다. 지나치게 친근한 몸짓이었지만 손을 떨치는 것도 우습다.
"그거 잘됐네요."
나도 마주 웃으며 말하면서도 예전에 언뜻 들었던 이야기를 떠올렸다.

황녀가 마법사와 가깝게 지내고 있다고.

잘은 모르겠지만 태어날 때부터 보이지 않는 눈을 고쳐 줄 수 있다는 의사를 만났다는 것보다는, 마법사의 도움을 받았다는 게 더 신빙성이 있어 보였다. 물론, 눈을 뜨는 데 마법사든 누구든 도움을 받는 게 당연하기는 하지만.

"이렇게 보게 되어서 기뻐요. 카스티엘로 공녀."

"저 역시도 기쁩니다. 황녀님."

"아이리스라고 불러 주겠어요?"

"네, 아이리스 님."

아이리스의 짙은 갈색 눈이 반짝였다. 아, 얘도 나와 너무 가까운 것처럼 굴어. 어렸을 때 몇 번 보고, 편지 서너 번 주고받은 게 전부인데. 내 마음을 읽은 것처럼 아이리스가 잡은 손에 힘을 주며 말했다.

"미안해요, 그동안 자주 연락하지 못해서……. 내가 몸이 안 좋아서 못 했어요."

"괜찮습니다."

"나 그때 친구가 생긴 게, 에스텔이 처음이었거든요. 그래서 어떻게 해야 할지 잘 몰랐어요. 당시 에스텔은 나보다 훨씬 더 대단해 보였어요."

"네? 전혀 그렇지 않아요."

놀라서 고개를 젓자 아이리스가 후후 웃었다. 인상이 완전히 변한 그녀는 상당히 발랄한 미인이었다.

"아니에요. 그런 일을 겪고도 씩씩하잖아요? 저 같으면 그런 끔찍한 일은 견디지 못했을 거예요."

따끔하고 가슴 안쪽이 경고를 울렸다.

'응? 지금 뭔가 말투가 좀?'

"게다가 지금 그 나이에 백작령을 꾸려 가고 있잖아요. 난 생각도 못

할 일이에요. 복잡한 이야기는 잘 몰라서요."

"그렇게 대단한 건 아니에요."

"아니기는요. 칭찬이 자자하다고요. 어지간한 남자, 아니 노쇠한 귀족같이 능숙하다고요."

칭찬인데, 뭔가 뉘앙스가 좀 이상하지 않나.

"하지만 난 그런 에스텔에 비해서는 부족하니까, 그러니까 다시 친구해주지 않으면 어쩌나 했어요."

붙잡은 손에 점점 더 힘이 들어가고 목소리가 열기를 띤다.

"하지만 다시 친구인 거죠?"

여기에 대고 정면으로 '아닌데요.'라고 말할 수 있는 사람은 우리 오라버니밖에 없을 거야.

"네."

난 카를이 아니라서 고개를 끄덕일 수밖에 없었다.

아이리스는 활짝 웃었다.

"고마워요, 고마워요, 에스텔."

몇 번이나 고맙다는 인사를 하는 걸 보면, 악의가 없는 사람인지도 모른다.

하지만 '조심하자.' 하는 촉이 살랑살랑 움직이고 있으니, 난 너무 마음을 놓는 바보짓도 하지 않기로 했다.

아이리스는 날 소파에 앉히고는 빠르게 다과를 가져오게 했다.

'아, 이 다기 세트는.'

황후가 날 처음 초대했을 때 사용했던, 소녀스러운 분홍빛 세트였다. 황후가 아이리스에게 선물한 걸까?

별 대화도 하지 않고 아이리스는 바로 본론으로 들어갔다. 직선적인 질문이었다.

"에스텔도 살롱을 열 거라면서요?"
"그럴까 생각 중이에요."
"주제를 뭐로 할 건가요?"
"아직 정하지 않았어요."
아이리스가 미소를 머금고 말했다.
"나도 곧 살롱을 열 생각이거든요. 에스텔도 와 주지 않겠어요?"
"그야 물론이죠."
"에스텔도 알겠지만, 난 이제 막 수도로 돌아와서 아는 게 별로 없거든요. 에스텔이 많이 도와줬으면 좋겠어요."
"절 높이 사 주시는 건 감사하지만, 저도 그렇게 많이 아는 건 아니라서요. 좀 더 경험 있는 조언자를 찾으시는 게 나을 거예요."
난 살그머니 발을 뺐다. 뭐, 틀린 말도 아니었고 말이다.
"전 에스텔이 더 좋은데."
"좋은 것과 필요한 것은 다르지요."
내 말에 아이리스는 빤히 날 바라보다가 고개를 끄덕였다.
"그렇다면 어쩔 수 없지요."
"네, 부디."
나 역시 생글 웃으며 응수했다. 그 후로 한 이야기는 리리아에게 들은 이야기의 반복과 다름없었다.
뻔하디뻔한 사교계의 소문 겉핥기. 몸짓은 친근하지만 대화는 거리감이 있었고, 말투만 보면 십년지기 같지만 내용에는 벽이 세워져 있다.
이쪽에는 사정없는 질문을 하고, 내가 반대로 되물으면 재빠르게 벽을 세운다. 거리감을 잡을 수 없는 대화. 그렇게 아이리스와 이야기를 끝내고, 피로감을 느끼며 느릿하게 황궁을 나오는데 다급하게 부르는 소리가 들렸다.

"에스텔."

황궁에서 날 이렇게 부를 사람이 없는지라 놀라 돌아보니 리들이었다. 당황해 나는 예를 갖췄다.

"황자님."

가볍게 무릎을 굽혔다 펴며 인사하니 리들이 눈을 찌푸렸다.

"너까지 그러기야?"

"네?"

"카를도 날 그렇게 부르더라. 이 황자님, 하고 땅땅."

"그랬군요."

"그런데 너까지 황자님이야? 카를이 그러라고 하던?"

"오라버니가 그런 이야기를 할 사람 같으신가요?"

"아니지. 그럼 네 의사야?"

리들이 추궁하듯 물어 왔다. 난 눈을 내리깔며 말했다.

"어떻게 해야 할지 모르는 것뿐이에요."

"좀 봐줘라. 제발."

리들이 한숨을 내쉬며 머리를 쓸어 올렸다.

"그냥 리들로 불러 주면 안 돼?"

"알겠습니다."

난 고개를 끄덕였다.

굳이 황실 사람과 척질 필요도 없는 데다가…….

난 그를 가만히 바라보았다. 어쩌면 리들은 서약에 대해서 알고 있지 않을까?

아니면, 황제와 황태자만이 그 사실을 알고 있을까?

어떻게 알아낼 방법이 없으려나?

리들이 싱긋 미소 지으며 물었다.

“왜 그렇게 봐?”

“아뇨, 황궁에서 뵈니까 정말로 황자님이시구나, 싶어서요.”

“뭐?”

리들은 눈을 크게 떴다가 웃었다.

“그동안은 황자 같지 않았고?”

“오라버니의 친구 같았지요.”

“아.”

리들의 얼굴이 어두워졌다.

“화가 나.”

“네?”

“카를 말야. 너무하지 않아? 갑자기 이렇게 일방적으로 사람을 밀어내다니 말야. 내가 그래도 얼마나 노력했는데.”

“…….”

나는 침묵했다. 어차피 팔은 안으로 굽는 것이고, 게다가 리들과 카를 사이에 있었던 일을 난 전혀 알 수가 없으니까.

그래, 리들이 섭섭할 수도 있지.

하지만 내가 거기에 동조하느냐면 그건 아니다. 이해와 동조가 항상 함께 가는 건 아니니까.

“제온도 좀 더―”

뭐가 말하려다가 리들은 고개를 저었다.

“아니, 제온 잘못은 아니지.”

“아니죠.”

난 고개를 끄덕였다.

“크흠.”

그때 로이가 작게 헛기침을 했다. 거기에 리들이 정신이 든 듯 한숨을 내쉬었다.
“미안, 이렇게 궁정 안에서 붙잡고 이야기를 나누는 건 아닌데.”
“열렬히 구애하고 있었다고 소문이 나고 싶으시면 붙잡고 얘기하는 게 아니라 꽃이라도 보내세요.”
내가 가볍게 미소 지으며 말하자 리들 역시 웃었다.
“안 그래도 소문이 굉장하던데요, 카스티엘로 공녀. 청혼자들이 줄을 잇는다던가?”
“그 줄을 잇는다는 청혼자의 얼굴을 한번 봤으면 좋겠네요.”
“뒤에 있는 흑표범들이 다 물어간 거 아닌가?”
“어머나?”
저도 모르게 부채로 입가를 가리며 연극적으로 눈을 동그랗게 뜨자 리들이 웃었다.
“이렇게 서서 말고 다음에 정식으로 초대장을 보낼게. 티타임이라도 가지자.”
“네, 리들 님.”
“리들.”
“네, 리들.”
“좋아.”
리들은 고개를 끄덕이고는 휙 몸을 돌려 먼저 가 버렸다. 내가 다시 걷기 시작하자 로이가 속삭였다.
“황가 사람들에게 인기가 좋으시네요, 주군.”
“하나도 기쁘지 않아.”
“저도 그렇습니다.”
“만만한 카스티엘로가 나 하나뿐이라는 말이겠지.”
“뭐, 그렇게까지는— 이라고 말씀드리고 싶지만 사실이죠. 저 사실은 주군이 황녀를 도와준다고 할까 봐 쫄아 있었습니다."
"그 정도로 멍청이는 아냐."
살롱 오픈 기간이 비슷한데 일부러 일을 도와주어서 뒷말이 나오게 할 필요는 없지.
회랑을 따라 나가려다가 난 딱 멈춰 섰다.
앞쪽에 사람들이 꽤…….
"뒤쪽으로 돌아 나갈까."
로이에게 작게 속삭이니, 로이가 목을 쭉 빼는 시늉을 하고는 히죽 웃었다.
"그렇지요. 아무래도 주군 얼굴을 한번 보려는 사람이 많은 것 같으니까요."
내가 황녀궁으로 출두했다는 소문은 언제 퍼진 건지, 황녀궁이 끝나고 공용 궁전이 시작되는 곳에 모여 있는 사람들이 보였다.
'카스티엘로 문장이 박힌 마차를 타고 오는 게 아니었어.'
후회를 하며 우리는 살그머니 궁을 빙 돌아서 후원으로 향했다. 좁은 관목 길을 따라 걸으며 투덜거렸다.
"사실 내가 특별한 것도 아닌데 말야, 궁정 언어가 통하는 사람이 나 하나뿐이라서 그렇지."
"그렇죠. '목이 마르네요.'라고 하면 도련님은 물을 마시라고 할 것 같으니까요."
"그게 더우니까 창문을 열자는 뜻인지는 나도 처음에는 몰랐다고."
"하하."
"모르는 편이 나았을지도 모르고."
다시금 한숨을 내쉬는데 좁은 관목길이 사각형 모양으로 넓어지면서 가운데 분수가 서 있는 공간에 들어섰다.

그리고 분수에 머리를 담그고 있는 사람이 한 명.

'어?'

분수에, 사람이, 머리를.

놀라 달려가는 나를 로이가 붙잡아 제지하고, 한발 먼저 달려가 남자의 목덜미를 잡고 분수에서 끌어냈다. 남자는 케헥케헥하고 물을 토해냈다. 로이가 등을 두들겨 주는데 남자가 욕을 내뱉고는 로이에게 외쳤다.

"뭐하는 짓이야!"

이어 남자가 화를 내기 시작했다. 그가 씩씩거리며 로이의 팔을 떨쳐냈다.

"지금 막 영감이 올 것 같았다고! 네가 뭔데 방해를 해! 누가 끄집어내 달라고 했어?!"

이야기를 들어보니 골자는 로이가 강제로 자신을 분수대에서 꺼낸 것에 대한 분노였다. 아니, 물까지 토해놓고서?

로이가 히죽 웃으며 "도로 분수대에 머리를 처박아 놓을까요?" 하고 물었고 남자는 움찔했다.

"자살하려는 걸로밖에 보이지 않았어요."

나는 어이가 없었지만 로이가 행동하기보다 먼저 목소리를 높였다. 황궁에서 살인나게 할 수는 없으니까.

"누가 분수에 머리를 박고 자살해?"

"문고리에도 목을 매는걸요."

내 말에 흥, 하고 남자는 젖은 은색 머리카락을 쓸어 넘기고, 몽땅 젖어 버린 칼라를 바로 세웠다.

그리고 날 바라보더니 고개를 획 돌리고 중얼거렸다.

"제길, 저 눈깔을 보니 카스티엘로 공녀로군."

"아, 로이보다 더 심해."

"아뇨, 전 저렇게 심하게 이야기한 적 없다니까요?"

내 말에 맞받아치면서도 로이의 눈은 싸늘하게 가라앉아 있었다. 내가 저 무례한 놈, 이라고 외치는 순간 장갑을 던져 결투를 신청할 기세였다.

그리고 상대는—

'아무리 좋게 봐 줘도 검을 드는 타입은 아닌 것 같은데. 펜대보다 무거운 걸 잡아 본 적이 없어 보이고.'

그럼에도 내 앞에서 '눈깔'이라고 말하는 어마어마한 담력.

정말이지 황태자나 황제라고 착각할 뻔했다.

내가 두 사람의 얼굴을 알고 있지 않았다면 말이다.

"이름이 뭐죠?"

"맥길런 롤프입니다."

막말한 것치고는, 제법 정중한 자기소개였다.

"아."

그 유명한 피아니스트로구먼.

"그래서 뭘 하고 있었다고요?"

"작곡의 영감을 얻고 있었습니다."

"분수에 머리를 박고 말이죠."

"물에 대한 영감을 얻을 생각이었거든요. 뭔가 오려고 하는 찰나에 당신의 호위 기사에게 억지로 끌어내진 겁니다."

마지막 말에는 가시가 돋아 있어서 나 역시도 응수했다.

"아마도 호흡 곤란으로 인한 환각이 오려는 찰나였겠죠. 분수에 머리를 박고 죽었다면 그대로 의문사가 되었을걸요. 호흡 곤란을 원한다면 벨트와 문고리를 이용한 간단한 방법이 있습니다."

로이는 눈동자를 슥 굴렸고, 맥길런은 뚫어져라 날 바라보았다. 뭐라고 해야 하나. 이 남자는 정말로 '예술가'라고 써 붙인 것처럼 생겼다. 그러니까 하델에게 학자라고 써 있는 것처럼 말이다. 선이 가늘고, 신경질적이고, 아마 분명 화도 잘 내겠지, 그리고 까다로운 미식가일 것 같고…….

은발에 보라색 눈동자라.

과연, 과연.

그를 피아노 교습에 부른 귀부인들이 옷을 느슨하게 입고 피아노 의자에 나란히 앉아서 살며시 몸을 기댈 만한 얼굴이었다.

"아무래도 공녀님은 영감이란 걸 이해하지 못하는 것 같군요."

난 크게 콧방귀를 뀌어 줌으로써 그의 말을 우스갯소리 취급했다. 옆에서 로이가 "와, 엘런이랑 똑같아." 하고 작게 중얼거렸다.

"로이, 가요."

그렇게 말하고 휙 그의 앞을 지나치려는데 맥길런이 손을 뻗어 내 손목을 잡았다. 다음 순간 로이에게 붙잡혀서 완전히 팔이 꺾였지만 말이다.

로이가 히죽히죽 웃으며 말했다.

"아무리 그래도, 손대는 건 안 되죠. 피아니스트 님."

"잠깐! 팔! 그만두라고 하십시오, 공녀님!"

창백해져서 맥길런이 소리쳤다. 난 로이에게 고개를 끄덕였고, 로이는 팔을 놓아주었다.

맥길런이 몇 번이나 팔을 움직여 보더니 으르렁거렸다.

"피아니스트에게는 팔이 생명이란 말입니다."

"그래서, 무슨 일인가요?"

좀 미안하기도 했지만, 괜히 미안한 얼굴을 하면 안 될 것 같은 사람이라 난 말을 자르며 말했다.
그가 울컥하는 얼굴을 하더니 말했다.
"제 연주를 한번 들어 주시죠."
"네?"
"제 연주를 들으신다면, 분명히 제 말을 이해하실 겁니다."
"어머나?"
난 나도 모르게 웃었다.
자신의 연주를 듣는다면, 듣는 사람이 반드시 마음을 바꿀 거라 생각하는 저 자신감.
"좋아요. 기꺼이 시간을 내지요. 언제가 좋을까요?"
"지금 당장도 좋습니다."
그가 어깨를 문지르며 말했다. 난 잠시 이후의 약속을 생각해 보았다. 뭐, 한 곡 정도면 괜찮지 않을까?
"좋아요."
"주군."
로이가 눈을 찌푸리며 고개를 저었다.
"괜찮아, 로이가 있잖아."
"아뇨, 저는 그럴 때 쓰라고 있는 존재가 아닌데요."
난 로이의 말을 무시하고 맥길런을 보았다.
"지금 가지요. 그쪽 마차가 있나요?"
"있습니다."
"그럼, 합승하죠."
그는 별말 없이 고개를 끄덕였다.

마차는 평민들이 사는 구역에서야 멈춰 섰다. 아니, 완전히 평민들이 사는 구역은 아니지만.
"로이."
"네."
"망토 내놔."
로이는 신음을 흘리면서도 아무 말 없이 자신의 망토를 벗어서 나에게 둘러 주었다. 그리고 갑옷 위에 입은 자신의 튜닉을 뒤집어 입었다. 문양이 드러나지 않게 말이다.
양면이라 다행이지.
황실에 들렀던 차림으로 여기서 내리면 어마어마한 주목을 끌 것 같았다.
흠, 후원을 받아서 어디 큰 집에 살 줄 알았더니 아니네?
우리는 마차에서 차례로 내려, 생쥐처럼 빠르게 이층집으로 올라갔다. 아래층은 상가였고, 이 층에 맥길런이 세를 들어서 사는 모양이었다.
"누추하지만, 환영합니다. 공녀님."
거실은 온통 악보투성이였다. 좀 더 정리를 잘하는 사람이면 좋을 텐데. 하지만 그 와중에도 피아노와 그 주변만은 깨끗하게 정리되어 있어서 그가 피아노를 소중히 여긴다는 걸 알 수 있었다. 하지만 일단 이렇게 주변이 지저분하면 좋은 소리도 다 먹어 버릴 텐데 말이죠.
로이가 근처에서 스툴을 하나 발굴해서 내려놓았다. 난 스툴에 털썩 앉으며 말했다.
"그럼 한 수 부탁드립니다."
내 말에 맥길런은 싱긋 웃었다.
"아까 영감에서 잡았던 일부분을 들려드리지요."
나는 가볍게 손바닥을 뒤집으며 슥 팔을 벌렸다. 연주하라는 뜻이다.
맥길런은 숨을 깊게 삼키고 피아노 앞에 앉았다.

그리고 잠시 눈을 감고 있더니 곧 연주를 시작했다.

'어?'

난 허리를 똑바로 세웠다.

'이건…….'

정령의 노래다. 더 명확하게 말하자면 정령석의 노래라고 해야겠지. 아빠가 선물해 준 푸른 정령석이 이렇게 노래한다. 알파가 들려준 자장가도 이랬다.

물이 흐르는 듯한 소리.

뚝 중간에 연주를 멈추고 맥길런이 날 돌아보았다.

"이게 제가 받은 영감입니다. 뭘 방해한 건지 아시겠습니까?"

"알죠."

난 씩 웃었다.

"안다고요?"

맥길런이 눈을 찌푸렸다. 그는 내가 자신을 놀린다고 생각했는지 의자에서 벌떡 일어났다.

"공작 영애 같은 분에게 이해를 구했던 제가 잘못—"

난 가볍게 허밍으로 그 뒤를 이어서 불렀다. 맥길런의 눈이 경악으로 찢어질 듯이 커졌다. 허밍을 끝내고 방긋 웃어 보였다.

"이런 거죠? 뒤를 보충해 줄 수 있어서 다행이었네요, 롤프. 나오는 곡은 기대하고 있지요."

난 자리에서 일어났다.

"어떻게—"

그가 흥분해서 목소리를 높였다.

"어떻게 아시는 겁니까!"

"저도 들은 적이 있거든요."

그가 뭔가 더 이야기하려고 다가왔지만 로이가 나와 그 사이를 가로막았다.

아까의 경험이 있는지라, 맥길런은 움찔하며 물러났다.

"그럼 전 다음 약속이 있어서."

하델과 약속이 있으니까, 지각은 금물이다.

힘내세요, 하고 난 키득키득거리면서 삐걱거리는 계단을 내려와 아까 타고 온 마차에 그대로 올라탔다.

로이가 올라타 마차 문을 닫으며 물었다.

"뭘 노래하신 거예요?"

"정령의 노래."

로이가 눈썹을 추켜올렸다.

"신기하네. 물의 정령이 부르는 노래를 연주하고 있었어. 잘은 모르지만, 영감이란 게 그런 계통이던가?"

"정령사로 소질이 있는 건가요?"

"아니, 물에 머리를 박아서 듣는다면 그건 아니겠지."

난 손사래를 쳤다.

"하지만 잘 완성됐으면 좋겠다."

난 턱을 괴고 웃었다.

"내가 사랑하는 사람들에게도 들려주고 싶었거든."

"그럼 주군이 작곡하면 되잖아요?"

"아, 완전히 달라."

"다릅니까?"

"음, 빗방울 소리를 그대로 음악으로 만들 수 있어?"

"없지요."

"정령의 노래도 마찬가지야. 하지만, 빗방울 연주곡을 만드는 사람은 있잖아. 그리고 그게 빗방울 소리처럼, 아름답게 느껴지고?"

로이는 갸웃하며 잠시 생각하더니 고개를 끄덕였다.

"그러니까, 내가 듣는 노래도 음악적으로 아름다울 테지만 나에게 그걸 음악으로 만드는 재능은 없단 말야. 그러니까."

"만들어 줬으면 좋겠다는 거군요."

"그거지."

"저랑 내기 하나 하시겠습니까?"

"뭘?"

"내일 저 사람이 꽃을 들고 주군을 찾아오는 걸 내기하지요."

"설마?"

"십 골드요."

눈을 가늘게 뜨고 로이를 바라보다가 "좋아." 하고 고개를 끄덕였다. 깍지를 끼고 난 반대편에 다리를 올렸다.

"엉덩이 아파."

"합승 마차보다는 낫죠."

"그렇겠지?"

합승 마차를 타 본 적이 없어서 모르겠네. 마차는 공작가 저택까지 가지 않았다. 우리는 중간에 내려서, 기다리고 있던 공작가 마차로 갈아탔다. 마부에게 로이는 금화를 하나 퉁겨 주었고, 마부는 몇 번이나 허리를 숙였다.

공작가에 도착해서 모자를 벗을 때 딱 하델이 도착했다는 안내가 왔다. 시계를 보니 정확히 정시였다.

어떻게 하델은 항상 정시에 오는 걸까? 사람이 이런저런 사정이 생기다 보면 일찍 올 수도 있고, 늦게 올 수도 있지 않은가?

저택 앞에 미리 와서 서 있다가 들어오나?

쓸데없는 생각을 하는데 하델이 밝은 얼굴로 들어왔다. 보기 드문 얼굴이라 난 그에게 자리를 권하며 물었다.

"좋은 일이 있으신가 봐요?"

"증명을 끝냈습니다."

"증명이요?"

"제가 연구하고 있던 문제 말입니다. 허수의 존재를 증명해 냈습니다."

난 멍하니 하델을 보다가 핫 하고 숨을 삼키고 소리쳤다.

"그거 굉장한 거잖아요! 엄청 잘됐어요! 진짜 축하드려요, 선생님. 우와— 그럼 이제 수학책에 선생님의 이름이 남는 건가요? 전 그 제자로 이름을 남길 수 있는 건가요?"

"후자는 아니겠죠."

하델이 꼰 다리를 까닥하며 말했다. 그렇다면 전자는 맞다는 말이잖아?

"정말로 축하드려요."

"공작가의 후원 덕분입니다."

"선생님이 열심히 하신 덕분이죠. 멋져요. 굉장해요. 오늘 뭐하실 거예요? 축배라도 들까요? 맛있는 거 드시러 가실래요? 네? 네?"

"어쩐지 저보다 공녀님이 더 기뻐하시는 것 같군요."

"그야! 기쁘지 않아요?"

몇 년을 매달린 문제가 해결됐다는데, 기쁜 거 아닌가?

"기쁩니다."

하델이 고개를 끄덕였다.

"그죠?"

"그렇죠."

"그럼 마음껏 기뻐하자고요!"

난 당장 비싼 술을 가져오라고 종을 흔들었다. 값비싼 스파클링 와인이 조심스럽게 트롤리에 담겨져서 들어왔고, 난 잔 가득히 술을 따랐다.

하델에게 잔을 건네주고 난 어깨를 으쓱했다.

"아무거나 한마디 해 보세요."

그가 피식 웃고 내 잔에 자신의 잔을 가볍게 부딪치며 말했다.

"말이 필요 없는 순간이죠."

"하긴, 그것도 그러네요."

난 톡 쏘는 달콤한 황금빛 와인을 음미했다. 아, 맛있다.

"그래서 당분간은 수업을 오지 못할 것 같습니다."

"그렇군요. 학회에 나가시나 봐요."

"그렇지요."

"제 살롱에서 발표해 주세요, 라고 하고는 싶지만. 살롱 주인이 이론을 이해하지 못해서야 말이 되지 않는군요."

내 말에 하델이 가볍게 웃었다.

"머릿속에 때려 박아 드릴까요?"

답지 않은 거친 농담이었다. 그 말에 난 지극한 예를 갖춰 우아하게 인사하며 말했다.

"사양하겠습니다."

내 몸짓에 하델이 다시 소리 내어 웃었다. 진귀한 모습을 여러 번 본다 싶었다.

'그렇구나. 하델도 기쁘지 않을 리가 없지.'

이건 아마 하델 평생에 몇 번 오지 않을, 상당히 기쁜 순간이렷다. 그 소중한 순간을 함께하는 상대로 날 선택해 준 것이 기뻤다.

난 얼른 하델의 빈 잔을 다시 채웠다. 다행이야. 부자라서.

"오늘 황녀님을 만나셨다고 들었습니다."
"네, 눈을 고쳤다고 하더군요."
"그건 새로운 소식이군요."
하델의 얼굴이 평소와 같아졌다. 그가 느릿하게 잔을 돌리며 생각에 잠겼다.
"그래서, 어떤 대화를 하셨습니까?"
"친구하자고 하더군요."
"그리고요?"
"살롱을 여는 걸 도와 달라고요."
"허락하셨나요?"
"설마요."
"잘하셨습니다."
"그리고 나오는 길에 리들을 만났어요."
"이 황자님 말씀이군요."
"네, 카를과는 안 좋게 되어 버렸지만, 저와의 관계는 잃고 싶지 않다는 식으로 이야기하더라고요."
"그래서요?"
"전 오라버니가 아니에요."
한숨을 내쉬며 하는 말에 하델이 피식 웃었다.
"그래서 귀찮지요."
"맞아요. 찻주전자를 걷어찰 걸 그랬나 봐요."
하델이 내가 사교계에 나서기 전에 했던 말을 생각하며 중얼거렸다. 그때 시녀가 간단한 안줏거리를 가지고 들어왔다.
청포도 한 알을 입 안으로 넣으며 난 카우치에 기대듯이 길게 누웠다. 하델이 그런 날 바라보다가 물었다.

"결혼 이야기는 나오지 않고 있습니까?"

"결혼이요?"

"황실에서 아가씨를 탐낼 법도 한데요. 특히 황태자 전하께서 말입니다. 물론 이미 정혼자가 있기는 하지만……."

"파혼하고 저와 결혼할 가능성도 있단 말인가요?"

"없지는 않지요. 이 황자님과 결혼하는 걸 두고 보지는 않을 테고요."

"리들이랑요?"

난 눈을 동그랗게 뜨며 치즈를 입 안에 넣었다. 아, 단짠단짠이 최고다.

거기에 샴페인 한 모금.

으음~

하델이 손을 뻗어 내 손에서 잔을 빼앗으며 말했다.

"마시는 속도가 저보다 더 빠릅니다."

"그렇게 빠르지는 않았던 것 같은데요?"

"빠릅니다."

하델이 잔을 내려놓고 느긋하게 자작을 하며 말했다.

"그야 현재 결혼 가능성이 있으며, 가장 공녀님과 가까운 사람이 이 황자님 아닙니까? 그분도 결혼 적령기이시고, 약혼녀가 없으시죠."

"그렇기는 하지만, 생각해 본 적도 없는걸요."

빠르게 포도알을 입 안으로 넣으며 고개를 저었다.

리들과 나?

"아니면 제온 도련님이라든가?"

"에엑."

나도 모르게 숙녀답지 않은 소리가 입에서 튀어나왔다. 표정도 그럴 거라고 자신할 수 있다.

"아닙니까?"

"아니죠. 그야, 제온은 좋은 사람이기는 하지만……."

뭔가 이성적으로 두근거리는 느낌은 없지.

"아니면 다른 청혼자 중에 마음에 드신 분이?"

"없어요."

난 단호하게 말했다.

"아직 그럴 생각도 없고요. 결혼은 무슨. 저 이제 고작 열여덟이라고요?"

새침하게 뒷말을 붙였지만, 내 새침함 따위는 가볍게 무시하며 하델이 냉정하게 말했다.

"고작이라뇨. 약혼자가 정해져야 할 시기를 이미 넘기셨죠. 특히 공녀님 위치라면요."

"글쎄요. 백작령 일만으로도 바쁘기도 하고, 결혼 안 해도 백작이라는 지위는 먹고사는 데 지장 없을 것 같고요."

"그것도 아니면 에멜을 잊지 못하고 계십니까?"

"……여기서 그 사람이 왜 나오는지 모르겠는데요."

스스로도 놀라울 정도로 차갑게 대꾸하자, 하델은 "그렇습니까?" 하고는 날 똑바로 바라보았다.

"그냥, 비교 대상자로서의 궁금증이랄까요."

하델의 말에 난 아아아아— 하고 속으로 비명을 지르며, 마음속으로 몇 번이나 이불을 걷어찼다. 화끈거리는 얼굴을 감싸며 난 툭 내뱉었다.

"너무해요."

"그렇습니까?"

다시 하델이 되물어서 나는 한숨을 내쉬고 말했다.

"정말로, 왜 에멜이 나오는지 모르겠어요."

내 말에 하델은 고개를 끄덕였다. 납득했는지 아닌지는 모르겠지만, 이걸로 화제가 끝났다고 하면 감사하죠.

그때 로이가 곤란한 듯 즐거운 듯 오묘한 얼굴로 들어와서 말했다.

"제가 십 골드 받아야 하는 것 같은데요?"

"십 골드?"

"그 녀석이 꽃 들고 찾아올 거라고 했잖아요."

씩 웃으며 하는 말에 나는 "아!" 하고 깜짝 놀라 자리에서 일어났다.

"진짜로? 온 거야?"

"오다니, 누가 말입니까?"

로이가 히죽 웃으며 말했다.

"맥길런 롤프요. 오늘 분수에서 머리 박고 있는 걸 구해 줬거든요."

"분수에? 머리를요?"

아무래도 이해가 안 되는지 하델이 고개를 갸웃했다.

"영감인지 뭔지가 오게 한다면서 스스로 분수에 머리를 박고 있더군요. 오리처럼요."

"아. 저런."

정신이 이상한 사람인가 보군요, 라는 뉘앙스까지 완벽하게 표현하는 '아. 저런'이었다.

"유명한 피아니스트래요. 실제로도 재능은 있는 것 같고요. 그런데 정말로? 지금 온 거야?"

"아마 바로 쫓아온 게 아닐까 싶은데요."

생글생글 웃으며 로이가 놀리듯 말해서 난 이마를 감쌌다.

"십 골드요."

로이가 손을 내밀어서 난 입을 내밀었다.

"내일 온다고 그랬잖아."

"하루 차이잖아요?"
"그래도 틀린 건 틀린 거지."
"와, 주군 치사해."
"안 치사해."
이 사람이 감히 상사에게, 하고 눈을 치켜 올려 보이자 로이가 투덜거렸다.
"만나실 겁니까?"
하델이 물었다.
"지금 선생님 만나고 있잖아요."
"그렇군요. 그렇다면 좀 더 느긋하게 있다가 갈까요?"
"그것도 좋지요. 모처럼이니까, 같이 식사도 하실래요? 참, 아빠에게는 말씀드렸어요?"
"편지로 알려드렸습니다."
"너무 담백해요."
"공녀님께선 그렇게 생각하실 것 같아서 직접 알려드리러 왔지요."
"잘하셨어요."
고개를 연신 끄덕이며 난 행복한 기분이 되었다. 그렇구나, 난 잘 모르는 내용이지만 하델이 몇 년간 매달린 연구가 제대로 결실을 보았구나.
어떻게 한 가지 문제에 그렇게 몇 년간 매달릴 수 있는 걸까? 나로서는 도무지 흉내 낼 수 없는 끈기였다.
난 다시 자리에 앉았다.
"그럼 간이 수업을 할까요?"
"네?"
하델이 깍지를 껴서 허벅지에 올리며 등을 깊게 소파에 묻었다.

"제가 질문하고 공녀님이 대답하는 거로 하죠."
"뭔가 어려운 거 물어보시려는 거죠?"
"그런 건 아닙니다."
"좋습니다. 그러면."
솔라드 백작령의 예상 소출?
인구 분포 계획?
아니면 도시 계획? 세금을 면제하면 그 후 자금 융통에 대한 계획?
난 그동안 하델과 했던 이야기들을 머릿속으로 굴리며 긴장감에 포도알을 하나 더 삼켰다.
"황실에서 결혼에 대해 압박을 넣으시면 어떻게 하실 겁니까?"
생각지도 못한 질문에 난 입을 떡 벌렸다. 그리고 신음을 흘리며 녹아내리듯 의자에 푹 기댔다.
"어려운 거 안 물어보신다고 해 놓고……."
"어려운 질문이 아닙니다. 그리고 답이 준비되어야 할 질문이고요."
"글쎄요. 사실 생각해 본 적이 없어요. 하지만."
아, 확실히 그럴 수도 있겠다. 리들과 결혼하라고 압박을 넣을 수도 있겠구나. 그러면 서약을 한 우리 가문은 꼼짝없이…….
'뭐야, 진짜 나 리들이랑 결혼하는 거야?'
갑자기 등줄기에 소름이 쫙 돋았다. 아니, 리들이 그렇게 싫다는 게 아니라 강제로 누군가와 결혼하게 된다는 상황 자체가 소름 돋았다. 게다가 결혼하면 리들과 자겠지? 리들의 아이도 낳겠지?
"공녀님."
"……네……."
목소리가 간신히 나왔다.
"생각해 보셔야 하는 문제라는 걸 인지하셨습니까?"

"했어요."

죽을병에 걸린 사람처럼 신음 섞인 대답을 하자, 하델이 아무 말 없이 나에게 샴페인 잔을 돌려주었다. 난 단숨에 잔을 비웠다.

"방법을 생각해 봐야겠네요."

"그게 좋겠죠."

하델은 그렇게 말하며 얄밉게도 태연한 태도로 치즈를 먹었다. 저는 선생님이 떨어트린 폭탄에 발을 구르고 있는데 말이에요. 하지만 고마운 건 고마운 거였다. 나는 생각하지도 못한, 앞으로 일어날 문제를 지적해 준 거니까.

문제를 알아야 해답을 제시할 수 있다. 문제가 뭔지도 알지 못하는 게 가장 큰 문제다.

"그러면 두 번째 질문할까요?"

"또 뭘 물어보시려고요?"

"하지 말까요?"

"아뇨, 해 주세요."

기운 빠진, 체념한 목소리로 답하니 하델이 픽 웃고는 물었다.

"그래서 저녁 메뉴는 뭡니까?"

* * *

"아직도?"

난 놀라서 물었다.

하델과 저녁 식사 겸 작은 축하회까지 즐기고, 옷을 갈아입고 있었던 나는 놀라 로이를 돌아보았다.

"저도 놀랐어요. 설마 지금까지 응접실에 남아 있을 줄이야?"

아까부터 지금까지 응접실이라니, 완전히 방치잖아?

"나 완전히 잊고 있었어. 미안한데?"

"아가씨, 움직이지 마세요."

머리를 빗던 제인이 말해서 난 얌전히 몸을 바로 했다.

이제 내 머리카락은 상당히 길어져서 허벅지까지 내려왔다. 난 숱도 많은 내 머리카락이 상당히 마음에 들었다. 애니는 황금색 파도 속에 묻혀 있는 것 같다, 하는 지극히 시적인 평가를 해 줬다.

물론 애니의 눈에야 내가 뭘 하든 예뻐 보이겠지만.

"바로 보러 갈게."

"그 차림으로요?"

로이의 말에 난 내 가운 차림을 내려다보고 눈을 찌푸리며 로이를 보았다.

"제대로 입고 나갈 거야."

"그러셔야지요."

로이가 고개를 끄덕였다.

난 다시 흰색의 하늘하늘한 드레스로 갈아입었다. 머리는 올리기가 싫어서 간단하게 반묶음으로 하고 길게 푸른색 리본을 드리웠다. 그리고 빠르게 응접실로 내려가니 기다리고 있던 맥길런이 벌떡 일어났다.

"죄송합니다. 너무 늦었지요? 다음 약속을 잡으셨으면 좋았을 텐데요."

"아닙니다."

빈말인가 했는데 놀랍게도 그의 얼굴에는 기분 상한 기색이 보이지 않았다. 대신 그는 상기된 얼굴로 고개를 젓더니 나에게 꽃다발을 내밀었다.

"이걸, 아."

그는 뭔가 발견한 듯 얼른 꽃다발을 내렸다. 난 받으려고 손을 내밀었다가 의아해져서 그를 바라보았다.

"죄송합니다. 다 시들었네요. 다음에 좀 더 좋은 꽃으로."

그건 당신이 여기서 거의 반나절은 기다리고 있었기 때문입니다.

양심을 제대로 찌르시는군요.

"아니에요, 이 정도면 꽃병에 꽂으면 금방 다시 싱싱해져요."

난 웃으며 그의 손에서 반억지로 꽃다발을 받아 들었다.

"그래서, 무슨 일로 오셨나요?"

내 질문에 맥길런이 한 걸음 성큼 다가오더니 말했다.

"공녀님의 노래를 꼭 다시 한 번 듣고 싶습니다."

"제 노래요? 아, 노래라고 할 만한 것도 없었는데요."

"아닙니다. 제발, 꼭 부탁드립니다. 공녀님."

뭐, 어려운 일도 아닌걸.

난 그렇게 생각하며 그에게 자리에 앉기를 권했다.

"차라도 드시겠어요?"

"네, 감사합니다."

그러고 보니 배고프겠네. 온종일 여기에서 멍하니 기다리고 있었을 테니까. 예술가라 시간이 가는 줄 모를 수는 있겠지만 인간이니 배는 고프겠지.

난 시녀에게 명해서 야식거리를 가져오게 했다. 그리고 시종에게 명해서 내 정령석도 가져오게 했다.

"롤프."

"맥이라고 불러주십시오."

보라색 눈동자가 이글이글 타오르는 것 같았다.

"좋아요, 맥. 그런데 그렇게 바라보면 노래가 안 나오겠어요."

"그런가요. 그렇다면."
맥길런이 눈을 감았다.
"이러면 될까요?"
좀 낫지만, 그것도 마찬가지인 것 같다. 하지만 그렇다고 어떻게 할 수도 없으니.
제 무덤을 판 건 나니까, 스스로 해결해야지.
헛기침하고 난 다시 낮게 허밍으로 노래를 불렀다. 맥길런이 자신의 무릎을 꽉 움켜쥐었다.
내 허밍이 끝났을 때 마침 시녀가 야식을 가지고 들어왔다. 시녀가 야식을 테이블에 올리는데, 그걸 무시하고 맥길런이 내 쪽으로 돌아와 내 앞에 무릎을 꿇고 내 손을 잡더니 손등에 키스를 퍼부었다.
히이익?
이런 식으로 내 손등에 키스하는 사람은 없었다. 다들 예의 바른 키스만 했지요. 이렇게 정렬적으로—
"당신이 나의 뮤즈입니다. 바다의 요정 같은 노래를 부르는 아가씨. 파도 소리도 그대의 목소리에 비하면 잡소리에 지나지 않지요."
이런 말까지 중얼거리면서 말이다.
난 당황해 손을 잡아 빼고 말했다.
"그렇지 않아요. 저 역시도 그냥 우연히 노래를 들었을 뿐이에요. 그러니까—"
도움을 청하듯 주변을 둘러보는데, 어쩐지 시녀들은 흐뭇한 얼굴이다. 아냐, 아냐, 그런 상황이 아니라고요.
그때 정령석을 가지고 시종이 들어와서 허둥지둥 나는 그 상자를 받아서 들어 맥길런에게 건넸다.
"열어보세요."

맥길런이 상자를 열고는 눈을 부릅떴다.

그죠? 예쁘죠? 바다의 한 조각 같지요?

"정령석이에요. 선물 받은 제 소중한 보물이랍니다. 하지만 맥에게는 빌려줄게요."

그가 놀라 날 올려다보았다.

"그러니까 꼭 곡은 완성해 주세요."

"반드시, 아가씨에 대한 제 열정을 걸고 완성하겠습니다."

아니, 아까 낮에만 해도 나에게 눈깔 어쩌고 했던 사람 아닌가?

예술가란 역시 알 수 없는 인종이다. 이런 걸 금사빠라고 하던가? 이랬다가, 내가 자신의 환상에 충족되지 않는 일을 하면 금방 분노하며 떠나겠지.

그렇게 생각하니 어쩐지 아무래도 좋다는 생각이 들었다. 나야 곡만 받으면 그만이니까. 그러면 아빠랑 카를이랑 로이에게 들려주면서 이게 내가 들었던 정령의 노래라고 해야지.

그는 반드시 돌려드리겠다고, 나에게 다짐을 했다. 난 웃으며 일단 차를 드시라고 권했다. 그는 자리에 앉아 착실하게 그릇을 비우기 시작했다. 음, 까칠해 보이더니 생각보다 그렇게 음식을 가리는 편은 아닌가 보다.

호리호리한 은발 미청년이 차근차근 그릇을 비워 가는 걸 보고 있자니 많이 배고팠나 싶었다.

"그러고 보니 맥은 따로 후원자가 없나요?"

"네, 아직 없습니다."

"어째서요?"

난 잘 모르지만, 유명한 걸 보면 후원자가 붙을 만한데? 게다가 저 얼굴이면.

"남편에게 결투장을 받고 나서 그만뒀습니다."

"아."

저런요.

그런데 은근히 흔하지 않나, 그런 일……. 빤히 그를 바라보니 맥길런이 입가를 냅킨으로 닦고는 정색하며 말했다.

"저와 그 귀부인의 명예를 위해서 말씀드리는데, 정말로 아무 일도 없었습니다."

"용케도 살아 있네요?"

결투에서 이길 타입으로는 보이지 않는데.

"다행히도 제가 일을 그만두는 거로 이해해 주셨지요."

"그랬군요."

뭐, 정말로 했든 하지 않았든, 잘생긴 젊은 남자 예술가를 후원하면 그런 일이 종종 생기는 모양이었다.

'내가 살롱을 여는 것도 드문 일이고.'

미혼 여성이 개인 살롱을 여는 건 거의 불가능에 가까웠다.

우리 가문만 하더라도 원래라면 카스티엘로 공작 부인이 했을 일이다. 딸인 내가 연다는 것은 상당히 변칙적이기는 했지만 그나마 용인되는 건 내가 동시에 솔라드 백작이기 때문이고.

대부분 기혼의 여성들이 살롱을 열었기 때문에 아이리스 황녀가 살롱을 연다는 것도 상당히 파격적인 일이었다.

어머니인 황후가 이미 살롱을 열고 있는데 말이다.

'내가 후원해 줄까? 으음, 이 곡을 끝낼 때까지만 하면 되잖아? 선투자 같은 거로 생각하면 되고. 아무래도 굶고 다니는 것 같기도 한데…….'

배고픈 건 서럽지. 그러니까 밥 정도는 먹이면서 일 시키는 게 낫지 않을까 싶고.

그런데 그럼 황궁에는 왜 갔었던 거지?
궁금증이 고개를 들었지만, 그거야 뭐 이 사람의 사정이니까.
"맥."
"네."
연어 샌드위치를 야무지게 해치우던 맥길런이 고개를 들었다.
"그 곡이 완성될 때까지 제가 후원하고 싶어요. 가능하다면요."
"절 말입니까?"
"네. 만약에 맥이 싫다고 하면 어쩔 수 없지만."
"물론 저야 좋습니다."
"그래요?"
"네, 그게, 원하신다면 제가 악기를 가르쳐 드릴 수도 있습니다."
그 말에 난 가볍게 웃었다.
"하프 정도는 연주할 줄 알아요. 그러고 보니 피아노는 배운 적 없네요."
"피아노도 좋은 악기예요."
"알아요. 좋아하거든요. 하지만 악기는 좀 서툴러서."
애니가 몇 번 연주회를 하라고도 했었고, 다른 레이디들의 연주회를 가서 들으니 내 솜씨가 썩 괜찮다는 것도 알게 되었지만.
'그래도 역시 연주회는 좀.'
그런 식으로 나서는 건 고역이다.
"그러시군요."
맥길런은 고개를 끄덕였다. 내가 찻잔을 비우는 사이 그는 모든 접시를 다 깨끗하게 비웠다. 가루를 흘리지도 않았고, 부스러기를 떨어트리지도 않는 깔끔한 식사였다.
너무 늦어지기 전에 그를 공작가의 마차로 돌려보내고 나니 로이가 뚱하니 말했다.

“후원하신다고요?”

“응. 그 곡을 완성할 때까지만.”

“완전히 주군에게 푹 빠진 것처럼 보이던데요?”

“한때지 뭐.”

“가끔 이럴 때 주군은 냉소적이시란 말이죠.”

“그런가?”

“네, 보통 주군 또래의 아가씨들이라면 잘생긴 피아니스트가 무릎을 꿇고 열렬하게 구애를 하는데 심장이 두근거리고 열기가 올라야 하는 거 아닙니까?”

“구애한 거 아닌데.”

“비슷했죠.”

“아닌데.”

“비슷했다니까요.”

“아니라니까.”

내가 단호하게 대답하자 그가 눈썹을 치켜올려 보였다. 나는 “로이 딜런.” 하고 눈을 찌푸려 준 후에 씩 웃으며 말했다.

“완성되면 로이도 꼭 들어 줘. 예전에 동굴에 갔을 때 너무 예쁜 소리라서, 내 소중한 사람들에게 들려주고 싶다고 생각했었으니까.”

내 말에 로이가 희미하게 웃었다.

“그야 영광이죠.”

* * *

모처럼, 오랜만에 나는 활쏘기를 하고 있었다.

깊게, 숨을 들이마시면서 당기고, 그리고 발사.
그때 날카로운 소리와 함께 활줄이 튀며 내 팔을 때렸다.
저절로 아얏 하는 소리가 나와서 난 팔을 문질렀다.
"집중하지 못하니까 그렇지."
언제 왔는지 카를이 뒤에서 다가와 내 팔을 붙잡으며 말했다.
"그러게요."
난 한숨을 내쉬었다.
활줄이 튀다니.
빨갛게 자국이 난 내 팔을 엄지로 가볍게 문지르며 카를이 물었다.
"무슨 고민이야?"
"네?"
"요즘 뭔가 고민했잖아?"
"오라버니."
"왜?"
"내가 리들이랑 결혼하면 어떨 것 같아요?"
순간 내 팔을 잡은 그의 손에 힘이 들어갔다.
"리들이 뭐라고 해?"
그가 낮게 으르렁거렸다.
"아뇨, 그건 아니에요."
내가 고개를 젓자 카를이 날 빤히 보다가 물었다.
"리들이 좋아?"
"네? 아뇨, 그것도 아니에요."
"아."
카를의 손에서 힘이 빠졌다. 그가 내 팔을 놓아주며 물었다.
"그런데 왜 그런 말은 해?"

"황실에서 만약에 억지로 결혼시키면 어쩌나 하고요."

"……."

카를은 침묵했다. 그러고 보니, 카스티엘로 공작가는 그럼 그동안 어떻게 피해 온 걸까?

황녀와 결혼해라, 같은 이야기가 나오지 않았을까?

'아, 아이가 안 생겨서 그런가.'

초반에 하델이 해 줬던 이야기가 생각났다. 카스티엘로는 아이가 잘 생기지 않는다고. 그건 정말로 잘 안 생긴다는 말이겠지. 그래서 아이가 생기면, 결혼한다. 라는 이야기를 했었지. 다시 생각해 보니 어린아이에게 하기에는 좀 그런 내용이지 않나?

억지로 황녀와 결혼시켜도 둘 사이에서 아이가 나오지 않으면 소용없다. 그렇다고 부마가 다른 여자랑 닥치는 대로 자고 다니다가 나온 사생아를 데려오는 것도 황실로서는 참을 수 없는 수치겠지.

이해가 된다.

게다가 굳이 황녀와 결혼시키지 않아도 서약을 통해서 공작가의 충성을 얻어내고 있으니까.

'그럼 굳이 나도 황자와 결혼시킬 필요가 없는 거 아닌가.'

아닌가?

섞였으니 다를까?

그때 카를이 내 머리를 한 손으로 콱 움켜쥐었다. 마치 공을 붙잡듯이 말이다.

"카를 오라버니?"

당황해 그의 이름을 부르자 카를이 내 머리를 붙잡은 채로 앞뒤로 흔들었다.

"분명히 또 쓸데없는 생각을 잔뜩 하고 있겠지."

"아니거든요? 뭐 하는 거예요?"

난 버둥거리며 그의 손을 떼어 내려고 했지만 소용없었다. 오뚝이처럼 앞뒤로 흔들리다가 난 발로 카를의 정강이를 걷어찼다. 카를이 짧은 신음을 흘리며 내 머리를 잡은 손을 놓았다. 난 씩씩거리며 말했다.

"그만하라고 했죠!"

"팔팔하네."

카를은 그렇게 말하고 조용히 덧붙였다.

"널 억지로 결혼시키지 않을 거야."

내가 대답 없이 그를 노려보고만 있자 카를이 덧붙였다.

"그렇게 걱정되면 적당한 놈이랑 빨리 약혼해 버리지그래?"

"네?"

"그러다 진짜 마음에 드는 사람이 생기면 치워 버리면 되고."

"치워요?"

"치우는 건 내가 알아서 하지."

"네?"

"싫어?"

"아뇨, 너무 황당해서요."

"괜찮은 방식 아냐?"

"아니……."

괜찮다, 아니다를 논할 수조차 없는 과격한 방법이다.

'아니, 잠깐. 그런데 이거 의외로 괜찮지 않나?'

한마디로 다른 사람과의 강제 약혼을 막기 위한 위장 약혼?

서로 납득할 만한 상대만 찾으면 그럭저럭 나쁘지 않잖아.

말로만 약혼 상태로 지내다가, 서로 적당한 상대를 찾으면 합의하에 정중한 파혼.

난 카를을 흘겨보았다.

"그 치운다는 건 뭐죠."

"다시는 네 앞에 나타나지 않게 해 준다는 말이지."

"그런 말씀은 하지 마세요. 처음부터 서로 합의하는 상대를 찾으면 되잖아요."

"합의? 그럼 우리 기사단원 중에서 하나 뽑든가."

"으, 아뇨. 일단 좀 더 생각해 보고요. 더 온건한 방법이 있으면 그쪽이 낫겠죠."

"그리고 사실 아무것도 안 해도 상관없어. 널 억지로 결혼시킬 사람은 아무도 없으니까."

"하지만……."

황실에 서약했잖아요?

"무슨 생각을 하는지는 모르겠지만, 카스티엘로가 황실에 충성을 하는 것과 널 그쪽과 연결하는 건 별개의 문제야. 만약에 그걸 그쪽에서 강제한다면—"

카를이 차갑게 웃었다.

"그쪽도 그만한 대가를 지불하게 되겠지."

그래도 되는 건가?

하긴 아빠가 황제에게 보통 틱틱거리는 게 아니었지. 대체 무슨 서약을 했기에?

구체적인 내용이 궁금해.

이제 나도 성인이 되었으니 아빠에게 물어볼까? 물어보면 알려 주지 않을까.

"에스텔."

"네."

"좀 믿어 봐."
"믿고 있어요."
"그럼 안심해."
그 말에 난 씩 웃었다.
"그래요."
"정말로 믿었나 볼까?"
"네?"
"활."
그가 다시 쏴 봐 하고 말해서 난 고개를 끄덕이고 숨을 들이마시며 활시위를 당겼다.
똑바로 과녁을 겨냥하고, 마음은 흔들림 없이.
활이 경쾌한 소리를 내며 날아갔다.
명중.
난 느릿하게 잔신(殘身)을 풀며 카를을 돌아보았고, 그가 웃으며 내 머리를 토닥였다.
"참 잘했어요."
어린아이에게 하는 듯한 칭찬이었지만, 기분이 좋아진 것도 사실.
난 좀 더 가뿐한 걸음으로 저택으로 돌아갔다.
"아가씨, 세르반 백작가에서 사자가 왔습니다."
"리리아에게서?"
애니가 낮게 말했다.
"조기를 메고 왔더군요."
그 말에 난 숨을 삼켰다.
"어느 분이?"
"세르반 백작께서 돌아가셨다고 합니다."

"그렇군요."

연세가 많으셨으니, 그럴 만도 하시지만 마음이 아픈 건 아픈 것이었다. 리리아도 좋아하던 할아버지였는데…….

작위 자체는 이미 아들의 나이가 마흔이 넘었으니까 문제는 없겠고.

"아가씨에게는 따로 편지가 도착해 있습니다."

애니가 편지를 내밀었다. 리리아에게서 온 편지였다.

난 깊게 숨을 들이마시고 편지를 열었다. 리리아의 편지는 형식적인 편지였다. 할아버님의 죽음과 장례식 일자를 알리는.

이곳의 장례는 기본적으로 오일장이었다. 장례는 죽음의 신전에서 주관하게 되고 외부 손님을 맞는 것은 삼 일째 되는 날부터다. 물론 친인척들은 첫날부터도 상관없지만 말이다.

세르반 백작가와는 좋은 관계를 유지하고 있었으니 카를과 내가 조문을 하러 가기로 했다.

수도 안에서 세르반 백작가는 그렇게 먼 거리가 아니었기 때문에, 우리 마차는 금방 백작가에 도착했다.

새 세르반 백작이 먼저 우리를 맞이했다. 가볍게 조의를 표하고, 고인과 함께 관에 넣을 선물을 내려놓았다.

특이하게도 이곳에는, 손님들이 조의를 표하기 위해서 고인의 관에 선물을 넣는 관습이 있었다.

예전에는 그대로 관과 함께 묻었다고 했는데, 어느 순간부터 매장할 때 물건을 빼게 되었다고 한다.

한마디로 현물로 조의금을 내는 거라고 볼 수 있다.

그러고 나면 제단으로 향한다. 여기는 심지어, 관 뚜껑이 열려 있다. 거기에 그때그때 손님이 가져온 선물 일부와 생화로 관을 가득 채우기 때문에 고인은 반짝이는 것들에 둘러싸이게 된다.

제단 앞에 서서 죽음의 사제가 건네주는 고대어로 된 경구를 읽는 것으로 조문이 끝난다.

난 따로 리리아를 만났다. 새까만 상복으로 온몸을 감싼 그녀는 검은 레이스가 드리워진 모자를 쓰고 있었다.

"리리아."

내가 손을 뻗어 그녀의 손을 꽉 잡았다. 리리아가 피곤한 얼굴로 미소를 지어 보였다.

"와 줘서 고마워."

"당연히 와야지. 샤샤는? 왔다가 갔어?"

"아니, 아마 오늘 오지 않을까?"

"그래, 얼굴을 봤으면 좋겠는데."

"그러게."

난 무슨 말을 더 해야 좋을지 몰라서 우물우물했다.

"너무 피곤해 보여."

"응, 그래도 조금씩 쉬고 있어. 차라리 손님이 많아서 정신이 없는 게 나은 것 같아."

"그래."

"그러고 보니 너에게 할 이야기도 있었는데."

"나에게?"

"응."

리리아가 고개를 끄덕였다. 그녀가 고개를 갸웃거리더니 낮게 물었다.

"너 혹시 살롱 여는 거 도와주겠다고 황녀님께 말했어?"

"아니? 당연히 아니지."

정말 생각지도 못한 엉뚱한 주제가 튀어나와서 놀랐지만, 난 고개를 저었다.

"그래? 그럼 나에게 부탁해 보라고도 했어?"

"내가 그랬을 것 같아?"

"아니. 그래서 확인해 본 거야."

리리아의 말에 떠오르는 추론이 하나밖에 없었다.

"황녀님이 그러셨어? 내가 너에게 부탁해 보라고 했다고?"

리리아가 고개를 가볍게 끄덕였다. 아니, 내가 그런 적이 없는데 무슨 말이야?

리리아가 눈을 찌푸리고 말했다.

"구체적으로 날 지명했다고 하지는 않았는데……."

난 잠시 아이리스와의 대화를 머릿속으로 복기해 보았다.

"나보다 경험 많은 귀부인들에게 부탁하는 게 어떠냐고 그러기는 했어."

"언제부터 내가 경험 많은 귀부인이 된 거야?"

"그러게."

어이가 없어져서 중얼거리니 리리아가 내 손을 꽉 잡으며 속삭였다.

"조심해, 에스텔."

"알았어."

그리고 미안해져서 덧붙였다.

"넌 그냥 머릿속에서 지워 버려. 안 그래도 힘든데……."

리리아가 희미하게 웃으며 말했다.

"안 그래도 어떻게 거절해야 하나 고민하는데 때마침……이라고 해야 하나."

"그런 말 하지 마."

"응. 하지만 편안히 가셨으니까. 그래도 마음이 편해."

그때 밖에서 시종이 리리아를 불렀다. 아무래도 다른 손님이 또 있는 모양이라 난 손을 놓아주었다.

"좀 더 있다가 가."

"알았어."

난 고개를 끄덕였다. 리리아가 날 떠나자 로이가 낮게 속삭였다.

"카를 도련님은 백작과 독대 중입니다."

"그래? 무슨 이야기를 하는 걸까."

"세르반 백작가는 저희와 가까우니까요. 뭐, 다음 대 백작도 잘 부탁한다 같은 이야기겠죠."

로이가 어깨를 으쓱했다.

"그래."

난 낮게 중얼거렸다. 리리아와의 이야기로 머릿속이 혼란스러웠다.

'사실 사교계에서 내 친구라고 할 만한 사람은 리리아와 샤샤 둘뿐이지.'

그렇게 많이 다른 사람을 사귄 것도 아니고 말이다.

아이리스가 왜 리리아에게 접근했을까?

너무 빤히, 날 저격하는 게 보이는 한 수였다.

대체 구체적으로 어떤 대화를 나눴는지 리리아에게 자세하게 묻고 싶었지만, 지금 정신없을 그녀에게 질문하고 싶지도 않았고, 그럴 수도 없다.

'잠깐. 리리아에게 그렇게 접근했으면 샤샤에게도 하지 않았을까?'

한숨을 내쉬는데 저쪽에서 작은 몸집의 샤샤가 사람들을 헤치고 걸어오는 게 보였다.

"샤샤."

"에스텔."

샤샤의 눈가는 붉어져 있었다. 소식을 듣고 상당히 울었던 게 아닐까? 예전부터 샤샤는 항상 마음이 약했다.

“리리아는 만났어?”

내 물음에 샤샤가 고개를 끄덕였다.

“입구에서 이야기했는데, 에스텔이 안에 있다고 해서 찾아온 거야.”

“그랬구나.”

난 미소를 지었다. 샤샤가 약간 불안한 표정으로 나에게 낮게 속닥였다.

“너에게 알리려고 했는데—”

또 아이리스 이야기인가, 하고 나는 귀를 쫑긋 세웠다.

“나 임신했대.”

“뭐?!”

저도 모르게 깜짝 놀라 되물으니 주변의 시선이 이쪽으로 쏠렸다. 난 어색하게 주변 사람들에게 눈인사를 하고 샤샤에게 말했다.

“그럼 일단 어디 앉아야 하지 않아? 저쪽에 앉자. 그런데 이런 데 와도 괜찮은 거야?”

“응, 괜찮아.”

샤샤는 그렇게 말하며 권하는 대로 자리에 앉았다.

임신이라니.

나보다 한 살 위인데 임신이라니.

어쩐지 실감이 나지 않았다.

“축하해, 샤샤.”

작게 소곤거리며 축하 인사를 전하자, 샤샤가 수줍게 웃었다.

“아무래도 리리아에게는 나중에 이야기하려고.”

“응, 그래.”

난 고개를 끄덕였다. 그때 현관 쪽이 소란스러워졌다.

"무슨 일이지?"

"그러게."

나는 샤샤에게 앉아 있으라고 하고 자리에서 일어났다.

살며시 앞으로 나가 무슨 일인가 살펴보니, 아이리스가 조문을 와 있었다.

'황녀가? 직접?'

놀라서 그 상황을 보고 있는데 제단으로 올라간 아이리스가 그대로 쓰러져 버리는 게 아닌가. 모두가 깜짝 놀라서 "황녀님." "황녀님!" 하고 소리치며 그녀에게 달려갔다.

세르반 백작이 허둥지둥 뒤쪽의 별실로 모시라고 말하자, 아이리스가 고개를 젓고 품위 있게 일어서며 말했다.

"아니에요. 소란을 피워서 죄송해요, 백작. 세르반 백작님은 저에게도 너무 다정한 분이셨기 때문에…… 저도 모르게 감정이 격해진 것 같아요."

그러며 아이리스는 눈물을 떨궜다.

'아이리스와 세르반 백작이 아는 사이였나?'

신기한 연관점이라고 생각했지만, 나를 대했던 백작의 태도를 생각해 보면 충분히 그럴 수 있을 것 같았다.

"리리아, 황녀님을 모시거라."

백작의 말에 리리아가 총총걸음으로 다가가 아이리스를 부축했다. 아이리스는 리리아에게도 연신 사과하는 것 같았다.

"비극 오페라 같네요."

뒤에서 로이가 낮은 목소리로 빈정거렸다. 내가 그를 돌아보니 그가 한쪽 입꼬리만 올려 미소를 지어 보였다.

"오페라를 좋아하지 않아서 잘 모르겠어."

내가 그렇게 대답하니 로이가 고개를 끄덕이며 말했다.

"저도 좋아하지 않습니다."

난 자리로 돌아가 샤샤에게 내가 본 광경을 말해 주었다. 그러자 놀랍게도 샤샤가 코웃음을 쳤다.

"세르반 백작님과 얼굴 한 번 본 게 전부일 텐데 말야."

"그래?"

"그래."

샤샤가 고개를 끄덕였다. 그녀가 날 바라보다가 말했다.

"황녀님을 조심하는 게 좋겠어."

"리리아도 똑같은 이야기를 하더라."

샤샤가 주변을 둘러보고 원래도 낮았던 목소리를 더 낮추며 말했다.

"사교계에서 널 매장시키고 싶으신 생각인지도 몰라."

"날? 왜?"

"질투?"

갸웃하며 샤샤가 대답했다. 사교계에서 날 매장시킨다니.

그러려면 사교계에 큰 영향력을 발휘해야 한다.

지금 사교계에서 가장 큰 영향력을 가지고 있는 건 당연히도 황후마마시다.

'어떻게 되려나.'

머리가 아파지는 것 같아 난 한숨을 삼켰다.

그때 카를이 저쪽에서 걸어오는 게 보였다. 사람들이 좌우로 비켜서서 금방 알 수 있다.

난 샤샤의 무릎을 가볍게 두들기고 말했다.

"나 가 볼게."

임신한 샤샤와 카를을 만나게 하는 건 좋지 않아 보였다. 혹시 샤샤도 리리아처럼 잔뜩 무서워하는 체질이면 큰일 나는 거 아닌가.

"응. 다음에 연락해."

"알았어."

난 자리에서 일어나서 얼른 카를 쪽으로 걸어갔다.

"친구?"

카를의 물음에 난 고개를 끄덕였다.

"알렉산드라 리벨 남작 부인이요."

"아."

카를이 샤샤를 힐끗 바라보았다가 시선을 내 쪽으로 돌렸다.

"빨리 나가자."

"네? 네."

무슨 일이 있는 걸까, 하고 난 깊게 고개를 끄덕였다.

세르반 백작에게 간다고 카를이 이야기를 전하고 우리는 빠르게 백작가를 빠져나왔다.

마차에 올라타서 백작가를 나오자마자 내가 빠르게 물었다.

"무슨 일 있나요?"

"황녀가 왔어."

"네."

"그래서."

그게 대답이 되었다는 양, 카를이 대답했다.

"황녀가 와서, 마주치기 싫었다는 거죠?"

"비슷하지."

아니 마주치기 싫으면 싫은 거지, 그 비슷한 건 또 뭐람. 하지만, 이번만은 카를에게 동감이었다. 혹시나 리리아나 시녀를 통해서 날 찾으면 어쩌나 싶었으니까.

“새로운 백작님은 어때요?”

내 물음에 카를은 창밖을 보다가 대꾸했다.

“옛날 백작만은 못해.”

“그렇군요.”

“하지만 밑에서 배운 가락이 어디로 가는 건 아니니까.”

“그럼 다행이네요.”

“멍청한 짓만 하지 않으면, 세르반 백작가도 그럭저럭 가겠지.”

“리리아를 위해서라도 쭉 가야겠지요.”

카를은 말없이 고개를 끄덕했다.

아이리스 황녀에게서 살롱 초대장이 온 것은 그로부터 정확히 일주일 후였다.

‘이렇게 빨리 살롱을?’

놀라면서도 초대장을 열어 보니 예술인을 초청한 자리라고만 써 있었다. 피아노 연주라는 것도 살짝 넣어 뒀고.

유명한 피아니스트라도 부른 걸까.

‘아, 맥길런을 불렀나?’

전에 그와 황궁에서 마주쳤던 걸 생각하면 그럴듯한 추측이었다. 리리아나 샤샤와의 대화에서 유추해 보면 그는 쉽게 살롱에 나오지도 않는 것 같았으니까.

‘확실히 황녀의 살롱은 다르다는 느낌을 주겠지.’

납득해 고개를 끄덕였다.

‘그러면 나는 음악 연주는 하지 않는 게 나으려나.’

아무래도 비슷한 주제는 피하는 게 좋을 것 같다.

아이리스 황녀에게 살롱 초대장을 받았다는 이야기를 듣자 제인과 스테파니, 애니에 앤까지 모두가 초대장을 돌려 보았다.

애니가 힘주어 말했다.

"그날 아가씨께서 가장 아름답게 하고 가자고요."

"맞아요. 맞아요."

셋이 모두 맞장구를 쳤다. 그리고 그날부터 어째서인지 극단적인 식이요법이 시작되었다.

'풀밖에 안 나와!'

나는 샐러드를 깨작거리며 이럴 만한 가치가 있는 일인가 생각했지만, 셋은 엄격한 얼굴로 단호하게 내 식단을 제한했다. 거기에다가 마사지도 매일매일 받기 시작해서 일주일 후에는 진짜로 온몸의 피부가 반질반질해졌다.

'진짜로 깐 달걀 같잖아? 그거 그냥 비유라고 생각했는데.'

흑설탕과 아몬드 반죽으로 전신을 문지르는 고통을 참은 보람이 있다고 해야 할까요.

'머리카락도 광채가 장난 아니다.'

집중 관리를 받은 머리카락은 정말로 섬세하게 금으로 뽑아낸 것처럼 반짝거리게 되었고 말이다. 거기에 일주일간의 극단적인 식단이 효과가 있었던 건지, 허리둘레도 확실히 줄었다.

살롱 가기 전 마지막 단장을 했다. 마지막까지 스테파니는 보석 장식을 가지고 고민하다가 결국 커다란 모란을 고스란히 본뜬 장식을 달아주었다.

주먹만큼 커다란 이 장식은 유리 장인이 심혈을 기울여서 만든 것으로 붉은빛의 투명한 모란꽃잎이 겹겹이 만들어져 있는 생화와 유리의 아름다움을 살린 작품이었다. 하지만 유리로 만들었으니, 그 무게가 얼마나 될지 짐작이 될 것이다. 그래서 그냥 장식품으로 놔두고 있던 것인데, 앤이 무게를 가볍게 하는 경량화 마법을 걸어 주자 머리 장식으로 쓸 수 있게 되었다. 그걸로 머리 장식을 마무리하고 셋은 뿌듯한 얼굴을 했다.

차가운 푸른빛 드레스에 머리카락 몇 가닥은 자연스럽게 흘러내리게 하고, 나머지는 틀어 올려서 커다란 모란 장식으로 고정.

거울을 본 나도 놀랄 정도로 놀라운 효과였다.

"좋아요."

"이대로 가시면 되겠네요."

셋은 고개를 끄덕였다. 난 머리 장식을 조심해야겠다고 몇 번이나 생각하며 저택을 나섰다.

로이가 활짝 웃으며 "원래 예쁘지만, 더 예쁜 주군을 에스코트하게 돼서 으쓱한데요." 하고 달콤한 말을 늘어놓았다.

난 부채로 가볍게 그의 팔을 탁 치고 웃으며 마차에 올라탔다. 그렇게 황녀의 살롱에 들어설 때까지만 해도 별문제는 없었다.

살롱에 들어서자마자 난 뭔가가 잘못되었다고 느꼈다.

왜냐면, 내가 주문한 것과 거의 똑같은 옷을 아이리스가 입고 있었으니까.

대담한 엠파이어 드레스.

심지어 살롱 안의 분위기조차 흡사한 느낌이었다.

"에스텔."

자리에 앉아 있던 아이리스가 환하게 웃으며 몸을 일으켰다.

"아이리스 님."

난 표정이 굳는 것을 고개를 살짝 숙여서 감췄고, 다시 고개를 들었을 때는 웃는 낯을 했다.

"옷이 무척 아름다우시네요."

"그렇지? 특별히 디자이너에게 주문한 거야."
"그렇군요."
고개를 끄덕이며 대답하자 주변의 귀부인들이 연신 황녀의 옷차림에 대해서 호들갑을 떨었다.
"이런 식으로 대담한 드레스는 처음이에요."
"이런 드레스는 이제 구식이라고 생각했는데, 너무 아름다워요."
"황녀 전하의 센스는 놀랍네요. 살롱 분위기도 너무 좋고요."
"참, 너무 과찬의 말씀이세요."
아이리스가 뺨을 살짝 붉히며 대답했다. 그녀가 나에게 손짓하며 자신의 옆자리를 가리켰다.
"이쪽으로 와서 앉아요, 에스텔."
"네, 아이리스 님."
공손하게 대답하고 난 자리에 앉았다. 가운데 놓인 새하얀 피아노가 눈에 들어왔다. 날개를 펼친 것 같은 그랜드 피아노였다. 이곳에서 피아노는 당연하지만 상당한 고가품이다. 윤기가 반지르르 흐르는 피아노는 놓인 것만으로도 살롱의 분위기를 확 살려 주고 있었다.
아이리스가 나에게 속삭였다.
"어때요? 처음이라서 엄청 긴장했는데."
"매우 훌륭하시네요."
생글생글 웃는데 뺨에서 경련이 일어날 것 같았다.
"에스텔의 마음에 든다니 다행이에요."
아이리스가 양손을 모으며 활짝 웃어 보였다. 그녀의 갈색 눈이 반짝반짝 빛나고 뺨이 발그레해졌다.
그때 옆에 앉아 있던 다른 귀부인이 물었다.
"그래서, 오늘 오는 그 피아니스트는 누군가요?"

아이리스가 후후 하고 웃고는 자리에서 일어났다.

"소개하기 전에 먼저, 안녕하세요, 여러분. 제 살롱을 여는 데 참석해 주셔서 감사합니다."

그러자 모두가 "아닙니다.", "제가 영광이지요." 하며 앞다투어 입을 모았다.

아이리스가 방긋 웃고 말을 이었다.

"그리고 오늘 이분을 소개하게 되어서 영광이라고 생각합니다."

그러며 아이리스가 옆의 설렁줄을 당기자, 잠시 후 안쪽의 문이 열리고 사람이 걸어 나왔다.

흰 연미복을 입은 남자는 역시나 맥길런 롤프였다.

모두가 입을 모아 "어머, 어머." , "어떻게 저분을 초대하신 거예요." 하며 호들갑을 떨었다. 남자들도 눈을 빛내며 "역시 황녀님 능력은 남다르군요." 하고 칭찬했다.

"맥길런, 먼 길을 와줘서 고마워요."

아이리스가 손을 내밀며 말하자, 맥길런은 깊게 허리를 숙여 그녀의 손등에 키스하고 말했다.

"아닙니다. 만나 뵙게 되어서 영광입니다, 황녀님."

아이리스가 살며시 미소를 지었다.

"바로 부탁해서 미안하지만, 피아노를 부탁해도 될까요?"

"물론이지요."

맥길런은 그렇게 말하며 허리를 들다가 나와 눈이 마주쳤다. 그의 눈이 휘둥그레졌다. 난 그에게 눈인사했다. 괜히 여기서 주목을 받고 싶지 않았다.

그런 내 마음을 안 건지, 맥길런은 별다른 인사 없이 바로 피아노 앞에 가서 앉았다.

아이리스가 사뿐히 걸어가서 피아노에 기대섰다.
"원하시는 곡이 있습니까?"
"아뇨. 맥길런이 원하는 대로, 연주해요."
"알겠습니다."
맥길런은 가볍게 피아노 연주를 시작했다.
'오.'
그의 평상시 연주를 들어 보는 건 처음이었다. 하지만 왜 인기가 있는지 알 것 같았다.
그때 그의 집에서 들을 때는 멜로디에 정신이 팔려서 몰랐는데, 엄청 섬세한 연주를 하는구나 싶은 그런 연주였다.
'거미줄에 달린 이슬, 연꽃 위를 구르는 물방울, 섬세한 레이스 같은 연주.'
그랬군.
어째서 정령의 소리를 들었는지 알겠다. 원래부터 저런 음악을 하는 사람이구나.
기본적으로, 정령의 노래 같은 느낌이 연주에 깔려 있었다.
연주가 끝나자 모두가 자리에서 일어나 박수갈채를 보냈다. 맥길런 역시 자리에서 일어나 고개 숙여 인사를 했다.
그가 두세 곡 더 연주하고 나서 가벼운 티타임이 이어졌다.
"작곡가 길르아가 낸 신곡은 들어보셨나요? 그게 서부에서 인기를 끌었다는데요?"
"그런 음악은 사실 천박하다고 생각해요. 서부 사람들이나 좋아할 음악이지."
"그래요? 전 한번 들어 보고 싶다고 생각했는데요."
"제가 그 악보를 구하려고 상회에 이야기를 해 뒀어요."

"그러고 보니 얼마 전에 호른 연주자를 만났는데—"

이런 식으로 음악에 관련된 이야기가 이어졌다.

맥길런에게도 질문이 던져졌다.

무슨 생각을 하며 연주를 하는지, 어떻게 하면 그런 음색이 나오는지 같은 이야기였다.

좀 산만한 분위기였다.

'그래도 역시 다들 조용하구나.'

황녀의 살롱에서 소동을 피우고 싶은 사람은 없겠지.

그때 시종이 화려한 하프를 밀고 들어왔다. 하프 역시 어마어마한 고가품인 데다가 시간이 오래 걸려서, 성인식 때 주문한 화려한 하프를 죽기 직전에 받았다는 말이 반 농담 반 진담으로 내려왔다.

아이리스가 하프 앞에 서며 말했다.

"미숙하지만 이번에는 합주를 한번 해 볼까 합니다."

모두가 어머나, 하며 눈을 크게 뜨고 다시 작게 손뼉을 쳤다.

맥길런은 살짝 눈썹을 치켜 올렸다가 자리에 앉았다.

아이리스가 말했다.

"로네트의 소나타 23번, 부탁해요."

맥길런은 가볍게 고개를 끄덕하고 다시 연주를 시작했다. 피아노 전주가 끝나자 아이리스가 하프 연주를 시작했다.

그녀의 하프 실력은 상당히 훌륭했다. 그리고 하프 자체의 음색이 맥길런의 연주와 잘 어울렸다. 연주가 끝나고 나오는 박수는 아부나 형식이 아닌 진심 어린 박수였다.

아이리스가 일어나 치맛자락을 잡고 가볍게 인사해 보였다. 박수와 칭찬 세례가 끝나자 아이리스가 날 향해 손을 내밀었다.

"에스텔도 하프 연주를 한다고 들었어요. 한 곡 해 보지 않겠어요?"

모두의 시선이 나에게로 향하자 난 약간 당황해 의자에서 자세를 살짝 바꾸며 말했다.

"아닙니다, 아이리스 님. 이런 곳에서 연주할 만큼 실력이 좋지 않습니다."

"아이참, 나도 했는걸요. 그런 말 하지 말아요. 네?"

아이리스가 다가와 내 팔을 잡아끌었다. 여기서 뿌리치고 거절할 수도 없고.

진짜, 뭐지?

더듬더듬 나는 떨떠름하게 하프 앞에 섰다.

가볍게 하프 페달을 몇 번 밟아 보다가, 한숨을 가볍게 삼키고 고개를 들어 맥길런을 보았다.

그가 살며시 미소 지으며, 피아노 날개 사이로 날 바라보았다. 나도 모르게 미소가 나왔다.

잘생기기는 잘생겼지.

그리고 하프 현을 가볍게 손을 훑었다.

따라랑—

맑은 소리가 나왔다. 내가 아이리스를 바라보며 물었다.

"원하시는 곡이 있으신가요? 아이리스 님?"

아이리스가 고개를 갸웃거리다가 "아—" 하고 웃으며 말했다.

"전 하프 초보라서 잘 모르지만, 얼마 전에 선생님께서 연주해 주신 '달빛 아래'라는 곡이 참 아름답더라고요."

난 다시 하프를 탔다.

음, 좋은 하프구나. 울림이 좋네.

그렇군요. 가장 고난도의 곡을 요구하시는군요.

사람들이 난감하다는 듯이 작게 웃으며 말했다.

"어머나, 그건 너무 어려운 곡이에요."
"괜찮으시겠어요? 카스티엘로 공녀?"
"아니, 그런데 황녀님이 하프 초보시라니, 놀라운데요."
아이리스가 그 말에 눈을 동그랗게 뜨고 날 돌아보았다.
"너무 어려울까요? 제가 잘 몰라서요. 괜찮아요, 에스텔?"
여기서 못하겠어요, 라고 하면 그 순간 이 살롱을 중심으로 소문이 쫙 퍼지겠지.
난 최대한 곤란한 미소를 지으며 말했다.
"글쎄요. 그래도 아이리스 님의 부탁이라면 어떻게든 해 봐야죠."
아이리스는 의외라는 듯 눈을 깜박였다.
난 자리에 앉아 맥길런을 바라보고 가볍게 고개를 끄덕했다. 그는 보라색 눈동자를 그대로 나에게 고정한 채로 연주를 시작했다.
복잡한 기교를 자랑하는 이 피아노곡은, 피아노 연주자에게도 그렇지만 특히 하프 연주자에게 복잡한 기술을 요한다. 한마디로 말하자면 최상급자용이면서도, 기교용인 연주인 거다. 게다가 잘못하면 피아노 연주에 먹히기가 십상이라…….
하지만 괜히 열한 살 때부터 하프를 배워 온 것은 아니다.
연주회도 하지 않고 딱히 나 잘한다고 알린 건 아니지만 연습은 계속 꾸준하게 해 왔다.
'하나, 둘, 셋.'
박자를 마음속으로 세고, 난 페달을 밟으며 연주에 들어갔다.
음이 빠르게 오르내리는 글리산도, 한 번에 4개의 음을 연주하는 배음 연주, 아르페지오.
이런 기교 음악을 그렇게 좋아하지는 않지만.
무엇보다도 페달을 떼고 밟는 게 복잡하다.

'그런데 굉장하다.'

난 나도 모르게 고개를 들어 맥길런을 바라보았다. 눈이 마주치자 그가 다시 웃어 보였다. 그의 피아노 연주가 내 연주를 뒷받침하며 더 끌어올려 주는 걸 내 스스로 느낄 수 있었다. 선생님이 반주해 줄 때와는 완전히 다른, 아름다운 연주였다.

하지만.

여기서 내가 완벽하게 연주해 버리면 안 좋게 소문이 날 게 뻔했다.

황녀가 첫 살롱을 열었는데 뽐내듯이 연주를 해 버린 카스티엘로 공녀.

안 되지.

노래가 절정에 다다르고, 한 고비 넘긴 그 순간 난 연주를 딱 멈췄다. 맥길런이 연주를 멈추고 의아한 표정을 지었다.

난 가볍게 고개를 갸우뚱하고 귀엽게 보이기를 바라며 수줍게 웃었다.

"사실 여기까지밖에 연주할 줄 모른답니다. 죄송해요, 아이리스 님."

그러자 곧 사람들이 침묵을 깨고 웃음을 터트렸다.

"맞아요, 그런 거 있지요. 앞부분만 연주할 수 있는 거요."

"그렇죠. 저도 넬프강의 속삭임 첫 페이지는 아주 잘 친답니다."

난 자리에서 일어나 치맛자락을 잡고 가볍게 인사했다.

"죄송합니다. 어여삐 봐 주세요."

"아니에요, 카스티엘로 공녀님. 그 정도도 훌륭해요."

"맞아요. 중간까지기는 했지만요."

다시 웃음.

아이리스 역시 미소 지으며, 나에게 "괜찮아요, 제가 괜히 부탁해서." 하며 고개를 저었다.

"또 연주하실 분 없나요?"

아이리스가 권유했다. 난 자리에 앉아서 한숨을 내쉬었다.

두통이 올 것 같았다. 미지근하게 식은 내 몫의 차를 마시며 난 꼼꼼하게 황녀의 살롱을 살폈다.

열에 여덟은 내가 선택하려고 했던 디자인이었다.

'돌겠군.'

물론 가장 압권은 저 드레스이기는 하지만.

"황녀 전하."

그때 맥길런이 자리에서 일어났다. 아이리스가 의아한 얼굴로 그를 돌아보자 그가 말했다.

"죄송하지만 카스티엘로 공녀님과 한 곡 더 쳐 봐도 되겠습니까?"

"네?"

아이리스의 얼굴에 순간 떨떠름한 기색이 지나갔다.

"중간에 그렇게 끝난 게 개인적으로 아쉬워서 말입니다. 황녀님과 공녀님만 괜찮으시다면, 가벼운 걸로 한 곡 연주하고 싶습니다."

난 눈을 크게 뜨고 그를 바라보았다.

아까 알아들은 줄 알았더니, 전혀 못 알아 들었군요.

아이리스는 몇 번 드레스 자락을 펴듯이 쓰다듬더니 날 돌아보았다.

"어때요? 한 곡 더 하시겠어요? 공녀?"

에스텔이 아니라 공녀, 라고 부르는 그 목소리에 난 어색한 미소를 지으며 말했다.

"보잘것없는 제 솜씨보다 다른 사람의 연주를 듣는 게 어떨까요?"

"간단하고 짧은 곡이라도 좋습니다."

아이리스가 대답하기도 전에 맥길런이 한발 먼저 말했다. 숫제 애원하는 꼴이다. 아이리스가 싱긋 웃으며 말했다.

"저렇게까지 말하는데 한 곡 연주해요."
"알겠습니다."
난 자리에서 느릿하게 일어나 다시 하프 앞에 앉았다.
"빗방울을 치겠습니다."
어린이용 가벼운 연주곡이다. 난 고개를 끄덕였다.
"제가 약간 변주를 하겠지만, 정확하게 4마디 후에 들어오시면 됩니다."
맥길런이 그렇게 말하고 연주를 시작했다.
'약간 변주가 아닌데?'
난 당황하면서 하프에 손을 올렸다.
'하나, 둘, 셋, 넷—'
그리고 난 평범하게 단순한 멜로디를 하프로 연주하기 시작했다. 그리고 맥길런이 반주를 변주하며 치는데.
'세상에.'
이 인간 천재가 맞기는 맞구나.
같은 곡이라고는 도저히 믿을 수가 없었다. 피아노 연주가 빗방울이 떨어지는 소리라면, 내 하프는 흘러내리는 소리였다. 빗방울이 나뭇잎에 떨어지고 흘러내리고, 유리창을 때리고 흘러내린다.
어린이용 곡이라서 워낙 곡 자체가 짧기 때문에 연주는 금방 끝났다. 연주가 끝나자 모두가 감탄사를 내며 손뼉을 쳤다.
나도 자리에서 일어나 맥길런을 향해 손뼉을 쳤다.
이 반주가 박수 받지 않으면 어떤 연주가 박수를 받겠는가?
맥길런이 자리에서 일어나 얼른 내 쪽으로 다가오더니 한쪽 무릎을 꿇고 내 손등에 키스했다.
"연주 감사했습니다. 공녀님."

몇 번 더 손등에 키스하고 그는 자리에서 일어나 다시 피아노로 돌아갔다.

'와.'

큰일 났다.

들어올 때 맥길런은 황녀의 손등에도 키스했다. 무릎 꿇지 않고. 그런데 내 앞에서는 무릎을 꿇고서 손등에 키스했다. 난 이런 일은 흔한 일이라는 듯이 태연한 척 다시 자리에 가서 앉았다.

아이리스는 아무렇지도 않다는 듯이 웃으며 다른 연주를 청했지만 아무렇지 않을 리가 없다. 여기에 수다쟁이 참새들이 이 이야기를 바깥으로 물어 나를 게 뻔하다.

얼마 뒤 맥길런이 물러나고 좀 더 편하게 음악에 대해서 이야기하는 시간이 되었다. 난 적당히 이야기를 하다가, 한두 명 귀부인들이 퇴석을 청할 때 함께 청해서 살롱에서 물러났다.

아이리스의 살롱을 나오자 얼른 옆에 붙은 로이가 속삭였다.

"눈치 없는 놈을 기다렸다가 납치해서 롬강에 버릴까요, 아니면 몽둥이로 때릴까요?"

나도 모르게 웃음이 터져 나왔다.

"둘 다 기각."

"아쉽군요."

로이가 그렇게 말하며 한숨을 내쉬었다.

"내기할까요?"

"뭘?"

"오늘이 가기도 전에 맥길런이 주군에게 푹 빠져서 열렬히 구애했다는 소문이 퍼질 거라는 거요."

"둘 다 퍼진다에 걸면 내기 성립이 안 되잖아."

“그렇지요.”
“게다가 문제는 지금 그게 아냐. 아이리스가 입은 옷 봤어?”
“네.”
“내가 주문했던 옷이야.”
로이의 얼굴이 굳었다.
“가로채기 당한 겁니까?”
사교계에서 흔한 일은 아니지만, 가끔씩 일어나는 일이라 들었다. 하지만 그래도 로맨스 소설 속 악역이나 하는 일인 줄 알았지.
“그럴 가능성이 있지. 일단은 이게 무슨 일인지 좀 알아봐야겠어.”
결코 달갑지 않은 일이 일어났다. 도대체 아이리스 황녀는 뭘 어떻게 하고 싶은 걸까?
마차에 올라탄 나는 일단 마담 루이의 가게로 향했다. 가게로 들어가자 마담 루이가 웃으며 날 맞이했다.
“공녀님, 어서 오세요.”
“루이, 내가 오늘 황녀님의 살롱에 갔었다는 건 알지?”
“물론이죠, 즐겁게 보내셨나요?”
“그럼 황녀님이 내가 주문한 것과 똑같은 드레스를 입었다는 것도 알까?”
내 물음에 루이의 얼굴이 창백해졌다.
“네?”
연기라고 하면 엄청난 연기였다.
“과감하게 디자인한 엠파이어 드레스였는데.”
“세상에.”
루이는 어쩔 줄 몰라 하더니 숨을 삼키고 말했다.
“지젤.”

"뭐?"
"지젤, 그 계집애가 틀림없어요. 얼마 전에 제 디자인 북을 훔쳐보다가 걸렸거든요. 그러고 나서 갑자기 무단결근을 시작하더니만."
"그래?"
"네."
"어디에 사는지는 아나?"
"다, 다른 아이가 아마 알고 있을 겁니다."
마담 루이는 사색이 되어 필사적으로 나에게 협조하겠다는 의지를 비쳤다.
그래, 카스티엘로 공녀를 적으로 돌리고 싶지는 않겠지.
하지만 내 상대가 황녀라도 그럴까?
마담 루이가 다른 도제들을 다그쳐서 얻어 낸 지젤에 대한 정보를 난 일단 로이에게 건넸다.
"그러면 그 디자인의 드레스는 더 이상 쓸 수 없어. 새로운 디자인을 해야겠지."
내 말에 마담 루이 역시 당혹스러운 표정이었다.
"그럼 어떻게 해야 할까요? 새로운 드레스라고 하면……."
"버슬 드레스를 만들 거야."
내 말에 마담 루이는 의아한 얼굴을 했다.
그래, 처음 들어 보는 드레스지요.
서영의 기억에 따르면 어차피 유행은 엠파이어—〉크리놀린—〉버슬이다. 현재는 크리놀린 드레스가 유행하고 있었고.
그 와중에 내가 굳이 엠파이어로 다시 회귀하려고 한 건 코르셋 때문이었다. 하지만, 이제 그 선택지를 선택할 수 없으니, 한발 앞서는 게 차라리 낫겠지.

"펜과 종이를 줘 보세요."

*　　*　　*

저택으로 돌아온 나는 거기서 겪은 일을 모두 털어놓았다.

머리를 맞대고 이야기를 듣고 있던 제인과 스테파니, 애니와 앤은 심각한 얼굴을 했다.

"세상에, 황녀님이 그런 일을 하셨단 말이에요?"

제인이 분개했다. 스테파니 역시 고개를 저으며 말했다.

"드레스 디자인을 빼돌리다니, 너무해요."

"대체 황녀님이 왜 그러셨는지 궁금할 정도야."

난 어깨를 으쓱했다. 애니가 그런 나를 바라보다가 조심스럽게 말했다.

"황녀님은 아마 아가씨의 자리를 차지하고 싶으신 게 아닐까요?"

"내 자리?"

애니의 말에 더더욱 의아해졌다.

"내 자리라고 할 게 뭐가 있어? 솔직히 말해서 내가 본격적으로 활동한 건 이제 반년? 그 정도밖에 되지 않았는걸."

딱히 자리라고 할 것도 없다.

그러자 스테파니가 분개했다.

"무슨 말씀을 하시는 거예요? 아가씨가 입은 옷이나 머리 스타일이나 장신구마다 전부 대유행하잖아요!"

"그, 그랬나?"

"그래요! 티타임에라도 초대받고 싶어 하는 사람들이 드글드글하다고요."

드글드글이라는 단어를 듣자 어쩐지 소름이 돋았다. 앤이 물었다.
"그래서 어떻게 하시기로 하셨어요?"
"드레스 디자인을 새로 하기로 했어. 그거랑 살롱 느낌도 바꿔야 하는데, 어떻게 해야 할지……."
난 가볍게 한숨을 내쉬었다.
"주제는 정하셨나요?"
"그림으로 하려고."
사실은 무난한 주제라서 하려고 했지만…….
"그리고 미술가들에게 내 살롱에 그림을 출전하라고 할 거야."
내 계획에 모두 눈을 동그랗게 떴다.
"일이 커지겠지만, 그만한 가치가 있겠지."
그리고 깨달았다.
'나 지는 거 싫어하는구나.'
황녀와 굳이 이렇게 대립할 필요가 없다. 어차피 사교계의 큰 관심이나 주도권 싸움에 관심이 있는 것도 아니니까.
하지만 아이리스가 선수를 쳤고, 그냥 얻어맞고 호호 하고 있을 정도로 내 성격이 좋지 못하다는 걸 알게 되었다.
'뭐, 카스티엘로니까.'
난 그렇게 생각하며 웃음을 삼켰다. 내 말에 든든한 조력자들은 고개를 깊게 끄덕였다.
"어차피 하는 거니까요."
"카스티엘로 공작가의 첫 살롱이잖아요."
"그렇지요. 그 정도가 되지 않으면 안 되겠죠."
"응, 다들 바빠지겠지만 잘 부탁할게."
"네."

셋은 힘주어 대답했다.
그리고 로이와 내기하지 않기는 잘했다.
정말로, 맥길런이 카스티엘로 공녀의 연주에 푹 빠져서 열렬한 구애를 하고 있다는 소문이 쫙 퍼졌으니 말이다.

마담 루이는 믿을 만한 사람으로 도제들을 교체했다. 그리고 그녀는 카스티엘로 저택에서 직접 바늘을 잡고 옷을 재봉했다. 난 저택의 바느질 시녀들을 붙여 주었고, 덕분에 드레스는 생각보다 빠르게 완성되어 가는 듯했다.
카스티엘로 공작 영애의 살롱에 출전할 미술 작품을 모은다.
이것은 어마어마한 폭풍이 되어 미술계를 휩쓸었다.
그림만 되는가? 조각은 안 되는가? 하는 물음에 오직 그림으로 한정했다.
자신의 그림을 출품하려는 사람들의 신청서가 줄을 이었다.
'전부 다 할 수는 없으니.'
심사를 하는 것 자체가 엄청난 일이었다.
'진짜로 일을 괜히 늘렸나.'
그런 생각을 하며 나는 눈이 뻑뻑해질 때까지 그림을 살폈다. 그러고 나서 자투리 시간마다 솔라드 백작령에서 올라오는 보고서를 살펴보고 지시를 내렸다.
'잘 시간이 없어.'
미술 전시회에 맞춰 객실도 새로 고르고 디자인도 새로 했다. 창이 높아서 볕이 잘 드는 곳이었다.
그림을 걸 공간도 충분하고.
살롱 초대장도 엄선한 사람들에게 발신했다.

스테파니가 허리에 손을 얹으며 말했다.

"적어도 이틀 정도는 푹 자 주세요. 눈 밑이 거뭇거뭇하신 채로 살롱에 나가실 게 아니면요!"

"어? 으응."

난 고개를 끄덕였다. 그런가. 다크서클 그렇게 심한가.

그녀의 명령과 부탁에 따라 나는 살롱을 여는 이틀 전부터는 눈을 붙이려 애썼다.

'아, 그러고 보니 샤샤에게도 임신 축하 선물을 보내야 하는데.'

그 생각을 마지막으로 난 잠이 들었다.

마지막 점검까지 끝내고, 심사를 통해 올라온 스무 점의 작품이 걸린 살롱을 보자 뿌듯함이 몰려왔다. 어제 입어 본 버슬 드레스도 아름다웠다. 모두가 입을 모아서 이거야말로 사교계를 강타할 거라고, 대유행할 거라고 말했다.

이튿날 살롱이 열리자마자 정신이 하나도 없었다.

그림을 보고, 품평하는 시간에는 꽤 격렬한 토론이 이어졌다. 너무 나가기 전에 적당히 끊는 것이 내 역할이었다.

여기도 미술 사조는 비슷하구나, 싶기도 하고.

귀부인들은 내 드레스에 지대한 관심을 보였다. 물론 미술 토론이 끝나고 나서야 말이다. 그녀들 역시 이런 지적인 토론을 상당히 즐기는 모양이었다.

살롱은 저녁 식사를 끝내고, 차 시간까지 이어졌다. 그렇게 시간을 보내고 통금이 되기 전에 난 살롱 문을 닫았다.

"끝났다."

내가 작게 말하자 애니가 팔을 걸어붙이며 내 등을 밀었다.

"자, 얼른 씻고 아가씨는 이제 주무세요."

"맞아요."
난 고개를 끄덕였다. 하루 종일 긴장해서인지 계속 눈이 감겨 왔다.
씻고, 옷을 갈아입고, 난 침대에 쓰러지듯이 잠들었다.

*　　*　　*

살롱을 연 지 일주일이 지났는데도, 아직도 사교계는 그 이야기였다. 마담 루이는 밀려오는 드레스 주문에 행복에 겨운 비명을 질러 대고 있었다.
결국 사교계를 휩쓴 것은 엠파이어가 아니라, 버슬 드레스였다. 사람들 모두 앞다투어 내가 했던 것과 비슷한 디자인의 모자와 옷을 주문했다.
격렬했던 살롱 안에서의 토론도 엄청난 회자거리였다.
"신고전주의와 낭만주의 사이의 싸움을 중재하셨다면서요."
하델의 말에 난 쓰게 웃으며 말했다.
"중재는 무슨요. 싸우지 않게 하는 게 전부였어요."
"타인이 제 제자를 칭찬하는 건 기분 좋은 일이지요."
"저 칭찬받았나요."
"네, 그리고 새로운 이론의 발표를 공녀님의 살롱에서 열고 싶다는 청탁도 들어왔습니다."
그 말에 난 힘없이 웃으며 말했다.
"생각해 두겠습니다."
"강요하는 것은 아닙니다. 게다가 공녀님은, 일반적인 여성보다 수준 높은 고등교육을 받으셨으니까요."
"그런가요?"

"영지 관리를 할 수 있는 여자는 많지 않지요. 공녀님은 여느 가문 공자님만큼의 교육을 받으셨습니다."

"그랬군요."

그건 생각도 못 했다. 그렇구나, 여기는 아무래도 여자의 교육은 바느질이나 수예에 시간을 많이 쏟으니까. 하지만 난 오히려 거기에 시간을 보낸 적이 드물다.

기본으로 배워두기는 했지만 평범한 귀족 영애와 비교해도 떨어졌다. 그 시간을 몽땅 다른 교육에 투자했으니 말이다.

"바느질을 못하니 돈을 벌어서 사람이라도 고용해야지요."

"합리적이군요. 솔라드 백작령에 대한 소문도 퍼지고 있지요."

"오염된 땅이 어떻게 정화됐는지 다들 눈에 불을 켜고 달려들고 있어요. 우리도 이유는 모른다고 일관하고 있지만요."

"하지만 역시 의심하겠죠. 정령사가 있다고."

"네. 그게 저라고 알게 되는 건 별개의 문제지만 말이에요."

"그리고 피아니스트에게 열렬한 구혼을 받고 계시다고?"

"아니, 그런 건 아닌데요."

난 한숨을 내쉬었다. 맥길런을 후원하는 이야기를 간단하게 하자, 하델은 "그렇군요." 하고는 고개를 저었다.

"호사가들이 좋아할 만한 이야기니까요. 가난한 음악가와 귀족가 아가씨 사이의 금단의 사랑 같은 거 말이지요."

술 한 잔 마시면 무조건 흘러나올 낭설이라고 하델은 느긋한 어조로 말했다.

"어, 우아. 음. 그러네요."

확실히 좋아하면서 떠들 만한 이야기이기는 하지.

"그래서 황녀님과는 어떻게 되셨습니까?"

"그게……."
난 곤란한 얼굴을 했다. 표면적으로는 더할 나위 없이 친한 친구처럼 굴고 있는데, 하는 행동은 완전히 카피캣이다.
물론 모방은 최고의 아첨이라는 말도 있지만, 그거랑은 확실히 다른 느낌.
그녀 역시 내 살롱 오픈이 끝나고 얼마 지나지 않아서 자신 역시 미술전을 열겠다고 선언했다.
그녀의 엠파이어 드레스는 어디 갔는지 보이지 않고, 버슬 드레스로 빠르게 갈아탄 것 같았다.
"도대체 속내를 모르겠어요. 절 좋아하지 않는 건 확실한데, 싫어하는 상대에게 그렇게까지 할 수 있다는 것도 놀랍고……."
게다가 슬슬 피로감이 몰려왔다. 사교계를 장악하는 건 원래 하고 싶은 일도 아니다. 살롱도 꾸준히 열어야지 의미가 있는 거지, 이렇게 반짝 해서야 큰 의미도 없다.
"당분간은 솔라드로 내려가 있으려고요."
내 말에 하델이 놀란 듯 허리를 폈다.
"솔라드 영지로 말입니까?"
"서류로 보는 것만은 한계가 있으니까요. 초기에 직접 가서 잡아 두지 않으면 두고두고 고생하게 되겠지요."
원래는 살롱 한 번만 열고 휴가를 가려고 했지만, 황녀가 저래서야 편히 쉴 마음도 들지 않는다.
"그것도 그렇지요."
하델이 고개를 끄덕이고 물었다.
"공작님도 허락하셨습니까?"
"아뇨. 하지만 솔라드 백작은 저인걸요. 카스티엘로 공작님의 허락을 구할 필요는 없지요."

"이론적으로는 말이지요."

"그죠, 이론적으로는."

가볍게 한숨을 내쉬고 난 어깨를 으쓱했다. 하델이 생각났다는 듯이 물었다.

"결혼에 대한 문제는 준비가 되셨습니까?"

"윽, 그거 말이죠."

난 어깨를 움츠렸다가, 카를이 내놓은 답을 똑같이 베껴서 말했다.

일명 가짜 약혼자 작전.

"나쁘지는 않군요."

머리가 텅 빈 거 아닙니까? 하고 말할 줄 알았는데, 의외로 하델은 납득해 주었다.

"그래서 상대는 누구로 정하실 겁니까?"

"그거까진 생각하지 않았는데요."

"생각해 보는 것도 좋겠지요."

"노력하겠습니다."

그런 이야기를 하델과 나누고 얼마 지나지 않아서 제온이 찾아왔다.

카를이 아니고 나를.

"제온!"

수도에서 보는 건 처음이라, 난 반가운 마음에 단숨에 그에게 다가갔다. 제온이 자리에서 일어나 내 손을 잡고 손등에 키스하고 웃었다.

"유명해졌던데 꼬맹이."

"이제 꼬맹이 아니라고요?"

"아아, 안 그래도 여동생들이 다들 꺅꺅거리면서 네 이야기만 해서 시끄러워."

제온은 질렸다는 얼굴로 고개를 휘휘 저었다.

"언제 여동생분들을 만나러 가야겠네요."

"오지 마, 오지 마. 시끄럽기만 해."

제온이 손을 저었다.

난 킥킥 웃으며 자리에 앉았다. 제온 역시 앉으며 말했다.

"황금빛 여신님이라고 불리던데."

"네?"

"예술가들 사이에서."

"네에?"

"몰랐어?"

"전혀요."

뭐 그렇게 오글거리는 별명이 다 있담?

난 한숨을 내쉬고 고개를 저었다.

"그런 별명은 안 생겼으면 좋겠어요. 정말로요."

"왜? 어울리잖아?"

"네?"

"어울린다고."

제온은 그렇게 말하고 시종이 가져온 차를 한 모금 마셨다. 난 얼굴이 붉어지는 걸 느끼며 말했다.

"제온은 눈이 어떻게 된 거 아니에요?"

"아니, 그런 금발은 확실히 보기 드무니까."

별거 아니라는 듯 그는 어깨를 으쓱했다. 난 뺨이 홧홧해지는 걸 막으려 잔을 들며 물었다.

"그래서, 카를 오라버니가 아닌 저에게 무슨 용무예요?"

"솔라드 백작령 말야."

나도 모르게 자세가 똑바르게 되었다.
"네."
"그거 정화하고 있는 거 너지?"
순간, 답이 나오지 않았다.
태연자약하게 "무슨 말을 하는 거예요?" 하고 웃어야 하는데, 난 눈만 둥글게 뜨고 제온을 바라보았다.
"제온."
이름을 부르고 뭔가 말하려 하자 제온이 손을 들었다.
"아니, 거기까지. 충분히 대답이 됐어. 꼬맹이가 나에게 거짓말하는 건 싫고. 사실을 말해도 곤란하니까."
난 한숨을 내쉬었다.
"그건 왜 물어보는 거예요?"
"내 쪽으로도 이런저런 이야기가 들려오니까."
"무슨 이야기가요? 내 별명 이야기 말고, 다른 거 뭐요?"
혹시나 하고 미리 덧붙이자 제온이 피식 웃었다가 어두운 얼굴을 했다.
"꼬맹아."
"네."
난 긴장해서 똑바로 제온을 바라보았다. 그가 뭔가 말하려다가 입을 꾹 다물었다.
"아냐, 됐다."
"잠깐. 거기서 됐다고 하면 안 되죠! 전 조금도 안 됐다고요?"
"아니, 내가 할 이야기가 아닌 것 같아서."
"그건 제가 판단해요."
"아니지, 그건 내가 판단하지."

"대체 무슨 일인데요?"
"음, 이건 좀 다른 이야기인데."
"다른 이야기 말고, 방금 그 이야기요."
"일단 이것도 들어 봐. 귀족들이 탄원서를 폐하께 제출할 모양이야."
"탄원서요?"
"카스티엘로 공작가에서 오염된 땅을 정화하는 방법을 독점하고 있다, 제국에 대해 반역의 의지를 가지고 있다, 하고 말야."
그 말에 난 짧게 숨을 삼켰다.
"그런 탄원서를 낸다고요?"
"그래, 오염된 땅을 가지고 있는 귀족들의 수는 상당하니까. 후작가들이 구심점이 돼서 여기저기서 서명을 받고 다니는 모양이야."
"만약 폐하께 탄원서가 가면 어떻게 될까요?"
"그야, 그 정도 수의 귀족이 항의하는데 폐하라도 공작가를 추궁하실 수밖에 없겠지."
'이거 솔라드 백작령에 내려가고 어쩌고 할 때가 아닌 거 아닌가.'
당장이라도 서약의 매개체를 찾아서 부숴야 하는 거 아닌가?
나 자신이 개처럼 부려지고 먹히는 건 상관없었다. 하지만 날 그렇게 하도록 아빠와 카를은 내버려 두지 않을 거고, 그러다가 두 사람에게 무슨 일이 생기는 쪽이 더 무서웠다.
어차피 정령사는 이제 나 하나뿐. 황금 알을 낳는 거위의 배를 가르기보다는 계속해서 죽을 때까지, 아니 최대한 목숨을 늘려서 황금 알을 최후의 순간까지 낳게 만들겠지.
'두 사람은 절대로 그 꼴은 못 볼 거고.'
그렇다고 황제가 명령을 하면 거스를 수도 없는 거 아닌가.
'어쩌지?'

지금 아이리스와 대립할 때가 아니라 살살 그녀의 비위를 맞추면서…… 아냐.
난 속으로 고개를 저었다.
그녀가 황실의 중요한 것에 대해서 알 것 같지 않았다.
'황후마마?'
아니 그쪽도 아니고.
어쩐지 직계가 아니면 알려 주지 않을 것 같은, 그런 중요한 비밀일 것 같다.
그러니까 황제 혹은 황태자.
'어떻게 알아내지.'
황제는 어려울 것 같고. 황태자를 어떻게 공략할 수는 없을까.
리들에게 부탁해서 만남을 가진다거나…….
"……맹아, 에스텔."
짝!
제온의 박수 소리에 난 고개를 번쩍 들었다.
제온이 눈을 찡그리며 말했다.
"내가 괜히 말했나 보다. 역시 말하는 게 아니었는데."
"아니에요. 말해 줘서 고마워요."
"무슨 생각을 하는지는 모르겠지만, 쓸데없는 짓은 하지 마."
"네."
생글 웃으며 대답했지만, 제온은 여전히 미심쩍은 눈초리였다.
"괜히 말했어. 괜히 말했어."
제온은 그렇게 중얼거리고 자리에서 일어났다.
"벌써 가는 거예요?"
"카를 보러 갈 거야."

"아."
"너에게 무슨 이야기했는지도 이야기할 거고."
그 말에 내가 불만스러움을 강조하는 얼굴을 하자 제온이 꼭 카를처럼 내 이마를 툭 쳤다.
"쓸데없는 짓 할까 봐 안 되겠다. 왜 카를이 널 그렇게 감싸고 도는지 알 것 같다니까. 얌전하게 생겨서는, 하는 일은."
제온은 눈을 찡그리고 뒷말을 삼켰다.
"하는 일은, 그다음은 뭔데요?"
"'입에 담기는 좀 험한 말' ."
제온은 그렇게 말했고, "그럼 간다?" 하고는 휘적휘적 응접실을 나가 버렸다.
'이럴 수가.'
난 다시 의자에 털썩 앉았다. 이대로 제온이 카를에게 사실대로 이야기를 하면 난 그대로 감금당할지도 모른다.
'아냐. 이게 기회가 될 수도 있지.'
아빠는 내가 나이가 들면 말씀해 주신다고 했잖아?
이제 난 충분히 컸다고? 지금이야말로 나에게도 서약에 대해서 알려주실 때라고 말씀드리는 거야.
마음이 이리저리 오락가락했다.
'잠깐만.'
이건 다른 이야기라고 했지.
그럼 대체 본래 하려고 했던 이야기는 얼마나 대단한 이야기인 거야?
'대체 무슨 이야기인 거지?'
궁금증이 마구 밀려들어 왔다. 할 수 있다면, 카를의 방에 숨어 들어서 이야기를 엿들……을까?

하녀들 통로를 이용하면 은근슬쩍 가능하지 않나.
난 자리에서 벌떡 일어났다.
응접실을 나가니 로이가 "방금 제온 도련님 나가시던데요?" 하고 말했다. 난 로이를 올려다보았다.
"로이는 내 편이지?"
"그렇죠?"
난 로이에게 가까이 오라고 손짓했고, 그는 순순히 허리를 숙였다.
난 그의 귀에 속닥였다.
"이제부터 오라버니랑 제온이랑 무슨 얘기하는지 엿들으러 갈 거야."
"주군."
"응?"
"주군은 괜찮지만, 제 목숨은 하나라고요? 소중하다고요?"
"당연하지?"
로이의 목숨은 소중하다.
"아뇨, 지금 맥락을 못 짚고 계신 것 같은데요."
"그보다 로이는 덩치가 너무 눈에 띄어서 하인 통로에 못 들어가. 그러니까 적당히 여기서 내가 응접실에 있는 것처럼 지키고 서 있어."
로이가 푸른 눈을 깜박였다. 난 한 번 더 못 박아 말하고는 얼른 다시 응접실로 들어왔다. 그리고 응접실 한쪽에 있는 하인 통로를 살며시 열고 안으로 들어섰다.
'카를의 방이…… 이쪽이지, 아마?'
난 살금살금 발소리를 줄이면서도 최대한 빠르게 카를의 방으로 향했다.
그의 하인용 문 앞에 도착한 나는 커다란 문제에 봉착했다.
'저쪽 거실이 너무 커.'

문에 귀를 대도 소리가 잘 들리지 않는 것 같았다. 아니면 이 방이 아니라 다른 방에서 만나고 있을 수도 있는 거고?

'살짝 열어 볼까?'

깊게 숨을 들이마시고 난 살짝 문을 열었다. 그때 반대로 문이 확 당겨져서 난 깜짝 놀라 끌려 나왔다. 카를이 날 내려다보고 있었다. 난 재빠르게 빙긋 웃고 얼른 우아하게 다리를 뒤로 빼며 격식을 갖춰 인사했다.

"안녕하세요, 오라버니."

"그래."

카를이 내 머리를 슥슥 문질러 줬다. 그래서 괜찮은가 하고 그를 슬쩍 바라보니 내 팔을 붙잡고 질질 끌고 가기 시작했다.

옆에서 제온이 입을 떡 벌리고 이 광경을 지켜보았다.

"잘 가."

카를이 날 문밖으로 휙 던지듯 밀어내고는 문을 닫았다.

'이럴 수가.'

엿듣기는 다 틀렸어!

바닥에 엎드려 슬퍼하고 있는데, 스윽 하고 부드러운 털이 내 몸을 한 바퀴 휘감았다.

—엿들어 줄까?

알파였다.

"알파아—"

난 덥석 알파의 목을 끌어안았다.

"뭐야? 어떻게 온 거야? 바쁜 거 아니었어?"

"하지만 계약자가 부르면 오지."

알파가 낮은 목소리로 웃으며 말했다. 난 한숨을 내쉬고 알파의 털을 쓰다듬다가 고개를 저었다.

"아냐, 오라버니는 보이는 것 같단 말야. 괜히 알파를 베어 버리거나 하면 어떡해?"

그건 싫다.

전에 분명히 알파가 몸을 안 보이게 했다고 했는데, 카를과 눈을 마주쳤던 기억이.

어?

잠깐.

"알파."

—음?

"나 안 보이게 해 줄 수 있어?"

—있지.

"얼마나?"

—원하는 만큼.

"그거야!"

난 무릎을 치며 자리에서 벌떡 일어났다. 그랬다.

내가 투명 인간이 돼서 직접 자료를 수집하면 되잖아?

들어가지 못하는 곳은 알파나 엔드에게 조사해 달라고 하면 되는 거고. 앤에게 자물쇠를 여는 마법 도구 같은 걸 만들어 달라고 하면 되지 않을까?

황궁이 크기는 하지만, 매일매일 조사하면 찾아낼 수 있을 거다.

'할 수만 있으면 황가의 약점도 같이 잡아내서, 흐흐흐.'

이쪽에서도 반대로 협박해 주마!

그런 마음이 가득해져서 금방 기분이 좋아졌다. 가벼워진 발걸음으로 아래층으로 통통 내려가서 난 응접실 앞에 멀뚱히 서 있는 로이의 손을 덥석 잡았다.

"주군?"

"히히히—"

난 이상한 소리로 웃으며 빙글빙글 돌기 시작했다. 로이는 그런 날 내팽개치지 않고 같이 돌아주며 진지하게 말했다.

"주군, 머릿속 멀쩡하죠?"

"멀쩡합니다."

"아, 다행이네요. 그렇게 안 보여서."

"로이도 참. 히히—"

난 다시 웃었고, 로이는 피식 웃고 물었다.

"그래서, 왜 그렇게 기분이 좋으신 겁니까?"

"음, 찾고 있던 문제의 답을 찾아냈거든."

"어떤 문제의 답인가요?"

"비밀이야."

난 히죽 웃었다.

*　　*　　*

내가 어떤 자물쇠도 열 수 있는 만능키를 만들어 줘, 라고 했더니 앤은 "세상에 그런 게 어디 있어요?" 하고 날 타박했다.

'역시 안 되나.'

한숨을 내쉬니 앤이 그런 날 바라보다가 말했다.

"그래도 일단 해 볼게요."

"와, 앤 최고."

"이럴 때만 최고죠. 그런데 어디에 쓰시려고요?"

어차피 이 저택에서 내가 들어가지 못하는 곳은 없다. 앤의 말에 난 "나중에 알려 줄게." 하는 말로 적당히 상황을 넘겼다.

나중에 알고 나면 앤이 화를 낼지도 모르겠다.

그런 준비를 하면서도 난 아빠와 오빠의 움직임에 촉을 곤두세웠다.

혹시 오늘은.

어쩌면 오늘은.

드디어 오늘에야말로.

나에게 말해 주실지도 몰라.

하지만 둘은 정말로 입을 꽉 다물고 아무런 이야기도 하지 않았다. 심지어 제온이 나에게 무슨 이야기를 했는지 들었을 텐데 말이다!

점점 나 혼자만의 계획을 밀고 가야겠다는 확신이 굳어졌다.

그러던 어느 날.

아빠가 아침 식사를 같이 하자고 자신의 방으로 날 불렀다. 방으로 들어가니 카를 역시 자리를 잡고 앉아 있었다.

"안녕히 주무셨어요?"

아침 인사를 하자 아빠가 가볍게 고개를 끄덕였다.

"잘 잤니?"

"네. 오라버니도 안녕하셨나요?"

"응, 그리고 배고파. 얼른 앉아."

이미 식사가 차려져 있어서, 난 시종의 도움을 받아 얼른 자리에 앉았다.

타원형의 탁자 위에는 신선한 과일과 주스가 종류별로 놓여 있었고, 뜨거운 스콘과 버터롤, 잼과 버터, 꿀, 녹인 초콜릿 등이 가득 놓여 있었다.

물론 층층이 쌓인 팬케이크와 먹기 좋게 썰려 나온, 갓 구운 소시지와

야채 역시 빠질 수 없는 메뉴였다.

"먹지."

아빠의 한마디로 식사가 시작됐다. 난 얼른 핫케이크를 접시로 옮겨 담고, 초콜릿과 꿀을 뿌렸다.

음, 맛있겠다.

"여기에다가 짭짤한 소시지랑, 오렌지 주스를 곁들이면 최고지요."

단짠단짠의 극치!

식사를 시작하고 얼마 되지 않아 아빠가 빵에 부드러운 버터를 바르며 물었다.

"제온과 이야기를 했다고?"

"네. 맞아요. 그 탄원서 이야기. 저에게는 안 해 주실 거예요?"

"이야기는 제온에게 이미 다 들었잖니?"

"그럼, 폐하가 만약에 우리를 압박하면요?"

"모른다고 해야지."

"그럴 수 있나요? 하지만, 하지만."

난 주변을 둘러보았다. 아빠가 손을 들자 시종들이 썰물처럼 물러났다.

"하지만?"

"충성 서약을 했잖아요."

시종들이 없는데도, 내 목소리는 속삭이듯이 작게 나왔다.

아빠도, 카를도 동작을 딱 멈췄다. 난 움찔하면서도 이어 말했다.

"아빠가 전에 그러셨잖아요. 제게도 알려 주시겠다고요. 제가 자라면 말이에요. 전 이제 성인이에요."

알려 주셔도 되잖아요?

그런 마음을 팍팍 담아서 아빠를 바라보자, 아빠는 다시 느릿하게 빵에 버터를 마저 바르기 시작했다.

마음속의 이야기를 꺼낸 나는 좀 더 홀가분한 마음으로 시럽이 뚝뚝 흐르는 핫케이크와 소시지를 한 번에 입 안으로 집어넣었다.

'음, 맛있다!'

달콤하고 촉촉하며 폭신한 핫케이크와 육즙이 탱글탱글한 소시지가 입 안에서 완벽한 하모니를 이뤘다. 꿀꺽, 음식을 삼키고 난 이어서 단호하게 말했다.

"만약에 말씀해 주시지 않으면 저도 다 생각이 있어요."

"무슨 생각?"

카를이 물어서 난 흐흥 하고 눈을 가늘게 뜨며 포크를 흔들었다.

"무슨 생각인지는 말 안 해 줘요. 하지만 저도 그냥 앉아만 있지는 않을 거라는 말이에요."

"물론 그러시겠지."

카를이 한숨처럼 말했다. 아빠가 잠시 생각에 잠겼다가 말했다.

"일단 솔라드 백작령에 먼저 내려가 보고 오거라."

그 말에 난 깜짝 놀라 물었다.

"백작령에 무슨 문제라도 있나요?"

"아니. 하지만 지금이 내려갈 적기니까."

"그건, 그렇지만 이 상황에서 어떻게 내려가요? 혹시 폐하가 억지를 쓰거나 하면, 그냥 제가 정령사라고 말씀하세요."

내 말에 아빠의 한쪽 입꼬리가 올라갔다. 붉은 눈동자가 차갑게 가라앉았다.

"내가 그럴 것 같니?"

"아니니까 말씀드리는 건데요."

"그럼 넌 지금까지 함께 살았으면서도 여전히 날 모르는구나."

"그러게 말이에요."

카를이 끼어들어 얄밉게 말하며 스콘을 입 안으로 쏙 집어넣었다.

"아니까 드리는 말씀이에요. 제가 정령사라고 해도, 그쪽에서 어떻게 못할 거 아니에요? 하나뿐인 정령사를 어떻게 하지는 못하겠죠."

"그럴까?"

아빠의 되물음에 순간 말문이 막혔다. 당연히, 황금 알을 낳는 거위의 배는 가르지 않을 거라고.

하지만 그 이야기는 결국 어떻게 되던가?

사람들은 거위의 배를 가른다.

'생각해 보니 정령사들도 다 마법사의 실험 재료가 되어서 죽었다고 하고…….'

"좋아요, 그럼."

난 고개를 끄덕였다.

이렇게 해서 안 된다면, 다른 조건을 걸어 볼까.

"그럼 솔라드 백작령에 6개월간 내려가 있겠어요, 대신 서약에 대해서 말씀해 주세요."

딜!

어떻습니까, 거래에 응하시겠습니까?

긴장해서 아빠를 바라보니 아빠가 잠시 날 바라보다가 말했다.

"말해 주지 않으면, 분명히 또 알아내겠다고 다 뒤집고 다니겠지."

"그렇죠. 제 방에서 엿들으려고 했던 것처럼 말이죠."

드물게도 두 사람은 죽이 맞아 고개를 끄덕였다.

난 입을 비죽였지만, 곧 거기서 긍정적 뉘앙스를 읽어 냈다.

"그럼 말해 주시는 거죠?"

"그래. 하지만 6개월간은 얌전히 백작령 안에만 있는다는 조건하에."

"으으으으으음."
"에스텔."
"네, 할게요."
난 얌전히 고개를 끄덕였다.
아빠 역시 고개를 끄덕였다.
"그러면 그렇게 하자꾸나."
"그럼 이제 말해 주세요."
"카스티엘로 가문은 알키나 가문과 서약을 했지."
알키나? 갸웃했다가 곧 황족의 성이 알키나라는 걸 깨달았다. 풀네임으로 들을 때가 드무니까.
"첫째로 카스티엘로 가문은 알키나 가문을 해치지 못하며 충성한다. 대신 알키나 가문은 카스티엘로 가문의 완전 자치를 보장한다."
"해치지 못한다의 범위는요?"
"육체적 상해."
"그렇군요."
그랬구나. 오빠에게 접근할 때 리들은 나름대로 믿는 구석이 있었네. 그렇게 생각하니 제온이 더 대단해 보이는데.
반대로 왜 황제에게 아빠가 대담하게 나가는지도 알겠다. 해치지만 않는다면, 뭐든 가능하다는 이야기 아닌가?
완전한 자치라니.
"둘째로 서약석의 주인은 카스티엘로 가문의 사람에게 어떤 명령이든 한 가지 명령을 내릴 수 있다."
"어떤 명령이든지요?"
"그래."
"그럼, 그럼. 너 자살해, 이런 것도 된단 말이에요?"

"극단적으로 말하자면, 그래."
난 입을 떡 벌렸다.
잠깐, 그거 너무 심한 거 아닌가?
"그런 게 어디 있어요?"
"그러니까 한 사람당 한 가지로 정해 두고 있지."
"그렇다고 해도 말이에요."
"목줄이니까."
아빠는 그렇게 말하며 포도 한 알을 흥분한 내 입에 넣었다. 난 포도를 삼키고 씩씩거리며 말했다.
"지금 포도를 먹을 때가 아니죠."
"그럼?"
아빠가 몇 개 더 포도알을 내 입에 넣었다.
잠깐만요?
난 볼이 빵빵하게 넣어진 포도를 꼭꼭 씹어 삼켰다.
"그럼 양자는요?"
"양자?"
"네, 카스티엘로 가문 사람이라는 게 구체적으로 어느 정도를 말하는 거예요? 카스티엘로 성을 가지고 있으면 다 되는 건가요? 그러면 알키나 가문은요? 알키나 성을 가지고 있으면 전부 해당되는 건가요?"
그럼 결혼해서 성을 가지게 된 경우는?
황후 역시 서약의 보호를 받는 건가?
그리고 나 같은 경우.
그러니까 결혼해서 성을 바꾸는 경우는 더 이상 서약의 영향을 받지 않고?
"법적으로 알키나 가문의 사람인 경우는 그래. 맞아. 서약의 보호를 받아.”

“으, 그러면 우리가 누구를 시키거나 해도요? 직접적으로 해치는 경우가 아니라면요?”

“할 수 없어.”

“아아.”

난 이마를 문지르다가 문득 소름이 돋았다.

잠깐, 그럼 나도, 카스티엘로 사람이잖아? 그러니까 서약석의 주인—아마 황제겠지?— 황제가 리들을 사랑하라거나 그러면 사랑에 푹 빠져버리는 건가.

“명령은 어떤 식으로 내리는데요?”

“몰라.”

“네?”

“아직 명령을 내린 적이 없으니까. 명령을 내리는 방법은 아마 황제에게만 알려져 있겠지.”

“그렇군요…….”

하긴 그 방법까지는 공유하지 않겠다는 건가.

치사하다.

서약석.

“서약석은 어떻게 생겼어요? 어디에 가지고 있나요?”

“홀에.”

“네?”

홀? 우리가 춤추는 거기에?

의아한 표정을 짓자 카를이 가볍게 웃고 말했다.

“바보야, 왕홀.”

“아하.”

들고 있는 그 막대기 말이지. 하지만 평소에는 안 들고 다니니까 볼 일이 없었단 말야.

"거기에 있군요."

"그래."

아빠가 미간을 모으고 말했다.

"쓸데없는 생각 하지 마라."

"네?"

"그거 부술 수 없을까 같은 생각."

"서약자는 어차피 부술 수 없다고 들었어요."

입을 내밀며 말하자 아빠가 물었다.

"누구에게?"

"드래곤에게요."

"그랬군."

납득한 듯 아빠가 고개를 끄덕였다.

"서약은 드래곤에게서 온 마법이니까."

"그렇다면 풀 수 있는 방법도 알려 주면 좋을 텐데요. 그쪽에서 어떻게 먼저 계약을 깨게 한다거나……."

"왜 굳이?"

아빠가 물었다.

"그게, 그야, 싫잖아요?"

"완전한 자치를 보장받았어. 게다가 한 가지 명령이지. 그 명령을 내리고 나면 다음에는 명령을 내릴 수 없어. 쓰는 상대도 신중해질 수밖에 없지."

"그거야. 하지만 그 가능성이 있다는 게 싫잖아요."

아빠가 "넌 걱정이야." 하고 짧게 말하고는 느리게 덧붙였다.

“어차피 자유롭게 되어 봐야 할 수 있는 건 황제를 죽이는 것뿐이야.”
“……그건, 그렇지요.”
“물론 에스텔이 그런 걸 원한다면.”
“원하지 않아요.”
난 고개를 저었다.
그리고 어쩐지 납득됐다. 카스티엘로는 정말로 욕심이 없구나.
그리고 사실 나도 그래.
지금 이 사치스러운 생활도 좋지만, 다 버리고 셋이서 농사지으면서 사는 것도 괜찮지.
마스터 둘이 농사를 지으면 어떨까 싶기는 하지만.
그러니까 머리 위에 황제가 하나 있는 것 따위 별 상관없고, 씩씩거려도 개가 짖나 하면 되고.
‘하지만.’
“황제가 부당한 명령을 내린 적은 없나요?”
“있지.”
“역시!”
“하지만 서약석을 깨는 건 불가능하고, 그렇다면 작은 잡음 정도는 무시하는 게 낫지.”
“그래요.”
그래, 작은 잡음.
그래도 싫은 건 싫은 거지. 하지만 그 잡음을 없앨 방법은 없으니…….
‘순수한 힘으로.’
왕홀에 그게 박혀 있단 말이지. 어떻게 정령의 힘으로 부술 수 없을까?

"그럼 내일쯤 내려가도록."

"네?"

생각에서 깨어나 난 깜짝 놀랐다.

"내일 당장이요?"

"그래. 준비는 이미 끝났어."

"벌써요?"

난 눈을 크게 떴다가 다시 눈을 가늘게 떴다.

"오늘 아침 식사에 부르신 건 저에게 내려가라고 명령하시려는 거였군요. 절 묶어서라도 내려보내려 했던 거죠. 이유가 대체 뭐죠?"

물론 이유는 들을 수가 없었다. 대신 "식사 다 식는다." 하는 말만 돌아올 뿐이었다.

열 받아!

투덜거리며 난 오렌지 주스를 쭉 들이켜고, 다시 식사에 속력을 올렸다.

* * *

'뭐, 이러니저러니 해도 결국은 내려오길 잘했어.'

아무리 서류를 봐도 눈으로 보는 것만 못하구나.

6개월간 처리한 일이, 약 일 년간 처리한 일의 양과 맞먹는 것 같았다. 게다가 훨씬 더 정확하고. 아무래도 소식만 왔다 갔다 하는 데에도 시간은 걸리니 말이다.

영지민들이 자리 잡은 마을에 세웠던 영주관은 작기는 했지만 그래도 생활에 무리는 없었다.

영지민들 모두가 나에게 "백작님." 하며 공손하게 대했고, 앤에게도

"마법사님." 하며 고개를 숙였다.

솔라드 령으로 내려온 후 앤은 바쁘게 사방으로 돌아다니고 있었다. 아직 정식 치료사나 의사가 없어서 그녀가 가진 지식으로 사람들을 돌보고 있는 거다.

로이는 "전 기사라 다행이네요." 하며 날 놀리고는 했다.

그런 로이도 요즘은 바빠서 얼굴 보기 힘들지만 말이다.

하델은 3개월 전쯤 내려와 줬는데, 내가 할 일을 순식간에 절반쯤 덜어 줘서 난 눈물을 흘리며 감읍했다.

"영지 대부분이 정화되었군요."

"응, 한 90% 정도 정화됐어요. 대지도 비옥하지만, 그래도 오염된 동식물들은 어떻게 할 수가 없어서…… 숲 같은 경우는 대량으로 태워 버리고 있는 중이에요."

땅은 정화하지만, 식물과 마수까지 정화가 되는 건 아니다. 그래서 좀 안타까운 일이기는 하지만, 엔드에게 부탁해서 오염된 숲을 태워 없애 버리는 작업을 하고 있었다. 그러며 마수가 사방으로 튀어나오게 되었고, 난 공작가에서 빌린 사병으로 그 마수들을 퇴치하는 일을 로이에게 맡겼다.

한 달 전쯤 로이는 얼굴이 시뻘겋게 되어서는 "오러가 나왔어요!" 하고 나에게 소리치고는, 날 끌어안고 빙글빙글 돌았다. 아직 초급 마스터라서, 오러를 안정화하는 데 정령석을 많이 의지하고 있기는 하지만 그래도 마스터가 되다니.

나는 신나서 축하연을 열었다.

그게 마지막 축하연이었고, 일의 양은 점점 증식하기만 했다. 이제 다시 공작가로 돌아갈 참이니 최대한 많은 일을 처리하고 가고 싶은 내 뜻이기도 했다.

"선생님."

난 책상 위에 한여름 버터처럼 푹 늘어져서 말했다.

"제가 선생님을 고용하면 어떨까요? 종신 교수 따위는 그만두고 제 부하 직원이 되어 주세요."

말도 안 되는 걸 알면서, 난 농담 삼아 지껄였다.

"그럴까요?"

돌아온 대답에 난 웃으며 고개를 들었다.

"그럴까요? 아카데미 종신 교수보다는 솔라드 백작령이 더 괜찮지요? 미녀 백작도 있고."

하델의 검은 눈이 날 빤히 보아서 가볍게 헛기침을 했다.

"미녀라는 말은 빼게요."

"아뇨, 공녀님은 미인이시죠."

"네?"

"객관적으로, 나라에서 손꼽으실 정도의 미녀입니다."

느닷없는 칭찬에 저절로 자세가 똑바로 고쳐졌다.

"어, 음. 감사합니다?"

"그래서 고용하실 겁니까?"

"네?"

"저를요."

"네?! 진짜로 종신 교수 그만두시려고요? 머리가 어떻게 되신 거 아니에요?!"

내 경악에서 비롯한 험한 말투에도 하델은 태연자약했다. 대신 그는 내 말투를 지적했다.

"단어를 조심히 쓰십시오. 말이 점점 거칠어지시는군요."

"일에 치이다 보니."

변명하고 나는 재빠르게 고쳐서 말했다.
"정말로 종신 교수직을 내려놓으실 생각이신가요? 아무리 생각해도 옳은 판단 같지 않아요."
"권유하신 분이 무슨 말씀을."
"그건 농담이죠!"
다시 억양이 강해져서 난 깊게 숨을 들이마셨다. 하델이 비교하듯 말했다.
"백작령의 고용도 종신이 아닙니까?"
"그야, 그렇지만. 아니, 그래도 아카데미가 더 낫잖아요. 그리고 선생님, 아카데미 교수가 되고 싶으신 거 아니었어요?"
"그랬지요."
"그러셨으면서?"
"막상 해 보니 생각보다 별로더군요."
"연구하시잖아요?"
"네."
"하지만 제 밑에서 일하게 되면 연구도 못 하신다고요. 업무량 보셨잖아요. 싫어요. 학자이신 선생님이 좋다고요."
난 한숨을 내쉬고 말했다.
내가 얼마나 그래 보였으면 하델이 저런 말까지 할까.
"제가 너무 징징거려서 죄송해요. 하지만 괜찮아요."
"하지만 잘하면 스무 세에 과로사하시는 백작님을 볼 수도 있을 것 같은데요."
"그 정도는 아니에요."
"제가 싫으십니까?"
"아뇨. 엄—청 좋아해요. 그러니까, 싫은 일 하게 하고 싶지 않아요."

"뭐가 좋고 싫은지는 제가 결정합니다."

"괜히 정에 끌려서 그러시는 거 아니에요."

"아닙니다. 제가 그럴 사람으로 보이십니까?"

"아뇨."

대답은 빠르고 확실하게 나왔다. 하델 크로이츠가 싫어하는 일을 정에 이끌려서 할 사람은 아니지.

"아시니 다행이군요. 그럼 채용도 한번 생각해 주십시오."

나는 입이 떡 벌어지려는 걸 참았다. 그야말로 넝쿨째 굴러 들어온 호박이다. 물론 하델이 일해 준다면야 엄청 좋죠. 당연히 엄청엄청 좋지만요.

하델은 연구를 좋아하는 거 아닌가? 으음, 아니 좋고 싫은 건 하델이 결정하는 거라고 했고.

"선생님만 좋다면, 전 상관없어요. 하지만 언제든 그만두셔도 돼요. 원하시면요."

"공녀님."

"네."

"고용하실 때는 계약서부터 가져와서 계약서에 적어 넣으며 그런 말씀을 하시는 겁니다."

"……네."

난 작게 중얼거렸다.

결국 하델을 내 영지 관리인으로 고용하는 계약서를 쓰게 되었다.

총무? 집무관? 같은 위치를 고용하며 끙끙거리다가 결국 하델은 영지 관리인이 되었다.

뭐 다르게 말하자면 마름일까?

일단 솔라드 백작령의 땅은 모두 내 것이다.

이걸 모조리 다 측량했고, 수확물이 어느 정도 나올지 예측해서 땅을 전부 나눈 다음에, 번호를 붙였다. 그리고 사람들에게 자신이 원하는 번호대로 땅을 선택하게 한 다음, 거기에서 1년간은 세금 면제, 5년간 농사를 지으면 자신의 땅으로 소유할 수 있게 해 주었다.

물론 세금은 내야 하지만.

'미국 서부 개척 시대 방법을 따온 거지.'

어차피 농사를 지을 사람은 필요했으니까.

그중에는 공용지도 있는 탓에, 농사를 짓지 않을 때에 모여서 살 만한 곳도 지정했다.

한마디로 영지 전체를 계획도시로 만드는 게 가능하다는 말이다.

'길이나, 여러 가지를 생각하면 한참 걸리겠지만.'

5년만 일하면 땅을 공짜로 준다, 하는 소문은 무섭게 퍼져 나갔다. 물론 진짜로 땅을 주겠는가? 하는 시선도 존재했지만, 하여간 소작농들은 꿈을 가지고 마차에 가족과 전 재산을 싣고 내 영지로 건너오는 일이 많았다.

다행히도, 카스티엘로 영지는 도로가 잘되어 있어서 마차로 이동하는 데 큰 문제가 없었다. 솔라드 영지에 도착해서 땅을 직접 가서 보고, 선택하는 게 문제지.

영지는 한 번에 나눠 주는 게 아니라, 조금씩 구역별로 오픈되었기 때문에 그나마 혼란이 덜했다.

'세금도 청부인을 고용하지 않고, 직접 조세인을 고용하니까.'

멍하니 눈앞에 쌓인 서류를 바라보며 나는 신음을 삼켰다.

'진짜로 할 일이 산더미지.'

난 한숨을 길게 내쉬었다.

하델을 고용하고 나자, 그가 고용할 만한 추천인 목록을 잔뜩 적어 주었다.

'평민이 대다수네.'

아무래도 하델이 평민이니, 귀족과의 교류가 많지 않은 듯했다. 그래도 종종 귀족 출신이 섞여 있기는 했는데 귀족연감을 꿰고 있다고 생각하는 나에게도 헷갈리는 한미한 가문 사람들이 많았다. 그래도 하델이 추천한 사람이니 허투른 사람들은 아닐 테고, 난 추천인 전원에게 고용 의사가 담긴 편지를 보냈다. 그렇게 사람 수를 팍팍 늘리며 남은 날 동안 고생에 고생을 하고서야 난 마지막 날 그나마 편한 마음으로 다시 수도로 올라올 수 있었다.

수도를 가로지르며 마차 창문을 슬쩍 열어 보니, 평민 여성들도 버슬(bustle) 드레스 스타일의 옷을 입고 있어서 유행이란 엄청나게 빠르게 퍼지는 거라고 실감했다.

내가 버슬 드레스를 소개한 지 이제 반년쯤 되었을 텐데 벌써 하위층까지 옷차림이 퍼진 거다.

확실히 크리놀린(crinoline) 드레스보다 천도 덜 들고, 움직이기도 편하죠.

난 히죽히죽 웃으며 마차 창문을 닫았다.

내가 만든(?) 패션이 대유행이라니 뭔가 뿌듯하다.

그리고 수도로 올라온 지 한 달도 되지 않아서, 나는 제온이 무슨 말을 하려다가 못했는지 알 수 있었다.

발단은 간단했다.

수도에 올라온 지 얼마 되지 않아 아이리스가 나를 티타임에 또 초대한 것이었다. 황녀의 티타임을 거절할 명분도 없고 또 적은 가까이 하라고 하지 않았는가?

기꺼이 난 그녀와 만남을 가졌다.
"에스텔!"
오랜만에 만난 자매를 환영하듯, 아이리스가 팔 벌려 방에 들어오는 날 맞이했다.
"아이리스 님."
가볍게 무릎을 굽혀 인사하자 아이리스가 웃으며 내 손을 꼭 잡았다.
"우리 사이에 그런 딱딱한 인사는 하지 말아요. 네?"
난 대답하지 않고 웃음으로 질문을 넘기며 그녀가 이끄는 대로 자리에 앉았다.
아이리스는 자신의 살롱에서 열었던 미술전이 성공한 이야기와 그것 때문에 너무 바쁘다는 이야기를 하며 한숨을 내쉬었다.
"물론 에스텔은 이런 일이 없겠죠. 솔라드 백작령은 자연 경관이 아름답다고 들었어요."
"경관이 아름다운지는 모르겠지만, 다행히도 땅은 비옥하답니다."
"어머? 그러면 농사가 잘되는 건가요? 그러고 보니 거기 영주관도 엉망이라는 이야기가 있던데. 씻지도 못하고 힘들었겠어요."
"그렇게까지 엉망은 아니었어요. 다행히도 펌프가 있어서요."
"힘들었겠네요. 전 절대로 그렇게 못 살 거예요. 존경스러워요, 에스텔."
"감사합니다. 아이리스 님."
난 싱긋 웃으며 그녀의 말이 전부 칭찬인 것처럼 받아쳤다.
아이리스는 자기 살롱의 인기가 너무 좋아서 어렵다는 이야기를 몇 가지 더 늘어놓고 말했다.
"그런데 에스텔."
"네."

"저 사모하는 분이 생긴 것 같아요."

뺨을 붉히며 그녀가 말했다. 난 가끔 궁금한데, 얼굴을 붉히는 것까지 몸에 익혀서 하는 걸까?

그렇다면 그건 진짜로 보통 연기력이 아니다.

어떻게 연기로 뺨을 붉히지?

"어떤 분이신가요?"

아이리스가 킥킥거리고 웃으며 양손으로 입을 가렸다.

"나중에 만나서 소개해 드릴게요. 그러니까 그때 제 칭찬 좀 해 줘요. 네?"

난 가볍게 웃으며 고개를 끄덕였다.

뭐, 어려운 일이야 아니지.

"네, 그러지요. 그런데 어떤 분이신데요?"

"젊은 후작님이에요. 그러고 보니 에스텔은 아직 소식을 못 들은 건가요? 에스텔이 백작령으로 내려간 후에 소식이 퍼졌으니까요."

"젊은 후작님이요?"

"네, 레이몬드 후작이요."

"아."

맞다. 카를이 후작과 후계자를 동시에 죽였으니, 어디 친척들에게로 작위가 흘러갔겠구나.

젊은 사람이 후작이 되다니.

'자신의 정당성에 힘을 주기 위해서 괜히 우리에게 시비를 거는 건 아니겠지.'

종종 일어나는 일 아닌가?

또 그런 식으로 다툼이 일어나는 건 싫었다.

지금도 가끔, 자몬 후작가 사람과 마주칠 때면 어딘지 심장이 조이는 느낌이었다.

'뭐, 아빠와 오빠가 둘 다 있으니까 덤비지는 않겠지만.'

난 그렇게 생각하며 고개를 끄덕였다.

"그렇군요. 새 후작님이 생겼네요."

"그죠. 그런데 생각해 보면 레이몬드 후작은 카스티엘로 공작가에 감사해야 하는 거 아닌가 싶네요."

명랑하게 웃으며 아이리스가 말했다. 난 그게 웃긴 일인가 싶어서, 그저 미소만 띠고 차를 마셨다.

'차는 맛있네.'

그렇게 말하면 자몬 후작가의 둘째도 나에게 감사해야겠지. 하지만 가족이 죽어서, 자신에게 차례가 돌아왔다고 기뻐할 사람은 없을 거다.

"그런데 에스텔은요?"

느닷없는 질문에 난 찻잔을 내려놓고 되물었다.

"네?"

"에스텔은 좋아하는 사람 없나요?"

"글쎄요. 아직 없네요."

"하지만 벌써 열여덟이잖아요? 더 늦으면 노처녀가 되어 버려요?"

아니, 그렇게 말하는 너도 나보다 나이가 많잖아?

"집에 있는 게 편해서 그런가 봐요. 가족이 편한 사람은 결혼이 늦는다고 그러더라고요."

"어머? 난 그런 말 들어 본 적도 없어요."

"그러세요? 전 듣고 맞는 말이라고 생각했답니다."

활짝 웃으며 말해 주고는 얼른 케이크를 한 입 가득 입 안에 넣었다.

음, 달다.

피곤하니 이런 거라도 먹지 않으면 버티지 못하겠다. 이런 식으로 서로 하이힐질을 해야 하는 관계는 피곤한데, 어째서 아이리스가 나에게 이러는지 이유도 알 수 없는 게 답답했다. 솔직히 말하면 대놓고 묻고 싶지만, 그래 봐야 '내가 뭘 어쨌다고 그러세요?' 하는 올망올망한 눈과 함께 물음이 돌아올 뿐이겠지. 생각만 해도 피곤했다.

그때 시종이 문을 열고 들어와서 공손히 말했다.

"아이리스 황녀님. 담소 중에 죄송합니다만, 둘째 황자님께서 카스티엘로 공녀님을 찾으십니다."

"오라버니가?"

아이리스는 잠시 생각하는 듯 보이더니 날 보고 말했다.

"어쩔 수 없죠. 오늘은 그럼 여기까지 할까요?"

"죄송합니다, 황녀님."

"에스텔이 죄송할 건 아니죠. 그렇죠?"

웃으며 되묻고 황녀는 냅킨을 접으며 자리에서 일어났다.

마지막까지 사람 기분 찜찜하게 하는구나. 내가 꼭 리들이랑 말 맞춰 놨다는 듯이 말하네.

"네, 하긴 그러네요."

난 웃으며 그렇게 말하고 치맛자락을 잡고 인사한 후에 재빠르게 시종을 따라 방을 나왔다. 마지막에 살짝 굳은 아이리스의 얼굴을 보니 마음속이 시원해지는 것 같았다.

'그런데 리들이 난 왜 찾는 거지?'

무슨 일이 있나?

시종의 안내를 따라 난 더 안쪽으로 들어갔다. 그러고 보니 리들의 방까지 오는 건 처음이다.

뭐, 날 맞이하는 건 방이 아니라 다른 응접실이겠지만.

중간에 멈춰 선 시종이 살짝 허리를 숙여 인사하고 문을 열어 주었다.

안으로 들어서니 서재였다.

시선이 닿는 데 인기척이 없어 갸웃하고 주변을 둘러보는데 책장 뒤에서 리들이 걸어 나왔다.

"리들."

"잘 빠져나왔어?"

"네?"

"아이리스가 너무 오래 붙잡고 있는 거 아닌가 해서."

"아."

작게 소리 냈다가 되물었다.

"혹시 그럼 일부러 불러낸 거예요?"

"응, 쓸데없는 짓이었어?"

리들이 푸른 눈을 크게 뜨며 고개를 갸웃해 보였다. 일부러인 게 확실한 몸짓이었는데, 그게 우습다기보다는 귀여워 보이는 건, 저 얼굴의 힘이겠지.

"일단, 둘이 남매 사이니까 노코멘트 하겠어요."

내 대답에 리들이 피식 웃었다.

"남매라고 해도."

그는 뒷말은 하지 않았지만, 충분히 뒷말이 뭔지 알 수 있는 뉘앙스였다.

"요즘도 아이리스와 이야기를 잘 나누지 않나요?"

"안 해."

대답하고 리들이 조금 멋쩍은 얼굴로 말했다.

"원래도 그렇게 이야기하는 편은 아니었지만, 요즘 들어서는 완전히 날 무시하고 있어서 말야."

"아이리스 님이요?"

리들을 무시한다고?

"응. 대신 어마마마와 형님 곁에 찰싹 붙어 있지. 특히 어마마마와."

말하다가 리들은 살짝 눈을 찌푸렸다.

"원래도 그랬지만, 요즘 들어 점점 더……."

그는 뭔가 생각에 잠긴 듯했다.

"리들?"

내가 갸웃하며 그의 이름을 부르자 리들이 고개를 저으며 웃었다.

"아냐. 그냥 좀 가족 문제."

"그거 힘들겠네요."

"글쎄."

그는 어깨를 으쓱했다. 난 문득 생각난 질문을 던졌다.

"그러고 보니 리들의 형님은 어떤 분이에요?"

내 질문에 리들이 눈을 크게 뜨더니 가볍게 웃었다. 난 좀 당황해서 물었다.

"내 질문이 이상한가요?"

"아니, 그게 아니라. '리들의 형님'이라는 호칭은 처음이야."

"이상했나요?"

"아니, 괜찮았어. 글쎄? 그러고 보니 에스텔은 만난 적이 없나?"

"그러네요. 성좌제에서 뵌 적은 있지만, 가까이서 인사한 적은 없는 것 같아요."

"에스텔에게는 철통 수비가 붙어 있으니까."

"그런가요?"

"그래."

리들의 말에 난 고개를 다시금 갸우뚱했다. 철통 수비라니. 그야 로이가 따라다니기는 하지만 그래도 말을 걸 사람들은 전부 말을 걸었다.

딱히 수비를 당한 건 아닌 것 같은데.

"내 형님이라, 사실 나이 차이가 좀 나는 편이라서 그렇게 가깝지는 않아. 그리고 어머니도 다르고."

맞아.

황태자는 전 황비의 자식이지.

'신기하네.'

황후가 황태자 편이라는 게 신기했다. 보통 자신의 아들인 리들 편을 들어 리들을 황위에 올리려고 하지 않나?

리들은 어깨를 으쓱하고 이어 말했다.

"아무래도 차기 황제가 되실 몸이니, 만만치도 않고."

"그렇군요."

"그런데 형님은 왜?"

난 거기에 대고 '서약석이 뭔지 알아요? 저 그거 부술까 하거든요.' 하는 말은 할 수가 없었다.

"생각해 보니까 리들의 형님인데 어쩐지 잘 모르는구나, 하는 생각이 들어서요."

나와 황제는 오히려 가까웠다.

성좌제나 기타 황궁 관련 무도회에 나가면 꼬박꼬박 다가와 말을 붙였으니까.

아빠가 틱틱거리는데도, 전혀 상관하지 않았다.

'그러고 보니 특히 나에게 관심이 많았어.'

난 좀 궁금해졌다.

섞인 나에게도 그 서약석이 통할까?

그리고 황제가 나에게 관심을 가진 이유를 깨달았다.

황제도 그게 궁금했겠지.

물론 카스티엘로의 성을 가진 사람은 모두 통한다, 라고 하지만 정말 그런지는 알 수 없다.

섞인 나에게도 명령이 통할지 아닐지 알 수 없는 거니까.

"다음에 자리 한번 마련할까?"

"정말요?"

"관심 있으면."

"그럼 그럴까요."

어떤 사람인지 확인해 두고 싶기는 하다.

"계속 서서 이야기했네. 앉으시죠."

리들이 내 뒤에 의자를 가져다주며 말해 난 자리에 앉았다. 그는 또 다른 의자 하나를 더 가져다 자신도 앉아 다리를 꼬았다.

그가 물었다.

"솔라드 백작령에 대한 소문도 자자하던데?"

"자자할 게 있나요?"

나도 모르게 방어적인 대답이 나왔다. 리들이 팔걸이에 몸을 기대며 물었다.

"어떻게 된 거야?"

"뭐가요?"

"오염된 영지 말야. 어떻게 회복시킨 거야?"

"저도 잘 모르겠어요."

난 고개를 갸웃하며 말했다. 리들이 웃으며 물었다.

"네가 정령사인 건 아니고?"

만약 내가 이 질문을 제온이 하기 전에, 그러니까 지금 처음 들었다면 말문이 막혔을 거다. 하지만 이미 제온에게 한 번 당했던 일이라 난 눈을 동그랗게 떴다가 웃을 수 있었다.

"에이, 정령사라뇨. 그랬으면 제가 그렇게 당하지도 않았겠죠. 마법사에게."
우울하고 낮게 덧붙이자 리들은 "하긴, 그런가." 하고 어깨를 으쓱했다.
"누가 그래요? 제가 정령사라고?"
"아니, 그냥."
리들은 말을 흘리며 내 얼굴을 빤히 바라보았다. 나도 그를 빤히 바라보다가 눈을 찌푸리며 뺨을 복어처럼 부풀렸다.
리들이 웃음을 터트렸다.
"뭐야?"
"아뇨, 혹시 리들이 나에게 반했으면 큰일이다 싶어서."
"큰일이야?"
"큰일이죠."
난 새침하게 말하고 자리에서 일어났다.
"그럼 제온은?"
자리에서 일어난 나에게 리들이 물었다.
제온?
"제온이 나에게 반했대요?"
"……그런 건 아니지만."
"그럼, 뭐."
난 어깨를 으쓱했다.
리들이 날 방문 앞까지 배웅해 주고 말했다.
"에스텔."
"네."
"새 레이몬드 후작, 누군지 알아?"

"아뇨. 안 그래도 방금 아이리스 황녀님께 도와 달라고 듣고 온 참이에요. 대체 어떤 사람이에요?"

"도와줘? 뭘?"

"좋아하는 사람이라고 하면서요."

"흐음."

리들은 그렇게 중얼거리고는 피식 웃으며 말했다.

"뭐, 내가 말로 뭐라고 하는 것보다 직접 만나는 게 최고지."

"그거야 그렇지만요. 그런데 그건 왜 물으세요?"

"그냥 알고 있나 궁금해서."

"몰라요. 물론 그쪽에 관심을 가져야 하는지도 모르겠지만— 일단 제 귀에 들리는 소식은 없네요."

"그렇군."

리들은 고개를 끄덕이고 나에게 가 보라고 손짓했다. 난 무릎을 살짝 굽혔다 펴서 그에게 인사하고는 황궁을 빠져나왔다.

"로이."

"네."

"새 레이몬드 후작이 누군지 알아?"

"모르지만, 짐작은 돼요."

"그래? 누군데?"

"그건 왜 물으시는데요?"

로이가 물어 와서 난 눈을 살짝 찌푸렸다.

지금, 답 회피했지.

"궁금해서. 황녀님이 새 후작에게 반했다며 나에게 도와 달라고 했거든."

"흐으음."

로이는 리들과 비슷한 소리를 내며 고개를 갸웃했다가 픽 웃었다.
"웃기는 분이네요."
"뭐가?"
"황녀님이요."
로이가 그렇게 말하며 마차 문을 닫았다. 난 당황해 마차 창을 열며 물었다.
"안 탈 거야?"
"주군이 질문 폭포를 쏟아 내실 것 같아서, 풋맨 좌석에 서려고요."
"로이 딜런."
눈을 찡그리며 말했지만 로이는 히죽 웃으며 가 버렸다. 잠시 후 마차가 출발했고, 난 고민에 잠겼다.
'아니 대체 그 후작이 누구야?'
답은 일주일 후에 알 수 있었다.
그날도 아이리스의 티타임 초대였다. 이번에는 단둘만의 자리가 아닌, 친한 귀부인들 몇몇을 초대한 티타임이었다.
자리에 앉으니 옆에 앉아 있던 렝스 백작 부인이 부채를 펴며 속닥였다.
"오늘 황녀님이 레이몬드 후작을 초대하셨대요."
"그래요?"
"네, 다들 지원군으로 모인 거예요."
킥킥 웃으며 말하는데 어쩐지 내 반응을 보려는 듯한 눈치였다.
"열심히 지원 사격을 해야겠네요."
내 대답에 그녀는 눈을 깜박였다가 "그렇죠." 하고 대답하고 부채를 접었다.
그때 아이리스가 자리에 들어왔다. 그녀의 뺨은 붉게 상기되어 있었고, 갈색 눈동자는 반짝였다.

"주최자인 제가 자리를 비워서 죄송합니다."

모두가 "아닙니다." 하고 한목소리로 대답했다. 아이리스가 날 보더니 "에스텔!" 하고 내게 손짓했다.

"이쪽으로 가까이 와서 앉아요. 네?"

그녀가 자신의 바로 옆자리를 가리키며 말했다. 이미 앉아 있던 다른 귀부인은 별말 없이 자리를 비켜 주었다.

내가 그녀의 옆자리에 앉자 아이리스가 싱글벙글 웃으며 말했다.

"오늘 제가 특별한 손님을 한 분 더 모시게 되었어요. 다들 너무 사납게 대하지 않기예요?"

"어머나, 황녀님도."

"호호호—"

모두가 웃음을 터트렸고 아이리스가 시종에게 손짓하자, 시종이 대기실로 통하는 문을 열었다.

들어오는 남자를 보며 난 키가 훤칠하구나, 하고 생각했다가 갑자기 띵— 하고 머릿속이 울리는 기분이었다.

"레이몬드 후작님."

아이리스가 자리에서 일어나며 손을 내밀었다. 그가 아이리스의 손등에 키스했다.

레이몬드 후작이, 그러니까 에멜이 말이다.

에멜.

어쩜 하나도 안 변했지?

그래도 일 년 반이나 지났잖아. 그사이에 나는 키도 크고, 그래도 많이 변했는데.

에멜은 하나도 안 변했네.

아, 머리만 살짝 뒤로 넘긴 거?
좀 웃긴데 어울리는 것도 같고.
그래.
그렇구나.
에멜이 레이몬드 후작이구나.
어?
어어?
"에스텔, 새 레이몬드 후작님이에요. 에스텔은 아는 분이죠?"
아이리스의 말에 난 그녀를 돌아보았다. 아이리스는 입이 찢어져라 웃고 있었다. 기괴한 광대의 미소처럼 보일 정도였다.
"네, 아는 분이네요."
난 그렇게 말하고 자리에서 일어나다가 드레스 자락을 밟아 앞으로 휘청했다.
와장창—
당황해 테이블을 짚었는데, 하필 찻잔을 손으로 누른 격이 되고 말았다. 뜨거운 찻물과 함께, 찻잔이 깨지며 손바닥을 파고들었다. 귀부인들이 비명을 질렀다.
'아.'
통증에 정신이 확 들었다.
"아가—"
에멜이 나에게로 손을 뻗었는데, 아이리스가 재빠르게 먼저 내 손을 붙잡았다.
"세상에, 어떻게 해요? 괜찮아요? 어쩌다가 이런 거예요?"
난 웃으며 손을 빼고 말했다.
어찌나 당황했는지 손이 아픈 것도 느껴지지 않았다.

"괜찮습니다, 죄송하지만 퇴석해도 될까요?"
"물론이죠."
아이리스가 그렇게 말하며 웃었다. 환하고 환하게.
이겼다는 듯한 얼굴로, 세상에서 무엇보다도 즐겁다는 듯이.
정말로 입꼬리가 귀에 걸릴지도 모르겠다.
난 그대로 휙 돌아서 황녀의 방을 나왔다. 밖에서 다른 호위들과 함께 날 기다리던 로이가 놀라 다가왔다.
"주군? 손은—"
"너, 에멜이 레이몬드 후작이라는 거 알고 있었지?"
목소리가 낮게 흘러나왔다. 로이가 움찔하더니 눈을 내리깔았다. 그게 대답이라 난 손을 휙 치켜들었다. 하지만, 결국 로이의 뺨을 때리지는 못했다. 난 이를 갈며 그대로 빠르게 궁을 걸어 나왔다. 로이가 내 뒤를 따라왔다.
"주군, 손—"
그가 다시 말했지만 난 대꾸하지 않았다.
마차에 올라타, 난 로이가 타지 못하게 문을 쾅 닫았다. 알 게 뭐야?
곧 마차는 저택에 도착했다. 난 마차에서 내리자마자 로이에게 말했다.
"너 필요 없어."
로이의 눈이 크게 떠졌다.
"왜 나에게 미리 말하지 않았어? 내가 물었는데도 왜? 됐어, 로이 딜런. 맹세고 뭐고, 그 주군이라고 부르는 말도 지겨워. 늑대기사단으로 돌아가지 그래?"
날카롭게 내뱉고 난 뛰었다. 뛰어서 아빠의 집무실로 들어갔다. 요란하게 문을 열자 집무실의 사람들이 놀라 고개를 들었다.

난 그들을 다 무시하고 성큼성큼 아빠에게 걸어갔다.

아빠의 시선이 내 오른손에 와서 닿았다.

"에스텔, 손은 왜—"

"알고 계셨죠."

붉은 눈동자가 손에서 다시 내 얼굴로 시선을 돌렸다.

"뭘?"

"에멜이 레이몬드 후작이라는 거요."

"그래."

그래?

지금 그래라는 말이 나와?

"왜 저에게 알려 주지 않으셨어요!"

소리를 지르자 아빠는 슬쩍 내 등 뒤를 바라보았다. 사무관들이 우르르 집무실을 비우는 게 느껴졌다. 평소라면 민망했을 것도, 지금은 전혀 그렇게 느껴지지 않았다.

"왜 알려 줘야 하지?"

"뭐라고요?"

숨이 저절로 짧게 헐떡여졌다.

"에멜이 레이몬드 후작이 되었다는 걸 왜 너에게 알려 줘야 하는데?"

"아빠!"

비명처럼 소리쳤지만, 아빠는 눈 하나 깜짝하지 않았다.

왜 알려 줘야 하냐고?

왜?

그야, 그야 에멜이잖아. 내가 에멜 걱정하고 있는 거 알았으면서, 말해 줬으면 걱정하지 않았을 거야. 오늘 이렇게 당하지도 않았을 거라고. 하지만 그 모든 말들은 마음속에서 끓어오를 뿐이지, 입 밖으로 튀어나오지 않았다.

난 너무 분하고 화가 나서 소리쳤다.

"진짜 미워!"

그러고는 후다닥 내 방으로 올라갔다. 시녀들이 당황하며 아가씨? 하고 묻는 것을 다 떨쳐 내며 "따라 들어오지 마!" 하고 소리치고, 내 침실 안에 틀어박혔다.

화가 부글부글 끓어올라서 참을 수가 없었다.

난 끙끙거리며 책상이며 옷장을 미친 것처럼 밀어다가 방문을 가리고, 하인용 통로를 막았다. 그리고 창문을 잠그고 커튼을 쳤다.

너무 화가 나서 침대를 걷어차며 난 옷을 벗었다. 이놈의 드레스는 잘 벗어지지도 않았다. 고함을 질러 대며 난 옷을 찢듯이 벗어 던졌다. 간신히 옷을 다 벗고 나서 난 헉헉거리며 침대에 쓰러지듯이 누웠다.

화가 나서 참을 수가 없었다.

왜?

왜?

왜 아무도 내게 에멜이 레이몬드 후작이라는 걸 말해 주지 않은 거야?

말해 줄 필요가 없나?

없는 건가?

어차피 한때 호위였던 사람일 뿐이니까, 그렇게 생각할 수 있는 건가?

객관적으로 그런가?

모르겠어.

객관적으로 생각이 되지 않아.

그럼 에멜은, 에멜은 어떻게 레이몬드 후작이 된 거지?

후작가와 무슨 인연이 있었던 건가?

그래서 후작 작위를 받기 위해서 내 곁을 떠난 건가?

작위가 그렇게 좋은가? 아, 물론 좋지. 내 호위 기사 따위보다야 후작이 훨씬 좋지.

좋아.

그러면 말해 주면 좋았잖아?

'카를 도련님이 후작 가문을 다 끝장내 버려서 저에게로 작위가 돌아왔답니다, 하하.'

뭐 이런 거?

이런 말도 이상하기는 하다.

난 킥킥거리고 웃으며 이불을 덮었다. 왜 이렇게 화가 나는지 스스로도 알 수가 없었다.

왜 이렇게 분노가 치미는지도 알 수가 없었다.

후작이 되어서, 그렇군. 황녀와 결혼하는 건가?

탄탄대로인 인생이네요, 에멜 아스트라다.

아니, 이제 에멜 레이몬드 후작님이시겠네.

비꽈도 화가 멈추지 않았다.

침대 위에서 숨을 몰아쉬고 있자니, 손이 아파오기 시작했다. 오른손을 들어 보고 난 깜짝 놀랐다.

"아, 제길."

온통 피투성이였다.

'이러니까 다들 내 손 이야기만 하지.'

난 자리에서 일어나 근처에 있는 수건으로 손을 꽉 눌렀다.

나도 내가 보통 고집이 아니라는 걸, 그 어두컴컴한 침실 안에서 삼 일을 버틴 후에 깨달았다.

'이건 카스티엘로답다고 해야 하나.'

물이야 알파가 공수해 주고, 불은 엔드가 켜 주니까 배고픈 것만 빼면 뭐 다른 건 없었다.

밖에서 애니가 울면서 안 봐도 좋으니 뭐라도 먹으라고 말했지만 난 다 무시했다. 앤이 찾아와서 호소해도 열어 주지 않았다. 카를이 드물게도, 날 달래 보려고 뭐라 말했지만 난 한 마디도 대꾸하지 않았다. 엘런이랑 진이 번갈아 와서 말을 붙여 보려고도 했지만 난 꿈쩍도 안 했다.

아니, 그럴수록 뭔가 내 안에 고집스러운 게 뭉치는 느낌이었다. 나 스스로가 놀랄 정도였다.

보통 이러면, 특히 카를이 와서 이야기를 하면 '어쩔 수 없네요.' 하면서 조심스럽게 문을 열고 나갔을 거다. 하지만 놀랍게도, 이번에는 그렇지 않았다.

'나 변했나 봐.'

그런 생각마저 들었다. 하지만 견디기 어려운 것이 한 가지 있었다.

'더 이상은 못 참겠어.'

배고파.

난 자리에서 일어났다. 커튼을 여니, 밖은 아직 깜깜했다.

'가출할 테야.'

난 그렇게 생각하고 엔드를 불러서 방에 불을 크게 켰다. 그리고 편한 옷으로 갈아입었다. 바지에 셔츠, 그리고 부츠. 그러고 나서 금 단추와 은 단추들을 떼어서 주머니가 불룩하게 넣었다. 돈은 없으니까.

—정말로 나갈 건가?

알파의 물음에 난 "그래." 하고 고개를 끄덕였다.

"엔드, 이제 불 꺼도 돼."

엔드가 불덩어리를 없애자, 침실 안은 다시 깜깜해졌다.

—어디로 가려고?

그 말에 난 잠시 멈칫했다.

어디로 가다니.
'진짜로 갈 곳이 없잖아?'
리리아나 샤샤에게 갈 수도 없고, 제온에게 갈 수도 없다.
'카스티엘로를 벗어나니 내 인맥이 정말로 형편없어지는데.'
곰곰이 생각하다가 난 맥길런을 떠올렸다. 그라면 공작가에 이야기하지도 않을 테고, 잠깐 신세지기는 괜찮겠지.
알파가 한숨을 내쉬어서 난 괜히 그의 콧잔등을 때렸다. 알파가 항의하듯 내 손을 가볍게 물었다가 놓아주었다.
난 침실 창문을 열었다.
"이제 날 안 보이게 해 줘."
내 말에 알파는 순순히 고개를 끄덕이며 내 그림자 속으로 미끄러지듯 사라졌다.
—됐다.
"그럼, 엔드."
엔드가 크게 몸집을 부풀렸다. 나 한 명이 탈 수 있을 정도로 크게. 발코니 난간에 앉아 있는 엔드의 등에, 내가 난간으로 올라가 얼른 올라타자 엔드는 가볍게 날아올랐다. 어차피 육체적인 힘으로 나는 게 아니니, 거의 저항도 느껴지지 않는 가벼운 날갯짓이었다.
순식간에 공작저를 벗어나더니, 엔드는 내가 기억하는 대로 맥길런이 살고 있는 이층집 베란다에 날 내려 주었다.
베란다가 달린 집에서 살고 있어서 다행이야.
난 그렇게 생각하며 엔드의 등에서 미끄러져 내려왔다.
'이제 어떻게 설명해야 할까.'
고민하는데, 낡은 창문 틈새로 피아노 소리가 흘러나왔다. 두꺼운 커튼이 방음을 다 해 주고 있지는 못해서 들리는 작은 소리에, 난 홀린 듯이 베란다 문을 열고 안으로 들어갔다.

어두운 방 안에 다 꺼져 가는 듯 흔들리는 초를 두고, 맥길런은 피아노 연주에 몰두해 있었다.

난 살그머니 다시 문을 닫았다.

'거의 완성되고 있구나.'

예쁜 소리.

난 눈을 감았다.

달리고 튀고, 튀어 오르고 다시 부드럽게 감싸고—

연주가 뚝 멈춰서 난 눈을 떴다. 맥길런이 눈을 크게 뜨고 날 바라보고 있었다.

난 어색하게 미소 지으며 손을 들었다.

"안녕하세요, 맥."

"제가 환상을 보고 있는 겁니까? 아니면 머리가 좀 이상하게 된 건가요?"

"둘 다 아니에요. 실제예요. 한밤중에 이렇게 쳐들어와서 미안해요."

"정말로, 공녀님?"

"네."

내가 웃으며 말하자 맥길런은 자리에서 벌떡 일어났다.

"어, 어떻게 이 시간에? 어떻게 들어오신 겁니까?"

"베란다로 들어왔어요."

"네?"

"가출했거든요."

"네?"

"미리 사과할게요."

맥길런은 멍하니 날 바라보다가 피식 웃었다.

"말해 주면 받아 주죠."
"네?"
"가출하신 이유요."
"그게……."
이건 생각 못 한 일이라 나는 순간 말을 잃었다.
"아니면 나가 주셔야겠는데요."
"나빴어……."
중얼거리며 노려봤지만, 그는 눈썹 하나 까닥하지 않았다. 아아, 이럴 때는 그래. 하델과 비슷한 과라는 게 느껴진다.
난 한숨을 내쉬고 손가락을 꼼지락거리며 말했다.
"좋아하던 사람이 있었는데요."
말을 꺼내는 순간, 눈가가 화끈해졌다.
"어, 뭐야?"
난 당황해 웃으며 눈물을 닦았다.
"죄송해요. 잠시만요."
맥길런이 팔을 뻗어 날 끌어안았다. 갑작스럽게 안겨서 놀랐지만, 그가 등을 쓸어 주는 손길에 난 금방 다시 울음을 터트렸다.
그랬구나.
'나 에멜이 좋아.'
좋아했었다.
과거형이었는데.
그러니까 지금은 싫어해. 하고 소리 높여서 말한 주제에.
지금도 좋아하는구나.
내 안에는 항상 기대가 있었다. 언젠가 다시 에멜이 돌아올 거라고 생각했다. 고생해서 좀 먼지투성이가 되었을지도 모르는 에멜에게 '어서

와.' 하고 맞이해 주고, 멋쩍게 '다녀왔습니다.' 하는 그에게 다시 고백해서 사귀는 그런 계획도 가지고 있었다.

어디서 고생하고 있지는 않을까? 비가 오면 비 맞고 있는 게 아닐까? 굶고 있는 게 아닐까?

그런 내 걱정과 고민이 너무나도 바보같이 느껴졌다.

아니, 바보에 어리석은 사람이지.

그리고 에멜과 다시 만나서, 그때는 연인이 될지도— 하는 생각을 했던 안일함이 우스울 정도였다.

비참했다.

만약 에멜이 그렇다는 걸 진작 알았다면, 지금 이렇게 비참해지지는 않았을 텐데. 그래서 그걸 말해 주지 않은 모든 사람들에게 화가 났다. 그 사람들 앞에서 울 수도 없었다. 사실은 화내고 싶었던 것보다는 이렇게 울고 싶었던 걸지도 모른다. 가슴속에 터질 것 같은 분노는, 엉엉 우는 사이에 녹아서 흘러내려 갔다.

꺼윽, 꺽 숨이 막혀 가며 울고 나니, 마음속이 가뿐해지는 기분이었다. 조금 제정신이 돌아왔다.

'맥길런은 체온이 높구나.'

뺨이 닿은 곳이 뜨거웠다. 그리고 심장도 쿵쿵쿵 엄청 큰 소리를 내면서 뛰고 있고.

'어쩐지 얼굴 들기가 민망한데.'

내 얼굴은 눈물 콧물 범벅이고, 아마 맥길런의 앞섶도 그럴 텐데.

그 생각이 미치자 난 그를 확 밀어내며 말했다.

"아, 옷 미안해요!"

뒷말이 소리 지르는 것처럼 된 것은 그가 그대로 풀썩 쓰러져 버렸기 때문이었다.

"맥길런?!"

난 놀라 쓰러진 맥길런을 붙잡았다.

'뜨거워!'

뜨거운 게 열 때문이었구나.

"엔드!"

내 외침에 따라 엔드가 불을 환하게 밝혔다. 그러자 그의 비정상적으로 상기된 얼굴과 가쁜 호흡이 보였다.

"열? 고열인가?"

이러면 어떻게 해야 하지? 체온을 먼저 떨어트려야 하나?

난 주변을 살폈다. 다행히도, 그의 방에는 욕조가 딸려 있었다.

있는 힘을 다해 그를 업으려고 하는데 순간 무게가 가벼워졌다.

"비켜."

알파의 말에 난 뒤로 물러났다. 커다란 물줄기가 맥길런을 붙잡아 올리고 있었다.

"어떻게 할 거지?"

"욕조에 넣고, 찬물을 채워 줘."

"그럼 죽을걸?"

알파의 말에 난 당황해서 "그, 그래?" 하고 되물었고, 알파는 고개를 끄덕였다.

"그냥 물에 적신 천으로 닦아 주는 게 가장 나은 방법이지."

"그, 그렇구나."

잘못된 상식으로 사람을 잡을 뻔했군요.

난 침대 위를 정리했다. 아니, 침대 위에 뭔 악보가 이렇게 많아?

약간의 짜증과 함께 침대를 정리하고 알파의 도움을 받아 맥길런을 눕혔다. 그러고서 그의 셔츠를 벗기고, 수건을 하나 적셔서 그의 몸을 닦아 주었다.

'으아, 말랐어.'

항상 기사들의 몸만 보다가, 그의 몸을 보니 너무 가늘게 느껴졌다. 그렇게 몸을 닦아 주고 있는데도, 열이 떨어질 기미가 보이지 않았다.

"알파, 조금만 도와주면 안 돼?"

내 옆에서 침대에 턱을 올리고 있던 알파가 한숨을 내쉬고 말했다.

"조금이라면."

"응."

난 씩 웃으며 맥길런의 이마에 손을 얹었다. 내 손등에 푸른색 문장이 뚜렷하게 떠오르며 힘이 그에게로 흘러가는 게 느껴졌다.

그때마다 그의 호흡이 편해지는 게 눈에 띄게 보일 정도였다.

"그만."

알파의 말에 난 그의 이마에서 손을 뗐다. 순간 시야가 까맣게 되면서 빙글 돌았다.

"어?"

난 한참을 침대가를 짚고 서 있다가 깨달았다.

'나 삼 일 굶었지.'

배고파. 죽을 것 같아.

난 그렇게 생각하며 털썩 침대에 쓰러졌다. 그리고 그대로 지쳐서 잠이 들었다.

꾸르르륵—

위장이 요동을 친다. 난 배 속의 통증 때문에 눈을 찌푸리며 잠에서 깨어났다.

'배가 고픈 거 아픈 거였지.'

이게 얼마만의 고통인지, 새삼스러웠다. 진짜로 누가 배 속을 쥐어뜯는 것 같다.

눈을 비비고 깜박이는데 딱 시선이 마주쳤다.

보라색 눈이 동그랗게 돼서 날 바라보고 있었다.

순간 생각에 잠겼다가 난 배시시 웃으며 인사했다.

"안녕하세요, 맥."

맥길런은 멍하니 날 보다가 갑자기 얼굴이 벌게지더니 몸을 벌떡 일으켰다. 난 깜짝 놀라 같이 상체를 일으켰다.

"괜찮아요? 갑자기 움직이지 말아요. 열 떨어진 지 얼마 되지 않았을 텐데."

맥길런은 한참 날 보더니 자신이 상의를 벗고 있다는 걸 깨닫고는 허둥지둥 셔츠를 찾아 입었다.

'뭐 별로 볼 것도 없는 몸이건만.'

샤프하게 근육이 붙어 있기는 하지만, 내 취향은 기사들 쪽에 더 가까워서…….

'내가 이런 생각을 하는 걸 알면 애니가 파렴치하다고 소리를 지르겠지.'

난 슬며시 미소를 삼키고 그가 옷을 입는 것에서 정중하게 시선을 돌려주었다. 이어 살며시 침대에서 내려왔다.

'아니, 그런데 언제 내가 침대로 올라왔지?'

갸웃하니 알파가 대꾸했다.

―피곤해 보여서 올려 줬지.

고맙다고 해야 하나, 이러면 안 된다고 해야 하나.

'고마워.'

일단 난 고맙다고 인사해 두었다.

뭐, 보통이라면 외간 남자와 한 침대에서 잤다는 소문이 나는 순간 내 모든 명예가 땅에 떨어지겠지만.

'알 게 뭐야.'

여전히 비딱한 내 마음은 그렇게 속삭였고, 또 여기서 벌어진 일을 누가 알고 소문을 내겠는가?

맥길런이 옷매무새를 다듬으며 돌아섰다.

"몸은 좀 어때요?"

내 물음에 맥길런이 이마를 문지르며 말했다.

"괜찮아진 것 같습니다."

"열만 떨어진 걸지도 모르니까, 의사를 찾아가 보는 게 좋을 것 같아요. 나도 의사가 아니라서 잘 모르니까 말이에요. 언제부터 그랬던 거예요?"

"이렇게 심해질 거라고는 생각하지 못했습니다."

맥길런은 민망한 듯 말끝을 살짝 흐렸다.

'그러고 보면 베토벤도 찬물에 손가락을 담가가며 피아노 연주를 했다고 하지.'

그리고 손끝에서 털어낸 물이 가득 고여서 일 층 천장으로 샜다는 일화는 유명하다.

'천재라는 건 다 그런 걸까.'

난 지그시 맥길런을 바라보았다. 천재를 눈앞에서 보는 건 처음—

'아, 오라버니도 검술의 천재이기는 하지. 생각해 보면 에멜—'

난 생각을 멈췄다.

길게 한숨을 내쉬자 맥길런은 그게 자신을 향한 한숨이라고 생각했는지 변명을 늘어놓기 시작했다.

"항상 그랬던 건 아닙니다만, 곡이 완성되어 가고 있어서…… 제가 좀 열중했던 것 같습니다."

그 변명에 난 슬쩍 웃었다.

"아니에요. 그럴 수도 있지요. 그보다 맥은 그런 성격이 아니라고 생각했는데요."

"네?"

"나에게 당당하게 일하다 보면 그럴 수도 있지요! 공녀님은 역시 뭘 모르시는군요! 이렇게 말할 줄 알았거든요."

내 말에 맥길런의 얼굴이 붉게 물들었다.

"첫 만남에서의 무례함은 부디 잊어주시기 바랍니다. 그때는 저도 좀 화가 나 있어서……."

"화요?"

"네, 황녀님께서 억지로 절 살롱에 나오라 명령하셨었지요."

"아하."

난 이해해 고개를 끄덕였다.

"그건 기분 좋은 일은 아니었겠네요."

"네, 그렇습니다. 그렇다고 해서 공녀님께 그렇게 하면 안 됐는데. 죄송합니다."

"아니에요. 덕분에 이렇게 가출에 도움도 받잖아요?"

그때 내 배 속에서 어마어마하게 크게 '꾸르르르륵' 하는 소리가 났다. 이건 누가 들어도 내 배 속에서 나는 소리였다. 이번에는 내 얼굴이 붉어졌고, 맥길런은 모른 척 헛기침을 했다. 내가 그에게 서글프게 말했다.

"부탁 하나만 해도 될까요?"

"네, 말씀하세요."

"수프 좀 주면 안 될까요……."

내 말에 맥은 비장한 얼굴로 "물론입니다." 하고 방을 나섰다.

잠시 후 그는 다시 방으로 돌아와서 "아주머니께 수프를 부탁했습니다." 하고는 부지런히 방을 치우기 시작했다. 이제 와서 치워 봐야 늦은 게 아닌가 싶기는 하지만, 그래도 그는 테이블 위의 악보며 뭐며 밀어내어 공간을 만들었다.

난 땅에 떨어진 악보들을 조심스럽게 주워들었다.

오선지 위에 복잡하게 음표들이 그려져 있었다.

'굉장하다.'

단순히 피아노가 아니라 오케스트라 연주곡이다.

바이올린, 호른, 플루트, 첼로 등등 온갖 악기들의 이름이 나란히 나열되어 있었다.

'이걸 머릿속으로 다 생각한단 말이지.'

신기하다, 하고 있는데 맥길런이 내 손에서 악보를 빼앗아 들며 말했다.

"제가 정리하겠습니다. 제가 원하는 정리 방식대로 해야 해서."

"아, 그럼요."

난 양손을 얌전히 모으고 비워진 의자에 앉았다.

적당히 공간이 만들어졌을 무렵, 노크와 함께 문이 벌컥 열렸다. 후덕하게 생긴 노부인이었다. 손에 쟁반을 들고 올라온 그녀는 날 보고 "어머어머어머—" 감탄사를 연발했다. 맥길런이 서둘러 쟁반을 받아 들었지만 그녀는 나갈 생각을 하지 않고 실실 웃으며 말했다.

"세상에, 피아노만 치는 샌님인 줄 알았더니, 언제 이런 예쁜 아가씨를 꾄 거야?"

아주머니는 뭔가 더 이야기하려다가 맥길런에게 떠밀려 내려갔다. 맥길런은 얼굴이 붉어져서 나에게 뭔가 변명을 하려고 애썼지만, 그 말은 귀에 들어오지도 않았다. 대신 나는 그의 손에 들린 수프 그릇 쪽으로 홀린 듯이 접근했다.
"먹어도 괜찮아요?"
"……물론입니다."
맥길런은 소파 테이블을 대충 치우고 수프 그릇을 내려놓았다. 난 허겁지겁 수프를 먹어 치우고 싶었지만, 삼 일 만의 첫 끼이니 꾹 눌러 참고 느리게 한 입, 한 입, 수프라도 꼭꼭 씹듯이 삼켜 넘겼다.
너무 맛있어서, 천상의 맛처럼 느껴지는 수프였다.
"굶으신 건가요?"
맥길런이 나와 살짝 떨어져서 앉으며 조심스럽게 물었다. 난 손가락을 세 개 펴 보였다.
"삼 일간이요."
"삼 일이나요?"
"너무 화가 나서, 방 안에서 안 나왔었거든요."
맥길런은 내 말에 잠시 생각하는 듯하다가 말했다.
"그분을 많이 좋아하셨군요."
맥길런의 말에 난 멈칫했다. 그러나 곧 한숨을 내쉬며 인정했다.
"네, 제 생각보다 훨씬 더 많이 좋아했었나 봐요."
"지금도요?"
"지금은, 모르겠어요. 엄청 미운데요."
난 웃으며 말했다. 맥길런의 보라색 눈이 날 빤히 바라보았다. 그러고 보니 샤샤도 보라색 눈동자지. 하지만 이렇게나 다를 수가 있구나. 신기하다.
"그래서 가출하신 건가요?"
"그래요. 어쨌든 그 집에서 탈출하고 싶었거든요."
"자세한 이야기를 물어도 될까요?"

그의 말에 난 고개를 끄덕였다. 어쨌든 가출한 나를 받아주고 있는 사람이니까 이야기를 들을 자격은 된다.

어제 횡설수설하며 잘 정리되지도 않았던 이야기를, 난 이제 천천히 정리하며 이야기했다.

에멜을 처음 만난 순간부터 지금까지의 이야기를.

그는 나와 에멜에 대해서 전혀 몰랐으므로, 오히려 이야기하기가 편했다.

얘기를 전부 듣고 맥길런은 심각한 얼굴로 물었다.

"정말로 레이몬드 후작에 대해서 못 들으신 겁니까? 사교계에서는 엄청나게 퍼진 이야기였는데요."

"전혀요!"

억울해서 목소리를 높이자 맥은 잠시 생각하더니 말했다.

"그러고 보니 때마침 공녀님은 영지로 내려가 계셨던 것 같습니다."

"잠깐, 그럼 그 소문이 육 개월 전부터 나기 시작했단 말이에요?"

"네."

"맙소사."

난 이를 악물었다.

생각해 보면 아빠가 솔라드 백작령으로 내려가라고 한 것도 이상했어. 이것 때문이었구나!

아주 철저하게 정보 통제를 했으면서!

그게 어쨌냐는 듯이!

정말로 상관없는 일이었다면 내가 에멜에 대해서 알든 말든 상관하지 않았겠지!

생각하니 다시 또 화가 훅 솟구쳤다. 나는 이를 갈며 좀 더 빠르게 수프를 먹기 시작했다. 이제 적당히 식은 수프는 술술 넘어갔다. 하지만 맥길런 앞에서 이야기하면서 한 번 정리가 되어서 그런지 이제 도망치기보다는 맞선다는 쪽으로 생각이 돌아섰다.

수프를 다 비우고 주머니를 뒤져서 금 단추를 꺼냈다.

"가출 자금이에요. 맥에게도 한 개 줄게요. 숨겨 준 보답이에요."

"아뇨, 이런 건—"

거절하려는 듯 손을 저었다가 맥길런은 말을 멈추고 뚫어져라 단추를 바라보았다.

잘 봐요, 내가 비싼 단추들만 떼어 왔다니까요?

다 순금이나, 백금, 아니면 보석 단추예요.

"공녀님 옷에서 뗀 건가요?"

"그렇죠."

"그럼 하나 받겠습니다."

"두 개 더 가져요."

"하나면 됩니다."

"그럼 큰 걸로 골라서 가져가요."

난 주머니에 있는 단추를 우르르 다 꺼냈다. 탁자 위에 반짝반짝거리는 단추들이 잔뜩 늘어섰다. 맥길런은 신중하게 단추를 골라서—내 문장인 별이 새겨진 단추였다— 소중하게 자신의 포켓에 넣었다.

그래, 금 단추는 소중하죠.

난 남은 단추들을 다시 긁어모아 주머니에 넣어서 입구를 꾹 닫았다.

"그래서 그 단추를 들고 가출하신 거라고요?"

"네. 그래서 사실은 며칠 더 있으려고 했는데—"

"했는데?"

내가 말끝을 길게 잡아끌자 맥길런이 되물었다. 난 살며시 미소 지으며 말했다.

"어제 엉엉 울려서 좀 풀렸어요. 고마워요, 맥."
"한 일도 없는걸요."
맥길런이 그렇게 말해서 난 고개를 저었다.
"아니에요. 덕분이에요."
"그런가요."
"네, 그리고 맥도 저와 함께 돌아가요."
"네?"
"공작저로요. 몸 안 좋잖아요. 의사에게 검진을 받게 해야겠어요."
"괜찮습니다."
당황해 맥길런이 손을 저었지만 난 고개를 저었다.
"안 돼요. 꼭 같이 가요."
난 힘주어 말했다.
수프 그릇을 치우고 나서, 그에게 부탁해서 마차를 수배했다.
몰래 다시 돌아갈까 했는데, 아무래도 내가 집에 없다는 걸 알고 있을 것 같다는 생각이 들었다.
마스터를 속일 수는 없을 것 같거든요.
난 맥길런을 억지로 마차에 태우고 집으로 향했다. 저택 앞의 병사가 가로막았지만, 내 얼굴을 보자 무사 통과였다.
병사는 내가 언제 나갔는지 어리둥절한 얼굴이었다.
"맥."
"네."
"혹시 무슨 일 있으면 내 등 뒤로 숨어요, 알았죠?"
내 말에 맥길런이 피식 웃었다. 그리고 답했다.
"뭐, 무슨 일이 있어 봐야 죽기밖에 더하겠습니까?"
"목숨은 소중한 거랍니다."

"음악을 못 하게 되는 편이, 더 두렵지요."
"그런가요?"
"네."
맥길런의 말에 난 고개를 끄덕이며, 이 사람도 은근 배짱이 두둑하구나, 하고 느꼈다. 하긴 처음에는 날 보고 '눈깔'이라고 했으면서 이후엔 꽃을 들고 바로 집으로 찾아왔지.
마차가 저택 앞에서 멈춰 서고 문이 열렸다. 난 마차에서 가볍게 내려와서 맥길런이 내리는 걸 지켜보았다.
현관에는 아무도 없었다.
딱 한 사람을 빼면.
아빠가 딱딱한 얼굴로 날 바라보고 있었다.
"에스텔 카스티엘로."
아빠가 낮게, 경고하는 어조로 내 이름을 불렀다. 그러고 보니 아빠가 나에게 화내는 건 처음인 것 같아.
나도 아빠에게 소리 지른 거 처음이야.
난 고개를 빳빳하게 치켜들고 말했다.
"말해 주지 않으신 거 나빠요."
"너 정말."
"하지만 말없이 집을 나간 건 죄송해요. 잘못했어요."
고개를 숙이며 말하자 아빠가 성큼성큼 다가오더니 내 어깨를 꽉 잡았다.
슬쩍 눈을 드니 아빠가 한숨과 함께 말했다.
"엉덩이를 때리고 방에다가 가둬야 하나 싶었는데."
아빠가 가볍게 날 끌어안았다.
"너에게 그렇게 중요한 일일 거라고는 생각 못 했어."

그 말에 난 고개를 치켜들었다.

"정말이요?"

"그래."

"정말로요?"

"에스텔."

"그럼 솔라드 백작령으로 조건까지 걸면서 내려가라고 하신 게 그냥 우연이라는 말이죠?"

순간 아빠는 말문을 열지 못했다. 난 양 옆구리에 손을 올렸다.

"그건 들어가서 이야기할까?"

아빠의 말에 난 고개를 끄덕였다.

"아, 그 전에 혹시 치료사 좀 불러 주실 수 있을까요?"

"왜?"

아빠가 눈을 찡그리며 되물었다.

"아, 전 괜찮고요. 저쪽의 맥을 보게 하려고요. 어젯밤에 열 때문에 쓰러졌었거든요."

그제야 아빠의 시선이 맥길런에게 향했다.

"가출했을 때 신세를 졌지요."

"그럼 최고의 치료사를 붙여 줘야지."

아빠가 눈을 가늘게 뜨며 답했다.

"치료사요, 치료사."

내가 다시 강조하자 아빠는 "그래, 치료사." 하고 고개를 끄덕였다. 난 맥에게 걱정하지 말라는 의미로 눈을 찡긋해 보이고 아빠를 따라 안으로 들어섰다.

근처의 방으로 들어가 문을 닫자마자 난 빠르게 말했다.

"어떻게 그러실 수가 있어요? 저에게 그 일을 숨기시려고 하시다뇨?

그러면서 그 일이 저에게 중요할 거라고 생각 못 하셨다고요?"
"에스텔."
아빠가 손을 들어 내 어깨를 감쌌다. 쏘아보듯 마주본 붉은 눈동자는 고요했고, 미동도 없었다.
그게 내가 어떤 말을 하든 변함없는, 그런 답답한 고요함이 아니라 아빠가 나에게 거짓말을 하거나 속이려 하고 있지 않다는, 그런 평정이었다.
"에멜의 소문을 네가 듣지 않았으면 좋겠다고 생각했어. 그가 떠나고 나서 네가 마음 아파했다는 걸 아니까. 그는 네 첫 호위였고—"
아빠가 미간을 찡그렸다.
"네가 그를 그렇게까지 좋아하는지는 몰랐지."
"아빠."
"그리고 수도의 소문 중 태반은 자극적인 소문이 돌게 되지. 게다가 그는 본디 늑대기사단이었다가 레이몬드 후작이 되는 거야. 그러니 그런 소문에 네가 동요되지 않기를 바랐어. 실제로 솔라드 백작령에 네 힘이 필요하기도 했고."
"그건 그렇죠."
난 천천히 몸에 힘을 뺐다. 내 둥근 어깨를 꼭 감싼 아빠의 손이 따뜻하게 느껴지기 시작했다.
그걸 느꼈는지 아빠가 진지하게 말했다.
"정말로 네가 그렇게까지 에멜을 소중하게 생각하고 있다는 걸 알았다면, 분명히 너에게 이야기했을 거다. 정말로 미안하구나."
아빠의 사과에 난 콱 가슴이 찔린 기분이 되었다.
사실 아빠가 잘못한 건 없었다. 내가 에멜을 좋아한다고 말하지도 않았고, 그를 항상 걱정하고 있다고 이야기를 한 것도 아니니까.

내 고집이 아빠를 사과하게 만들었다. 죄책감이 올라와 난 고개를 저었다.

"아니에요. 그게—"

그 순간, 어제 다 울었다고 생각했는데 또 눈물샘이 터져서, 난 눈을 꾹 감았다.

"아니, 에요. 제가, 흑, 바보 같았어요. 죄송해요, 아빠."

결국 나는 아빠에게 매달려 엉엉 울었다. 그리고 빽빽 아빠에게 "에멜에게 고백했었는데요." 하는, 아주 오래전에 이야기했어야 했을지도 모르는 그 이야기를 꺼냈다.

아, 왜 자꾸 눈물이 나는 거야?

이래서야, 카를이 울보 토끼라고 부르는 거에 대해 반박하지도 못하겠다.

후, 하고 길게 숨을 내쉬고 난 눈가를 닦아 내며 말했다.

"그래서 제가 그렇게 흥분을 했던 거였어요. 앞뒤 사정 없이 그러면 안 됐는데, 죄송해요."

"아냐, 이제 알았으니 됐다."

아빠가 그렇게 말하고 손수건을 건네주었다.

"에멜이 그랬단 말이지."

순간 그 목소리에 스민 뭔가에 내 등이 쭈뼛했다. 난 손수건을 들고 말했다.

"안 돼요."

아빠는 뭐가? 라는 듯 날 내려다보았고 난 힘주어 말했다.

"에멜에게 뭐라고 하는 건 저예요. 아셨죠?"

아빠는 대답하지 않으셨고, 난 다시 조르듯 "아빠." 하고 불렀다.

"뭐라고 안 하면 되는 건가?"

아빠가 말을 골라서 나는 눈을 가늘게 뜨고 말했다.

"뭐라고 안 한다는 게 말만 안 한다는 게 아니에요. 저는 에멜이 어디 뒷골목에 쓰러져서 발견되는 걸 원하는 게 아니라고요."

아빠가 슬쩍 눈썹을 치켜 올려 "대로변이라고 되는 거 아니에요. 부상은 안 돼요. 죽는 것도 안 돼요." 하고 덧붙였다.

"그래, 알았다."

아빠가 한숨과 함께 고개를 끄덕이자 난 웃으며 그를 가볍게 안았다가 놓아주었다.

"감사합니다."

아빠는 고개를 끄덕였다.

"그래. 그리고 애니가 걱정하고 있으니까, 얼른 가 보렴."

"네, 아빠, 감사해요."

난 아까보다 훨씬 더 가벼워진 마음으로 방을 나섰다.

애니는 내 얼굴이 반쪽이 되었다며 울음을 터트렸다. 삼 일 굶는 걸로 반쪽이 되지는 않겠지만, 애니가 가져다주는 수프는 맛있었다.

앤은 "어째서 절 데리고 가시지 않은 거예요?" 하며 울먹이는 눈으로 날 바라보았다.

"전 에스텔 님의 마법사잖아요? 저도 필요 없으세요?"

하는 말에 나는 미안하다고 사과할 수밖에 없었다. 그게 아니라 아마 에멜과 나에 대해서 아는 모든 사람에게서 도망가고 싶었던 거라고, 난 작게 고백했다.

앤은 다음에도 자신을 두고 가면 이번에는 목줄을 채우겠다고 으름장을 놓았고, 난 얌전히 고개를 끄덕였다.

그리고,

음.

카를은 진짜 화가 났다.

"그 자식이 그렇게 중요해?"

내 방을 들어오자마자 카를은 그렇게 뚜렷한 목소리로 말했고, 수프를 먹고 있던 나는 눈을 동그랗게 떴다.

"가족이랑 말도 안 하고 가출해 버릴 만큼? 그놈이 그렇게 잘났어?"

카를이 이런 식으로 말하는 건 처음이라 난 어깨를 움츠렸다. 애니가 자리에서 일어나더니 다들 나가라고 손짓했다. 방에는 나와 카를만 남겨졌다. 카를이 성큼성큼 내 앞으로 걸어왔다.

"그래?"

그의 물음에 난 순간 말문이 막혔다.

"에멜이 후작인데, 그래서 뭐 어떻게 하라고?"

카를의 말에 나도 모르게 발끈했다.

"미리 말씀해 주시면 좋았잖아요?"

"뭘? 옆에다가 앉혀 놓고 말할까? 에멜이 사라진 건 후작 위를 받기 위해서야, 왜냐면 내가 후작이랑 그 아들 머리를 날려 버렸거든. 하고?"

"오라버니!"

난 자리에서 벌떡 일어났다. 탁자가 밀리며 덜컹하고 흔들렸다. 위의 그릇들이 요란한 소리를 냈다.

"그런 게 아니잖아요!"

"그럼 뭐야? 설명해 봐."

카를이 팔짱을 끼며 말했다. 기가 차서 그를 바라보다가 난 내뱉듯이 말했다.

"난 에멜이 좋아요."

카를은 속눈썹 하나 까딱하지 않았다.

"그래서, 모르겠어요. 내 안에는 에멜이 이럴 거라고 뭔가 정해 두고 있었나 봐요. 그러니까 언젠가 다시 돌아오고 잘될 거야, 하는 그런 말도 안 되는 생각이요. 근데 아니었던 거예요."
스스로의 멍청함에 다시금 한숨이 나왔다.
"난 에멜을 좋아하면서도 에멜에 대해서는 하나도 몰랐어요. 다들 알고 있었는데, 나만 몰랐어요."
그때, 레이몬드 후작이 에멜에게 배신자라고 소리쳤을 때 좀 더 관심을 가졌다면.
아니면 적극적으로 에멜에 대해서 알아봤다면.
로이와 싸울 때 좀 더 파고들어 봤다면.
에멜이 보여 주는 모습만 보고, 그를 다 안다고 생각했다.
마지막으로 에멜이 나에게 뭐라고 했지? 당신은 나에 대해서 모른다고 그랬지. 동시에 내가 소중하다고 말해줬다.
뭐, 후자야 그렇다고 치고.
"그러니까, 만약에 나에게 알려 줬다면 지금과 같지는 않았을 거라고. 뭔가 달라졌을 거라고."
말도 안 되게 원망했네.
놀랍게도, 생각만 했었던 말을 밖으로 내뱉자 논리의 허점이 드러나며 머릿속이 정리되기 시작했다.
"그래서 화가 났어요. 죄송해요."
난 스스로가 말도 안 되는 걸로 화를 내고 짜증을 냈다는 걸 깨달아 깊게 숨을 내쉬었다.
"지금도?"
카를이 되물어서 숨을 짧게 삼켰다가 고개를 저었다.
"아뇨, 지금은 엄청 미운데요."
그를 보면 엄청 화낼 것 같으니까.

하지만 나 스스로도 알고 있다. 미움과 애정은 동전의 양면이라는 걸 말이다. 내가 에멜을 많이 미워한다고 말하는 건 내가 그를 많이 좋아했기 때문이다.

객관적인 눈으로 보았을 때 에멜의 입장도 이해는 한다. 그런데 궁금한 건, 왜 레이몬드 후작가와 연관이 있는 그가 카스티엘로 공작가에서 일했을까 하는 것.

카를은 한숨을 내쉬었다. 그는 한참 침묵하다가 팔짱을 풀며 작고 낮게 물었다.

“내가 다 죽이지 않는 편이 나았을까?”

그 말에 난 고개를 휙 들었다.

아, 뭐야.

카를이 과거에 한 일을 후회하는 건 처음 봤다. 그것도 이유는 나 때문이지. 그저 내 마음이 상한 것 때문에.

“카를 오라버니.”

카를이 나와 눈을 마주쳤다. 슬쩍 내 눈치를 보는 듯한 표정. 난 웃을 수밖에 없었다.

“엄청 좋아해요.”

“뭐야, 갑자기.”

그가 눈을 찡그리며 말했다.

그랬구나. 걱정했군요. 내가 혹시 카를 탓이야! 다 죽여서 그래! 아니었으면 에멜이 안 갔잖아! 하고 할까 봐.

하지만 그럴 리가 없잖아?

살그머니 카를에게 다가가서 찰싹 그에게 붙었지만, 카를은 밀어내지도 않고 그냥 한숨을 내쉬며 내 머리를 쓰다듬었다.

“오라버니.”

고개를 들자 카를이 날 내려다보았다.
"오라버니가 뭘 하든, 난 오라버니가 좋아요."
쓰다듬던 카를의 손이 멈칫했다. 난 아빠에게서 받은 단어를 고스란히 카를에게 돌려주었다.
"뭘 하든 카를은 내 오빠인걸요."
"마찬가지야."
카를이 희미하게 웃으며 대답했다가 곧 눈을 찌푸리며 내 뺨을 가볍게 잡아당겼다.
"가출도, 금식도 그만둬."
"그만뒀어요."
뺨을 부풀리며 말한 난 얼른 카를의 손에서 벗어났다.
은근 아프게 잡아당긴다니까.
"저도 이제 열여덟이라고요. 이렇게 잡아당길 나이가 아니라고요."
내 말에 어처구니없다는 표정으로 카를이 대꾸했다.
"그래 봐야 내 여동생이잖아."
그러니 몇 살이든 뺨을 당기는 건 내 자유, 라는 카를의 말에 난 어이가 없어졌지만, 어쩐지 웃음도 나왔다.
그래, 내가 육십이 되어도 카를에게는 여전히 철없는 여동생이겠지.
그렇게 생각하니 어쩐지 웃음이 나와서 히죽히죽 웃었더니 카를이 내 머리를 꾹 한 번 강하게 누르고 말했다.
"됐으니까 식사나 마저 해."
그러고는 홀가분한 얼굴로 휙 내 방을 나가 버렸다. 자기 할 말만 하고 가 버리는 버릇은 여전하네.
카를이 나가자 앤이 살그머니 방문을 열고 날 들여다보았다. 내 표정이 괜찮아 보이자 그녀가 방긋 웃으며 들어왔다.

"얘기 잘되셨나 봐요."

"응. 어쩐지 혼났어."

"혼날 만하지요."

"어쩐지 즐거워 보여, 앤."

"전 에스텔 님을 혼내지는 못하니까요."

호호 하고 앤이 웃고는 말했다.

"자, 얼른 식사 마저 하세요."

"응."

자리에 도로 앉아 수프를 마시는데 어쩐지 앤이 힐끔힐끔 날 본다.

"왜?"

"네?"

"무슨 할 이야기 있어? 나 혼낼 거면 빨리 지금 혼내. 유효기간 있으니까."

앤이 내 말에 눈을 찡그렸다가 고개를 젓고 물었다.

"저기, 에스텔 님."

"응?"

"엘런 님이 개인적으로 잠깐 이야기 좀 하고 싶다고 하시는데."

"어? 지금? 괜찮아."

내가 고개를 끄덕이자 앤이 고개를 끄덕이고 자리에서 일어났다. 그녀가 나가고 나서 얼마 지나지 않아 교체하듯 엘런이 들어왔다.

그녀의 표정이 딱딱해서 난 어색하게 웃었다.

"어, 엘런. 미안. 호위 없이 나가서. 혼내고 싶으면 지금이야."

"아뇨, 아가씨. 화내러 온 게 아닙니다. 부탁을 드리러 온 겁니다."

"부탁?"

"로이를 만나 주실 수 없나요?"

아.
순간 머릿속 한구석에 반짝 불이 들어왔다.
아아아아—!
동시에 당황한 소리가 구석에서 함께 울려 퍼졌다.
"로이는 지금 어디에 있어?"
"늑대기사단 기사실에요."
"지금 만날게."
난 수프 접시를 들어서 싹 마셔서 비우고 자리에서 벌떡 일어났다. 엘런의 표정이 약간 밝아졌다.
"제가 바래다 드리겠습니다."
"부탁할까."
난 고개를 끄덕였다. 방을 나가니 앤이 서 있었다.
"로이 만나러."
내 말에 그녀가 고개를 끄덕였다.
늑대기사단실은 정말로 오랜만인 것 같았다.
엘런은 로이가 자신의 방에 있다고 설명했다. 흐음. 흐음. 엘런의 방이란 말이지.
내 표정에 엘런은 얼굴을 붉히며 "그게 아니라." 하고 설명했다.
"로이는 정식으로 늑대기사단이 아니라, 갈 곳이 없어서 제 방에서 묵게 했습니다. 죄송합니다."
"아냐."
난 고개를 저었다. 엘런이 방문을 열어 주며 정중하게 말했다.
"감사합니다. 아가씨."
"나도 고마워."
인사하고 안으로 들어갔다. 등 뒤에서 엘런이 문을 닫았다.

검을 손질하던 로이가 토끼처럼 눈을 동그랗게 뜨고 날 바라보았다.

"안녕, 로이."

헛기침을 하고 인사하니 로이가 조심스럽게 검을 침대 위에 올려 두고 자리에서 일어났다.

"안녕하세요, 아가씨."

무슨 말을 해야 할지 알 수가 없어져서 난 가볍게 한숨을 내쉬었다.

취소할게?

아니, 이건 아니지.

로이는 내가 준 검도, 갑옷도 아무것도 입고 입지 않았다. 그냥 일반 셔츠에 바지 차림이었다.

"로이는 알고 있었지?"

"네."

로이의 푸른 눈이 날 똑바로 바라보았다.

"그런데 왜 말하지 않았어?"

"에멜이 비밀로 하고 싶어 했으니까요."

로이가 한숨을 내쉬듯 덧붙였다.

"특히 아가씨에게요."

"로이는 그런 거 신경 안 쓰잖아."

내 말에 로이는 가볍게 눈을 깜박였다가 입꼬리를 올렸다.

"그런가요?"

"에멜이 싸가지 없다고 알려 준 것도 로이였는걸."

"그것과는 좀 다르지요."

"그거 말고 또 뭘 숨기고 있어?"

"에멜 아스트라다가 세상에서 가장 멍청한 짓을 했다는 거 말고요?"

"멍청한 짓?"

"공작가를 나간 거요."
"그게 왜 멍청해? 공작가 기사보다 후작 위가 더 좋은 게 당연하잖아."
"차라리 그렇게 야심 찬 새끼였으면 나았겠죠."
"그럼 뭐야?"
로이는 입을 꾹 다물었고, 난 기가 차서 말했다.
"로이 딜런! 얘기하지 않을 거면 아예 하지 마. 아니면 전부 이야기하든가. 이게 뭐야? 운만 띄워 두고 모른 척하는 거야?"
"에멜에게 물어보세요. 전 잘렸으니까 아가씨의 말에 답할 이유도 없는걸요."
로이의 답에 순간 말문이 막혔다.
난 이마를 눌렀다.
"로이."
"네."
"로이는 에멜과 친구지?"
"네."
"알았어."
난 고개를 들고 로이를 보았다.
"내가 로이를 필요 없다고 말한 거 미안하다고 말하면 돌아와 줄 거야?"
"미안하다도 아니고, '그렇게 말하면 돌아와 줄 거야?'입니까?"
"응."
난 단호하게 대답하고 눈을 가늘게 떴다.
"나보다 에멜과 친구인 게 더 중요했잖아, 로이는."
내 말에 로이가 푸른 눈을 찌푸렸다.
"그런 거 아닙니다."

"그래? 그럼 에멜과의 일을 나에게 말하지 못할 이유가 없지."
로이가 천천히 한쪽 무릎을 꿇었다.
"그 점에 있어서는 사죄드립니다. 다시는 그런 일이 없도록 하겠습니다. 그러니 받아 주시지 않겠습니까?"
"나도 감정적으로 그렇게 말해서 미안해."
로이가 씩 웃으며 고개를 들고 말했다.
"주군은 너무 무르시다니까요."
난 피식 웃으며 로이에게 손을 내밀었고, 그는 내 손등에 입을 맞췄다.

* * *

레이몬드 후작가의 수도 저택은 널찍한 발코니가 자랑이었다.
카스티엘로 공작가 저택에 뒤지지 않으려, 많은 돈을 투자한 결과였다. 에멜은 꼭대기 층 발코니에 서서 새까만 정원을 내려다보다가 말했다.
"아무도 없어."
"그런 것 같더라."
지붕에서 미끄러지듯, 로이가 내려왔다. 소리 없이 고양이처럼 가볍게 난간에 착지한 그는 곧 발코니로 내려왔다.
에멜이 어두운, 갈색 눈동자를 들어 로이를 보았다.
"오랜만이야."
"어. 오랜만이야. 그리고 절교하러 왔어."
에멜이 눈을 깜박이다가 피식 웃었다.
"그래?"

"응. 주군은 상관없다고, 더 이상 개인적인 문제는 캐지 않겠다고 했지만. 내가 상관있어서."

"그렇군."

에멜이 픽 웃었다.

"아가씨답네. 그리고 너답고."

"난 너 같은 멍청이는 본 적이 없다. 그래서, 후작 위는 좋냐?"

로이의 물음은 가뿐했다. 에멜은 대답하는 대신에 다른 말을 던졌다.

"마스터가 됐네."

"그래. 너 없는 사이에 열심히 했지. 게다가 볼래?"

로이가 자신의 검을 가볍게 두들겼다. 정력석이 어둠 속에서 반짝였다.

"주군이 줬지롱. 부럽지?"

"그래."

에멜은 솔직하게 대답했다. 그리고 신기한 기분이 되어 로이를 보았다. 예전이라면 로이가 후작 위가 좋냐? 하고 묻는 건 비웃음과 동시에 질시였을 거다. 하지만 지금 그는 비웃지도 않고, 질시하지도 않고 그저 묻고 있다.

열등감 같은 건 다 사라졌다는 듯 말이다. 그게 누구 때문인지 에멜은 알고 있었고, 그래서 반대로 에멜은 질투가 일었다.

하지만 그걸 누르며 에멜이 낮게 말했다.

"하나도 안 좋아."

"그래?"

"내가 후작 위를 얻기 위해서 뭘 했다고 생각하는 거야? 공작가에 있을 때보다 여기 있을 때가 목숨의 위협을 더 많이 받은 것 같아."

"저런."

“동정이 느껴지지 않는 저런, 인데.”

로이가 히죽 웃었다.

“그야 동정 안 하거든.”

에멜은 피식 웃었다. 로이가 눈을 찌푸리며 물었다.

“난 진짜 네 속을 모르겠다. 왜 이래야 됐던 거야? 주군에게 고백까지 받아 두고서. 손안에 들어온 걸 버리고는 다시 얻으려고 하고.”

“손안에?”

에멜이 낮게 웃었다.

“아가씨가 내 손에 들어왔던 적은 단 한 번도 없어.”

그녀가 자신의 것이었던 적은 단 한 순간도 없었다.

그런데 손안에 넣고 싶어서 미칠 지경이 되었으니, 이제는 손안에 넣을 길을 찾는 수밖에.

“그리고 일단 옳지도 않고.”

“뭐가?”

“나와 아가씨는 너무 가깝다는 이야기야.”

에멜은 곰곰이 생각에 잠겨서 말을 골랐다.

“난 아가씨가 어릴 때부터 봐 왔잖아? 그러니까, 아가씨가 날 좋아한다고 해도. 그게 굳이 내가 아니었을 수도 있으니까.”

눈앞의 로이였을 수도 있고, 진이나 하델, 아니면 또 다른 누군가였을 수도 있다.

“게다가 나는 아가씨보다 나이도 훨씬 많고. 생각해봐라, 그 상황에서 내가 아가씨를 좋아하는 거 이상하잖아.”

내가 생각해도 내가 쓰레기인데.

어렸을 때부터 봐 왔던 아가씨였다. 가장 소중하게 생각했고, 거기에는 어떤 사심도 없었다. 그런데 그게 바뀌어 버렸다. 어쩌면 자신에게 사심이 있었을까?

생각하고 생각해봐도 아니지만, 그렇게 비춰질 수 있고, 또 아가씨가 그런 선택을 하게 만들 수는 없었다.

로이가 한탄했다.

"그래서 선택한 게 마이너스냐. 주군이 너 진짜 씹어 먹을 기세던데."

로이의 말에 에멜이 웃으려고 하다가 실패하고 한숨을 내쉬었다.

"그렇군."

"게다가 그 등장은 또 뭐야?"

"아가씨 손은? 괜찮으셔?"

"정령이 있는데 뭐."

로이의 가벼운 대답에 에멜은 눈을 찌푸리며 한 소리 하려다가 삼켰다.

로이가 에멜에게 물었다.

"그래서? 이렇게까지 했는데 주군이 널 선택 안 하면?"

"매달려야지. 매달리겠지만 솔직히 기대는 그렇게 많지 않아."

에스텔과의 재회를 몇 번이나 몇 번이나 상상해보았지만, 실제 만남은 생각했던 식은 아니었다. 그 자리에서 그녀를 따라 뛰쳐나가고 싶은 걸 간신히 눌러 참았다. 로이가 '참, 나.' 하고 투덜거렸다.

"그런데 뭐가 그렇게 당당해?"

"내 목표는 그것만이 아니니까."

"그럼?"

"내가 왜 마굴로 기어왔다고 생각하냐."

로이는 "그거 아무도 안 알아줄걸." 하고 말했고 에멜은 "상관없어." 하고 웃었다. 그래도, 지금도 여전히 아가씨가 자신에게 가장 소중하다는 건 변함없었으니까.

에멜이 웃으며 하는 말에 로이가 "너 꼭 매달려라. 엎드려서 빌든가." 하고 타박했다. 에멜이 "그런다고 용서받을 것 같지는 않은데." 하고 "그렇게 쉽게 용서해서도 안 되고."라고 덧붙였다.

로이는 이상하다는 듯이 말했다.

"너 이렇게 자학적인 인간이었냐?"

"아가씨 일에서만 이래."

변명처럼 하는 말에 로이는 '이거 안 되겠네.' 하고 눈을 가늘게 떴다. 그렇다고 자신이 힘내라고 예전처럼 위로해 줄 수 있는 그런 사이도 더 이상 아니다.

"잘해 봐라. 아가씨가 널 받아 줄지는 모르겠지만."

"그럼 어쩔 수 없지 뭐. 지옥에서 사는 거지."

가볍게 말하지만 내용은 가볍지 않다.

그렇다고 지금이 지옥이 아니라는 건 아니지만.

에멜은 뒷말을 삼켰다.

후작가가 싫었다.

그 이백 년의 무게, 첩첩이 쌓여 온 깊은 수렁이 질색이라 도망쳤다가, 다시 그 수렁 위에 선 기분이다.

형인 레트는 그걸 아무렇지도 않게 받아들였다. 하지만 자신은 아무래도 그럴 수가 없었다. 가정교사가 가르치는 것과 실제는 완전히 달라서, 피비린내가 났다.

화려하고 전통 있는 격식들, 눈부신 건물들.

그 아래에는 카스티엘로 공작가를 향한 열등감이 항상 깔려 있었다. 어떻게든 공작가를 넘어서고 싶어. 무너트리고 싶어, 이기고 싶어.

가문 대대로 내려오는, 이백 년짜리 열등감이 어떤 건지 누가 이해할 수 있을까?

에멜은 자신도 모르게 옆구리를 어루만졌다. 예전에 생긴 흉터가 새삼스럽게 욱신거리는 것 같았다.

카스티엘로에게 구해지는 수치를 당하느니, 명예롭게 죽지 그랬냐며 다그치던 후작의 목소리가 지금도 뚜렷했다.

그리고 현재.

레이몬드 후작가에서는 배신자인 자신이, 후작가를 잇겠다고 돌아오니 난리가 났다.

자신의 사촌들은 거품을 물고 달려들었고, 가신들도 마찬가지였다. 다른 후작가와 손을 잡고 자신을 죽이려고, 사촌들은 무던히도 애를 썼다. 자신이 마스터가 아니었으면 진즉에 죽어 나자빠졌을 거다.

아무도 자신을 반기지 않는, 모두가 증오로 노려보는 가운데 그 위에 선다는 건 생각보다 무거웠다.

하지만 당연한 일이다.

'그리고 무엇보다도.'

무엇보다도 두려운 건 그게 아니었다.

자신이 레이몬드 후작에 매우 잘 어울린다는 걸 느낄 때마다, 자신이 딱 맞아떨어진다고 느낄 때마다.

이 깊은 늪이 자신에게 잘 어울린다고 느낄 때마다.

"에멜."

로이가 툭 자신을 불러 에멜은 흠칫하고 놀라 고개를 들었다.

"뭔 생각을 하느라 불러도 몰라?"

에멜은 피식 웃고 친구를 보았다.

"이제 절교한다기에 좀 슬퍼져서."

로이가 푸른 눈을 깜박이며 히죽 웃고는 말했다.

"주군이 '로이'라고 부르거나, 다쳤다고 꽉 안아 주거나, 내 것은 다 네 것이라고 말해 주거나."

에멜이 눈이 점점 더 가늘어졌다.

"하, 넌 이제 평생 모르겠지."

로이가 의기양양하게 덧붙인 말에 에멜은 이를 갈았다.

로이가 그녀에게 충성 맹세를 할 때는 정말로 참을 수 없이 부러웠다. 자신은 절대로 할 수 없는 일이라 미친 듯이 원했으며, 동시에 가장 원하지 않는 일이기도 했다.

자신은 그녀의 가신이 되고 싶은 게 아니니까.

그럼에도 질투는 참을 수 없었다.

로이가 에멜의 표정을 보고 히죽거리며 말했다.

"너는 말야. 좋은 모습만 보이고, 웃는 얼굴만 보이고, 주군에게 '에멜은 상냥하지'와 같은 말이나 듣고 말야. 그 밑에 뭐가 있는지 알면 주군이 뭐라고 할지 궁금하다, 정말."

"싸가지 없다며."

에멜이 내뱉은 말에 로이는 가볍게 웃었다.

"왜? 맞잖아? 그래. 하여간 힘내라, 에멜 레이몬드. 다음에 만날 때는 아마 적이겠지."

주군의 적은 내 적이니까.

로이는 그렇게 말하고 눈을 찡긋하고는 난간에 올라서더니 휙 하고 어둠 속으로 사라졌다.

에멜은 피식 웃고 난간에 기대어 밤하늘을 바라보았다.

날씨가 흐린 오늘 밤은 첫 별이, 에스텔이 보이지 않는다.

아름다운 설탕 장식.

오래된 케이크의 안쪽은 다 썩어도, 밖에 바른 설탕 장식은 어디까지나 반짝거리고 변하지 않는다.

당신이 날 그렇게 봐주길 바랐다.
상냥한 에멜.
다정한 에멜.
그리고 그런 에멜에게 좋아한다고 고백하던 내 아가씨.
"하지만 전 전혀 그렇지 않은 인간이라고요."
변명하듯 작게 말하고 에멜은 눈을 감았다.

*　*　*

난 정원에서 흰 장미를 한아름 따서 맥길런의 문병을 갔다.
아니, 치료사에게 보이니 영양실조라고 하는 게 아닌가?
난 떽떽거리며 그에게 당분간 저택에서 요양하라고 말했고, 그는 정원이 잘 보이는 방을 받아 묵고 있는 중이었다. 특별히 피아노도 그 방에 가져다 놓았다. 뭐 가벼운 영양실조라니까 잘 먹으면 금방 회복되겠지만, 아무리 그래도 영양실조라니.
그러니까 그렇게 말랐지!
방에 들어가니 맥길런은 역시나 피아노 앞에 앉아 있었다.
"쉬라니까요?"
"충분히 쉬고 있습니다."
맥길런이 싱긋 웃으며 말했다. 난 꽃다발을 내려놓았다.
"몸은 좀 나아졌어요?"
"네."
그가 고개를 끄덕였다.
"음악도 거의 완성이 되어 가고 있습니다."
"그런가요?"

"가능하다면 오케스트라를 소개받고 싶습니다."
"알겠어요."
난 고개를 끄덕였다. 어차피 신곡 발표를 해야 하고, 맥길런은 작곡가로서의 첫 곡을 발표하는 자리다. 당연히 스폰서인 내가 자리를 마련해야 했다.
"홀을 빌릴 수 있을 거예요."
"그렇다면 다행이군요."
맥길런이 머뭇머뭇 덧붙였다.
"이상한 소문이 돌고 있다고 들었습니다."
"이상한 소문이요?"
"아가씨의 명예와 관련된……."
그가 말을 잇지 못해서 난 가볍게 웃었다.
"아, 그거 나도 들었어요. 나와 맥이 한 침대를 쓰는 사이라지요."
맥길런의 얼굴이 붉어졌다.
"죄송합니다."
"왜 맥이 사과해요? 내가 사과해야죠. 그리고 신경 안 써요."
게다가 저번에 그런 거 신경 안 쓴다고 말한 사람은 그쪽 아니었어요?
"안 쓰신다고요?"
맥길런이 되물어 난 그를 보며 씩 웃었다.
"이제 찻주전자를 걷어차기로 했거든요."
"네?"
그는 의아한 얼굴을 했고, 난 그냥 웃어 보였다.
"오늘은 맥의 음악을 들어 주고 싶은데, 그러지 못할 것 같아요. 약속이 있거든요."
"옷차림을 보고 짐작했습니다."

난 내 옷을 내려다보았다가 싱긋 웃었다.
"그럼 다음에."
"네, 다음에."
맥길런은 그렇게 말하고 고개를 숙였고, 난 방을 나오며 로이에게 말했다.
"마차는?"
"준비됐습니다."
"오늘이 마지막이 될 것 같은데."
"전 좋네요."
로이의 말에 나도 모르게 웃었다.
"사실 나도 그래."

아이리스 황녀는 내가 들어서자 기다렸다는 듯이 자리에서 일어났다.
"에스텔."
"아이리스 님."
"오랜만이에요. 그동안 몸이 안 좋았다면서요?"
"네."
"에멜 때문에 충격받은 거지요? 미안해요, 설마 모르고 있을 줄은 몰랐어요."
아이리스가 시무룩한 얼굴로 말했고, 난 시원한 목소리로 대답했다.
"에이, 설마요."
"네?"
"모르고 계셨을 리가 없잖아요."
"네?"
"알고 계시면서 숨기신 거죠? 괜찮아요. 그럴 수도 있지요."

내 말에 아이리스는 완전히 벙찐 얼굴이 되었다. 난 그녀를 무시하며 자리에 털썩 앉았다.

“무, 무슨 말을 하는 거예요. 내가 거짓말이라도 했다는 건가요?”

아이리스의 말에 귀부인들 역시 당황스러워하다가 몇몇이 “맞아요.” , “어떻게 그런 말을!” 하며 분개했다.

“네, 거짓말했다는 건데요.”

난 그렇게 말하며 스스로 차를 찻잔에 따랐다.

하, 여기 차만큼은 진짜 맛있단 말야.

태연하게 차를 마시는 내 모습에 모두가 말문이 막힌 것 같았다.

생각해 보면 그동안 왜 이렇게 노력했는지 모르겠다.

난 사교계의 여왕이 될 것도 아니고, 그걸 노리는 것도 아니다.

“오늘은 에멜 안 와요?”

내 물음에 아이리스의 얼굴이 새빨개졌다. 생각지도 못한 무례에 일격을 당한 듯한 얼굴이었다.

“에스텔 카스티엘로! 어찌 이리 무례할 수가. 지금 공작가를 믿고 이렇게 나오는 건가요?”

“네.”

난 담담하게 대답하고, 케이크를 잘랐다. 그리고 한 입 맛보고는 눈을 찌푸리며 말했다.

“아이리스 님, 전부터 생각한 건데 케이크는 다른 주방장을 쓰는 게 좋겠어요. 쿠키는 맛있는데 케이크는 항상 별로예요.”

귀부인들은 숨을 죽였다.

뭐야? 이렇게 나오면 다들 참새처럼 날 쪼아 댈 줄 알았는데.

난 피식 웃으며 포크를 내려놓았고, 깊게 몸을 소파에 기대며 다리를 꼬고는 손가락을 탑처럼 모아 세웠다.

"에멜 안 불러요?"

"에스텔 카스티엘로!"

아이리스가 폭발해서 소리쳤다. 그녀가 전신을 떨며 말했다.

"어, 어떻게 이렇게 무례할 수가, 나는, 나는, 그대가 친구라고 생각하고 믿었는데! 어떻게 이럴 수가 있죠? 이 많은 사람들 앞에서 나에게 모욕을 주다니……!"

몇몇 귀부인들이 자리에서 일어나 그런 황녀를 달래며 날 바라보았다. 다들 어쩔 줄 모르는 얼굴이었다. 나에게 적개심을 드러내는 귀부인은 아무도 없었다.

"안 부르시겠다면, 제가 부르죠."

난 손을 들어 시종을 불렀다. 이 상황에 당황해하면서도 시종은 내 부름에 달려왔다.

"대기실의 손님을 들여보내요."

시종은 당황해 날 보았다가 황녀를 보았다. 그의 시선이 먼저 울먹이는 황녀를 보았다가 이번에는 자신의 얼굴을 외울 듯 노려보며 미소 짓는 날 본다.

누구의 명령을 따를지는 금방 정해졌다.

시종은 대기실로 허둥지둥 달려갔다. 잠시 후 에멜이 들어왔다가 안의 상황을 보고 당황한 듯 멈춰 섰다.

"레이몬드 후작님, 저번의 무례를 사과하려고요. 인사도 제대로 못 했지요."

난 굳이 일어나 반길 이유가 없어서 앉아서 이야기했고, 에멜은 굳은 얼굴로 날 바라보았다.

잠깐의 정적 후 내가 자리에서 일어나자, 황녀가 후다닥 에멜에게 다가가 팔에 붙어 매달렸다.

"후, 후작님! 카스티엘로 공녀가 지금 절 겁박하고 있습니다! 이 제국의 황녀를요! 후작님을 모욕하고 있어요."

으흐흑 하며 울음을 터트리는 것이 진짜로 억울한 듯 보였다.

아니, 억울하려나?

난 이제 에멜이 과연 황녀의 편을 들까 싶어 그를 바라보았다. 하지만 에멜은 화내지 않았다.

그는 미소 지었다.

난 허를 찔려 숨을 삼켰다.

"그때 제대로 인사하지 못했던 건 저 역시도 마찬가지죠. 무례를 용서해 주십시오, 아가씨."

"이제 아가씨는 아니죠."

"그런가요."

싱긋 웃으며 에멜이 말했다.

정말로 하나도 안 변했어.

분할 정도로, 변하지 않았다. 난 이를 악물었다.

난 에멜이 당황하고 화내는 모습이 보고 싶었다. 날 뿌리치고 나가던 날, 내가 울었던 만큼 그에게 상처 주고 싶다.

하지만, 지금은 아냐.

"후작이 된 것, 축하드립니다."

난 치마를 잡고 인사했다. 그리고 덧붙였다.

"그리고 전 당신이 싫으니, 다시는 얼굴을 보지 않았으면 좋겠네요."

그렇게 말하고 난 휙 아이리스를 돌아보았다. 아이리스는 지금의 상황을 믿을 수 없다는 듯 황망한 얼굴로 에멜을 보고 있었다.

"아이리스 님, 오늘 너무너무 즐거웠어요. 다음에도 꼭 저를 초대해 주세요. 근데 황녀님 옆자리는 싫으니까 다른 자리를 내주시면 좋겠어요. 그럼 안녕히."

난 우아하게 인사하고 퇴석한다는 말도 없이 그 자리를 떴다.

"에스텔 카스티엘로!"

악을 쓰듯 황녀가 뒤에서 날 불렀지만 난 뒤돌아보지도 않고, 시원한 마음으로 방을 나왔다.

안에서 발작하듯 고함지르는 황녀의 소리가 들려왔다.

아!

속 시원하다.

난 화사하게 웃으며 로이를 바라보았다. 로이가 안에서 나는 소리를 듣고는 나에게 속삭였다.

"뭐하신 거예요?"

"찻주전자를 걷어찼지."

흥, 하고 난 코웃음을 치며 말했다.

그 후로 내가 칩거했느냐?

당연히 아니었다.

난 초대장들을 받아, 사교계를 누볐다. 그리고 여전히 주전자를 걷어 차며 다녔다.

"그 음악가와 한 침대에서 주무시는 사이라면서요?" 하는 귀부인의 말에는 "당신 남편이 다른 창부랑 뒹군다면서요?" 하고 대답해 줬다.

"공녀님의 머리 장식 정말 예쁘네요." 하고 말한 소녀에게는 웃으며 머리 장식을 뽑아서 건넸다.

"마음에 들면 가져요."

그야말로 내 멋대로 굴었고, 기분 내키는 대로 말하고 행동했다. 사교계에서 날 추방해도 상관없었고, 초대하지 않아도 상관없었다. 그런데 놀랍게도, 내가 얌전히 그들에게 맞춰 줄 때보다 내 인기는 더욱 폭발했다.

아니, 굳이 말하자면 양분되었다고 볼 수 있겠지.

날 싫어하는 사람들과 날 좋아하는 사람들.

샤샤의 출산 소식에 난 선물을 한아름 보냈고, 그 소식은 곧 사교계에 쭉 퍼졌다. 하나하나, 어디서 났는지 목록이 도는 것 같았다. 모두가 그 선물 목록에 한숨을 내쉬었고 샤샤를 부러워했다. 그러며 소곤거렸다.

—자기편에게는 한없이 좋으며, 적에게는 가차 없는 에스텔 카스티엘로 공녀.

모두가 내 편이 되려고 안달을 냈다.

아이리스는 나와 다르다는 걸 보여 주려고 애썼다.

황녀의 신분임에도 얌전하고 겸손한 아이리스 황녀님.

'그런데 어쩐지 미친년이, 인기는 더 있는 것 같단 말야.'

난 그렇게 생각하며 은쟁반에 담긴 포도를 입 안에 넣었다.

오늘 밤 내가 입고 있는 옷은 홀터넥 드레스였다.

이곳에는 홀터넥이라는 게 없어서, 다이아몬드로 된 화려한 초커를 차고 거기서 연결된 내 짙은 초록색 드레스와 훤히 드러낸 등에 모두가 경악하는 눈치였다.

음, 사실 등을 좀 더 드러내고 싶었는데요, 여기는 코르셋이라서 한계가 좀 있더라고요.

장갑을 끼지 않고, 팔뚝에도 몇 겹이나 되는 금세공 팔찌를 둘렀다. 에메랄드, 루비, 사파이어를 색색으로 박아 넣은 화려한 팔찌였다. 드레스의 버슬은 적당히 부풀어 올랐지만, 뒤에 끌리는 길이는 아주 길었다.

오늘 밤 나와 춤을 추는 남자들은 아주 조금만 손을 올리면 내 맨 등을 만질 수 있었다. 그 때문인지 뭐 때문인지 춤을 청하는 놈들이 끊이지 않았는데, 나는 다 거절하고 의자에 반쯤 누워서 포도를 먹는 중이었다.

로이가 한숨을 내쉬며 말했다.
"제 주군이 이렇게 방탕하신 분일 줄이야."
"무슨 말이야, 샴페인이랑 와인밖에 안 마시는데."
"충분히 방탕한데요?"
"아니지, 여기에 남자와 환각제 같은 것까지 곁들여야 방탕한 거지."
난 그렇게 말하며 두 번째 와인잔을 비웠다.
황궁에서 열리는 무도회였다.
황후는 아이리스가 무슨 짓을 당했는지 다 알 텐데도, 여전히 나를 자신의 친딸처럼 달콤하게 대했다. 이 무도회 역시, 황후가 초대장을 보내준 것이었다.
그럴수록 아이리스의 입지는 더욱더 좁아졌다.
딱히, 그렇게 만들려는 건 아니었는데 말이지.
그때 저쪽에 아는 얼굴이 보여 난 자리에서 몸을 일으켰다.
"리리아!"
내가 소리치자 리리아가 날 발견하고는 밝은 얼굴로 다가왔다. 모두가 그녀를 힐끔힐끔 바라보며 부러워하는 게 느껴졌다. 리리아도 그걸 느꼈는지 미소를 지으며 재빠르게 다가와 내 손을 꼭 잡으며 친분을 과시했다.
"에스텔, 오늘 옷 진짜 끝내준다."
리리아의 말에 난 키득키득 웃으며 말했다.
"잘 어울려?"
"응, 예뻐."
리리아가 고개를 끄덕였다. 그녀가 부러운 눈으로 내 목걸이를 바라보았다. 난 내 목걸이를 가리키며 물었다.
"다음에 빌려줄까?"

"됐어. 잃어버릴까 봐 겁나."

리리아는 손을 저었다.

"어떻게 이걸 잃어버려."

난 내 목을 문지르며 말했다. 이게 목에서 떨어지는 걸 못 느낄 수가 없다. 이렇게나 무거운데.

"어휴, 하여간 난 겁나서 안 돼."

리리아가 고개를 저었다. 난 그녀에게 자리를 권했고, 리리아는 자리에 앉으며 말했다.

"요즘 진짜 무슨 심경의 변화야?"

"변화는 무슨."

난 가볍게 웃었다.

그때 나팔을 부는 소리가 가볍게 무도회장에 울려 퍼졌다. 황족의 입장을 알리는 소리다. 모두가 춤과 수다를 멈추고 단상 쪽으로 다가갔지만 난 그 자리에 서 있기만 했다.

황제와 황후, 그리고 황태자와 리들, 아이리스가 차례로 들어왔다.

황제의 말을 귀로 흘리며 난 무도회장에 들어온 사람들을 훑었다.

뭐야, 에멜이 안 왔잖아?

황제의 말이 끝나자 가볍게 다시 나팔소리가 나더니 본격적으로 무도회가 시작되었다.

자리에 도로 앉아 있으니, 리들이 다가왔다.

그가 내 옷을 보고 물었다.

"카를이 화내지 않던?"

"숄을 입고 나왔거든요."

그러면 가려져서 모르잖아요? 소곤거리며 덧붙이자 리들은 "아" 하고는 작게 웃었다.

"나중에 혼나도 난 몰라."

그의 말에 "그건 제 일이죠." 하고 대답했다. 그러며 우스운 기분도 들었다. 그가 나에게 카를에 대한 이야기를 꺼내지만, 실제로 카를의 친구도 뭣도 아닌데.

하지만 그렇다고 내가 리들을 싫어하는 건 아니어서 그 부분을 지적하지 않고 넘어갈 뿐이었다.

리들이 키득거리며 웃고는 손을 내밀었다.

"한 곡 추시지 않겠습니까?"

난 망설이지 않고 그 손을 잡았다. 리들이 내 등에 손을 올리더니, 가볍게 숨을 들이마시고 한숨을 내쉬었다.

"이 옷은 좀 자제해 줘."

"그래요?"

"그래."

난 키득거리며 웃었다. 어차피 남자들도 무도회에서는 장갑을 끼는 게 예의라서, 내가 느끼는 건 장갑의 감촉밖에 없었다.

"요즘 소문이 자자해."

"어떤 소문이요?"

"카스티엘로 공녀에 대한 소문."

"어머나."

난 그렇게만 말하고 다시 웃었다.

"무슨 소문인지 궁금한데, 묻지는 않을래요."

"요즘 답지 않네."

"그래요? 카스티엘로다운 게 아니고요?"

"그렇게 말하면 그런가."

리들은 신음을 흘리더니 날 내려다보며 말했다.

"에스텔은 좀 다르잖아."
"그랬나요?"
난 어깨를 으쓱하며 턴했다.
"그래."
"이게 진짜일 수도 있지요."
내 말에 그는 가볍게 다시 신음을 흘리며 말했다.
"그런가."
"네. 그런데 리들."
"응?"
"왕홀 본 적 있어요?"
"그야 당연히 있지?"
리들이 가볍게 웃으며 말했다.
"난 한 번도 못 봤는데요."
"궁금해?"
"거기에 큰 보석이 있다면서요?"
"아아, 응. 엄청 큰 크림슨 다이아몬드가 박혀 있어."
"오."
난 감탄사를 날렸지만, 심장은 빠르게 뛰었다. 그런데 리들은 서약석에 대해서는 모르는 것 같네.
"제가 볼 수 있을까요?"
"그건 안 될걸? 아바마마가 따로 보관하고 있거든."
"아쉽네요. 궁금했는데. 붉은 다이아몬드."
"에스텔은 보석 욕심이 없을 줄 알았는데."
"오라버니 눈이랑 똑같은지 궁금했거든요."
내 말에 리들은 어이없다는 얼굴을 했다가 웃었다.

흠, 따로 보관하고 있단 말이지. 그러면 왕홀은 언제 꺼내서 쓰는 걸까.

그런 생각을 하는데, 시종이 레이몬드 후작의 입장을 알리는 소리가 선명하게 들려왔다. 나도 모르게 흠칫하자, 리들이 시선을 입구로 돌렸다가 속삭였다.

"신경 쓰여?"

"뭐가요?"

"에멜 레이몬드."

리들의 말에 난 한숨을 내쉬며 말했다.

"신경 안 쓰일 리가 없잖아요. 내 호위가 갑자기 후작이 되어 나타났는데."

"그것뿐이야?"

"그럼요?"

되묻자, 리들은 침묵하다가 말했다.

"에멜에게 대놓고 싫다고 했다며."

"저런, 소문났어요?"

"났어."

"네, 싫어요."

난 그렇게 말하며 때마침 끝난 곡에 맞춰, 리들의 손을 놓았다. 하지만 리들은 날 놔주지 않았다.

"리들?"

되묻자 리들은 숨을 내쉬며 날 놓아주었다.

"미안."

"아니에요."

난 가볍게 치맛자락을 잡고 인사하며 플로어를 빠져나왔다.

시종에게서 세 번째 와인잔을 받아 들어 비우고, 난 네 번째 잔을 들었다.
"마시는 속도가 너무 빨라요."
언제 왔는지 로이가 타박했다.
"애 아니다, 뭐."
"그러니까 더 걱정이거든요? 가서 바람 좀 쐬세요."
로이의 말에 난 잔을 휙 비우고 씩 웃으며 말했다.
"알았어, 바람."
그 말과 함께 로이에게 빈 잔을 내밀었고, 로이는 한숨을 내쉬며 잔을 받아 들어 지나가는 시종에게 주었다.
무도회장과 연결된 발코니는 아주 많았다. 난 그중 하나를 골라서 발코니에 몸을 기댔다.
"시원하다."
술과 열기로 달아올랐던 몸에 초가을 공기가 기분 좋게 느껴졌다. 그때 뒤에서 헛기침 소리가 나서 돌아보니 로이가 한쪽 다리로 발코니 앞 창을 가로막고 있었고, 그 건너에 에멜이 서 있었다.
난 어깨를 으쓱하며 말했다.
"들어와."
로이는 눈썹을 추켜올렸다가, 대답 없이 다리를 내렸고 에멜이 들어왔다.
"안녕, 에멜."
내가 인사하자 에멜 역시 길게 숨을 내쉬며 인사했다.
"안녕하세요, 아가씨."
"그 호칭은 이제 관두지?"
"그러게요."

그렇게 말하면서도 에멜은 관둔다는 말은 하지 않았다.

난 피식 웃으며 난간에 훽 걸터앉았고, 에멜은 깜짝 놀라 날 붙잡았다.

"안 넘어가."

내 말에 에멜은 천천히 내 팔을 잡은 손을 놓으며 "그렇군요." 하고 한 걸음 물러났다.

에멜은 스리피스 정장을 입고 있었다. 그의 살짝 넘긴 머리 스타일은 항상 그렇듯 나에게는 어색하게 느껴졌다.

"축하해요."

내 말에 에멜이 "네?" 하고 되물으며 고개를 갸웃했다.

"황녀님과 약혼한다면서요."

그의 얼굴이 굳었다.

"누가 그런 말을 합니까?"

"다들이요. 그러니 축하하죠. 내 호위에서 출세했네요?"

"누구와도 약혼 예정은 없습니다."

"그래요?"

"네."

에멜의 말에 난 왜인지 모르게 안도했고, 안도했다는 사실에 짜증 났다.

"전 아가씨를 좋아하는걸요."

그래서 에멜이 그렇게 말했을 때 나도 모르게 웃어 버렸다.

"네?"

킥킥거리며 되묻자, 에멜의 얼굴에서 웃음이 사라졌다. 그렇다고 불쾌해하는 것이 아니라, 진실이라는 걸 강조하듯이.

"아가씨를 좋아하니까요."

"무슨 개소리예요?"
험한 말이 튀어나왔다.
"그렇게 들리십니까?"
"네."
난 기가 차서 난간에서 내려와 내 다리로 똑바로 섰다.
"그럼 내가 고백했을 때는 왜 거절했어요? 왜 내 곁을 떠났는데요? 그때는 몰랐는데 이제 후작 위를 받아 보니까 카스티엘로 공녀를 향한 애정이 살아나덥니까?"
"정말로 절 좋아하셨습니까?"
"뭐라고?"
"아가씨 곁에 항상 있어 준 호위 기사였던 에멜 아스트라다가 좋았던 게 아니고요?"
"당연히 그런 에멜이 좋았지!"
난 소리쳤다.
"그리고 에멜도 날 좋아하는 줄 알았어."
난 허탈감에 깊게 숨을 들이마셨다.
"하지만 아니라고 했잖아. 내가 가지 말라고 그랬는데."
가볍게 입술을 깨물었다가 난 고개를 저었다.
"아니, 그래. 후작이 되는 게 훨씬 낫지. 그래서 행복한가요?"
"전혀요."
눈썹 하나 까딱하지 않는 그의 대답에 난 더더욱 화가 났다. 내 목소리가 낮아졌다.
"그래서? 뭐 어쩌라고? 날 좋아해서 뭐? 전혀 행복하지 않아서 뭐? 내가 소중하다며? 근데 버리고 갔잖아."
"거기에 대해서는 할 말이 없군요."

"그런데 왜 그렇게 뻔뻔해?"
이가 악 물렸다.
"사과해야 하는 거 아냐?"
"원하십니까?"
그 뻔뻔한 태도가 너무 화가 나서 내가 입술을 꽉 깨물자 에멜이 내 앞에 무릎을 꿇었다. 난 숨이 확 막히는 기분이었다. 테라스지만, 사람들에게 보이는 위치다.
"무슨—"
"이렇게 한다고 용서해주신다면 쉽지요. 기라고 하면 기지요. 아니면—"
"에멜 레이몬드!"
소리치자 에멜은 미소 지었다.
"그때도 그랬고 지금도, 아가씨는 저에 대해서는 전혀 모르시죠."
에멜이 웃었다.
"물론 관심도 없으시고요."
"……!"
내가 한 소리 하려는데 에멜이 느긋하게 말했다.
"로이에게도, 진에게도, 엘런에게도 과거를 물어보셨지만, 저에게는 아니셨지요."
"……."
순간 대답이 나오지 않았다.
"저는 아가씨에 대해서 많은 걸 안다고 생각합니다. 오랫동안 봐 왔으니까요."
에멜이 어깨를 으쓱했다.
"그럼 아가씨는 저에 대해서 얼마나 아십니까? 이렇게 화낼 정도로 아시나요?"

에멜이 비딱하게, 냉소를 지으며 덧붙였다.

"단 한 번이라도 저에게 관심이 있으셨던 적이 있습니까?"

그건 주변에서 말해 주지 않아서.

에멜도 나에게 말해 주지 않았으면서.

"사랑스럽고 귀여운 아가씨, 부디 그대로 사랑스럽고 귀여우시길."

에멜은 그렇게 속삭이고 나에게 손을 내밀었지만, 난 손을 내주지 않았다. 그러자 그는 허리 숙여 우아하게 인사한 후에 무릎을 펴 일어났다.

그는 말문이 막힌 나를 두고 그대로 발코니를 휙 떠났다.

멍하니 한참을 서 있으니 로이가 걱정스러운 얼굴로 살그머니 발코니 안쪽을, 그 속에 있는 나를 들여다보며 물었다.

"주군? 괜찮으세요?"

"응, 괜찮아."

난 중얼거렸다.

"이제 집에 갈래."

무거운 한숨이 깊은 곳에서 흘러나왔다.

*　　*　　*

나는 눈앞의 서류를 밀고, 아서가 가져다 둔 갈색 종이 서류를 뜯었다. 밀랍으로 되어 있는 밀봉은 쉽게 뜯어졌다.

그 후로 어떤 초대에도 응하지 않았다.

그러고 나서야, 나는 그동안 그렇게 내가 사교계를 쑤시고 다녔던 게 에멜을 만나기 위해서였다는 걸 깨달았다.

처음에는 그 사실이 싫어서 일부러 더 파티에 나갔는데, 두세 번 더 나가고 나니 굳이 이럴 필요가 있나, 싫어 관뒀다.

초대를 모두 거절해 버리고 두문불출하니 리리아가 찾아왔다.

"요즘은 또 왜 안 나와?"

"귀찮아져서."

"세상에."

리리아는 그렇게 말하고 웃었다.

"황녀님이랑 그쪽 편 여자들이 얼마나 열 받아 했는데."

"왜? 그쪽은 내가 안 나오니까 좋은 거 아냐?"

"자기들이 그렇게 가지고 싶어 했던 거잖아. 사교계의 별. 그런데 그 자리의 주인은 정작 관심도 없고, 그냥 귀찮아서 안 나온다니."

"정말로 그쪽은 관심 없는데."

사교계의 별 따위 하고 싶지도 않고.

심드렁히 말하자 리리아가 고개를 흔들며 말했다.

"그쪽에서는 그렇게 가지고 싶어 한 걸 걷어찬 거니 화를 내는 거지."

"그건 내가 알 바가 아니지."

"아니죠."

"그보다 선물 가져가."

"선물?"

리리아가 의아한 얼굴로 되물어 난 전에 했었던 다이아몬드 초커를 리리아에게 상자째로 내밀었다. 리리아의 얼굴이 창백해졌다.

"이건, 이건 너무 비싸잖아. 못 받아!"

"나 대신 그치들을 열 받게 해 주는 대가로 지불할게."

내 말에 리리아는 "어머?" 하더니 다시 명랑하게 웃고 말했다.

"그럼 빌리는 걸로만 할게."

그러며 그녀는 눈을 찡긋했다.
그게 며칠 전 일이었다.
난 등잔의 불을 키워서 서류 글씨가 잘 보이게 조절했다.
에멜과의 만남 이후 난 아서에게 에멜의 과거를 탈탈 털어 달라고 부탁했고, 아서는 묘한 표정을 지으며 알았다고 대답했다.
그 결과물이 지금 내 눈앞에 있는 것이다.
이런 방법은 치사한가 싶기는 하지만, 가장 빨리 과거를 알 수 있는 방법이니까.
첫 페이지를 열어 보니, 이튼 레이몬드 후작과 후작 부인의 결혼식부터 이야기가 시작되는 게 아닌가?
'진짜 처음부터 적었구나.'
질리는 기분을 느끼면서도, 이보다 더 확실할 수는 없지 하며 나는 천천히 한 글자 한 글자 정독해 나가기 시작했다.
'뭐, 어릴 때는 거의 기록이 없…… 어?'

전멸.

서류에 있는 한 단어가 또렷하게 눈에 들어왔다. 난 집중해서 읽기 시작했다.
'전멸?'

에멜 레이몬드를 제외한 기사단 전원 사망.
본인은 중상.

'뭐야? 늑대기사단이 전멸? 아, 아니구나.'

에멜이 열세 살이었을 때다. 그러니까 늑대에 합류한 해의 일이었다. 그다음에는 별다른 설명 없이 '늑대기사단 합류'라고만 적혀 있었다.

'아니, 중요한 내용이 빠진 것 같은데요?'

이름도 그때부터 '에멜 아스트라다'라고 적혀 있었다.

'무슨 일이 있었던 거지?'

그 뒤로는 전적이 화려했다.

폭력 사태, 근신.
동료 간 싸움, 부상 근신.
판결 없이 즉결 처분, 영창.

'이거 누구야?'

로이가 그랬었다.

—에멜은 싸가지가 없지요.

하지만 지금은 그것조차도 순화된 말이라는 걸 알겠다.

에멜이 늑대기사단에서 쫓겨나지 않은 이유는 딱 하나뿐이었다.

천재라서.

그가 아주 젊은 나이에 마스터가 된 능력자라.

그렇지 않았다면 진즉에 기사단에서 추방되었을 거다. 저런 문제아를 데리고 갈 기사단은 없을 테니까.

'아니, 이거 진짜 에멜 맞아?'

난 다시 서류를 펼쳤다.

에멜이 열셋에 늑대기사단에 들어와서 내 호위가 될 때까지 5년. 그 5년의 기록이 화려하기 그지없었다. 아무리 늑대기사단 자체가 거칠다고 해도 범죄자가 되지 않은 게 이상할 정도였다. 그리고 내 호위가 되고 나서는 그 기록들이 급속도로 줄어들더니, 나중에는 깨끗했다.

'이게 뭐야.'

진짜로 중요한 부분이 빠졌잖아? 전멸이라니 대체 뭔데?

게다가 에멜은 중상이었다고?

그리고 그 뒤로 후작가에서 나와 늑대기사단에 합류했다는데, 왜 그 부분은 자세하게 나와 있지 않은 거야.

게다가 에멜.

레이몬드 후작가의 둘째였구나.

난 그것조차 지금 알았다. 에멜이 레이몬드 가문의 친척이라고만 생각했지 직계 혈통이라는 건 몰랐다. 이래서야 에멜이 자신에게 관심이 없었다고 해도 할 말이 없지.

난 양손으로 얼굴을 문지르며 신음을 흘렸다.

'뭐야 그러면.'

카를이 에멜의 아버지와 형을 죽인 거잖아.

그런데도 에멜은 나에게 날 좋아한다고 말했다.

'뭘까.'

그럴 수가 있을까?

난 내 친모를 떠올렸다. 지금은 생사가 불명인 그녀. 하지만 그건 나와 친모의 관계가 그런 거고, 에멜과 가족 간의 관계는 모르니까.

'하지만 딱히 그런 느낌은 없는데.'

에멜을 학대했다는 기록은 없었다. 그렇다면 그건가? 함정?

―넌 네가 사랑하는 사람 때문에 죽을 거다.

갑자기 아스의 예언이 떠올랐다.

그런가? 에멜 때문에 죽는 건가?

아냐, 아냐. 난 에멜을 사랑하지 않는데, 왜 에멜 때문에 죽겠어.

난 고개를 휙휙 저었다.
'만약에 그때 에멜이랑 사귀게 되었다면 어떻게 되었을까?'
에멜은 분명 다정한 연인이 되어 주었을 거라고 믿고 있었다. 그와 솜사탕처럼 달콤하고 알콩달콩한 연애를 할 거라고.
같이 놀러도 다니고, 손도 잡고, 뽀뽀도 하고.
쉽게 생각했다.
'지금 생각하니까 진짜 웃기잖아?'
바로 얼마 전에, 카를이 에멜의 아버지와 형을 죽였는데 나는 '에멜, 좋아해요!' 같은 걸 외치고 있는 상황이었다니.
게다가 에멜이 거절할 거라고는 사실 생각하지 않았다. 왜냐면 에멜에게 가장 소중한 게 나라는 걸 알았으니까. 물론 백 퍼센트의 확신은 없었지만, 그래도 전혀 모르는 사람을 사랑하는 것과는 달랐다.
'난가? 내가 잘못한 건가?'
난 완전히 멍해져서 흔들리는 촛불을 바라보았다.
'그런데 왜 에멜은 날 좋아해?'
궁금증이 고개를 들었다.
난 서류를 정리해서 다시 봉투에 넣었다. 자리에서 일어나 쭉 기지개를 펴고 사무실에서 나오니 로이가 벽에 기대어 꾸벅꾸벅 졸고 있었다.
"로이."
내가 부르자 로이가 눈을 번쩍 뜨며 말했다.
"졸던 게 아니라 명상입니다."
난 킥킥 웃고 고개를 저었다.
"아니, 피곤하면 가서 자. 게다가 내 기사라고 해서 하루 종일 내 호위로 붙어 있을 필요도 없잖아? 엘런이나 진이랑 교대하면 되지."
"진은 결혼 준비로 바쁜걸요."

"아, 그래?"
"넵. 신혼집 꾸미느라 바쁩니다. 가구도 만들고요."
"그렇구나. 하긴, 스테파니도 요즘 바빠 보이더라."
"결혼하고 나면 주군이 서운하겠네요."
"그러네, 결혼하면 시녀를 그만둔다는 건 몰랐거든. 좀 놀랐어."
"그랬군요."
씩 웃는 로이를 향해 난 궁금한 점을 물었다.
"그런데 로이."
"네."
"로이는 에멜이 왜 날 좋아하는지 알아?"
로이는 지체 없이 대답했다.
"주군이 에멜을 선택했으니까요."
"어?"
"사실 저도 에멜 아스트라다— 아니 이제는 에멜 레이몬드네요. 그 자식 마음속 같은 건 잘 모르겠거든요? 그런데 왜 주군을 좋아하게 되었는지는 잘 알겠던데요?"
"어? 왜?"
"주군이 에멜을 좋아하잖아요."
"뭐?"
놀라 되물으니 로이가 히죽 웃으며 놀리듯 말했다.
"저와 엘런, 진이 있어도 언제나 주군에게는 에멜이 가장 먼저였죠. 로이, 엘런, 진. 이렇게는 한 묶음이고 항상 그 앞에 에멜이 따로 있었잖아요."
"그, 그랬나?"
"그랬습니다."

"그야, 에멜은 첫 호위고……."
"네, 특별하게 대우하셨지요."
"그렇게 보였어?"
"애정이 보이지 않는 사람은 없습니다."
아, 하고 로이가 덧붙였다.
"그렇다고 공평하지 않으셨다는 건 아니에요. 한 사람을 챙기면, 나머지 사람도 똑같이 챙겨 주려고 하신 건 분명히 보였습니다. 하지만 그래도 애정의 차이는 속일 수 없지요."
로이의 말에 난 "그런가." 하고 묘한 감상에 사로잡혔다.
"그래서 그 개자식이 주군 앞에서는 고분고분 길이 잘 들여진 양처럼 사근사근 웃으면서 대할 때마다 얼마나 몸이 배배 꼬였다고요?"
"그랬어?"
"네, 제가 말씀드렸잖아요. 에멜은 싸가지가 없다고."
"어, 그러고 나서 내가 에멜에게 그 말을 했더니, 에멜이 그렇다고 하기는 했지."
그러면서 자신은 나에게 상냥한 것만으로도 벅차다고 그랬다.
"아, 어쩐지. 대련 때 절 쥐 잡듯이 패더니. 그런 말씀을."
로이가 한숨 섞인 목소리로 대답했다.
"그랬었어?"
"네, 갑자기 또 그 성격 나왔나 했더니만, 그러셨군요. 주군이 원흉이었군요. 이야— 뼈아프네요."
"앞담한 로이가 나빠."
"그렇게 말하면 또 할 말 없지만요."
로이가 상큼하게 웃으며 인정했다.
"그러고 보니 로이에게도 해 둘 이야기가 있어."

"네, 말씀하세요. 듣겠습니다."

"앤이랑 함께."

내 말에 로이는 갸웃했다가 고개를 끄덕였다.

"그러지요."

우리는 조용히 앤이 있는 다락방으로 올라갔다.

한밤중에 느닷없는 방문객을 맞이해야 했던 앤은 아직 깨어 있었다. 내가 "아직도 안 자?" 하고 타박했더니 앤이 "연구하느라고요." 하고 대답했다.

그러고 보니 앤은 항상 연구하지.

사실 앤 덕분에 공작가 기사단은 상당히 좋은 약을 공급받고 있었다. 어느 정도냐면, 다른 곳에서 팔라는 요청이 들어올 정도로 말이다. 하지만 앤은 그렇게 대량 생산은 되지 않는다며 깔끔하게 거절했다. 약초 배합만이라도 알려 달라는 말에 앤은 피식 웃으며, "배합하는 데 마법이 들어가기 때문에, 배합만 가져가 봐야 안 돼요." 하고 대답했고, 상대는 상당히 시무룩해져서 돌아갔다.

앤이 몇 개의 초에 불을 더 붙여서 방 안을 밝게 하며 물었다.

"그래서 이 밤중에 무슨 용무세요?"

"두 사람에게 해 둘 이야기가 있어."

앤과 로이는 서로 마주 보았다가 날 바라보았다.

"무슨 이야기요?"

"말씀하십시오."

난 가볍게 숨을 들이켜고 말했다.

"서약석에 대한 이야기야."

이 둘에게는 이야기를 해 둬야 했다. 일단 둘 다 내 책임하에 있는 사람이라는 걸, 즉 내가 책임져야 할 사람이라는 걸 이번 가출로 통감했다.

서약석에 대한 내 이야기를 듣고 로이와 앤의 얼굴은 심각해졌다. 앤이 물었다.
“그래서 열쇠를 만들어 달라고 하신 거예요?”
“응.”
“서약석을 없애신다는 거죠?”
로이가 물어 난 고개를 끄덕였다. 그가 눈을 찌푸렸다.
“어떻게요?”
“정령의 힘으로.”
“하지만 카스티엘로는 안 된다고 그랬잖아요?”
“응, 하지만 난 섞였잖아. 가능할지도 몰라.”
“공작님은 모르시죠? 주군이 이런 생각을 하는 걸.”
“당연히 말 안 했지.”
로이는 눈을 찡그렸다가 고개를 숙이며 말했다.
“제 주인은 그대이므로.”
그러니 토 달지 않겠다는 말이다. 앤을 돌아보니 앤은 가볍게 입술을 깨물었다가 말했다.
“차라리 제가 부수는 게 낫겠어요.”
“마법으로?”
“서약에 대한 마법이라면 좀 더 자료가 있을지도 몰라요. 마탑에 가서 살펴보면—”
“거기서 널 들여보내 줄 리가 없잖아?”
“드래곤의 마법과 교환하면 됩니다.”
“그건 너무 아깝잖아?”
어쩌지 억울하다. 하는 말에 앤이 피식 웃으며 말했다.
“전혀 아깝지 않아요. 게다가 저 역시도 전부 넘기지는 않을 거니까요.”

“하지만, 그 사람들이 앤을 괴롭히고 그러면 어떡해?”

“어머, 에스텔 님. 제가 괴롭힘을 당할 것처럼 보이세요?”

앤이 고개를 기울이며 물었다.

으음, 예전의 앤이라면 그랬겠지만, 요즘의 앤이라면.

“아니.”

고개를 젓자 그녀가 활짝 웃었다. 로이가 앤의 말에 고개를 끄덕였다.

“저 역시도 마법에 대한 거라면 마법사에게 맡기는 게 제일이 아닐까 싶어요.”

“그런가.”

생각지도 못한 돌파구가 생긴 기분이었다.

“그럼 앤에게 부탁할까? 하지만 최대한 조용히 알아봐 주면 좋겠어. 만약 이 일이 밖으로 새어 나가면 결코 결과가 좋지 않을 테니까.”

“그러지요.”

앤이 고개를 끄덕였다. 그리고 그녀가 눈을 부릅뜨며 말했다.

“에스텔 님.”

“응?”

“그 예언을 기억하세요.”

“무슨 예언?”

로이가 의아해져서 앤을 보았다. 앤이 그런 로이에게 말했다.

“전에 드래곤이 에스텔 님에게 예언을 했거든요. 드래곤의 예언은 백발백중이에요.”

로이가 눈을 찌푸리고 날 돌아보았다.

“무슨 예언인데요?”

“내가 사랑하는 사람 때문에 죽을 거라는 예언.”

내 말에 로이의 얼굴이 굳었다.

앤이 그런 로이에게 기름을 붓듯이 말했다.

"제가 그 말을 듣고 충격을 받아서, 혹시 저 때문에 에스텔 님이 죽으면 어떻게 하죠, 하니까 아가씨가 뭐라고 했는지 알아요? 난 다시 태어날 거니까 괜찮아, 그딴 소리를 했다니까요?"

"정말로 '그딴 소리'를 하셨군요. 아니, 그런 예언을 받았는데 왜 이야기하지 않으셨습니까?"

"이야기해 봐야 소용없잖아? 이미 내려진 예언인데, 어떻게 할 거야? 날 좋아하는 사람들에게 걱정만 안겨 줄 뿐이잖아. 게다가."

난 고개를 갸웃하며 말했다.

"생각해 보면 날 사랑하는 사람 때문에 죽는 게 아니잖아. 어딘가에 배신자가 있는 걸지도 모른다고 생각했어."

날 사랑하는 게 아니라, 내가 사랑하는 사람. 즉, 상대는 날 사랑하는 게 아닐지도 모른다.

로이의 얼굴이 더더욱 딱딱해졌다.

"그렇군요. 예언이란 항상 그런 식으로 꼬여 있기 마련이니까요."

"그지?"

그래서 더더욱 이야기하고 싶지 않은 예언이었다.

"주의하는 게 좋겠네요."

로이의 말에 난 고개를 끄덕였다.

"그리고 앤에게도 말했지만, 언제 죽을지는 모르는 거잖아. 팔십이 되어서 손주랑 놀다가 죽는 걸 수도 있다고."

손을 위아래로 팔랑거리며 말하자 로이가 픽 웃었다.

"그러네요."

"그지? 그러니까 걱정해 봐야 소용없어."

어깨를 으쓱하자 앤이 한숨을 내쉬었다.
“하여간 제가 서약에 대해서 알아볼 때까지는 가만히 있어 주세요.”
“응.”
난 순순히 고개를 끄덕였다. 앤이 웃으며 말했다.
“그래도 이제 말씀해 주시니 기쁘네요.”
“그러게요. 또 그거 찾겠다고 몰래 숨어들어 가셨을 거라고 생각하니 갑자기 혈압이.”
로이가 뒷목을 문지르며 말해서 난 반성하는 얼굴로 말했다.
“그래서 미리 말했잖아.”
“네, 그래 주셔서 감사합니다.”
“그러고 보니, 에멜이랑 만나셨다면서요?”
“아, 응. 어쩐지 비난을 들었어.”
“뭐라고요?”
앤의 목소리가 날카로워졌다.
난 한숨을 내쉬며 말했다.
“아니 그런데 딱히 틀린 말도 아니라서.”
“대체 뭐라고 했는데요?”
“난 에멜에 대해서 몰랐고, 알려고 하지도 않았다고. 상냥한 자신만 보고 좋아했다고 말야.”
앤이 입을 떡 벌리더니 소리쳤다.
“말도 안 돼! 진짜로 그랬단 말이에요?”
“어? 으응.”
“상냥하게 보이고 싶었던 건 자기잖아요? 자기가 아가씨 눈을 다 가려두고 이제 와서 무슨 헛소리를 하는 거예요?”
“그, 그런가?”

"그렇죠! 자기는 한 마디도 하지 않고, '훗. 당신은 진정한 나를 몰라. 징징—'이라니 무슨 개수작이에요? 진짜 웃기네요."

앤의 초록색 눈이 형형하게 빛났다. 왠인지 로이가 찔끔해서 살며시 움츠러들었다.

"그래서요? 물어봤으면 순순히 불었을 거래요? '저 사실 이런 나쁜 놈입니다.' 하고요? 절~대로 안 그랬을걸요? 웃기네, 진짜."

아, 아니, 또 이렇게 들으니까 앤의 말이 맞는 것 같고?

팔랑팔랑 귀가 흔들렸다.

"아니, 그게 숨기기는 했지만 그래도 알아주기를 원했던 게 아닐까?"

로이가 슬그머니 변호를 하고 나왔다. 앤이 휙 몸을 돌려 로이를 바라봤다.

"뭘 알아주기를 바라요? 자기가 숨기고 있으면서."

"하지만, 사람 마음이 그렇잖아. 좋아하는 사람에게는 좋은 모습만 보여 주고 싶고—"

"그러면 좋은 모습을 보이는 걸로 만족해야죠. 이제 와서 뭐, '당신은 관심이 없었죠—' 운운이라니."

"그야 그렇기는 한데. 그럼에도 알아주지 않을까, 하는 그런 마음 있잖아?"

"그걸 내가 알 바예요?"

앤의 말에 로이가 끙 하고 신음을 흘리고 말했다.

"아니 뭐, 주군을 비난한 건 나쁘지만 그래도 에멜의 마음도 좀 알아달라는 거지. 항상 전전긍긍하는 것도 힘드니까."

앤은 냉정하고 오만하게 대꾸했다.

"에멜 레이몬드 후작의 전전긍긍 따위 제 알 바 아니에요. 에스텔 님의 눈물 한 방울이 저에게는 더 가치가 있다고요."

로이가 살그머니 의견을 접었다.
“그야 그렇지.”
둘의 의견을 들으며 내 생각도 조금은 정리가 되었다.
“둘 다 고마워. 일단은 알았어.”
앤이 나에게 물었다.
“어떻게 하실 거예요? 그대로 에멜을 놔두실 거예요?”
그녀의 말에 나도 모르게 웃음이 터졌다.
“아니, 놔두지 않으면 어쩌려고?”
“후회하게 만들어 주려고요.”
“어? 아니, 그게. 비난받기는 했는데, 고백도 같이 받아서.”
“네?”
“네?”
로이도 이번에는 놀란 듯 날 보았다. 내가 의아해져서 로이에게 물었다.
“안 들었어?”
“엿듣는 거 취미 아닌데요.”
로이가 정색하고 말해서 나도 모르게 미소 지었다.
“그건 고맙네. 하여간 그랬어. 고백 받았어.”
“흐으으으음, 그랬단 말이죠.”
앤은 눈을 가늘게 떴다.
“적어도 에스텔 님이 울었던 만큼은 괴롭혀요. 네? 네?”
앤의 말에 난 잠시 고개를 갸웃했다가 궁금해져서 물었다.
“그런데 어떻게 괴롭히려고?”

*　　*　　*

스테파니의 결혼식은 수도에 있는 신전에서 작게 열렸다.

주인인 나는 참여할 수 없었지만, 대신 난 그녀에게 진주 목걸이를 선물로 주었다.

결혼식을 다녀온 제인이 상세하게 이야기를 푼 덕분에, 난 꼭 그 자리에 있었던 것처럼 이야기를 들을 수 있었다.

"저도 얼른 결혼하고 싶어요!"

제인이 푹푹 한숨을 쉬며 말해서, 난 엘런에게 부탁해 기사단원 중 괜찮은 사람과 소개팅이라도 시켜 줘야 하나, 하고 생각했다. 스테파니 대신 새로운 시녀를 뽑아야 하지만 당분간은 보류하기로 했다.

그리고 수도에 있는 유명한 오케스트라 홀이 세 개 있는데, 그 모두에게 편지를 돌린 결과 셋 모두 기꺼이 연주회를 열고 싶다고 해 왔다.

맥길런에게 골라잡으라고 하니 그는 "공작가가 대단하긴 하군요." 하고 황금 오케스트라를 골랐다. 그쪽과 한번 해 보고 싶었다나? 그 후로는 악보를 정리해서, 그쪽 오케스트라와 만남을 가지는 모양이었다. 연주회 준비로 바빠질 거라는 그에게 삼시 세끼는 꼭 챙겨 먹으라고 다짐을 받았고, 맥은 희미하게 웃으며 고개를 끄덕였다.

나는 평소처럼 활쏘기를 하다가 문득 호위로 서 있는 엘런에게 물었다.

"엘런은 로이와 결혼하지 않으니까, 불안하지 않아?"

내 말에 엘런이 눈을 깜박였다가 웃었다.

"아뇨."

"정말?"

"네. 음, 예전에는 많이 그랬어요. 그러니까 처음에 로이와 사귈 때는요. 불안했지요."

"그랬구나."

"네, 하지만 지금은 아닙니다."

"왜?"

"아가씨 옆에 붙어 있느라 바람피울 시간이 없거든요."

"아."

"농담이에요."

"아."

내 반응에 엘런이 피식 웃고 물었다.

"왜 그런 건 물어보세요."

"그냥."

내 성의 없는 대답에도 엘런은 그저 미소 지어 주었다.

어른스러운 미소.

나도 어른이 되었다고 생각했는데. 어쩐지 전혀 어른스럽지 않은 것 같은 기분이야.

그때 엘런이 뒤로 돌아섰다. 뭐지? 하고 갸웃하며 뒤쪽을 보자 잠시 후, 렌이 다가왔다.

"렌 경."

어쩐 일일까? 하면서도 반갑게 부르니 렌이 얼굴을 붉히며 살짝 고개를 숙였다.

"아가씨. 그리고 엘런 경."

"어쩐 일이에요?"

내 물음에 렌이 가볍게 헛기침을 하고 말했다.

"제온 도련님이 오셨습니다."

"아, 맞다."

난 아차 했다. 내가 제온에게 와 달라고 부탁하곤 깜박했다.

"금방 간다고 전해 주겠어요?"

"알겠습니다."

렌은 인사를 해 보였고, 난 허둥지둥 활을 정리하기 시작했다.

"제온 도련님은 왜요?"

엘런의 질문에 난 조금 멋쩍은 얼굴로 말했다.

"복수하려고?"

"네? 제온 도련님께요?"

"아니, 다른 사람에게. 그런데 아무리 생각해도 협력자가 하델 아니면 제온밖에 생각나지 않아서. 그런데 하델에게 부탁하기는 좀 그래. 예전에 부탁했었거든."

내 말에 엘런이 느릿하게 말했다.

"지금 무슨 말씀을 하고 계신 건지 전혀 모르겠습니다."

"그러니까."

난 활을 활집에 탁 넣으며 말했다.

"임시 약혼자를 부탁하려고."

제온은 내 제안을 듣더니 눈을 동그랗게 떴고, 곧 마구 웃기 시작했다.

"세상에, 꼬맹아. 네 머릿속에 뭐가 든 건지 모르겠다."

"이제 꼬맹이 아니에요."

발끈해서 대답하니, 제온의 녹색 눈이 부드럽게 반짝였다.

"아니, 넌 내게 계속 꼬맹이야. 카를에게 네가 언제나 토끼이듯이."

난 말문이 막혔다. 하지만 불쾌한 건 아니었다. 따뜻한 물이 차오르듯 찰랑찰랑 기분 좋은 온기가 몸 안에 차올랐다.

"그리고 하나 더 이야기하자면, 정말로 나와 결혼할 생각이 아니면 그런 건 안 하는 게 좋아."

제온이 느긋하게 몸을 안락의자에 깊게 묻으며 말했다.
"너 백작가 아들을 너무 우습게 생각하는 거 아냐? 아무리 공작가 따님이라도 그렇지, 내가 임시로 약혼했다가 차 버릴 수 있는 상대라고 생각했어? 내 명예와 네 명예에 흠집 없이?"
제온의 말이 옳았다.
"제온이라서 저도 모르게 그렇게 생각했나 봐요."
한숨을 내쉬며 말하자, 제온이 "잠깐, 뭔가 간과할 수 없는 말이?" 하고 눈을 찡그리며 웃었다.
"그런데 왜?"
거절을 먼저 하고, 이유를 뒤쪽에 묻는 것이 제온다워서 난 한숨을 내쉬고 간단하게 대답했다.
"황실에서 날 억지로 결혼시킬까 봐 걱정돼서요."
제온이 휙 몸을 세웠다. 그의 눈이 날카로워졌다.
"리들과?"
"아마 그쪽이 가장 가능성이 있겠죠?"
제온은 짧게 신음을 흘렸다. 그가 중얼거렸다.
"이래서 리들과 멀어지지 말라고 했던 건데, 카를 녀석 귓등으로도 안 듣지."
"그랬어요?"
내가 놀라 묻자, 제온이 고개를 끄덕였다.
"친구 여동생과 강제로 결혼하는 건 모양새가 좋지 않잖아."
"그런, 그렇죠."
그리고 새삼스럽게 제온을 보았다.
"제온, 정말로 귀족이군요."
"당연하지. 뭐야?"

“아뇨.”

귀족다운 사고방식이라고 생각했다. 리들과 가까이 지내면 리들이 그의 명예 때문에 나에게 억지로 청혼하지 못할 거라는 생각.

난 그건 생각도 하지 못했는데.

‘확실히 카스티엘로는 아무래도 부족해.’

한숨을 삼켰다. 이렇게 저렇게 배워도 가풍은 어쩔 수가 없나 보다.

뼛속까지 귀족으로 자란 사람들과는 달랐다.

‘어떻게 삼백 년간 공작 위를 가지고 있었는데도 이럴 수가 있지.’

눈앞의 제온을 보며 난 한숨을 내쉬었다. 제온이 물었다.

“그래서, 약혼자가 있으면 그런 얘기가 들어오지 않을 거다? 괜찮은 생각이기는 한데.”

제온은 살짝 눈을 찌푸렸다가 말했다.

“그러면 소문만 낼까?”

“소문만요?”

“곧 약혼 발표를 할지도 모른다는 그런 기대감과 소문. 너랑 내가 약간만 연인처럼 보여도 그런 소문은 금방 퍼질걸.”

“하지만 그러다가 상대방이 마음이 급해져서 선수를 칠 수도 있잖아요.”

“그건 또 그렇군.”

제온은 고개를 갸웃했다. 그러다가 그가 말했다.

“마음에 드는 남자 없으면, 정말로 나랑 할래?”

순간 말문이 막혔다.

제온이 히죽 웃었다.

“오, 나 꼬맹이가 그렇게 놀라는 건 처음 보네.”

혀가 꼬여서 말이 잘 나오지 않았다. 어? 그러니까 지금?

"청혼한 거예요?"
"그렇지?"
"어디 아파요?"
"아닌데."
"나랑 결혼하고 싶어요?"
"안 될 건 뭐야."
"나 사랑해요?"
"사랑만으로 결혼해?"
"아닌가요?"
"아니지. 집안과 집안의 결합이잖아. 물론, 우리 집안이 카스티엘로에 비해서 격이 떨어지기는 하고, 네가 나보다 높은 작위를 가지고 있으니까 사실 청혼은 네가 나에게 하는 게 맞는 거지만. 난 나쁘지 않은 상대라고 생각해."
제온의 설명에 난 말문이 막혔다. 한참 찻잔을 바라보다가 난 더듬더듬 말했다.
"하지만, 난 제온을 그렇게 좋아하지 않는걸요."
"얼굴을 모르는 상대끼리도 결혼하잖아?"
"그야, 그렇지만."
귀족 간의 결혼은 정략결혼.
최고의 외교적인 수단이다.
괜히 귀족 가문의 여성을 아름답고 우아하게 온실 속의 화초로 키우는 것이 아니다. 키운 화초는 반드시 출하되는 법.
제온이 느긋하게 다리를 까닥거리며 말했다.
"아버지와 딸만큼 나이 차이가 난다든가, 얼굴도 모르고 말도 통하지 않는다든가, 전혀 다른 문화권으로 간다든가. 하여간 거기서부터 부부로 시작해도 다들 잘살잖아?"

"그건 너무 먼 비유인걸요. 그리고 제온, 나는. 지금 이렇게 말하면 꿈 같은 소리라고 하겠지만, 난 사랑하는 사람과 결혼하고 싶어요."

제온이 내 말에 약간 냉소적으로 대답했다.

"그리고 마구간지기와 사랑의 도피라도 하는 거야?"

"아뇨, 인정받으러 올 건데요."

당당하게 대답하니 제온이 피식 웃었다. 아, 뭔가 간극이 느껴진다. 하긴, 귀족에게 정략결혼은 당연한 거니까, 연애니 사랑이니 하는 내가 우스워 보이기도 하겠다.

생각해 보면 제온은 에멜이 내 명령에 반했을 때도 화냈었지.

'그렇게 생각하면 카스티엘로 공작가의 가신들은 다들 시건방투성이지.'

하지만 반대로 그 정도의 배짱이 없으면, 여기서 버틸 수가 없다.

'그런데 생각해 보니 제온은 명예의 화신 같은 존재일지도 몰라.'

난 눈앞의 제온을 새삼스럽게 보았다.

본능적 거부감이 싫어 카를과 어울린 것도, 전쟁터에 있는 친구에게 달려온 것도, 제온의 귀족적인 면이라고 생각하면 딱 맞아떨어졌다.

'전혀 그렇게 생각 못 했는데!'

오래 지켜봤던 사람의, 생각지도 못한 새로운 면을 발견하는 건 흥미로운 일이었다.

"제온."

"응?"

"제온이 생각하기에도, 리들이 나와 결혼할 것 같아요?"

제온의 눈이 어두워졌다.

"황실로서는 그게 가장 안심할 수 있는 길이니까. 게다가 넌 리들과 나이도 비슷하잖아? 게다가 서로 모르는 사이도 아니고. 황궁에서도 리들과 만난다지?"

"몇 번 이야기를 한 것뿐이에요."

"그거면 충분하지. 더 이상 좋은 조건은 없어. 네가 리들과의 결혼을 그렇게 크게 싫어할 이유가 없다면 말야. 딱히 어려운 것도 없는, 양측에 이득이 되는 결혼이야."

"그건, 그렇죠."

리들과 결혼하는 게 싫은가?

'싫어.'

마음속 깊숙이, 거부감이 고개를 쳐들고 올라왔다. 리들이 그렇게 싫은 거냐고 하면, 그건 아니지만.

하지만 싫었다.

제온은 어째서 그렇게 싫은 건지 이해하지 못하는 눈치였다.

"리들이 널 몰래 괴롭히거나 뭐라고 했어?"

"아뇨, 아니에요."

난 고개를 저었다.

"그런데 제온."

제온이 물어보라는 듯 고개를 끄덕했다.

"만약에 황실에서 들어온 청혼을 거부하면 어떻게 되죠?"

그의 입매가 살짝 굳었다.

"모두의 앞에서 황가의 위신에 먹칠하겠다고?"

제온의 되물음에 난 입을 다물었다.

하델이 왜 그렇게 예전부터 나에게 이 문제에 대해서 뚜렷하게 경고했는지 이제야 확실히 알겠다. 아빠와 카를은 걱정하지 말라고, 괜찮다고 했지만, 전혀 괜찮지 않았어.

파르르 한숨을 내쉬고 난 미소를 지어 보였다.
“고마워요, 제온. 와 줘서.”
내 축객령을 알아들은 제온이 의자에서 몸을 일으키며 말했다.
“내 제안도 생각해 줘.”
난 가볍게 웃고 고개를 저었다.
“제안은 고마워요. 하지만 거절할게요.”
“아파라.”
제온은 그렇게 말하고 일어선 내 머리를 마구 헝클어뜨리며 말했다.
“너무 고민하지 마.”
“네.”
제온을 배웅하고 난 한참을 현관에 서 있었다. 그가 가고 나자 기다렸다는 듯이 어슬렁어슬렁 카를이 나왔다.
“저 녀석은 왜 부른 거야?”
난 어쩐지 심술궂은 기분이 들어 카를을 돌아보며 말했다.
“제온에게 약혼하자고 했어요.”
카를이 입을 벌렸다. 그가 그렇게 놀라는 얼굴을 보자 어쩐지 즐거워졌다. 이 맛에 사람들이 날 놀리는 건가!
“뭐?”
한 박자, 두 박자, 그리고 세 박자 늦게 카를의 입에서 말이 튀어나왔다.
“너? 약혼? 제온이랑?”
말문이 트인 카를은 단어들을 내던졌다. 난 짐짓 슬픈 얼굴을 하며 고개를 저었다.
“거절당했지만요?”
“뭐—?”

아까보다 더 빠르게 반응이 돌아왔다.

"그러더니 청혼했어요."

싱긋 웃으며 말했는데, 카를은 입을 딱 다물고 무시무시한 눈으로 날 노려보았다.

"제온 새끼가, 너에게, 뭐했다고?"

뿌드득 이를 가는 소리가 들렸다.

"청혼이요."

얌전히 두 손을 가슴 앞에 놓으며, 마음 떨리는 소녀처럼 작게 대답하자 카를은 다시 이를 갈았다. 그러다 순간, 무엇에 생각이 미쳤는지 그의 표정에 초조함이 차올랐다.

"그래서? 넌 뭐라고 했는데?"

난 키득키득거리며 웃고 손을 뻗어 카를의 목을 안으며 말했다.

"거절했죠!"

카를이 한숨을 길게 내쉬며 날 끌어안았다.

난 웃으며 말했다.

"제온에게 화내지 말아요."

"화 안 내."

카를은 그렇게 말했지만, 아무래도 미심쩍었다.

"정말이죠?"

"정말로."

카를의 대답은 간결해서, 더더욱 의심이 들었지만 뭐 그가 그렇다고 하니까.

난 카를의 목에서 팔을 풀었다.

"오라버니."

"왜?"

"오라버니는 결혼 안 해요?"
카를은 날 빤히 바라보았다. 침묵 후에 그가 피식 웃고 말했다.
"첫날밤에 날 보고 놀라서 기절하거나, 울거나, 오줌 싸는 신부를 얻으라고?"
난 입을 내밀었다.
"전부 그러지는 않을 거 아니에요."
"그래, 그리고."
카를이 날 보며 느리게 말했다.
"난 너랑 달라."
난 약간의 충격을 받았다. 그야 내가 섞였다는 건, 다 아는 사실이고 몇 번이나 들은 사실이다.
하지만 정면에서 너와 나는 달라, 하는 말을 듣는 건 또 다른 문제였다. 내 얼굴에서 뭘 읽었는지 카를이 한숨을 내쉬고는 내 손을 잡으며 말했다.
"뭐라고 하는 게 아냐."
카를이 억지로 입꼬리를 올리듯, 무거운 미소를 지어 보였다.
"난 인간을 좋아하는 게 힘들다는 것뿐이지."
"그거 힘든가요?"
카스티엘로의 특성에 대해서 크게 생각해 본 적이 없었다. 나는 그 영향에서 벗어나 있으니까.
리리아가 아빠를 보고 벌벌 떨면서 울었을 때는 충격을 받았지만, 그 후로 그런 광경은 본 적이 없고…….
카를은 내 말에 잠시 생각하듯 하다가 답했다.
"피곤하지. 하지만 뭐든 익숙해지는 법이니까."
카를이 날 보고 웃었다.

"그러니까 그런 얼굴을 할 일이 아닌데."
"아무 얼굴도 안 했어요."
"울보 토끼."
"아니에요."
난 흥 하고 고개를 치켜 올리며 대답했다.

그날 밤, 난 아빠의 방문을 두들겼다.
아빠는 내가 찾아왔다는 것에 놀라지도 않았고, 의아해하지도 않았다. 당연히 내가 올 때가 되어 왔다는 듯, 문을 열어 주었다.
"아가씨가 돌아다닐 시간은 아니지."
대신 잔소리하듯 하는 말에 난 혀를 내밀었다.
"솔라드 백작은 항상 바빠요."
내 말에 아빠가 피식 웃으며 고개를 끄덕였다.
"하지만 백작으로서 온 건 아닌 것 같은데."
"네, 다른 이야기를 하러 왔어요. 오늘 제온이 온 건 알고 계시죠?"
"그래."
"무슨 이야기를 했는지도 아세요?"
"그래."
난 놀랐지만, 어쩐지 당연하게 느껴졌다. 그래. 이 집에서 일어나는 일 중 무엇 하나도 아빠 귀에 들어가지 않는 일은 없겠지.
"카를이 와서 이야기하고 갔거든."
아빠가 덧붙인 말에 난 "아." 하고 한숨을 내쉬었다.
"약혼하겠다고 했다고?"
"리들과 결혼하기는 싫은걸요."
내 말에 아빠가 눈을 살짝 찌푸리고 말했다.

"그건 네가 걱정하지 않아도 된다고 이야기했는데."

"하지만 걱정돼요. 그리고 그 서약석에 대한 일도요. 저에게 그걸 사용해서 억지로 명령할 수도 있는 거잖아요."

"……."

아빠는 침묵하며 물끄러미 날 바라보았다. 붉은 눈동자가 어둠 속 촛불에 비쳐서 더 선명한 빛깔을 띠었다.

난 한숨을 내쉬며 말했다.

"사실 리들과 결혼하는 게 가장 좋은 방법이라는 건 알아요. 그렇게 리들이 싫은 것도 아니고요. 하지만, 어, 이러면 안 되는 건 아는데. 황실이 싫어요."

내 말에 아빠가 희미하게 미소 지었다.

"나도 그래."

아빠의 말에 난 가볍게 웃었다.

"그래도 되는 거예요? 충성심 깊은 카스티엘로 공작이?"

아빠는 어깨를 으쓱해 보였다.

"그래서, 제온에게 약혼하자고 한 거였군."

아빠가 소파를 가리키며 말해서 난 소파에 털썩 앉으며 고개를 끄덕였다.

"거절당했지만요. 저와 그의 명예에 흠집 내지 않고 파혼할 수는 없다고요."

아빠는 고개를 끄덕였다.

"그리고 청혼 받았다고."

"네, 그리고. 전 아무래도 귀족적이지 않다는 걸 확인했어요."

아빠가 가볍게 눈썹을 추켜올려 의문을 표시했다.

"사랑하는 사람과 결혼하고 싶다고 말했거든요."

아빠가 그건 당연한 거라는 듯 고개를 끄덕이고 내 맞은편에 앉았다.
"그래서 생각해 봤는데, 다른 사람에게 임시로 약혼하자고 할까 봐요."
아빠는 내 말에 소파에 비딱하게 기대앉았다.
"에멜 레이몬드?"
난 그 단어에 찔린 듯이 흠칫했다가 고개를 끄덕였다.
"네."
"왜?"
"절 좋아한다고 했어요."
"그래서?"
"그러니까 명예에 흠집 나는 정도는 받아 주겠지요."
빈정거리며 말하자 아빠는 아무 말도 하지 않고 날 바라보았다. 아빠가 내 속마음 깊숙한 곳까지 꿰뚫어 보는 것 같아서, 나도 모르게 시선을 피했다.
에멜에게 약혼하자고 하면 어떤 얼굴을 할까? 그리고 임시로, 하고 덧붙이면 어떤 얼굴일까?
심술궂은 즐거움이 있었다.
그리고, 그리고 인정하고 싶지는 않지만 약간의 기대감이 있다.
뭘 기대하는 건지는 나도 모르겠지만 말이다.
"넌 조금도 망설이지 않고 에멜을 골랐지."
아빠의 말에 난 눈을 찌푸리며 항의하려고 했다. 하지만 그게 곧 내가 처음 에멜을 만났을 때를 말하는 거라는 걸 깨달았다.
내가 그랬던가?
갸웃하는데 아빠가 고개를 끄덕였다.
"원하는 대로 하렴."

난 놀라 아빠를 보았다.

분명히 반대하실 거라고 생각했고, 거기에 따라서 몇 가지 설득할 거리를 만들어 가지고 왔는데?

아빠는 내 표정을 보고 놀리듯이 물었다.

"마음에 안 드나 보지?"

"아뇨, 그게 아니라, 반대하실 거라고 생각했어요."

"반대하면 안 할 건가?"

아빠의 물음에 나도 모르게 입을 꾸욱 다물었더니 아빠가 다시 가볍게 웃으셨다.

난 그런 아빠를 바라보다가 문득 궁금한 것을 물었다.

"아빠, 오라버니는 어떻게 결혼하나요?"

아빠는 내 말에 묘한 얼굴을 했다. 아, 이 얼굴도 알아.

말하고 싶지 않은 얼굴.

"저도 어른인데요."

강조해서 말하니 아빠는 잠시 생각하더니 답했다.

"임신시킨 상대와 결혼하겠지."

네?

잠깐, 지금 엄청 충격적인 이야기를 들은 것 같은데요?

아빠가 피식 웃고 자리에서 일어나며 말했다.

"어른이라며."

"어? 네."

난 얼떨떨한 기분으로 대답하고 아빠가 뻗은 손을 잡고 자리에서 일어났다. 아빠의 손은 여전히 나에게는 컸기 때문에 내 손이 쏙 들어갔다.

아빠가 날 방문까지 데려다주고 물었다.

"에스텔, 카스티엘로라서 즐겁니?"

난 그 말에 활짝 웃으며 대답했다.
“행복해요.”
아빠는 안도한 듯 희미하게 웃고 내 이마에 키스해 주었다.
“잘 자렴.”
“안녕히 주무세요.”
인사하고 난 복도를 걷기 시작했다. 임신시킨 상대라니…….
생각해 보니 예전에 들었던 이야기 같아. 하델이 그랬었잖아?!
카스티엘로는 아이가 생기지 않는다고, 그래서 아이가 생기게 된 상대와 결혼한다고, 그러다 보니 모친 쪽 혈통이 들쭉날쭉이라고 했었지.
‘우와.’
그럼 카를도?
아이가 생기려면 아이를 만드는 시도를 해야 할 거 아닌가?
‘상상이 안 돼.’
아니, 상상하고 싶지도 않다 형제의 성생활 따위.
어쩐지 뒤통수가 얼얼한 충격을 받은 것 같았다. 한숨을 푹푹 내쉬며 난 내 방으로 돌아왔다. 그리고 책상에 앉아서 에멜에게 만나러 가겠다는 편지를 쓰기 시작했다.

* * *

스테파니 대신 새로 온 하녀는 짙은 고동색 머리카락에 딱 떨어지는 단발머리를 하고 있었다.
‘아서의 추천이라지.’
그림자의 수장이 추천했다는 말에, 평범한 하녀는 아닐 거라고 생각하면서도 승낙했다. 내실이야 어떻든 새로운 멤버는 금방 받아들여졌고, 스테파니 때문에 아쉬워하던 제인도 금방 그녀와 친해졌다. 로라라는 평범한 이름의 그녀는 생글생글 웃으며 내 아이라인을 길게 빼어 그렸다.

"어떠세요?"

로라가 둥근 거울을 보여 주었고, 난 만족스럽게 고개를 끄덕였다. 훨씬 더 어른스럽게 보이는 얼굴이었다. 고양이 눈처럼 길게 잡아 뺀 눈초리도 마음에 들고.

귀걸이는 내 눈동자와 같은 색인 핑크 다이아몬드로 정하고 광택을 내며 똑 떨어지는 크림색 드레스를 입었다.

귀걸이가 워낙 화려해서 다른 장식은 하지 않고 난 자리에서 일어났다.

"그럼 다녀올게."

"네, 다녀오세요."

그녀들은 걱정 반 뿌듯함 반인 얼굴로 날 배웅했다.

로이가 웃으며 날 마차로 에스코트해 주고는 말했다.

"에멜이 주군에게 더 반하게 만들어서 어떻게 하시려고요?"

"약혼하게 하려고."

내 말에 로이는 눈을 휘둥그레 떴다.

"네?"

그가 되묻자 난 다시 속삭였다.

"그리고 뻥 차 줄 거야."

"네에?"

더더욱 당황하는 그의 얼굴에 난 경쾌하게 웃었다.

마차를 타고 레이몬드 후작가로 가며 자초지종을 들은 로이는 헤죽헤죽 웃기 시작했다.

"좋네요."

"그래?"

"네, 네."

로이는 '크, 에멜 레이몬드, 과거의 원한이다. 굴러라!' 같은 소리를 중얼거리고는 생글생글 웃었다.

난 피식 웃었다.

블랙웰과 레이몬드 후작가의 저택인 화이트웰—누굴 의식했는지 빤히 보이는 이 이름—은 끝과 끝에 위치해 있어서, 시간이 좀 걸렸다.

마차가 저택에 도착했다고 알려 오자 저절로 긴장이 되어서 난 의식적으로 미소를 지어 보였다.

마차 문이 열리고 내린 나는 약간 놀랐다.

마차 문을 열어 준 게 하인이 아니라, 에멜이었기 때문이었다.

"어서 오십시오, 아가씨."

에멜은 내 호위였던 때와 하나도 변하지 않았다는 듯 인사했고, 나도 하나도 변하지 않았다는 듯이 사뿐하게 내려서며 말했다.

"고마워요, 에멜."

나보다 먼저 내렸던 로이는 말없이 미소만 짓고 있었다. 에멜은 날 정원으로 안내했다.

정원에 천막이 쳐져 있고, 거기에 다과가 마련되어 있었다.

그가 빼 준 의자에 앉자, 에멜이 내 맞은편에 앉았다. 차와 쿠키, 케이크가 오가고 가볍게 달그락거리는 소리가 조용한 정원에 울려 퍼졌다.

그러고 나서 에멜이 입을 열었다.

"바로 와 주실 줄은 몰랐는데요."

"그야 에멜에게 내가 관심 없었다는 둥의 소리를 하며 제 순수한 마음을 폄하하니 말이지요."

"폐하인가요?"
갸웃하며 에멜이 되물었고, 난 고개를 끄덕였다.
"당연하죠. 그렇게 말하면 내가 에멜을 별로 안 좋아하는 것 같잖아요. 에멜은 항상 내 마음속 상위권이었는걸요."
내 말에 에멜에 피식 웃으며 말했다.
"고용인 중에서 말이지요?"
"고용인 중에서 말이지요."
난 똑같은 말로 대답해 주었다. 에멜은 느슨하게 옷을 입고 있었다. 머리카락도 평소—아니, 예전처럼 내리고 있었다.
우리 사이에 지난 공백이 없는 것 같은, 그런 느낌이었다.
"에멜."
"네."
"나 좋아하죠?"
"네."
에멜은 뭘 새삼스러운 걸 묻냐는 듯이 대답했고, 난 찻잔을 들고 싱긋 웃으며 말했다.
"그럼 약혼할래요?"
에멜의 갈색 눈동자가 휘둥그레졌다. 경악으로 그의 얼굴이 물드는 걸 난 천천히 느긋하게 바라보았다.
한참 후에 그가 잔을 내려 두고 물었다.
"어째서입니까?"
"에멜이 그럴듯한 상대라서요. 물론 진짜로 약혼하자는 건 아니에요."
그 말에 에멜은 두 번째로 허를 찔린 얼굴을 했다.
난 다리를 꼬며 말했다.
"황실에서 나에게 청혼을 넣을 가능성이 커요. 그리고, 난 그게 그렇게 달갑지 않거든요. 그래서 방패막이를 해 줄 임시 약혼자가 필요해요."

에멜이 눈을 내리깔았다.

"그렇군요."

"사실은 제온에게 부탁했는데, 거절당했거든요. 그래서 에멜에게 부탁하는 거예요."

에멜의 입꼬리가 비뚜름하게 올라갔다.

"넌 두 번째라고 못 박으시는 건가요? 제안을 하러 오셨으면서?"

"그야, 에멜은 날 좋아하잖아요?"

난 눈을 깜박였다.

에멜은 한숨을 내쉬었다. 난 쿠키를 쪼개 입 안에 넣었다.

음, 이거 맛있네.

그때 문득, 티 테이블에 어울리지 않는 작은 종지가 눈에 들어왔다.

푸딩.

난 눈을 깜박였다.

티 테이블에 푸딩을 내놓는 사람이 어딨어?

"물론 싫으면 거절해도 괜찮아요. 그럼 다음 사람을 찾아가야죠."

내 말에 에멜이 피식 웃었다.

"적어도 두 번째니 다행이라고 해야 하겠군요."

"하지만 알다시피 가짜로 약혼하고 파혼하는 과정에서 명예에 흠집 나는 일은 어쩔 수 없을 거예요. 추문에 휩싸이게 될 가능성도 높고요."

"그건 상관없습니다. 이미 제가 무릎 꿇은 일로 소문이 파다하게 났거든요."

에멜의 말에 난 "그래요?" 하고 푸딩을 향해 손을 뻗었다.

헉, 밀크티 맛 푸딩.

맛있어!

음, 나도 집에 가면 이런 맛 푸딩 만들어 달라고 할까.

냠냠 푸딩을 먹고 있으려니 갑자기 에멜이 웃음을 터트렸다. 난 눈썹을 치켜 올렸다.

"뭐예요?"

"아뇨, 아가씨에게 변하지 않은 점이 남아 있는 게 기뻐서요."

"난 안 변했어요. 변한 건 에멜이죠."

"아뇨, 아가씨도 변하셨어요."

에멜의 말에 난 갸웃하며 말했다.

"그야 더 예뻐지기는 했지요."

"그렇게 스스로 말씀하시는 것도 포함해서 말이죠."

문득 나는 계속해서 궁금했던 걸 물었다.

"에멜은 왜 날 좋아해요?"

에멜의 눈가에서 웃음이 사라졌다. 그의 표정이 진지해져서 난 불편함에 가볍게 몸을 뒤척이고 빈 푸딩 그릇을 내려놓으며 물었다.

"굳이 말하자면 난 원수 집안의 딸이잖아요?"

"모든 사람이 아가씨만큼 가족을 소중하게 여기는 건 아닙니다."

"하지만 에멜의 부모님이 딱히 에멜을 괴롭힌 것도 아니잖아요."

"조사하셨나요?"

"네."

거리낌 없이 대답하고 난 한숨을 내쉬며 말했다.

"에멜, 나쁜 짓 많이 했던데요."

내 말에 에멜은 웃으려고 했지만, 실패한 듯이 보였다. 그가 어깨를 으쓱하고 물었다.

"실망하셨습니까?"

“에멜 아스트라다에게는 실망하지 않았다고 대답했을 거예요. 그래도 난 에멜이 정말 좋아, 하고요. 하지만 에멜 레이몬드에게는? 모르겠네요.”

그렇게 대답하니 에멜의 눈가에 고통과 비슷한 것이 지나갔지만, 잠깐이었다. 그는 미소를 지으며 말했다.

“에멜 아스트라다도, 에멜 레이몬드도. 동일 인물인걸요.”

“정말요?”

난 그를 빤히 보며 대답했다. 에멜은 그런 나를 빤히 마주 보다가 신음처럼 말했다.

“아가씨는 항상 그렇게 절 보시죠.”

“네?”

“투명해서 바닥이 들여다보일 것 같은 눈동자로, 한 번도 제 눈을 피하지 않고 똑바로 직시하면서. 아침 해에 반짝거리는 다이아몬드 같은 눈동자는 바라보면 즐겁지만, 그렇게 절 보면 항상 제 바닥을 살피는 것 같은 기분이 들어요.”

“그렇게 대단한 사람은 아닌데요.”

내가 눈을 깜박이며 말하자, 에멜이 희미하게 웃었다.

“그리고 그 눈으로 다른 걸 보지 못하게 하고 싶다고도 생각합니다.”

“무서운 사람이네요.”

“나쁜 사람이니까요.”

내 말을 돌려주고 에멜이 깊게 숨을 내쉬며 말했다.

“그리고 하죠.”

“네?”

“약혼 말입니다.”

“어머? 정말요?”

"임시라도, 아가씨를 손에 넣을 수 있다면 기꺼이 맡지요. 다른 남자의 손에 넘기느니 말입니다."

"난 물건이 아니에요."

"대신 저도 조건이 있습니다."

"말해 보세요."

"일주일에 한 번은 저와 이렇게 시간을 보내 주십시오."

난 피식 웃으며 몸을 느긋하게 의자에 기대고 말했다.

"약혼자와 시간을 보내는 걸 싫어하는 약혼녀는 없어요."

에멜은 내 말에 반 박자 늦게 대답했다.

"그렇군요."

"그보다, 대답해 봐요."

"네?"

"절 좋아하는 이유요."

"글쎄요."

에멜은 말꼬리를 흐리며 찻잔을 어루만졌다.

"아가씨께서 절 선택해 주셨기 때문일까요?"

그가 싱긋 웃으며 고개를 들었다.

"말로 표현하라고 하면, 글쎄요. 그렇게 딱 떨어지게 말할 수 있을 만큼 간단하지가 않군요."

"그런가요."

"네."

에멜의 대답에 난 고개를 끄덕이고 이어 말했다.

"아, 맞아."

"네."

"어차피 가짜 약혼이니까 편하게 해도 상관없어요."

"뭘 말입니까?"

"다른 연인이라든가? 물론 그렇다고 가짜 약혼인 게 들키는 건 좀 그렇지만, 그렇다고 그런 것까지 막는 건 아니니까요."

"전 이미 아가씨를 좋아한다고 말씀드렸는데요."

에멜은 대답하고 물었다.

"아니면 아가씨에게 그럴 만한 상대가 있습니까?"

"글쎄요."

난 모호한 미소와 함께 대답하며 에멜의 표정이 딱딱해지는 걸 즐겁게 바라보았다.

아, 못됐어. 에스텔 카스티엘로.

"알겠습니다."

에멜은 억누르는 듯이 그렇게 대답했다.

약혼 발표는 간단하게 이루어졌다. 약혼식도 없었고, 발표회도 없었다. 에멜이 약혼반지는 자신이 마련하게 해 달라고 부탁해서 그건 알겠다고 했다.

에멜이 맞춘 반지는 분홍색 다이아몬드가 박혀 있는 반지였는데, 놀라울 정도로 내 눈동자와 톤이 똑같았다.

"약혼하셨다면서요."

맥길런이 그렇게 물어 와서 난 고개를 끄덕였다. 그의 시선이 내 반지로 향했다가 다시 내 얼굴로 올라왔다.

"약혼식은 열지 않으실 겁니까?"

"그런 건 안 할 거예요."

난 웃으며 대답했고 그는 그런가요, 하고 잠시 생각에 잠겼다. 내가 그런 그에게 물었다.

“그래서 발표회 날짜는 정하신 건가요?”

“네, 가능하다면 셋째 주 화요일에 열고 싶습니다.”

“셋째 주 화요일.”

난 잠시 계산해 보았다. 오늘이 첫째 주니까, 초대장을 보내면 아슬아슬하기는 해도 그럭저럭 맞출 수 있는 시간이다.

“알겠어요.”

“그리고 부탁이 하나 있습니다.”

“네, 뭔가요.”

“하프 연주를 해 주시지 않겠습니까?”

맥길런의 말에 난 눈을 동그랗게 떴다가 웃음을 터트렸다.

“오케스트라랑요? 말도 안 돼요. 그럴 만한 실력도 아니고요.”

“아뇨, 저와 듀엣으로. 간단한 곡이라도 좋습니다.”

“하지만, 신곡을 발표하는 중요한 자리잖아요. 그런데…….”

“제발 꼭 부탁드립니다. 사실은 짧은 곡을 하나 썼는데, 공녀님의 하프 연주를 생각하며 쓴 곡입니다. 그래서 꼭 부탁드리고 싶습니다.”

그러며 그가 악보를 내놓았다. 난 악보를 받아 들었다. 한 장짜리 짧은 곡이었다.

‘이 정도면 괜찮지 않을까?’

난 전에 맥길런과 했던 빗방울 협주곡을 떠올렸다.

‘그거 괜찮기는 했어.’

“알겠어요, 그러면.”

내 말에 그가 환하게 웃었다. 맥길런은 자신이 곡을 봐 주겠다고 말했고, 난 기꺼이 고개를 끄덕였다. 선생님은 항상 환영이지요. 그와 주 삼회로 만나서 연습하기로 스케줄을 정하자 맥길런은 훨씬 환해진 얼굴로 돌아갔다.

난 홀에 연락해서 일정을 잡고, 귀족들에게 초대장을 돌렸다. 손으로 하나씩 초대장을 써야 하니, 그것만 해도 이미 하루가 다 지나 버렸다.

그러고 나서야, 나는 나에게 온 편지를 뜯어보았다.

정말로 레이몬드 후작과 약혼했냐는 편지와 약혼을 축하하는 편지들이 뒤섞여 있었다. 그중에 리리아의 편지도 있어서 난 미소 지으며 그녀의 편지를 개봉했다. 그녀는 내가 에멜과 약혼한 것에 대해서 우려를 표하고 있었다.

'아이리스 황녀가 그를 좋아하는 걸 알고 있지 않냐, 그런데 가로채듯 그렇게 약혼하다니 문제가 될지도 몰라.' 하는 말이었다.

난 잠시 그 편지를 뚫어져라 바라보다가 조심스럽게 접었다.

'어차피 가짜 약혼인걸.'

그리고 아이리스의 기분을 상하게 한다고? 그게 뭐 어때서.

흥, 하는 기분이 되었다. 아니, 약간 기분이 좋아지는 것도 같아.

아, 진짜 나쁜 애네.

에스텔 카스티엘로.

스스로에게 그렇게 중얼거려 주고 난 히죽 웃으며 다음 편지를 열었다.

'내용은 다들 비슷하네.'

적당히 답장 보낼 내용을 정해야겠다, 하고 편지를 접는데 로라가 소리 없는 발걸음으로 걸어 들어오며 말했다.

"아가씨, 손님 오셨어요."

"손님?"

"약혼자분이요."

로라의 말에 난 "아." 하고 고개를 끄덕이며 자리에서 일어났다. 제인이 은빗을 찾아 들며 말했다.

"머리 다시 올려드릴게요."
"아냐, 됐어. 이대로 갈 거야."
에멜을 위해서 굳이 꾸미고 싶지 않았다. 그런 모습을 보여주고 싶지도 않았고. 일부러 안 꾸민 거야. 하는 느낌이 나기를 원했다. 지금 풀고 있는 머리처럼.
난 손을 젓고 사뿐히 걸음을 디뎠다. 가벼운 모슬린 옷감으로 된 연분홍색 드레스가 기분 좋게 나풀거렸다.
응접실로 내려가니, 에멜이 서서 기다리고 있었다.
"왜 왔어요?"
내 물음에 그가 날 돌아보며 한숨을 내쉬었다.
"약혼자에게 할 첫 말이 그건가요?"
난 고개를 갸웃하며 말했다.
"어서 와요, 달링. 여기서부터 시작할까요?"
"그거 좋군요."
에멜은 고개를 끄덕였다. 난 픽 웃으며 어깨를 늘어트리고 말했다.
"여기는 우리 둘뿐이고, 이게 가짜라는 건 우리 둘 다 알고 있는 거죠. 그런데 그런 게 필요해요? 왜 왔어요?"
"데이트 신청을 하려고요."
"그런 게 필요해요?"
"다른 사람들은 가짜라는 걸 모르잖아요?"
"그런 게 필요해요?"
"적어도 다정한 약혼자와의 모습은 보여야 하지 않을까요?"
"그런 게 필요해요?"
"아가씨. 다른 말로 대꾸해 보시는 게 어때요?"
"그런 게 필요해요?"

에멜이 한숨을 내쉬었다.

'데이트라.'

난 방금 받은 리리아의 편지를 떠올리고 말했다.

"좋아요. 하지만, 월, 수, 목은 안 돼요."

"이유는요?"

"맥이랑 수업이 있거든요."

"그렇군요."

에멜이 고개를 끄덕였다.

"일주일에 하루는 저와 시간을 보내기로 하셨다는 걸 잊지 말아 주시기 바랍니다."

"그러고 보니 그랬지요. 그럼 그쪽에서 정해요."

"제가 정해도 됩니까?"

"데이트는 청하는 쪽에서 정하는 거 아니었나요?"

"그렇다면, 알겠습니다."

에멜이 고개를 끄덕였다.

"그럼 정한 거죠? 잘 가요."

손을 흔드는데 에멜이 털썩 자리에 앉으며 말했다.

"싫습니다."

"뭐라고요?"

"약혼자를 바로 내쫓으시면 안 되죠. 적어도 차를 대접해 주시는 정도의 성의를 보여 주시지 않으면 안 나갑니다."

"……뭐라고요?"

순간 말이 나오지 않아서, 간신히 내뱉으니 에멜이 피식 웃으며 다리를 꼬았다.

"농담입니다."

"세상에, 정말 믿을 수가 없네요. 그런 농담이라니."
"제게는 감춰진 더 놀라운 면이 많이 있답니다."
"그건 보고서로 충분히 읽은 것 같은데요."
사실 충분하지 않았다.
궁금한 점은 있지만, 대놓고 물어볼 정도로 바보는 아니다.
'전멸' 그리고 '중상' .
그 단어가 자꾸 떠올랐다.
에멜이 싱긋 웃으며 답했다.
"그 사람에 대한 정보를 안다고 해서 사람을 다 아는 건 아니지요."
"에멜."
"네."
"왜 이렇게 뻔뻔해요?"
"이 정도로 뻔뻔하지 않으면, 아가씨의 약혼자 노릇 같은 건 못 하지요."
"내가 에멜 싫어하는 건 알죠?"
순간 에멜의 얼굴에서 미소가 흐려졌다.
"압니다."
그러나 그의 대답은 여전히 부드러웠다.
"그럼 제가 아가씨를 사랑하는 것도 아시지요?"
난 기가 찼지만 대답할 수밖에 없었다.
"알아요."
그러며 덧붙였다.
"그러니까 이렇게 이용하고 있잖아요?"
"그렇지요."
에멜이 고개를 끄덕였다.

나도 털썩, 에멜의 맞은편에 앉아서 말했다.
"처음부터 상냥하기만 한 사람은 아니라고 생각했어요."
내 말에 에멜이 정말로 놀란 얼굴을 했다.
"그러셨습니까?"
"네."
"왜 그렇게 생각하셨죠?"
"안 가르쳐 줘요."
난 그렇게 대답하며 팔짱을 꼈다. 에멜이 물었다.
"다과는 없나요?"
뻔뻔한 질문에 난 차갑게 대답했다.
"차를 가져올 때 잘 드는 나이프도 꼭 가져오라고 하지요."
나는 시종을 불러 차를 내오게 했다. 내 몫의 차는 사양했기 때문에, 에멜 혼자 잔을 들게 되었다.
"빨리 마시고 가 버려요."
"상냥하기도 하시죠. 우리 아가씨는."
에멜은 그렇게 중얼거리며 찻잔을 들었다. 찻잔을 든 그의 손에 희고 둥근 흉터가 보였다.
'아, 세상에. 아직도 남아 있는 거야?'
내 시선을 눈치챈 에멜이 찻잔을 기울여 자신의 손을 보고 피식 웃었다.
"신경 쓰지 마십시오."
"안 써요."
퉁명하게 대답하자 에멜이 싱긋 웃었다.
"만약에 내가 그때 다치지 않았으면 많이 달라졌을까요?"
나도 모르게 질문이 나왔다. 에멜은 내 질문에 희미하게 미소 지으며 고개를 저었다.
“아뇨, 지금과 똑같았을 겁니다.”
“그럼 제가 뭔가 더 잘했으면 달랐을까요?”
“아뇨.”
에멜이 살짝 눈을 찡그리고 말했다.
“아가씨께서 어떻게 하셨어도, 이렇게 되었을 겁니다.”
“내게는 전혀 방법이 없었다는 거네요.”
“그렇지요.”
“그럼 만약에 후작이 죽지 않았다면요?”
그 말에 에멜은 눈을 깜박였다. 그는 잠시 생각하다가 고개를 저었다.
“그랬다고 해도, 마찬가지였을 겁니다.”
“그럼 왜 나간 거예요?”
“아가씨를 좋아하니까요.”
“거짓말.”
즉각적으로 말이 튀어나왔다. 에멜이 멈칫했다.
“날 좋아하면, 내 곁에 계속 있었겠죠.”
“이제 막 연애를 시작한 십 대 소년처럼 말인가요?”
“아, 그쪽이 나보다 나이가 한—참 많다는 걸 새삼스럽게 상기시켜 줄 필요는 없는데요. 그래서, 그쪽은 분별 있는 어른이라 제 곁을 떠났나 보죠?”
다시 생각하니, 화가 솟구쳐 올랐다.
“그렇게 매정하게 뿌리치고 가 버렸으면서, 이제 와서 ‘그때부터 좋아했어요, 지금도 좋아한답니다.’라고 하면 제가 ‘어머나, 세상에. 기다렸어요.’ 하면서 달려올 거라고 생각했나요, 레이몬드 후작님?”
“그렇게 말하지 않았습니다.”

"생각은 했고요?"
"생각하지도 않았습니다."
"그럼 역시 거짓말인가요?"
"아닙니다."
"그럼 왜 떠난 건데요?"
"그다음을 생각했으니까요."
"그다음이요?"
에멜이 찻잔을 비우고는 내려놓으며 말했다.
"그다음을, 아가씨는 생각해 보신 적 있으십니까?"
"시작을 해야 그다음을 생각하죠!"
소리치자 에멜은 그런 날 바라보다가 희미하게 웃었다.
"그렇군요."
"뭐예요?"
"아뇨, 정말로. 제가 나이가 많다고 새삼 느끼고 있습니다."
"그 얼굴로 그런 말을 하면 다른 사람에게 혼나요."
스무 살 초반으로밖에 보이지 않으면서. 생일이 지나지 않았으니 스물다섯이던가?
에멜이 가볍게 웃었다.
"아뇨, 그게 아니라. 나이가 많으면 걱정이 많아진다는 게 사실인가 보네요."
난 그 말에 툭툭 팔짱 낀 손가락으로 내 팔뚝을 두들기며 말했다.
"그럼 에멜의 말은 '그다음'이 걱정돼서 날 버리고 간 거란 말인가요."
"버렸다는 말은 너무 드라마틱한 거 아닐까요."
"아닌데요."
"그럼, 그런 걸로 하죠."

내 목소리가 뾰족해지자 에멜은 얼른 동의하며 찻잔을 채웠다.
그다음?
에멜과 연인이 되고, 그다음.
그다음은 생각해 본 적이 없다. 그냥 에멜을 좋아한다는 걸로도 마음이 꽉 차서 두근거렸으니까.
에멜과 연인이 되고.
그다음.
'어라.'
진행될 길이 없다.
갑자기 당혹감이 몰려들어 난 팔짱을 풀고 무릎을 움켜쥐었다.
"아가씨?"
에멜이 의아한 얼굴로 날 불렀다. 난 내 혼란을 들키고 싶지 않아서, 날카롭게 말했다.
"나만큼 에멜도 괴로워했으면 좋겠어요."
"괴롭히지 않으셔도, 이미 충분히 괴로우니 그건 걱정하지 않으셔도 됩니다."
그 말에 퍼뜩 고개를 들고 그를 바라보니 에멜은 태연하게 싱긋 웃어 보였다.
"정말로요."
그가 장담하듯 말해서 난 눈을 찡그렸다.
"왜요?"
내 질문에 에멜이 가볍게 웃고 말했다.
"안 가르쳐 드립니다."

쾅!

"정말이지 짜증 나, 자기는 내 비위를 맞춰야 할 입장이라는 걸 모르는 건가?"

쾅!

"뻔뻔하기 짝이 없지, 에멜 레이몬드. 그런 인간이라는 걸 진작에 알았어야 했는데."

쾅! 쾅!

"백작님."

하델의 부름에 난 고개를 들었다.

"도장이 부서지겠습니다."

그 말에 이번에는 살그머니 서류에 내 도장을 찍었다.

헛기침을 하고 난 서류를 살펴보며 말했다.

"다들 잘하고 있는 것 같네요. 밖에서 뭐라고 하든 말이에요."

"밖에서 뭐라고 하는지 맞춰 볼까요?"

하델의 말에 난 웃으며 대답했다.

"맞춰 보세요."

"평민 내각이라고 하겠지요."

"음, 비슷했어요. 거기에 솔라드 백작은 귀족을 뭐라고 생각하는 건가? 하는 소리도 더해서요."

귀족이 다스리는 건 당연하다. 수백 년간 다스려 온 피가 그 몸에 흐르는데 평민이 그 자리를 대신한다는 것은 피를, 순리를 거스르는 것이다. 이런 소리까지 해 대는 사람도 있었다.

"그리고 영지에 재미있는 사람이 아주 많이 늘었습니다."

"그럴 때는 첩자라고 하는 거예요."

내 말에 하델이 피식 웃었다.

"다음에는 정정하지요. 다들 오염된 땅이 정말로 정화된 것인지, 어떻게 된 것인지 궁금해합니다. 마탑에서도 정식으로 조사 의뢰가 들어왔고요."

"받아들여요. 하지만, 우리 쪽에서 감시원을 붙이는 걸 잊지 말고요."

"받아도 되는 겁니까?"

"카스티엘로 공작과는 건널 수 없는 강을 건넜지만, 솔라드 백작과는 그렇고 싶지 않겠지요. 게다가 마탑과 지금부터 척질 필요는 없고요. 어차피 솔라드는 계획도시니까 여러 가지 마탑의 도움을 받을 것도 있거든요."

내 감정과 일은 구분해야지. 일단 무엇보다 가로등도 설치하고 싶고.

"공을 위해 사를 미뤄 두는 거군요."

"물론, 그럴 필요가 없다고 하델이 말해 주면 답장도 보내지 않겠지만요."

"전 말하지 않을 겁니다."

"알겠어요, 그럼."

한숨을 내쉬며 서류에 도장을 찍자, 하델이 가볍게 웃고는 고개를 숙여 보였다.

"더해서 레이몬드 후작과는 잘되어 가시나 보군요."

"지금 내 이야기를 듣고 어디서 그런 결론이 나오는 거죠?"

"하여간, 레이몬드 후작 이야기만 하고 계시니까요."

하델의 말에 난 목덜미가 후끈해졌다.

"내, 내가 그랬나요?"

"그러셨습니다."

"곤란한데요."

"그렇습니까?"

"아니에요?"

"누가 곤란합니까?"
"……저요?"
"어째서입니까?"
"에멜을 싫어하니까요."
"싫어하십니까?"
"네."
"그렇군요."
하델은 거기까지 이야기하고 고개를 끄덕였다. 내가 으앙 하고 팔을 뻗으며 말했다.
"선생님, 거기까지만 하지 말아 주세요. 비교 대상자였던 분으로서 뭔가 저에게 조언을 해 주세요."
"아가씨가 날이 갈수록 뻔뻔해지시는 건 좋은 현상이라고 생각합니다."
하델이 빤히 날 바라보다가 말했다.
"천변만화하는 시기지요. 어제와 오늘이 다르고, 오늘과 내일이 다르고. 꽃 피는 건 하루만 놓쳐도 만개하는 법이니까요."
"잘 자라고 있는 것 같은가요?"
"아가씨가 유일한 제자라 평가할 수는 없지만, 제법 잘 자라고 계신 것 같습니다."
내가 피식 웃자 하델이 내 서류의 한 지점을 가리키며 말했다.
"그런데 여기 철자가 틀리는 건 여전하십니다."
"아, 이런."
내가 한숨을 푹 내쉬는데 하델이 말했다.
"그리고 그걸 레이몬드 후작은 모르고 있겠지요."
고개를 들자 하델이 "철자요." 하고 다시 말해 난 얼른 서류를 수정하기 시작했다.

"레이몬드 후작을 싫어하십니까?"

하델이 다시 물어와서, 난 솔직하게 대답했다.

"사실, 잘 모르겠어요."

난 그를 올려다보지 않고 수정액을 후후 불며 말했다.

이 수정액은 앤에게 부탁해서 만든 특제 수정액이다. 이게 아니었다면, 깨끗한 서류를 위해서 다시 처음부터 베껴 써야 했다.

"좋아하십니까?"

"그것도 모르겠어요."

"그렇군요."

하델은 그렇게 말하고는 내가 고쳐 쓴 서류를 빼 갔다.

"조언이 되셨습니까?"

하델의 말에 난 웃으며 고개를 들었다.

"네."

하델이 미소 지으며 말했다.

"그렇다면 하나 궁금한 점이 있습니다."

"계속 저에게 질문하신 거 아니었어요?"

"그건 조언이지요."

난 끙 하고 신음을 흘렸다. 질문이 무슨 조언이란 말인가?

하지만, 도움이 된 것은 사실이라 나는 고개를 끄덕일 수밖에 없었다.

"네. 물어보세요."

"이번 비교 대상은 맥길런 롤프입니까?"

난 입을 헤 벌리며 하델을 멍청하게 바라보았고, 하델은 고개를 끄덕였다.

"아닌가 보군요."

알겠습니다, 하고 그는 서류를 들고 자리로 돌아갔다. 난 허둥지둥 자리에서 일어났다.

"잠깐만요, 선생님. 그게 무슨 말이에요?"

하델이 날 힐끗 돌아보며 말했다.

"소문, 모르십니까?"

그 말에야 나는 "아" 하고 짧게 말했다.

"나와 맥길런이 한 침대를 쓴다는 소문이요?"

내 태연한 대답에 하델 역시 태연하게 대꾸했다.

"네, 맥길런이 아가씨의 정식 남첩이라는 이야기도 함께 말입니다."

"어— 후자는 처음 듣는데요."

"한 침대는 괜찮으시고 남첩은 싫으십니까?"

난 한숨을 내쉬고 말했다.

"방탕한 건 괜찮지만, 후자는 좀 다르잖아요. 어차피 카스티엘로식의 악명이라면 남자의 피를 마신다 정도가 적절할 것 같은데, 그런 건 아니네요. 게다가 한 침대야 그냥 넘어가도 남첩은 맥 본인에게도 너무 안 좋은 소문 같아서요."

하델은 잠시 침묵하다가 말했다.

"아가씨의 기준은 잘 모르겠군요."

"정착은 싫다는 말이지요. 그런데 남첩이라니, 좀 뜬금없네요."

하델이 눈을 찌푸리면서 말했다.

"맥길런에게 왜 후원이 없는지 아십니까?"

"왜요?"

"후원자 남편에게 결투 신청을 항상 받았기 때문입니다."

"아."

그러고 보니 그런 비슷한 이야기를 맥이 한 적 있는 것 같아. 그런데 그게 항상이었단 말야?

“그가 잘생기기는 했지요.”

“그리고 그 사람이 주 세 번, 아가씨를 가르치러 옵니다.”

“아.”

난 한숨을 내쉬었다.

“그래서 남첩이란 말이군요.”

“비슷하지요.”

난 한숨을 내쉬고 말했다.

“말해 줘서 고마워요.”

“별말씀을.”

하델은 가볍게 답했다. 난 자리에 앉아서 잠시 생각에 잠겼다.

‘첩이라.’

*　　*　　*

“소문이라면 알고 있습니다.”

“알고 있었어요?”

“네.”

맥길런은 그렇게 대답하며 건반을 가볍게 두드렸다.

땅땅, 하고 가볍게 불협화음이 났다. 마치 소문이 그런 불협화음이라도 된다는 듯한 소리였다.

“하지만 그런 걸 일일이 신경 쓰지는 않습니다.”

“전에는 신경썼잖아요?”

“하지만 아가씨께서 괜찮다고 하셨으니까요.”

“기분 나쁘지 않아요?”

"뭐가 말입니까?"
"그런 소문이 도는 거요."
남첩이라니. 그건 사실 나보다 맥의 평판에 타격이 가는 문제였다.
"소문은 소문일 뿐이죠. 그렇게 말하신 건 아가씨 아니십니까?"
"그야 그렇지만요."
맥길런이 싱긋 웃으며 물었다.
"신경 쓰이시나요?"
"그야 좀 쓰이죠."
맥길런은 어째서냐고 묻지 않았다. 대신 그가 피아노 의자에서 옆으로 옮겨 앉으며 가볍게 자신의 옆자리를 두들겼다. 난 피식 웃으며 그의 옆자리에 앉았다.
"피아노는 칠 줄 아십니까?"
"조금요."
맥길런이 가볍게 단순한 선율을 연주했다.
"이 정도는요?"
난 갸웃하고는 건반 위에 손을 올려 그가 친 것과 똑같이 쳐 보았다. 하지만 중간중간 틀리고 까먹은 부분이 더 많았다. 맥길런이 몇 번 더 시범을 보인 후에야 난 제대로 칠 수 있었다.
"그럼 계속 쳐 주십시오."
그가 뭘 하려는지 알아, 난 웃으며 간단한 선율을 반복했고, 맥길런은 내 아래쪽에서 연주를 시작했다.
'우와.'
빗방울 협주곡 때도 이랬지. 실제 연주하는 건 간단한 선율이지만, 내가 그럴듯하게 연주하는 듯한 기분이 든다.
그와 내 소리가 기분 좋은 합주가 되어 울려 퍼졌다. 연주가 끝나고 난 킥킥거리며 말했다.
“내가 썩 나쁘지 않은 피아니스트가 된 것 같네요.”
“기분이 나아지셨나요?”
“네, 좋아졌어요.”
난 고개를 끄덕였다. 맥길런은 나른하게, 만족스러운 웃음을 지었다.
그렇구나!
이래서 귀부인들이 다들 맥에게 해롱해롱하게 되는구나! 이러니 그녀의 남편이 결투를 신청하지!
반짝반짝, 잘생기기는 진짜 잘생겼다니까.
“왜 남편들이 맥에게 결투를 신청했는지 알겠어요.”
내 말에 맥길런이 눈을 동그랗게 뜨더니 내 쪽으로 상체를 숙였다.
“어째서입니까?”
그의 앞 머리카락이 살짝 내 앞머리를 간지럽힐 정도로 가까운 거리였다. 그의 숨결에서는 부드러운 우드향이 났다.
“지금 내가 그러고 싶으니까.”
뒤에서 목소리가 들려 나도, 그도 깜짝 놀라 돌아보았다.
뜻밖의 사람이 서 있었다.
“에멜?”
내가 놀라 고개를 갸웃했다가 아차 했다.
“오늘이 약속 날이었어요?”
“네, 그러셨습니다.”
에멜이 웃으며 대답했다. 맥길런이 자리에서 일어나 “레이몬드 후작님.” 하고 가볍게 인사를 한 뒤 나에게 말했다.
“약속이 있으신지 몰랐습니다.”
“아니에요. 와 줘서 고마워요.”

"아닙니다. 그럼 전 이만."

맥길런은 정중하게 인사하고 음악실을 빠져나갔다. 에멜은 꼼짝도 하지 않고 입구에 서 있었다.

"에멜, 이렇게 일찍 올 줄 몰랐어요."

"약속 날인 걸 잊어버리신 거겠지요."

음, 어.

딱히 잊어버렸던 건 아닌데…….

"제가 아가씨에게 그렇게 중요한 사람이 아니라는 걸 되풀이해서 상기시켜 주실 필요는 없습니다. 충분히 알고 있으니까요."

에멜은 그렇게 말하고 깊이 숨을 들이마신 후 말했다.

"연습 중이셨습니까? 월, 수, 목 연습하신다고 하셨잖습니까?"

"아, 오늘은 연습하러 온 게 아니라, 홀 때문에 보고하러 온 거예요."

난 피아노 위에 놓인 서류를 들어 올리며 말했다.

"그랬군요. 그래서 같이 협주를 하며 약혼자의 눈을 피해서 밀회를 나누십니까?"

"설령 그랬다 해도, 그쪽과는 상관이 없을 텐데요."

"제가 좋아하는 사람의 일이니 상관이 있지요."

에멜의 말에 난 서류를 툭툭 두들겼다가 고개를 저었다.

"그런 거 아니에요."

"아닙니까?"

"아니에요."

"다행이군요."

"그런가요?"

"네, 제가 저 새끼의 손가락을 다 부러트리기 전에 사실을 알게 돼서 말입니다."

"에멜 아스트라다!"
그 순간 난 나도 모르게 소리쳤고, 아차 했다.
"실수했습니다. 레이몬드 후작님."
살짝 고개를 숙이며 말하자 에멜은 고개를 저었다.
"아가씨께서 절 어떻게 부르시던 상관없습니다."
"그럼 카샤이라고 불러도 되나요?"
에멜이 캐러멜 색 눈을 깜박거렸다. 그가 팔짱을 끼고 고민에 잠기자 난 웃어 버렸다.
"그렇게 부르지 않을 거예요."
"다행이네요."
"그렇지요."
고개를 끄덕이고 난 그에게 말했다.
"준비하고 올 테니, 기다리시겠어요? 여기서? 아니면 응접실?"
"여기서 기다리죠."
"알겠습니다."
곧바로 나가려고 하다가 난 뒤를 돌아보며 경고했다.
"피아노 부수지 말아요."
"설마요."
에멜이 새침하게 말하며 눈을 내리깔았다.
난 얼른 계단을 두 개씩 뛰어 내 방으로 올라갔다. 로이가 그제야 어슬렁 나오며 물었다.
"에멜 왔어요?"
"왔어."
대답하고 난 눈을 찌푸렸다.
"이제서야 나타나고. 로이, 내 호위를 할 생각이 있는 거야?"

“에멜 때문에 호위가 필요합니까?”

로이가 턱을 문지르며 히죽 웃었다.

“공작가 대문에 목이 걸리고 싶지 않으면, 그런 짓을 할 인간은 없을 텐데요.”

“그래도!”

내가 발을 탕 구르자 로이가 정중하게 고개를 숙이며 말했다.

“당연히 알고 있었습니다. 아가씨께서 손가락을 흔들기만 하셨어도 등장했을 거랍니다.”

“정말이지.”

처음부터 그렇게 말하라고.

난 그에게 눈을 찡그려 보이고 얼른 방으로 들어갔다.

“옷! 데이트!”

내가 빠르게 외치자 로라가 자리에서 일어나며 물었다.

“어떤 옷으로 준비할까요?”

“너무 꾸민 것 같지 않으면서도 예쁜 걸로.”

내 말에 제인이 웃음을 터트렸다.

잠시 후 나는 적당히 수수하면서도 내 피부색에 잘 받는 연하늘색 드레스를 입고, 머리는 반만 땋아 내리고 커다란 리본 장식을 맨 후에 아래층으로 내려갔다.

그러니까, 음악실에 있는다고 했지?

음악실로 들어선 나는 소리를 지를 수밖에 없었다.

“오라버니!”

그제야 카를은 “아.” 하고 주먹을 내려놨다. 벽에 밀쳐져 있던 에멜이 숨을 내쉬며 말했다.

“목숨은 건졌네요.”

"감사하게 여기는 게 좋겠지."
카를은 그렇게 말했고, 난 황당해져서 다시 소리쳤다.
"이게 무슨 짓이에요!"
"아니, 은혜도 모르는 얼굴이 뻔뻔하게 내 집에서 돌아다니기에."
카를의 붉은 눈이 무심하게 에멜을 훑었다. 난 에멜의 얼굴을 보고 신음을 흘렸다.
"데이트는 텄군요."
"이 정도는 괜찮습니다."
"조금 후면 눈이 시퍼렇게 될 텐데요?"
"반대쪽 눈은 멀쩡하거든요."
"목에도 멍이 들 거고요."
"크라벳을 매서 다행이네요."
"꺼져."
카를이 짧게 말하자 에멜은 가볍게 숨을 들이마시고 나에게 물었다.
"꺼질까요?"
"아뇨. 그리고 카를 오라버니."
나는 이가 저절로 갈렸다.
"제 약혼자에게 무슨 짓을 하신 건지 모르겠습니다."
"어차피 가짜잖아."
"가짜든 뭐든이요. 제 약혼자가 오라버니에게 얻어맞고 다닌다는 소문을 내고 싶지는 않거든요?"
"외부에 말할 건가?"
"설마요."
에멜은 공손하게 대답했다.
"그렇다는데."

카를의 말에 난 기가 차서 있는 힘껏 그의 정강이를 걷어찼다. 카를이 짧게 신음을 흘렸다. 제길, 정강이를 걷어차였으면 겅중겅중 뛰기라도 하라고.

"에스텔!"

"카를!"

난 마주 소리치고 손가락으로 휙 출구를 가리켰다.

"다녀와서 이야기하겠어요. 그러니 지금은 나가세요."

"너랑 이 자식 둘만 두고?"

"아, 지금 저와 이 자식은 밖으로 나갈 생각입니다."

"그거 다행이네요."

에멜이 중얼거렸다. 카를이 휙 에멜을 노려보았다가 내 얼굴을 보고 밖으로 나갔다.

난 한숨을 내쉬었다.

"괜찮냐고 묻지는 않겠어요."

"감사합니다."

"그쪽이 예뻐서 구해준 것도 아니에요."

"압니다."

에멜의 대답에 난 탁 치마를 털고 고개를 치켜들었다.

"나갈까요?"

"부디."

에멜의 말에 피식 웃고는 카를이 나간 곳과 반대쪽 문을 통해서 저택을 나왔다.

에멜은 뚜껑 달린 경마차(버기 : buggy)를 가지고 왔기에, 그가 직접 고삐를 잡았다. 난 그 옆에 가뿐히 앉았다.

"경마차는 처음 타 봐요."

"늑대도 타시는 분이."
그렇게 말하며 에멜이 마차를 출발시켰다.
"어디로 갈 거예요?"
"어디로 가고 싶으신가요?"
"숲이요."
"숲—"
생각지도 못한 말을 들었다는 듯이 에멜이 중얼거리고는 고개를 끄덕였다.
"알겠습니다."
아가씨가 가고 싶으신 곳이, 제가 가고 싶은 곳이죠.
그렇게 말하고 에멜은 마차 속도를 올렸다. 우리는 곧 수도를 벗어나서 비포장도로를 달리기 시작했다. 보통 마차와 달리 경마차는 충격에 많이 흔들렸고, 난 그것조차도 즐거웠다.
그러고 보니 이렇게 수도 외곽으로 나오는 거 처음이야!
"즐거워 보이시네요."
"즐거워요."
에멜의 말에 난 경쾌하게 답하고 물었다.
"이거 뚜껑은 어떻게 열어요?"
에멜이 손을 뻗어 뭔가를 당기자 마차 뚜껑이 차라락 접히면서 햇살이 쨍하고 들어왔다.
"우와!"
난 감탄하고 웃었다. 바람이 강하게 불어닥치기 시작했다.
"모자 안 쓰고 와서 다행이에요."
"햇빛 괜찮으십니까?"
"괜찮아요."

난 한 박자 느리게 덧붙였다.
“애니라면 한 소리 하겠지만요.”
에멜이 가볍게 웃으며 말했다.
“애니 님은 무섭지요.”
“무섭지요.”
난 동의하며 고개를 끄덕였다가 멈칫했다.
애니 님?
“아가씨?”
그가 날 힐끗 돌아보았고, 난 에멜을 바라보다 말했다.
“에멜.”
“네.”
“예전처럼 될 수는 없어요.”
내 말에 에멜의 얼굴이 굳었다. 그는 곧 내가 뭘 말하는지 눈치챈 듯이 웃으며 말했다.
“그렇지요. 그리고 바라지도 않습니다.”
“않아요?”
“네.”
그렇게 대답하고 에멜은 마차 속도를 늦추더니 내 쪽으로 상체를 숙였다. 난 나도 모르게 뒤로 상체를 뺄 뻔하다 꾹 눌러 참았다.
마차 바퀴가 굴러가는 소리만 경쾌하게 났다. 가을 햇살 아래, 주변은 아무도 없고, 고요했다.
우리는 아주 가까이서 서로를 마주 보았다.
“제가 아가씨의 충직한 호위 기사가 아닌 걸 알고 계시겠지요.”
난 에멜의 눈동자를 바라보았다.
‘예쁜 캐러멜 색.’

눈동자를 핥으면, 달콤할 것 같다는 변태적인 생각을 하며 난 느릿하게 대답했다.
"알아요."
에멜의 눈이 호선을 그렸다.
"다행입니다."
그가 허리를 펴고는 마차를 숲길로 몰기 시작했다.
숲으로 들어오자 여기저기 단풍이 물들기 시작하는 게 보였다. 이제 곧 완연히 가을이겠구나.
그러고 나면 겨울, 이후로는 곧 성좌제다.
내 생일이기도 하지.
'내가 만으로 열아홉이 되는구나.'
세월 참 빠르다.
그런 생각을 하며 난 마차에 기댔다.
"무슨 생각을 하십니까?"
"이렇게 아무 생각도 하지 않고 살면 좋겠다는 생각이요."
"그러면 지루해 죽으려 하실 거면서."
에멜의 말에 난 피식 웃었다.
"그건 맞는 말이기는 하네요."
그리고 난 덧붙였다.
"에멜, 너구리가 되기 시작했어요."
"역시."
에멜이 한숨을 내쉬었고, 난 손을 뻗어 그의 얼굴에 손을 댔다. 에멜이 흠칫했다가 눈을 찌푸리고는 내 손을 떼어 냈다.
"그러시면 안 됩니다."
"내 데이트 상대가 너구리인 건 싫어요."

"그 힘을 쓰시면 몸이 안 좋아지시지요. 저도 제 데이트 상대의 상태가 안 좋은 건 싫습니다."

"이 정도는 괜찮아요."

에멜이 샅샅이 날 살피다가 한숨을 내쉬며 손을 놓아주었다.

마차는 냇가에 멈춰 섰다.

"잠깐 말에게 물을 먹여도 될까요?"

"그래요."

난 고개를 끄덕이고 마차에서 가볍게 뛰어내렸다. 에멜이 한숨과 함께 말했다.

"레이디는 마차에서 뛰어내리지 않습니다."

"그런가요?"

"그렇지요."

"기억해 둘게요."

난 그렇게 말하고 냇가로 다가갔다. 물은 그렇게 깊지 않았지만, 투명했다. 바닥이 들여다보이는 물 위에 가을 햇살이 쏟아지며 금빛 물결을 바닥에 비춰 내고 있었다.

"흠."

에멜이 말의 고삐를 푸는 사이 난 재빠르게 신발을 벗었다. 그리고 슬그머니 스타킹도 벗기 시작했다.

"아가씨?!"

뒤에서 경악한 에멜의 목소리가 들려와 난 스타킹을 마저 벗고 말아 쥐며 말했다.

"이쪽 보지 마요."

"지금 뭐하시는 겁니까!"

"스타킹을 벗지요."

"그러니까 왜요!"
"물에 들어가려고요."
"가을인데요?"
"하지만 햇빛은 아직 뜨겁잖아요?"
난 그렇게 말하고는 치맛자락을 들어 올려 묶기 시작했다. 뒤에서 에멜이 뭔가 욕을 하는 것 같은데, 무시하자.
난 살그머니 냇물에 발을 넣었다.
"차가워."
"햇살이 냇물을 데우기는 어려운 계절이니까요."
에멜이 말을 끌고 오며 으르렁거리듯 말했다. 난 피식 웃으며 조금 더 깊은 곳으로 들어갔다.
"너무 깊이 들어가지 마십시오."
"깊어 봐야 내 무릎 정도밖에 안 될 것 같은걸요."
"물은 보기보다 더 깊습니다."
에멜의 경고에 난 선선히 고개를 끄덕였다. 안 그래도 기분이 상쾌하긴 하지만, 이대로 있으면 발이 시릴 것 같다.
난 발끝으로 몇 번 물을 튀겼다. 물을 마시던 말이 고개를 들며 가볍게 투레질을 해서 난 웃으며 말했다.
"미안, 얌전히 있을게. 아니, 그보다 내가 너보다 상류에 있으면 안 되는 거 아니니?"
내가 발 담근 물을 말이 마시게 되잖아?
난 살그머니 말을 돌아서 하류 쪽으로 내려갔다.
"이제 나오시죠."
에멜의 말에 난 고개를 휙 돌리며 말했다.
"싫어요."

에멜이 똑바로 날 바라보았다.
"제가 아가씨의 친절한 호위가 아니라고 이미 말씀을 드렸던 것 같은데요."
"아, 그러니 신경 쓰지 마시죠."
난 매끄러운 돌 위에 발을 비비며 말했다. 슬슬 발이 시리기 시작했다. 하지만 에멜이 저렇게 말할수록 나가기가 싫어졌다. 에멜이 눈을 찌푸리더니 성큼 내 쪽으로 걸어왔다. 첨벙하고 그의 부츠가 물에 잠겼다.
"뭐하는—"
에멜이 손을 뻗어 날 번쩍 안아 들어 둘러맸다.
난 가볍게 꺅 소리를 내며 버둥거렸다.
"뭐하는 거예요!"
"약혼녀를 감기에서 구하고 있죠."
"이 정도로는 안 걸려요!"
"그런가요?"
에멜이 그렇게 말하고는 날 던지듯 경마차 의자에 내려놓았다.
그가 낮게 말했다.
"제가 그 스타킹을 신기기 전에 얼른 신고 나오시죠."
난 그 말에 이를 악물고 코웃음을 치며 다리를 뻗고는 말했다.
"신겨 보시죠?"
난 에멜이 또 한 소리를 할 거라고 생각했다. 그러면 뭐라고 받아쳐 줄까?
그가 내 손에서 스타킹을 낚아채고는 싸늘하게 미소 지었다.
"기꺼이 그렇게 해 드리죠. 약혼녀님."
어라?
난 침을 삼켰다.

에멜이 자신의 품에서 손수건을 꺼내더니 내 발목을 잡아당겼다.
“뭐하는 거예요!”
“닦아야 스타킹을 신겨 드리죠. 아니면 스스로 신으시겠습니까?”
여기서 ‘내가 신을게요!’라고 하면 어쩐지 지는 기분이라, 난 지그시 입술을 깨물고 그를 노려보기만 했다. 내가 입을 다물자 그는 내 발을 닦기 시작했다.
그 광경을 보고 있자니 굉장히, 어마어마하게, 남들이 봤다면 파렴치하다고 말할 정도로, 상당히 예의범절에 어긋나는 짓을 하고 있다는 생각이 들었다. 에멜은 손수건으로 내 발가락부터 시작해서 발목까지 물기를 꼼꼼히 닦았다.
발이 이렇게 민감한 곳인지 지금까지는 몰랐다. 오히려 둔감한 부위라고 생각했는데. 차가운 발을 만지는 그의 손의 열기가 데일 것처럼 뜨겁게 느껴졌다.
양발의 물기를 다 닦은 그가 스타킹을 들었다.
스타킹이라고 해도 굳이 말하자면 흰색의 긴 비단 양말이다. 안쪽에서 가터벨트로 고정하지 않으면 흘러내리는, 그런 탄력 없는 제품이라는 말이다.
에멜이 스타킹을 접고는 내 다리를 자신의 다리 위에 올렸다. 그가 내 맨 발등을 가볍게 손가락으로 훑더니 들어 올려 키스했다.
“……?!”
미친 거 아냐?!
목소리도 나오지 않을 만큼 깜짝 놀라 전신이 움찔했다. 에멜은 내 반응에 미소만 보내고는 스타킹을 신기기 시작했다. 그의 손이 천천히 스타킹을 끌어 올렸다.
발목, 종아리, 무릎, 허벅지.

그의 손이 느릿하게 스타킹을 끌어 올렸다.
세상에.
미쳤어.
미쳤어, 에스텔 카스티엘로!
그놈의 자존심이 뭐라고! 그냥 '내가 신을게요.' 하면 됐지!
속으로 비명을 지르며 난 에멜을 뚫어져라 바라보았다.
그의 손가락이 내 가터벨트를 잡아당길 때는 진짜 그대로 발로 에멜을 걷어찰 뻔했다.
'아니, 보이지도 않는데 어떻게 이렇게 잘 찾아?'
무릎 위부터는 치마로 덮여 있었기 때문에 가터벨트를 찾는 일이 절대로 쉬운 게 아닐 텐데?
에멜의 팔이 내 치마 속으로 들어와 있는 모습만 봐도 기절할 것 같았다. 심장이 미친 듯이 뛰었다.
달칵—
가벼운 결합음과 함께 스타킹이 벨트에 고정되었다.
에멜이 팔을 빼내며 물었다.
"반대쪽도 제가 신겨 드릴까요?"
나는 이를 악물고 그의 손에서 내 스타킹을 빼앗았다.
그는 어깨를 으쓱했고, 난 손가락을 빙글빙글 돌렸다. 돌아서라는 말이다. 에멜은 피식 웃고는 돌아섰다.
나쁜 놈, 나쁜 놈, 나쁜 놈.
난 욕을 하며 재빠르게 스타킹을 올려 신고 가터벨트에 고정했다.
나쁜 놈!
"당신을 개자식이라고 부른다는 걸 취소한 게 아쉽네요."
"신겨 달라고 한 건 아가씨이면서요?"

에멜의 목소리는 낮고 부드러웠다.
"발등에 키스하라고는 안 했거든요?!"
"바라시는 줄 알았지요."
"안 바랐어요! 내가 걷어차지 않은 걸 다행으로 여겨요."
"그럼 진짜 너구리가 되겠지요."
태연한 그의 말에 무슨 말이야, 했다가 내가 그의 반대쪽 눈을 걷어차면 양 눈이 다 시꺼멓게 될 거라는 말뜻인 걸 깨달았고 나도 모르게 웃음이 나왔다.
웃음소리를 내고 싶지 않아 난 입술을 깨물었다.
에멜은 물을 다 마신 말을 데리고 와서 다시 마차에 매고, 내가 풀밭에 벗어 던진 신발을 내 앞에 내려놓으며 말했다.
"신발도 신겨드릴까요?"
"됐어요."
일부러 심드렁하게 대답하며 신발을 신었다. 그가 마차에 올라타 말을 출발시켰다. 짧은 침묵 후에 그가 입을 열었다.
"궁금한 점이 있습니다."
"말해 봐요."
"다른 남자 앞에서도 이렇게 행동하십니까?"
에멜에 말에 난 잠시 생각에 잠겼다. 내가 생각에 잠긴 걸 보는 에멜의 눈이 점점 더 가라앉았다.
"그러고 보니……."
"그러고 보니?"
"부탁해 본 적은 있지요."
"뭘 말입니까?"
"에멜과 했었던 걸, 다른 사람과 해도 두근거릴까, 하고요. 똑같이 해 달라고 말이에요."

에멜의 얼굴에서 싹 표정이 사라졌다.

그가 낮게 말했다.

"그래서 이번에는 제가 비교 대상입니까? 아니면 또 누군가에게 부탁해 보실 예정입니까?"

에멜이 잠시 말을 멈췄다가 다시 말했다.

"아니, 그보다 궁금하군요. 저와 했던 무엇을 다른 사람과도 해 보셨습니까?"

"말할 의무가 없는데요."

"에스텔."

처음으로 그에게 이름이 불려서 난 가볍게 숨을 삼켰다.

그가 내 쪽으로 몸을 숙이며 말했다. 마차 등받이를 꽉 붙잡으며 그가 낮게 명령했다.

"말해."

"싫어."

난 단호하게 대답했다. 에멜이 낮고 부드러운 목소리로 속삭였다.

"말하지 않으면 키스해 드릴 겁니다."

흥, 하고 난 코웃음을 쳤다.

"해보든가."

그러자 에멜이 내 입술에 가볍게 입 맞췄다.

난 눈을 동그랗게 떴고, 그 역시도 내 눈을 똑바로 보고 있었다. 서로가 서로의 눈을 들여다보면서 하는 입맞춤이었다.

입술이 가볍게 떨어지자 그가 낮게 말했다.

"이것도 비교하게 되면, 꼭 저에게도 알려 주십시오."

머릿속이 멈췄다.

방금 에멜의 입술이 내 입술에 닿았다. 뜨겁고 부드럽고, 솜털 같은 입맞춤이었다.

입맞춤. 그래, 키스.

슬그머니 내 머릿속에서, 그제야 돌아온 이성이 경종을 울리기 시작했다.

"무슨 짓이야!"

난 빽 소리 질렀다.

"약혼녀에게 입맞춤을 한 것뿐입니다."

게다가 제가 경고했잖습니까? 에멜이 얄밉게 덧붙였다.

"입맞춤? 입맞춤이라고?"

그렇다고 그걸 진짜 해?

"네."

"이, 이……."

적당한 욕이 생각나지 않았다.

"접싯물에 코 박고 죽어 버려, 에멜 레이몬드."

난 빽 소리치고 마차 문을 열었다. 마차는 출발해서 움직이는 중이었으므로 에멜이 놀라 내 팔을 잡았다.

"아가씨!"

"아니, 생각해 보니 왜 내가 내려야 해? 내가 아니라 그쪽이 내려야지!"

난 홱 몸을 돌려 에멜을 밀며 그의 고삐를 빼앗으려고 했다.

"잠깐—"

에멜은 당황하며 날 떼어 내려고 했다. 고삐가 바닥으로 떨어졌다.

"당장 내려!"

"위험합니다!"

난 에멜을 밀며, 에멜 뒤쪽에 있는 마차 문에 손을 뻗어서 열었다. 문이 활짝 열렸고, 이제 에멜을 떠밀기만 하면 됐다. 난 있는 힘껏 그를 밀며 외쳤다.

"아하! 이제 내릴—"

그때 뭐에 놀랐는지 말이 달리기 시작했다. 난 놀라 밀던 힘 그대로 에멜에게 넘어졌고, 우리는 같이 굴러서 마차에서 떨어졌다. 난 비명을 삼켰다. 쿵 하고 지면에 닿는 충격에 몸이 울렸지만, 아프지는 않았다. 대신 에멜이 짧게 신음을 흘렸다. 난 깜짝 놀라 벌떡 몸을 일으켰다.

"무사하십니까?"

에멜의 물음에 난 내가 깔고 앉게 된 그를 내려다보며 되물었다.

"에, 에멜은 괜찮아?"

"등이 좀 아프지만, 네."

"머, 머리 다치거나 한 거 아니고?"

"아닙니다."

너무 놀라서 말이 잘 나오지 않았다. 숨만 헐떡이고 있는데 에멜이 손을 뻗어 내 뺨을 어루만지며 다시 물었다.

"괜찮으신가요?"

"에멜을 깔고 앉아서 난 괜찮아."

에멜이 눈썹을 추켜올리더니 상체를 일으켰다. 내가 그 위에 앉아 있었으므로, 우리 둘은 서로 마주 보게 되었다.

"제 생각보다도 훨씬 더 말괄량이가 되셨군요."

"에멜 때문이잖아."

"그건, 사과드립니다."

에멜이 작게 한숨을 쉬며 말했다. 난 어이가 없어져서 물었다.

"대체 왜 키스한 거야?"

"제가 미리 경고를—"
"그랬다고 정말로 그래?"
"스타킹의 교훈을 잊으셨나요?"
"그래도 선이라는 게 있잖아."
"더해서 질투도 했습니다."
에멜은 순순히 대답했다. 난 에멜을 바라보다가 말했다.
"에멜, 내가 처음부터 말했지. 이건 그냥 계약이라고. 내가 내 애인과— 아니, 어떤 남자든지 뭘 하든 내 마음이야. 그럴 때마다 이런 짓을 할 거면 계약은 그냥 없는 걸로 해."
내가 그의 몸 위에서 일어나며 옷을 털었다. 당황한 에멜이 말했다.
"죄송합니다."
"정말?"
"네."
에멜의 얼굴이 창백해져서 난 의미양양하면서도 어쩐지 싫은 기분도 들었다.
에멜이 괴로웠으면 좋겠어.
그리고 그가 괴롭지 않았으면 좋겠어.
모순된 감정에 한숨을 내쉬니 오해한 듯 에멜이 다시금 말했다.
"다시는 이런 일이 없을 겁니다. 그러니까—"
제발, 하고 말하는 에멜을 보고 내가 그를 버리는 사람이 된 기분이 되었다. 나는 에멜의 크라벳을 잡아당기며 허리를 숙였다.
"에멜 레이몬드. 내가 당신을 건드릴 수는 있어도, 그 쪽은 내 허락 없이 손가락 하나 나에게 닿아서는 안 돼요."
목소리는 점점 작아졌지만, 뚜렷하게 들릴 만큼 우리는 가까웠다. 내 속삭이는 입김이 그의 입술에 닿을 만큼.

그가 움찔했고, 그의 눈동자에 짙은 욕망이 서리는 걸 보면서도 난 꿈짝하지 않았다.
"알았어요?"
그는 깊게 숨을 들이마시고 눈을 감았다 뜬 후에 대답했다.
"알겠습니다."
대답에 난 싱긋 웃고 크라벳을 잡은 손을 놓은 후에 허리를 폈다.
"마차가 도망가 버렸으니 어떻게 할까요?"
"멀리 가지 않았을 겁니다."
"그럴까요?"
"분명히요."
에멜은 그렇게 말하고 날 바라보았다. 내가 "할 말 있으면 해요." 하고 말했고 에멜이 조용히 말했다.
"에스텔 카스티엘로."
"네."
"그대를 연모하고 있습니다."
느닷없는 고백이었다. 난 당황해 눈을 크게 떴다가 짐짓 눈을 찌푸리고 고개를 돌렸다.
"알고 있어요."
에멜이 미소 지으며 자리에서 일어났다.
"그러시죠."
"나도 지금 그걸 마음껏 이용하고 있는걸요."
다시 한 번 하는 말이지만.
"이용하시는 게 아닙니다."
그의 말에 난 의아해져서 그를 보았다.
"원하신다면 뭐든 들어드릴 겁니다. 그러기 위해서 여기까지 왔으니까요."

내가 원하는 걸 해주는데, 그게 어째서 이용입니까?

그 말에 난 할 말을 잃었다. 잠시 후 나는 낮게 웃었다. 에멜이 갸웃했다.

"우스운 말이었습니까?"

"아뇨. 로이가 왜 어슬렁거리며 늦게 나타났는지 알 것 같아서요. 나보다 에멜을 더 잘 아네요."

에멜은 날 해치지 못할 거다. 반대로 놀랍게도, 에멜을 아주 잘 해칠 수 있는 사람은 나였다.

가장 사랑하는 사람이 가장 상처 입는다. 내가 수시로 뱉는 당신이 싫다, 정말 밉다 하는 그 말들이 계속 그를 상처 입히겠지. 가시 찔레 덤불을 끌어안고 있는 사람처럼.

그럼 계속 그를 이렇게 괴롭히는 나는 옳은가.

괴롭히면서 그가 사라지기를 바라는 그런 괴롭힘도 아니다. 곁에 있어주기를 바라면서, 괴롭히는 괴롭힘.

나는 손을 뻗어 에멜의 뺨에 살짝 손가락을 댔다. 그의 뺨에 살짝 홍조가 들고 그가 기대감이 담긴 눈으로 슬쩍 날 올려다 보았다. 항상 이렇게 날 보고, 항상 내가 하는 말에 상처받고, 그래도 곁을 떠나지 않고.

어쩐지 가슴이 아팠다. 난 표정을 장난스럽게 바꿨다.

"에멜."

"네."

"지금 내가 쥐도 새도 모르게 에멜을 없애 버릴 수 있다는 걸 기억해요."

내 말에 에멜은 눈을 내리깔고 낮게 웃었다. 아, 지금 약간 상처 입었지. 그래도 그걸 얼른 감추는 웃음.

“목숨을 구해 주셔서 감사합니다, 카스티엘로 공녀님.”

에멜의 말에 난 부러 가볍게 코웃음을 쳤다.

“이제 마차 찾으러 가 봐야죠.”

“그래야지요.”

에멜이 몸을 일으키며 툭툭 옷을 털었다. 난 그의 뒤통수에 붙은 마른 풀을 털어 주었다. 내 손길에 에멜이 소년처럼 씩 웃었다.

아, 진짜.

“웃지 말아요. 더 미워지니까.”

“네.”

에멜은 얼른 웃음을 지웠다. 난 내 옷을 털었다. 에멜이 조심스럽게 내 머리카락의 풀을 떼어 주었다.

난 한숨을 내쉬며 말했다.

“그럼 마차는 어떻게 찾지요?”

에멜이 엄지와 검지를 동글게 만들더니 휘파람을 길게 불었다.

날카로운 소리가 크고 넓게 울리며 퍼져 나갔다.

우리는 기다렸다. 에멜이 한숨을 내쉬며 “직접 찾아야겠는데요.” 하고 이야기하는데, 저쪽에서 말이 달려오는 모습이 보였다. 다행히도 마차는 뒤집어지지도 않았고, 부서지지도 않았다. 난 안도하며 가슴을 쓸어내렸다. 내 실수로 저 아름다운 생물이 다쳤다면 정말 가슴 아팠을 거다.

에멜은 말을 가볍게 도닥이며 다시 고삐를 잡고 마차에 올라탔다. 난 이번에는 얌전히 그의 손을 잡으며 말했다.

“에멜. 한 가지 말해줄 게 있어요.”

“뭔가요?”

난 싱긋 웃으며 마차에 올라타 문을 닫았다.

"키스 말인데요."
"네."
그는 각오한 얼굴로 날 보았다. 어떤 험한 말이 날아올까, 하는 얼굴이었다.
"싫지만은 않았어요."
작게 속삭이고 난 그의 얼굴을 보고 킥 웃었다.

*　　*　　*

"공녀님?"
로라가 부르는 소리에 난 얼른 상념에서 깨어났다.
"무슨 생각을 그렇게 하시나요?"
"첫 데이트의 날카로운 기억?"
"그런 것치고는 기분 좋아 보이시던데요."
"그랬어?"
"네."
로라가 고개를 끄덕였다. 그녀가 내 머리카락을 빗어 내리며 작게 말했다.
"밤에 아서 님이 뵙길 원하십니다."
'역시.'
그냥 아서의 추천이 아니었어.
난 보일 듯 말 듯 고개를 끄덕였다. 로라가 싱긋 웃으며 이어 말했다.
"레이몬드 후작에 대해서는 여러 가지 소문을 들었지요."
"어떤 소문?"
"잔혹한 분이라는 소문이요."

“그거 지금 내가 아는 에멜인가 싶기는 한데 일단 머릿속에 적어는 둘게.”

생각해 보니 아서에게 조사를 부탁한 것은 에멜의 과거뿐이다. 그러니까, 현재 에멜이 어떻게 지내고 있는지는 전혀 모른다.

‘또.’

또 모른다.

로라가 내 머리를 양 갈래로 땋아 주었다. 밤에 잘 때는 이 머리가 최고다.

마지막으로 리본까지 매어 주고 로라는 물러났다.

난 잠옷 위에 가운을 걸치고 책상 위로 가서 서류를 열었다.

‘한 삼 년간은 세금을 기대할 수 없는 땅인데, 돈은 엄청나게 들어가네.’

카스티엘로 공작가이기에 감당할 수 있는 금액이었다.

‘물론 전부 차관이기는 한데…….’

이대로 솔라드 백작령이 파산해 버리는 일이 나지 않기를 바라며 난 서류를 결재하기 시작했다.

똑똑.

가벼운 노크에 난 얼른, 베란다 문을 열어 주었다.

아서가 온통 새까만 옷을 입고 서 있었다. 그가 방 안으로 들어오자 내가 물었다.

“하인용 통로를 이용하는 게 낫지 않아요?”

“이쪽이 더 빨라서.”

아서의 말에 난 과연, 하고 고개를 끄덕였다.

“그래서 무슨 일이에요?”

내 질문에 아서가 내 얼굴을 빤히 보더니 조용히 말했다.

"아가씨께서 정령사라는 의혹이 돌고 있다는 건 아시겠지요."
"네, 알아요."
"황실에서 확인하러 올 겁니다."
그 말에 난 눈을 찡그렸다가 한숨을 내쉬며 이마를 짚었다.
"그렇군요."
"정령사라는 게 밝혀지게 되면, 다른 땅도 정화하라고 하겠지요."
"그렇겠죠. 하지만 어떻게 제가 정령사인 걸 확인하죠?"
"글쎄요. 마법사가 확인한다고 하던데요."
난 짧게 신음을 내뱉고 말했다.
"그래서 지금 나에게 말하는 거군요."
"네. 공작님에게 바로 보고하면, 정말로 마탑을 부숴 버리시고, 오는 족족 마법사를 다 죽여 버리실 것 같아서."
그리고 황실에서는 서약석을 사용하겠지.
안 봐도 뻔했다.
그리고 무슨 명령을 내릴지는 모르겠지만, 아빠는 그 명령을 충실하게 따르겠지.
'보고 싶지 않은 광경이야.'
구역질이 난다.
"알겠어요. 아빠에게는, 내가 내일 이야기해도 될까요?"
아서는 고개를 가볍게 숙였다. 문득 든 생각에 난 희미하게 웃으며 말했다.
"고마워요."
"뭐가 말입니까?"
"아빠보다 나에게 먼저 보고할 정도로, 날 믿어 줘서요."
"카스티엘로 공녀님은 저희들의 자랑이지요."

아서가 싱긋 웃으며 그렇게 말해 와서 난 뭔가 울컥하고 올라오는 것 같았다. 내가 열심히 하고 있다는 걸, 정말로 알아주고 있구나 하는 그런 거.

"고마워요."

다시 말하자 아서가 고개를 저으며 말했다.

"저희야말로 감사드립니다."

가볍게 웃고 난 고개를 끄덕였다.

"서로 감사만 하고 있군요. 하여간 그건 내가 이야기하는 걸로 할게요. 그렇다고 마법사를 암살할 수도 없고."

정령사라는 걸 언제까지 숨길 수 있는 건지도 모르겠고.

'차라리 밝혀 버릴까?'

아냐, 이건 리스크가 너무 커.

아니면 마법사를 어떻게 속일 수 없을까?

정령사가 아니라고 공식적으로 확인되는 편이 더 나을지도 모른다. 어떻게 내가 정령사라는 걸 검사하는지 알면, 속일 방법도 있을 텐데.

'앤과 의논해 봐야겠다.'

그렇게 생각하고 난 아서에게 물었다.

"더 이야기할 게 있나요?"

"아뇨, 일단은 그게 전부입니다."

"알았어요. 하지만 내가 물어볼 게 있어요."

"뭐든지요."

"에멜에 대한 서류 말이에요."

"네."

"'전멸'이라는 게 뭐예요?"

아서는 갸웃했다가 대답했다.

"동계 훈련을 아시지요?"
"알아요."
"레이몬드 후작가도 동계 훈련을 나갑니다. 마수를 사냥하는 거지요."
"네."
"거기서 에멜 레이몬드가 이끌고 나왔던 기사단 전원이 마수에게 전멸했습니다."
난 가볍게 숨을 삼켰다.
"저도 그 당시 그 자리에 있었던 것이 아니기 때문에 자세한 상황은 모릅니다. 늑대기사단이 도착한 것은 에멜이 죽기 직전이라고 하니까요."
"그랬군요."
그래서 늑대기사단이 에멜의 목숨을 구해서, 그가 기사단에 들어온 건가?
"'중상'이라고 써 있던데요."
"굳이 말하자면 어떻게 살아 있는지 모르겠다, 라고 치료사가 평가했었지요."
난 가볍게 숨을 삼켰다.
"그랬……었군요. 전혀 몰랐어요."
"아가씨가 물으면, 솔직하게 대답해 주지 않을까요."
아서의 말에 난 한숨을 내쉬며 말했다.
"나쁜 기억을 되살리게 하기는 싫잖아요."
"싫은 상대인데도요?"
그 말에 난 허를 찔려 아서를 바라보았다.
작게 고개를 끄덕이자, 아서는 잠시 날 물끄러미 보다가 싱긋 웃으며 허리를 숙여 인사하고는 다시 베란다로 사라졌다.

'내일 아빠에게 이야기하면 뭐라고 하시려나? 좀 일찍 일어나서 먼저 앤을 찾아가 봐야겠다.'

난 그렇게 생각하며 침대로 꾸물꾸물 기어들어 갔다.

'너무 대단한 하루였어.'

정말로, 대단했지.

난 한숨을 삼켰다. 몇 번 다시 입술을 눌러보다가 베개에 얼굴을 묻었다.

그때보다 어째서 한참 지난 지금이 더 생생한 거야?

에멜의 입술이 닿던 감촉이며, 마차에 등을 기대고 있던 감촉이며, 그의 눈동자가 짙은 금빛을 띠고 있었던 것까지 기억났다.

얼굴이 화끈거렸다.

'자자.'

내일 일찍 일어나야 하니까 자자.

억지로라도 잠을 자야지. 하고 나는 머릿속으로 양을 세기 시작했다.

에멜은 잠에서 깨어 검을 잡았다가, 상대가 누군지 알고 어깨의 힘을 풀었다.

그가 침대 발치에 서 있는 사람을 향해 조심스럽게 물었다.

"설마 공작 전하께서 절 암살하라고 보낸 건 아니겠죠."

"아셨으면 절 보낼 게 아니라 그날 직접 찾아오셨겠죠."

그 말에 에멜은 신음을 내뱉었다. 발치에 서 있던 아서가 싱긋 웃으며 말했다.

"이야기를 하러 온 겁니다."

"이야기요?"

에멜이 침대에서 내려오며 말했다.

카스티엘로의 그림자.

에멜은 늑대기사단 소속이었고, 동시에 마스터였으며, 차기 단장으로 꼽히는 인물이기도 했다.

그래서 에멜은 아서를 딱 한 번 본 적이 있었다.

"정확하게 말하자면, 제가 이야기할 테니, 그쪽은 들으라는 말이죠."

"그렇군요."

에멜은 그렇게 말하며 아서를 바라보았다.

"아가씨의 약혼자가 된 순간부터, 우리는 당신을 지켜보고 있습니다."

아서의 눈동자가 어둠 속에서 차가운 빛을 뿌렸다.

"카스티엘로에서 아가씨가 어떤 존재인지는 당신도 잘 알지요. 처신을 조심하십시오. 제국 내에서는 살아갈 수 없게 되기 전에요."

에멜은 고개를 끄덕이며 말했다.

"괜찮다면, 제가 한마디 해도 될까요?"

말해 보라는 듯, 아서가 고개를 기울였다. 에멜이 그를 똑바로 바라보며 말했다.

"지켜본다고? 좋아. 제국 내에서 살아갈 수 없게 된다고? 좋아. 숨지도, 도망치지도 않아."

에멜이 비뚜름히 웃었다.

"내가 무엇을 위해서 돌아왔다고 생각하는 거야."

"피비린내 나는 손과 함께 말이지요."

아서의 답에 에멜은 말없이 그를 바라보았다.

"레이몬드 후작 위가 아주 잘 어울립니다."

에멜이 싸늘하게 웃었다.

"그거 고맙네."

"그리고 아가씨가 정령사인지 알아보려고 한다던가요."

아서의 말에 에멜은 이마를 눌렀다. 안 그래도 그 이야기를 들은 참이다.

"나머지 후작가에서 그런 이야기가 오고 간다는 건 건너 들었지. 공교롭게도 늑대기사단 출신인 난 그들 사이에선 이단이라."

파고 들기가 어려웠다.

"어디서든 환영받지 못하시는군요."

"하지만 정보는 충분히 얻고 있어."

에멜이 자리에서 일어나더니 협탁으로 다가가 서랍 속의 서류를 꺼냈다.

"이렇게 건네주게 될지는 몰랐지만."

아서는 말없이 서류를 받아들었다. 레이몬드 가의 늪 속에서 하늘에 반짝이는 첫 별은 충분히 아름다웠다.

심지어 지금은 올려다보는 것 그 이상을 하고 있다. 하지만 더 다가오면 그녀까지 이 늪에 잠기게 될까 봐 무서웠다.

에멜은 스스로가 우습고 어리석게 느껴졌지만, 그는 움직일 수가 없었다.

카스티엘로 공작가의 정보망은 훌륭하지만 전통적인 강자인 그들은 알지 못하는 또 다른 흐름 속에 레이몬드 가문은 있었다.

거기서 에스텔이 영원히 빛나는 걸 볼 수 있으면 충분하다. 그녀가 주는 상처조차 달콤하게 느껴지니까.

"감사하지는 않겠지만, 받겠습니다."

"에스텔을 지켜준다면 충분해."

"그건 저희의 기쁨이죠."

아서는 말을 덧붙이고는 어둠 속으로 스며들듯 사라졌다.

그가 사라지자 에멜은 잇새로 숨을 길게 토해 냈다.

눅진한, 영원히 사라지지 않을 것 같은 피로감이 그를 내리 눌렀다. 그는 천천히 침대로 다가가 앉고 양손에 얼굴을 묻었다.

에스텔.

에스텔.

내 아가씨.

그녀의 화난 목소리, 웃는 목소리, 다정한 목소리.

'그럼 버틸 수 있지.'

에멜은 그렇게 생각하며 눈을 감았다.

* * *

아침에 일어나서 난 깨달았다.

'음, 역시 에멜을 싫어하지 않아.'

에멜과 재회했을 때, '아직도 에멜을 좋아해서 괴로워.' 하고 스스로 어렴풋이 깨닫고 있었다. 하지만 그 괴로운 게 너무 싫어서, 차라리 그를 완전히 미워하게 되었으면 했다.

그래서 '에멜이 미워.' 하고 스스로에게 말하고 주변에게 말하고, 그에게도 말했다.

'사실 아예 밉지 않은 것도 아니니까.'

내 감정의 일부분일 뿐이라는 걸 밝히지 않은 것뿐이지.

더해서 배신감 때문에 에멜에게 '좋아.'라고 말해 주고 싶지 않았다. 그래서 고집스럽게 '싫어, 싫어, 에멜 따위 싫어!' 하고 스스로 다짐하듯이 반복했지만.

'역시 에멜이 좋아.'

마음이란 어째서 원하는 대로 되지 않는 걸까?

화를 계속 내는 건 어려웠고, 화가 식자 금방 다시 좋아하는 마음이 올라왔다.

난 슬리퍼를 신으며 침대에서 내려왔다. 밤에 자는 사이에 뇌에서 낮 동안 얻은 정보를 정리한다고 하던가.

그래서인지 뚜렷하게 결론이 나왔다.

사실 그동안 결론을 내지 않았던 건, '화가 나서'였다.

결론이 어디로 날지 아니까, 내 스스로 내 감정에 대해서 모른 척하고 싶었다.

'하지만 더는 애도 아니고.'

난 내 목덜미를 어루만졌다. 아스에게 물린 기억이 떠올랐다.

이기적.

그래, 난 이기적이지.

멋대로 좋아했다가, 미워했다가 다시 좋아하고.

'정말이지, 최대한 착한 아이가 될 거라고 생각했는데.'

이건 아빠와 오빠가 너무 날 오냐오냐 받아 줬기 때문이다.

아니, 카스티엘로의 모두가 그랬다.

저택 안은 완벽한 세계였고, 나에게 다정한 세계였다.

'아, 그래서일까? 에멜이 날 좋아한다는 이유로 카스티엘로에서 나간 게?'

그럴 수도 있다는 생각이 들었다. 그는 카스티엘로 안에 있는 것 중, 내 것인 게 당연한 사람 중 하나가 아니고, 밖에 있는 사람이 되고 싶었던 걸지도 모르지.

'하긴 나도 에멜을 당연히 내 것이라고 생각했지.'

에멜이 옳은 선택을 했다고는 할 수 없다. 하지만 거기에 옳고 그름이 존재한다고 묻는다면.

'존재할까?'
감정에 선악을 붙일 수 있나.
난 하품을 하고 설렁줄을 잡아당겼다. 시녀들이 가져온 세숫물에 세수하고 옷을 갈아입고, 아침 식사는 앤과 하겠다고 말했다.
앤을 찾아가니 그녀는 아침 식사 준비를 하고 있었다.
"앤, 잘 잤어?"
"안녕히 주무셨어요, 에스텔 님?"
난 얼른 식기를 놓는 걸 도와주었다. 간단한 아침 식사를 하며 앤이 말했다.
"같이 식사하니 좋지만, 뭔가 용무가 있으신 거죠?"
"응, 그게 말야. 마법사가 내가 정령사인지 아닌지 확인하러 온다고 들었거든."
앤의 눈매가 날카로워졌다.
"그래서 어떻게 그거 막을 수 없나 싶어서."
"마법사가 조사하러 온다고요? 누군지는 혹시 아시나요?"
"아니, 이름은 못 들었어."
"그런가요."
앤은 생각에 잠겼다. 그러고 보니 앤은 서약에 대해서 조사하며 수도에 있는 마법사의 탑에 드나들고 있었지.
'다른 마법사와 교류라도 생긴 걸까?'
친분이 생겼다면 좋은 일이지. 믿을 만한 사람은 항상 드무니까.
"내가 알아봐 달라고 부탁할게."
내 말에 앤이 고개를 끄덕였다. 그녀가 말했다.
"어떤 방식으로 조사를 할지 모르겠군요. 정령의 힘을 느끼는 방법이 아예 없는 건 아니지만요."

"으음, 진짜로 방법이 존재하는구나."

끙끙거리는데 슬그머니 엔드가 모습을 드러냈다. 난 그에게 그의 몸뚱이만 한 도넛을 건네주었고, 엔드는 얼른 그 도넛을 받아 들어 한입 깨물며 말했다.

"어제 소식을 듣고 우리도 생각해 봤는데 말야, 계약을 파기할까?"

그 말에 나도 앤도 놀라 엔드를 보았다. 앤이 다급하게 말했다.

"안 돼요! 정령의 힘이 없으면—"

"아니, 그러니까 확인만 끝내고 다시 계약하면 되잖아?"

엔드가 그의 몸에 비해 결코 작은 크기가 아닌 도넛을 꿀떡꿀떡 삼켰다.

"인간의 음식도 나쁘지는 않아."

엔드는 그렇게 말하고 만족스럽게 작은 불꽃을 뿜어냈다.

달콤한 도넛 굽는 냄새가 났다.

"그럴 수 있어?"

내가 놀라서 묻자 엔드가 고개를 끄덕였다.

앤이 그 말에 입술을 누르며 말했다.

"가장 확실한 방법이기는 하네요. 그때만 계약을 파기하고, 나중에 다시 계약을 한다."

"그렇지."

엔드는 그렇게 말하고 가볍게 날개를 퍼덕여 내 팔 위에 앉았다.

"어떻게 생각해?"

그의 물음에 난 고개를 끄덕였다.

"괜찮다고 생각해. 아빠에게 그렇게 이야기해야겠다."

"그러시는 게 좋겠네요."

앤 역시 동의했다. 난 살그머니 샐러드 안의 토마토를 포크로 찍으며 말했다.
“그리고 앤.”
“네.”
“나 에멜이 좋아.”
앤이 멈칫하고 날 바라보았다가 신음을 흘리며 말했다.
“왜 하필 에멜 레이몬드예요?”
“하하, 그러게.”
내가 웃으며 말하자 앤이 다시 한숨을 내쉬었다.
“전 잘 모르겠어요. 다른 멋진 분들도 많은데.”
“그런가?”
“네, 제온 도련님이라든가.”
“그건 기각.”
“그런가요.”
“응, 그런데 앤은 제온이 좋아?”
내 말에 앤은 황망하다는 얼굴을 했다.
“아닌데요.”
“아니, 제온을 멋진 분으로 꼽아서.”
“아닙니다.”
앤이 고개를 저었다.
“전 에스텔 님이 가장 좋아요.”
그녀의 말에 난 에헤헤 웃으며 말했다.
“나도 앤이 정말 좋아.”
우리 둘은 마주 보고 방긋 웃었다.

아빠는 내 이야기를 다 듣고는 짧게 말했다.

"왜 내가 아니라 너에게 먼저 간 거지."
아서에 대한 불만이었다.
"그야 아빠는 저에게 알리지 않고 마법사를 처리하셨을지도 모르니까요. 으, 아니 그러는 장면이 눈앞에 생생하게 보이는 것 같아요."
내가 눈을 비비며 말하자, 아빠는 한숨 섞인 웃음을 지으셨다.
"그래서 파기하고 진단을 받자 이거구나."
"네, 그러고 나서 다시 계약하면 되니까, 가장 무난한 방법이라고 생각돼요."
"그렇군."
아빠는 집무실 의자에 기대어 생각에 잠기셨다. 생각해 보실 것도 없지 않은가요?
"하지만 만약에, 무조건 정령사라고 마법사가 말한다면?"
아빠의 말에 난 "네?" 하고 되물었다. 아빠는 "그럴 수도 있지." 하고 중얼거렸다.
"무조건 제가 정령사라고 주장한다고요?"
"그래, 후작가의 입김이 닿았다면."
"그건, 생각 못 했어요."
그쪽에서는 내가 정령사든 아니든 정령사라고 주장하고 싶을 거다. 그래서 오염된 땅이 정화되면 좋고, 못 한다고 하면 반역죄를 씌우면 될 테니까.
"마법사에 대해서 따로 알아보라고 하지요."
"아니면 우리 쪽에서 입김을 넣지."
아빠는 그렇게 말하고 나를 바라보며 말했다.
"그래도 받을 거니?"
테스트를.

아빠의 말에 난 잠시 생각하고 고개를 끄덕였다.
"네."
"그렇다면 파기하는 게 좋겠지."
"알겠어요."
"그래. 나머지 일은 이쪽에서 알아서 하마."
"네, 그리고— 이 일로 아서를 혼내지는 마세요."
작게 덧붙인 말에 아빠가 "그러마." 하고 짧게 대답했고, 난 웃으며 가볍게 책상을 돌아가서 아빠를 끌어안고 뺨에 뽀뽀한 후에 몸을 일으켰다.
"그럼 가 볼게요."
"그러렴."
난 얼른 방을 나와서 로이에게 사정을 설명했다. 로이의 얼굴이 굳었다.
"정령과 파기하시면, 저에게 꼭 말씀해 주셔야 합니다. 아셨지요?"
"응, 절대로 로이를 떼 놓고 다니지 않을게. 맹세해."
손을 들며 말하자 로이는 그제야 안도하는 얼굴이 되었다. 난 문득 생각난 질문을 던졌다.
"그러고 보니 로이는 에멜이 있었던 기사단이 전멸했다는 거 알아?"
"아."
로이는 작게 소리를 냈다가 고개를 갸웃하며 말했다.
"사실 저도 들은 것뿐이에요. 그때 저는 동계 훈련을 따라가기 너무 어렸고. 정식 기사도 아니었으니까요."
"그랬구나."
"아스터 경은 자세히 알지 않을까요? 그때도 단장이셨으니까요."
"아, 맞아."

난 고개를 끄덕였다.

"그리고 그 자식은 주군께서 물어보면 답해 줄 것 같은데요. 궁금하면 물어보시죠."

"나 그렇게 무심한 사람 아닙니다."

"음, 그런 얘기를 다른 사람을 통해서 듣는 게 더 무심하지 않을까요?"

"그런가?"

"그렇지요."

로이의 말도 일리가 있어서, 난 고개를 끄덕였다.

일주일 후에 나는 정령과의 계약을 파기했다.

항상 있던 연결이 끊어지니 어쩐지 허전한 기분이었다. 로이는 그때부터 나에게 딱 달라붙어서 떨어지지 않았다.

앤은 선택된 마법사가 나쁘지 않다고 말했고, 우리 쪽에서도 이런저런 입김을 넣었다. 날 진단하기 위해 도착한 마법사는 젊고 좀 창백한 남자였다.

증인들이 지켜보는 가운데 테스트가 있었고, 내가 정령사가 아님이 확인되었다. 몇몇 '말도 안 돼!'라고 하는 소리가 튀어나왔지만, 아빠가 둘러보자 그 소리가 쏙 들어갔다. 레이몬드 후작으로서, 그 자리에 서 있었던 에멜은 낯선 얼굴로 날 바라보다가 빙긋 웃었다.

"정령사가 아니었다니, 유감이군요."

그의 뻔한 거짓말에 난 손목을 문지르며 "그러게요." 하고 대답했다.

테스트를 하기 위해 손목을 묶고 있었던 터였다. 황제가 "이걸로 더 이상 의심이 있는 자가 없겠지." 하고 못을 박아 버려서, 다른 후작들이 날 노려보는 게 느껴졌지만, 난 무시했다. 특히 자몬 후작의 눈길이 대단했다. 아마 내가 무슨 짓을 해도, 그는 내가 정령사가 아니라는 걸 절대로 믿지 않겠지.

그러고 나서 바로 정령과 계약을 하러 영지로, 다시 그 정령석 동굴로 내려갈 계획이었지만, 당분간은 몸을 사리기로 했다.

'맥길런의 연주회도 곧이니까.'

Chapter 6.

황금홀은 손님으로 가득 찼다.

놀랍게도, 카스티엘로 공작가는 홀에 좌석을 가지고 있지 않았다.

'예술과는 인연이 없는 가문이니까, 어쩔 수 없지.'

그래도 홀을 대관하는 데는 문제가 없었고, 모든 준비도 완벽하게 되었다.

우리 가족은 당연히 이 노래를 들어야 했으므로 난 아빠와 카를도 참석시켰고, 카스티엘로 공작가 전원이 등장하는 이 공연에 오고 싶어 하는 사람은 흘러넘쳤다.

내가 나가서 중간에 연주를 해야 하기 때문에, 우리는 맨 앞자리에 나란히 앉았다.

"다들 우리에게 말 걸고 싶어 하는 것 같은데요."

내가 중얼거리자 아빠가 긴 다리를 쭉 뻗으며 말했다.
“그럼 걸든가.”
“그러고 계시면서요?”
“내가 뭐?”
아빠가 붉은 눈을 나른하게 들어 날 바라보았다. 로이가 내 뒤에서 킥킥거리며 말했다.
“그렇게 살기를 사방에 뿌리고 계신다면 말이지요.”
“겁쟁이는 상대 안 해.”
“빨리 시작하라고 해.”
카를이 이어 말했다. 난 한숨을 내쉬고 어깨를 늘어트렸다. 슬쩍 입구 쪽을 바라보는 내 시선을 눈치채고 아빠가 물었다.
“네 약혼자가 늦는구나.”
“그러네요.”
“지각이라.”
카를이 비소를 지었고, 난 “일이 있는 거겠지요.” 하고 에멜을 옹호했다. 그때, 입구에서 에멜이 모습을 드러냈다.
난 얼른 그를 마중 나갔다.
“늦었어요, 에멜 레이몬드.”
팔짱을 끼며 말하자 에멜이 희미하게 웃었다.
“죄송합니다. 일이 좀 있어서요.”
“부디 그게 괜찮은 변명이기를 바라지요.”
“가족 간의 다툼으로.”
“아. 내가 뭐라고 할 수 없는 변명이네요. 이쪽으로 오세요.”
에멜은 가볍게 고개를 끄덕였다. 로이가 그를 보고 살짝 눈을 찌푸렸다가, 에멜이 웃어 보이자 한숨을 내쉬었다.

에멜은 평소보다 느릿하게 계단을 내려왔다. 난 한숨을 내쉬며 말했다.

"늦게 등장하면서 주목받는 등장을 하려는 거였다면, 제가 꽃이라도 뿌리라고 했을 거예요."

"그런 건 아닙니다."

에멜이 한숨을 내쉬고 빠르게 계단을 걸어 내려가서 지정석에 도착했다.

"카스티엘로 공작님, 공자님."

가볍게 에멜이 인사하자 두 쌍의 붉은 눈이 에멜을 보았다가 눈을 가늘게 떴다.

"앉아요, 에멜."

난 그에게 내 옆자리를 툭툭 두들기며 말했고, 에멜은 앉으며 짧게 신음을 내뱉었다.

"에멜, 어디 안 좋아요?"

"조금이요."

그러고 보니 홀의 어두운 조명 아래서도 좀 창백한 것 같다.

"괜찮아요?"

"연주를 들을 만큼은 괜찮습니다."

"알겠어요."

난 고개를 끄덕이고 걱정스럽게 그를 한 번 바라본 후에 무대로 올라갔다.

와 준 손님들에게 짧게 인사를 하고, 오케스트라와 맥길런을 소개한 후에 난 다시 내 자리로 돌아왔다.

지휘봉을 든 맥길런이 가볍게 인사를 하고 나서 연주를 시작했다.

'그래, 바로 이거야.'

맑고 영롱한 음악이 홀 안을 가득 채웠다. 빗방울 소리, 얼음 밑을 흐르는 냇물 소리, 끊임없는 파도, 도도하게 흐르는 강, 분수에서 떨어지는 반짝이는 물방울, 그 모든 게 하나의 노래가 되어 홀을 가득 채웠다.

긴 곡이었지만, 전혀 지루하지 않았다. 연주가 끝나자 침묵이 이어졌다. 그가 뒤로 돌아서 인사를 하자 그제야 숨 막히는 환호성과 박수가 쏟아졌다. 사람들은 자리에서 일어나 기립 박수를 쳤고, 앙코르를 외쳤다.

맥길런은 웃으며 고개를 숙여 보이고 내게 손을 내밀었다. 난 얼른 무대 위로 올라갔다.

박수 소리가 가라앉았다. 시종이 하프를 가지고 나왔고, 나와 그는 서로를 마주 보고 웃었다. 맥길런은 피아노 앞에 앉아서 날 바라보았다. 그가 입 모양으로 말했다.

"하나, 둘, 셋, 넷."

난 하프 연주를 시작했다. 짧고 예쁘고 반짝반짝한 곡이었다.

맥의 오케스트라 곡도 좋았지만, 이 곡이야말로 가벼워서 모두에게 유행하게 되리라.

난 그렇게 생각하며 짧은 연주를 끝냈다. 조명 때문에 객석이 잘 보이지 않아서 다행이었다.

맥길런이 피아노에서 일어서서 내 쪽으로 다가와 손을 내밀었다. 그의 손을 잡고 자리에서 일어나자 박수가 쏟아졌다.

맥길런이 내 손등에 키스하고 말했다.

"오늘의 곡은 에스텔 님께서 도와주지 않았다면 절대로 나오지 않았을 겁니다."

어, 맥? 내가 아니라 객석을 보면서 말해야 하는 거 아닐까요?

"제 뮤즈이자 여신인 그대에게 모든 곡을 바치겠습니다. 그리고 놀랍게도, 다들 짐작하시겠지만 두 번째 곡의 제목은 황금빛 첫 별(에스텔)입니다."

그리고 그가 다시 내 손등에 열렬히 키스했다. 약간의 웃음소리가 객석에서 흘러나왔다. 난 당혹스러움을 숨기며 객석을 바라보고 말했다.

"곡이 완성되는 데 도움이 되었다니 기쁘네요. 그럼 맥길런 롤프의 발표회에 와 주셔서 감사합니다. 곧 다과 시간이 시작되고, 우리 작곡가와 이야기를 나눌 시간 역시 마련되어 있습니다. 부디 남아서 이야기를 나눠 주세요."

마무리 인사를 하자 다시 박수가 터져 나왔고, 객석의 조명이 켜졌다.

난 차마 내 가족들이 있는 자리는 볼 수가 없었다.

*　　*　　*

다과 시간에 난 간신히 빠져나왔다. 모두가 내가 맥과 연인이라고 지레짐작하는 눈치였다. 소문과 더해져서 아주 파급력이 굉장했다.

단순한 남첩이 아니라 공식 정부로 인정이라도 받은 모양새였다.

약혼자인 에멜이 바로 옆에 있는데 말이지요.

이 모임의 주최가 나니까 끝까지 내가 남아 있어야겠지만, 그럴 수가 없었다.

난 아까부터 아무런 말도 하고 있지 않은 에멜의 팔을 잡아당겼다. 그가 짧게 신음 소리를 냈다.

난 놀라 손을 떼고 물었다.

"에멜? 괜찮아요?"

"괜찮습니다."

"괜찮은 게 아닌 것 같은데요. 먼저 돌아가죠."

"절 먼저 돌려보내고 저 음악가와 뭘 하시려고요?"
에멜이 속삭이듯 물어서 나 역시 같이 속삭였다.
"먼저 돌려보내는 게 아니라 같이 가자고 하는 거예요."
"아."
에멜은 그렇게만 말했다.
"에멜?"
내가 다시 그를 부르자, 에멜이 길게 숨을 내쉬고 말했다.
"아뇨, 저 혼자 돌아가겠습니다."
"네?"
"아무래도 여기에 전 필요 없는 것 같으니 말이지요."
"그게 무슨 말이에요."
그때 로이가 슬그머니 다가오더니 에멜의 옆구리를 눌렀다. 그 순간 에멜은 헉 하고 숨을 토해 내며 허리를 굽혔다.
"에멜?!"
난 놀라서 그를 붙잡았다. 로이가 다과 테이블에서 가져온 레몬 머핀을 한입에 넣으며 말했다.
"데리고 나가죠."
에멜이 로이를 죽일 듯이 노려봤지만 로이는 태연했다.
"어, 그래요. 잠깐만요."
난 고개를 끄덕이고 아빠에게 다가갔다. 내 표정을 보고 아빠가 고개를 끄덕였다.
"아까부터 피비린내가 코를 찌르더구나."
"알고 계셨어요?!"
에멜이 어딜 다친 걸?
"처음 온 순간부터."

그렇게 말하고 아빠가 휘파람을 불었다. 날카로운 소리에 모두가 깜짝 놀라 이쪽을 돌아보았다. 아빠가 말했다.

"슬슬 귀찮아지기 시작했으니 모임은 여기까지 하지. 다 나가."

"아빠!"

내가 놀라서 소리치자 아빠가 날 내려다보며 말했다.

"이게 가장 빠르지."

세상에.

난 허탈해져서 웃음마저 나왔다. 아마 이 일로 사람들은 또 카스티엘로 공작의 그 오만함과 무례에 대해서 이러쿵저러쿵하겠지.

'그 순간에 자신이 있지 못했던 걸 아쉬워하면서 말야.'

맥길런이야 아쉽겠지만, 그의 눈치 없는 행동에 대한 대가라고 생각하면 딱 적당한 것 같다.

"고마워요."

작게 속삭이자 아빠가 "별말을." 하고 내 어깨를 가볍게 밀었다. 난 싱긋 웃고 다시 에멜에게 돌아왔다.

"자, 그러면 마차는 어디에 있죠?"

마차에 올라타자마자 난 그의 재킷을 벗겼다.

"아가씨가 제 옷을 벗겨 주시는 건 좋군요."

"아, 이제 헛소리가 나오…… 에멜!"

재킷을 벗기자마자 그의 흰 셔츠 옆구리 부분이 붉게 물들어 있는 게 보였다.

"맙소사, 이게 뭐예요?"

"별거 아닙니다."

"별거 아닌 게 아닌데요."

난 손을 뻗어 그의 셔츠 단추를 풀기 시작하며 말했다.

"침대에서 벗겨 달라는 둥의 말, 꺼내기만 해 봐요."

에멜은 얌전히 입을 다물었다. 셔츠 단추를 풀자 흰 붕대가 보였다. 붕대도 이미 피로 물들어 있었고, 붕대가 가리지 못한 곳에 커다란 흉터가 보였다.

"에멜……."

난 가볍게 숨을 헐떡이고 그를 바라보았다.

"대체, 왜 온 거예요!"

"약혼녀의 발표회인데 와야죠. 설마 무대 위에 제 연적이 있을 거라고는 생각 못 했지만요."

"이렇게 다쳤으면 오지 말아야죠!"

"안 오면 제 존재를 잊어버리실까 봐."

"아, 그럴 리가 없잖아요. 에멜 레이몬드. 당신이 얼마나 성가신데요."

난 상처에 손을 댈 수가 없었다. 제길, 왜 하필 지금 정령이랑 계약되어 있지 않은 거야. 내가 머뭇머뭇 그의 상처를 향해 손을 뻗자 에멜이 내 손목을 붙잡았다.

"사양하죠."

"뭘 말이에요?"

"그 정령으로 고치시는 거 말입니다."

"안 고쳐요."

"아."

에멜은 천천히 손목을 놓으며 자조 섞인 웃음을 흘렸다.

"가끔 아가씨에게 제가 아무것도 아니라는 걸 까먹어서요."

"아무것도 아니지 않아요."

"그렇죠, 미워하는 상대죠."

"에멜."
"그래서, 맥길런이 당신의 새 애인인가요? 저와 비교 대상인가요?"
"에멜."
"그 아름다운 곡이 나오려면, 분명 아가씨께서 충분히 뮤즈 노릇을 해 주셨겠죠. 제가 들은 소문만 해도 한 수레가 나올 겁니다."
"나와 맥의 소문을 듣기는 했나 보죠."
"네, 그 한 침대 소문까지 포함해서 말이지요."
그 말에 난 피식 웃었다.
"뭐, 그건 사실이지요."
난 그의 상처를 뚫어져라 바라보았다. 아, 어떻게 해야 피가 멈출까? 붕대를 새로 갈아야 하는 거 아닌가? 그런데 새 붕대가 없잖아? 내 옷으로 눌러 볼까?
"그 자식 손가락을 다 꺾어 버릴 걸 그랬군요."
낮고 낮은 목소리에 난 고개를 들었다. 에멜의 눈동자가 거의 검은빛을 띠고 있었다.
"에멜?"
눈을 찌푸리며 그를 부르자 에멜이 싱긋 웃었다.
"아니면 배를 갈라 버릴까요."
"에멜."
"그 손가락으로 아가씨를 만졌으니 다 잘라 버리고, 눈도 아가씨를 훑었으니 뽑아 버리고, 아, 혹시 혀도 서로 엉켰나요? 확실하게 잘라야 할 리스트에 넣어 두죠."
"에멜 레이몬드."
"네? 어여쁘고 사랑스러운 내 약혼녀님?"
그가 부드럽고 달콤한 어조로 대답했다. 난 한숨을 내쉬고 몸을 뻗어 그의 입술에 가볍게 키스했다.
"화내지 말아요."
에멜은 멍한 얼굴로 날 바라보았다.
"상처에서 또 피가 나잖아요."
난 내 숄을 벗어서 에멜의 상처를 눌렀다. 짧은 신음이 그의 입에서 흘러나왔다.
"내가 너무 아프게 눌렀어요? 사실 해 본 적이 없어서 어떻게 눌러야 하는지 잘 모르겠어요. 차라리 로이를 부르는 게 나을 것 같은데."
"아가씨."
"네."
고개를 들어 에멜을 보니 그가 혼란에 찬 얼굴을 하고 물었다.
"제가 지금 피를 흘려서 뭐 환각 같은 걸 본 건가요? 아니면—?"
"뭐가요?"
"아가씨가 저에게 키스하신 것 같은 환각을 본 것 같아서요."
"환각 아니에요."
난 그렇게 말하며 갸웃하고, 좀 더 힘을 줘 상처를 꽉 눌렀다. 에멜이 움찔했다.
"어쩌다가 다친 거예요?"
"그게 아니라 방금 그거에 대해서 좀 더 이야기를 나누면 안 될까요?"
"에멜이 이상한 소리를 하면서 화를 내니까요. 그러니까 상처에서 또 피가 나잖아요. 그래서 특단의 조치를 취한 거지요."
에멜이 멍하니 날 바라보다가 "제길!" 하고 욕을 내뱉으며 몸을 세웠다. 난 놀라 그를 바라보았다.
"에멜 레이몬드! 내가 지금 상처 누르고 있는 거 안 보여요?"
"맥길런에게도 똑같이 해 주셨겠군요, 젠장할. 그가 '음악이 잘 나오지 않아요.'라며 절망스러운 얼굴을 하면 기꺼이 그 사랑스러운 입술로 키스해 주셨겠죠."

"안 그랬어요!"

"그리고 도닥이며 한 침대에서도 기꺼이 자 주셨겠죠. 그 새끼가 아가씨의 몸을 더듬는 걸 어쩔 수 없는 거라고 생각하면서—"

"그런 말도 안 되는 추리는 어디서 나온 거예요?!"

"저에게 키스하셨잖습니까!"

"그랬지요?"

"빌어먹을, 당신의 그 이타성이 짜증 나. 지긋지긋한 나에게도 이렇게 하는데, 다른 사람을 위해서는 어떻게 했을지 궁금해 미칠 지경이야. 아, 세상에 상처가 아파서 죽을 것 같은데 한 번 더 키스해도 되나요? 아니면 드레스 안에 손을 넣어도 됩니까? 할 수 있다면 그 보디스도 끌어 내리고요."

쾅—!

그때 누군가가 마차 문을 강하게 후려쳤다. 난 화들짝 놀라서 마차 문을 바라보았다.

"안에서 헛소리가 자꾸 들리는 것 같은데요, 주군. 괜찮으세요?"

로이였다.

"어, 음. 괜찮아. 고마워, 로이."

더듬거리며 말하자 로이가 "주군께서 그러시다면." 하고 대꾸했다.

에멜이 길게 한숨을 내쉬었다.

나도 한숨을 내쉬었다.

"에멜."

"네."

그는 얌전한 어조로 대답했다.

“내가 진짜로 맥을 사랑한다고 하면 어쩔 거예요?”

파르르 그의 입꼬리가 떨렸다. 천천히 그는 눈을 감았다가 모든 것을 삼키고 눈을 떴다.

그리고 미소 지었다.

‘아.’

갑자기 난 어린아이가 된 것 같았다. 어리고 순진한 에스텔.

그리고 그녀의 다정한 호위 에멜. 지금까지의 그가 보여 주던 미소와는 다른 그런 미소.

“행복하신가요?”

“그렇……다면요?”

그가 손을 뻗었다. 약간 떨리는 손끝이 내 얼굴에는 닿지 않고 간격을 두며, 쓸어내리듯 천천히 뺨을 타고 내려왔다가 툭 떨어졌다.

“그럼 제 사랑하는 아가씨가 영원히 행복하시길 바랍니다. 저는 깨끗하게 사라져 드리겠습니다.”

방금 그렇게 질투해 놓고서?

난 입을 살짝 벌렸다가 다물고는 솜을 놓고 도로 내 자리에 앉았다.

“상처 치료에 전혀 도움이 되지 않네요. 미안해요, 에멜.”

“아닙니다.”

“어쩌다 다친 거예요?”

“가족 간의 다툼이라고 말씀드렸잖습니까?”

“어— 에멜의 가족이 에멜을 찔렀다고요?”

“전(前) 레이몬드 후작 부인이요.”

순간 난 할 말을 잃었다.

그러니까, 에멜의 어머니잖아?

에멜이 태연하게 이어 말했다.

"설마 나이프로 찌를 줄은 몰라서 방심했습니다. 다음부터는 좀 더 주의해야겠네요. 아가씨의 음악회를 망쳐서 죄송합니다. 아, 아가씨와 애인의 음악회라고 해야겠네요. 생각해 보니 이렇게 굳이 올 필요도 없었군요."

에멜이 허탈하게 웃었다. 그는 잠시 입을 다물고 있다가 느릿하게 말했다.

"그래서 이용한다고 하셨군요. 하지만 상관없습니다."

"뭐가요?"

"맥길런과 뭘 어떻게 하실지는 모르겠지만, 아가씨께서 원하시는 만큼 충실하게 가짜 약혼자 노릇은 할 겁니다."

"그 점은 걱정하지 않아요."

에멜은 씁쓸하게 미소 지었다. 난 고개를 저었다.

"그냥 해 본 말이었어요."

"네?"

"에멜 레이몬드. 어디서부터 뭘 잘못 생각하고 있는 건지 모르겠지만 첫째로, 맥은 내 연인이 아니에요. 그 후보에 들어가지도 못한다고요."

내 말에 그는 양손으로 자신의 얼굴을 덮었다. 한참 뒤 그가 손을 내리고 물었다.

"그렇습니까?"

"그래요. 그리고 둘째로 맥에게는 키스하지 않았어요. 날 만지게 두지도 않았고요."

에멜은 날 살피듯 바라보다가 고개를 끄덕이고 길게 숨을 내쉬며 몸을 의자에 기댔다.

그리고, 내가 아는 에멜 레이몬드다운 얼굴로 씩 웃으며 말했다.

"알겠습니다."

"좋아요."

난 에멜의 상처를 바라보았다. 에멜이 슬그머니 벗은 재킷으로 자신의 상처를 가렸다.

참, 나. 이제 와서.

난 그의 몸에서 눈을 뗐다.

"전 레이몬드 후작 부인이라고요."

"네."

에멜이 고개를 끄덕이며 말했다.

"꼴좋다고, 좀 더 기뻐하셔도 됩니다."

그의 말에 난 한숨을 내쉬었다.

"전혀 기쁘지 않아요."

"그러신가요?"

"그래요. 그럼, 에멜."

"네."

"파혼할까요?"

정적이 마차 안에 흘렀다. 나도 그도 입을 열지 않았다. 에멜이 희게 질린 얼굴로 간신히 입을 열었다.

"제가 잘못했습니다."

"그런가요?"

"뭐든 제가 잘못했고, 제가 멍청한 발언을 했고, 피를 흘려서 아가씨의 음악회를 망쳐서 죄송하고, 그냥 다 잘못했습니다. 그러니까 재고해 주시면 안 될까요?"

"어차피 파혼할 거라는 거 알고 있었잖아요?"

"그렇죠. 하지만 이렇게 빠르게는 아니었습니다. 적어도, 좀 더― 아가씨가 절 싫어하지 않고―"

"싫어하지 않아요."
퍼뜩 에멜이 고개를 들었다. 그의 얼굴에 가득한 갈망에 나도 모르게 숨을 삼켰다.
"싫어하지 않으신다고요?"
"그래요."
에멜이 머뭇머뭇 말했다.
"물론 아가씨께서 절 괴롭히는 걸 좋아하시는 건 압니다. 항상 저는 희망을 가지고 갔다가."
에멜은 뒷말을 삼켰다.
안다. 항상 여지를 주고 당신을 밀어내 왔으니까.
난 진지하게 그를 바라보았다. 이제 그래야 할 때다.
"싫어하는 사람에게 키스하지는 않아요."
"그럼…… 그럼……."
에멜은 말을 잃어버린 사람처럼 몇 번이나 같은 말을 반복했다.
그때 마차가 멈춰 섰다. 로이가 문을 열어 주며 말했다.
"도착했습니다."
후작저가 아닌, 공작저였다. 홀에서는 우리 집이 더 가까워서 내린 결정이었다.
"부축해 주지 않아도 괜찮아요?"
"괜찮습니다."
에멜이 마차에서 내렸다. 마중 나온 네반에게 난 손님방과 치료사를 부탁했다.
"그리고 앤도."
"알겠습니다."
잠시 후 완벽하게 준비된 손님방에 누워, 에멜은 진찰을 받게 되었다.

치료사는 상처를 봉합했고, 앤은 독이라고 진단을 내렸다.
"독?"
"네, 마스터라서 오러로 막고 있는 거죠. 하, 며칠 동안 고생할걸요. 에멜 레이몬드 후작 각하."
앤의 말에 에멜은 느리게 한숨을 내쉬며 말했다.
"즐거워 보이시는군요."
"약간이요."
"앤~"
내 부름에 앤이 싱긋 웃으며 날 돌아보고 말했다.
"해독제를 만들 겁니다. 하지만 그래도 이삼 일은 고생할 거예요. 그럼 피를 좀 빼 갈게요, 후작님."
에멜은 고개를 끄덕였고, 앤은 에멜의 피를 채취해서 방을 나갔다.
방 안에는 우리 둘만 남았다.
내가 블라인드를 조절하고 자리로 돌아와 물었다.
"불편한 곳은 없나요?"
"아직은요. 제가 여기서 묵게 될 거라고는 상상도 못 했는데요."
"그리고 묵게 됐군요."
"네, 그리고 하던 이야기를 계속해도 될까요?"
"무슨 이야기요?"
"아가씨께서 절 싫어하지 않으신다는 이야기요."
"아."
난 에멜이 앉아 있는 침대 위에 앉았다.
높은 쿠션들에 상체를 기대고 있는 에멜의 얼굴은 숨길 수 없는 갈증을 드러내고 있었다. 그가 속삭였다.
"조금쯤은 저에게 희망이 있다고 생각해도 되나요?"

"괜찮아요. 난 희망 고문을 가장 좋아하거든요."
"하."
에멜이 웃음인지 아닌지 모를 숨을 내뱉고 눈을 감았다.
'나도 참.'
솔직하게 '에멜이 좋아요.'라고 말하면 될 텐데, 어쩐지 그 말이 나오지 않았다. 에멜에게 가볍게 키스할 수도 있었고, 그에게 장난칠 수도 있었지만, 그 말은 잘 나오지 않았다. 난 에멜의 옆구리를 꽁꽁 감은 새하얀 붕대를 바라보다가 말했다.
"에멜."
"네."
"저에게 에멜에 대해서 잘 모른다고 그랬었죠."
에멜이 눈을 떴다.
"그랬지요."
"그럼, 얘기해 봐요."
"뭘 말입니까?"
"에멜에 대해서요."
"……별로 말씀드릴 만한 게 없는데요."
"난 에멜이 전 레이몬드 후작 부인에게 찔렸다는 걸 듣고 깨달았어요. 레이몬드 후작가 안에 아군이 없군요. 생각해 보면 당연하죠. 에멜의 사촌들은 다른 후작가와 손을 잡고 에멜을 죽이려고 애쓰고 있을 거고요. 그리고 전 후작 부인은 남편과 아들을 죽인 가문의 딸과, 자신의 아들이 약혼했다는 걸 참을 수가 없었겠죠."
에멜이 쓰게 웃었다.
"아가씨는 항상 지나치게 생각이 많지요."
"어떻게 해서 후작 위를 받아 냈는지는 묻지 않겠어요. 묻지 않아도 뻔하거든요. 에멜, 에멜이 마스터가 아니라면 그 후작 위를 유지하기가 몹시 힘들 거예요. 에멜의 사람도 만들어야 하고요. 어떻게 하려고 그러는 건지 나는 잘 모르겠어요."

난 가볍게 숨을 내쉬고 말했다.

"그러니까 나와 파혼하는 게 에멜에게는 더 나을 거예요."

적어도 카스티엘로 공녀가 약혼녀가 아니라면, 그가 레이몬드 후작가에서 입지를 얻기가 더 쉬워질 거다.

에멜이 킥킥 웃기 시작했다.

"에멜?"

내가 눈을 찡그리자, 에멜은 마구 웃기 시작하다가 통증 때문에 간신히 헐떡이며 웃음을 멈췄다.

"그런 이유라면 거절합니다."

"에멜."

"아, 오늘 아가씨께서 제 이름을 너무 많이 불러 주셔서 행복하네요."

내가 말없이 눈썹만 치켜 올리니 그가 희미하게 미소 지으며 말했다.

"제가 후작가를 원한 이유는 아가씨 때문입니다. 그러니까, 아가씨 때문에 제 후작 위가 어려워진다고 아가씨의 손을 놓으면 본말이 전도되지요."

난 눈을 찌푸렸다.

"무슨 말이에요? 나 때문에 후작가를 원했다는 게?"

에멜이 길게 한숨을 내쉬고 말했다.

"아가씨와 다른 방식으로 함께하고 싶었으니까요. 불안하기도 했고요."

"좋아요. 전부 다 꼼꼼하게 말해 봐요."

내가 그에게로 바싹 다가앉으며 말하자, 에멜이 어색한 미소를 지었다.

"저를 완전히 탈탈 털어 버리고 싶어 하시는군요."

"할 수 있다면 전부요."

에멜은 한숨을 내쉬었다.

"좋습니다. 뭐, 별거 아닌 내용이에요. 전 아가씨의 호위 기사였고, 기사가 아가씨와 함께 갈 수 있는 길에는 한계가 있죠."

그는 잠시 침묵하다가 덧붙였다.

"저는 오랫동안 아가씨와 가까이 있었지요. 가장 가깝기 때문에, 호위의 연장으로 연인이 되고 싶지 않았습니다. 게다가 전 아가씨만으로 충분하지만 아가씨는 아니거든요."

내가 눈을 찌푸리며 항의하려고 하자, 에멜이 살짝 손을 들며 말했다.

"아니, 전 아가씨로 충분하지만 아가씨는 그러면 안 됩니다. 첫 별에게는 마땅히, 성좌제가 바쳐져야 하는 법이죠."

난 멍하니 에멜을 바라보다가 대꾸했다.

"바보 같아요."

"아차, 아직 바보 같은 파트는 더 남아 있어요. 그리고 아가씨께서 절 좋아하시는 게 어떤 건지 궁금했습니다."

"어떤 건지 궁금하다고요?"

"제 마음도 역시 말이죠. 헤어져서 시간이 흐른 후에도 계속 아가씨가 좋다면— 그리고 아가씨도 항상 같이 있었던 호위 기사 에멜이 아니라 다른 방식으로 절 봐 준다면. 그러면 어떨까, 하는 거죠."

"그건, 그건 뭔지 알겠어요."

"그리고, 그때 아가씨는 너무 어렸고요."

"그것도 사실이죠."

고개를 끄덕이자 에멜이 한쪽 어깨를 으쓱했다.

"그런 이야기입니다."
"그럼 왜 그렇다고 말하지 않았어요?"
"아직 어린 아가씨에게 고백을 받았는데, 제가 죽을지 살지 모르지만 후작 위를 이어올 테니까 기다리라고요? 거기까지 미친놈은 아닙니다."
난 할 말이 없어졌다. 뺨을 가볍게 부풀렸다가 난 입을 열었다.
"에멜."
"네."
"지금 내가 후작가에 가면, 에멜은 거기서 날 지킬 수 있어요?"
"아야. 아픈 곳을 찔렀네요."
에멜이 가볍게 마른 입술을 핥으며 물었다.
"그런데, 그 말은 혹시, 혹시라도 아가씨가 후작가에 들어올 가능성이 조금이라도 있다는 이야기인가요? 아니면 그냥—"
"희망 고문이요."
"그거 철저한 고문이군요."
에멜이 한숨을 내쉬었다. 난 빤히 그런 그를 바라보다가 손을 뻗어 부드럽게 그의 머리카락을 넘겨 주었다. 그리고 슬그머니 침대 위로 다리를 올려 그의 옆에 쿠션을 베고 기대듯 누웠다.
"아가씨?"
에멜의 몸이 굳었다. 내가 콧방귀를 뀌며 말했다.
"도닥이며 한 침대에서 기꺼이 자 주려고요. 에멜이 날 좀 더듬어도 아파서 어쩔 수 없나 보다 하면서요."
내 말에 에멜이 뭐라고 해야 할지 모르겠다는 얼굴을 했다.
그러다 문득 그가 깨달았다는 듯이 말했다.
"저도 질문해도 됩니까?"
"해 봐요."

"절 싫어하지 않으신다고 했죠."
"그랬죠."
"그 말은— 어느 정도로 절 싫어하지 않으신다는 말인가요?"
"한 침대에 누워서 기꺼이 자 줄 정도로요."
"그건, 절 조금 좋아한다고 봐도 되는 건가요?"
"아뇨, 싫어하지 않는 거예요."
"흠."
에멜은 의미심장한 소리를 내며 몸을 쿠션에 푹 기댔다.
"히죽거리지 말아요, 에멜 레이몬드."
내 말에 에멜이 소리를 내어 가볍게 웃었다.
"절 싫어하지 않으신단 말이죠."
"그렇다니까요."
에멜이 날 내려다보았다. 그의 눈이 금색에 가깝게, 명랑한 빛을 띠며 반짝였다.
그가 살며시 고개를 숙이고 물었다.
"그러면 키스해도 괜찮을 정도로 싫어하지 않으시나요?"
"제 이타성에 대해서 설명이 필요—"
에멜이 키스했다. 난 눈을 동그랗게 뜨고 에멜의 짙은 갈색 속눈썹을 바라보았다.
아, 이번엔 에멜은 눈을 감고 있고, 난 뜨고 있군.
에멜이 가볍게 입술을 떼었다가 속삭였다.
"눈을 감아야지요."
그 말에 내가 눈을 감으니 에멜이 한 번 더 키스했다. 그리고 한 번 더, 한 번 더, 좀 더 길게—
에멜이 내 입술을 살짝 물었다가 놓으며 웃었다.

기분 좋은, 달콤한 웃음.

난 온통 얼굴이 확확 달아오르는 것 같았다. 그가 또 키스할까 봐 난 양손으로 얼굴을 가리고 말했다.

"떨어져요, 에멜."

"여기는 제 침대고, 전 환자인데요."

"그러니까 얌전하게 쿠션에 얼굴을 박고 있으라고요."

"음, 아가씨가 얼굴을 보여 주시면요."

"그럼 또 키스할 거잖아요."

"안 해요."

그 말에 난 머뭇머뭇 손을 내렸다. 그러자 에멜이 다시 나에게 키스했다. 그의 커다란 손이 살며시 내 양 뺨을 감쌌다. 그가 숨을 토해 내며 손을 내리고 웃었다.

"이제 정말로 안 하겠습니다."

난 침대에서 펄쩍 뛰어내려 속삭이듯 말했다.

"지금 환자라는 걸 감사하게 생각해야 할 거예요, 에멜 레이몬드."

"감사하고 있습니다."

에멜이 웃으며 말해서 난 한숨을 내쉬었다. 나는 창문으로 다가가서 블라인드를 어둡게 만들고 방을 나가며 말했다.

"한숨 자요."

"누가 들어와서 제 목을 자르는 건 아니겠죠."

"설마요."

난 그렇게 말하고 문을 탁 닫았다.

'으아아아아아~!'

태연한 척도 거기까지였다.

난 폴짝폴짝 뛰며 양손으로 얼굴을 가렸다.

'키스했어, 키스했어, 키스했다고! 에멜이랑 키스했단 말야!'

"주군?"

의아한 목소리에 난 화들짝 놀라 손을 내렸다. 언제 왔는지 로이가 날 이상한 눈으로 바라보고 있었다.

"어, 안녕, 로이."

"네, 안녕하세요. 그리고—"

로이의 눈이 가늘어졌다.

"아가씨 눈을 그렇게 반짝거리게 하고, 뺨을 장미꽃처럼 붉게 만든 상대가 누군지 말씀해 주실 수 있나요?"

"거절하겠습니다."

"제가 주군 뒤의 방으로 들어가서 약간의 친목을 도모해도 될까요?"

"로이."

어깨를 늘어트리며 말하자 로이는 한숨을 내쉬고 말했다.

"뭐, 주군께서 좋다고 하시면야."

"싫지 않은 거예요."

"흠."

"아주 많이요."

"흐음. 아주 많이 싫지 않은 건 대체 어떤 느낌일까요."

"로이 딜런."

내 목소리 톤이 바뀌자 로이는 재빠르게 화제를 돌렸다.

"아, 아가씨에게 손님이 와서 막 부르려던 참이었습니다."

"손님이요?"

갸웃하고 난 응접실로 걷기 시작하며 물었다.

"누구인데요?"

"샤샤 님의 편지를 가지고 왔던데요."

"어머?"

난 웃으며 발걸음을 빨리했다. 세상이 온통 반짝거렸다. 대리석 바닥도 다른 때보다 반짝거리고, 은촛대도 영롱하게 빛나고 있고, 콧노래가 저절로 흘러나왔다.

"주군 지금 허밍하시는 건가요?"

"소리가 나왔어요?"

"네."

난 히죽 웃으며 로이를 돌아보았다.

"지금 기분이 엄청 좋아서요."

그렇게 말하고 난 응접실로 들어섰다. 기다리고 있던 시종이 나에게 편지를 내밀었다. 그러며 덧붙였다.

"최대한 빠른 시일 내에 와 주시길 바라고 있습니다."

"……?"

그 말에 난 의아해하며 편지를 열었다. 샤샤의 편지는 짧았다. 꼭 의논해야 하는 급한 일이 있으니, 최대한 빨리 찾아와 주면 좋겠다는 내용이었다. 편지로는 길게 이야기할 수 없다면서.

'무슨 일이지.'

샤샤에게 무슨 일이 생겼나?

더럭 걱정이 들어서 난 숨을 삼켰다. 혹시 아이리스 황녀가 나 대신 샤샤에게 화풀이라도 하고 있는 게 아닐까?

리리아는 그래도 백작 가문이라 걱정이 되지 않았지만, 남작 부인인, 소심한 샤샤는 걱정이 되었다.

'지금 바로—'

지금 바로 가야겠지만, 순간 저택에 있는 에멜이 걱정되었다. 적어도 아빠와 오빠에게는 사정을 설명하고, 하룻밤 간호 정도는 해 주고 싶었다. 앤도 이틀 정도는 고생할 거라고 그랬고.
하지만 급한 일이 아닐까?
샤샤가 시종까지 보내서 독촉하는 건 처음이었다.
고민하다가 난 시종에게 말했다.
"내일 아침 식사 시간에 보겠다고 전해요."
"알겠습니다."
시종은 허리를 숙이고 얼른 응접실을 나섰다. 상당히 마음이 급한 모양이었다.
난 한숨을 내쉬고 머리를 쓸어 올렸다.
"자, 그러면. 일단 사과 편지를 쓰고, 맥을 롬강에 버리는 계획을 세우고 나서, 아빠와 오라버니에게 사정을 설명해야겠군요."
로이가 히죽 웃으며 말했다.
"그 롬강에 버리는 부분은 제가 하면 안 될까요?"

* * *

당연하지만 앤은 거짓말을 하지 않았다. 에멜은 밤새 고열에 시달렸고, 난 발을 동동 굴렀다.
앤이 "해독 과정이지만 독은 독이니까 어쩔 수 없어요. 그래도 내일 낮이면 나아질 거예요." 하고 냉정하게 결론을 내려 줘서 오히려 좀 안심이 됐다.
난 물수건을 짜서 에멜의 이마에 올려 주었다.
시녀들이 자기들이 하겠다고 했지만, 뭐랄까. 혹을 데려온 건 나라서 내가 끝까지 책임을 져야 한다는 마음으로—
솔직히 말하자면 내가 간호하고 싶어서, 그냥 다 물리고 내가 하겠다고 했다.

잠이 오지 않았다.

에멜은 신음을 내며 가끔 몸부림쳤고, 난 그런 그를 도닥여 줬다. 그때 에멜의 손이 날 붙잡았다. 열 때문에 손이 뜨거워서 데일 것 같았다.

"에멜? 괜찮아요?"

그가 혼란에 찬 눈을 반쯤 떠서 날 바라보았다.

"에스……텔?"

"넵. 꿈속에서는 아가씨가 아닌가 보네요."

혼잣말로 중얼거리는데 그가 놀라운 힘으로 날 잡아당겨서 난 에멜의 가슴 위에 넘어졌다.

아니, 간신히 팔로 버텨서 넘어지는 건 면했다. 아무리 그래도 옆구리에 상처가 있는 사람 위로 쓰러질 수는 없지.

"에멜—"

한 소리 하려는데 그가 키스했다.

낮에 한 키스와는 전혀 다른, 난폭한 키스였다. 내 양손은 침대를 짚고 있어서 전혀 쓸모가 없었고, 그는 양손으로 내 허리와 머리를 당겼다. 난 그의 위로 쓰러지지 않기 위해 안간힘을 썼지만, 그런 내 노력을 아는지 모르는지, 에멜은 내 입술을 깨물었다. 통증에 나도 모르게 입을 벌리자 그의 혀가 내 입 안으로 미끄러져 들어왔다.

"……?!"

열 때문인지 에멜의 혀는 엄청 뜨거웠다. 그래, 열이 나면 혀도 뜨거워지는군요.

난 숨을 헐떡였다. 그는 거듭거듭 키스하며 몇 번이나 내 이름을 속삭였다. 혀가 입 안을 훑고, 치열을 어루만지고, 내 혀를 빨았다.

처음에는 약 때문인지 쓴맛이 났지만, 지금은 아무런 맛도 나지 않았다. 약 때문인지 나도 정신이 몽롱해지는 것 같다.
팔에서 힘이 빠졌다.
반쯤 무너지는 나를 그가 붙잡아 침대에 눕혔다. 아니 솔직히 말하자면 자신의 아래에 깔았다고 해야겠지.
"에멜? 정신 든 거죠?"
내가 조심스럽게 묻자, 에멜은 타액으로 번들거리는 입술을 핥고 웃었다.
"아니군요."
끙 하고 몸을 일으키려고 했지만, 에멜은 꿈쩍도 하지 않았다. 그가 내 목덜미에 자신의 얼굴을 묻었다.
"힉?"
난 숨을 내쉬며 그의 어깨를 밀어내기 시작했다. 그러자 그가 내 목을 핥던 것을 멈추고 으르렁거렸다.
"거부하지 마."
"에멜."
"꿈에서는, 제발."
그가 애원하듯 작게 속삭였다. 난 움찔했다. 한숨을 삼키고 천천히 그의 등을 쓸어내리자 그의 몸이 내 위로 무너지듯 겹쳐졌다.
"거부 안 해요."
난 작게 속삭였다. 에멜은 작게 헐떡이다가 흐느끼기 시작했다.
난 정말로 깜짝 놀랐다.
뭐라고 해야 하지? 이렇게 다 큰 남자가 우는 걸 본 적도 없고. 에멜이 우는 걸 볼 거라고는 상상도 못 해서…….
게다가 왜 우는 건데?!
"에멜? 괜찮아요?"

에멜이 상체를 들어 올려 날 내려다보았다. 눈물을 흘리며 그는 환하게 웃었다.

"에스텔."

"네."

"당신이 죽은 걸 봤어."

"난 살아 있어요."

"알아. 하지만……."

웅얼거리던 에멜이 다시 푹 쓰러졌다. 난 한숨을 내쉬었다. 이번에야말로 에멜은 잠든 것 같았다.

난 그의 밑에서 빠져나오기 위해 온 힘을 다 동원해야 했다.

에멜은 어째서 이렇게 단단하고 무거운 걸까요? 그야 근육 덩어리이기 때문이죠.

하.

간신히 그의 밑에서 빠져나온 난 그를 굴려서 새로 눕히려는 건 포기하고, 대신 그에게 이불을 덮어 주었다.

'아, 동튼다.'

블라인드를 살짝 열어 보고 난 한숨을 내쉬었다.

머리도 옷도 엉망이라 이걸 갈아입지 않고는 샤샤의 집에 갈 수가 없다.

시녀를 불러 간호를 부탁하고, 난 내 방으로 올라갔다.

로라는 내 흐트러진 차림새를 보고 눈썹을 슥 추켜올렸지만 아무 말도 하지 않았다.

그녀의 도움을 받아 옷을 갈아입고, 머리도 새로 올렸다.

"새벽부터 미안해, 로라."

"아닙니다."

로라는 가볍게 무릎을 굽혔다가 펴서 인사하고 물었다.
"리벨 남작 부인에게 가신다고요."
"응, 급한 일이 있다고 해서 아침 식사를 함께하기로 했어."
"그렇군요."
로라는 고개를 끄덕였다. 내가 힐끔 그녀를 보며 물었다.
"뭐 들은 거 없어?"
로라는 살짝 콧잔등을 찌푸리며 생각하는 듯하다 고개를 저었다.
"죄송합니다. 없습니다."
"아냐, 없다니, 차라리 잘된 일이지. 무소식이 희소식이라잖아."
"그럴듯한 말이군요."
"그지?"
씩 웃고 난 구두를 낮은 굽으로 갈아 신었다.
"아가씨."
"응?"
"에멜 경과 잘되어 가시는 건가요?"
그 말에 난 얼굴이 붉어지는 걸 느끼며 로라를 돌아보았다.
"으응, 어쩌면."
내가 우물거리며 말하자 로라는 미소 지었다.
"그렇군요."
난 주변을 휙 둘러보고 속삭였다.
"사실 키스했어."
로라가 눈을 동그랗게 떴다. 난 덧붙였다.
"근데 기분 좋더라."
로라가 킥킥 웃으며 "잘됐네요."라고 말해서 난 어깨를 늘어트리며 덧붙였다.

"사실 다른 사람에게 자랑하고 싶은데, 다들 나랑 에멜 사이에서 일어났던 일을 너무 잘 알거든. 그래서 로라가 그나마 좀 편하다고 해야 하나?"

"게다가 에멜의 목숨을 걱정하지 않아도 되고 말이죠."

"그겁니다."

웃으며 말하고 난 숄을 걸쳤다.

"그럼 다녀올게."

"네, 다녀오세요. 큰일이 아니었으면 좋겠네요."

"나도 그래."

한숨을 삼키고 난 아래층으로 내려갔다. 로이가 눈을 비비며 서 있었다.

"로이? 오늘 엘런 아냐?"

오늘 호위는 엘런일 텐데? 내 물음에 로이가 히죽 웃고 말했다.

"네, 그런데 오늘 엘런이 늦잠을 자게 되어서. 관대하신 주군께서 저로 용서해 주실까 하고."

"나중에 엘런이 알면 화낼걸."

"그건 그때고요. 원인 제공자가 저이니 뭐."

"거기까지."

난 손을 들었고, 로이는 다시 히죽 웃었다.

마부에게 빠르게 가 달라고 부탁하고 난 마차에 올랐다. 새벽의 거리는 한산해서, 수도에서 달리기에는 약간 아슬아슬할 정도의 속도로 마차는 빠르게 달렸다.

리벨 남작 저택은 수도 외곽에 있었다. 그나마 집값이 싼 부촌이라고 할까?

마차에서 내려서 안으로 들어가니 달콤한 향냄새가 났다. 집 안 전체의 분위기가 무거웠다. 응접실에서 기다린 지 얼마 되지도 않아서 샤샤가 창백한 얼굴로 뛰어나왔다.

"에스텔."

그녀의 입술이 떨리고 있었다. 난 어젯밤에 올걸, 하고 후회하며 샤샤의 손을 잡았다.

"샤샤? 괜찮아?"

"네, 네, 괜찮아요."

"갑자기 왜 존대야, 그리고 전혀 괜찮지 않아 보여. 무슨 일이야?"

샤샤가 눈을 깜박여 눈물을 참으며 힐끗 로이를 보고는 날 바라보았다.

"잠깐 둘이서만 이야기할 수 있을까?"

"물론이지."

샤샤가 날 응접실 뒤쪽으로 잡아당겼다. 식당이 연결되어 있었다.

"뭐야? 무슨 일인데?"

"에, 에스텔."

샤샤의 눈에 눈물이 다시 차올랐다. 그녀가 너무 창백해서 당장이라도 기절할 것 같아 난 그녀를 의자에 앉혔다.

"샤샤, 심호흡해 봐. 응?"

샤샤는 고개를 끄덕이다가 자리에서 일어났다. 샤샤가 길게 숨을 내쉬며 말했다.

"브랜디 한 잔?"

"그래."

그녀의 상태를 보니 뭐라도 마시는 게 좋을 것 같아 난 고개를 끄덕였다. 샤샤는 브랜디를 따라서 나에게 건네주고, 자신은 원샷으로 잔을 넘겼다. 그러고 나자 뺨이 불그스름해지며 혈색이 돌아왔다.

난 살짝 브랜디의 맛만 보고 그녀를 보았다.

"그래서, 무슨 일인데?"

"내 아이가 없어졌어."

순간 말이 나오지 않았다. 샤샤가 자신의 손가락을 비틀며 말했다.

"그래서, 어쩔 수가 없었어."

"샤샤?"

"미안해, 에스텔. 하지만, 하지만—"

그녀가 양손으로 얼굴을 감싸고 울기 시작했다. 난 자리에서 일어나려고 했다. 하지만 일어날 수가 없었다.

'어?'

로이! 소리를 치려고 했지만, 소리가 나오지 않았다.

의자에서 바닥으로 굴러떨어졌다. 난 일어나려고 애썼다.

그러다 한순간 몸이 가벼워지면서 자리에서 벌떡 일어날 수가 있었다.

"어?"

얼빠진 소리를 내고 난 내 몸을 내려다보았다.

내 몸은 저기에 누워 있는데, 난 여기에 있어?

양손을 내려다보니 반투명하다. 난 입을 벌렸다. 머리가 잘 돌아가지 않는다.

'나 죽은 거야?'

그래서 나 유령이 된 거야? 어?

—에스텔.

그때 누군가가 날 불러서 난 정신을 차리고 돌아보았다. 거대한 푸른 늑대가 서 있었다.

"알파!"

—쉬이, 괜찮아.
알파의 목소리에 왈칵 눈물이 쏟아져 나왔다.
"나 죽은 거야? 그런 거야?"
—아니, 죽지 않았어.
그 말에 온몸에서 힘이 빠졌다.
"그럼 어떻게 된 거야?"
—영혼이 떠나기 직전에 붙잡은 거지, 내가.
"그럼 돌려보내 줄 수도 있어?"
—그래, 하지만 지금은 안 돼.
"왜?"
—계약 전이라서. 내가 너에게 힘을 쓸 수가 없으니까.
알파의 말에 난 신음을 흘렸다.
—그보다 보렴.
알파가 고갯짓을 했다. 그 말에 난 그제야 상황을 파악하기 시작했다.
부엌의 뒷문이 열리고 아이리스가 시종과 함께 들어왔다. 샤샤가 그녀에게 말했다.
"이제 내 아이를 돌려주세요."
"아, 곧 돌려줄 거야. 걱정하지 마, 샤샤. 우리는 친구잖아."
아이리스는 그렇게 웃으며 내 시체(?) 옆으로 몸을 숙였다. 그녀가 칼을 꺼내 들어서 난 움찔했다. 하지만 아이리스는 내 머리카락 일부를 잘라 내기만 했을 뿐이었다.
그리고 어, 진짜로 좀 그로테스크했는데, 아이리스가 내 머리카락을 우적우적 먹기 시작했다. 샤샤는 히익 하고 몸을 떨며 뒤로 물러섰다. 머리카락을 삼키기도 힘들 텐데, 토하지도 않고 아이리스는 내 머리카락을 다 삼켰다.

'내가 지금 공포 영화를 보나?'

그 장면을 보고 있는데 아이리스의 몸이 천천히 변하기 시작했다.

'나잖아?!'

곧바로 아이리스는 내 모습으로 변했다. 그러니까 내 머리카락을 먹고 내 모습으로 변한 거야? 무슨 요괴도 아니고?

당황하는데 시종 둘이 재빠르게 내 몸에서 옷을 벗겨 냈다. 아이리스는 내 옷으로 갈아입었다.

"어때?"

샤샤는 금방이라도 기절할 것 같은 얼굴이었다. 아이리스가 내 몸을 보고 웃었다.

"이건 롬강에 가져다 버려."

"네."

시종이 카펫을 꺼내서 내 몸을 두르륵 말더니 가지고 나가 버렸다.

'말도 안 돼!'

난 그 몸을 따라가야 하나, 아니면 여기서 아이리스가 뭔 짓을 하는지 봐야 하나 망설였다.

—저건 내가 따라갈 테니까 걱정하지 마.

"엔드!"

엔드가 붉은빛이 되어 깜박이며 얼른 시종을 따라 나갔다.

그리고 '가짜 나'가 된 아이리스는 옷을 다듬고 몇 번 목소리를 내 보더니 문을 열고 나갔다.

"로이!"

"네, 주군."

"돌아가자."

아이리스는 생글생글 웃고 있었다. 로이가 의아한 표정으로 물었다.

"일이 잘 끝나셨나 보죠?"
"응, 엄청. 얼른, 빨리 집으로 가자. 아빠랑 오빠가 보고 싶어."
아이리스가 그러며 소리 내어 웃었다. 로이는 정말로 이상하다는 얼굴을 했지만, 순순히 마차 문을 열어 주었다.
알파가 자신의 등에 날 태워 주어서 난 마차를 따라갔다.
공작저에 도착한 아이리스가 얼른 저택 안으로 들어섰다.
로이가 놀리듯 말했다.
"공작님을 보러 온 게 아니라 에멜 때문에 빨리 오신 거죠?"
"에멜?"
의아한 얼굴로 아이리스가 그를 돌아보았다. 로이가 히죽 웃으며 말했다.
"저 방 안에 누워 있는 에멜이요."
"아, 어. 에멜 님이 여기에 있구나."
아이리스는 중얼거리더니 인사하는 시녀를 붙잡아 말했다.
"에멜은?"
"아침에 일어나셨습니다."
"안내해."
시녀는 그녀의 명령에 의아해하면서도 아이리스를 안내하고 문을 열어 주었다. 로이가 그 뒤를 따라오며 말했다.
"어, 주군. 아까부터 좀 이상한 거 알죠?"
"뭐가?"
"그러니까, 좀―"
로이가 눈을 찌푸렸다. 난 발을 동동 굴렀다.
"가짜야, 그거 가짜라고!"
시녀가 손님방 문을 열어 주자, 아이리스가 빠르게 안으로 들어갔다.

에멜이 소파 옆에 서 있었다.

잠깐, 에멜 레이몬드. 어젯밤에 그렇게 앓고 지금 서 있는 거야?

눈을 찡그리는데 아이리스가 달려가 그를 끌어안았다. 에멜이 가볍게 숨을 삼켰다.

"어, 안녕하세요. 아가씨."

"에멜 님!"

"네, 에멜입니다."

에멜이 고개를 들어 로이를 보았고, 로이가 눈을 찡그리며 고개를 좌우로 저었다.

아이리스가 환하게 웃으며 외쳤다.

"에멜 님, 사랑해요!"

"뭐?!"

나도 모르게 소리쳤다. 당연히 내 목소리는 아무에게도 들리지 않았다. 아이리스의 말에 모두가 침묵했다.

에멜의 눈이 커졌다.

아이리스가 키득거리며 그의 목에 팔을 감았다.

"약혼녀에게 키스도 안 해 주는 거예요?"

"그야 물론 해 드려야죠."

에멜은 놀란 얼굴을 지우고 미소를 띠며 그녀에게 키스했다.

'아, 세상에.'

난 눈을 돌릴까 말까 망설이다가 그 장면을 다 봐 버렸다.

그러니까 내가 에멜과 키스하는 모습인데, 사실은 아이리스와 에멜이 키스하는 모습.

아이리스는 적극적으로 입을 벌리며 그의 키스에 호응했다. 로이가 "우엑……." 하고 작게 중얼거리는 소리를 냈다.

거의 방을 잡을 기세로 키스하던 아이리스가 헐떡이며 말했다.
"일단 아버님을 먼저 뵈어야겠어요. 결혼 허락을 받으려면요."
"그래야겠죠."
"세상에서 절 가장 사랑하시니까, 들어 주실 거예요."
아이리스가 환하게 웃으며 말하고는 에멜에게 다시 키스하고 방을 뛰어나갔다.
난 어이가 없어져서 이 상황이 대체 뭔가 싶었다. 내 모습이 돼서 무슨 짓을 하려나 하고 고민했더니만, 이게 뭐야?
로이와 에멜만이 방 안에 남자, 에멜이 거칠게 입술을 닦으며 으르렁거렸다.
"저게 뭐야. 너 뭘 데려온 거야, 로이 딜런."
그 말에 난 펄쩍 뛰었다.
'에멜! 에멜은 알아주는구나!'
근데 왜 키스는 받아준 거야?
로이가 멍한 얼굴로 말했다.
"뭐긴, 주군. 아니, 겉은 분명히 아가씨인데—?"
에멜이 물었다.
"어디를 다녀온, 잠깐. 지금 공작 전하를 만나러 간다고 하지 않았나?"
"그랬지."
"제길."
에멜은 방을 박차고 나갔다. 나도 그의 뒤를 후다닥 따라 나왔다. 에멜은 망설이지 않고 아빠의 집무실로 곧장 향했다.
"공작 전하!"
에멜이 소리치자 아빠가 에멜을 돌아보았다. 아빠가 아이리스의 목을 잡고 있었다. 그러니까, 목을 잡고 허공으로 아이리스를 들어 올리고 있는 상황이었다. 아빠의 얼굴이 창백했다.

"그게 아가씨의 몸일 수도 있습니다!"

에멜이 소리치자 아빠는 한숨을 내쉬고 아이리스의 목을 잡은 손을 놓았다. 아이리스가 털썩 바닥으로 떨어졌다. 그녀가 비명 같은 소리를 지르며 숨을 헐떡였다. 아빠 역시 낮은 소리를 내며 자신의 떨리는 팔을 붙잡았다.

아빠가 왜…….

'서약!'

난 속으로 비명을 질렀다.

황실을 해치지 못한다고 서약했지. 그러니까 아이리스를 해치지 못하는 거야. 그런데 그 서약을 어겼으니까, 뭔가 제재가 아빠에게 가해진 거다.

아빠가 창백해질 정도로.

전신의 피가 빠져나가는 기분이었다.

"아빠, 이게 무슨 짓…… 커헉, 쿨럭, 절 왜, 이러시는 거예요?"

눈물범벅이 된 아이리스가 호소했다.

"아냐."

아빠가 짧게 말했다. 하지만 아이리스는 들리지 않는 것처럼 계속 말했다.

"아빠, 나라고요. 아빠 딸이라고요. 나란 말이에요."

"아니라고요?"

에멜이 눈을 찌푸리며 되물었고, 아빠가 아이리스를 내려다보며 말했다.

"에스텔의 몸이 아냐."

"아."

에멜이 어깨를 으쓱하고는 길게 한숨을 내뱉었다.
“제가 속아 준 보람이 없잖습니까? 이렇게 대놓고 너 가짜야, 라고 할 거면요.”
그제야 난 에멜이 왜 키스를 받아 줬는지 깨달았다. 속아 주는 척하면서 캐낼 생각이었구나.
“어차피 밝혀졌고, 아가씨의 몸도 아니라면, 공작님 대신 제가 계속해도 될까요?”
“에멜!”
아이리스가 비명을 지르고 흐느꼈다. 그녀가 바닥에 엎드려 통곡하기 시작했다.
에멜의 표정이 묘해졌다.
“왜, 왜 다들 나에게 이러는 거예요? 나, 나란 말이에요. 으흑, 흑, 진짜 당신 딸이요. 당신 약혼녀요. 어째서 모, 몰라주는 거예요.”
긴 금색 머리카락이 사방으로 흐트러지고, 울고 있는 그녀의 모습은 상당히 애처로웠다.
‘예쁘다고 하면, 좀 이상한 건가. 와, 내 모습을 객관적으로 보는 거 진짜 이상해.’
“그럼 진짜 아가씨의 몸은 어디에 있지요?”
에멜이 고개를 갸웃했다.
“진짜가 바로 나야! 나라고!”
아이리스가 악을 썼다.
“켈슨, 앤을 데려와.”
아빠의 말에 새하얀 얼굴을 하고 있던 켈슨이 고개를 숙이고 얼른 밖으로 나갔다.
그래, 켈슨에게는 갑자기 아빠가 내 목을 조른 걸로밖에 안 보였겠지.

엄청나게 충격적인 장면이라고 장담할 수 있다.

'그리고 난 앤은 생각도 못 했어.'

분명히 아이리스가 변신한 것도 마법 때문일 테니까, 앤이 마법을 풀 수도 있을 거다.

'그러면, 어, 그러면.'

내 몸은?

—롬강 바닥에.

내 생각을 읽은 알파가 답해 줬고, 난 전신에 소름이 쫙 돋았다.

"그, 그러면 숨을 못 쉬잖아? 그러면, 그러면 내 몸이 죽은 거야? 어— 그러면 못 돌아가는 거네? 그러면 진짜 죽은 거 아닌가?"

—아냐, 숨 쉬고 있어. 물속에서 숨 쉬는 건 정령사의 특권이지.

"아, 하지만 나 정령사는 아니잖아. 지금은."

—하지만 정령이 있으니까.

알파의 말에 난 가슴을 쓸어내렸다. 아이리스는 여전히 울면서 자신이 딸이 맞다고 주장하고 있었고, 그 소란스러움 사이로 드디어 앤이 등장했다.

"공작 전하."

앤이 가볍게 무릎을 굽혔다 펴며 인사하고 주변을 둘러보았다.

"켈슨 님에게 이야기의 축약판을 들었습니다만, 갑자기 공작 전하께서 아가씨의 목을 조르고, 가짜라고 하고, 에멜 님이 그걸 부추기고 계신다고요."

"셋 다 맞는 말이기도 하고, 좀 다르기도 하고……."

에멜이 눈을 찡그리며 말했고, 앤이 울고 있는 아이리스에게 다가갔다.

"에스텔 님?"

"손대지 마, 더러운 일리알 같으니!"
아이리스가 소리를 지르며 앤을 밀어냈다. 앤이 "아." 하고 고개를 끄덕였다.
"에스텔 님이 아니네요."
"그건 나도 보면 알아."
아빠의 말에 앤이 고개를 끄덕이고는 숨을 길게 내쉬고 아이리스의 팔을 잡았다. 그러자 아이리스가 비명을 지르며 팔을 빼내려고 애썼다. 에멜이 아이리스를 붙잡아 발버둥치지 못하게 하며 말했다.
"아가씨의 얼굴을 하고 있다고 해도, 참을 수 있는 한계가 있으니 움직이지 않는 게 좋을 텐데."
앤이 픽 웃으며 손을 뻗어 작게 뭔가 주문을 외우고는 물었다.
"아가씨 얼굴이면 어디까지 용서해 주시는 겁니까?"
"글쎄요."
에멜이 갸웃했다.
아이리스의 팔뚝에 반짝이는 문양이 떠올랐다가 사라졌다. 앤의 얼굴이 굳었다.
"뭘 먹었습니까?"
앤이 아이리스에게 물었다. 눈물범벅인 얼굴로 아이리스가 "아무것도 안 먹었어." 하고 작게 흐느꼈다.
이 상황에서도 포기하지 않는 그 정신이 대단하게 느껴졌다.
앤이 으르렁거리며 아이리스의 팔을 붙잡았다.
"에스텔 님의 어딜 먹었어! 뭘 먹었어! 에스텔 님을 어떻게 한 거야!"
"앤, 먹는다니?"
아빠가 뒤에서 물었다. 앤이 창백한 얼굴로 말했다.
"모, 모습을 바꾸는 마법이에요. 하, 하지만 바꾸기 위해서는 마법약을 먹고, 바뀌길 원하는 상대의 신체를 먹어야 합니다. 그게 생명과 가까운 곳일수록 효과는 오래가고요. 그러니까 심장이나, 간이나, 뇌 같은—"

앤의 말이 끝나기도 전에 에멜이 아이리스의 목을 조르기 시작했다.

"에멜!"

난 놀라서 소리쳤지만 당연히 내 목소리는 헛된 메아리만 쳤고, 에멜을 말린 건 앤이었다.

"그만! 당신, 금방 아가씨가 아니라는 걸 알아봤죠? 공작 전하께서도?"

"알아봤어."

"그렇다면, 그렇게 중요한 부위를 먹지 않은 건지도 몰라요. 아가씨의 위치를 아는 유일한 사람이라고요."

에멜이 그 말에 천천히 힘을 뺐다. 그러자 아이리스가 웃기 시작했다. 집무실은 고요했고, 아이리스가 미친 듯이 웃는 소리만 울려 퍼졌다.

웃음을 뚝 그치고 아이리스가 증오로 가득한 눈으로 사방을 쏘아보며 말했다.

"절대, 절대 말하지 않을 거야! 이건 내 자리야! 내 자리라고! 그 창녀의 딸이 아니라! 내가 가져야 할 자리였단 말야! 그때 당신이 그 시골 처녀에게 넘어가지만 않았어도!"

아이리스가 소리치며 아빠를 가리켰다.

"그래서 어머니를 버리지 않았으면! 이렇게 되지 않았어! 내가 당신의 딸이 됐을 거야! 행복하게 됐을 거라고! 에멜, 당신도 날 사랑해 줬을 거야! 이건 내 자리야! 내 거라고!"

미친 사람처럼 아이리스는 쉰 목소리로 소리 질렀다.

"더러운 창녀가 아니라, 내가 가져야 할 거였단 말야! 이 모든 게 다 내 거였다고!"

"무슨 폭로전 중인가 보죠."

뒤에서 목소리가 들려왔다. 카를이 짜증 난 얼굴로 서 있었다.

"오빠!"

아이리스가 소리치더니 양손으로 얼굴을 가리며 울기 시작했다.

"내 가족이야, 내 자리라고, 이건 내 자리야."

"대체 그 여우는 무슨 소리를 하고 다니는 거예요?"

카를의 물음에 아빠는 피곤한 얼굴로 관자놀이를 문질렀다.

에멜이 아이리스의 어깨를 잡고 말했다.

"뭐든 상관없습니다만, 아가씨를 어떻게 했는지 말씀해 주십시오."

"싫어."

"제가 당신의 손가락을 전부 비틀어 버리기 전에 말씀하시죠."

"싫어."

그 순간 딱, 하는 불유쾌한 소리가 났다. 그리고 아이리스가 비명을 지르며 쓰러지려고 했지만 에멜에게 한쪽 팔을 잡혀서 벗어나지도 못했다.

"두 번째로 부러트리기 전에, 이야기해 주시면 감사하겠습니다."

"싫어, 싫어, 싫— 꺄아아악!"

두 번째 뚝 소리가 났고, 아이리스는 다시 비명을 질렀다.

난 창백하게 질려서 뒤로 물러났다.

에멜은 그녀의 손목을 잡고 놓지 않고 있었다. 어찌나 강하게 잡고 있는지 피가 통하지 않아 아이리스의 손은 검게 변해 있었고, 거기에 부러진 손가락이 더해져서 기괴한 청동 조각처럼 보였다.

"아, 알파, 어떻게 대신 알릴 수는 없는 거야? 이건, 이건—"

—할 수 없어. 같은 장소에 있지만 건널 수 없는 강이 있는 거지.

"그러면 어떻게 빨리 나 계약할 수는 없는 거야? 그럼 내 스스로 그 강에서 나올 수 있겠지."

—할 수는 있지만.

"아아아악!"

아이리스의 세 번째 비명이 들렸다. 내 모습으로, 내 목소리로 지르는 비명.

그리고 그걸 만들어내는 건 에멜이다.

"할 수 있으면 얼른! 할래!"

—좋아, 그렇다면.

알파가 길게 숨을 내쉬었고, 내 몸을 따뜻한 물살이 감싸는가 싶더니, 나는 숲 속에 서 있었다.

처음 정령과 계약을 하기 위해서 왔던 그 숲 속.

"어라? 벌써 죽은 거니?"

렝이 여전히 그 숲에 서서 웃으며 나에게 말했다.

* * *

결국 아이리스는 손가락이 다 부러지기 전에 자신이 저지른 짓을 전부 실토했다.

황녀인 그녀가 거기까지 버텼다는 것만 해도 굉장하다고, 앤은 생각했다. 그리고 그녀는 창백해진 에멜을 바라보았다.

지금 자신도 저렇게 창백하겠지.

"롬강에?"

앤은 낮게 말했고, 아이리스는 흐느끼며 고개를 끄덕였다.

"햐, 향이랑 약을 써서, 으흑, 그래서 롬강에 버리라고, 했…… 으흐흑……."

"머리카락을 먹다니, 그 약을 어떻게 쓰는지 자세히 몰랐군요. 그러면 그 약은 어디서 난 거죠?"

앤의 물음에 아이리스는 고개를 저었다. 하지만 에멜은 더 이상 거기에 있을 수가 없었다. 배후를 밝히든, 밝히지 않든, 그 모든 걸 그는 견딜 수가 없어서 공작저를 빠져나갔다.

'롬강.'

수도를 가로지르는 이 강은 깊고, 물살이 세다.

찾아야 했다.

찾아야 해. 찾아야 해.

에스텔. 에스텔. 에스텔. 에스텔. 에스텔. 에스텔. 에스텔. 에스텔.

죽지 않았을 거야.

잠깐 정신을 잃었을 거다. 어디 하류에 걸려 있을 수도 있어. 죽지 않았어. 죽지 않았어.

어떻게 말을 타고 달려 나왔는지 모르겠다. 공작저를 나와 직진으로 달려 나온 에멜은 강둑에 섰다.

위? 아래?

어디에서 어디로?

"컹—!"

그때 짖는 소리가 났다. 에멜은 퍼뜩 정신이 들었다.

"알파!"

그가 소리쳤다. 그의 시선에 작은 회색 강아지가 눈에 들어왔다.

"컹컹."

강아지는 다시 강아지답지 않은 큰 소리로 짖더니 달리기 시작했다. 에멜의 가슴속에 안도가 스미기 시작했다.

맞다. 정령사였지. 물속에서도 괜찮을 거야.

젠장, 다시 찾으면 절대로 가만두지 않을 거야. 탑 위에 가둬 두고 쇠

창살이 달린 창문을 달고, 다리에는 족쇄를 채워 두고 말 테다.

한참 달려서, 결국 에멜은 수도를 벗어났다. 이 속도로 계속 달리면 말이 쓰러지겠다 싶을 때에 강아지는 멈춰 섰다. 강아지는 자갈밭인 강가에 서서 짖고는, 곧바로 사라졌다.

에멜은 말에서 뛰어내렸다.

"알파! 아가씨! 아가씨?"

그는 주변을 살폈다. 그때 강가에 뭔가가 보였다. 파도가 칠 때마다 철썩이는 금색…….

"아가씨!"

에멜은 달려가다가 불현듯 멈췄다. 카펫이었다. 둥글게 말린 카펫, 그리고 그 한쪽에 튀어나온 금색 머리카락.

돌로 묶인 카펫은 미동도 없었다.

아냐.

에멜은 카펫을 뭍으로 끌어냈다. 그리고 밧줄을 풀고 카펫을 열었다. 안에서 털썩하고 새하얀 팔이 튀어나왔다.

이질적으로 새하얀 팔이었다.

에멜은 자신의 행동을 멈추고 싶다고 생각했다. 하지만 멈출 수가 없었다. 그는 카펫을 전부 열었고, 그 안에서 에스텔을 발견했다.

반쯤 뜨인 분홍 눈은 탁하고, 창백한 입술을 반쯤 벌린.

"에스텔……."

에멜은 작게 그녀를 불렀다.

"에스텔, 에스텔."

속삭이듯 몇 번이나 그녀를 부르며 에멜은 몸을 숙였다.

"일어나요."

그가 그녀의 어깨를 붙잡았다. 섬뜩할 정도로 차가웠다. 에멜은 그녀의 턱을 붙잡고 숨을 불어넣었다. 차갑고, 미끄럽고, 강물 맛이 났다.
익숙한 죽음의 감촉이.
에멜은 비명을 지르고 싶었다. 아니, 이미 비명은 지르고 있다. 하지만 조금도 입 밖으로 나오지 않는 비명이었다.
그는 눈을 감았다.
눈을 감으면 너무나도 뚜렷하게 보이는 새하얀 설원.
자신은 언제나 그 설원에 서 있었다. 공기 중에 죽음의 냄새가 떠돌고, 귀가 멍할 정도로 고요함이 사방을 내리누르는 그곳.
추위가 고통을 마비시키고, 생명이 빠져나가는 걸 느끼면서 끊임없는 피로가 몰려오던 설원.
—너 때문이야.
누군가가 작게 속삭였다.
—너 때문에 이 모든 사람이 죽은 거야. 에스텔도 너 때문에 희생된 거야.
"나도 알아."
자신의 목소리라고는 생각되지 않는 탁한 목소리가 제 목구멍에서 흘러나왔다.
에스텔을 바라면 안 됐다. 다가가서는 안 됐다. 소중하다면 물러섰어야 했다. 하지만 그러기에는 너무 달콤했고, 너무 절박했으며, 너무 괴로웠다.
—너는 소중한 것을 항상 잃기만 하잖아.
에멜은 눈을 떴다. 그의 눈은 텅 비어 있었다. 복수를 위한 증오도, 찢어지는 슬픔도 없었다.
더 이상 싸울 힘이 없을 만큼 지쳐 버렸다. 그는 천천히 제 단검 손잡이를 잡았다.

“어, 내가 죽었어요?”
내가 날 가리키며 묻자, 렝이 “아냐?” 하고 되물었다.
“아뇨, 계약하러 여기 온 건데요.”
“아하.”
렝이 고개를 끄덕였다. 난 초조하게 주변을 둘러보았다.
“얼른 와야지, 계약을 하고 이 상황을 타개할 텐데요.”
그때 엔드가 나타났다.
“급하기도 하지. 잠깐 죽는 걸 택한 거야?”
“네?”
놀라 되묻자 엔드가 고개를 갸웃하고 말했다.
“지금 정령계로 오면, 네 몸이랑 영혼이랑 연결이 끊어져서, 네 몸이 죽은 거나 다름없이 된다고?”
“뭐라고요?!”
난 펄쩍 뛰었다.
“그럼 나 죽은 거예요?”
“아니, 계약하면 다시 돌아가게 될 거야.”
알파가 허공에서 나타나며 말했다.
“늦었네.”
엔드의 말에 알파가 으쓱하고 말했다.
“사람들이 계약자의 몸을 찾게 해 주느라고.”
“그럼 계약하면 다시 몸으로 돌아갈 수 있는 거죠?”
“그렇지.”
“하지만 후유증은 좀 있을 거야.”
“죽었던 몸에 들어가면 굉장히 아프거든.”

"그럼 빨리 돌아가야겠네요."

내가 둘의 말을 끊으며 말했다. 여기와 그곳의 흐름이 다른 걸 알아서 마음이 더 초조했다. 계약은 예전과 다르지 않았다. 그들의 이름 역시 예전 그대로 붙였고, 둘이 계약이 되었음을 선언하는 순간, 내 몸이 어디론가 쑥 하고 빨려 들어갔다.

그리고 엄청나게 아팠다.

"컥, 커헉, 켁— 힉."

난 쿨럭거리며 가슴을 쥐어뜯었다. 눈물이 줄줄 흘렀다.

누군가가 내 전신을 두들겨 팬 것처럼 아파서, 정신을 차릴 수가 없었다.

"에스텔?"

누군가가 날 불렀지만 대답해 줄 수가 없었다. 난 흐느끼며 몸을 웅크렸다.

"아가씨!"

비명처럼 다시 그가 날 불렀다. 그가 날 만지자 피부는 불에 닿은 것처럼 뜨거웠다. 난 비명을 지르며 몸을 빼다가 다시 고통에 흐느꼈다.

'뭐야, 뭐야, 진짜 아파. 아파.'

"아가씨, 아가씨. 괜찮아요. 괜찮아요."

상대가 다시 날 붙잡았다. 난 소리를 질렀다.

"뜨거워!"

"아가씨가 너무 차가운 겁니다."

"아파. 아파—"

흐느끼자 그가 날 안아 들었다.

"쉬이, 괜찮아요. 괜찮아요."

"하나도, 안 괜찮아, 에멜 레이몬드!"

소리치자 그가 울듯이 웃었다. 난 숨을 헐떡이며 눈을 깜박였다. 불투명한 막이 끼어 있는 것처럼 보이던 눈이 천천히 제대로 보이기 시작했다. 그의 얼굴이 너무 창백해서 나도 모르게 손을 뻗었다.

"아윽—!"

"에스텔 카스티엘로!"

에멜이 소리쳤다.

제길, 이 상태로 정령의 힘 쓰는 거 진짜 아프네.

"컥, 쿨럭, 컥—"

난 다시 밭은기침을 했다. 뭔가가 기관지를 꽉 막자 난 토하듯 그걸 우웩 하고 뱉어 냈다. 피비린내가 났다.

"지금 날 고칠 때가 아니잖습니까!"

"에스텔!"

그때 누군가가 또 달려왔다. 난 웃으며 경련하는 팔을 들었다.

"오라버니."

카를은 에멜의 품에서 날 빼앗아 들었다. 난 다시 몇 번 더 그의 품에서 피를 토했다.

아, 비싼 옷일 텐데.

그리고 그대로 기절해 버렸다.

* * *

깨어나서 내가 본 것은 검은 커튼이었다.

슥 둘러보니 커튼이 전부 다 검은색이었다.

커튼이 검은색인 경우.

흠. 쉽게 떠올릴 수 있었다.

'누가 죽었나?'

설마 내가 죽은 건 아니겠지?

온몸이 무겁게 느껴져서, 스스로가 시체라고 해도 믿을 수 있을 정도였다.

난 눈을 굴렸고, 곧 침대가의 상대를 발견했다.

"안녕, 에멜."

"안녕한 걸로 보입니까?"

"아뇨."

내 대답에 에멜이 금색 눈동자를 닫으며 양손으로 얼굴을 문질렀다.

"제길, 빌어먹을 에스텔 카스티엘로."

"죽었다가 살아 돌아온 사람에게 할 소리인가요."

에멜은 아무런 말도 없이 한참 고개를 숙이고 있었다. 결국 나는 작게 사과할 수밖에 없었다.

"미안해요."

"뭐가 말입니까?"

그의 목소리에는 분노가 있었다. 하지만 난 그게 나를 향한 것이 아니라, 에멜 스스로를 향한 것이라는 걸 쉽게 알 수 있었다.

그래서 더 조심스럽게 나는 말을 골랐다.

"좀 더 주의했어야 하는데요."

"뭘 말입니까?"

"샤샤 말이에요. 뭔가 이상한 걸 눈치챘어야 했어요."

말하고 난 슬그머니 변명을 덧붙였다.

"하지만 샤샤가 그렇게 할 거라고 누가 생각했겠어요. 아니, 굳이 말하자면 아이리스가 거기까지 하리라고는. 참, 아이리스는 어떻게 됐어요? 죽인 건 아니죠?"

"예전에, 그 미친 드래곤이 저에게 당신이 죽은 걸 보여 준 적이 있습니다."

"네?"

"그때 봤던 광경은 지금도 꿈에서 나오는 굉장한 광경이었거든요."

아니, 아스가 그런 짓을 했단 말야? 아, 맞다. 그러고 보니 에멜이 린폴드에서 날 만났을 때 또 환상이냐고 투덜거렸었지.

아니, 그래도 그런 환상을 보여 주다니?

"그런데 또 제 악몽 리스트가 늘어났군요. 그것도 진짜 사실로 말입니다."

"나 안 죽었잖아요?"

"죽은 것처럼 보였습니다."

"에멜."

"아가씨께서 조금만 늦게 일어나셨다면, 저도 아가씨와 함께 롬강에 가라앉았겠죠."

난 그 말에 멍하니 에멜을 보다가 소리 질렀다.

"에멜 레이몬드!"

"네."

"무슨 소리를 하는 거예요!"

"자살이라고 좀 더 구체적으로 이야기를 해야 알아들으실 건가요?"

"말도 안 돼."

"왜 말이 안 됩니까."

"내가 죽는다고 에멜도 죽는 건 말이 안 되죠."

"왜요?"

"그, 당연하잖아요? 내가 죽어도, 에멜은 살아가는 거예요."

"왜요?"

"그야 우리는 각자의 인생을 가지고 있으니까요."
"그러니 제 인생을 어떻게 하든 그건 제 마음이죠."
"아니거든요?!"
기가 차서 말이 나오지 않았다.
"그러니까 본인이 죽으면, 저도 죽는다는 걸 아시고 좀 더 목숨을 소중하게 여겨 주시면 좋겠습니다."
"소중하게 여기고 있어요."
"그런가요?"
"그래요."
"그럼 된 거죠."
"안 됐어요. 에멜, 지금 미친 사람처럼 말하고 있는 거 알아요? 내가 죽는다고 따라 죽는다는 거 하나도 낭만적이지 않거든요? 좀 소름 끼치거든요?"
난 한숨을 내쉬고 이어 말했다.
"에멜, 생각해 봐요. 나랑 만나지 않았을 때도, 잘 살았잖아요?"
"다시 그렇게 살고 싶지는 않아서 말이죠."
"에멜."
"네."
"그냥 저 협박하는 거죠?"
"아닙니다."
"저 에멜을 좋아하지 않거든요? 그러니까 에멜이 어떻다고 하든…… 제길."
난 중간에 말을 멈췄다. 에멜이 다리를 꼬며 말했다.
"계속 이어 말하셔도 됩니다. 제가 죽든 말든, 아가씨에게는 아무런 상관도 없다고요."

"있어요."
"그럼 전 아가씨의 놀라운 이타성에 기댈 수밖에 없겠군요."
난 에멜을 바라보며 한숨을 내쉬었다.
"미안해요."
"아닙니다."
"에멜에게 상처 줄 의도는 아니었어요."
"그러시겠죠."
"에멜, 나 좋아해요?"
"네."
"나 따라 죽는다고 하지 않으면, 나도 에멜을 좋아한다고 말해 줄게요. 어때요?"
에멜의 눈에 경악이 가득 찼다. 에멜은 뭔가 말하려다가 입을 다물었다. 그는 생각에 잠긴 듯 툭툭 무릎을 두들겼다. 난 끈기 있게 그가 입을 열기를 기다렸다.
"제 서류를 읽어 보셨지요."
"네."
갑자기 이 이야기가 왜 나오나 싶으면서도 난 고개를 끄덕였다.
"거기서 제 동료들이 전멸했다는 걸 보셨겠지요."
"……봤어요."
에멜이 싱긋 웃으며 날 똑바로 바라보았다.
"그때 카를 도련님은 열 살이었습니다. 그리고 그게 도련님의 첫 동계훈련이었죠. 그래서 아버님은 절 내보냈습니다. 전 열셋이었지만, 검은 그럭저럭 다뤘거든요."
난 눈을 깜박였다. 에멜이 어깨를 으쓱했다.
"쓸데없는 호승심이죠. 하여간 전 좀 들떠 있었습니다. 제 검 실력에 자신도 있었고요. 그런데, 마수 무리를 만난 겁니다. 열 마리 정도, 거대한 괴물들이었지요. 인간의 힘으로 반항이라는 걸 하기도 힘든 그런 전투였습니다."

에멜은 잠깐 멈칫했다가 눈을 찌푸리며 말을 이었다.

"전 제 기사들이 산 채로 사지가 찢겨서 먹히는 걸 봤습니다. 통째로 먹히기도 했고요. 저도 큰 부상을 당했죠. 전 눈밭에 쓰러져서 하나씩 소리가 줄어드는 걸 들었습니다."

난 숨을 삼켰다.

"제 차례가 언제 올까, 하면서요. 그리고 정말로 고요하더군요. 너무 고요해서, 오히려 시끄러울 정도로. 제 고막을 터트려 버리고 싶을 정도의 고요가 찾아왔습니다."

에멜은 길게 숨을 내쉬었다.

"그리고 늑대기사단이 왔습니다. 얼마나 시간이 흐른 건지는 잘 모르겠네요. 그때부터 전 계속 그 설원에 있습니다. 아니, 적막한 설원이 항상 제 마음에 존재한다고 할까요?"

"에멜……."

내가 그의 이름을 작게 부르자 그는 어깨를 으쓱했다.

"그리고 전 간신히 살아났고, 절 본 후작 각하께서는 분노해서 말씀하셨죠. '늑대기사단에게 구해지느니 명예롭게 죽는 게 나았을 거다.'"

"말도 안 돼!"

내가 소리치자 에멜도 웃었다.

"저도 그렇게 생각했습니다. 그래서, 그 자리에서 늑대기사단에 들어가겠다고 선언했지요. 흠, 제가 살아 있는 것만으로도 레이몬드 후작을 열 받게 할 수 있다면 나쁘지 않은 거래였죠."

뭐 그딴 인간이 다 있어?!

이미 죽은 사람이지만 그래도 열이 치밀었다. 에멜이 발끝을 까닥이다가 살그머니 미소 지으며 말했다.

"그런데 아가씨의 목소리는 뚜렷하게 들렸습니다."

"어—"

눈을 동그랗게 뜨자 에멜이 그런 날 향해 다정하게 웃어 주며 말했다.

"이상한 일이었죠. 그 고요한 설원에서 아가씨의 목소리는 들려서, 전 웃고, 울고, 화내고, 심지어 질투도 하고."

에멜은 짧게 숨을 내쉬고 말했다.

"하지만 두 번은 못 합니다. 전 지쳤고, 아가씨의 목소리가 없으면 거기서 버티는 건 너무 힘들어서."

에멜이 눈을 찌푸렸다.

"힘들어서—"

그가 말을 잇지 못하고 한숨을 내쉬었다.

"그러니까, 힘드네요."

"에멜."

"네."

"좋아해요."

에멜이 입을 벌렸다.

아 정말로, 이렇게까지 말하는데 어쩔 수 없잖아?

"좋아해요. 에멜 아스트라다. 에멜 레이몬드, 어느 쪽이든지. 하여간 에멜."

이불을 꽉 움켜쥐며, 난 최고의 미소를 보여 주기 위해서 애썼다.

"좋아해요."

에멜은 아무런 답도 하지 않았다. 그는 가만히 날 바라보고 있기만 했다.

"에멜?"
내가 조심스럽게 그를 불렀지만 여전히 반응이 없었다. 충격과 불신, 그리고 기쁨과 공포…….
공포?
의아해하면서도 너무 그가 반응이 없어서 난 갸웃했다.
"어, 에멜? 자요?"
내가 손을 흔들어 보이며 말하자, 에멜이 숨을 토해 내며 양손에 얼굴을 묻었다.
"제가 꿈을 꾸고 있는 건—"
"아닙니다."
"그렇군요, 하."
"그게 전부예요? 하?"
"아뇨, 그게 아니라. 뭐라고 해야 좋을지 모르겠습니다. 난, 나는, 그러니까, 이렇게 될 거라고는 조금도. 아니, 그러니까."
에멜은 버벅거리며 뭔가 말을 찾으려고 애썼다. 그가 홀린 듯이 날 바라보았다.
"제가 당신을 좋아해도 되는 걸까요?"
"이미 좋아하잖아요."
"아니, 그게 아니라 이런 일이—"
그는 안절부절못하며 망설였다. 불행한 사람에게 좋은 소식을 가져다줘도 믿지 못하는 것처럼.
난 웃으며 그를 향해 양팔을 뻗은 채 말했다.
"이럴 때는 안아 주고 키스해 주는 거예요."
홀린 듯 에멜이 자리에서 일어났다. 그가 천천히 아주 느리게, 세상에서 가장 연약한 것을 안는 것처럼 날 안았다. 내가 그를 꽉 마주 안자, 흠칫한 그가 날 있는 힘껏 끌어안았다. 어찌나 딱 붙게 끌어안았는지, 우리는 키스하기 위해서 서로를 좀 밀어내야 했다.

에멜은 정신없이 내 입술을 탐했다. 우리는 입을 맞추고, 또 맞추고, 에멜이 가볍게 내 입술 사이로 혀를 밀어 넣어서 난 흠칫했다. 그가 눈을 가늘게 뜨고 가볍게 내 입술을 물어서 난 다시 눈을 질끈 감으며 입을 살짝 벌렸다. 그의 혀가 살그머니 입 안으로 들어왔다. 난 숨을 헐떡였다.

똑똑똑.

그때 누군가가 문을 두드렸다. 난 흠칫하며 입을 다물었고, 에멜의 혀를 가볍게 물어 버렸다.

"……!"

에멜이 눈을 살짝 찌푸렸다. 난 깜짝 놀라 물었다.

"괜찮아요?"

"혀를 물려 보는 건 처음인데요."

"많이 아파요?"

"괜찮습니다."

문이 열리고 로이가 들어왔다. 로이가 날 보고 에멜을 보더니 한숨을 내쉬고 말했다.

"깨어났으면 제발 깨어났다고 알려 주세요, 주군."

"아, 미안. 어, 그러니까. 지금 얼마나 지난 거야? 다들 괜찮아? 검은 커튼은 뭐고? 누가 죽은 거야? 아이리스는 어떻게 됐어? 샤샤는?"

에멜이 "지금까지 어떻게 질문을 참으셨는지 모르겠네요." 하고 말하고 어깨를 으쓱했다. 난 그를 한 번 노려보았다가, 침대에서 내려왔다.

그리고 에멜을 쿡 찌르며 말했다.

"두고 봐요. 그 말 취소하게 만들 테니까요. 따라온다는 말."

내 말에 에멜이 피식 웃었다.

"그냥 아가씨가 오래 사시면 해결될 일인걸요."
'잉? 그런가?'
갸웃하는데 로이가 말했다.
"배 안 고프세요? 나흘이나 자고 계셨는데?"
"그렇게 고프지 않은 것 같아……. 그런데 나흘? 그렇게 오래 지난 거야? 다들 어떻게 됐어?"
로이가 웃으며 말했다.
"일단 준비부터 하시고 이야기하죠. 아가씨가 잠자는 사이에 이쪽도 엄청 바빴습니다."
난 고개를 끄덕였다. 에멜이 내게 마지막으로 한 번 더 키스하고 자리를 떴다. 잠시 후 애니와 로라, 제인이 들어와서 한바탕 울음바다가 된 후에 난 씻고 옷을 갈아입었다.
'세상에 사 일이나 잤으면서 에멜이랑 끌어안고, 으아아아. 더러운 여자라고 생각했을 거야.'
끙끙거리며 난 한숨을 내쉬었다. 가벼운 수프로 속을 달랜 난 집무실로 향했다.
"아빠! 오라버니!"
난 두 사람을 한 번씩 안아 주었다. 아빠는 내 빰에 키스해 주었고, 카를은 날 강하게 안았다가 놓아주었다.
"그래서 어떻게 됐어요? 제가 정신을 잃고 나서요?"
켈슨이 헛기침을 하고 말했다.
"그러니까, 일단 아이리스 황녀님이 아가씨의 모습으로 변하셔서 공작가로 찾아왔습니다."
"그 부분은 알아요."
내가 손을 저으며 말하자 켈슨이 의아한 얼굴이 되었다.

"아신다고요?"

"그게, 유령인지 정령인지가 되어서 아이리스를 따라갔거든요. 어, 음. 그러니까."

난 슬쩍 에멜의 눈치를 보고 말했다.

"에멜이 아이리스의 손가락을 꺾는 것까지 봤어요."

에멜의 얼굴이 굳었다. 켈슨 역시 멍한 얼굴을 했다가 헛기침을 하고 말했다.

"그럼 어디서부터 말씀드릴까요?"

"그 뒤로 아이리스는 어떻게 됐어요? 이 검은 커튼이랑 조기는 다 뭐고요. 설마 제가 죽은 걸로 알리신 거예요?"

"죽은 건 황제다."

아빠의 말에 난 깜짝 놀라서 움찔했다.

"폐하께서요?"

"그래, 애첩에게 찔려서. 무슨 남작 부인이라고 했나? 본인은 무죄를 주장했지만, 그녀가 살해했다는 걸 본 사람이 많아서."

"그거…… 설마……."

난 떨리는 입술로 중얼거렸다.

그거 아이리스처럼 한 거 아닌가? 누군가가 남작 부인으로 변해서, 황제를 살해한 거 아닌가?

"황후마마이신가요?"

내 물음에 아빠는 길게 숨을 내쉬고 말했다.

"내 딸은 항상 생각이 많지."

"맞잖아요? 아이리스가 그 마법약을 몰래 훔쳐서 쓴 거라면 아귀가 맞아요. 즉 아이리스가 그 마법약을 훔칠 정도로 그녀와 가까우면서, 그런 마법약을 만들 수 있을 정도로 능력이 있는 사람이라면 황후마마뿐이죠."
"그렇겠지."
카를이 긍정하며 고개를 끄덕였다. 난 숨을 길게 내쉬었다.
"그러면 황태자 전하께서 즉위하시는 건가요? 왜 군이 황제 폐하를 살해했는지— 잠깐만요."
난 말을 멈추고 켈슨을 보았다.
"설마 황태자 전하가 어디 아프셔서 황후마마께서 섭정을 하고 계신다고 하지 말아요."
켈슨이 어깨를 으쓱했다.
"하고 계십니다."
나는 이를 악물었다.
"그럼 아이리스는 황궁에서 찾아갔겠군요."
"그래."
아빠가 고개를 끄덕였고 난 이마를 눌렀다.
어차피 카스티엘로는 황실을 해칠 수 없다. 해치라고 명령하는 것도 불가능하다.
황실에서 황녀를 돌려 달라고, 알아서 처벌하겠다고 했겠지.
난 양손으로 얼굴을 문지르며 떨리는 목소리로 말했다.
"제발, 황후마마께서 아빠에게 황궁에서 만나자고 했다고는 하지 말아 주세요."
"아직은 아냐."
"절대로 가시면 안 돼요. 그, 그 여자가 아빠에게 얼마나 집착하는지 아시잖아요. 이상한 소리를 할지도 모른다고요."
그 서약석으로 말도 안 되는 명령을 내릴지도 모른다.
"괜찮아."

아빠의 말에 난 소리 질렀다.

“하나도 안 괜찮아요!”

“에스텔.”

아빠가 한숨 섞인 목소리로 날 불렀다. 나만 이렇게 초조한 거야? 나만 이렇게 불안한 거야?

“6개월은 물리적으로 괜찮아.”

카를의 말에 난 휙 그를 돌아보았다. 그가 어깨를 으쓱하고 말했다.

“왕홀을 꺼내려면, 대관식이 필요하니까. 황태자가 누워 있는 건 둘째 치더라도, 황제가 죽었잖아. 6개월 후에 대관식을 치르는 게 관례야.”

“그렇게 오래 걸린다고요?”

“황태자의 사람으로 내각을 다 바꾼 후에, 마지막으로 오르는 거라서.”

카를의 말에 난 다리에서 힘이 쭉 빠지는 걸 느꼈다. 그대로 쓰러질 뻔한 걸 에멜이 붙잡았다.

“그런 건 미리미리 말을 해 주세요.”

그렇다면 아직 대응할 수 있는 시간이 6개월 정도 남아 있다는 거다. 그사이에 어떻게든 서약석을 부숴야 해.

아빠가 주머니에서 회중시계를 꺼내 열어 보며 말했다.

“레이몬드 후작.”

“네.”

에멜이 고개를 들었다.

“요즘 일이 많은 것 같은데.”

“그렇지요.”

“휴가라도 가면 어떤가?”

“영원한 휴가 같은 거 말인가요.”

“아니, 자네 약혼자와 함께. 좀 길게. 내 딸도 요즘 일이 많았거든.”
“네?”
나도 모르게 저절로 반문이 튀어나왔다.
“그거 좋네요.”
에멜의 대답에 난 그를 휙 돌아보았다가 다시 아빠를 보았다.
“말도 안 돼요! 이때 휴가라고요?! 무슨 헛소리를 하시는 거예요?”
“그렇지 않으면 내 딸이 당장이라도 황궁에 뛰어들 것 같아서.”
“저도 심히 염려되는 상황입니다.”
“에멜! 아빠!”
난 카를을 바라보며 구원을 요청했다.
“오라버니, 뭐라고 좀 하세요.”
카를이 한숨을 내쉬고 말했다.
“나도 찬성인데.”
난 기가 차서 입을 딱 벌렸다가, 에멜을 뿌리치고 팔짱을 단단히 꼈다.
“싫어요. 말도 안 돼. 절대로 안 갈 거예요. 나만 쏙 빼고 둘이서 뭐하려는 거예요? 절대로 안 가요!”
“아무것도 안 할 거야.”
아빠의 말에 난 팔을 늘어트렸다.
“그거예요? 그게 대답이에요? 황후가 아빠에게 이상한 거 시키면 어쩌려고요!”
“어떤 거?”
“그게…… 그러니까…… 자기를 사랑하라거나…… 아니면, 어, 음.”
잠자리를 함께하자거나.
웅얼거린 내 말을 아빠는 충분히 알아들은 것 같았다.

“그런 걸로 그 한 번뿐인 명령을 소비하면 상관없지. 특히 감정에 대한 명령이라면.”

아빠의 입꼬리가 올라갔다.

감정에 대한 명령은 모호하다.

사랑이라는 감정에 대한 정의가 사람마다 얼마나 다른가?

그러니까 그렇게 말씀하시는 거겠지만, 그래도!

“나는, 싫어요.”

고개를 푹 숙이며 말하자 아빠가 살짝 오른팔을 벌렸다. 난 후다닥 달려가서 아빠를 꽉 끌어안았다. 아빠의 팔이 날 감쌌다.

“난 싫어요. 싫다고요.”

“그래서 ‘목숨 걸고 서약석을 부수겠어.’ 같은 생각이나 하고 있겠지, 내 귀여운 딸은.”

“어—”

“부정하지 않아 줘서 고맙구나.”

그 말에 난 헉 하고 “아뇨, 아닌데요.” 하고 말했지만 뒤늦은 말일 뿐이었다.

“하여간 넌 가는 거다.”

“싫어요!”

난 빽빽 소리를 질렀지만, 내 말은 철저하게 무시되었다.

‘이럴 수가.’

결국, 나는 별장으로 가는 마차에 앉아 있는 신세가 되고 말았다.

‘이럴 수가.’

이렇게까지 내 의사가 무시된 적은 처음인 것 같았다.

애니도, 제인도, 로라도—

로이와 앤까지!

앤은 서약석에 대해서 좀 더 캐볼 것이 있다며 수도에 남았고, 로이는 내 눈치를 살살 보면서도 결코 내 탈출에 협조하지 않았다.
"아가씨."
에멜이 마차 창을 열며 날 불렀고, 난 도로 마차의 창을 쾅 닫았다. 마차에서 쫓겨난 에멜은 밖에서 말을 타고 마차를 따라오고 있었다.
똑똑— 똑— 똑똑똑— 똑—
일정한 리듬을 가지고 에멜이 마차 창을 두들기기 시작했다.
"뭐예요?"
결국 난 마차 창을 열며 목소리를 높였다.
"날씨가 좋은데, 같이 말 타시지 않을래요?"
"지금 내가 말을 타고 싶을 것 같아요?"
"아뇨, 하지만 그런 식으로 시간을 낭비하면 아깝잖아요?"
난 내 발끝을 내려다보았다.
'어차피 내려가는 건 내려가는 거야.'
기분이 계속 상해있어 봤자, 내게 좋을 건 하나도 없었다. 상한 내 기분이 주변 사람들을 신경 쓰게 만들 뿐이지 문제를 해결해 주지는 않는다.
난 고개를 들고 말했다.
"알겠어요."
에멜이 손을 들자 마차가 멈춰 섰다. 난 마차에서 내렸다.
날씨는 환상적으로 좋았다. 늦여름의 하늘은 투명할 만큼 푸른빛을 띠고 있었고, 너른 초원은 온통 녹빛이다.
에멜이 자신의 말의 안장을 내리고 날 붙잡아 올려 준 후에, 다시 말에 올랐다.
"아가씨."

"네."
"너무 화내지 마세요."
"어떻게 화가 안 나요."
"제가 도와 드릴 수도 있지요."
"뭘요?"
"그 서약석을 부수는 거요."
그 말에 난 눈을 찌푸리며 에멜을 돌아보았다. 그가 싱긋 웃어 보이고 내 정수리에 가볍게 키스한 후에 이어 말했다.
"아가씨에게 카스티엘로가, 가족이 얼마나 소중한지는 잘 알고 있어요. 아가씨의 가족을 감당할 수 없다면, 아가씨를 좋아하면 안 되죠."
"에스텔."
"네?"
"에스텔이라고 불러요. 언제까지 아가씨라고 부를 거예요? 더 이상 에멜은 내 기사도 아닌데요."
"에스텔."
"네."
"에스텔. 에스텔."
"네, 네."
"에스텔."
"그만 불러요."
에멜은 웃으며 한 팔로 내 허리를 단단히 안아서 자신에게 밀착시켰다. 등 뒤로 에멜의 탄탄한 몸이 느껴졌다.
"혼자서 다 안고 가지 마세요."
에멜이 중얼거리고 속삭였다.
"제 목숨을 가지고 계시다는 거 잊지 마시죠."

그 말에 난 눈을 찌푸리고 그의 손등을 가볍게 찰싹 때렸지만, 에멜은 그냥 웃기만 했다.

"에멜."

"네."

"이렇고 있어도 괜찮은 거예요?"

"뭐가 말입니까?"

"저와 이렇게 시간을 보내도요. 레이몬드 후작가에서의 입지라든가 생각하면, 지금 여기서 이러고 있을 게 아니라 제대로 자리를 잡아야 하지 않나요? 본인이 자리에 있는 것과 없는 것은 완전히 달라요."

"괜찮습니다."

"전혀, 안 괜찮아 보이는데요."

"연인을 얼른 돌려보내고 싶으신 모양이지요? 전 딱 붙어서 떨어지고 싶지 않은데요."

그 말에 얼굴에 열이 올랐다.

"그런 게 아니라, 그러니까 걱정하는 거예요."

"에스텔."

"네."

"걱정할 필요 없습니다. 이쪽도 나름의 생각이 있으니까요."

"아빠나 에멜이나, 날 온실 속 화초처럼 키우고 싶어 하죠."

"온실 속에 제발 계셔 주면 좋겠군요. 지금 저와 카스티엘로 공작님은 온실 밖을 돌아다니는 화초에게 우산을 씌우며 따라다니는 꼴이거든요."

"우산 필요 없는데요."

"물론 그러시겠지만, 제가 그걸 참을 수가 없어서."

난 한숨을 내쉬었다.

"황후는 대체 무슨 생각일까요?"
"그럼 그 이야기를 해 볼까요?"
"네?"
"황후가 아직 미혼이었을 때, 공작님을 쫓아다녔다는 건 들으셨지요?"
갑자기 귀가 쫑긋해졌다.
"들었어요."
"그리고 여기서, 카를 도련님의 어머님, 그러니까 카스티엘로 공작 부인이 등장합니다."
"그 이야기도 꼭 아빠에게 물어보고 싶었는데요."
"자신의 치정사를 딸에게 이야기하는 건 어렵죠."
"이거 예전에 나에게 해 주려다가 말았던 이야기 아니에요?"
"이제 아가씨, 아니 에스텔은 다 컸고, 제 연인이니까요."
에멜이 내 뒤통수에 다시 키스했다. 난 킥킥 웃으며 말했다.
"그거 괜찮네요. 그래서요?"
"공작 부인은 그렇게 눈에 띄는 타입은 아니었습니다. 그 당시 황후는 공공연히 자신이 카스티엘로 공작 부인이 될 거라고 말하고 다녔죠. 그런데, 갑자기 등장한 시골 남작가의 소녀가 그 자리를 차지한 겁니다."
"오라버니를 가진 거군요."
"네. 당연히 황후는 격분해서 날뛰었지만, 결혼식은 금방 치러졌고, 카스티엘로 공작은 그날로 모든 사교 활동을 접었죠."
"또 칩거하셨군요."
"비슷하죠. 그러고 나서 황후는 이제 고인이 되신, 선 황제 폐하와 결혼을 했고요. 그렇게 평온하게 흘러가나 했습니다. 공작 부인이 돌아가시기 전까지는 말이지요."
난 갑자기 등에 소름이 돋아서 물었다.

"설마 황후에게 살해당한 건 아니겠죠?"
"아뇨, 그건 아닙니다. 원래 몸이 약한 편이셔서 출산이 무리되셨던 거라고 합니다. 도련님이 세 살쯤 되셨을 때 돌아가셨지요."
"그랬군요……."
"그러고 나서, 황후는 공작 전하께서 자신의 정부가 된 것처럼 행동하셨습니다. 그리고, 음. 공작님은 그렇지 않다는 걸 행동으로 보여 주셨지요."
"좀 방탕한 생활을 하셨나 보지요."
난 한숨을 내쉬었다.
그래, 내 출생의 비밀이 여기에 있었군요.
"에스텔에게는 항상 느끼는 거지만, 하나를 말하면 둘, 셋을 짐작해서 맞춰 버리기 때문에 그 하나도 말해 주기가 힘들어요."
"이럴 때는 짐작해서 다행 아닌가요. 나에게 설명할 필요가 없잖아요?"
에멜이 피식 웃었다.
"그러네요."
그러니까 황후가 아빠에게 친밀하게 구니까, 아빠는 반대로 창녀를 안았던 거겠지. 그때마다 황후는 눈이 돌아서 발작했을 거고.
난 아이리스가 소리쳤던 걸 생각했다.
—그건 내 자리야.
황후가 아이리스에게 어떤 이야기를 했을지 뻔하다. 그 공작 부인이, 시골 촌뜨기가 아니었으면 자신이 공작 부인이 되었을 거라고 말했겠지.
아이리스는 그 이야기를 들으면서, 항상 황후에게 소외되어 있으면서 생각했을 거다. 모든 게 다 잘 돌아갔다면 에스텔의 자리가 바로 내 자리였을 거라고.

'말도 안 되는 생각이지만.'

생각이 항상 이성적으로 되는 건 아니니까. 게다가 아이리스가 에멜을 좋아한 게 진짜라면, 더더욱 나에게 모든 걸 빼앗긴 것처럼 느꼈겠지.

"아이리스는 어떻게 됐을까요?"

"소식이 없으니 어떻게 되어 가는지 모르겠군요. 황궁도 지금 쑤셔 놓은 벌집 같아서 말이지요."

황제가 서거했는데, 황태자도 잇달아 쓰러지고 황후가 섭정을 펼치고 있다. 당연히 둘째 황자인 리들에게도 압박이 들어가고 있고, 아이리스의 존재는 잊힌 것처럼 보였다. 사람들은 다들 어디로 줄을 서야 할지, 아니면 다른 길을 찾아야 하는지 우왕좌왕하고 있고.

당연히 제대로 된 통치자가 서 있지 않은 제국은 난리가 났다.

공작가야 워낙 튼튼한 가문이라서 괜찮지만, 작은 영지들끼리는 벌써부터 싸움이 벌어지고 있는 곳도 있었다.

그래서 나도 에멜이 더 불안한 거고.

"에멜."

"네."

"레이몬드 후작가의 사촌들이 다른 후작가랑 손잡고 에멜을 죽이려고 하는 거 아니에요? 정말로 괜찮아요?"

"괜찮습니다."

"대체 뭘 믿고요?"

"카스티엘로 공작가요."

"아."

난 작게 소리를 냈다.

"아아아!"

난 환하게 웃으며 휙 몸을 돌렸다. 에멜이 눈을 찌푸리며 내 몸을 단단히 잡았다.

"아하, 에멜 레이몬드, 처가의 힘을 빌리겠다는 건가요? 좋네요. 어차피 카스티엘로 공작가도 슬슬 후작가를 상대하는 게 지루하니까요. 좋아요. 이 기회에 카스티엘로 측 사람으로 레이몬드 후작가를 살짝 흔들어 봐도 되겠어요. 물론 좀 피바람이 불기는 하겠지만—"

"전 에스텔이 그런 얼굴을 할 때마다 카스티엘로라고 정말 실감한다니까요."

"어떤 얼굴이요?"

"싸움이 신난다는 얼굴이요. 그것도 질 생각은 조금도 하지 않고."

"그야, 질 생각이 없으니까요."

"게다가 처가라면, 약혼 다음의 가능성을 생각해 봐도 되는 건가요?"

에멜의 말에 난 잽싸게 입을 다물고 다시 앞을 보았다.

"에스텔?"

그가 다시 물어서 난 말의 귀 사이만 굳건히 바라보았다.

"에스텔 카스티엘로?"

에멜이 속삭이다가 내 귀를 가볍게 물었고, 난 화들짝 놀라 비명을 지르며 몸을 빼다가 말에서 미끄러질 뻔했다.

에멜이 날 꽉 붙잡았다. 로이가 놀라서 말을 가까이 붙이며 말했다.

"주군? 괜찮으세요?"

다들 놀라서 우리를 바라보고 있었다. 난 고개를 끄덕였다.

"어, 응. 미끄러질 뻔해서."

로이가 에멜을 바라보며 말했다.

"경고하는데 손은 제자리에 제대로 두시죠."

"두고 있습니다."

"입은 아니라 문제지."
난 그렇게 중얼거렸다.
에멜이 킥킥 웃더니 나에게 제안했다.
"그러면 에스텔."
"네."
"이렇게 하면 어떨까요?"
"뭘 말이에요?"
"한 달 동안은 저와 온전히 시간을 보내 주세요."
"흠?"
"대신 저에게 물어보는 질문에는 피하지 않고 답하는 걸로 하죠."
"흐음."
"그리고 한 달 후에는 같이 고민하죠. 서약석에 대해서. 저도 그쪽에 대해 궁금한 이야기가 있고요. 전부 다 아는 건 아니라서."
곰곰이 고민하는데 에멜이 속삭였다.
"우리 이제 갓 연인이 되었잖아요? 한 달만요. 딱. 아직 6개월이나 남아 있다고요?"
"좋아요."
"정말이죠?"
"네."
에멜이 소리 내서 크게 웃었다. 그의 웃음소리를 들으니 잘 결정했다는 생각이 들었다.
에멜이 행복하다면, 나도 행복하니까.
'어라.'
무의식적으로 떠올린 생각을 난 다시 더듬었다.
"에멜."

"네."
"나 에멜을 많이 좋아하나 봐요."
"네?"
난 웃음을 터트렸다. 에멜이 "뭡니까? 제대로 말씀해 주세요." 하고 졸랐지만 난 다시 말하지 않았다.
대신 시선을 멀리 들었다.
멀리 짙푸른 호수가 보였다. 나도 이쪽 별장은 처음이었다.
저 커다란 호수 때문에 푸른 별장이라고 불린다는 것 말고는 잘 몰랐다.
"거의 다 왔나 봐요."
"에스텔."
"저 이 별장은 처음이에요."
"에스텔."
"네."
"다시 말해 주세요."
에멜의 말에 난 피식 웃으며 그를 돌아보고 말했다.
"내가 에멜을 많이 좋아해요."
"왜 갑자기요?"
"싫어요?"
"아뇨, 그건 아닌데."
에멜이 한숨을 내쉬었다. 난 히죽 웃어 보이고 다시 앞을 보며 등을 그에게 기댔다.
"그게—"
등 뒤에서 에멜이 느리게 말했다.
"실감이 잘 안 납니다."

"그래요?"
"네. 지금도 꿈에서 깨어나는 게 아닐까 하고."
난 그의 팔을 어루만지며 말했다.
"그럼 한 달 동안 실감이 나게 해 줘야겠네요."
내가 그를 돌아보며 씩 웃었다.

* * *

푸른 별장은 호수에 떠 있는 것처럼 보이는 건물이었다.
호수는 어찌나 맑은지 햇살만 좋으면 바닥이 다 투명하게 들여다보일 정도였다. 이 층짜리 거대한 별장이 호수에 단단히 세운 기둥 위에 서 있었다.
별장까지는 나무다리로 10여 미터 정도 걸어 들어가게 되어 있었다. 별장 테라스 가장자리에 앉으면, 발끝으로 호수의 물을 튀길 수도 있었다. 테라스에는 각종 화분을 가져다 뒀고, 선룸에도 식물이 푸르게 자라고 있었다.
별장에 기본적으로 딸린 하인들이 있었기에 내가 데려온 사람 수 자체는 많지 않았다.
내가 맨발 끝으로 다시 물을 첨벙거리자 에멜이 말했다.
"제발 다른 남자 앞에서는 이러지 않는다고 말해 주세요."
"어, 로이 앞에서는……."
하는데.
내가 말꼬리를 흐리며 옆에 서 있는 로이를 바라보자 로이는 한숨을 내쉬었다. 에멜의 눈이 가늘어졌다.
로이가 말했다.

"잊었나 본데, 난 주군 거거든? 그리고 주군의 것은—"
"전부 로이 거지."
내가 고개를 끄덕이며 말하자 에멜은 신음을 내뱉었다.
"어째서 그렇게 됩니까?"
"개인 서약이라는 게 그런 거잖아?"
로이는 히죽거렸다.
"네가 에스텔의 거라는 파트는 그렇지. 하지만 에스텔의 것이 네 것이라는 그 파트는 아닌데."
"그거야 주군이 붙이신 거니까. 그죠?"
"그렇지."
난 고개를 끄덕였다.
에멜이 신음을 내뱉고는 말했다.
"적어도 로이보다 절 더 좋아한다고는 말해 주시겠죠?"
"둘이 완전히 다르잖아."
"에스텔."
"로이는 내 부하야. 내 거라고. 하지만 에멜은 내 약혼자잖아. 애인이고. 완전히 다르잖아?"
"에스텔."
"그래, 에멜을 더 좋아해."
으쓱하며 말하자 에멜은 승리에 찬 웃음을 머금으며 로이를 보았고, 로이는 고개를 저었다. 난 호수에서 발을 빼고 자리에서 벌떡 일어났다.
"에멜, 체스나 두지 않을래요?"
"좋습니다."
"지는 사람이 옷 하나씩 벗기요."
"……."

에멜은 뭐라고 해야 할지 모르겠다는 얼굴을 했고, 로이가 하늘을 한 번 보고는 말했다.

"그거 저녁 먹기 전에는 끝나나요?"

"글쎄요. 해 보면 알겠죠."

난 히죽 웃었다.

문을 활짝 열어 놓은 선룸에는 시원한 호수 바람이 들어와서 살랑살랑 나뭇잎을 흔들었다.

난 체스판을 노려보다가 천천히 폰을 옮겼다. 에멜은 망설이지도 않고 비숍을 움직이며 물었다.

"그런데 원래는 제온과 약혼하려고 하셨다고 했지요."

"네, 그랬어요."

난 고개를 들어 에멜을 봤다. 그의 예쁜 캐러멜 색 눈이 날 똑바로 바라보며 물었다.

"제온을 좋아하셨습니까?"

"아뇨."

난 솔직하게 대답했다.

이제 에멜이 이런 내 발언에 엄청 민감하다는 걸 알았으니, 그를 굳이 상처 주고 싶은 게 아니라면 솔직하게 답하기로 했다.

"그럼 왜요?"

"가장 만만하고 그럴듯한 상대였으니까요. 그랬더니 제온이 역으로 청혼하더라고요."

"그래서요?"

"그런데 전 사랑 없이는 결혼하기 싫다고 답했지요."

난 한숨을 길게 내쉬며 망설이다가 살그머니 나이트를 움직였다.

"아."
"제온은 아마 제가 꿈꾼다고 생각했을 거예요."
싱긋 웃으며 말하자 에멜이 잠시 판을 내려다보다가 룩으로 내 나이트를 잡았다.
아하, 그럴 줄 알았지!
난 재빠르게 퀸을 움직이며 씩 웃었다.
"체크."
에멜이 내 말에 슬쩍 자신의 비숍을 움직이고 답했다.
"체크메이트."
"어?"
난 당황해 판을 내려다보았다.
이대로 내가 퀸으로 비숍을 잡으면…… 헐? 룩이 먹겠네?
으아아아.
난 한숨을 내쉬며 내 말을 쓰러트렸다.
"에멜, 은근히 잘하잖아요?"
"나름대로 귀족 출신이랍니다."
"그렇다고 다 체스를 잘하는 건 아니잖아요."
난 그렇게 말하고 한숨을 내쉬며 내 드레스 단추를 풀어서 벗었다. 에멜이 주변을 둘러보고 말했다.
"가끔 에스텔이 그렇게 당당하게 옷을 벗으면 제가 다 어색해집니다."
"당당하게 벗은 건 아닌데요."
그리고 저에게는 아직 코르셋과 페티코트가 있습니다.
"그리고, 이게 연인다운 건지도 잘 모르겠고요."
"옷 벗기 내기가 충분히 연인답지 않아요?"
"적어도 낭만적이지는 않죠."

"에멜은 까다로운 사람이네요."

난 그렇게 말하며 자리에서 일어났다. 에멜이 날 올려다보았다. 난 테이블을 빙 돌아서 털썩 에멜의 무릎 위에 앉았다.

"에스텔!"

"이제 충분히 연인답죠?"

"그야, 그게. 그렇습니다."

에멜은 그렇게 말하고 조심스럽게 팔로 내 아랫배를 당겨서 끌어안았다.

다음 판은 쉽게 내가 이겼다. 에멜이 말을 놓을 때마다 내가 손을 뻗어서 방해했기 때문이었다.

에멜은 한숨을 내쉬고 자신의 셔츠를 벗었다.

"맨몸으로 에스텔과 붙어 있는 걸 보면 공작님이 제 목을 치실걸요."

"설마요."

난 그렇게 중얼거리고 몸을 돌렸다. 에멜이 작게 소리를 흘렸다. 그러고 보면, 에멜의 벗은 몸은 처음 본다.

"흉터가 심하네요."

중얼거리자 에멜이 어깨를 으쓱했다.

"보기 흉하죠."

"그런 말이 아니네요."

난 한숨을 내쉬고 에멜의 흉터를 손끝으로 훑었다. 그의 흉터는 커다란 발톱에 걸려서 몸이 동강 날 뻔했다는 걸 여실히 보여 주고 있었다. 등을 지나서 옆구리까지 찢어진 상처가 선명했다.

당시 상황이 어땠을지 상상이 가 가슴 안쪽이 욱신거렸다.

난 손으로 흉터를 눌러 보았다. 하지만 역시, 흉터를 정령의 힘으로 없애는 건 무리였다. 에멜이 재빠르게 내 손목을 붙잡아 떼어 내며 으르렁거렸다.

"제발 부탁이니까 그렇게 아무렇지도 않게 그 힘을 쓰지 말아 주셨으면 좋겠습니다."

"괜찮아요. 흉터를 없앨 수는 없나 봐요."

"그거 다행이군요."

에멜이 그렇게 답하고 내 손등에 키스했다.

난 고개를 든 그의 입술에 키스했다. 이제 에멜은 더 이상 흠칫하지 않았다. 그는 자연스럽게 내 키스를 받으며 주도권을 잡았다.

그의 손이 내 팔을 감싸고 훑어 내려와 등으로 향했다.

코르셋 끈이 그의 손가락에 걸리는 게 느껴졌다. 에멜의 뜨거운 손이 내 등을 훑고 목을 어루만졌다. 그의 손이, 입술이, 혀가, 너무 기분 좋아서 내 안에서 만족스러운 소리가 흘러나왔다.

에멜이 내 소리를 삼키듯 다시 키스하고는 입술을 뗐다.

"여기까지 하지요."

"좋아요."

난 동의하고 몸을 쭉 빼서 그의 눈에 키스했다.

"에멜, 나 에멜 눈이 캐러멜 색인 게 너무 좋아요. 핥으면 달콤할 것 같거든요."

에멜이 눈을 크게 떴다가 웃음을 터트렸다.

"그런 칭찬은 처음 들어 보네요."

"아, 그러면 적어 둬요. 에멜의 눈을 볼 때마다 하는 생각이니까요."

에멜은 "그러지요." 하고 웃으며 자리에서 일어나 날 가볍게 내려놓았다.

"에스텔."

"네."

"근처 마을에서 축제가 열렸다고 하는데, 같이 가지 않겠습니까?"

"좋아요."

난 순순히 고개를 끄덕였다. 그리고 체스판을 내려다보며 말했다.

"그럼 한 판 더 할까요? 아니면 저녁을 먹으러 갈까요?"

"저녁을 먹고 나서 이어서 하죠."

"좋아요."

난 고개를 끄덕였다.

결국 체스는 에멜의 항복 선언으로 끝났다. 내가 한 판 더 지고 나서 페티코트 안에 있는 속옷을 벗어 버렸기 때문이었다.

*　　*　　*

인파가 어마어마했다. 가지각색 알록달록한 머리카락을 보며 작은 마을 축제라고 생각했던 나는 생각보다 많은 사람에 숨을 삼켰다.

"사람이 많네요?"

"농번기에 있는 유일한 축제거든요."

"그렇군요."

오늘 하루를 위해서 열심히 일했고, 오늘 놀고 나서 내일부터 다시 열심히 일한다는 거겠지. 농사의 고됨을 어렴풋이 알고 있는 나는 미안한 마음이 약간 들었다. 하지만 에멜이 내 손을 잡자 그런 미안함도 싹 사라졌다.

난 그를 올려다보며 웃었고, 그가 허리를 숙여 가볍게 내 입술에 키스하고 말했다.

"그럼 갈까요?"

"가지요."

난 고개를 끄덕였다.

축제는 상당히 즐거웠다. 사람들이 많아서, 낯선 사람이 섞여 들어와도 모르는 분위기였다. 무엇보다도 여름이라 날이 좀 서늘해지는 밤에 열린 축제라서 내 눈동자를 신경 쓰지 않아도 된다는 게 가장 베스트였다.

조랑말을 가지고 와서 아이들이 조랑말을 타게 하는, 회전목마의 현실 버전도 있었고, 단검 던지기나 활쏘기 같은 게임도 있었다. 재주 부리는 사람도 많고, 커다란 그네를 여럿이서 타는 것도 있었다.

난 에멜의 손을 잡아당기며 말했다.

"나, 저거 가지고 싶어요."

"저거요?"

"네."

"저 못생긴 토끼 인형이요?"

"귀엽기만 한데요."

에멜은 피식 웃고 고개를 끄덕였다. 그가 동전을 주인에게 건네자 주인이 단검이 담긴 바구니를 내주었다.

에멜은 몇 번 단검을 던졌다가 받아서 균형을 잡는가 싶더니 휙 단검을 던졌다. 단검은 점수판 가운데 정확하게 꽂혔다. 에멜은 다시 하나 더 가늠하고 던졌다.

빠르게 이어 던진 단검은 전부 점수판 가운데에 몰려 박혔다.

구경하던 사람들이 손뼉을 쳤고, 에멜은 연극적으로 허리를 숙여 보이고 토끼 인형을 가리켰다.

"그럼 저걸로."

"정말 이걸로 됐소?"

"네, 제 아가씨가 그게 가장 좋다네요."

"그럼 어쩔 수 없지."

일 등 상을 보존하게 된 가게 주인인 활짝 웃으며 토끼 인형을 건넸다. 에멜이 "여기요." 하고는 인형을 나에게 주었고, 난 웃으며 인형을 꼭 안았다.

"그러고 보니 에스텔, 그 원래 인형은 어디 갔어요?"

"상자 속에요."

"상자 속에?"

"저도 이제 어른이 됐으니까, 인형은 필요 없다고 생각하고 상자 속에 넣었어요."

"그랬습니까."

에멜은 중얼거리더니 "그럼 지금은요?" 하고 물었고, 난 웃으며 대답했다.

"지금은 어른이라도 필요한 토끼 인형이에요."

에멜이 싱긋 웃었다.

난 살짝 발끝으로 바닥을 두들겼다. 한참 걸었더니 이제 슬슬 다리가 아프기 시작했다.

에멜이 그걸 눈치채고 말했다.

"잠깐 쉬죠."

"그럴까요."

"잠시 얌전히 계시면, 가서 제가 뭔가 마실 걸 사 오죠. 그리고 같이 호숫가에 자리 잡죠."

"좋아요."

"좋습니다."

에멜은 고개를 끄덕이고 날 북적이는 곳에서 좀 떨어진, 나무 밑에 세웠다.

"얌전히 기다리고 계세요."
"네."
난 인형을 꼭 끌어안으며 말했다. 에멜은 멀어지면서도 날 힐끔힐끔 돌아보았다.
정말이지.
난 어린애가 아니라니까요?
그때 사람들이 웅성거리는 소리가 들렸다.
'뭐지?'
갸웃하며 고개를 드는데 우르르 사람들이 몰려왔다.
"마술사가 왔대!"
"저쪽이야!"
어어어?
뭐야, 갑자기.
난 인파에 밀리지 않기 위해서 애쓰다가 결국 포기하고 다른 곳으로 자리를 옮겼다.
여기서도 나무는 잘 보이니까, 에멜이 오면 불러야겠다.
'마술사라.'
같이 보러 갈까? 그런데 지금 다리가 아프니까…….
머릿속에서 저울이 이리저리 기우는데 저쪽에서 에멜이 인파를 보고 눈을 찌푸리는 게 보였다. 난 킥킥 웃으며 에멜을 관찰했다. 양손에 음료수를 든 에멜이 인파를 가로지르며, 나무 밑으로 가더니 거기에 내가 없는 걸 발견했다.
"에—"
내가 손을 들며 그를 부르는데 그가 음료를 떨어트리더니 다급하게 주변을 둘러보다가 나와 눈이 마주쳤다.

아.

그의 눈에 가득 찬 공포와 불안에 난 가슴속이 콱 찔리는 거 같았다. 날 발견한 에멜은 떨어트린 음료수를 무시하고 곧장 나에게 다가왔다.

그리고 어색하게 웃었다.

"실수로 음료수를 떨어트렸네요. 어, 음. 다시 사 오겠습니다. 자리를 바꾸셨다면 미리 언질을 주셨으면 좋았을 텐데요."

"저기에 사람이 너무 많아서……."

중얼거리다가 난 팔을 뻗어서 에멜을 꽉 끌어안았다.

"에스텔?"

"에멜."

"네."

"안 마셔도 괜찮아요."

"네."

에멜이 날 마주 끌어안았다. 희미하게 떨리는 그의 손이 느껴져 난 더 더욱 그를 꽉 안았다.

"에멜."

"네."

"나 절대로 에멜 두고 죽지 않아요."

"……네."

한 박자 늦게 에멜의 답이 돌아왔다. 난 고개를 들며 말했다.

"진짜로요."

"알겠습니다."

"그러니까 에멜도 나 두고 죽지 말아요."

"에스텔을 두고 죽지 않을 겁니다. 당신이 죽지만 않는다면요."

"그거 바꿀 생각 없어요?"

에멜의 눈동자가 생글 웃었다.

"아, 당신을 어떻게 하면 좋을까요? 에멜 레이몬드. 나보다 나이도 한참 많으면서 좀 더 어른스럽게 행동할 수는 없나요?"

"어른스럽게 행동하고 있는데요, 충분히."

"사랑하는 사람이 죽으면 나도 죽겠어, 하는 건 십 대 애들이나 하는 행동이라고요."

"제가 이미 충분히 설명한 것 같은데요."

에멜의 말에 난 눈을 찡그렸다가 다시 물었다.

"에멜, 나 좋아하죠?"

"네."

"그럼 내가 부탁하면요, 애원하면요? 내가 죽은 후에도 살아가 달라고. 그게 날 사랑하는 거라고 말한다면요."

에멜의 입에서 무거운 숨이 흘러나왔다.

"그 고요한 장소에서, 미칠 것 같은 걸 참아 가면서 비통을 삼키고, 멀쩡한 인간처럼 보이기 위해서 웃으며 제 모든 걸 다 쏟아 내고 그렇게 평생을 살아가는 게 사랑의 증명이라면, 기꺼이 그렇게 해 드리겠습니다."

난 그 순간 끙 하고 신음을 흘리고 항복을 선언했다.

"알았어요. 난 에멜이 괴롭기를 바라는 게 아니에요."

에멜이 살며시 웃으며 내 입술에 키스하고 속삭였다.

"에스텔은 절 괴롭힐 수 없어요."

"아, 그래요?"

"네."

"그리고 전부터 자꾸, 저보다 에스텔이 먼저 죽을 걸 가정해서 이야기하는데, 그거 그만두면 안 됩니까?"

"그만둘게요."

"그래 주면 좀 더 안심이 될 것 같아서요."

"그만둘게요."

"좋습니다."

"난 아주아주 오래 살 거예요."

에멜이 소리 내 웃었다.

"그거 좋네요."

"그리고 이제 진짜로 다리가 아픈데요."

내 말에 에멜이 날 안아 들었다.

"에멜!"

"다리가 아프다면서요."

"네, 하지만 전 더 이상 애가 아니라고요?"

"충분히 알고 있습니다."

에멜은 그렇게 말하고 걷기 시작했다. 사람들이 어머? 하고 이쪽을 돌아보며 웃는 게 느껴졌다. 난 부끄러워져서 에멜의 어깨에 얼굴을 묻었다.

아, 정말이지.

이제 진짜 애가 아니거든요?

하지만 이 다정함이, 과보호가 싫지 않다. 나는 그의 몸의 온기를 마음껏 즐겼다.

에멜은 근처 선착장에서 배를 빌려 날 배에 앉혔다.

〈다음 권에 계속〉